Knaur.

Über die Autorin:
Tamara Thorne lebt in Los Angeles. Ursprünglich veröffentlichte sie ihre Thriller, die in viele Sprachen übersetzt wurden, unter einem männlichen Pseudonym, weil es hieß: »So hart kann eine Frau nicht schreiben!« Doch – und wie sie kann …

TAMARA THORNE

MADELYN
ORT DES SCHRECKENS

Thriller

Aus dem Amerikanischen von
Ronald M. Hahn

Knaur Taschenbuch Verlag

Die amerikanische Originalausgabe erschien 1995 unter dem Titel *Thunder Road* und dem Autorenpseudonym Chris Curry bei Pocket Books, New York, und 2004 unter dem Namen Tamara Thorne bei Pinnacle Books, New York.

Besuchen Sie uns im Internet:
www.knaur.de

Sie wollen mehr Thriller voller dunkler Geheimnisse lesen?
Schreiben Sie uns mit dem Stichwort »Thorne« –
wir informieren Sie gern:
mystery@droemer-knaur.de

Deutsche Erstausgabe Juli 2006

Redaktion: Alexander Groß
Umschlaggestaltung: ZERO Werbeagentur, München
Umschlagabbildung: Getty Images, München
Satz: InDesign im Verlag
Druck und Bindung: Nørhaven Paperback A/S
Printed in Denmark
ISBN-13: 978-3-426-63264-2
ISBN-10: 3-426-63264-0

2 4 5 3 1

Für Jacques Vallee
Bewahrer der seltenen Dreifaltigkeit
aus Naturwissenschaft, Verstand und Staunen

PROLOG
APRIL

Als Letztes sah Madge Marquay die über den Abendhimmel zuckenden Lichtkugeln.

Wie lange war das her? Stunden? Tage? Eine Woche? Oder mehr?

Sie war sich in dieser endlosen Dunkelheit nicht sicher. Sie wusste nur, dass sie spätabends nach der Arbeit in Madland auf den scheinbar leeren Parkplatz des Vergnügungsparks geschlendert war und an ihrem Wagen Halt gemacht hatte, um die frische Wüstenluft einzuatmen. Dann hatte sie zum mitternächtlichen Himmel aufgeblickt – zu den funkelnden Sternen.

Ihre Freunde und Nachbarn hatten ihr schon von den Lichtern erzählt. Doch nun sah sie sie zum ersten Mal selbst. Die über der kargen Silhouette der Madelyn Mountains tanzenden, scheinbar willkürlich aufblitzenden Kugeln waren erstaunlich: großartig und Furcht erregend zugleich. Plötzlich hatte Madge verstanden, warum niemand, der sie schon mal gesehen hatte, daran glaubte, dass es Militärflugzeuge, Wetterballons oder Kugelblitze waren.

Sie war eine leichte Beute für den Angreifer gewesen. Sie hatte wie hypnotisiert dagestanden, zum Himmel hinaufgestarrt und sich gewünscht, Henry wäre bei ihr. Jemand hatte sie plötzlich von hinten gepackt und ihr einen mit Chloroform getränkten Lappen auf Mund und Nase gedrückt.

Und dann: nichts mehr. Inzwischen fragte sich Madge, ob die merkwürdigen Lichter das Letzte gewesen waren, was sie jemals sehen würde.

Sie hörte die Touristen zwar, aber sie konnte sie nicht auf sich aufmerksam machen. Madge lag gefesselt, geknebelt und mit verbundenen Augen irgendwo unter der Grubenbahn der Verwunschenen Mine in einem kalten, steinigen Raum, in dem es nach Tod roch und dessen Finsternis so dicht war, dass sie ihre Lunge zu verstopfen schien. Hoch über ihr rumpelte die kleine Bahn vorbei. Madge stöhnte trotz des Knebels und versuchte einen Schrei auszustoßen, doch er entwich ihrer Kehle ebenso wenig, wie sie der Mine entkommen konnte.

Absolute Stille brach wieder über sie herein. Tränen liefen ihr über die Wangen. Henry würde nach ihr suchen. Er musste sich doch Sorgen um sie machen. Aber ob er auf die Idee kam, in den alten Schächten ihres Besitzes zu suchen? Ob er die uralten Eisenleitern hinabsteigen würde, um in Gruben zu suchen, die man vor hundertdreißig Jahren ausgehoben und inzwischen längst aufgegeben hatte? Nur ein Dummkopf konnte so etwas glauben. Henry, ihre Freunde und die Polizei würden in den Schluchten und auf den Bergen suchen. Sie würden hinter Felsgestein und in von Laub verstopften Abwassergräben nachsehen – wie vor einem Monat, als Kyla Powers verschwunden war.

Man hatte Kyla ebenso wenig gefunden wie Joe Huxley. Madge glaubte jedoch zu wissen, wo die beiden steckten. Sie waren hier unten, bei ihr. Trotz der Kälte konnte sie den Tod in ihrer Umgebung überall riechen. Es war kein Gestank, der den Geruchssinn ausschaltete, sondern einer, der immer stärker wurde und in ihrem Magen Übelkeit und Panik erzeugte.

Madge lag da, und Dunkelheit, Durst und Hunger lähmten sie allmählich. Sie war sich der stechenden Schmerzen an ihrem Arm – dort, wo der Unbekannte ihr die Haut abgezogen hatte – kaum bewusst. Ihr Geist trieb dahin und entfloh in die Vergangenheit. Vor etwa fünfzehn Jahren hatten Henry und sie die alte Moonstone-Silbermine vom Gemeindeamt gepachtet und zur tollsten Attraktion von Old Madelyn gemacht.

Sie hatten für die Musik gesorgt, die an unterschiedlichen Stellen der Fahrt erklang. Sie hatten für die beschaulichen Streckenabschnitte die »Grand Canyon Suite« ausgesucht. »Die Nacht auf dem kahlen Berg« lief in dem Abschnitt, in dem die Bremsen »versagten«. »Im Saal des Bergkönigs« erklang in der riesigen Hauptattraktion – einem Raum voller Schatzkisten und golden bemalter Steine. Disneyartige Zwerge und ein stattlicher goldhaariger König auf einem Thron bewachten sie. Die Szenerie war zwar weder perfekt noch unglaublich originell, aber zumindest das Ergebnis ihrer gemeinsamen Arbeit, und deswegen gefiel sie Madge und Henry. Sie hatten sich einen Traum erfüllt.

Henry hatte das heruntergekommene alte Bergwerk abgestützt, gesichert und Kabel und Gleise für die Besucherbahn verlegt. Madge hatte sich in ihrer Freizeit um die Ausstattung gekümmert. Als Geschichtslehrerin hatte sie sich immer gern in Bücher über irische Bergleute vertieft. Sie hatte Geschichten in Typen und Bilder umgesetzt, um die Besucher zu erfreuen und zu erschrecken. Die Erzählungen erschienen ihr so lebensecht, dass sie die Zwerge vor ihrem geistigen Auge buchstäblich auf ahnungslose Bergleute zupirschen sah – die Spitzhacke zum Schlag erhoben.

Erneut rumpelte die Bahn über ihr dahin und brachte die Wirklichkeit mit. Madge stöhnte mit dem schmutzigen Lappen zwischen den Zähnen. Sie spürte die über ihre Wangen laufenden Tränen und wünschte sich, Gott würde dafür sorgen, dass sie sie schlucken könnte. Sie war so durstig – so unglaublich durstig.

ERSTER TEIL

GESCHICHTEN AUS DEM NEUEN WESTEN

DIENSTAG

1

TOM ABERNATHY

Verfluchte Schafe, dachte Tom Abernathy. *Doofe Schafe.* Er sprang in den Ablassgraben, um zu verhindern, dass die ihn einholende Wollmasse ihn einkesselte. Seit kurzem, fiel ihm auf, verbrachte er ziemlich viel Zeit damit, der einen oder anderen Herde auszuweichen.

Schon waren sie überall: schmutzige, Staubwolken erzeugende Schafe. Sie waren vor und hinter ihm, kauten und blökten, stanken und kackten. Auf der Thunder Road ging nichts mehr. Außerdem trampelten sie die orangefarbenen und gelben Wildblumen in nördlicher Richtung zwanzig Meter weit nieder. Marie, die er noch nicht erspäht hatte, war zwar nicht übel (eigentlich war sie eher das Gegenteil), doch meist roch sie nach Lanolin und Schafsdesinfektionslösung – nach Toms Meinung genau das richtige Parfüm für eine Schäferin. Wenn er ehrlich war, berauschten ihn dieser Geruch und der zarte, süße Duft von Maries Haut und Haaren seit nun zwei Jahren.

Er empfand nicht als Einziger so. Viele Männer in der Stadt waren in Marie vernarrt. Doch während Abernathy sein Sehnen für sich behielt, war Phil von der Morgenschicht in *Rays 'Truck Stop Café* so in Marie verknallt, dass sie nach Eulenkacke und Sumpfwasser hätte riechen können. Es hätte Phil nicht die Bohne gestört. Seine Brautwerbung bestand schlicht darin, dass er »I Get a Kick Out of You« sang, sobald sie reinkam, um einen Kaffee zu trinken. Das war zwar nicht besonders originell, aber für jemanden aus New Madelyn nicht übel, und Marie schien es nicht zu stören. Die Kommentare der in Madland – beziehungsweise dem Old Madelyn

Historic Park – arbeitenden Männer fielen etwas vulgärer aus. Sie sangen zum Beispiel Lieder wie »Mary Had a Little Ram« oder sagten Dinge wie »Willste mich, Marie? Ich will dich«. Franklin Hank Flinn, der Besitzer des Octopus – als echter Witzbold nannte er ihn Octopuff –, hatte sich einst bei Marie nach der Erektionsdauer von Schafsböcken erkundigt. Soweit bekannt, war dies der einzige Tag gewesen, an dem die Schäferin je ausgerastet war. Für eine so kleine Frau hatte sie sensationell kräftige Hände: Frank Hank hatte anschließend geschworen, sie hätte die Quelle seines Vergnügens mit einem schnellen Ruck und einer Drehung für immer abtrennen können.

Tom nieste und atmete Staub ein. Das Zeug legte sich auf seine Zähne. »Verfluchte Schafe«, brummte er und zog ein verblasstes rotes Halstuch aus der Gesäßtasche. Er schüttelte es aus, faltete es über Kreuz und band es sich wie ein *Bandido* über Mund und Nase. Noch heute, im reifen Alter von zweiundvierzig Jahren, hatte er seinen Spaß daran – wie damals als kleiner Wicht. Und damit er noch verwegener aussah, zog er die Krempe seines braunen Biberpelz-Stetson ein Stück herunter.

»He, Cowboy!« Maries Stimme erhob sich klar wie Vogelgezwitscher über das Blöken der Schafe.

Tom setzte eine lässige Miene auf, blieb stehen und blickte zu ihr hoch. »Wie geht's, Marie?« Damit die helle Frühlingssonne ihm nicht so in die Augen stach, zog er die Hutkrempe noch etwas tiefer.

»Mir geht's gut.« Marie glitt von Rex, ihrem rabenschwarzen Wallach, herunter und ließ einen Zügel fallen. Dorsey, einer ihrer Collies, wollte ihn schnappen, doch Marie verwies den Hund mit einem bedeutungsvollen Blick in seine Schranken. Dorsey zog den Schwanz ein und gesellte sich zu Wild Bill, seinem Partner. »Los, ihr beiden, geht wieder an die Arbeit«, sagte Marie zu den Hunden und gesellte sich zu Tom an den Graben. »Komm her«, sagte sie zu ihrem Pferd. Der Wallach trottete gehorsam zwei

Schritte näher an den trockenen Graben heran. Er schien bereit, Marie überallhin zu folgen.

Sie kann wirklich gut mit Tieren umgehen. Tom roch ihren Duft. »Ist ja ein freundlicher Tag heute.«

»Na klar, die Wüste ist *wirklich* nett zu den Menschen.«

»Du bist echt smart, weißt du das?« Tom fragte sich, wieso der Staub nicht an Maries Zähnen haften blieb.

»Weiß ich, Cowboy.«

Marie Lopez hatte einen hellbraunen Teint und große dunkelbraune Augen. Wäre sie mit einem hellen Rock und billigem Modeschmuck bekleidet gewesen statt mit Levi's-Hosen und einem Kambrikhemd, hätte sie ihr gewelltes dunkles Haar offen getragen statt es unter einem Strohhut nach hinten zu binden – sie hätte eine tolle Zigeunerin abgegeben.

Tom fuhr sich mit der Zunge über die Zähne, um eventuell noch vorhandenen Staub zu entfernen, dann zog er das Halstuch nach unten. »Sag mal, warum gibst du die stinkenden Schafe eigentlich nicht auf und liest den Leuten in Madland aus der Hand?«, fragte er zum vielleicht tausendsten Mal.

»Weil ich mein Einkommen auf *ehrliche* Weise verdienen möchte«, erwiderte Marie zum vielleicht fünfhundertsten Mal. Sie hatte noch fünfhundert weitere Antworten auf Lager, allesamt farbenfroh und freundlich-obszön, was auch der Grund war, warum man ihr diese Frage so oft stellte.

»Willst du damit sagen, Carlo ist nicht ehrlich?« Die Enttäuschung darüber, dass sie ihn mit ihrer Standardantwort abspeiste, machte Tom hellhörig.

Marie legte zwar den Kopf schief und durchbohrte ihn mit ihrem Blick, tat aber nichts, wenn man davon absah, dass ein berechnendes Lächeln ihr langes, ledriges Gesicht verzog.

»Wenn ich dich *so* ansehe, Abernathy«, brummte sie, »müsstest du eigentlich den Schwanz einziehen und ganz schnell 'ne Fliege machen.«

»Ach, wirklich?« Toms Lächeln wurde breiter.
»Du bist in Ordnung«, sagte Marie todernst. »Du jagst einem keinen Schreck ein.«
Tom nickte. Er war entschlossen, etwas in Gang zu bringen. »Carlo jagt einem auch keinen Schreck ein, aber du willst wegen seines verlogenen Berufs nichts mit ihm zu tun haben.«
»Brauchst mir nicht auf 'n Zahn zu fühlen, Cowboy. Carlo ist 'n Seelenklempner in Zigeunerklamotten. Er bringt die Leute nur dazu, dass sie sich gut fühlen.«
Das stimmte. Der Madland-Wahrsager und Marie hatten viel gemeinsam: Sie waren klug, schwer einzuschätzen und verdammt launisch. Möglicherweise konnte er die beiden deswegen so gut leiden. Wie die Schäferin verbrachte auch Carlo Pelegrine viel Zeit mit dem Kampf gegen das andere Geschlecht. Die einzige Frau, auf die Carlos verflucht gutes Aussehen keine Wirkung hatte, war Marie. Tom fragte sich hin und wieder, ob ihre Ähnlichkeit die beiden wohl irgendwann zusammenführen würde. War er dann aus dem Rennen, bevor er überhaupt dazu kam, einzusteigen? *Höchstwahrscheinlich,* dachte er, *verschlechtert es meine Chancen nur, wenn ich die beiden aufziehe.*
»Tom?«
»Ja?«
»Wieso gehst du heute zu Fuß?«
Tom zuckte die Achseln. »Belle kriegt gerade neue Eisen.« Die reine Wahrheit war die: Er hätte auch einen anderen Gaul nehmen können, aber ihm war nach jener Art Frieden und Ruhe zumute gewesen, die durch alles aus Fleisch und Blut Bestehende gestört worden wäre, seine Lieblingsstute ausgenommen. Wenn Tom nachdenken wollte, musste er allein sein. Es lag etwas in der Luft. Er lächelte grimmig. Dinge, die nichts mit Schafen zu tun hatten.
»Du bist so langsam geschlendert, Tom«, hakte Marie nach. »Worüber hast du nachgedacht?«

Tom trat mit der Stiefelspitze nach einem trockenen Pferdeapfel, dann sagte er langsam: »Ach, über den Tag, an dem du Franklin Hank beinahe sein Wiener Würstchen abgerissen hättest.«
Maries fröhliches Lachen gab eine ganze Tonleiter wieder. Alles an ihr war musikalisch. »Ich hör es gern, wenn du schmutzig daherredest, Cowboy.«
»Als Franklin Hank schmutzig dahergeredet hat, hat es dir aber nicht gefallen.«
»Das ist was anderes. Er ist 'n alter Lustmolch.«
»Er ist nicht viel älter als ich.«
»Spiel nicht den Doofen, Abernathy. Es gibt Zehnjährige, die alte Lustmolche sind. Solche Typen entwickeln sich nicht dazu – die werden so geboren. Frank Flinn ist 'n alter Lustmolch. Keine normale Frau kann ihn ausstehen. Er ist sogar schmutzig, wenn er sauber ist. Sogar sein Blick ist schmutzig. Und erst seine schleimige Stimme. Er muss schon damit rechnen, was aufs Maul zu kriegen, wenn er 'ne Frau nur fragt, ob sie mit ihm in die Kirche geht.«
Sie spazierten eine Weile nebeneinander her und sprangen von einem Thema zum anderen. Marie wollte die Herde ein paar Kilometer nach Norden führen, damit sie im Rattlesnake Canyon grasen konnte. Dort würde sie mindestens eine Woche lang niemanden zum Tratschen haben.
Angesichts all der durchgeknallten Typen, die neuerdings von sich reden machten, hätte Tom es lieber gesehen, sie wäre nicht allein auf die Weide gegangen, aber natürlich konnte er ihr so was nicht sagen. Er erzählte ihr lieber von den Preisen, die zwei seiner Pferde letzte Woche beim Fassrennen in Victorville gewonnen hatten. Dann sprachen sie eine Weile über die neu inszenierte Stuntshow, die die Touristen am Wochenende nach Madland zog. Am Ende des Grabens hatten sie auch den selbst ernannten Propheten James Robert Sinclair durchgekaut, der behauptete, die Apokalypse sei längst im Gange. Ferner hatten sie sich über die neuesten UFO-

Sichtungen (die meisten hatte Janet Wisters Club der Weltraum-Freunde gemeldet) und Franklin Hanks in die Hose gegangenen Versuch unterhalten, Toms Pferdetrainerin Frannie Holder zu verführen. (Gerüchten zufolge hatte Frannie Frank Hank ihre Reitgerte dort reingeschoben, wo keine Sonne scheint, und Tom bezweifelte, dass er auf solche Sachen stand.)

»Also, ich bieg jetzt ins Gebirge ab.« Marie schwang sich in Rex' Sattel. Sie pfiff, und als die Hunde angelaufen kamen, hob sie den Arm und deutete auf die Berge. »Dorsey, Bill – wenden!«

Die Collies bellten gleichzeitig, dann fegten sie los und nahmen die Richtungsänderung der Herde in Angriff.

»Erstaunlich«, sagte Tom. »Ich wette, wenn du willst, kannst du auch Krähen dressieren.«

»Danke, aber da lobst du mich zu sehr. Die Hunde sind einfach klug.« Marie lächelte freundlich und schaute den Tieren bei der Arbeit zu. »Schätze, wir sehen uns in einer Woche oder so, Tom.«

Trotz der warmen Frühlingssonne durchfuhr ihn ein Schauer. *Der Teufel ist gerade auf mein Grab getreten.* »Sei bloß vorsichtig da oben, Marie. Lass keine Schlangen in deinen Schlafsack.«

»Keine Sorge. Ich lass Franklin Hank doch hier unten bei euch.« Sie wendete ihr Pferd und machte sich bereit, der Herde zu folgen.

»Marie?«

»Ja?«

»Die Schafe, die du letzten Monat verloren hast … Glaubst du wirklich, ein Berglöwe hat sie geholt?«

»Mir ist keine bessere Erklärung eingefallen.« Marie hielt inne. »Warum fragst du?«

»Pass auf, ja?«

»Bist du heute nicht ein bisschen zu besorgt? Klar, pass ich auf, dass das Kätzchen mich nicht frisst. Ich werd's schon schaffen. Die Hunde schlafen immer neben mir. Und die Flinte hab ich auch dabei, siehst du?«

»Die Weltraum-Freunde glauben, dass Außerirdische sich die

Schafe geschnappt haben. Halt also lieber nach kleinen blauen Männchen Ausschau.«

»Kleine blaue Männchen sind besser als gar keine Männchen.«

Marie warf ihm einen rätselhaften Blick zu. »Bis später, Cowboy.«

»Bis später, Marie.«

Tom stand mitten auf der Thunder Road. Er schaute ihr hinterher, bis sie und ihre Schafe vor den zerklüfteten roten Bergen nur noch als Punkte erkennbar waren. Erneut durchfuhr ihn ein Schauer, und seine Nackenhaare richteten sich auf. »Pass bloß auf, Mädchen«, sagte er leise und ging weiter.

Seine Besorgnis beunruhigte ihn mehr als alles andere. Tom war nämlich stolz auf seine gelassene Natur, und seine lakonische Cowboy-Nummer war eigentlich gar keine Nummer, sondern eine Lebenseinstellung. »Wenn du nicht rausgehst und dich mit anderen misst, bringst du es nie zu etwas, Sohn«, hatte sein Vater oft gesagt. Dieser hatte als Jahresbester in Harvard sein Examen gemacht und gehörte nun zu den angesehensten Kardiologen des Landes. Für einen Menschen seiner Art war ein Sohn, der das College sausen ließ und sich nicht für Medizin – und noch schlimmer: nicht für Football – interessierte, sondern nur ein Pferd haben und Cowboy sein wollte, eine besondere Herausforderung gewesen.

Tom lächelte vor sich hin. Sein Vater hatte ihn zwar nie verstanden, doch er hatte ihn immer mehr oder weniger akzeptiert. Heute hatte er sogar Respekt vor ihm. Zehn Jahre, bevor es wirklich so weit gewesen war, hatte er Tom bereits als Züchter von Turnierpferden gesehen. Vielleicht hatten seine Geschichten Tom erst auf diese Idee gebracht. Vielleicht aber auch nicht. Jedenfalls waren sie eine gute Entschuldigung dafür gewesen, sich nicht nur mit einem, sondern mit *mehreren* Pferden zu beschäftigen. Da Toms Pferde im Gegensatz zu ihm ganz wild darauf waren, ihre Kräfte mit anderen zu messen, besaß er nun ein Dutzend Preisgewinner, die ihm beträchtliche Summen einbrachten. Diese Gewinne wiederum erlaubten ihm, Miss Frannie Holder zu bezahlen, die ebenfalls wild darauf war, ihre Kräfte mit anderen zu messen. Da Frannie die Drecksarbeit machte, war es Tom möglich, den größten Teil seiner Zeit in Madland zu verbringen, wo er Lassos warf, in der Stuntshow seine Schießkünste vorführte, Stadtkindern im Streichelzoo etwas über Esel und andere Farmtiere erzählte oder einfach nur mit Carlo und den Jungs von der Stuntshow rumsaß und Quatsch machte.

Tom ging auch anderen Vergnügungen nach: Im Frühjahr und im Herbst – der touristischen Hauptsaison – ritt er oft zum Campingplatz runter und erzählte am Lagerfeuer ein paar Geistergeschichten. Einmal pro Woche lud er zudem Gäste in sein großes, mit allen Schikanen versehenes Ranchhaus ein. Die Leute kamen gern zu Besuch, aber ob sie wegen der Gesellschaft, der Klimaanlage oder des Könnens des Ranchverwalters am Holzkohlengrill auftauchten (Davy Styles konnte sogar Geier so grillen, dass sie schmeckten), wusste Tom nicht genau. Eigentlich war es ihm auch egal.

Am liebsten aber ritt er in die Madelyn Mountains und nahm nur Schlafsack, Gitarre und Kochgeschirr mit. Manchmal zog es ihn in den Spirit Canyon. Er lag am östlichen Ende der Thunder Road, wo die Berge so voller Mineralablagerungen waren, dass sie bei Sonnenuntergang kupfergrün, eisenchloridrot und purpurn glänzten. Er ging auch schon mal über den Trail, den Marie diesmal nahm, nach Norden: über die Berge in den Rattlesnake-Canyon runter, eine schaurig-schöne, gespenstisch anmutende Gegend voller Joshuabäume und Mesquite. Wenn er dort war, zündete er ein Lagerfeuer an, klimperte auf der Gitarre und verscheuchte bis auf die Coyoten alles in Hörweite. Danach legte er sich hin und zählte die Sterne.

Marie ist allein da draußen. Schon bekam Tom wieder eine Gänsehaut. Als er nach Norden blickte, hoffte er, dass ihre Annahme stimmte, dass wirklich ein Berglöwe für die Angriffe verantwortlich gewesen war. Tom selbst war sich da nicht so sicher.

Die Tötungen, von denen er gehört hatte, klangen einfach zu *ordentlich*. Raubtiere ließen nämlich immer ein Chaos zurück. Verendete ein Tier auf natürliche Weise und kamen nur die Insekten und Vögel an den Kadaver ran, sahen die Überreste manchmal auch sauber abgenagt aus. Doch trockene Luft und ein Ameisenhügel konnten verschwundene Organe und Einschnitte ins Fleisch kaum verursachen. Kein Wunder also, dass die UFO-Spinner »Chirurgen aus dem All!« und Jim-Bob Sinclair und seine Anhänger ebenso laut »Satan!« schrien.

Und dann die Vermissten. In den letzten drei Monaten waren mehrere Einheimische spurlos verschwunden. Na schön, hin und wieder, wenn sein Goldrauschwahn ausbrach, tauchte Joe Huxley für ein paar Wochen oder gar einen Monat unter, ohne jemandem etwas davon zu sagen. Aber jetzt war er schon seit Februar weg. Sein Jeep stand noch in seiner Einfahrt, und man hatte weder auf seinen Claims in den Madelyns noch im Spirit Canyon eine Spur von ihm gesehen.

Dann hatte Kyla Powers gegen Ende März eines Abends ihr Lederwarengeschäft abgeschlossen und sich in Luft aufgelöst. Vielleicht war sie wirklich losgefahren, um ihre Mutter zu besuchen, wie Cassie Halloway meinte – aber Kyla war keine von denen, die mitten in der Saison ihren Laden dichtmachten und wegfuhren. Die letzte Vermisste war erst vor einer Woche verschwunden. Ihr Fall war der merkwürdigste überhaupt: Madge Marquay war Lehrerin an der High School und eine Person des öffentlichen Lebens. Ihr Terminkalender war immer voll. Sie hatte bis vor einer Woche nie eine Verabredung oder einen Arbeitstag versäumt. Der arme Henry Marquay war außer sich. Polizeichef Moss Baskerville und Al Gonzales, sein einziger Officer, wühlten nun überall herum – mit der unerbetenen Hilfe von Madges Freunden. Gestern war auf Toms Türschwelle eine kleine Schar blauhaariger Miss Marples mit Notizblöcken und Kugelschreibern aufgetaucht – in der Hoffnung, er könne ihnen möglicherweise Hinweise geben.

Scharen alter Ladys, Scharen von Schafen, Scharen von UFO-Spinnern, religiöse Fanatiker und Touristen, die lieber UFOs als Wildwestshows sehen wollten, hatten sich offenbar dazu verschworen, Toms friedliches, glückliches Leben durcheinander zu bringen.
Im Osten, wo die Thunder Road in den Spirit Canyon führte und sich zu einer einspurigen Fahrbahn verengte, erhob sich eine Staubwolke. Ein, zwei Sekunden später tauchte ein Fahrzeug auf, das sich Tom mit hoher Geschwindigkeit näherte.
Neugierig blieb er an der Kreuzung Thunder Road/Old Madelyn Highway stehen. Kurz darauf sah er einen Militärjeep, einen offenen CJ-5. Als der Wagen verlangsamte, um auf den Old Madelyn Highway einzubiegen, nahmen die drei uniformierten Insassen Tom mit kritischen Blicken in Augenschein. Die beiden, die vorn saßen, waren Unteroffiziere in Tarnanzügen; der Typ, der hinten saß, war ein unter dichten Brauen finster vor sich hin blickender Offizier, dem es wohl Spaß machte, sein Lametta vorzuführen. Sie gehörten vermutlich zur Luftwaffe.
Militärische Typen waren in Madelyn nichts Neues: Die Edwards-Luftwaffenbasis befand sich im Westen, China Lake und das außer Dienst gestellte Fort Irwin lagen im Norden. Twenty-Nine Palms war – unter anderem – im Südosten, und wenn sich nicht gerade Konvois über die Interstate 15 quälten, sah man immer wieder Soldaten in Jeeps, die in den Bergen und Schluchten hinter Madelyn herumschnüffelten. Tom fragte sich, ob sie wegen der UFOs oder der Verstümmelungen hier waren. Oder wollten sie die Paranoia der Einheimischen nur weiter schüren?
Dann bemerkte er etwas Außergewöhnliches und vergaß die Uniformierten. Hinter dem Old Madelyn Highway, nicht weit von Fort Madelyn, dem frisch restaurierten Unions-Außenposten des Parks, lag etwas. »Was ist das, verdammt?«, fragte Tom laut, kniff die Augen zusammen und musterte die Erhebung. Möglicherweise war es nur ein großer weißer Müllbeutel, den irgendein acht-

loser Tourist weggeworfen hatte, doch auf ihn wirkte es eher wie ein Tier. Tom überquerte mit fünf langen Schritten die Straße.
»Mein Gott.« Es war tatsächlich ein Tier. Eine weiße Ziege. Sie lag mit gebrochenen und verdrehten Gliedmaßen da. Ihr Kopf war platt und sah in den länger werdenden Schatten des Nachmittags, die die Mauern des Forts nun warfen, matschig aus. »Verdammt«, sagte er leise, als er sich hinkniete und die silberne Würgekette am Hals der Ziege sah. Sie gehörte zu Cassie Halloways Haustieren. »Verdammt noch mal! Warum muss ausgerechnet ich sie finden?«
Als er aufstand, bemerkte er eine unnatürliche Anzahl von Steinen und Felsbrocken, die um den Kadaver verstreut waren. Ein spitzer Quarzfelsbrocken steckte halb im Bauch der Ziege. Tom schüttelte traurig den Kopf. Er hätte kotzen können. Das Menschen fähig waren, Tieren etwas so Grausames anzutun, überstieg sein Begriffsvermögen. Das war ja noch schlimmer als die Verstümmelungen. Das arme Geschöpf musste schrecklich gelitten haben.
Tom trottete zum Old Madelyn Highway zurück, bog nach Süden ab und ging die hundert Meter zu Cassie Halloways Grundstück. Als er die Einfahrt erreichte, sah er etwas, was das mulmige Gefühl in seinem Magen noch verstärkte: Jemand hatte mit roter Farbe die Zahl »666« auf die Seite des Aluminiumbriefkastens gemalt. Tom berührte behutsam die Farbe. Trocken. Es musste schon vor einer Weile geschehen sein, aber auf dem Hinweg hatte er nichts bemerkt. Als er noch einmal hinschaute, sah er, dass die Ziffern nur auf der Nordseite des Kastens standen. Wer aus der Stadt kam, konnte sie gar nicht sehen.
Er fragte sich, wie lange die Zahl schon da war, und ging über die unbefestigte Einfahrt zu Cassies ordentlichem gelbem Bungalow. Als er die Treppe zu ihrer im Schatten liegenden Veranda hinaufstieg, hörte er, dass im Hausinneren ein Popeye-Trickfilm lief. Tom klopfte an. »Cassie? Ich bin's, Tom.«
Er hörte das Geräusch laufender Füße, dann flog die Haustür auf.

Die kleine Eve Halloway packte kichernd einen von Toms Fingern und zog ihn hinein. »Mommy, Tom ist da!«, schrie sie und zerrte Tom auf das Sofa vor dem Fernseher.
»Bin gleich da, Tom«, rief Cassie von irgendwoher aus den Tiefen des Hauses.
»Mommy ist im Bad«, berichtete Eve.
»Lieber Himmel«, sagte Tom schnell, »dieser Popeye ist aber wirklich 'n starker Bursche, was? Ich würd auch gern Knoten in Stierhörner machen können.«
Eve, ein zart, beinahe zerbrechlich aussehendes Kind, blickte ihn mit erstaunlich großen, dunkelgrauen Augen an. Die sechs Jahre alte Nervensäge hatte nur wenig Ähnlichkeit mit ihrer rothaarigen Mom. Da Cassie die Identität von Eves Vater nicht enthüllen wollte, waren einige der fanatischeren Weltraum-Freunde davon überzeugt, dass ein Außerirdischer sie gezeugt hatte. Na ja, bei den großen Augen und so. Tom war sich jedoch zu 98 Prozent sicher, dass Polizeichef Moss Baskerville Eves Vater war: Er hatte nicht nur stahlfarbene Augen, sondern auch eine Menge blondes Haar auf seinem großen, allmählich ergrauenden Schädel. Außerdem glaubte Tom daran, weil Eve Moss *Daddy* nannte. Moss und Cassie hatten seit einem Jahrzehnt etwas miteinander: Man konnte Moss fast so oft in Cassies Häuschen begegnen wie in New Madelyn. Aber aus irgendeinem Grund durfte man nicht darüber sprechen.
»Mommy hat eine neue Tätowierung«, gab Eve bekannt und ließ sich neben Tom aufs Sofa fallen.
»Hat sie sie dir gezeigt?«
Eve nickte ernst. »Mhm. Weißt du, was es ist?«
»Mal nachdenken.« Tom nahm seinen Hut ab und kratzte sich am Kopf. »Ein riesiger Elefant?«
»Nee.«
»Ach, dann ist es vielleicht eine Dose Spinat.«
Eve stützte die Hände auf die Hüften und unterdrückte ein Kichern. »Nein, du Dussel. Es sind Sechsen.«

»Sechsen?« Tom bekam schon wieder eine Gänsehaut.
»He, Tom!« Cassie trug Jeans und ein ärmelloses T-Shirt, das ihre Tattoos offenbarte, und hatte sich ein rosafarbenes Handtuch wie einen Turban um den Kopf gewickelt. »Tut mir Leid, dass du warten musstest. Wir haben heute letzte Hand ans Bühnenbild des neuen Stücks gelegt – und dabei habe ich Bekanntschaft mit einer Dose Farbe geschlossen.«
Sie war stolz auf das Langtry-Theater. Es finanzierte nicht nur die bescheidenen Bedürfnisse der Halloways: Der Umbau des schäbigen Gebäudes am Nordrand von Madland hatte Cassie vor fünf Jahren von einer umherziehenden Go-go-Tänzerin zur angesehenen Geschäftsfrau gemacht. »Ich dachte schon, ich krieg das Zeug nie wieder aus den Haaren!«
»Mommys Haare waren ganz lila!« Eve kicherte.
»Wie hast du –«, setzte Tom an.
»Bin unter 'ner Leiter vorbeigegangen. An dem alten Aberglauben ist wahrscheinlich doch was dran.« Cassie grinste. »Evie hat dir also erzählt, dass ich 'ne neue Tätowierung hab?«
»Sie sagt, es ist ein Schlachtschiff«, erwiderte Tom düster.
»Hab ich *gar* nicht gesagt! Er flunkert, Mom!«
Tom stand auf. »Das Mädchen kann man einfach nicht reinlegen.«
Cassies Tätowierungen basierten im Grunde alle auf einer. Ihre erste stammte aus den sechziger Jahren und zeigte über ihrer linken Brust drei zeitgemäße psychedelische Paisleys; etwa so, wie die von Goldie Hawn in der alten *Laugh-In*-Show. Mit der Tätowierungssammelei hatte sie vor fast zwanzig Jahren angefangen, als sie nach Madland gekommen und dem Ex-Rocker und Tätowierer Gus Gilliam begegnet war. Gus hatte einen Katalog des Metropolitan Museum of Art besessen. Er war ein echtes Nadeltalent und hatte Cassie im Nu überredet, ihre psychedelischen Paisleys mit einem frischen Bildertrio auf der rechten Brust auszugleichen. Gus hatte sie im Stil der naiven Malerin Grandma

Moses gemacht – winzige, von Tränen umgebene Jahreszeitenbildchen. Cassie war darauf abgefahren. Dann hatte Gus sie mit Renoirs, Bruegels und Remingtons verschönert. Inzwischen war er verstorben.
Glücklicherweise hatte Gus junior das Talent und das Interesse seines Vaters geerbt und machte dort weiter, wo Gus senior aufgehört hatte. Cassies Rücken, ihr Torso, ihre Oberarme und Schenkel waren nun eine lebendige Hommage an die alten Meister. Gus junior hatte neuerdings die expressionistische Masche drauf, die Tom nicht sonderlich gefiel. Die Remingtons waren ihm lieber.
Cassie drehte den linken Arm. »Ist es nicht prächtig?«
»Absolut.« Die Tätowierung war in einem neuen Stil gemacht. Sie war das erste Kunstwerk auf Cassies Ellbogen.
»Es ist Art nouveau, Aubrey Beardsley«, sagte Cassie. »Diesmal hat Gus sich selbst übertroffen, was?«
»Die Farben erinnern mich an Carlos kleine Tiffany-Lampe.«
Cassie nickte erfreut. »Ist die gleiche Epoche.«
»Schau dir mal die Details auf dem Libellenflügel an«, sagte Tom staunend.
»Siehst du die kleine Fee, die auf der Blume tanzt? Ist die nicht entzückend?«
»Ja, sicher.« Tom zögerte. »Cassie …«
»Was geht dir im Kopf rum, Tom?« Cassie ließ den Arm wieder sinken.
»Ich muss was mit dir besprechen«, erwiderte Tom zurückhaltend.
»Ich hab Kaffee in der Küche.«
»Klingt gut.«
Als sie an der Küchenzeile Platz nahmen, kam Eve rein. »Was macht ihr?«
»Geh doch mal nach draußen, Schätzchen«, sagte Cassie, »und …«
Tom schüttelte den Kopf. Cassie hielt inne, blickte ihn an und fuhr

fort: »Schau dir einen Trickfilm an, solange ich mich mit Tom unterhalte.«

»Ich möchte mich *auch* unterhalten.«

»Nein, Eve.«

»Aber ich *möchte* –«

»Okay«, unterbrach Tom. »Wir wollen ein paar Rezepte austauschen. Hast du ein paar beizusteuern?«

»Nee!« Eve verschwand wieder im Nebenraum. Der Fernseher wurde lauter.

Plötzlich ertönte ein Knacken, und alles erzitterte leicht.

»Ein Erdbeben!«, schrie Eve und übertönte den Fernseher. Das Haus knirschte zustimmend und nahm seine alte Position wieder ein.

Tom und Cassie schauten sich an. Sie warteten auf den nächsten Erdstoß, aber er blieb aus.

»Hat in letzter Zeit öfter mal 'n bisschen gebebt«, sagte Cassie.

»Yeah. Ich hoffe, es bedeutet, dass das Land zur Ruhe kommt – und nicht etwa einen großen Erdstoß vorbereitet.«

»Die dämlichen Wissenschaftler wissen auch nichts. Also los, Tom, worüber wolltest du mit mir reden?«

»Tja, mir ist gerade etwas eingefallen, was Eve gesagt hat«, erklärte Tom. »Sie hat deine Paisleys ›Sechsen‹ genannt.«

»Macht sie immer, seit sie Zahlen kennt. Aus der Ferne sehen sie auch fast wie Sechsen aus, oder?«

Tom nickte. »Und es sind immer drei.«

»Klar. Damit sie symmetrisch sind.«

»Jemand hat drei Sechsen auf deinen Briefkasten gemalt, Cassie.«

»Was?«

»Du weißt schon. Sechs-sechs-sechs. Wie das Teufelszeichen. Mit roter Farbe. Als ich es gesehen hab, ist mir eingefallen, dass es hier vor ein paar Jahren einen Satanskult gab. Sechs-sechs-sechs. Sie haben die Zahl auf einen Grabstein am Boot Hill gemalt und einen Haufen schwarzer Hennen geschlachtet ...«

»Und jetzt hat jemand ein paar Sechsen auf meinen Briefkasten gemalt.« Cassie klang nicht besorgt. »So weit außerhalb der Stadt bin ich ein leichtes Ziel. Glaubst du, der Kult ist wieder hier?«

Tom zuckte die Achseln. »Ich weiß nicht, aber ich halte es auch nicht für willkürlichen Vandalismus.«

»Quatsch, Tom. Natürlich ist es das.«

»Wenn Eve die Sechsen nicht erwähnt hätte, würde ich mit dir übereinstimmen. Oder wenn …« Er hielt inne, weil er ihr den Rest nicht erzählen wollte.

»Spuck's aus, Tom.«

Tom schaute sie eine ganze Weile an. »Es ist noch was passiert, Cass. Eine deiner Ziegen ist tot.«

»Das kann nicht sein, Tom. Sie waren heute Morgen, als ich Evie zur Schule brachte, beide hier.« Cassie stand auf, öffnete die Hintertür und trat auf die Treppe hinaus. »Daisy ist da. Iris? Iris?«

»Ich hab sie auf der Straße gefunden. Am Fort.«

Cassie drehte sich zu Tom um. Ihr Gesicht war kalkweiß. »Ist sie von einem Auto überfahren worden?«

»Nein. Sie wurde bewusst getötet. So wie's aussieht, geh ich davon aus, dass man sie gesteinigt hat, Cassie. Moss muss sich das unbedingt mal ansehen.«

Cassie setzte sich langsam hin. »Gott, ich hab die verdammte alte Ziege gern gehabt.«

»Ich weiß.«

»Evie hat sie auch gern gehabt.«

»Ich glaube, du solltest Evie erst wieder allein vor die Tür lassen, wenn Moss weiß, was hier vor sich geht.«

»Glaubst du, die Sachen mit der Ziege und dem Briefkasten haben was miteinander zu tun?«

»Ich denke, ja«, gestand Tom und wünschte sich, er wäre nicht auf diese Dinge gestoßen. Am liebsten wäre er jetzt ganz woanders gewesen.

Tränen begannen über Cassies Wangen zu rinnen. Sie wischte sie schnell weg. »Diese verdammten Satanisten. *Die* sollte man steinigen.«

»Was ist mit den Aposteln?«, fragte Tom.

»Klar – die können die Steinigung übernehmen.«

»Nein, nein. Ich meine, dass die sich mit all ihrem Gequatsche über die Apokalypse in letzter Zeit ziemlich verrückt aufführen.«

»Glaubst du, die haben es getan?«

»Vielleicht. Hast du Sinclairs Rundfunksendung schon mal gehört?«

»Nein.« Cassie starrte ihn an. »Tom Abernathy, es überrascht mich, dass *du* dir solchen Schrott anhörst.«

»Ich muss gestehen, ich hab's mir ein- oder zweimal angetan, als sie den Sender aufgebaut haben. Ich hab's nur aus Neugier gemacht. Ich hatte gedacht, es könnte vielleicht amüsant werden.« Tom hielt nachdenklich inne. »Ich hab die Apostel nämlich für harmlos gehalten; wie Janet Wister und ihre UFOs anbetenden Freunde. Aber neulich abends hatte ich den Sender wieder drauf. Sinclair hat über Erdbeben und Überschwemmungen schwadroniert, und dass die vier apokalyptischen Reiter mitten über die Thunder Road reiten werden, um das Ende der Welt anzukündigen.«

»Sinclair und seine Anhänger sind doch nur Papiertiger«, sagte Cassie.

»Ja, stimmt, aber sie sind auch unheimlich von sich eingenommen und haben sich außerdem einen zeitlichen Rahmen gesetzt. Vielleicht haben sie irgendwas vor.«

Cassie hob die Augenbrauen. »Lass mich raten«, sagte sie. »Am Sonntag – mit der Sonnenfinsternis – steht das Ende der Welt an, nicht wahr?«

»Genau so ist es. Sinclair behauptet, er sei mit irgendeiner heiligen Mission betraut, um die Sünder für Gott zu vernichten. Er sagt, seine Apostel seien die Auserwählten.«

»Dieses Privileg nehmen die meisten Religionen für sich in Anspruch.«

Tom nickte. »Stimmt. Aber nicht so wie die Apostel – zumindest nicht, wenn man Sinclair reden hört. Er nennt sich Prophet. Wenn er seine Predigten sendet, hört man seine Anhänger bei allem, was er sagt, im Hintergrund Halleluja rufen. Die Typen sind echt abgedreht. Sie sind Glaubenseiferer, und solche Leute machen mir Sorgen.«

»Tja, die Touristen haben sie auch belästigt«, gab Cassie zu. »Moss musste sie in letzter Zeit an jedem Wochenende aus Madland vertreiben. Aber sie sind trotzdem eine normale christliche Religion.«

»Ich weiß nicht, Cass. Wenn Sinclair redet, geht es immer um die ›Apostel des Propheten‹, nie um ›Christen‹.«

»Ihr Kreuz sieht auch ganz schön bizarr aus, was? Das riesige Neonkreuz auf ihrer Kirche erinnert mich immer an Las Vegas.«

Tom nickte. »Ist dir aufgefallen, dass das Ding manchmal verschwindet?«

»Ja. Am Sonntagmorgen. Und am späten Abend ist es wieder da.«

»Sie setzen es bestimmt ein, um ihren Gottesdienst aufzupeppen. Ganz schön komisch, wenn du mich fragst.«

»Trotzdem beten sie zu Gott, nicht zum Teufel. Ich kann mir einfach nicht vorstellen, dass sie ein armes, wehrloses Tier umbringen.«

»Na ja«, sagte Tom, »Christen haben früher ständig arme, wehrlose Tiere geopfert, und … Mann, sie haben's noch heute mit dem rituellen Kannibalismus.«

»*Was?*«

»Beim *Abendmahl.* Jesu Fleisch und Blut. Donnerstagabend, nach dem Barbecue, sollten wir uns mal umhören, um rauszukriegen, was die Leute so denken. Du kommst doch, oder?«

»Ich weiß nicht, ob ich jetzt auf ´ne Party gehen möchte, Tom. Aber Moss kommt, wenn er kann.« Cassie schüttelte den Kopf.

»Bei allem, was hier vor sich geht, wäre es mir recht, wenn es ihm gelänge, einen weiteren Officer anzuheuern.«
»Cass, du darfst Donnerstagabend nicht verpassen.« Im Laufe der Zeit war es ein Ritual geworden, an diesem Tag bei Tom zum Grillen aufzukreuzen. »Außerdem solltest du meiner Meinung nach nicht allein hier draußen sein. Besonders nicht nach dieser Sechs-sechs-sechs-Geschichte.«
»Ich denk drüber nach, Tom, aber führ dich nicht auf wie mein Daddy. Das passt nicht zu dir.«
»Wieso ist es in Ordnung, wenn die Frauen uns ständig sagen, wir sollen vorsichtig sein, während sie uns den Kopf abreißen, wenn wir das Gleiche tun?«
»Die Zeiten ändern sich eben.« Cassie grinste. »Wir müssen genauso chauvinistisch und stur sein, wie ihr es früher wart, und euch *verdeutlichen,* dass wir euch nicht brauchen.«
»Das ist doch albern.«
»Ja, ich weiß, aber so ist es nun mal. Hier haben wir 'ne Bande von Fanatikern, und die kämpfen es eben aus. Irgendwann schließen sie einen Kompromiss.« Cassie lächelte. »Wir Frauen sehen das so: Zuerst müssen wir wissen, ob ihr kapiert habt, dass wir für uns selbst sorgen können. Danach können wir uns gegenseitig sagen, dass wir aufpassen sollen.«
»Frauen benehmen sich völlig unlogisch«, sagte Tom kopfschüttelnd.
»Männer auch.« Cassie zwinkerte ihm zu. »Das ist eine Sache, die mir an ihnen gefällt.«
»Da ist was Wahres dran.« Tom griff hinter sich und nahm den Telefonhörer von der Wand. »Moss muss wissen, was hier los ist.«
»Schön, aber erzähl ihm bloß nicht, dass Paisleys wie Sechsen aussehen. Wenn du das machst, hab ich ihn in einer Minute am Hals.«
»Ich dachte, du hättest ihn gern am Hals«, erwiderte Tom.

»Reiß dich am Riemen, Tom.«
»Mach ich.« Tom hinterließ eine Nachricht für Baskerville und wollte dann aufbrechen, wobei er sorgfältig vermied, Cassie zu sagen, sie solle vorsichtig sein. Stattdessen schob er den Stetson in den Nacken und sagte: »Ich hoffe, wir sehen uns am Donnerstag.«
»Tom?«
Tom, die Hand schon auf dem Türknauf, drehte sich mit gerunzelter Stirn um.
»Was ist deiner Meinung nach mit Madge Marquay passiert?«, fragte Cassie vorsichtig.
Tom spürte schon wieder, dass er eine Gänsehaut kriegte. Er schaute Cassie ernst an. »Nichts, hoffe ich. Vielleicht hatte sie sich mit Henry in der Wolle und ist abgehauen, und es ist ihm zu peinlich, das zuzugeben.« Tom war klar, dass Cassie wusste, dass er Scheiße laberte. »Was meint Moss denn dazu?«
Cassie schüttelte den Kopf. »Er glaubt, dass was Schlimmes passiert ist. Was *sehr* Schlimmes.«
»Und was ist mit Kyla und Joe?«
»Joe? Tja, über den weiß er nichts. Aber er befürchtet, dass der, der Madge erwischt hat, auch Kyla erwischt hat. Er hat keinerlei Anhaltspunkte mehr. Keiner ihrer Freunde oder Verwandten hat von ihr gehört.« Cassie hielt inne. »Er macht sich Sorgen, Tom.«
»Ich beneide ihn nicht um seinen Job.« Tom drehte den Knauf und öffnete die Tür. »Tut mir Leid, Cass, aber ich hab um vier 'ne Vorstellung.«
»Na, dann geh schon, Tom«, sagte Cassie leise. In ihrem Blick lag etwas zu viel Verständnis. »Bis später.«
Als Tom draußen war, schaute er auf seine Armbanduhr, dann marschierte er festen Schrittes die Straße entlang zum Madland-Tor. Wegen der Ziege musste er nun ein Pferd aus der Koppel der Stuntreiter nehmen. Sonst hätte er bei der Ranch angehalten, um Belle zu holen, die seine Bewegungen aus dem Effeff kannte. Tom

verspürte ein Aufwallen von Zorn. Gleich danach kam das schlechte Gewissen. »Es ist deine eigene verdammte Schuld, Abernathy«, murmelte er, als er den breiten, von Felsen gesäumten Weg zum Parkeingang hinaufging. »Wenn man in nichts reingezogen werden will, darf man eben nicht so verdammt neugierig sein.«

2
JUSTIN MARTIN

Justin Martin blickte in den Spiegel des Medizinschränkchens und legte die Zeigefinger vorsichtig an den Rand des dicken Pickels, der im Grübchen seines viereckigen Kinns wuchs. Langsam fing er an zu drücken …

»Justin?« Die süßliche Stimme seiner Mutter drang durch die geschlossene Badezimmertür. »Justin? Bist du im Bad, Schätzchen?«

Wer sollte wohl sonst hier sein, verdammt noch mal? Justins Finger drückten gegen den Pickel. Er widersetzte sich. Justin zuckte zusammen und drückte fester. Plötzlich klatschte gelber Eiter auf den Spiegel und ließ auf seinem ansonsten vollkommenen Kinn einen kleinen roten Fleck zurück. Er grinste. Von Grübchen umrahmtes Weiß blitzte auf.

»Justin? Bist du da drin?«

»Ja. Ich bin gleich fertig.«

»Ist dir schlecht, Schätzchen?«

Ja, du bringst mich zum Kotzen. »Nein«, murmelte er und erkannte, dass die Eitersprenkel eine unheimliche Ähnlichkeit mit dem Sternbild Orion aufwiesen.

»Du bist schon so lange da drin. Brauchst du vielleicht etwas gegen Durchfall, Schätzchen?«

»Nein!«, fauchte Justin. Dann fügte er freundlicher hinzu: »Mir geht's gut.«

Seine Mutter räusperte sich, sagte aber nichts. Justin hörte ihren Fuß ein-, zweimal auf den Boden klopfen. *Sie glaubt, ich hol mir einen runter.* Er grinste amüsiert, als er ihre sich entfernenden Schritte hörte.

Justin zog den Kamm aus der Gesäßtasche und fuhr durch sein dichtes Haar. Als er zum ersten Mal nach Barstow gefahren war, um sich bei Supercuts einen richtigen Schnitt verpassen zu lassen, hatte seine Mutter fast einen Anfall bekommen. Sie glaubte, sein Haar gehöre ihr, und außer ihr könne niemand es schneiden. Sie hatte ihm eine Menge Scheiß über Geldverschwendung erzählt. Aber Justin brauchte nie lange, um sie einzuseifen, und so hatte sie es schließlich aufgegeben. Es war schon nervenaufreibend, seine Eltern unter Kontrolle zu halten. Manchmal fiel ihm das Lächeln und Sülzen verdammt schwer. Hin und wieder hätte er sie gern abgemurkst.

Vielleicht würde er sie wirklich eines Tages umbringen. Die Stimme brauchte es nur vorzuschlagen. Sie kam mit den Lichtern am Himmel. Im letzten Jahr hatte Justin sie oft gehört. Inzwischen war sie seit einigen Monaten eine klare und entscheidende Kraft in seinem Leben. Sie leitete ihn an und respektierte ihn. Sie gab ihm, was er brauchte.

Justin schob den Kamm in die Tasche zurück, nahm das Oxy-10-Fläschchen aus dem Schrank und rieb die Medizin in seine Gesichtshaut ein. Er hatte seine Pickel zwar ganz gut im Griff, aber sie waren ein ständiger, lästiger Kampf, der ihm gehörig auf die Nerven ging. Vermutlich waren sie aber ein geringer Preis für die Hormone, die mit Hilfe der Stimme und etwas Gewichtheberei und Laufen seit dem letzten Sommer eine breitschultrige Sportskanone aus dem knochigen Burschen gemacht hatten, der er zuvor gewesen war. *Pseudo-Sportskanone,* korrigierte sich Justin und begutachtete seinen Hinterkopf kurz durch den Handspiegel. Er hatte nichts für Schwachköpfe übrig, die ihr Leben lang hinter einem Ball herliefen und sich gegenseitig anrempelten. *Das sind doch alles verkappte Schwuchteln.*

Seit dem vergangenen September war er in der Oberstufe. Der Job in der Verwunschenen Mine in Madland hatte ihm genug eingebracht, um seine Brille durch Kontaktlinsen zu ersetzen. Die

Linsen hatten seine wasserblauen Augen – seinen einzigen Makel – in ein üppiges Immergrün verwandelt. Das schwarze 78er Mustang-Coupé, das seine Eltern ihm im letzten November zum Geburtstag geschenkt hatten, hatte seine körperliche Veränderung vervollständigt. Nun, mit siebzehn, nur wenige Monate vom Abschluss entfernt, war er kein hässliches Entlein mehr. Er war zu einem Schwan geworden.
Natürlich hatte er im vergangenen Jahr auch ein wenig Persönlichkeitschirurgie betreiben müssen, damit sein Inneres zu seinem Äußeren passte. Er hatte Sportbücher gelesen, damit die schwachsinnigen Weiberhelden ihn akzeptierten. Außerdem hatte er sich Bücher zum Thema Anbaggern angeschaut, damit er wusste, was man sagen musste, damit die Schnallen sich nageln ließen. Er hatte auch gelernt, seinen Grips zu tarnen und kein Wort über seine wirklichen Interessen verlauten zu lassen.
Es funktionierte, und zwar besser, als er sich erträumt hatte. Menschen waren blöd und leicht reinzulegen. Das kleine Cheerleader-Luder Christie Fox – früher hatte sie ihn immer verarscht –, hatte ihm letzte Woche erzählt, er sähe aus wie Christian Slater. Natürlich ging sie noch mit Rick Spelman, dem Captain der Football-Mannschaft. Aber das war nur eine weitere Herausforderung, die Justin hinter sich bringen würde. Bis dahin vögelte er eben alle, die er vögeln wollte – und wann er wollte. Zwar langweilten ihn Mädchen, die sich ihm an den Hals warfen, aber er zeigte es nicht. Immerhin hatte er nun den Ruf eines großen Herzensbrechers, dem er gerecht werden musste: Die Stellungsbücher, die er sorgfältig studiert hatte, hatten sich unglaublich bezahlt gemacht. Nun wollte er diese – und andere – Kenntnisse noch an Christie ausprobieren. Sie war die letzte Festung, die eine Eroberung wert war. Leider hatte sie gesagt, dass sie Spelman liebe und ihm treu bleiben wolle. *Doofe Schlampe.*
»Jusssstinnn!« Die Stimme seiner Mutter echote aus der Küche. »Abendessen!«

Gott im Himmel. Seine Eltern, die blöden Ärsche, aßen jeden Tag zwischen 15.00 und 16.00 Uhr zu Abend und gingen um 20.00 Uhr ins Bett. Justin warf einen letzten Blick in den Spiegel, dann verließ er das Bad. Er ging in sein Zimmer, schnappte sich Brieftasche und Schlüsselbund und streifte seine Levi's-Jacke über. Alles, was er heute Abend sonst noch brauchte, lag im verschlossenen Kofferraum seines Wagens. Nun musste er nur noch an der braven alten Mom und dem braven alten Dad vorbeikommen.

Was ganz leicht war. Dad saß am Küchentisch und hatte das Gesicht in der *Daily Press* vergraben. Mom hatte Garfield-Ofenhandschuhe an und stellte gerade einen großen Glastopf mit Lasagne auf den Tisch. Seine Eltern waren in den fünfziger Jahren stehen geblieben. Typische amerikanische Schwachköpfe.

»Justin?« Seine Mutter verschränkte die Arme. »Wo willst du hin?«

»Hey, Mom, das sieht wirklich lecker aus.« Justin warf einen Blick auf die Kasserolle. Mom nahm Hüttenkäse und Cheddar statt Ricotta und Parmesan, weil sein alter Herr drauf stand. Justin wusste, dass es schmeckte wie Kotze. Er setzte ein gewinnendes Lächeln auf. »Ich dachte, ich hätte dir Bescheid gesagt … Ich muss *arbeiten.* Einige Schulen haben schon Osterferien, und da haben wir in Madland eine Menge zu tun.«

»Ich kann mir nicht vorstellen, dass Henry arbeiten will, wo Madge doch vermisst wird«, sagte die brave alte Mom.

»Ich nehme an, es hilft ihm, auf andere Gedanken zu kommen.« Justin sah sofort, dass sein Mitgefühl für den alten Marquay bei Mom sehr gut ankam, und säuselte: »Ich glaube, er braucht etwas Gesellschaft.«

Sein Vater ließ die Zeitung raschelnd sinken. »Wozu könnte er dich wohl mitten in der Woche abends brauchen, Justin?« Er klang argwöhnisch. Der alte Bastard war schon immer schwieriger zu überzeugen gewesen als Mom.

Justin zögerte keine Sekunde. »Mr. Marquay möchte, dass die Mine vor dem Erdbeerfest picobello in Schuss ist«, erwiderte er. »Wir müssen alle Wagen putzen und dafür sorgen, dass die Puppen perfekt arbeiten.«

Sein Vater schaute kurz zu ihm auf. »Würdest du bei mir in der Garage arbeiten, könntest du genauso viel Geld verdienen. Vielleicht sogar mehr. Dann hättest du auch eine geregelte Arbeitszeit.«

»Jim«, schalt seine Mutter sanft. »Was Justin macht, ist doch nur christlich. Wir sollten stolz auf ihn sein.« Sie wandte sich zu Justin um. »Er ist sogar einer Kirche beigetreten, Schatz. Du solltest dich eigentlich darüber freuen.«

»Das ist doch keine *Kirche*«, grollte Dad. »Das ist eine verdammte Freakshow.« Er wandte sich wieder dem Sportteil seiner Zeitung zu.

»Bevor du gehst, musst du etwas essen, Justin«, sagte seine Mutter, als er zur Tür marschierte.

»Tut mir Leid, Mom, aber ich muss in fünf Minuten anfangen. Und ich möchte mich nicht verspäten.«

Mom öffnete den Mund, um ihn zu tadeln, doch der brave alte Dad sagte: »Also, eine anständige Arbeitsmoral hat der Junge ja.« Er schob den Heber in die Lasagne und schaufelte einen dicken, triefenden Klumpen auf seinen Teller. Er war rot und gelb, wie die fettigen Eingeweide eines Hähnchens.

Justin behielt seinen Abscheu für sich. »Ich esse später was in Madland.«

»Ich lass einen Teller für dich im Ofen.« Mom hielt einen Moment inne. »Vielleicht solltest du dem armen Mr. Marquay etwas mitnehmen. Wenn du einen Moment wartest, mach ich ihm eine Portion fertig.«

Es war die Sache nicht wert, darüber zu streiten, also wartete Justin, während Mom eine kleine Auflaufform aus dem Schrank holte und etwas von dem Zeug hineinlöffelte. Nachdem sie die

Form mit dünner Folie überzogen hatte, schob sie sie Justin in die Hand.

»Bis später.« Justin hielt das abscheuliche Gericht weit von sich weg und eilte zur Tür hinaus.

»Schätzchen?«, rief Mom.

Was ist denn jetzt noch, du Nervensäge? »Ja, Mom?«

»Deine Hausaufgaben hast du doch gemacht, nicht wahr?«

»Natürlich«, sagte Justin. Diese Frage ging ihm immer auf den Keks. Er brauchte fünf Minuten für eine Seite Trigonometrie. Eine tausend Wörter umfassende Nacherzählung schaffte er in zwanzig Minuten, ohne das fragliche Buch auch nur zu lesen. Er bekam trotzdem eine Eins dafür. Die Madelyn High School war eine Institution für Schwachsinnige. Sogar die Lehrer waren schwachsinnig. Sie lasen Justins zusammengewürfelten Kram und merkten nicht mal, dass er den Stoff gar nicht beherrschte. Die allerdämlichste Triefnase war Henry Marquays muttermal- und warzenbedeckte Alte gewesen, die es sogar geschafft hatte, den Englischunterricht noch langweiliger zu machen, als er ohnehin schon war. Auf manchen ihrer Warzen wuchsen Haare, aber sie hatte nicht mal den Anstand, sie abzurasieren. Wenigstens drehte sie ihre warzige Fresse jetzt nicht mehr in seine Richtung und quatschte ihn mit ihrem Piepsstimmchen an.

»Grüß Mr. Marquay von uns«, sagte Mom, als Justin seinen Mustang aus der Einfahrt fuhr. Justin lächelte ihr zu und winkte.

Als er links auf die Cactus Street abbog, freute er sich schon auf das große Ereignis des heutigen Abends. Um Mitternacht war er mit Christie Fox' Freund, dem Supersportler Spelman, zu einem Wettrennen auf der Thunder Road verabredet. Die Anberaumung der Sache war, wie erwartet, sehr einfach gewesen: Spelman hatte den Fehdehandschuh selbst geworfen. Ermutigt hatten ihn dazu einige simple Bemerkungen bezüglich der sexuellen Talente seiner Freundin.

Doch bis dahin musste Justin noch viele Dinge erledigen. Zum

Beispiel musste er noch die Stiefel besorgen, die ihm auf dem Diebesmarkt in Victorville ins Auge gefallen waren. Dann wollte er im Einkaufszentrum noch zu Waldenbooks, um nachzusehen, ob es neue Bücher über sein … er lächelte … Hobby gab. Dann wollte er in die Stadt zurückfahren und am Café anhalten, um rauszukriegen, ob er Christie Fox überreden konnte, nach Feierabend eine Cola mit ihm zu trinken.

Als Justin durch Madelyns schäbige Vorstadt fuhr, prüfte er, wer daheim war und wer nicht. Sämtliche Häuser sahen nach unterer Mittelklasse aus, sogar die wenigen, die den Leuten mit Geld gehörten. Die Wüste wirkte sich eben auf alles aus. Häuser, Autos, Menschen – alle wirkten tot, vertrocknet und zerknittert.

Bevor er die Stadt verließ, musste er noch etwas erledigen: Er musste die Falle überprüfen und nachschauen, ob er was gefangen hatte. Justin bog auf den Old Madelyn Highway ab und fuhr nach Norden. *Highway* war seiner Ansicht nach ein ziemlich großspuriger Name für eine Landstraße voller Schlaglöcher. Jeder in diesem Hinterwäldlerkaff hielt sich für 'ne große Nummer, aber niemand war eine. Die Leute hier waren ein Nichts, aber sie wussten es nicht mal. Sie waren so blöd wie ihre Stadt. Die einzigen Ausnahmen waren möglichenfalls Jim-Bob Sinclair und einige seiner Lakaien.

Justin war ihrer Kirche beigetreten, weil die Himmelsstimme es ihm geraten hatte. Anfangs hatte er nicht gewollt, doch die Stimme war immer wiedergekommen, hatte sich in seinem Hirn festgesetzt und ihm mitgeteilt, dass sein Beitritt nur ein Mittel sei, um etwas zu erreichen: Teil eines größeren Plans. Justin traute Menschen zwar nie, doch die Stimme war etwas anderes. Sie hatte auch vorher immer Recht gehabt. Er war ihrem Wunsch nachgekommen, und in den letzten Wochen war es ihm gelungen, Sinclair mit Fleiß und Redlichkeit zu beeindrucken. Wenn es ihm gelang, einen Betrüger wie Sinclair zu beeindrucken, konnte dies nur zweierlei bedeuten: Er betrog besser als Sinclair, und Sinclair war wiederum nicht so klug, wie er sich gab. Das war zwar leicht enttäuschend, doch der Umgang mit diesem Mann hatte noch immer seinen Reiz: Wäre Sinclair nicht sehr gut gewesen, wäre er nicht dort, wo er jetzt war. Deswegen lag der Reiz in der Möglichkeit, dass Sinclair ihm etwas vormachte. Vielleicht noch interessanter als Sinclair waren seine »Ältesten« – so nannte man in dieser Kirche die Unterführer. Der runde, engelsgesichtige Hannibal Caine, der mit leiser, sanfter Stimme sprach, hatte es faustdick hinter den Ohren. Caine begegnete Justin noch mit Misstrauen, aber vielleicht war es auch nur Neid. Der andere, Eldo Blandings, sprach nur selten. Er trug ein lächerliches graues Toupet, hatte ein langes, säuerlich wirkendes Gesicht und sah mit seinen blassblauen Augen fast alles. Justin fand ihn faszinierend. Außerdem interessierte ihn, auf was Blandings und Caine eigentlich aus waren, vom Offensichtlichen – Macht – mal abgesehen. Jeder wollte Macht, nur Schafe wollten keine. Das war eine Tatsache.

Nach etwa eineinhalb Kilometern passierte Justin das Tor der El Dorado Ranch, die Tom Abernathy gehörte. Das Anwesen sah als einziges wirklich gut aus, denn der Roy-Rogers-Verschnitt hatte Geld ohne Ende und konnte es sich – im Gegensatz zu Sinclair – leisten, ein halbwegs anständiges Haus zu bauen.

»Scheißwüste.« Justin näherte sich Madland. Er verlangsamte, denn ein dunkelgrüner Minivan verließ gerade den Parkplatz. Er war voller Halbwüchsiger. Einer winkte Justin zu. Als der Wagen an ihm vorbeikam, lächelte er und winkte zurück. *Scheißtouristen.*

Justin schaltete das Radio ein und aktivierte den Suchlauf.

»Hier ist Charlie Ray mit zehn flotten Hits am Stück.«

»Von wegen«, knurrte Justin. Er suchte sich einen anderen Sender. Näselnde Countryscheiße drang an sein Ohr. Dann kam ein Rundfunkseelenklempner. Anschließend quatschte ein Bohnenfresser in rasender Geschwindigkeit auf Spanisch. Der nächste Sender, bei dem Justin landete, war Sinclairs Jesusverein. Auf dem übernächsten endete gerade ein Lied von Whitney Houston. Dann kündigte Charlie Ray, Victorvilles Antwort auf Howard Stern, drei Hits von Michael Bolton am Stück an. »Scheiße!« Justin nahm die Sendersuche wieder auf. Als Sinclairs Donnerstimme erneut losdröhnte, blieb er dabei.

»Die Zeit der Abrechnung ist nahe, Freunde!«, rief Sinclair. »Nun obliegt es den Aposteln des Propheten – jenen, die den Segen und die Erleuchtung empfangen haben –, den unwissenden Massen das Wort zu verkünden, damit auch sie in diesen letzten finsteren Tagen vielleicht noch gerettet werden!«

»Blödmänner.« Justin kicherte. Sinclairs Anwesen wimmelte von seinen Anhängern. Sonntags kamen die Leute von überall her, um sich in seiner Kirche zu versammeln. Am Sonntagmorgen waren die Landstraßen voll von menschlichen Schafen, die zur Kirche auf seinem Grundstück unterwegs waren.

Justin hatte von Anfang an kein Wort von diesem frommen Scheißdreck geglaubt, und das war auch heute nicht anders. Allerdings bewunderte er Sinclairs Spiel und fragte sich, was ihn mit der *Stimme* verband. Jim-Bobs Stimme hatte Kraft und Charisma; dass die nachmittägliche Sendung keine Direktübertragung war, sondern aus der Konserve kam, machte die Wirkung nicht geringer.

»Hört mir nun zu!«, brüllte Sinclair, als hätte er Justins Gedanken gelesen. »Für Sünder gibt es keine Erlösung! Nur die Rechtschaffenen, nur die Gläubigen, werden gerettet! Bleiben Sie bei uns. Schalten Sie jeden Abend um 21.00 Uhr diesen Sender ein, damit Sie erfahren, wie auch Sie gerettet werden können, bevor die vier Reiter der Apokalypse kommen! Bis morgen entbiete ich, euer gläubiger Diener, James Robert Sinclair, euch ein demütiges Lebewohl!«

»Schamloses Arschloch«, murmelte Justin anerkennend. Am Ende des Old Madelyn Highway verlangsamte er, um auf die Thunder Road abzubiegen. Dabei tastete er nach einer Kassette, die neben seinem Sitz auf dem Boden lag. Er schob sie in den Player und brachte Jim-Bob zum Schweigen.

»And I'll buy you a stairway to heaven ...«
»Scheiße.« Justin war nicht in Stimmung für Oldies, also schaltete er das Radio ab und konzentrierte sich auf die Umgebung. Als er wendete, warf er einen Blick auf das heruntergekommene Fort Madelyn. Dann trat er auf die Bremse und musterte den im Schatten des Forts liegenden weißen Haufen. »Was ist das denn für 'n Scheiß?«
Justin schaute in die Spiegel, überprüfte die nach Osten und Westen abbiegenden Straßen, lenkte den Mustang dann auf den schmalen Seitenstreifen, stieg aus und trottete zu dem Haufen hinüber.
»Na, so was!«, keuchte er, als er vor der toten Ziege stand. Er blickte zum Himmel empor. Er rechnete irgendwie damit, da oben Lichter zu sehen, und hoffte darauf, die Stimme zu hören. Doch der Himmel war klar. Nur leicht enttäuscht, richtete er seine Aufmerksamkeit wieder auf die Ziege. So etwas Großes konnte seine Falle unmöglich fangen. Er kehrte schnell zum Wagen zurück, öffnete den Kofferraum und breitete eine blaue Kunststoffplane auf dem Boden aus. Dann kehrte er zur Ziege zurück und schleifte den schweren Kadaver zum Wagen. Er rollte ihn auf die Plane und hüllte ihn gründlich ein, damit kein Blut, kein Schmutz und kein animalischer Gestank mit seiner Kleidung in Berührung kam.
Der Kadaver war überraschend schwer. Als Justin ihn in den Kofferraum wuchtete, brach ihm der Schweiß aus. Aber es war die Sache wert. Nachdem er einen letzten Blick auf das Tier geworfen hatte, nahm er die Auflaufform und stellte sie zwischen den Bauch und die Hinterläufe der Ziege, damit sie nicht umkippte. Dann schlug er den Kofferraum zu, stieg in den Mustang, wendete und fuhr über den Old Madelyn Highway zurück. Er ließ die Led-Zeppelin-Kassette laufen und grinste. Er freute sich, dass er die Kaninchenfalle nicht überprüfen musste. Falls etwas drin war, konnte es warten: Dies hier war tausendmal besser.

3

JAMES ROBERT SINCLAIR

James Robert Sinclair schaute noch mal auf die mit Effekten und Investmentpapieren gefüllten Umschläge, den Stapel mit den Kontoauszügen und das Beste überhaupt: die mit Banderolen umwickelten Geldscheinhäufchen – Zwanziger, Fünfziger und Hunderter. Alles zusammen mehrere hunderttausend. Er schob die schwere Tür des Geldschranks zu und drehte das Rad. Das hier war nur Klimpergeld. Die wesentlicheren Summen lagerten auf den Konten der Kirche, die noch beeindruckenderen auf Konten in Zürich und auf den Cayman-Inseln. Seine Privatkonten. Sinclair lächelte. In kaum einem Jahrzehnt war es der Kirche der Apostel des Propheten tatsächlich gelungen, einen wunderbaren Gewinn einzustreichen.

Sinclair drückte einen in einer verborgenen Konsole unter dem Schreibtisch befindlichen Knopf. Die Eichenholzwandtäfelung schob sich über den Geldschrank und verbarg ihn vor allen außer seinen engsten Vertrauten. Nur die beiden Ältesten – Hannibal Caine, der sein Nachfolger werden sollte, falls ihm vor der »Apokalypse« etwas zustieß, und Eldo Blandings – wussten von dem Geldschrank. In einem weiteren, unter einem Wandporträt ziemlich gut erkennbar, »versteckten« Schrank bewahrte Sinclair weniger wichtigen Besitz auf. Doch der Schrank war eine Versicherung. Er *sollte* von etwaigen Dieben gefunden werden. Er enthielt genug, um Diebe zu befriedigen: fünfzigtausend in unsichtbar markierten Scheinen sowie von Konvertiten gespendete Edelsteine und Schmuck. Er enthielt auch zwei der Goldbarren, die eine reiche Witwe ihm ausgehändigt hatte, eine Konvertitin, die, wie viele andere, gehofft hatte, er werde auch körperlich auf sie ansprechen.

James Robert Sinclair wusste genau, was er war: ein gut aussehender, inzwischen zu einem stattlichen Mann herangewachsener Junge; ein Mann, der sich mit Charisma und durchschnittlichen Noten einen Weg durch die High School geschwafelt hatte.

Sinclair strich geistesabwesend durch seinen sauber gestutzten Bart. Anfangs hatte er gar keine eigene Kirche gründen wollen. Seine Eltern hatten davon geträumt, dass er Geistlicher würde; er selbst nicht. Zuerst hatte er sich in die Magie verliebt. Schon in der Unterstufe war er ein beachtlicher Bühnenzauberer gewesen. In der High School hatte er das Interesse eines professionellen Zauberers auf sich gezogen, der ihm allerhand beigebracht hatte. Auf dem College war er regelmäßig im Magischen Zirkel aufgetreten.

Mit dem bei Vorführungen verdienten Geld war er bei seinen Eltern ausgezogen. Er war aber noch ein Jahr im theologischen Seminar geblieben, da es ihm gar nicht in den Sinn gekommen war, es zu verlassen. Von klein auf hatte man ihm eingebläut, er müsse wie sein Vater und sein Großvater Pastor werden. Irgendwann war ihm allerdings bewusst geworden, dass er von der Zauberei ganz gut leben konnte – und so hatte seine Revolte begonnen.

In den zwei auf dem College verbrachten Jahren hatte er sich zu tun bemüht, was seine Eltern wünschten – doch *geglaubt* hatte er nichts. Er war nie gläubig gewesen. Der Begriff »Glaube« war ihm unverständlich – er brauchte für alles und jedes einen Beweis, und das war in der Religion sein großes Manko. Gläubig zu sein kam ihm albern vor. Religion und ihre Wunder waren nur Magie für ihn, die sich von Bühnenzauberei nicht groß unterschied. Deswegen hatte er das College geschmissen. Seine Geringschätzung der Gläubigen hatte sich in reine Verachtung verwandelt – fast in Hass. Er hatte sogar angefangen, sich wegen seiner eigenen Heuchelei selbst zu hassen.

Sinclair hatte sich dem Beruf des Bühnenzauberers zugewandt, bis auch dieser langweilig wurde. Trotzdem versah er ihn mit einer Hingabe, die ihn schließlich zur religiösen Magie zurückführte. In der Religion lag wahre Macht – natürlich nur dann, wenn man ein echter Führer war. Man musste jemand sein, der das Kommando hatte. Sinclair war immer gut mit Frauen ausgekommen, doch nachdem er sich als »Prophet« etabliert und mit der Kirche angefangen hatte, war seine Anziehungskraft rasant gewachsen. Vielleicht lag es an seiner Machtposition, vielleicht auch daran, dass die Frauen nun eine verbotene Frucht in ihm sahen.

In den ersten Jahren seines geistlichen Amtes, als er noch keine dreißig gewesen war, hatte er die Geschenke, die seine weiblichen Anhänger ihm zuteil werden ließen, gern angenommen. Doch irgendwann im vierten Jahr hatte er eine eigenartige Aversion gegen sexuelle Beziehungen mit Angehörigen seiner Gemeinde entwickelt. Er kannte sich gut. Er kannte seinen Charakter, seinen Egoismus. Er hatte sich fast überzeugt, dass diese Aversion mit seiner alten Verachtung für gläubige Menschen verwandt war: Er redete sich ein, dass diese Frauen nur geistlose Schafe waren, die ihn nicht verdienten, weil sie so bereitwillig an einen Mann glaubten, der ein Scharlatan war.

Sinclair hatte es eine Weile geglaubt und sich an seiner Überlegenheit, seiner Ichbezogenheit und seinem Pragmatismus ergötzt. Doch schließlich hatte er sich etwas eingestehen müssen: Am Anfang war es vielleicht so gewesen, doch nun kam er nicht mehr umhin, den wahren, erschreckenden Grund zu akzeptieren – die nach allem greifenden, bedürftigen Menschen taten ihm Leid. Sie brauchten jemanden, der ihnen ihr Leben vorschrieb. Damit hatten sie ihn ebenso hervorgebracht wie jeden anderen Gott, den der Mensch erschaffen hatte. Er hatte die Rolle des weisen Vaters so lange gespielt, bis er mit ihr verschmolzen war.

Heutzutage sah er in der Gesinnung eher einen Vermögenswert als eine zu bekämpfende Schwäche. Wenn absolute Macht einen

Menschen absolut korrumpierte, hinderte dies sein Ich daran, Grenzen zu überschreiten und die Fehler zu begehen, die so viele andere Evangelisten gemacht hatten, denen die fleischliche Lust den Kopf vernebelt hatte.

Glücklicherweise hatte er keine Bedenken, Geld anzunehmen. Er wusste, dass es ihm zustand. Er gab den Aposteln eine Menge. Er gab ihnen, was sie brauchten: Akzeptanz und Struktur. Etwas, woran sie glauben konnten. Ihr Geld gebührte ihm, denn manchmal laugten die Menschen und ihre Bedürfnisse ihn bis zum Letzten aus. Sinclair überstand diese Zeiten nur, indem er sich sagte, er werde seine Gemeinde bald los sein.

Sinclair lehnte sich im Sessel zurück, legte die Füße auf den Schreibtisch, verschränkte die Hände hinter dem Kopf und zupfte geistesabwesend an dem Gummiband, das sein welliges, kastanienbraunes Haar in einem dezenten Pferdeschwanz zusammenhielt. Er verbarg es stets unter dem Hemdkragen. Er lächelte vor sich hin. Er wusste nicht mal, wieso er das Haar verbarg und lang trug. Vermutlich war es nur eine Marotte. Vielleicht fühlte er sich mit vierunddreißig Jahren schon sehr alt und trug es als Erinnerung an seine Jugend lang. In der Zeit, in der er als Zauberer gearbeitet hatte, hatte er es offen getragen: Seine Mähne hatte die Frauen ebenso angezogen wie seine hypnotischen braunen Augen und sein ansehnlicher Körper.

Sein langes Haar, seine Augen, seine sich unter dem Overall abzeichnenden Muskeln und sein volltönender Bariton hatten ihm zwar Macht über Frauen und das Publikum gegeben – aber keine *echte* Macht. Damals hatte er den Erfolg gekostet. Doch als er beschlossen hatte, seine religiöse Vergangenheit mit seiner Körperlichkeit und seinem Wissen über Magie zu verquicken, als er seinen Namen in James Robert Sinclair geändert hatte und zum Propheten und Gründer der Apostel geworden war, hatte er fast so viel Macht errungen wie Gott selbst. Er kicherte. *Falls* es Gott gab.

4
ALEXANDRA MANDERLEY

»Es ist vielleicht für Wochen unsere letzte Chance, eine vernünftige Mahlzeit zu bekommen.« Eric Watson trat auf die Bremse, und der rote Ford Bronco blieb am unteren Ende der verwaisten Ausfahrt nach Madelyn stehen. Ein grünes Highwayschild verkündete, dass der Old Madelyn Highway rechts von ihnen lag. Erics Aufmerksamkeit war jedoch nach links gerichtet, wo sich über *Rays' Truck Stop Café* eine riesige Neonreklame drehte. Das Café gehörte zu einem Gebäudekomplex auf einem gigantischen Parkplatz. Eric blickte Alexandra Manderley an. Seine grasgrünen Augen zeigten Hoffnung und Hunger.

»Eine *vernünftige* Mahlzeit?«, fragte Alexa. Dann lächelte sie ihren jungen Assistenten an. Er war ein hoch aufgeschossener Bursche mit struppigem rotbraunem Haar und sommersprossigen Wangen. Sein Verhalten war schüchtern und jungenhaft und verbarg wirkungsvoll den scharfen, skeptischen Geist, der sie bewegt hatte, ihn zu ihrem Assistenten zu machen. »Klar«, sagte sie. »Gehen wir was essen.«

»Toll.« Erics Grinsen zauberte tiefe Grübchen in seine Wangen, so dass er wie zehn aussah und nicht wie dreiundzwanzig. Er hatte einen Magister in Physik und Luftfahrt. Auf dieser Reise hoffte er das letzte Material für seine Doktorarbeit zu sammeln. Es würde nicht mehr lange dauern, dann bräuchte er an der AEFP – der Agentur für die Erforschung Fliegender Phänomene – selbst einen Assistenten. Alexa war wirklich nicht wild darauf, ihn zu verlieren. Wenn sie nur daran dachte, wurde ihr schon mulmig. *Immerhin verlierst du ihn an etwas Gutes.*

Jack Matthews, ihr vorheriger Assistent, hatte seinen Magister gerade erst in der Tasche gehabt, als er vor vier Jahren auf einer Reise ins White-Sands-Gebiet von New Mexico verschwunden war. Auf einem Ausflug, der dem gegenwärtigen sehr ähnlich war: Sie waren Berichten über UFO-Sichtungen nachgegangen. In der fünften Nacht hatten sie sie gesehen – und eine Meute ihnen folgender Militärhubschrauber. Jack war mitsamt der Videokamera in dem Getümmel verschwunden. Und zwar spurlos. Alexa glaubte nicht, dass er entführt worden war – zumindest nicht von Außerirdischen –, doch sie hatte nie aufgehört, ihn zu suchen, obwohl der Hauptverdächtige – die US-Regierung – sein Bestes tat, um sie zu beschwichtigen. Da das nicht funktioniert hatte, hatte man ihre Forschungsarbeit in Misskredit gebracht.

Es war nun lange her. *Der arme Jack.* Alexa musterte Eric Watson aus den Augenwinkeln und schwor sich, nicht zuzulassen, dass ihm etwas passierte.

Sie fuhren auf den Parkplatz und stellten sich zu zwei Dutzend schweren Zugmaschinen und einer Hand voll Pkws und Lieferwagen. »Ich könnte ein Pferd fressen«, erklärte Eric, als er den Bronco vor dem Café in eine enge Parklücke bugsierte. Der Laden strahlte einen düsteren Art-déco-Schick aus. Das niedrige Gebäude protzte mit abgerundeten Ecken, Wänden mit verblasstem gelbem Stuck und dunkel getönten Fensterscheiben, wie bei einem altmodischen Personenzug. Über der Chrom-und-Glas-Tür hob die bis in alle Ewigkeit zwinkernde Kellnerin ein Tablett mit der Aufschrift RAYS' über ihren Kopf und lehnte sich an einen senkrechten Pfosten, auf dem gelbe und rote Glühbirnen *Truck Stop Café* in die Landschaft blinkten. Dass sämtliche Glühbirnen brannten, war ein gutes Omen, vermutete Alexa.

»Hier ist's bestimmt toll«, verkündete Eric. »Truckfahrer wissen immer, wo man gut essen kann.«

Alexa musterte das fensterlose Nachbargebäude. Auf dem dazugehörigen Schild – es zeigte ein leicht gekipptes Martiniglas –

stand RAYS' TAVERNE. Sie fragte sich, ob Eric Recht hatte oder ob Truckfahrer lieber in Bars verkehrten.

»Ich kann die Zwiebeln schon von hier aus riechen«, sagte Eric und hielt die schwere Glastür für sie auf.

»Danke.« Alexa trat über die Schwelle und gelangte auf einen abgetretenen, aber makellos schwarz-weißen Schachbrettboden. Als sie den Geruch von Hamburgern und Pommes wahrnahm, knurrte ihr Magen. Aus der Jukebox dudelte leise Westernmusik. Einige Familien hatten die Nischen mit den altmodischen, grau gesprenkelten Resopaltischen und dick gepolsterten, rosafarbenen Kunststoffsitzen in Beschlag genommen, die an den äußeren Wänden des L-förmigen Cafés standen. Die in der Mitte des Raumes verstreuten, vom Alter mitgenommenen Tische und Stühle aus Ahorn waren nicht besetzt. Kräftige Männer – viele trugen Cowboyhüte – saßen an der Theke über Teller gebeugt, unterhielten sich, rauchten und lachten. Ein übergewichtiger Mann, der Nacken knallrot, sein Hemd schweißfleckig, warf den Neuankömmlingen einen Blick zu, und seine Schweinsäuglein tasteten Alexa von oben nach unten ab. Alexa richtete sich zu voller Größe auf und setzte ihre strenge »Ich bin Wissenschaftlerin«-Miene auf, doch das führte nur dazu, dass der Mann sie noch intensiver angaffte und seinem Nebenmann den Ellbogen in die Rippen stieß. Der Nebenmann schaute anerkennend unter seiner schmutzigen Baseballkappe hervor und stieß einen Pfiff aus. Hier und da wandten sich andere Köpfe zu Alexa um. »Ist der Rotschopf da nicht 'n bisschen jung für dich?«, rief der Kappenträger.

Alexa wollte Eric gerade sagen, dass sie *auf der Stelle* gehen würden, als eine tiefe Stimme sagte: »Benimm dich, Roscoe!« Ein Mann, der wie James Earl Jones' jüngerer Bruder aussah, warf dem Trucker vom Küchenfenster her einen ermahnenden Blick zu. Er hatte die Arme vor einer weißen Schürze verschränkt; der Spachtel in seiner Hand ragte wie ein Lineal in die Luft.

»'tschuldigung, Ray«, sagte der Pfeifer. Er warf Alexa einen letz-

ten verstohlenen Blick zu. Das Gelächter seines Nachbarn wurde von einem ernsten »Das gilt für alle: Benehmt euch« des Kochs abgeschnitten. Die beiden Männer hielten die Klappe.
Ray nickte Alexa und Eric entschuldigend zu. »Die Kellnerin ist gleich bei euch, Leute.«
Kurz darauf kam eine kecke kleine Blonde, die höchstens siebzehn war, zu ihnen. »Tut mir Leid«, flötete sie. »Ich hab mir 'n Nagel abgebrochen und musste ihn mit Superkleber festmachen.« Sie glättete ihre weiß-rosa-farbene Uniform.
»Macht nichts«, sagte Eric schnell und fügte »Christie« hinzu, da der Name der Kellnerin auf ihre Brusttasche gestickt war. Alexa lächelte vor sich hin. Erfreulich, dass Eric nicht nur an Naturwissenschaften dachte.
Das Mädchen schenkte ihnen ein strahlendes Lächeln. »Jedenfalls willkommen bei Ray. Tisch, Tresen oder Nische?«
»Eine Nische, bitte«, sagte Alexa rasch. »Nichtraucher.«
Christie schaute sich mit gefurchten Brauen um, dann kehrte ihr Grübchenlächeln zurück und sie deutete auf die Nischen an der Wand gegenüber. »Wie wär's da drüben?«
»Das geht in Ordnung, danke«, sagte Alexa. Drei der Nischen waren leer. In der vierten saß ein Mann in der Uniform eines Luftwaffenoffiziers und stierte angestrengt in eine Kaffeetasse. Neben seiner Hand lag ein Notizbuch aus schwarzem Leder. Es überraschte Alexa nicht: Wo UFOs gesichtet wurden, war das Militär nie fern.
»Dann mal hier entlang.« Christie nahm zwei Speisenkarten mit und geleitete sie durch den Raum zu der Nische neben dem Uniformierten.
Alexa stand am Tischrand und wollte gerade darum bitten, in einer anderen Nische platziert zu werden, als der Luftwaffenoffizier aufschaute, ihren Blick sah und sie finster musterte. Sein Blick sollte sie abschrecken, doch Alexa legte ihn unter Herausforderung ab. Sie nahm Platz und behielt den Mann im Auge, bis Eric ihre Sicht blockierte.

»Kaffee?«, erkundigte sich die Kellnerin.
»Ja, gern.« Alexa schlug ihre Speisenkarte auf. Eric nickte. Das Mädchen eilte in Richtung Küche.
»Dr. Manderley?«
»Ich dachte, wir hätten uns darauf geeinigt, dass wir uns mit dem Vornamen ansprechen, solange wir nicht im Institut sind, Eric.«
Der junge Mann errötete. »Ich weiß. Es kommt mir nur wie eine Art … Gotteslästerung vor.«
Alexa lachte. »Das müssen Sie überwinden. Immerhin sind Sie schon fast selbst Doktor.« Im gleichen Moment merkte sie, dass der Luftwaffenoffizier – ein Colonel, sein Name war Dole – sich zu ihnen herüberbeugte und die Ohren spitzte. Hoffentlich hatte er ihren Namen nicht verstanden, denn sie wusste, dass sein Verein nicht gut auf sie zu sprechen war.

5

JUSTIN MARTIN

Madelyn war, wie üblich, montagabends tot. Sämtliche Tankstellen hatten geöffnet, am Satellite Motel blitzte die Leuchtreklame mit der Aufschrift »Zimmer frei« hell auf, doch auf dem Parkplatz stand nur ein Fahrzeug. Obwohl ziemlich viele Trucks und hin und wieder Personenwagen über die Interstate flitzten, rührte sich hier, im Geschäftsviertel, praktisch nichts. Im Fenster der *Kaktusblüte*, einer Bar, die die Leute am Wochenende aufsuchten, um das Tanzbein zu schwingen, leuchtete eine Coors-Reklame, doch der Parkplatz davor war ebenfalls fast leer. Justin freute sich, dass er nirgendwo eine Spur des fetten alten Sheriffs sah: Baskerville ging ihm echt auf die Nerven.

Kurz darauf bog er auf den großen Parkplatz ein, der zu Rays' Truck-Stop-Komplex gehörte. Er stellte seinen Wagen neben einem neuen roten Bronco vor dem Café ab, in dem Christe Fox heute Abend arbeitete, schaltete den Motor aus, nahm eine Flasche Obsession aus dem Handschuhfach und sprühte sich ein. Dann begutachtete er noch mal sein Haar im Spiegel. Perfekt.

Justin drückte die Glas-und-Chrom-Tür der Raststätte auf. Der himmlische Duft von Hamburgern und Pommes schlug ihm entgegen – das Essen hier schmeckte unheimlich gut, auch wenn der Laden grauenhaft aussah.

Justin nahm in Christies Abschnitt in einer Nische Platz und bewunderte seine neuen Stiefel. Sie glänzten schwarz und hatten hohe Absätze. Dann musterte er die abgekämpft wirkenden Reisenden und ihre greinenden Bälger in den anderen Nischen. Ray Vine stand hinterm Tresen und laberte mit Einheimischen und

Fernfahrern. Da gab's nichts Neues zu sehen. Justin richtete seine Aufmerksamkeit auf das Paar in der Nische neben ihm.
Der Mann drehte ihm den Rücken zu, so dass er außer karottenrotem Haar und langfingrigen Händen, die beim Sprechen fortwährend in Bewegung waren, nicht viel erkannte. Der Mann hatte eine enthusiastische, aber leicht näselnde Stimme, die Justin auf der Stelle gegen ihn einnahm.
Die Frau war ganz anders. Sie war älter, vielleicht dreißig, aber sie hatte ein Gesicht, das ihr Alter erst in einigen Jahren verraten würde. Der Mann sagte etwas zu ihr, und ihr Gelächter klang wie Rauch. Ihr schulterlanges schwarzes Haar war wellig und glänzte, und ihre Hautfarbe war von einem ungewöhnlich dunklem Karamell. Justin konnte die schwachen Sommersprossensprenkel über ihrer Nase und ihren Wangen kaum erkennen. Ihre großen dunklen Augen waren leicht geschlitzt, ihre Lippen voll und dunkel. Er fragte sich, wie sie wohl nackt aussah.
In dem Moment blickte sie auf. Justin schaute ihr in die Augen und schenkte ihr ein Lächeln. Sie erwiderte es. Vermutlich war sie daran gewöhnt, dass man sie anstarrte.
»Ich komme sofort zu Ihnen, Sir … Oh, hallo, Justin.« Christie eilte, beladen mit Tellern für eine durchreisende Familie, an ihm vorbei.
»Schon gut«, erwiderte er und zog sein neues Taschenbuch hervor. *Mordlust.* Es war nagelneu.
Ein ganzes Kapitel befasste sich mit den Morden des Häuters. Justin schlug es auf und überflog es zum zweiten Mal. Der Text enthielt zwar nichts Neues, aber das war schon in Ordnung. Er blätterte ein paar Seiten weiter, bis zu dem Foto, das ihn bewegt hatte, das Buch zu kaufen. Er kannte die Aufnahme bereits aus einem anderen, aber dort war sie so klein, dass er nur den faszinierenden Eindruck gehabt hatte, einen der dort abgebildeten Menschen zu kennen.
Das Bild in diesem Buch war größer und von etwas besserer Qualität. Es zeigte eine in einer Gasse liegende zugedeckte Leiche und

einige vor dem Fotografen stehende Menschen. Die Bildunterschrift lautete: »*Die Polizei im Gespräch mit den Zeugen Charles Pilgrim (17) und Victor Pilgrim (15), die die teilweise gehäutete Leiche von Sally Cantori (19) in einer Gasse in Brooklyn entdeckten. Die Jugendlichen waren, als sie die Leiche fanden, auf dem Weg zur Schule. Sally Cantori war das dritte und letzte Opfer des Häuters.*«

Justin studierte das körnige Foto. Die Häuter-Morde faszinierten ihn, weil man so wenig über den Killer wusste. Justin hätte gern gewusst, weshalb der Häuter seiner Arbeit so kunstvoll nachging, warum er mordete und wieso man ihn nie hatte schnappen können. Er wollte all diese Dinge – und noch mehr – in Erfahrung bringen und hoffte schon seit längerer Zeit, dass der Häuter ihm seine Fragen eines Tages persönlich beantworten würde. Nun war er sich seiner Sache ziemlich sicher. Die *Stimme* hatte es ihm erzählt, und das Foto bewies es.

Man konnte die Adlernase, das schmale Gesicht, die aristokratischen Wangenknochen und die von dunklen Brauen überwölbten Augen gar nicht verwechseln.

Sogar die Namen waren identisch: der eine anglisiert, der andere klang italienisch. Pilgrim. Pelegrine. Kein Mensch wäre auf die Idee gekommen, dass ein Massenmörder den Menschen auf einer Müllhalde wie Madelyn die Zukunft weissagte.

Ich weiß, wer du bist, Carlo Pelegrine. Du bist der Häuter.

»Was grinst du so, Justin?«

Justin schlug das Buch zu und schaute in Christie Fox' funkelnde blaue Kleinmädchenaugen. »Ich hab mir gerade vorgestellt, mit dir auszugehen.«

Christie schnaubte und stellte ein Glas Wasser vor ihm ab. »Du hältst dich wohl für einen besonders tollen Typen, was?«

Justin zuckte auf entwaffnende Weise die Achseln.

»Was liest du da?« Christie schnappte sich das Buch. »*Mordlust?* Ist ja ätzend!«

Justin schluckte seinen Zorn hinunter, nahm ihr das Buch ab und ließ es verschwinden. »Ich hab eben viele Interessen.«
Die Frau am Nebentisch machte Christie ein Zeichen.
»Einen Moment, Ma'am«, rief Christie zu ihr hinüber. »Ich kann mich jetzt nicht mit dir unterhalten, Justin. Was soll ich dir bringen?«
»Einen doppelten Cheeseburger, Pommes und einen Kakao.« Dann fügte er entschuldigend hinzu: »Ich hab's eilig, aber ich wollte dich fragen, ob du Lust hast, nach der Arbeit 'ne Cola mit mir zu trinken. Du hast doch gesagt, du brauchst Hilfe bei Algebra. Da hab ich mir gedacht, wir können uns das mal zusammen vornehmen.«
Christie blickte zweifelnd drein. »Ich hab erst um 23.00 Uhr Feierabend.«
»Dann bin ich wieder hier und hol dich ab. Außerdem mach ich dich zu 'nem Algebra-Ass.«
»Wenn ich um Mitternacht nicht zu Hause bin, machen meine Alten mich fertig.«
Justin bedachte sie mit einem verlegenen Grinsen. »Meine machen mich fertig, wenn ich nicht 'ne halbe Stunde früher da bin. Also hast du genug Zeit, um nach Hause zu kommen.«
»Na schön, gut, aber es ist 'n reiner Freundschaftsdienst. Jeder blecht für sich.«
»Wenn du darauf bestehst ...«
Justin beobachtete Christie, die an den nächsten Tisch ging und dem merkwürdigen Paar versicherte, das Bestellte käme gleich. Dann ging sie arschwackelnd zur Küche. Justin hatte einen Fortschritt erzielt. Beim letzten diesbezüglichen Versuch war sie nicht mal zu einem Getränk bei getrennter Kasse bereit gewesen. Ihre Treue zu Spelman ließ allmählich nach – oder aber die Qualität ihrer Algebra-Noten.
Christie sagte etwas zu Ray Vine. Ray blickte daraufhin das Paar am Nebentisch an, dann lächelte er und begab sich an ihren Tisch. »Die Kellnerin sagt, ihr seid hier, um euch unsere UFOs anzuschauen.«

Die Frau streckte lächelnd die Hand aus. »Alexa Manderley.«
»Ray Vine.«
»Das ist mein Assistent, Eric Watson«, fügte sie hinzu. Justin hörte einen leicht britisch klingenden Akzent.
»Tja, nach Militär seht ihr beiden nicht aus.«
»Nein, wir arbeiten für ein privates Institut«, sagte Alexa Manderley. »Hängen hier viele Militärtypen rum?«
»Hin und wieder mal«, erwiderte Ray leise. »Unfreundliche Ärsche. Entschuldigen Sie meine Ausdrucksweise.« Er lächelte kurz, vermutlich hatte er den Colonel in der nächsten Nische gesehen. »Viel Trinkgeld geben die auch nicht.«
»Das Militär ist der Fluch meiner Existenz.« Die Frau kicherte.
Christie stellte zwei Teller auf den Tisch. Ray machte ihr Platz.
»Eine meiner Kellnerinnen kennt sich wirklich mit UFOs aus.«
Manderley schaute Christie argwöhnisch an.
»Ich bin's nicht«, erklärte Christie, bevor sie ging. »Er meint Janet.«
»Sie leitet sogar einen Club – die Weltraumfreunde.«
»Ich würde sie irgendwann gern mal befragen«, sagte Alexa Manderley. »Aber im Moment möchten wir unser Hiersein noch nicht an die große Glocke hängen.«
Vine nickte. »Ich verstehe. Meine Lippen sind versiegelt. Einige Weltraumfreunde sind leicht exzentrisch. Die meisten Menschen, die hier wohnen, nennen sie auch Loch-im-Hirn-Bande. Natürlich nicht, wenn Janet dabei ist.«
»Ich würde mich freuen, sie kennen zu lernen«, sagte Alexa Manderley, als Christie einen Teller vor Justin abstellte.
»Dann also um 23.00 Uhr«, sagte er schnell, damit sie ihm die Aussicht nicht blockierte oder irgendwelche Geräusche machte.
Christie nickte und ging weiter.
»Was ich noch fragen wollte«, sagte Alexa Manderley zu Ray Vine.
»Ist es eigentlich schwierig, den Spirit Canyon im Dunkeln zu finden? Wir haben zwar eine Karte, aber bei diesen Landstraßen weiß man ja nie.«

»Wollen Sie da Ihr Lager aufschlagen?«
Alexa nickte.
Ray rieb sich das Kinn. »Tja, wenn Sie noch nie dort gewesen sind, ist es nicht ganz einfach. Da sind ein paar steile Abhänge, bei deren Anblick einem die Knie weich werden, aber wenn man sich ordentlich an den Berg klammert, schafft man es schon.«
Verdammt! Justin konnte diese UFO-Deppen heute Abend nicht in der Nähe der Thunder Road gebrauchen. Sie ruinierten seine Pläne!
Er aß schweigend. Als er fertig war, hatte er einen Plan. Er zahlte seine Rechnung und kriegte es so hin, dass die Manderley und ihr Anhang gleich nach ihm dran waren. Als Justin zur Tür ging, drehte er sich um, winkte Christie zu und stand Alexa gegenüber.
»Nach Ihnen.« Er hielt ihr und dem rothaarigen Würstchen die Tür auf. »Ich konnte leider nicht verhindern, Ihr Gespräch mit Mr. Vine mitzuhören«, sagte er, als sie draußen waren.
»Interessieren Sie sich für UFOs?«, fragte Eric Watson.
»Ich interessiere mich für alles.«
»Haben Sie je eins gesehen?«, fragte Watson hartnäckig.
Halt endlich die Fresse, Arschloch. »Nein, ich nicht.« Justin lächelte bescheiden. »Sie wollen Ihr Lager im Spirit Canyon aufschlagen?«
»Ja«, antwortete die Manderley.
»Wenn man sich da nicht auskennt, kann es ganz schön haarig werden, aber wenn Sie möchten, kann ich Ihnen den Weg gern zeigen.«
Die Manderley lächelte. »Meinen Sie das ernst? Sie würden uns hinführen?«
»Es wäre mir eine Freude.«
»Ich werde Sie natürlich bezahlen.«
Wut kochte in ihm hoch, blieb jedoch unter der Oberfläche. »Nein, ich kann Ihr Geld nicht annehmen«, sagte er mit fester Stimme.

6

MADGE MARQUAY

Madge versuchte zum tausendsten Mal den Strick zu lösen, der ihre Hände fesselte. Zum tausendsten Mal ging es schief. Sie lehnte sich erschöpft zurück und versuchte nachzudenken. Ihr Arm brannte in feurigem Schmerz. Sie wusste, dass der Tod nahe war.

Vielleicht nicht nahe genug.

Obwohl ihre Hände und Füße von den Fesseln taub waren, war der in ihren linken Unterarm schneidende Schmerz kaum auszuhalten. Und er wurde schlimmer, denn der Arm war entzündet und geschwollen. Madge schätzte, dass ihr Peiniger gestern Nacht hier gewesen war. Vielleicht auch in der Nacht davor. Dass es Nacht war, erkannte sie nur daran, dass die Minenbahn nicht fuhr.

Nachdem er heruntergekommen war, hatte er sie an irgendetwas festgebunden, vielleicht an einen alten Stützbalken aus der Zeit, in der man hier Silber geschürft hatte. Damit sie sich nicht bewegen konnte, während er an ihr herumschnitt.

Danach hatte er ihr die Haut abgezogen und ein quälendes Rechteck aus Schmerz hinterlassen, das auf ihrem Unterarm brannte. Ihre Furcht und ihr Schmerz waren so groß gewesen, dass sie hatte sterben wollen. Doch sie war nur ohnmächtig geworden. Beim Erwachen hatte sie festgestellt, dass sie zwar nicht mehr an den Balken gebunden, aber noch gefesselt war.

Würde er heute Nacht zurückkehren? Würde er überhaupt jemals zurückkehren? Madge hätte ihn am liebsten umgebracht. Da dies unmöglich war, wollte sie sich lieber selbst umbringen, als noch mehr Schmerzen und das Geräusch seines gleichmäßig-langsamen Atmens zu ertragen.

Der Gedanke an seine Rückkehr versetzte sie erneut in blankes Entsetzen und ließ einen Adrenalinstoß durch ihren Körper rasen. Plötzlich kam ihr die Idee, dass sie die Fesseln vielleicht an dem Balken – oder noch besser, an einer aus den Wänden ragenden Felszacke – reiben könnte. Sie setzte sich Zentimeter für Zentimeter in Bewegung und hielt inne, als ihr Kopf gegen etwas Weiches stieß. Der süßliche Geruch des Todes stieg wie eine Wolke um sie herum auf.

Madge schüttelte sich. Es roch nach verwesendem Fleisch und erinnerte sie an das tote Opossum, das ihr Vater unterm Haus gefunden hatte, als sie noch klein war. Aber es war hundertmal schlimmer. Der Knebel ließ sie würgen. Sie schlängelte sich zurück und war plötzlich dankbar für die Finsternis.

Madge wartete einen Moment und sagte sich immer wieder, dass sie einen tierischen Kadaver roch, der ihr nichts tun konnte. Schließlich bewegte sie sich in eine andere Richtung.

Immer in Bewegung bleiben. Sekunden, Minuten, Stunden später – wer wusste schon, wie lange sie gebraucht hatte? –, kam sie an eine Wand und bewegte sich an ihr entlang, bis sie einen Stein fand, der spitz aus ihr hervorragte. Madge drehte sich um, schob die Hände über den Stein und fing an, den dicken Strick an ihm zu reiben.

7
JUSTIN MARTIN

Justin führte sie so weit in den Canyon hinein, dass die Thunder Road ihrem Blick verborgen blieb. Alexa Manderley dankte ihm und meinte, für heute Abend sei es genug.

»Für heute Abend?«, fragte Justin unschuldig. Der Abendwind griff in sein Haar und wehte es ihm in die Augen.

»Schon gut«, sagte sie lächelnd. »Vielen Dank.«

Fotze, dachte Justin, ohne dass sein freundliches Lächeln gefror. »Dann bis später, Leute«, sagte er so cool wie möglich.

Als er losfuhr, legte er eine in Victorville gekaufte Kassette ein. Jim Morrisons übellaunige Stimme sang ihm leise etwas vor. Justin fuhr langsam. Als zwei Haarnadelkurven zwischen ihm und den Forschern lagen, drehte er die Seitenscheibe runter, trat aufs Gas und machte die Musik lauter.

Der Mustang fegte durch die Kurven, und Staub wehte in seinen Mund. Justin, in Hochstimmung versetzt, lachte über das lustige Gepolter, das der im Kofferraum auf und ab fliegende Ziegenkadaver verursachte.

Er brauchte nur eine knappe Minute, dann lag der Canyon hinter ihm. In der Kurve, die ihn zur Thunder Road brachte, schaltete er die Scheinwerfer aus. Als die Straße gerade wurde, verlangsamte er und hielt nach den drei südlichen Joshuabäumen Ausschau, die den Standort der Kaninchenfalle markierten. Kurz darauf entdeckte er sie. Er parkte den Mustang hinter den Bäumen, schaltete den Motor aus und warf einen Blick auf seine Armbanduhr. 21.30 Uhr. *Jede Menge Zeit,* dachte Justin und stieg aus. Er kniff wegen des staubigen Windes die Augen zusammen und trottete sechs, sieben Meter durch die Wüste auf die Falle zu.

»Hey!« Er schob sich das Haar aus dem Gesicht und grinste das große, hässliche Kaninchen an, das in seiner Falle gelandet war. Als er näher kam, wollte es Reißaus nehmen. Dann erkannte es, dass es dazu nicht fähig war, und erstarrte.

Justin packte es an den Löffeln und drehte ihm mit einer Selbstsicherheit den Hals um, die aus einer langen Praxis mit Nachbarschaftshaustieren geboren war. Dann brachte er den schlaffen Kadaver zu seinem Wagen. Er öffnete den Kofferraum, begutachtete den von der Plane bedeckten Ziegenkadaver und staunte über sein Glück. Er entnahm dem Kofferraum einen Matchbeutel, nahm im Schneidersitz auf dem Boden Platz und entleerte ihn vor sich auf dem Boden. Ohne den ihm ins Gesicht wehenden Sand zu beachten, legte er seine Jacke ab und streifte sich eine Kunststoffregenjacke über. Mit einer winzigen Taschenlampe im Mund las er in dem seiner Mutter gehörenden Buch *Die Freuden des Kochens* noch einmal sorgfältig den Abschnitt zum Thema Hautabziehen. Dann nahm er sich das Tier mit dem Filetiermesser vor – es war das Beste, was er auf die Schnelle hatte auftreiben können.

Das Kaninchen sollte ein kleines Geschenk an den Häuter werden – der erste Hinweis darauf, dass er einen Verehrer hatte.

Justin brauchte zwanzig Minuten, um dem Tier das Fell abzuziehen. Als er fertig war, konnte er seine Erregung kaum noch beherrschen, obwohl seine Arbeit schlampig ausgefallen war. Die Kerben und Einschnitte im Fleisch waren nichts, auf das man stolz sein konnte. Ihm wurde klar, dass er mehr Praxis brauchte. Aber es musste erst mal reichen. Nun, da er ziemlich sicher war, dass der Häuter mitten in Madland lebte, wollte er nicht länger warten.

Justin verpackte den Kadaver sorgfältig in einem weißen Kunststoffmüllbeutel, zog den blutbesudelten Regenmantel aus und wusch sich mit Wasser aus einem Kanister. Nachdem er den Regenmantel mit dem restlichen Wasser gesäubert hatte, warf er das Kaninchenfell in die Wüste, wischte seine Werkzeuge ab und ließ sie wieder im Matchbeutel verschwinden. Schließlich verstaute er alles im Kofferraum. Die ganze Sache hatte eine halbe Stunde gedauert.

Vor der Verabredung mit Christie musste er eine und vor dem Rennen mit Rick Spelman noch zwei Stunden totschlagen. Er beschloss, nach Madland runterzufahren, die Ziege in der Mine abzulegen und seinem Boss, dem alten Marquay, Moms Auflaufform und etwas Mitgefühl zu überbringen. Es war nie falsch, seinem Chef ein bisschen in den Arsch zu kriechen. Außerdem fuhr er die Auflaufform jetzt schon seit Stunden in seinem Wagen spazieren. Vielleicht sorgte sie dafür, dass es Henry Marquay so übel wurde, dass er ein paar Tage zu Hause blieb und Justin das Kommando über die Verwunschene Mine übertrug.

8

TOM ABERNATHY

Oben auf der Thunder Road haben wir sogar eigene Geister.« Tom Abernathy sprach mit leiser Stimme, schaute sich langsam am Lagerfeuer um und nahm jeden einzelnen Camper in Augenschein. Einschließlich der acht Kinder waren es etwa zwei Dutzend. Keine schlechte Beteiligung, aber natürlich nichts im Vergleich mit dem, was nächste Woche hier los sein würde, wenn die meisten Schulen wegen der Osterferien schlossen.

»Auf der Thunder Road?«, fragte ein Junge.

»Sie verläuft oberhalb von Fort Madelyn von Osten nach Westen«, erklärte Tom. »Sie heißt Thunder Road, weil die zwanzig Maultiergespanne, die früher das Silber aus der Mine zum Schmelzwerk in Madelyn gebracht haben, so einen Krach gemacht haben, dass es unten im Ort wie ein Gewittergrollen klang. Die Soldaten, die im Fort stationiert waren, sind auch immer über diese Straße marschiert. Manchmal, sagen die Leute im Ort, kann man sie spätnachts noch heute hören.« Tom legte eine Pause ein. Die Flammen warfen unheimliche Schatten auf sein Gesicht. »Wenn ihr euch anstrengt, hört ihr sie heute Nacht vielleicht auch. Aber die Soldaten und die Maultiergespanne sind Dinge, die man nur *hört*. Die Geister, von denen ich euch heute Abend erzählen möchte, kann man manchmal sogar *sehen.*« Er deutete nach Nordwesten. »Tagsüber sieht man da drüben die Olive Mesa. Sie wurde von Ephram Carmichael nach seiner Tochter Olive benannt, die im Alter von sechzehn Jahren starb. Ephram und Olive haben um 1860 da draußen gelebt. Ephram war Vorarbeiter in der Moonstone-Mine – heute ist es die Verwunschene Mine im Freizeitpark – und liebte seinen Beruf, aber seine hübsche Tochter liebte er mehr als alles andere. Sie war sein Augapfel. Doch dann ereignete sich die Tragödie.« Tom wartete eine Sekunde und erfreute sich an den großen Augen der Kinder. Dann schüttelte er den Kopf und sagte traurig: »Es war eine schreckliche Sache. Ein grauenhafter Unfall.« Bei diesen Worten rückten einige Erwachsene näher aneinander.

»Es war Anfang Mai. Das Erdbeerfest stand vor der Tür, so wie jetzt. Olive wollte mit einem jungen Mann namens Caleb Gardner tanzen gehen. Die Leute sagten, Caleb wäre ein ziemlich wilder Kerl, aber im Grunde war er nicht übel. Caleb veranstaltete mit seinen Freunden auf der Thunder Road nur gern mal 'n Wettrennen. So wie es manche jungen Leute heute noch machen – nur eben mit Autos statt mit Pferden. Der Sheriff hatte sich Caleb schon einige Male vorgeknöpft, weil er andere Leute auf der Straße in Angst versetzte, so dass ihre Pferde scheuten und so weiter. Deswegen war Ephram nicht sehr begeistert, dass Olive mit ihm zum Tanzen gehen wollte, und das sagte er ihr auch.

Na ja, daraufhin war Olive so unglücklich, dass Ephram sich Caleb vorknöpfte und sagte, er könne Olive nur zum Tanz begleiten, wenn er seinen Gaul vor eine Kutsche spannte und in aller Ruhe zum Tanzboden *fahren* würde. Caleb versprach es, und sie fuhren los.

Sie kamen unbeschadet an, und Ephram, der mit einer Witwe aus der Ortschaft tanzte, freute sich, dass seine Kleine so glücklich war. Eigentlich wollte er Olive selbst nach Hause bringen, doch sie bat ihn, ihr zu erlauben, mit dem jungen Caleb Gardner zu fahren. Da Caleb sich als Gentleman erwiesen hatte und Ephram auch lieber die Witwe nach Hause bringen wollte, erlaubte er es.«

Tom legte eine dramatische Pause ein. »Es war das letzte Mal, dass jemand Olive und ihren Kavalier lebend sah. Bis heute weiß niemand, was genau passiert ist: Ob Caleb einfach zu schnell mit seinem Einspänner gefahren ist oder ob es ein Rennen gab.« Toms

Stimme wurde etwas leiser. »Vielleicht hat ein Berglöwe sein Pferd erschreckt. Oder hinter Dead Man's Hill hatten sich ein paar Ganoven versteckt. Die meisten glaubten allerdings, Caleb habe einem Rennen nicht widerstehen können.«

»Was ist passiert?«, hauchte eine jugendliche Stimme.

»Tja, eine Weile später ritt Ephram schließlich nach Hause. Und als er das Wrack fand, blieb ihm fast das Herz stehen. Die Kutsche hatte einen Unfall gehabt und sich überschlagen. Zuerst sah Ephram nur Caleb Gardner, der halb unter ihr lag. Sein Genick war gebrochen. Ephram glaubte ein paar Minuten, Olive sei unversehrt und habe sich auf den Heimweg gemacht, weil er keine Spur von ihr entdecken konnte. Doch dann fand er sie, und – bei Gott – es war ein schrecklicher Anblick!«

»Was?«, keuchte ein Kind. »Was hat er gesehen?«

Tom zögerte und schaute den Jungen eindringlich an. »Tja, es war so schauerlich, dass ich kaum weiß, wie ich es ausdrücken soll …«

»Raus damit!«, schrie jemand.

»Bitte!«, bettelten mehrere andere Zuhörer.

»Na schön. Olive war wirklich etwas äußerst Merkwürdiges passiert. Sie wurde ein ziemliches Stück über die Straße geschleudert und landete in einer kleinen Rinne. Doch in der Rinne lag eine rostige alte Säge, und zwar mit dem Sägeblatt nach oben.« Tom legte erneut eine Pause ein. »Als sie aufprallte, wurde ihr der Kopf sauber abgetrennt.«

»Wirklich?«, keuchte es um ihn herum.

»Wirklich. Ihr Vater ist natürlich durchgedreht. Am nächsten Morgen fand man ihn: Er wanderte durch die Wüste und hatte den abgetrennten Kopf seiner Tochter unter dem Arm.« Dann fügte er wehmütig hinzu: »Sie soll wundervolle blonde Locken gehabt haben.«

Tom räusperte sich, legte die Hände auf die Knie und beugte sich vor. »Hin und wieder – meist in dieser Jahreszeit – hören die Leute auf der Thunder Road ein durchgehendes Pferd, das einen Einspänner zieht, den wiederum ein junger Mann lenkt. Manchmal kann man ihn auch sehen. Die Einheimischen glauben, dass es der junge Caleb Gardner ist. Ich weiß nur, dass es sich gespenstisch anhört, wenn man allein da oben ist.«

»Sie haben es schon mal gehört?«

Tom runzelte finster die Stirn. »Sehr oft«, antwortete er und fügte dann hinzu: »Aber dieser Geist ist nichts im Vergleich zu dem anderen Spuk. Viele Menschen sind auf der Thunder Road einer Anhalterin begegnet. Ja, ich kenn sogar jemanden, der hat sie in seinem Laster mitgenommen: ein hübsches Ding; stand allein da und trug ein langes, altmodisches, hellrotes Kleid. Mein Freund dachte, sie arbeitet im Madelyn Park und trägt ein Kostüm, also hat er angehalten. Sie hat ihn ganz lieb gebeten, sie nach Hause zu fahren. Als er fragte, wo das sei, hat sie zur Olive Mesa gezeigt.

Nun ist das Einzige, was es heutzutage da oben gibt, das Anwesen einer Kirche. Mein Freund glaubte, dass sie da wohnt, aber als er hinfuhr, sagte sie ›Nein, da rauf‹ und deutete auf den alten Weg zur Mesa. Mein Freund behielt die Straße im Auge und sagte, er könne seinen Laster da nicht rauffahren. Da sie aber nicht antwortete, drehte er sich um – und da war sie *weg.*« Tom hielt inne. »Sie hatte sich einfach in Luft aufgelöst.« Er kratzte sich am Kinn und fügte lässig hinzu: »Das war nicht das erste Mal, dass Olive per Anhalter nach Hause wollte. Und es wird nicht das letzte Mal sein.«

»Ist das wirklich alles wahr?«, fragte ein Erwachsener.

»Aber sicher«, erwiderte Tom. Sein Lächeln besagte freilich, das er ihnen einen dicken Bären aufband. Erstaunlich, wie leichtgläubig manche Leute waren. Irgendwie beneidete er sie um ihre Naivität, denn wenn er wirklich geglaubt hätte, er könne Olives Geist irgendwo auf der Thunder Road begegnen – tja, dann wäre das Leben eindeutig spannender gewesen.

»Es ist Zeit, in die Falle zu gehen.« Tom stand auf und reckte sich. Es war 22.45 Uhr, deswegen konnte er seinen halbgaren Plan vergessen, Marie im Rattlesnake Canyon zu besuchen. Vor Mitternacht würde er unmöglich dort ankommen, und sie hatte es gar nicht gern, wenn man ihren Schlaf störte. Trotzdem hatte er irgendwie Lust auf einen Ausritt. Er könnte durch den Spirit Canyon und dann über die Thunder Road nach Hause reiten. Er lächelte vor sich hin. Vielleicht war Olive heute wieder per Anhalter unterwegs.

»Mister … ähm …«

»Tom, Ma'am.« Er wandte sich der kleinen Frau zu, die an seinem Ärmel zupfte. »Was kann ich für Sie tun?« Eine dünnere, ebenso kleine Frau stand, einen Säugling auf dem Arm, neben ihr. Hinter ihnen warteten die Ehemänner der beiden, die zwar ebenfalls eindeutig interessiert waren, aber alles taten, um gelangweilt zu wirken.

»Nun, wir haben uns gefragt …«

»Ja, Ma'am?«

»Es geht um die UFOs.«

»Aha«, sagte Tom. Beim Ertönen des Wortes »UFO« rückten gleich mehrere Leute näher heran. Obwohl Tom eigentlich nichts gegen das UFO-Zeug hatte, ging es ihm ein wenig auf die Nerven, denn zu Cowboys und Pferden passte es so wenig wie Whiskey zu Eiskrem. »Was ist mit den UFOs?«

»Haben Sie schon mal welche gesehen?«

»Ach, na ja, das kann ich eigentlich nicht behaupten«, erwiderte Tom. »Ich habe zwar ein paar Lichter am Himmel gesehen, aber ich neige eher dazu, sie für die Geisterlichter zu halten, von denen die Indianer erzählen.«

»Was sind Geisterlichter?«, fragte die dünne Frau.

»Von denen erzähl ich Ihnen Freitagabend, Ma'am. Aber jetzt muss ich mich wirklich auf den Weg machen.«

Tom tippte an seinen Stetson und ging zu seinem Pferd. Als er Belles silbernes Zaumzeug tätschelte, wurde ihm bewusst, dass er sich nun eine Geschichte über »Geisterlichter« ausdenken musste. Aber das bereitete ihm keine Sorgen. Wenn er ganz ehrlich

war, würde er wohl erst wissen, was Geisterlichter waren, wenn er sich hinsetzte, um die Geschichte zu erzählen.
Belle wieherte leise. Als Tom sich in den Sattel schwang, schnaubte sie. Sein Staubmantel flatterte im Wind. Er hielt das Pferd jedoch im Zaum, denn nun sah er, dass ein Großteil des Publikums ihm gefolgt war. Tom blickte die Menschen an und sagte in seinem ernsthaftesten Tonfall: »Wenn Pferde nachts schnauben, bedeutet es, dass sie einen Geist sehen.« Einige Kinder schauten sich erschreckt um. Tom wurde klar, dass er heute Abend etwas zu dick aufgetragen hatte. »Mach dir keine Sorgen, mein Sohn«, sagte er zu einem Fünfjährigen, der so aussah, als würde er gleich in Tränen ausbrechen. »Es ist eine altbekannte Tatsache, dass Geister sich freuen, wenn man ihnen ein Liedchen singt. Dann gehen sie wieder und lassen einen für den Rest der Nacht in Ruhe. Ein paar Strophen von ›Home on the Range‹ müssten eigentlich genügen.«
»Bestimmt?«, fragte der Kleine.
»Ich garantiere es.«
Der Junge wirkte schon glücklicher. »Singen Sie es?«
Bevor Tom in der Öffentlichkeit gesungen hätte, wäre er lieber gestorben. »Mein Freund, wenn ich singe, werfen die Coyoten vor Angst ihr Fell ab.« Der Junge kicherte. »Aber ich wette, der Cowboy da drüben« – Tom deutete auf einen jungen Vater, der schon den ganzen Abend eine Gitarre mit sich herumschleppte und offenbar auf eine Gelegenheit wartete – »ist genau der Typ, der euch bei ein, zwei Liedern den Ton angeben kann. Also, gute Nacht zusammen.«
Er ritt vom Campingplatz und lächelte, als das Klimpern der Gitarre ertönte. Dann vernahm er mehrere Stimmen, die Antilopen und Rotwild besangen, die auf der Weide miteinander spielten. Tom war eigentlich klar, dass er es lieber unterlassen sollte, Geistergeschichten zu erzählen, wenn Kleinkinder anwesend waren, aber dazu brauchte man unheimlich viel Willenskraft – vermutlich mehr, als er besaß.

Er verließ den Campingplatz und lenkte Belle ans andere Ende des hohen, schmalen Spirit Canyon, östlich der Madelyn-Hauptweide, wo Marie die Nacht verbrachte. Sein Pferd verfiel in einen Trab, der erst langsamer wurde, als sie die enge, unbefestigte Straße erreichten, die in den Canyon führte.
Hier war das Mondlicht zwar nicht sonderlich hell, aber Belle kannte die Straße. Sie liebte mitternächtliche Ausritte ebenso wie Tom und wollte gern schneller laufen. Tom musste sie zurückhalten.
Sie legten die drei gewundenen Kilometer in gemächlichem Tempo zurück. Wenn man von den funkelnden Sternen und dem Halbmond am Himmel absah, war die Nacht klar und finster. Tom freute sich, dass am Himmel kein UFO zu entdecken war.
Als er den Campern von den Lichtern erzählt hatte, hatte er nicht geschwindelt. Er hatte sie sogar mehrmals erblickt, fast so wie jeder andere, der hier wohnte. Manche Menschen behaupteten, sie hätten echte UFOs gesehen, große, untertassenähnliche Dinger, nicht nur Lichter in der Ferne. Tom glaubte ihnen: Als Erfinder von Lügengeschichten wusste er selbst, wie leicht es war, seine eigenen Geschichten zu glauben. Je öfter er sie erzählte, desto besser wurden sie. Deswegen hatte er, obwohl er die Existenz von UFOs nicht bestritt, beschlossen, sich eines Urteils zu enthalten, bis er diese Dinger mit eigenen Augen gesehen hatte.
Belle legte plötzlich die Ohren an. Ihre Muskeln spannten sich. Sie zögerte und schnupperte in der Luft.
»Was ist los, Mädchen?«, sagte Tom leise. Witterte sie einen Coyoten? Kurz darauf entspannte sich Belle ein wenig. Dann hörte Tom menschliche Geräusche. »Camper, Belle. Es sind nur Camper.«
Er hielt diese Gegend irgendwie für sein Eigentum, obwohl sie niemandem gehörte. Er teilte den Canyon nicht gern mit Fremden, aber andererseits konnte er auch nicht viel gegen sie unternehmen.
»Na los, Belle«, sagte er und drückte die Fersen in die Flanken der

Stute. »Sagen wir mal Howdy.« Die Stute setzte sich gemächlich in Bewegung. Ihre Ohren waren nun nach vorn gerichtet, womit sie signalisierte, dass Fremde ihr hier oben ebenso wenig gefielen wie ihm.

Als sie um die nächste Biegung kamen, erspähte Tom einen rostroten Bronco, ein großes Zelt und einen Haufen ringsum aufgebauter Instrumente. Eine Frau mit einer elektrischen Laterne trat hinter dem Bronco hervor und schaute ihn an.

»Howdy, Ma'am«, sagte Tom langsam. »Was für 'ne schöne Nacht für einen Ausritt.«

»Dr. Manderley?«, kam die Stimme eines jungen Mannes aus dem Zeltinneren. Eine Sekunde später trat er ins Freie. Sein Haar leuchtete rot im Schein der Laterne.

»Sind Sie der Sheriff?«, fragte die Frau. Sie bemühte sich, selbstsicher zu klingen, und hatte auch fast Erfolg damit. Ohne den leichten ausländischen Akzent wäre es ihr nie geglückt.

Tom lachte freundlich. »Warum fragen Sie? Sind Sie Revolverhelden auf der Flucht?«

Die Frau entspannte sich. »Was würden Sie von einer Tasse Kaffee halten?«

»Ich hätte nichts dagegen.« Tom schwang sich von Belles Rücken und band sie an der Stoßstange des Bronco fest. »Tom Abernathy«, sagte er und streckte die Hand aus. »Mir gehört die El-Dorado-Ranch unten am Old Madelyn Highway.«

»Alexa Manderley.« Ihr Griff war angenehm und fest. »Das ist Eric Watson. Wir hoffen, wir können ein paar Ihrer UFOs auf Film bannen.«

»Hallo«, sagte Watson. »Dr. Manderley gehört zu den angesehensten Forschern auf unserem Gebiet.« Er sah Tom unsicher an.

»Nett, Sie kennen zu lernen, Mr. Watson«, sagte Tom freundlich. »Wenn Sie UFOs suchen, sind Sie hier genau richtig. Heute Abend scheint allerdings nicht viel los zu sein.«

»Freut mich, das zu hören«, sagte Alexa, stellte die Laterne neben dem Zelt auf einen Kartentisch und bedeutete Tom mit einer Geste, Platz zu nehmen. Sie setzte sich ihm gegenüber hin. »Wir hören Gerüchte über irgendeinen Ort, aber man weiß nie, was man da findet. Danke, Eric«, fügte sie hinzu, als der junge Mann eine Kaffeekanne vom Coleman-Ofen nahm und ihnen einschenkte. »Nehmen Sie sich einen Stuhl«, sagte sie, als er sich unsicher umschaute, als wisse er nicht, ob er bleiben oder gehen sollte.

»UFOs gibt's an vielen Orten«, sagte Tom. »Wie sind Sie gerade auf Madelyn gekommen?« Im Flackern des Laternenlichts fiel ihm auf, dass Alexa Manderley eine atemberaubend schöne Frau war. Kein Wunder, dass der junge Watson sich wie ein hochgradig nervöser Welpe aufführte.

»Madelyn zählt zu den angesagtesten Regionen des Landes«, erklärte Alexa. »Hier gibt es seit vielen Jahren Sichtungen – einige Ermittlungen des Projekts Blaubuch haben hier stattgefunden, und seit den letzten beiden Jahren gehört die Anzahl der Sichtungen zu den höchsten im ganzen Land.« Sie lächelte. »Doch der wichtigste Grund, weshalb wir diesen Ort ausgesucht haben, ist der, dass das Militär ihn geheim zu halten versucht.«

»Nach allem, was ich so höre«, erwiderte Tom, »möchte das Militär alles und jedes geheim halten.«

Alexa lachte. »Das ist wahr, Mr. Abernathy …«

»Tom.«

»Tom. Ich bin Alexa. Nun, es stimmt, aber an einigen Orten bemühen sich die Militärs mehr als an anderen, uns draußen zu halten. In Madelyn, zum Beispiel.«

»Was soll das heißen, ›uns draußen zu halten‹? Nach dem, was ich gehört habe, soll das hier ein freies Land sein.«

»Das Militär hält Informationen zurück und lässt sich sehr viel einfallen, um Sichtungen als Geschwafel hinzustellen. Es ist auf dämliche Art ziemlich subtil, wenn Sie verstehen, was ich meine.«

Tom lachte. »Und ob.«

»Sie kennen nicht zufällig einen Colonel Dole?«, fragte Alexa.
»Sieht der fast so aus wie Richard Nixon zur Zeit der Watergate-Affäre?«
»Ja! Das ist er. Wissen Sie irgendwas über ihn?«
»Er hat uns nämlich im Café belauscht«, erläuterte Eric Watson.
»Colonel Dole, hm?« Tom kratzte sich am Kinn. »Ich seh ihn und seine Handlanger hin und wieder hier in der Gegend rumfahren. Könnte sogar sein, dass ich ihn heute auf der Thunder Road gesehen hab. Ray Vine sagt, er hängt zwar oft in seinem Lokal rum, gibt den Kellnerinnen aber nie Trinkgeld.«
»Wir haben Mr. Vine kennen gelernt.« Alexa grinste. »Er hat ein paar spitze Bemerkungen über das Militär gemacht – genau vor Colonel Doles Nase.«
»Ray nimmt nie 'n Blatt vor den Mund«, erklärte Tom, »nicht mal, wenn Uniformen anwesend sind. Die können ihn nämlich alle mal ...«

9

JUSTIN MARTIN

Um 23.40 Uhr war Justin zur Thunder Road zurückgekehrt und hatte in der Nähe der Einfahrt zum Spirit Canyon geparkt. Er war stinksauer, weil Chrissie ihm nicht mal einen Gutenachtkuss gegeben hatte. Sie hatte ihm lediglich für die Korrekturen ihrer Hausaufgaben gedankt und war aus seinem Wagen gestiegen, bevor er auch nur eine Bewegung hatte machen können. Die nächste Viertelstunde hatte er damit verbracht, mit hinter dem Kopf verschränkten Händen dazusitzen und sich auszumalen, was er mit dem kleinen blonden Luder machen würde, wenn endlich die Gelegenheit dazu kam. Er dachte sich auch ein paar Dinge aus, die sie mit *ihm* anstellen würde.

Nun war es eine Minute vor Mitternacht. Justin schaute zum Himmel hinauf. Er hoffte, die Lichter zu sehen und die Stimme zu hören, doch es war niemand da. Er hatte die Doors-Kassette bereits bis »Roadhouse Blues« vorgespult: Nun schob er sie in den Rekorder, und seine Finger trommelten im Takt. Er fuhr mit ausgeschalteten Lichtern leise über die Straße. Der schwarze Mustang war wie ein Geist in der dunklen, windigen Nacht.

Geisterstunde. Justin ließ den Motor aufheulen und zählte bis dreißig. Dann gab er Gas. In weniger als zehn Sekunden war er auf hundertzwanzig Sachen. Spelmans GTO würde am anderen Ende der sechs Kilometer langen, schnurgeraden Strecke ebenso fix sein. Oder fast so fix. Falls der Supersportler nicht in irgendein unverhofft auftauchendes Fahrzeug krachte, wenn er über die Old-Madelyn-Kreuzung fegte, müssten sie sich ungefähr am

Dead Man's Hill treffen, dem riesigen Findlingshaufen auf dieser Seite des Madelyn Highway.

Wehender Staub und Sand trafen seine Windschutzscheibe, als Justin beschleunigte, doch es spielte keine Rolle. In der Dunkelheit musste er ohnehin blind fahren. Glücklicherweise kannte er die Straße wie seine Westentasche. Spelmans Scheinwerfer waren in der Ferne als winzige Lichtpünktchen zu erkennen.

Sie wurden von Sekunde zu Sekunde größer. Spelman hatte das Fernlicht eingeschaltet, um ihn zu blenden. »Arschloch«, sagte Justin leise. »Du bist tot.« Seine Finger schwebten über dem Lichtschalter seines Wagens. Er war bereit, den Typen in der letzten Sekunde von der Straße zu fegen.

Als noch knapp dreißig Meter die Wagen voneinander trennten, geriet Spelmans Fahrzeug ins Wanken. Dies sagte Justin, dass sein Gegner den Mustang trotz des wehenden Staubsturms und der Finsternis gesehen hatte. Justin fuhr weiter geradeaus und schaltete das Fernlicht nun an und aus, um Spelmans erbsengroßes Sportlerhirn zu verwirren.

Die Wagen kamen sich immer näher. Vor Justin schien sich die Zeit zu dehnen. Als geschähe alles in Zeitlupe. *Fünf. Vier. Drei. Zwei.*

Eins. Spelman kriegte Schiss und riss den Lenker plötzlich nach links.

»Ja!«, flüsterte Justin, als der GTO von der Straße flog und in den Dead Man's Hill knallte. Metall verbog sich kreischend, als der Wagen gegen die Findlinge schlug.

Justin trat auf die Bremse, dann fuhr er zurück, um sich den Schaden anzusehen. Erfreut darüber, dass der Sandsturm seine Spuren verdeckte, streifte er die ledernen Autofahrerhandschuhe über, zog eine halb volle Flasche Cutty Sark unter dem Beifahrersitz hervor und ging damit zu dem Wrack.

Rick Spelman und der Lenker waren zu einer blutigen Masse verschmolzen. Aber der große Sportler atmete noch. »Hey, Rick«,

sagte Justin, »das tut mir aber Leid, dass du verloren hast.« Er löste den Schraubverschluss der Whiskeyflasche. »Hier, trink einen, dann geht's dir besser.«
Der Supersportler starrte ihn an. Es fiel ihm wohl schwer, Justin zu erkennen, denn er kniff die Augen zusammen. Blutblasen zerplatzten auf seinen Lippen.
Als Justin die Flasche an Spelmans Lippen hielt und ihn zum Trinken zwang, fielen ihm auf dem Rücksitz ein paar leere Bierdosen auf. »Du hast meine Arbeit ja schon selbst erledigt, Rick«, sagte er, als Spelman Blut und Schnaps hustete. Er ließ die Flasche auf den Sitz fallen. »Tja, Rick, ich muss jetzt gehen. Ich hab 'ne Verabredung mit deiner Freundin. Ich werd ihr das Gehirn rausvögeln.«
Spelman stierte ihn trübe an, dann bildeten seine Lippen die Worte »Leck mich«.
»Du mich auch, Alter.« Justin zog ein Feuerzeug aus der Tasche, schnappte sich noch mal die Schnapsflasche und schüttete etwas von ihrem Inhalt auf den Rücksitz – außerhalb von Spelmans Reichweite. Er ließ die Flasche wieder auf Spelmans Schoß fallen, dann hielt er das Feuerzeug an den vom Alkohol durchnässten Sitz und schnippte es an. Die Flammen leckten einmal, zweimal über den Stoff, dann fraßen sie sich hinein. »Also, halt die Ohren steif«, sagte Justin mit einem Grinsen.
Er eilte zu seinem Wagen zurück. Rick Spelman schrie und heulte um Hilfe. *Weißt du, was du hast, Spelman?*, dachte Justin. *Du hast 'n kleinen Pimmel.*
Bevor er sich der Old Madelyn Road zuwandte, schaltete Justin die Scheinwerfer ein. Als er abbog, kam ihm der Gedanke, dass jemand, der in der Nähe wohnte – vielleicht die alte Hure Cassie Halloway? –, den Knall gehört haben könnte. Wenn ihr Freund, der Polizeichef, ihn ebenfalls gehört hatte, könnte es Schwierigkeiten geben. Justin schaltete die Scheinwerfer wieder aus und verlangsamte, bis das matt erleuchtete Haus vor ihm auftauchte.

Er kniff die Augen zusammen und hielt nach Baskervilles Streifenwagen Ausschau. Was hatte er doch für ein Schwein – er war nirgendwo zu sehen. Justin blieb einen Moment auf der Straße stehen, dann gab er Gas und fuhr davon.

10

TOM ABERNATHY

Wieso haben Sie mich für den Sheriff gehalten?«, fragte Tom Alexa Manderley bei der zweiten Tasse Kaffee.

Es war zu dunkel, um zu erkennen, ob sie errötete, aber ihre Stimme klang verlegen. »Ich weiß es nicht. Ich hab hochgeschaut und Sie auf diesem wunderschönen weißen Pferd gesehen …«

»Belle ist silbergrau«, warf Tom ein.

Alexa lächelte. »Silbergrau. Sie sahen aus wie Gary Cooper, der in die Stadt reitet, um die Bösen abzuknallen.«

»Sie wissen wirklich, was man tun muss, damit einem Mann der Kamm schwillt, Ma'am.«

Alexa lachte. »War nicht meine Absicht. Oder, Eric?«

Der junge Mann lächelte. »Alexa sagt immer, was sie denkt.«

In der Ferne ertönte ein metallisch klingendes Krachen. Die Canyonwände warfen Echos.

»Haben Sie eine Ahnung, was das war?«, fragte Watson.

»Wahrscheinlich ein Unfall unten auf der Interstate.«

»So weit weg?«, fragte Alexa.

»Ich hoffe es wenigstens«, sagte Tom langsam. »Canyons können Geräusche dieser Art verstärken und verzerren.« Er hatte den Satz kaum zu Ende gesprochen, als er spürte, dass seine Nackenhaare sich aufrichteten. Seine Gedanken wandten sich Marie zu. *Sie ist doch nicht mal in der Nähe eines Autos, Blödmann.* Trotzdem stand er auf.

Tom trat an den Rand des Lagers, doch die Hügel versperrten ihm die Sicht in alle Richtungen. »Ihr habt euch einen komischen Ort

zur Himmelsbeobachtung ausgesucht. Hier sieht man doch nur Dinge, die genau über einem sind.«
»Ein Junge aus der Gegend hat uns hergeführt. Wir dachten, wir warten bis morgen und schauen uns dann um.«
»Gute Idee.« Tom ging zu den Forschern zurück. »Danke für den Kaffee. Ich mach mich jetzt lieber auf den Heimweg.« Er schüttelte ihnen die Hand. »Schaut doch mal in Madland oder bei mir auf der Ranch vorbei, wenn ihr was braucht.« Er empfand plötzlich das heftige Verlangen, sich in Bewegung zu setzen, also schwang er sich in den Sattel und winkte den beiden zu. »Bis später, Leute ... Okay, Belle, schauen wir uns mal an, was da passiert ist.« Er ließ die Stute laufen, und sie eilte schneller durch das finstere Hügelgelände als klug war. Sie war intelligent, sehr ungeduldig und viel zu neugierig, aber aus dem Grund hatte er sie ja so gern.

11
MOSS BASKERVILLE

»Ist dir schon mal aufgefallen, dass David Letterman den Leuten immer sagt, wie gut sie riechen?«, fragte Cassie.

Moss Baskerville streckte die Arme auf der Rückenlehne des Sofas aus, ließ den linken auf Cassies Schulter sinken und zog sie an sich. »Wenn du mich fragst, ist das ziemlich seltsam.«

Cassie boxte ihm in die Rippen und schmiegte sich dann an ihn. »Ich finde es schön.«

»Aber nur, weil du scharf auf ihn bist.«

Cassie schenkte ihm ein süffisantes Grinsen, dann wandte sie sich wieder dem Fernseher zu.

Es fiel Baskerville heute Abend zwar nicht leicht, sich zu entspannen, aber allmählich wurde es besser, denn Cassie, die wie immer die Ruhe bewahrte, ließ nicht zu, dass er sich die ganze Nacht über die Ziege und den Briefkasten Sorgen machte. Vor etwa einer Viertelstunde hatte er zudem in der Ferne Reifen quietschen gehört – und ein Geräusch, das nach einem Zusammenstoß klang. Er hätte gern nachgesehen, doch Cassie hatte ihn daran erinnert, dass heute Abend Al Gonzales, sein bester Mann, das Kommando hatte.

Sein *einziger* Mann. Jay Kettleman war vor zwei Monaten gegangen. Moss hatte sich nicht die Mühe gemacht, einen Ersatz anzuheuern. Doch beim Quietschen der Reifen war ihm die Idee gekommen, dass er vielleicht doch einen dritten Mann brauchte, der die Außenbezirke der Stadt im Auge behielt und hin und wieder über die Thunder Road fuhr, damit die jungen Leute dort keine Rennen veranstalteten.

Außerdem gab es noch die verdammten Apostel. Falls sie beschlossen, in Madland einzufallen und den Touristen in Massen auf den Leib zu rücken, konnte es für einen einsamen Cop ziemlich haarig werden. Normalerweise kreuzten immer nur ein paar dieser Leute auf, und man konnte sie leicht verscheuchen, wenn sie unangenehm wurden. Aber wenn die Sonnenfinsternis kam – die Apostel behaupteten, mit ihr käme auch die Apokalypse –, könnte das Ganze vielleicht hässlich werden.
Baskervilles Magengeschwür, das sich lange nicht gerührt hatte, machte sich bemerkbar, als seine Gedanken sich dem nächsten Problem zuwandten: den Verschwundenen.
Was Joe Huxley betraf, war er sich nicht ganz sicher, ob er überhaupt »verschwunden« war. Niemand vermisste Joe. Und er war schon früher häufig verschwunden. Andererseits hatte er bisher immer einen Ersatzmann für seinen Nachtwächterjob im Freizeitpark gestellt. *Auch deswegen brauchen wir einen dritten Mann. Wir müssen nicht nur den Ort im Auge behalten, sondern auch den Park.*
Moss war sich praktisch sicher, dass Kyla Powers etwas zugestoßen war. Und dann war vor ein paar Tagen auch noch Madge Marquay verschwunden …
Cassie schmiegte sich enger an ihn und legte eine Hand auf seinen Ellbogen. Baskerville schob seine Sorgen beiseite. Schließlich war er hier, um sich auszuruhen.
Im Fernsehen nahm Letterman einen neuen Gast in die Zange: einen Koch, der sich vergeblich bemühte, den Gastgeber zu bewegen, einen Fisch zu panieren. Stattdessen warf Dave ihn in die Luft und summte die Musik aus *Der weiße Hai.* »Was findest du nur an diesem dürren kleinen Klugscheißer, Cass?«
»Na ja, Moss«, erwiderte Cassie, »ein Mann, dem auffällt, wie andere Leute riechen, setzt all seine Sinne ein. Und das bedeutet, dass er auch in der Kiste unheimlich gut ist … Außerdem ist er lustig«, fügte sie hinzu, als der Fisch in Richtung Band flog. »Er

denkt sich Dinge aus, die man mit Alltagsgegenständen machen kann.« Cassie schenkte Moss ein neckisches Lächeln. »Der weiß bestimmt, wie man eine Frau dazu kriegt, sich wertgeschätzt zu fühlen.«

Baskerville erkannte einen Wink mit dem Zaunpfahl sofort. Also neigte er seinen kantigen Schädel und liebkoste Cassies Hals. »Mmmm«, murmelte er, »du riechst wie süße Petunien an einem heißen Sommerabend.« Er küsste die weiche Höhlung ihres Schulterblatts. »Außerdem kenn ich auch 'n paar Tricks.« Cassie stöhnte leise, als er sich nach oben an ihr Ohr vorarbeitete. Er nahm ihr Ohrläppchen in den Mund und spielte mit der Zunge daran, weil er wusste, dass sie es gern hatte.

Cassie drehte sich leicht zu ihm um, fuhr mit der Hand über seinen Brustkorb, öffnete einen Knopf seines Uniformhemdes und schob einen Finger hinein, um über seine dichte Brustbehaarung zu streichen. »Du riechst ganz gut«, sagte sie, »für einen Bullen.«

»Was soll das heißen – für einen Bullen?« Seine Hand sank herab und umfasste eine ihrer Brüste.

Cassie kicherte leise und öffnete zwei weitere Knöpfe seines Hemdes. »Wie ein Mann. Warm. Moschusartig.« Sie drückte ihren Mund auf seine Haut und fuhr kurz mit der Zunge darüber hinweg. »Salzig. Lecker.« Sie massierte zärtlich eine Brustwarze, dann wanderte ihre Hand zu seiner Gürtelschnalle hinab. »Wollen wir 'n bisschen rummachen?«

Baskerville küsste sie und schmeckte ihre sich öffnenden Lippen. »Und was ist mit Dave?«

»Der soll sich selbst 'ne Freundin suchen.«

Sie schlang beide Arme um seinen Hals, und Moss packte sie und stand auf. Obwohl Cassie groß war, wog sie kaum mehr als fünfzig Kilo. Irgendwie hatte es ihn schon immer angemacht, sie ins Schlafzimmer zu tragen. Als er um das Sofa herumging, sah er das kurze Aufblitzen von Scheinwerfern durchs nördliche Wohnzimmerfenster. Ein Auto bog auf den Old Madelyn Highway ab. Baskerville blieb stehen.

»Was ist denn, Moss?«

»Vielleicht ist dein Graffiti-Künstler wieder da.« Der Wagen fuhr extrem langsam. »Ich schau lieber mal nach.« Er stellte sie ab.

»Ach, Moss«, protestierte Cassie, »da ist doch nichts.«

»Es ist mein Job, Schätzchen. Du prägst dir ein, wo wir gerade waren.« Baskerville trat an das Fenster, das nach vorn hinausging, baute sich daneben auf und spähte ins Freie. »Kannst du mal bitte das Licht ausschalten, Cass?«

»Klar«, sagte sie und klang eindeutig gelangweilt. »Aber solange du hier bist, traut sich doch ohnehin niemand, irgendwas zu unternehmen.«

»Hast du vergessen, dass mein Wagen hinter dem Haus steht? Es weiß niemand, dass ich hier bin.«

Als nur noch das Licht des Fernsehers den Raum beleuchtete, konnte Moss den Wagen gerade so erkennen. Er kroch, noch immer ein Stück nördlich, über die Straße. Plötzlich hielt er an, und die Lichter gingen aus. Es war ein älteres Modell mit runden Scheinwerfern.

Baskerville durchquerte den Raum in Richtung Küche. »Ich geh hinten rum, Cass, und schleich mich an. Wer es auch ist, er hockt da einfach im Dunkeln.«

»Sei vorsichtig«, rief sie leise hinter ihm her, als er zur Tür hinausging.

Mit gezogener Waffe ging Baskerville zur Südseite des Hauses – zu seinem Streifenwagen und Cassies Gemüsegärtchen. Als er sich der Vorderseite näherte, heulte der Motor des Fremden plötzlich auf, und der Wagen fuhr los und jagte – noch immer mit ausgeschalteten Lichtern – den Old Madelyn Highway hinab.

Baskerville lief los und kniff die Augen zusammen, doch er sah nur Staub und das Aufblitzen von Bremsleuchten, als das Fahrzeug sich einem Schlagloch näherte. *Von dem Loch da kann nur ein Einheimischer wissen.*

Als Moss auf dem Absatz kehrtmachte, um zu seinem Wagen zu eilen und die Verfolgung aufzunehmen, ging die Haustür auf. Cassie trat auf die Veranda. »Den kriegst du nicht mehr«, sagte sie, als hätte sie seine Gedanken gelesen.

»Ich muss es versuchen, Cass.« Sie kam die Treppe hinunter und gesellte sich zu ihm. Gemeinsam gingen sie zum Briefkasten. Es gab keine neuen Schmierereien.

»Eine Minute später hätten wir den Wagen nicht mal mehr gehört«, sagte Cassie. Sie nahm seinen Arm und führte ihn zum Haus zurück. »Wahrscheinlich war es nur irgendein dummer Halbstarker.«

»Ja, kann schon sein«, erwiderte Moss. »Du schließt das Haus doch ordentlich ab, wenn ich nicht hier bin?«

»Aber immer.« Cassie küsste ihn kurz auf den Mund. »Los jetzt, komm, wir müssen noch 'ne Nummer schieben.«

Baskerville warf noch einen Blick auf die Straße, dann schlang er den Arm um Cassies schlanke Taille. »Würdest du nicht so gut riechen, wäre ich längst hinter ihm her ...«

»Was ich doch für ein Glück habe«, erwiderte sie, und sie kehrten ins Haus zurück.

12
CARLO PELEGRINE

Das Schälen einer Apfelsine war möglicherweise die größte mit einem schlechten Gewissen behaftete Lustbarkeit in Carlo Pelegrines Leben. Am Ende jedes Tages drehte er das Schild an der Ladentür um, so dass aus dem GEÖFFNET ein GESCHLOSSEN wurde. Dann zog er das mit altmodischen Fransen verzierte Rollo vors Fenster und nahm eine Apfelsine aus dem Körbchen mit den Zitrusfrüchten, das zwischen den Kristallen und Weihrauchschwenkern stand.

Heute wählte er eine dünnschalige Saftorange aus. Als er zwischen grünen Samtvorhängen hindurch die intime Atmosphäre seines Kartenleseraums betrat, hielt er sie an die Nase und atmete ihren süßen Geruch ein. Mit einem Lächeln auf den Lippen ging er an dem kleinen runden Lesetisch mit der violetten Leinendecke vorbei und nahm im Zwielicht des hinteren Bereichs des Raumes an einem kleinen Rollschreibtisch Platz.

Pelegrine schloss den Schreibtisch auf, schob die Abdeckung hoch, zog an der Messingkette der grünen Tischlampe und enthüllte Fächer mit in Seide geschlagenen Tarotkarten und jeder Menge Bücher, die sich mit Kartenlegen, Handlesen und jeder anderen Weissagungsart befassten. In den Schubladen befanden sich Kerzen, Öle, Holzkohle und Weihrauch; alles, was ein gut vorbereiteter Wahrsager eventuell brauchen konnte.

Pelegrine legte die Orange auf eine beige Serviette, die er einer kleinen, tiefen Schublade entnahm, dann holte er einen Wetzstein und ein Schälmesser heraus. Er lehnte sich zurück und drehte den Stuhl, bis er in den Raum hineinschaute. Mit einem zufriedenen

Seufzer zog er das Messer über den Wetzstein, drehte es um und begann von neuem. Er ging seiner Tätigkeit mit geschlossenen Augen nach und fand Ruhe in der Wiederholung und dem zischenden Geräusch der über den Stein fahrenden Klinge.
Schließlich machte er die Augen auf, setzte sich gerade hin und wandte sich wieder dem Schreibtisch zu. Er putzte die Klinge mit der Leinenserviette ab und prüfte ihre Schärfe an seinem Daumen. Perfekt. Jeder echte Druck hätte sein Fleisch zerschnitten.
Pelegrine hob die Orange mit einer langfingrigen Hand, drehte sie im Lampenlicht hin und her, bewunderte die steinartige Textur und jede winzige Unvollkommenheit ihrer Schale.
Schließlich hielt er die Klinge an die Frucht. Er spürte, wie immer, ein erwartungsvolles Beben, das in seinem Schritt begann und sich in angenehmen Wogen in seinem ganzen Körper ausbreitete.
Er schnitt in einem schrägen Winkel in die Schale, ließ die fleischige weiße Lage darunter aber intakt. Seine Konzentration geriet nie ins Wanken; ebenso wenig sein Messer. Er schnitt weiter, bis die feine, dünne Schale in einem Stück auf der Serviette lag.
Er legte Orange und Messer hin, hob die Schale mit beiden Händen hoch, hielt sie unter seine Nase und atmete ihren Duft ein. Er legte sie wieder auf die Serviette, nahm die Orange und das Messer und wiederholte den Prozess, wobei er diesmal die weiße Unterhaut entfernte, bis nur noch die fleischige Frucht übrig blieb.
Pelegrine nahm die Orange in die rechte Hand und schnitt vorsichtig zwischen die Segmente. Er teilte sie, ohne die feine Haut zu durchlöchern. Schließlich legte er das Messer beiseite und ließ die Orange in die Fläche seiner anderen Hand fallen. Der Orangengeruch durchdrang den Raum. Er öffnete seine Hand und atmete ihn genüsslich ein.
Die Frucht erblühte auf seiner Handfläche; ein vollkommenes, unberührtes, süßes Zitrusgewächs. Pelegrine hielt einen der Schnitze unter seine Nase und schob ihn sich dann in den Mund.

Vorsichtig, um die Haut nicht zu zerreißen, betastete seine Zunge den Schnitz und kostete ihn. Schließlich prüfte er die Spannung und spürte die Bewegung des Saftes unter der dünnen Haut. Wie fein, wie schön. Wie vollkommen.
Er biss in die Frucht, ließ seine Zunge vom Geschmack überspülen, schmeckte das Obst und kaute es langsam. Nach dem ersten Schnitz wurde sein Tempo nur geringfügig schneller.
Diese Kleinigkeit war die größte Lust, die er sich erlaubte, denn er entzog sich den Frauen seit zwanzig Jahren. Das Schälen einer Orange war seine Art zu lieben geworden, obwohl er sich nie Erlösung gestattete.
Als Achtzehnjähriger hatte er Gott versprochen, den Rest seines Lebens im Zölibat zu verbringen – als Buße für seine Sünden.
Pelegrine fragte sich noch immer, warum sein Bruder und er auf dem Weg zur Schule die Abkürzung durch die Gasse an der Thirteenth Avenue genommen hatten. Vielleicht aus Neugier? Die hohen, roten Ziegelwohnhäuser hatten am Eingang zur Gasse vor ihnen aufgeragt. Sein Herz hatte heftig geklopft, und er hatte Vic zu einem Wettlauf durch die Gasse aufgefordert.
Er hatte Victor vorauslaufen lassen und nicht damit gerechnet, dass Vic stehen bleiben und sich die Mülltonnen anschauen würde. Vic hatte sich bleich umgedreht und ihn angestarrt. Und Carlo war näher gekommen und hatte zwischen zwei Mülltonnen eine blutleere Hand ins Freie ragen sehen.
Er hatte sie angestarrt, dann hatte er Victor gepackt und ihm klar gemacht, dass sie zu spät in die Schule kommen würden. Vic hatte darauf bestanden, den Fund der Polizei zu melden, und Carlo hatte sich gefügt, denn er hatte gewusst, dass es richtig war.
Zwar hatte man ihn nie eines Verbrechens beschuldigt und er war auch nie in Verdacht geraten, aber die Furcht hatte ihm arg zugesetzt. Er hatte seinen Abschluss an der High School gemacht und den Eltern und Freunden dann gesagt, er wolle ein Jahr herumreisen, bevor er aufs College ging.

Er hatte fortgehen müssen. Er hatte ihnen nicht mehr in die Augen schauen können. Sechs Monate später hatte er seinen Tod vorgetäuscht und seinen Namen geändert. Auch hatte er zur Religion zurückgefunden und Gott ein Versprechen gegeben.

In den ersten Jahren hatte er seine Obsessionen nur schwer beherrschen können. Er war pausenlos unterwegs gewesen, hatte hier und da Jobs angenommen, Geld verdient, um über die Runden zu kommen. Er hatte erst vor acht Jahren Frieden gefunden, als er nach Madelyn gekommen war.

Carlo kaute langsam einen weiteren Orangenschnitz. Seit dem letzten Verbrechen waren zwanzig Jahre vergangen. Rein intellektuell betrachtet wusste er, dass ihm nichts mehr passieren konnte. Abgesehen von einem ziemlich schlechten Zeitungsfoto, das Vic und ihn in der Gasse zeigte, war er nie ins Licht der Öffentlichkeit getreten. Obwohl das Foto ein-, zweimal in Büchern über wahre Verbrechen nachgedruckt worden war, war die Qualität so schlecht, dass es nie zu einem Problem geworden war.

Er war zufällig in Madelyn gelandet. Er hatte den alten Bewegungsdrang verspürt und einen guten Job in Cincinnati aufgegeben. Dort war er zwei Jahre gewesen, länger als irgendwo sonst, und hatte einen angesehenen Job als Koch in einem italienischen Restaurant gehabt. Dort hatte er – wie passend – als Carlo Pelegrine gelebt, unter einer italienischen Version seines Namens. Er war ziemlich glücklich gewesen, doch dann hatte eine platonische Freundschaft zu einer Frau zu etwas Ernsthafterem zu werden gedroht. Die dynamische, leidenschaftliche Frau war die Geschäftsführerin des Restaurants, und obwohl er sich irgendwie von ihr angezogen fühlte, unterlag ihr Verhältnis nicht seiner Kontrolle. Sie jedoch hatte ihm nachgestellt. Er hatte ihr erzählt, er sei schwul, doch sie hatte ihm nicht geglaubt, und in den folgenden Monaten war die Beziehung zwischen ihnen dann immer angespannter geworden.

Also war er gegangen. Auf dem Weg nach Kalifornien hatte Carlo die alte Nervosität gespürt und war sich irgendwie sicher gewesen, dass sie ihn verfolgen und sein Geheimnis an den Tag bringen würde. Er aß noch einen Orangenschnitz, schüttelte den Kopf und lächelte verbittert. Mit Stress war er noch nie gut klargekommen. Als er ein kleiner Junge gewesen war, hatte seine Mutter gesagt, er solle sich weniger Sorgen machen. Doch schon damals hatte er von seiner monströsen Natur gewusst.

Seiner Harley war dreißig Kilometer vor Madelyn in der Mojave-Wüste das Benzin ausgegangen. Es war seine eigene Schuld gewesen, denn er hatte die Tankanzeige nicht überprüft. Er kam sich dumm vor, als er so vor sich hin latschte und die Karre schob. Seine Kleider klebten unter der schrecklichen Augustsonne an seinem Körper.

Ein Kleinlaster mit Pferdeanhänger hatte neben ihm gehalten, aber Carlo hatte nicht die Absicht gehabt, mitzufahren. Er war zu argwöhnisch, zu nervös. Doch der Fahrer, ein gewisser Tom Abernathy, wirkte so unbekümmert, dass er den Schluss zog, es sei in Ordnung, sich zur Tankstelle in Madelyn mitnehmen zu lassen.

Tom Abernathy konnte gut erzählen, und während der kurzen Fahrt war es ihm gelungen, Carlo mit Geschichten über Old Madelyn zu faszinieren. Tom hatte nur eine Frage gestellt: Da das Nummernschild der Harley aus Ohio stammte, hatte er wissen wollen, ob Carlo eine Weile in Kalifornien bleiben wollte. Und vor Rays Tankstelle hatte Tom eine zweite Frage gestellt: Er hatte wissen wollen, ob er Arbeit suchte.

Carlo hatte sich überraschend *Ja* sagen hören.

Nach dem Tanken waren sie zu Rays Café rübergegangen. Carlo hatte darauf bestanden, für den Kaffee und den Kuchen zu bezahlen. Er hatte nicht gewollt, dass Tom Abernathy ihn für einen faulen Herumtreiber hielt. Laut Tom gab es auf seiner Ranch Arbeit. Carlo hatte sich entschuldigt und erwidert, er könne nicht reiten. Tom hatte nur gelacht und erwidert, er könne auch kein Motorrad »reiten«. Dann hatte er erwähnt, er sei Geschäftsführer des Old Madelyn Historic Park und könne einen Zigeuner gebrauchen, der den Leuten ihre Zukunft weissagte. Außerdem war er der Meinung, dass Carlo einen tollen Zigeuner abgeben würde.

Carlo hatte sich seit Jahren für Metaphysik interessiert und wusste einiges über Okkultismus, doch es hatte ihn ein wenig erschreckt, derlei aus dem Mund eines ziemlich erdverbunden wirkenden Cowboy-Typen zu hören. Doch Abernathy hatte schnell erläutert, dass Old Madelyn kürzlich an New Madelyn verkauft worden war, da der Staat es sich nicht leisten konnte, den Ort zu betreiben. Der größte Teil des Freizeitparks gehörte Tom Abernathy, der eigentlich nichts anderes plante, als eine echte Westernstadt aus ihm zu machen. Er hatte damals schon Geld in die Restaurierung gesteckt, aber Carlo erfuhr, dass einige Läden von Old Madelyn ohne den richtigen Pächter nicht laufen würden.

Carlo hatte Tom gefragt, wieso er einem ihm so gut wie unbekannten Menschen einen seiner Läden anvertrauen wollte. Tom hatte ihm in die Augen geschaut und erwidert, er traue seinen Instinkten. Er könne ein schlechtes Pferd oder einen schlechten Menschen im Allgemeinen auf den ersten Blick erkennen. Dann meinte er, Carlo habe eine geheimnisvolle Ausstrahlung, und diese könne dem Geschäft eines Wahrsagers nur dienlich sein.

Carlo hätte Tom gern erzählt, dass seine Instinkte ihn diesmal trogen, aber er traute sich nicht. Tom hatte wohl erkannt, wie erstaunt er angesichts all dieser Dinge war, denn schließlich hatte er erklärt: »Sagen wir mal, ich glaube ans Schicksal. Das Schicksal, Gott oder was auch sonst hat gewollt, dass du am ersten Tag eines Monats, an dem ich da draußen war, kein Benzin mehr hattest. Du suchst Arbeit, und ich such einen Wahrsager.«

Carlo hatte sich nicht so einfach überreden lassen. Er hatte ganz sichergehen wollen, dass Abernathy es ernst meinte. Und Tom hatte seine Ansicht, dass das Schicksal sie zusammengeführt hatte,

nicht nur wiederholt, am Ende hatte er sogar gesagt, Carlo solle aufhören, sich Sorgen zu machen: Vielleicht sei er ihm aus einer anderen Zeit noch einen Gefallen schuldig. Tom hatte gesagt, er wisse nur eins: dass er sich gut dabei fühle. War Carlo nicht der gleichen Meinung?
Carlo hatte zugestimmt, denn auch er hatte bei der Sache ein gutes Gefühl. Dann war Ray Vine in seinen weißen Kochklamotten zu ihnen gekommen und er hatte einen Moment der Furcht verspürt. Der Mann hatte die Haltung eines Generals oder emeritierten Professors, vielleicht sogar beides, und er begutachtete einen so geradeheraus, dass er fast unheimlich wirkte. Tom hatte Ray gefragt, ob nicht auch er meine, Carlo gäbe einen famosen Wahrsager ab. Rays Blick hatte Carlo fast durchlöchert, und in dem Moment, in dem Carlo zu der Meinung gelangte, er könne ihn nicht länger ertragen, hatte Ray sehr positiv geantwortet und ihn in Madelyn willkommen geheißen.
Und so war er geblieben. In den ersten Wochen hatte Carlo Tom Abernathys Gastfreundschaft in Anspruch genommen. Es war ihm zwar unangenehm gewesen, aber er hatte damals nicht gewusst, wie es mit ihm weitergehen oder woher sein nächster Dollar hätte kommen sollen. Tom hatte ihn beschäftigt, ihm die Leitung der Renovierung eines Gebäudes anvertraut und den Vorschlag gemacht, das obere Stockwerk in eine Wohnung umzubauen, denn so hatten es auch einige andere Pächter und Eigentümer gemacht. Tom war ein sehr großzügiger Hausherr und hatte darauf bestanden, dass Carlo die Räume beider Etagen mit erstklassigen Möbeln ausstattete. Carlo, der ständig ein schlechtes Gewissen hatte, hatte eines Abends das Thema zur Sprache gebracht: Er wisse nicht, ob er je genug verdienen würde, um Tom das Geld für die Möbel zurückzuzahlen. Woraufhin Tom bloß gemeint hatte, die Kohle käme schon, wenn er arbeitete, und wenn er die Wahrsagerei erfolgreich betriebe, könne er die Wohnung irgendwann auch kaufen.

Carlo, stets Einzelgänger, war erstaunt, als er merkte, dass er seine Abende mit Tom und oft auch mit Toms zahlreichen Freunden verbrachte, zu denen Polizeichef Moss Baskerville gehörte. Noch mehr überraschte es ihn, dass sie auch seine Freunde wurden. In dieser drögen Wüstenstadt hatte jeder seine eigenen Schrullen, und man akzeptierte die seinen, ohne nachzufragen. Allmählich fühlte er sich zu Hause.

13

MOSS BASKERVILLE

Danach lagen sie unter hochgezogenen Laken ausgestreckt auf dem Bett. Über ihnen drehte sich träge der Ventilator. Draußen war der Wind stärker geworden und pfiff durch die Canyons. Moss Baskerville pries Cassie stumm dafür, dass sie auf seinem Bleiben bestanden hatte, statt hinter dem idiotischen Raser herzujagen. Nun löste sie sich langsam aus seiner Armbeuge, setzte sich auf und beäugte den Ventilator. »Was dagegen, wenn ich ihn jetzt abschalte?«

»Nein, mach nur.« Er schaute zu, wie die Paisley-Tätowierung sich auf ihrem Oberarm kräuselte. Sie streckte den Arm aus und zog zuerst an der Ventilatorkette und dann an der, die zur Lampe gehörte. Sie kuschelte sich in der Finsternis an ihn. Ihr Kopf lag auf seiner Schulter, ihr Arm ruhte leicht auf seinem breiten Brustkorb. Sie stieß einen zufriedenen Laut aus, der Moss gefiel, dann fragte sie: »Hast du das gehört?«

»Was gehört?«, fragte Moss, der schon fast eingeschlafen war.

Cassie wartete einen Moment, bevor sie antwortete: »Wahrscheinlich war's nur Eve, die was getrunken hat.«

Moss, nun wachsamer, bemühte sich, den ihm vertrauten Geräuschen des Hauses zu lauschen, doch das Heulen des Windes übertönte sie. Schließlich kam eine Windstille, und dann hörte er etwas. Er streckte den Arm aus und zog an der Lampenkette. Er und Cassie schauten sich an.

»Es ist ein Pferd«, sagte Cassie.

»Vielleicht schafft Joe Huxley seinen Hintern doch endlich nach Hause.« Baskerville stieg aus dem Bett und zog seine Hose an.

»Was machst du da?«, fragte Cassie.
»Ich muss mal ein paar Takte mit dem alten Esel reden. Und rauskriegen, wo er gesteckt hat.«
Cassie setzte sich auf und schüttelte resigniert den Kopf. »Angenommen, es ist gar nicht Joe?«
»Dann möchte ich wissen, *wer* es ist.« Moss schlüpfte mit nackten Füßen in die Schuhe. »Es dauert nur 'ne Minute«, fügte er hinzu und öffnete die Schlafzimmertür. Er wandte sich um und schenkte ihr ein Lächeln. »Halt meinen Platz warm.«
»Sowieso, Knackarsch.«
Baskerville verdrehte die Augen. »Wäre mir lieber, du würdest das nicht zu mir sagen.« Dann verließ er den Raum, in dem Cassie leise hinter ihm her lachte.
Aufgrund des Windes konnte er nichts hören, doch sobald er den Vorhang gehoben und einen Blick hinausgeworfen hatte, sah er den Umriss eines Pferdes und eines Reiters, der die Einfahrt heraufgeritten kam. Sie waren bleiche Gespenster in der Nacht, und obwohl der Mann wegen des Windes den Kopf einzog, erkannte Moss den hellen Staubmantel und den dunklen Stetson auf der Stelle.
»Cassie«, rief er und schaltete das Verandalicht ein. »Es ist Tom Abernathy.«
»Tom?« Er hörte Cassie im Schlafzimmer rumoren. »Was um alles in der Welt macht er um diese Zeit hier?«
»Keine Ahnung.« Moss öffnete die Tür. Abernathy schwang sich von Belles Rücken und führte das Pferd unters Verandavordach, aus dem Wind heraus.
Schließlich betrat er die Veranda, zog das Halstuch von seinem Gesicht und schob die Hutkrempe nach hinten. Seine normalerweise ausdruckslose Miene wirkte grimmig. »Gut, dass du noch wach bist, Moss.«
»Was ist denn?«, fragte Baskerville, als Cassie neben ihm auftauchte.

»Komm rein, Tom.« Sie zupfte an Moss' Ärmel, und sie traten zurück.

»Danke.« Abernathy trat ein, nahm den Hut ab und fuhr mit den Fingern durch sein braunes Haar. Die Wangen des Ranchers waren gerötet, und seine blauen Augen wirkten hellwach.

»Was ist passiert, Tom?«, fragte Moss.

»Auf der Thunder Road hat's einen Unfall gegeben.«

Moss und Cassie tauschten einen Blick.

»Und zwar einen ziemlich üblen«, sagte Tom. »Einen tödlichen.«

»Wer ist es?« Moss nahm seine braune Lederjacke vom Garderobenhaken.

»Weiß ich nicht. Wagen und Fahrer sind verbrannt. Ist nicht viel übrig geblieben. Der Wagen ist vermutlich ein GTO oder so was. Ich konnte aber nicht viel erkennen.«

Moss zog seine Jacke an und entnahm ihr den Wagenschlüssel. »Hast du eine Ahnung, wann es passiert ist?«

»Ist nicht lange her.«

»Ich komm später zurück, Cass. Schließ ab, klar?«

Cassie nickte. »Tut mir Leid, Moss, dass ich dich davon abgehalten habe –«

Moss drückte ihre Hand. »Schon gut, Cass. Ich hab's ja nicht anders gewollt.« Er wandte sich Tom zu. »Wir haben vor 'ner Weile Reifen quietschen und einen Knall gehört.«

»Vor einiger Zeit kam ein Wagen die Old Madelyn runter«, fügte Cassie hinzu. »Er ist ziemlich geschlichen – und dann ist er plötzlich abgezischt wie 'ne Rakete.«

»Es sind diese verfluchten Halbwüchsigen mit ihren dämlichen Rennen«, knurrte Moss. »Man sollte ihnen in den Arsch treten.«

»Wer zuerst ausweicht, ist ein Feigling.« Tom setzte seinen Hut wieder auf.

»Kann sein.« Moss nickte. »Aber bei dem Sandsturm kann das niemand mit Sicherheit sagen. Zuerst müssen wir den Fahrer des anderen Wagens finden. Willst du mitkommen?«

Tom blickte leicht unbehaglich drein. »Nein, ich bring Belle lieber aus dem Sturm raus. Sie muss abgerieben werden. Und ich bin hundemüde.«
Moss nickte. Er hatte diese Antwort erwartet. Tom Abernathy gehörte nicht zu denen, die sich in was reinziehen ließen. »Wo liegt das Wrack?«
»Dead Man's Hill.«
»Wie passend.« In früheren Zeiten hatte dieser Ort Bankräubern und anderen Halunken als Versteck gedient.
»Irgendwelche dämlichen Halbstarken«, sagte Cassie leise.
»Yeah.« Moss mochte seinen Beruf, aber eins tat er weniger gern: Anverwandten von einem Todesfall berichten. Das Schlimmste war, wenn man Eltern den Tod eines Kindes melden musste.
»Tom«, sagte er, als Abernathy die Hand auf den Türknauf legte. »Hast du heute Abend irgendwelche verdächtigen Typen oder Fahrzeuge gesehen?«
»Nein.« Tom blickte nachdenklich drein. »Ich bin von der anderen Seite aus durch den Spirit Canyon gekommen – davor war ich auf dem Campingplatz. Ich hab zwei Wissenschaftler getroffen, die dort ihr Lager aufgeschlagen haben. Sind gerade erst angekommen. Von da aus, wo sie kampieren, kann man die Straße nicht sehen. Deswegen bezweifle ich, dass sie 'ne große Hilfe sind.«
»Wissenschaftler?«, fragte Moss.
»Sie fotografieren UFOs.«
Moss verdrehte die Augen. »Natürlich. Was sollen die auch sonst hier machen? Die sind doch alle irre.«
»Auf mich haben sie normal gewirkt«, sagte Tom.
Moss nickte. Auch er glaubte nicht, dass die Leute ihm eine Hilfe sein konnten. Menschen dieser Art lebten nicht in der wirklichen Welt. »Ich schau sie mir morgen mal an.«
Tom öffnete die Tür, und Moss gab Cassie einen schnellen Kuss. »Vergiss nicht, die ...«

»… Tür abzuschließen«, fiel Cassie ihm lächelnd ins Wort. »Pass bloß auf da draußen. Ich halte dir das Bett warm.«
»Ich verlass mich drauf«, erwiderte Moss und ging zur Tür hinaus.

14
CARLO PELEGRINE

Nach dem Verzehr der Apfelsine lehnte er sich zurück und verschränkte die Hände hinter dem Kopf. Genau einen Monat nach seiner Ankunft in Madelyn war Carlo in seine neue Wohnung gezogen. Eine Woche später, zu Beginn der Herbstsaison, hatte er seinen Laden eröffnet. In den Wochen davor hatte er einen Großteil seiner Zeit damit verbracht, sich ins Handlesen und in die Tarotkarten einzuarbeiten. Davor hatte er hauptsächlich Bücher gelesen, die sich mit Reinkarnation, Spiritualismus und Hexerei beschäftigten.

Anfangs hatte er ein schlechtes Gewissen gehabt, da er andere glauben ließ, er verfüge über übersinnliche Kräfte. Doch sein schlechtes Gewissen war bald verblasst. Es war eine Beschäftigung, die es ihm erlaubte, Gutes zu tun. Er sagte nie etwas voraus, machte immer nur positive Vorschläge und achtete darauf, dass die Menschen, die zu ihm kamen, stets mit einem hoffnungsvolleren Gefühl gingen. Bei der Interpretation der Tarotkarten versuchte er zu inspirieren, denn er glaubte, dass sie im Jungschen Sinne wirkten: Sie waren ein Werkzeug, mit dem man das Unterbewusstsein erreichte. Wollte man Negatives aus ihnen herauslesen – na bitte. Er las nur positive Dinge, es sei denn, es ging um ihn persönlich.

Handlesen war etwas anderes. Obwohl er sich zu inspirieren bemühte, war die Berührung anderer Menschen, und sei es auch nur ihre Hand, etwas, das er vermied, seit … seit er von zu Hause weggegangen war. Hielt er die Hand eines anderen in der seinen, empfand er die geheime Verlockung wie eine fortwährende Willensprüfung.

Nach zwei Jahren als Wahrsager in Madland wusste er, dass er zur Familie gehörte. Obwohl er nie viel über sich verlauten ließ, trat ihm niemand zu nahe. Er wurde akzeptiert. Man stellte keine Fragen. Einmal war er so weit gegangen, Tom zu erzählen, hinter ihm läge eine finstere Vergangenheit. Tom hatte ihn nie gedrängt, mehr darüber zu erzählen. Ähnlich war es bei Mike Corey, der sein Freund war, nicht sein Priester. Carlo hatte ihm von seiner Buße und seinem Versprechen gegenüber Gott erzählt, ohne näher auf seine Sünden einzugehen. Der junge Geistliche hatte beeindruckt, aber auch verblüfft reagiert und ihn eingeladen, am Gottesdienst in seiner Kirche teilzunehmen. Doch Carlo hatte es nie getan, denn ihm war vor fast einem Jahrzehnt, während seiner letzten Beichte, klar geworden, dass er nicht mehr an Gott glaubte.

Acht Jahre waren vergangen, seit Tom Abernathy Carlo Pelegrine auf dem Highway gerettet hatte. Die Zeit der Flucht und der Gebete waren vorbei. Endlich hatte er ein Zuhause gefunden.

Das Geräusch eines langsam über die Main Street fahrenden Autos unterbrach seine Träumerei. So etwas kam selten vor. Nur Fahrzeuge der hier Ansässigen und Lieferwagen hatten die Erlaubnis, durch die Straßen von Old Madelyn zu fahren, und die meisten Anwohner stellten ihre Autos auf den Einstellplätzen ab, die vom Besucherparkplatz getrennt waren.

Carlo entspannte sich, als ihm einfiel, dass es sich vermutlich um einen Streifenwagen handelte. Der Nachtwächter Joe Huxley hatte seine Runden zu Fuß gemacht, doch seit man ihn vermisste, fuhren Moss oder sein Deputy schon mal über das Gelände.

Plötzlich heulte ein Motor auf. Carlo eilte sofort in den abgedunkelten Laden. Er hob das Türrollo an und konnte die Umrisse eines Wagens erkennen, der mit ausgeschalteten Scheinwerfern im wirbelnden Staub der lampenlosen Straße stand. Dann raste er jäh los.

Carlo schaltete die Verandabeleuchtung ein und öffnete die Tür.

Irgendetwas stieß gegen sein Bein. Er brauchte einen Moment, um zu begreifen, dass da etwas am Türknauf baumelte. Dann wurde ihm klar, dass es irgendein Tier war. Jemand hatte seinen Hals mit einem Stück Schnur um den Türknauf gewickelt.
Carlo öffnete den Knoten, hielt das Ding weit von sich weg und nahm es mit hinein. Er schaltete die Verandabeleuchtung aus und trug seine Last in den kleinen Versorgungsraum im hintersten Teil des Ladens, wo niemand sehen konnte, ob Licht brannte.
Es war ein Kaninchen, und man hatte ihm das Fell abgezogen.
Carlos Hand fing an zu zittern. Er zwang sich, das arme Geschöpf zu untersuchen. Sein Fleisch war zerschnitten und beschädigt. Hier und da war noch graubraunes Fell zu erkennen. Wer immer dem Kaninchen das Fell über die Ohren gezogen hatte, war kein Fachmann auf diesem Gebiet.
Carlo schob den Kadaver in einen schwarzen Müllbeutel und ging zur Hintertür hinaus, um ihn über den Fußweg zu den Mülltonnen zu bringen. Um ihn her heulte der Wind und blies Staub in seine Augen, aber er kehrte nicht um, denn er befürchtete, er würde das Kaninchen die ganze Nacht anstarren, wenn er es im Haus behielt. Er erreichte den Mülleimer, warf den Kadaver hinein und bedeckte ihn mit Kartonagen und Stapeln von Werbebriefen.
Als er wieder im Laden war, schloss er die Türen ab und ging hinauf ins Bett. Vom Kopf her wusste er, dass der Zwischenfall nichts mit ihm zu tun hatte und dass er ihn Moss Baskerville melden sollte. Höchstwahrscheinlich hing er mit der Schmiererei an Cassies Briefkasten zusammen, die Tom heute Nachmittag erwähnt hatte.
Doch in dieser Nacht träumte er von schönen Frauen und ihrer weichen, glatten Haut. Ein solcher Traum hatte ihn seit acht Jahren nicht mehr geplagt.

ZWEITER TEIL

ZEICHEN UND OMEN

MITTWOCH

15

MADGE MARQUAY

Irgendwann in der langen Nacht, es war inzwischen Stunden her, glaubte Madge, jemand habe von oben etwas Schweres in die Grube geworfen. Sie hatte gespürt, dass es an ihr vorbeigefallen war, während sie mit den Seilen beschäftigt gewesen war. Sie hatte den Gestank gerochen, den überwältigenden, fauligen Gestank, als es auf das Ding – *die Leiche, Madge, du weißt, dass es eine ist* – gefallen war. Dann ein abscheuliches Schmatzen. Sie wusste, dass der Körper aufgeplatzt war. Der Geruch hatte sie fast die Besinnung verlieren lassen.

Madge wollte nicht wissen, was ihr Peiniger zu ihr hinabgeworfen hatte. Sie wollte nur die Stricke zerschneiden, die ihre Handgelenke banden. Sie hatte keine Ahnung, wie viele Stunden sie schon daran arbeitete. Sie wusste nur, dass sie schon lange damit beschäftigt und ihr Durst ein körperlicher Schmerz geworden war. Sie war mehrmals eingeschlafen, aber jedes Mal, wenn sie wieder zu sich gekommen war, hatte sie sich die Stricke erneut vorgenommen.

Madge hatte ihre Fesseln pausenlos an einem spitzen Felsvorsprung gerieben. Nun keuchte sie auf, denn sie begannen sich zu lösen. Begeistert stürzte sie sich mit neuer Kraft in die Arbeit. Urplötzlich riss der Strick. Madge fiel nach hinten und blieb eine ganze Weile liegen. Sie konnte nicht fassen, dass sie frei war. Hinter dem Knebel stieg ein Lachen auf. Madge hob die Hand, um den schmutzigen Lappen aus ihrem Mund zu ziehen. Den Schmerz in ihrem entzündeten Arm bemerkte sie kaum. Dann nahm sie die Augenbinde ab. Doch wie erwartet gab es keinen Unterschied:

Hier unten, in der Tiefen unter der Minenbahn, waren die alten Schächte so dunkel wie Grabkammern.

Madge nahm sich ihre Beine vor. Sie bearbeitete die festen Knoten und zog an ihnen. Ihr Arm pulsierte jetzt vor Schmerz. Sie hielt inne, um ihn vorsichtig mit der Hand zu untersuchen. Es erschreckte sie, dass das straffe heiße Fleisch doppelt so dick war wie ihr gesunder Arm. Trotzdem sagte sie sich, dass sie bald hier heraus sein würde. Wenn es keine Leiter gab, mit der sie nach oben klettern konnte, würde sie auf den Morgen warten. Wenn die Bahn fuhr, würde sie um Hilfe rufen. Ihrem Arm würde es bald besser gehen. Und auch ihr selbst.

Schließlich war Madge frei. Sie stand auf. Ihre Füße waren taub und stachen. Ihre Schenkel waren gummiweich, ihre Knie drohten nachzugeben. Madge hielt sich am Gestein fest, um nicht umzufallen, dann ging sie auf der Stelle und stampfte leise mit den Füßen auf, bis ihr Blut zu zirkulieren begann und die Taubheit nachließ. »Oh, Gott«, murmelte sie. »Ich danke dir.« Jetzt würde sie nichts mehr aufhalten. *Nichts!* Sie bückte sich, fand ein Stück Seil und hängte es als Markierung über einen spitzen Vorsprung. Dann tastete sie sich, in der Hoffnung, eine Leiter oder etwas Ähnliches zu finden, entschlossen an der Wand entlang. Die Grube war klein und mehr oder weniger kreisförmig. Nach einigen Schritten drückten sich ihre Zehen in den verwesenden Leib und ließen erneut einen ekelhaften Gestank aufsteigen. Madge hielt die Luft an, tastete die Breite der Leiche mit den Zehen ab und stieg vorsichtig über sie hinweg. Ihre Fantasie gaukelte ihr vor, dass das tote Ding einen Arm ausstreckte, um ihren Schenkel oder ihr Knie zu packen. *Das ist doch nur eine dämliche, kindische Fantasie, du Närrin!* Ein Fuß trat hinter der Leiche auf den Boden, und es gelang Madge, auch den anderen hinüberzubringen. Dann gestattete sie es sich, ihr heißes Gesicht an die kühle Felswand zu lehnen. Kurz darauf machte sie den nächsten Schritt, dann noch mal zwei, diesmal mit mehr Zuversicht. Ihr rechter Fuß stieß ge-

gen etwas, und sie strauchelte und stürzte schwer auf Hände und Knie. Der Schmerz im linken Arm machte sie schwindelig. Sie tastete blind nach der Wand, und ihre Hand umschloss etwas. Zuerst hielt sie es für einen dicken Knüppel oder ein Stück altes Bauholz, doch dann erkannte sie, dass es das Bein eines Tieres war. Aufkeuchend wich sie zurück.
Kurz darauf war sie wieder auf den Beinen, bewegte sich langsam und vorsichtig an der Wand entlang. Sie ging davon aus, dass sie nun zwei Drittel des Raumes hinter sich hatte. Ihre Hoffnung, eine Leiter zu finden, nahm ab. Sie schlich an der Wand entlang, bis sie den Vorsprung erreichte, den sie mit dem Strick markiert hatte. Sie saß hier fest, bis Henry die Mine öffnete. Es sei denn, ihr Peiniger kehrte zurück. Madge hatte keine Lust, diesen Gedanken weiterzuverfolgen. Sie begab sich in eine sitzende Position und wartete auf den Morgen.

16

JUSTIN MARTIN

»Justin? Wach auf, Schätzchen.«

Leck mich. Justin drehte sich um und zog sich das Kissen über den Kopf. Doch seine Mutter hörte nicht auf. Ihre doofe Stimme quäkte ihm die Ohren voll. Außerdem pochte sie wie ein behämmerter Specht an die Zimmertür.

»Justin? Bist du wach?«

Justin nahm das Kissen vom Kopf, packte seinen Wecker und musterte ihn im grauen Licht des Morgens aus halb zusammengekniffenen Augen. Halb sechs! Gottverdammte Scheiße! Der Wecker würde erst in einer halben Stunde klingeln.

»Juss-tinn!« Mom rüttelte am Türknauf. Das Geräusch ließ ihn wie eine Rakete hochgehen. *Wie kannst du es wagen, du verfluchte Fotze?* »Justin? Schätzchen? Deine Tür ist abgeschlossen. Geht es dir gut da drin?«

Gottverdammte Scheiße … »Mir geht's gut«, rief er in einem fast zivilisierten Tonfall. »Was willst du?« *Du blöde Schnalle!*

»Telefon für dich. Es ist Mr. Marquay.«

»Ich geh ran«, rief Justin und griff nach dem Hörer am Bett. Er wartete, bis ihre Schritte sich entfernten, dann hob er ab. »Ich hab abgenommen, Mom«, sülzte er und wartete, bis sie auflegte. »Mr. Marquay?«, fragte er. »Ist etwas nicht in Ordnung?«

Marquays Stimme klang heiserer und trauriger als sonst. Justin wusste, dass seine Ehefotze ihm fehlte, aber momentan hatte er wohl was anderes auf dem Herzen. »Tut mir Leid, dass ich dich so früh stören muss, Justin, aber ich wollte dich noch erwischen, bevor du zur Schule gehst.«

»Ist schon okay, Mr. Marquay. Was brauchen Sie denn?«

»Als ich heute Morgen aufgewacht bin, war mir kotzübel, mein Sohn.«

»Tut mir Leid. Soll ich irgendwas übernehmen?«

»Tja, ich vermute, ich werde so schnell nicht aus dem Bett kommen, es sei denn, um ins Bad zu rennen.« Marquay räusperte sich und hätte sich fast übergeben. »Ich hab noch kein Auge zugemacht. Ich schätze, ich hab mir den Magen verdorben.«

Hoffentlich kotzt du dich zu Tode, alter Wichser. »Das tut mir aber Leid, Mr. Marquay«, sagte Justin ernst.

»Kannst du heute Nachmittag arbeiten?«

»Klar. Soll ich die Bahn fahren lassen, sobald ich aus der Schule komme? Ich kann um 14.00 Uhr da sein.«

»Justin, du bist ein Geschenk des Himmels. Wenn's mir bis dahin besser geht, kreuz ich auf. Falls nicht … Ich weiß, dass ich dir vertrauen kann. Du kriegst es auch ohne mich hin.«

»Sie können sich auf mich verlassen, Sir. Ist sonst noch was?«

»Ja. Könntest du auf dem Schulweg vorbeikommen und ein Schild aufhängen, auf dem steht, dass wir erst um 14.00 Uhr aufmachen?«

»Kein Problem, Mr. Marquay.«

Justin legte den Hörer auf und streckte sich. Der heutige Tag würde *sehr* gut werden. Falls man Spelman und sein Wrack inzwischen gefunden hatte, konnte er den Vormittag damit verbringen, die arme, vom Pech verfolgte Christie Fox zu trösten. Falls nicht, konnte er den Bescheidenen mimen, wenn sie ihm für das Frisieren ihrer Hausaufgaben dankte. Er konnte nicht verlieren. Heute war nur ein halber Schultag. Ab halb zwölf hatte er frei, und er konnte eine Menge Zeit allein in der Mine verbringen, bevor er den Laden aufmachte.

17
PATER MICHAEL COREY

Im Morgengrauen betrat Pater Michael Corey seine am Südwestrand von Old Madelyn gelegene Kirche. Mit geneigtem Kopf ging er betend durch den Mittelgang.

Wie immer gefiel ihm die Atmosphäre der kleinen, im Missionsstil erbauten katholischen Kirche. Ein großer Teil des Bauwerks bestand aus den ursprünglichen Adobeziegeln aus der Mitte des 18. Jahrhunderts. Teile, die Alter oder Beben zerbröselt hatten, hatte die Gemeinde in den letzten Jahren liebevoll restauriert.

Michael schritt langsam voran, bekreuzigte sich und nahm die Atmosphäre in sich auf. Die Kapelle spiegelte die Vergangenheit auf wunderbare Weise wider und strahlte Ruhe und Gelassenheit aus. Michael empfand es als Privileg, hier Hausherr zu sein.

Drei kleine Buntglasfenster warfen wunderschön gedämpfte Farben auf den gebohnerten Eichenholzboden. Michael näherte sich den Altarstufen. Ohne den Blick vom Boden zu heben, ging er mit gefalteten Händen in die Mitte des Altarraums, wo er sein Gebet kniend beendete. Dann bekreuzigte er sich und blickte zu seinem größten Schatz auf: dem von Hand geschnitzten, lebensgroßen mexikanischen Kruzifix.

Die traurigen, fein geschnittenen Gesichtszüge Jesu waren von getrocknetem Blut bedeckt. Michael sprang keuchend auf, dann wankte er einen Schritt zurück und sah, was man dem Altarraum sonst noch angetan hatte. Das Kreuz hing leicht nach vorn, als hätte jemand versucht, es aus der Wand zu reißen. Das Blut war vom Kopf des gefolterten Leibes bis zu den Zehen gelaufen und dann, bevor es getrocknet war, zu Boden getropft.

Jemand hatte mit Blut 666 – die Zahl des Antichristen – auf die Wand über dem Holzkreuz geschrieben.
Michael schaute sich entsetzt in der Kapelle um. In der rechten Ecke, neben dem Altarraum, war der große Kerzenständer umgeworfen worden. Die Votivkerzen lagen in Wachspfützen und den Glasscherben ihrer Halter da. Michael war plötzlich froh, dass die Gemeinde sich keinen Teppich leisten konnte.
Die nicht weit von ihm entfernte Marienstatue war mit Blut übergossen und dann zertrümmert worden. Michael bekreuzigte sich erneut. Er fühlte sich furchtbar. Die Gemeinde würde bald hier sein.
Er lief schnell durch den Mittelgang nach draußen, schlug die Türhälften zu und schloss sie ab. So etwas hatte er erst einmal getan – nachdem Kultisten ein totes Huhn auf dem Altar zurückgelassen hatten. Es war schrecklich gewesen, aber nichts im Vergleich zu dem hier.
Michael überquerte den überdachten Durchgang zu seinem Häuschen, ging hinein und rief die Polizei an. Moss Baskerville war schon im Büro und versprach, sofort zur Kirche zu kommen. Michael ging erleichtert hinaus, um seine kleine Gemeinde nach Hause zu schicken.

18

HANNIBAL CAINE

»Vielleicht sollten wir die Pläne lieber mit James Robert besprechen«, sagte Eldo Blandings und bestrich einen Muffin mit Butter. »Immerhin …«

Hannibal Caine gab der Messdienerin mit einer Geste zu verstehen, sie solle den Raum verlassen. Er wartete, bis sie die Speisezimmertür hinter sich zugezogen hatte. Sobald sie gegangen war, schaute er über den Tisch hinweg in das lange, säuerliche Gesicht mit den eifrigen Augen und fragte sich zum wiederholten Mal, ob es klug gewesen war, diesen Mann – wenn auch nur am Rande – ins Vertrauen zu ziehen. Eldo Blandings war immerhin der einzige Älteste der Apostelkirche, der seinem Dienstgrad entsprach. Nur Jim-Bob Sinclair hatte als Prophet einen höheren Rang.

Als Caine vor mehreren Jahren angefangen hatte, gewisse Ideen zu diskutieren, die ihm gekommen waren, hatte Eldo in Ordnung gewirkt, doch neuerdings wurde er den Verdacht nicht mehr los, dass Blandings – vermutlich in seiner Aufregung über die prophezeite Apokalypse – den Zugang zur Realität allmählich verlor. Anfangs hatte er Jim-Bob eifrig »beigestanden«, da der Prophet sich angeblich nicht mehr um alles kümmern konnte. Doch nun, da Caine das Komitee für Sonderprojekte zusammengestellt und Eldo zum General ernannt hatte, zeigte der alte Labersack seinen wahren Charakter und entpuppte sich als Feigling.

»Eldo«, sagte Caine schroff, »was ist, wenn die Welt nicht am nächsten Sonntag untergeht? Angenommen, Sinclair hat sich geirrt?«

Blandings' Kinnlade klappte herunter. »Ich glaube nicht, dass du dir darüber Sorgen zu machen br…«

»Angenommen, die Welt geht *nicht* mit der Sonnenfinsternis unter?«, sagte Caine stur. Es war ihm völlig unverständlich, dass ein denkender Mensch einer Prophezeiung so blind glauben konnte, doch schien dies für alle Angehörigen der Apostelkirche zu gelten. Außer für ihn und – da war er sich ganz sicher – Jim-Bob Sinclair. Caine wusste zwar nicht, was der alte Jimmy für den Jüngsten Tag auf Lager hatte, doch er argwöhnte, dass es folgendermaßen ausging: Er würde sich eher das Geld unter den Nagel reißen und das Land verlassen, als den Massen zu helfen, in den Himmel zu kommen. Und eins wusste er genau: Wenn dem Propheten irgendetwas zustieß, ging sein Amt auf ihn über, und das bedeutete beinahe sicher, dass er, sobald Jim-Bobs Apokalypse stattfand, hier das Sagen hatte.

Und so hatte Hannibal Caine, als das prophezeite Jahr angebrochen war, ohne dass der Prophet ihn in seine Pläne eingeweiht hatte, nach und nach Vorbereitungen in Angriff genommen – für den Fall, dass Jim-Bob sich aus der Kirche davonstahl und ihn auf dem Trockenen sitzen ließ.

Er war langsam und vorsichtig zu einer kreativen Buchführung übergegangen und hatte einen ansehnlichen Notgroschen auf die Seite gebracht. Außerdem gab es noch den Geldschrank in Sinclairs Büro, in dessen Existenz nur Sinclair, Eldo und er eingeweiht waren. Für den Fall, dass Sinclair ihn um seinen rechtmäßigen Platz zu prellen versuchte, hatte Caine beschlossen, ihn mit Hilfe von leichter Nötigung zu einem – großzügigen – Teilen zu zwingen.

Eldo Blandings verschränkte die Arme, lehnte seinen Kopf leicht nach hinten und führte die Haare vor, die in seiner übergroßen Adlernase wuchsen. Sie waren vom gleichen stählernen Grau wie das grauenhafte Toupet, das zu tragen er beharrte. »Wenn du nicht an die Worte des Propheten glaubst, wieso dienst du ihm dann?«

Die logische Frage eines lästigen Menschen. Hannibal Caine lächelte glatt und erwiderte entschuldigend: »Natürlich glaube ich an ihn, Eldo, aber manchmal mangelt es mir an der Stärke der Überzeugung, mit der du gesegnet bist.« *Du blöder Sack.*

Eldos Gesicht verzog sich zu einem Grinsen, das ihn noch hässlicher wirken ließ. Dann klopfte er Caine auf den Rücken. »Du bist ein guter Mensch, Hannibal. Lass den Teufel nicht in deinen Verstand hinein. Sei einfach gläubig.«

»Danke, Eldo.« Caine erstickte fast an seinen Worten. Wieso war er nur auf die Idee gekommen, man könne diesem Menschen die Leitung einer Mission anvertrauen? Wenn er die Sache nicht perfekt hinbekam, würde Blandings möglicherweise jede Minute zu Jim-Bob laufen und ihm von den »guten Taten« erzählen, die er und Caine schon initiiert hatten: die Ziege, den Briefkasten, Coreys heiß geliebte Kirche.

»Eldo«, setzte Caine an, »wir haben unsere Helfer bei ihrem Leben schwören lassen, dass sie nie etwas über ihre Beteiligung an diesen Aktivitäten erzählen. Und zwar zu ihrer und unserer Sicherheit. Unsere selbstlosen Taten sind von einer Art, die das Gesetz vermutlich nicht toleriert. Nicht jeder versteht die Wichtigkeit dessen, was man uns zu tun aufgetragen hat. Wie sähe es aus, wenn der Prophet in unsere Aktivitäten eingeweiht wäre? Deswegen hat er mich gebeten, dem Komitee vorzusitzen, ohne ihn einzubeziehen.«

»Aber –«

»Wir sind seine Jünger, Eldo. Wir folgen seinen Wünschen. Der Prophet darf nicht lügen. Deswegen darf er bis zum Tag der Sonnenfinsternis, dem Tag, an dem die stolzen Reiter kommen, nichts erfahren.« Caine musterte Blandings eindringlich. »Ihn jetzt einzuweihen wäre gegen seinen ausdrücklichen Wunsch.«

Blandings kratzte sich am Kinn. Er war eindeutig unfähig, Schwachsinn von der Wahrheit zu trennen. »Glaubst du wirklich?«, fragte er schließlich.

»Ich *weiß* es, Eldo.« Bevor der babygesichtige Hannibal Caine Jim-Bobs Kirche beigetreten war, hatte er gebrauchte Cadillacs verkauft. Und dieses Verkäufertalent wandte er nun an. »Offen gesagt, Eldo«, fügte er ernst hinzu, »ich kann es garantieren.«

»In Ordnung.« Blandings zögerte einen langen Moment. »Aber haben wir wirklich für *alles*, was wir tun, den Segen des Propheten?«

»Absolut.« Caine lächelte engelhaft. Sinclair hatte keine Ahnung, was das Komitee für Sonderprojekte wirklich tat. Caine schob den Teller beiseite. »Eldo, Eldo, Eldo. Prophet Sinclair ist ein sehr beschäftigter Mann. Er spricht jeden Tag im Rundfunk. Er leitet jeden Gottesdienst und berät unsere Gemeinde. Er ist unser Missionar, das Symbol unseres Glaubens. All dies beschäftigt ihn so sehr, dass er sich um kleine Einzelheiten nicht kümmern kann. Schau mal, wie oft er in die Stadt geht, um Gottes Wort zu verbreiten! Wie regelmäßig führt er im Süden Kaliforniens missionarische Kreuzzüge an! Er ist ein Mann des *Wortes*, Eldo. Das Wort ist seine Stärke. Deswegen hat er uns zu seinen Kirchenältesten gemacht. Er braucht Männer der *Tat*, die ihm beistehen. Und du bist doch hier, um dem Propheten beizustehen, nicht wahr?«

»Natürlich!«, rief Eldo. Hannibal Caine kam sich vor, als hätte er ihm gerade einen zwanzig Jahre alten Cadillac mit Leopardenfellbezügen verkauft.

»Soweit ich weiß«, begann Blandings und legte urplötzlich einen anderen Gang ein, »war Chief Baskerville nach dem Tod der Ziege nie hier draußen. Oder hast du was anderes gehört?« Er verzehrte seinen Muffin und kippte einen Löffel Zucker nach dem anderen in den Kaffee.

Caine bemühte sich, das Ritual zu übersehen. »Baskerville hat uns keinen Besuch abgestattet.« Mel Campbell vom Komitee für Sonderprojekte hatte während der Tötung der Ziege Schmiere gestanden. Er war auch lange nach der Steinigung noch auf seinem

Posten gewesen. Campbell hatte später gemeldet, das Tier sei von Justin Martin entwendet worden, einem jungen Mann, der seit einiger Zeit die Versammlungen ihrer Kirche besuchte. Caine fand dies interessant, aber er hatte Campbell nahe gelegt, über die Beobachtung zu schweigen, da er sie mit Justin persönlich besprechen wollte. Der Junge war möglicherweise brauchbar.

Ein schäbiges Grinsen legte sich auf Eldos trostlose Miene. Es war zwar kein hübscher Anblick, aber wenigstens fand der triefäugige Kahlkopf wieder zum Geist der Sache zurück. »Baskerville kommt möglicherweise vorbei und stellt Fragen über das, was in der Kirche geschehen ist.«

»Ich bin sicher, dass er das tun wird, Eldo. Prophet Sinclair hat nie ein Geheimnis daraus gemacht, dass er glaubt, dass andere Religionen, besonders die katholische Kirche, Ketzerei lehren. Aber er wird trotzdem mit Recht jede Beteiligung daran zurückweisen. Wenn Baskerville uns also auf die Pelle rückt, brauchen wir nur eins zu tun: Wir weisen ihm die Richtung zu dem kleinen Kult, der hinter dem Highway sein Lager aufgeschlagen hat.« Die Typen waren nur eine Bande durchgedrehter Idioten, die in schwarzen Kutten rumliefen und den Mond anbellten. Sie hielten sich allen Ernstes für einen Hexenzirkel.

Eldo nickte mit glänzenden Augen. »Was kommt als Nächstes?«

Trotz der blinden Zuversicht, mit der Blandings an Sinclair glaubte, hatte er auch eine sadistische Ader, die er kaum unter Kontrolle halten konnte. *Deswegen wollte ich ihn haben.* Es war Blandings' Idee gewesen, die Ziege zu steinigen, statt ihr bloß die Kehle aufzuschlitzen und sie von ihrem Elend zu erlösen. Blandings hatte auch daran gedacht, ihr Blut über das Kruzifix in der katholischen Kirche zu kippen, statt nur mit roter Farbe »666« auf die Wand zu malen.

Caine nippte an seinem Orangensaft und tupfte sich die Lippen mit der Serviette ab. »Wir lassen die Sache erst mal ein bisschen abkühlen.« Er stand lächelnd vom Tisch auf. »Dann lassen wir die

Dinge eskalieren.« Er sah das psychotische Glitzern in Blandings' Augen, legte eine Hand auf den Tisch und beugte sich zum Ohr seines Kollegen hinab. »Die Welt existiert nur noch wenige Tage, mein Freund. Da müssen wir so viele Sünder retten wie möglich, nicht wahr?«

»Es ist unsere Apostelpflicht.« Blandings' Augen flammten auf.

»Verzweifelte Zeiten verlangen verzweifelte Maßnahmen«, erwiderte Caine. »Wir werden der Hure von Babylon – der Braut des Teufels – einen persönlichen Besuch abstatten.«

»Sechs-sechs-sechs.« Blandings lachte, und seine Augen nahmen einen noch fanatischeren Ausdruck an.

19

JUSTIN MARTIN

Justin stellte seinen Wagen in der Nähe der Verwunschenen Mine am Ende des Parkplatzes ab, als seine Uhr um 7.00 piepste. Nach Henry Marquays Anruf hatte er das Haus eilig verlassen. Da er nicht hatte frühstücken wollen, hatte seine Mutter ihm die Ohren voll genörgelt, bis er im Wagen gesessen und auf die Straße abgebogen war. Allmählich ging ihm die alte Hexe wirklich auf die Nerven.

Justin schloss ein Hintertor auf und ging in den Freizeitpark hinein. Die Minenbahn fuhr im oberen Bereich des alten Moonstone-Bergwerks, deswegen befand sie sich ein Stück vom eigentlichen Madland entfernt in der nordwestlichen Ecke des Parks.

Justin passierte den Boot Hill, einen aus dem 19. Jahrhundert stammenden Friedhof. Laut Henry Marquay und einigen anderen alten Säcken beherbergte er unter Haufen von bunten Felsen, verrosteten schwarzen Eisenkreuzen und einer Ansammlung restaurierter Holzkreuze und Grabsteine die Knochen ihrer Ahnen.

Justin verlangsamte, als er »Our Lady of Miracles« erreichte, die kleine Adobekirche. Baskervilles Streifenwagen stand davor. Er und die junge Priestermemme unterhielten sich im Schatten des Eingangs. Justin warf einen Blick auf die Uhr: Seine erste Schulstunde ging in zwanzig Minuten los. Er hatte eine Abschlussarbeit, die er nicht sausen lassen konnte. Trotzdem fragte er sich, was los war. Er winkte dem Priester zu. Corey bedachte ihn mit einem Nicken. Baskerville drehte sich um und schaute ihn an. Justin nutzte die Gelegenheit, von seinem Weg abzuweichen.

»Hallo, Pater«, sagte er. »Ist alles in Ordnung?«

Bevor Corey antworten konnte, sagte der Polizeichef mit leiser, knurriger Stimme: »Bist du der junge Martin?«

»Ja, Sir.«

»Und was machst du um diese Zeit hier?«

Justin lächelte gewinnend. »Mr. Marquay fühlt sich nicht wohl. Er hat mich gebeten, dass ich auf dem Schulweg hier anhalte und ein Schild am Fahrgeschäft befestige, auf dem steht, dass wir heute später öffnen.« Er zog den gefalteten Zettel aus der Hemdtasche.

»Er ist krank?«, fragte Corey schnell.

»Nur 'ne kleine Magenverstimmung, Pater.«

»Wie kommt er seit Mrs. Marquays Verschwinden klar?«, erkundigte sich der Geistliche, während der alte Bär Baskerville Justin mit dem scheelen Blick musterte, den alle Bullen hatten. Justin tat so, als merke er nichts davon.

»Er ist nicht sehr glücklich, Pater, aber er redet nicht viel darüber. Er arbeitet einfach nur viel. Vielleicht ist er deswegen krank geworden.«

»Ich werde ihn besuchen«, sagte Corey, »sobald wir hier fertig sind.«

»Das wird ihn bestimmt freuen.« Justin versuchte einen Blick in die finstere Kirche zu werfen. »Was ist passiert?«

»Vandalen«, sagte Baskerville in einem abweisenden Tonfall. »Kommst du nicht zu spät zur Schule?«

Was geht dich das an, du blöder Arsch? »Ja. Danke, Chief. Ich hau jetzt lieber ab!«

Justin trabte zu dem unbefestigten Serpentinenweg, der zur Minenbahn führte.

Die Bahn fuhr über die Seite eines Hügels und war die größte und beeindruckendste Attraktion des Freizeitparks. Alles war still. Die Minenbahn, die die Touristen beförderte, war ordentlich auf dem Einfahrtsgleis abgestellt. Die Marquays waren große Disney-Fans, doch statt einigermaßen authentisch zu sein, hatten sie eine alberne Fassade errichtet, die eine Grotte voller bunter Stalaktiten und Stalagmiten darstellen sollte, wo phosphoreszierende Augen aus der Dunkelheit hervorlugten. Auf das Einfahrtstor waren ein paar geschmacklos aussehende Zwerge mit Spitzhacken gemalt. Justin sah, dass alles in Ordnung war. Er öffnete das Kassenhäuschen und klebte den Zettel, auf dem stand, dass sie erst um 14.00 Uhr öffneten, ans Fenster. Als er abschloss, schaute er erneut auf seine Uhr. Dann lief er zu seinem Wagen. Er war erleichtert, weil er früh genug zurückkehren konnte, um die Dinge im Innern zu überprüfen.

20
MOSS BASKERVILLE

Als der junge Martin den Parkplatz verließ, schaute Moss Baskerville hinter ihm her. »Schön, dass es noch ein paar Jungs mit Pflichtgefühl gibt.«

Michael Corey nickte. »Henry sagt, er ist ein netter junger Mann, der sich seit Madges Verschwinden als Geschenk des Himmels erwiesen hat.«

Sie gingen in die Kirche zurück. Moss sah den kleinen Pastor zusammenzucken und den Blick von dem blutigen Kruzifix abwenden. Der junge Mann tat ihm Leid. »Ich werde zwar nach Fingerabdrücken suchen, aber dabei kommt bestimmt nur was raus, wenn diese Vandalen so blöd waren, keine Handschuhe anzuziehen. Lass niemanden rein, bevor Doc Hartman hier war, um das Blut zu überprüfen. Wenn wir wissen, um was es sich handelt, haben wir vielleicht einen Anhaltspunkt.«

»Glaubst du, es stammt von einem Menschen?« Die Stimme des Geistlichen bebte leicht.

»Ehrlich gesagt, nein. Es ist wahrscheinlich tierisches Blut. Vermutlich von einem Schaf. Oder von einer Ziege.«

Corey musterte ihn. »Ich hab da gestern ein Gerücht gehört, das eine von Cassies Ziegen betrifft …«

Moss schüttelte den Kopf. Cassie hatte zwar zu verheimlichen versucht, wie wütend die Sache sie gemacht hatte, aber er wusste, dass sie bestürzt und sehr traurig war. »Es ist 'ne verdammte Schande, was manche Menschen tun. Tom hat sie oben am Fort gefunden – zu Tode gesteinigt. Als ich nach seinem Anruf dort raufkam, war fast 'ne Stunde vergangen und jemand hatte sie sich unter den Nagel gerissen.«

»Derselbe, der das hier getan hat?« Corey deutete auf den Altar.

»Es ist zwar 'ne reine Vermutung, aber nicht unmöglich. Man hätte das Tier nur ausbluten lassen und dem Blut ein bisschen Reinigungsmittel hinzufügen müssen, damit es nicht gerinnt, um es dann hierher zu bringen.« Moss öffnete den Fingerabdruckkoffer. Zuerst die Ziege. Dann das Wrack auf der Thunder Road. Und jetzt das. Und noch schlimmer: Sobald Doc Hartman die Leiche identifiziert hatte, würde er bestimmt einen der Besuche machen müssen, die er am wenigstens ausstehen konnte – bei den Eltern eines toten Teenagers. Der Sturm der letzten Nacht hatte zwar keine Spuren eines anderen Wagens zurückgelassen, aber so, wie das Unfallfahrzeug zugerichtet war, musste es gerast sein. Außerdem hatte man in dem Wagen eine zerbrochene Schnapsflasche und Bierdosen gefunden.

»Moss?«

Baskerville blickte auf.

»Glaubst du, es hat was mit den Verschwundenen zu tun?«

»Das wüsste ich auch gern, Mike.« Moss selbst bezweifelte es zwar, aber er war noch nicht bereit, sich irgendwie festzulegen.

Im Kirchenbüro klingelte das Telefon. Der Geistliche entschuldigte sich. Kurz darauf kehrte er zurück. »Es ist für dich.«

Baskerville nahm in dem winzigen Büro einen altmodischen schwarzen Hörer ab. »Baskerville. Bist du's, Shirl?«

»Ich bin's, Chief.« Shirley Raymond war seine »Zentrale« und Sekretärin. Außer Kaffee machte sie alles, was durchaus nachvollziehbar war, denn sie trank das Zeug ja nicht. Eins wusste Moss: Sollte Shirley je kündigen, würde die Polizei in diesem Ort zusammenbrechen.

»Was ist denn?«

»Ich habe gerade einen Anruf von Joyce Spelman erhalten. Sie wohnt auf der Cholla Street. Sieht so aus, als wäre ihr Sohn Rick gestern Nacht nicht nach Hause gekommen.«

Moss' Magen machte eine schnelle Drehung. Rick Spelman war der Star-Quarterback der örtlichen High School. Ein ernsthafter Schüler, der den Wunsch geäußert hatte, Polizist zu werden. Er hatte im letzten Sommer ein Praktikum bei der Polizei absolviert.

»Was fährt er für ein Auto?«

»86 Chevy GTO«, sagte Shirley wie aus der Pistole geschossen.

»Verdammt.« Moss war sich praktisch sicher, dass Spelman der Tote war. »Sag dem Doc, er soll Rick Spelmans Zahnarztunterlagen prüfen und sich dann so schnell wie möglich bei mir melden.«

»Wird gemacht, Chief.« Shirley hielt inne. »Boss?«

»Ja?«

»Schalt dein Funkgerät ein.«

Moss kam ganz gut mit dem Gerät zurecht, aber er hatte sich nie an das Ansteckding gewöhnen können. Shirley behauptete, er sei technophob. Wahrscheinlich hatte sie Recht. »Entschuldigung, Shirl. Ich steck es sofort an.«

Als er in die Kapelle zurückkehrte, hockte Michael Corey zu seiner Verblüffung auf den Knien und betete. Moss räusperte sich leise. Corey bekreuzigte sich schnell, dann stand er auf und wandte sich ihm mit einem fragenden Blick zu.

Moss berichtete von dem Wrack auf der Thunder Road, erwähnte jedoch nicht seinen Verdacht hinsichtlich der Identität des Toten. Dann schlug er Corey vor, das zu tun, was Geistliche an Wochentagen so taten, damit er mit seinem Fotoapparat, dem Fingerabdruckkram und seinen Gedanken allein sein konnte.

21

MADGE MARQUAY

Lieber Gott, steh mir bei«, flüsterte Madge Marquay. Sie hatte die Wände ihres lichtlosen Gefängnisses wieder und wieder untersucht, war über mindestens eine Leiche gestolpert und hatte sich gezwungen, nach einer Leiter, einem Seil oder etwas Ähnlichem zu suchen. Doch sie hatte nichts gefunden.

Ihr Zeitgefühl war offenbar beeinträchtigt. Ihrer Ansicht nach hätte die Minenbahn längst losfahren müssen, aber bisher hatte sie noch nichts gehört. Als sie sich ausmalte, dass das, was sie für Tage gehalten hatte, in Wirklichkeit nur Stunden gewesen waren, bekam sie es mit der Angst zu tun.

Nun saß sie mit angezogenen Beinen am Boden, drückte die Knie an ihre Brust und umfasste sie mit den Armen. Die raue Wand tat ihrem Rücken weh, aber das war in Ordnung, weil sie so wenigstens wach blieb. Mit der rechten Hand umklammerte sie die einzige Waffe, die sie gefunden hatte – ein etwa fünfunddreißig Zentimeter langes Stück verfaulendes Holz. Die Wunde an ihrem Arm war geschwollen, schmerzte und pulsierte im Rhythmus ihres Herzschlags. Der anfangs nur unterhalb des Ellbogens spürbare Schmerz war jetzt in ihrer Schulter.

Wo bist du, Henry? Warum kommst du nicht? Eine Träne lief ihr über die Wange. Madge leckte sie ab – dankbar für die Flüssigkeit.

Sie hatte sich an ihr erstes Rendezvous mit Henry erinnert. Ihr war eingefallen, wie schüchtern und nett er gewesen war, als er sie in Barstow zum Abschlussball eingeladen hatte. Sie hatte sich auch an ihre erste Karussellfahrt erinnert. Damals war sie sechs oder sieben Jahre alt gewesen. Es war auf dem alten Pike-Volksfest in Long Beach gewesen, in einem am Meer gelegenen Freizeitpark, den man in den siebziger Jahren abgerissen hatte. Ihr Vater hatte sie auf ein prächtiges weißes Pferd gehoben und angeschnallt. Während der Fahrt hatte er neben ihr gestanden, eine Hand auf ihren Rücken gelegt, und sie hatte sich sicher gefühlt. Danach hatte er ihr ein Kirscheis gekauft. Sie hatten sich auf eine Bank gesetzt, und die riesige mechanische Lady auf dem Dach des Spiegelkabinetts hatte pausenlos gelacht.

Über sich hörte Madge das Zischen von Luft. Die pneumatischen Maschinen sprangen an. Henry war endlich da. Er überprüfte Türen und Waggons, bevor er die Bahn fahren ließ.

»Henry!«, rief Madge, so laut sie konnte. Das Wort verließ ihre trockene Kehle wie ein bloßes Krächzen. »Henry!«, rief sie erneut, diesmal mit einem besseren Ergebnis. »Hilf mir, Henry! Ich bin hier unten!«

Einen Moment lang herrschte Stille, dann hörte sie, dass sich der pneumatische Aufzug unter die Bahnebene bewegte. Henry kam! Gleich war sie gerettet! »Henry!«

Das Zischen des Aufzugs erstarb. Madge musste erneut einen schmerzhaften Augenblick der Stille durchleben. »Henry?«

Sie konnte das Gesicht hinter der hellen Laterne über ihr nicht erkennen. Sie starrte hinauf, rechnete damit, Henrys Gesicht zu sehen. Sie rechnete damit, gerettet zu werden. »Gott sei Dank, dass du da bist, Henry.«

»Ich bin nicht Henry«, sagte eine Stimme, die ihr irgendwie bekannt vorkam.

Madge rappelte sich langsam auf und streckte ihre armselige Waffe aus. »Wo ist er?«

»Er ist krank und liegt im Bett. Sind Sie in Ordnung, Mrs. Marquay? Was machen Sie hier?«

Plötzlich erkannte sie die Stimme. Sie gehörte einem ihrer Schüler: Justin Martin. Er arbeitete stundenweise für Henry. Erleich-

terung überspülte sie. »Gott sei Dank, dass du da bist, Justin! Gott sei Dank! Hol mich bitte hier raus.«
»Einen Moment, Mrs. Marquay«, rief Justin. Kurz darauf hörte Madge Seile gegen die Wand klatschen. Er warf eine Strickleiter in die Tiefe. »Ich komme runter, Mrs. Marquay. Bleiben Sie, wo Sie sind.« Das Licht ging aus.
»Sei vorsichtig, Justin. Hier unten liegen Leichen. Es ist einfach schrecklich!« Madge wusste, dass sie zu viel redete, aber sie konnte nicht aufhören. »Jemand hat mir auf den Kopf geschlagen, und als ich wach wurde, war ich hier unten. Er hat mir etwas Schlimmes angetan, Justin. Ich habe eine Wunde am Arm. Ich glaube, sie ist entzündet.«
»Machen Sie sich keine Sorgen, Mrs. Marquay.« Madge hörte, dass seine Füße den Boden berührten, dann war seine Stimme praktisch an ihrem Ohr. »Es wird alles wieder gut.«
»Bitte, Justin, bring mich hier raus.«
»Eine Sekunde noch. Erst muss ich die Laterne anmachen.«
»Bitte, schau dich hier unten nicht um. Hier wirst du schreckliche Dinge sehen, die *ich* nicht sehen möchte.« Sie hatte den Satz kaum beendet, als sie ein Klicken hörte und die Laterne anging.
Sie bemühte sich, nur in Justins attraktives junges Gesicht zu blicken, aber es gelang ihr nicht. Sie *musste* einfach hinsehen. Der Raum war, wie erwartet, eine Minengrube. Er durchmaß etwa drei Meter. Mit angehaltenem Atem schaute Madge zu Boden.
»Lieber Gott«, hauchte sie. »Oh, lieber Gott …«
Zuerst sah sie ein großes weißes Tier, dessen Beine steif und gebrochen in die Höhe ragten. Dann zwang sie sich, die beiden menschlichen Leichen anzuschauen. Sie waren nackt, ein Mann und eine Frau. Sie erkannte die Frau sofort: Kyla Powers. Ihre grünen Augen waren tot, ihre Kinnlade hing schlaff nach unten. Ihr aufgedunsener Körper lag auf dem Rücken. Ein Teil ihrer Haut war verschwunden. Ein großer Kreis fing genau unter den Brüsten an und endete kurz vor ihrem Schamhaar. Weißes Fleisch an

einer gezackten Stelle um ihren Nabel. Die roten Muskeln ringsumher sahen trocken aus und glänzten. Auch einer ihrer Schenkel war teilweise gehäutet. Madge warf einen Blick auf ihren eigenen Arm. Eins wusste sie: Im Gegensatz zu Kyle hatte sie wenig erleiden müssen.
Der Mann war so verwest, dass sie nicht mal genau sagen konnte, ob es Joe Huxley war. Man hatte ihm die Haut vom Gesicht gezogen, so dass er wie eine Mumie wirkte. In seinem aufgeblähten Bauch war eine offene Wunde. Sie sah wie ein Fußabdruck aus. Seine Innereien hingen heraus und ringelten sich schlangenartig neben ihm auf dem Boden. Madge schaute weg. Ihr wurde übel bei der Vorstellung, dass sie gerade auf ihn – *in* ihn hinein – getreten war. Sie blickte schnell zu Justin auf, denn sie wusste, wenn sie es nicht tat, wenn sie anschaute, was auf ihren Schuhen lag, würde sie die Besinnung verlieren.

22
JUSTIN MARTIN

Was nun, was nun, was nun? Justin schlang die Arme um Madge Marquay und zog sie an sich. Sein Blick fiel auf ihr verfilztes, schmutziges Haar. *Untersteh dich, dich mit mir anzulegen, du alte Schachtel!*

Er hatte sich mit dem Herkommen Zeit gelassen. Er hatte einen Zwischenhalt eingelegt, um mit Christie zu schäkern, die sauer gewesen war, weil ihr Freund Rick heute nicht zur Schule gekommen war. Eigentlich hatte sie nach der Schule mit Rick ein Picknick oder irgendeinen anderen Schwachsinn veranstalten wollen. Justin hatte sich ziemlich verlockt gefühlt, sie zu bitten, mit ihm auszugehen – sie wäre sicher darauf eingegangen –, doch irgendetwas hatte ihn davon abgehalten. Herr im Himmel, wie froh er nun war, dass er auf seine Instinkte gehört hatte.

Er war also um halb eins zur Minenbahn gefahren und kaum drin gewesen, als er die alte Marquay auch schon hatte kreischen hören.

Jetzt war er hier und tätschelte der alten Fotze wie ein strahlender Held den Rücken. Keins seiner Opfer kannte seine Identität. Na ja, Joe Huxley schon. Der hatte einen harten Schädel gehabt und war zu sich gekommen, als Justin gerade im Begriff gewesen war, ihn zu fesseln. Also hatte er ihn schnell umgebracht, indem er Nase und Mund mit Band verklebte. Er tötete am liebsten schnell und leise. Er hatte die Methode zuerst an dem kläffenden Cockerspaniel der alten Quigley angewandt. Da war er in der ersten Klasse gewesen. Köter waren ja so blöd und vertrauensselig. Wie toll sie rumzuckten, wenn sie langsam erstickten. Wie übrigens auch Joe Huxley.

Justin hatte mit Huxleys feistem, schwammigem Leib ein bisschen rumgespielt. Hauptsächlich mit seinem Gesicht. Er hatte versucht, ihm die Haut abzuziehen, hatte aber nicht viel gemacht, denn er fand es abstoßend, Leichen anzufassen. Schon kurz darauf hatte Huxley trotz des eiskalten Schachts angefangen zu stinken. Als Justin letztmalig versucht hatte, ein Stückchen Fleisch von seiner Leiche zu lösen, hatte er sich übergeben. Joes Haut hatte sich ganz leicht abziehen lassen, aber der Eiter und der Schleim hatten ihn fast zum Kotzen gebracht. Als die Haut Justin berührt hatte – nicht an den Händen (er hatte Gummihandschuhe getragen), sondern im Gesicht, denn sie hatte sich überraschend gelöst –, hatte er Frühstück, Mittag- und Abendessen ausgespuckt. Es war Monate her. Hin und wieder hatte Justin die Leiche angeleuchtet, um zu sehen, wie verwest sie war. Sonst hatte er nichts getan. Er wollte nur wissen, ob der Verwesungsgestank die Minenbahn erreichte. Zu seiner Freude war es dazu nie gekommen. Nur wenn man sich der Grubenebene unter der Bahn näherte, nahm man den Geruch in der kalten, unbewegten Luft wahr.

Vor ungefähr zehn Tagen hatte er sich sein zweites Opfer geschnappt: Kyla Powers. Sie war leicht zu überwältigen gewesen, und er hatte schön mit ihr gespielt. Gott, ihre großen grünen Augen, als sie zu sich gekommen war und gemerkt hatte, dass sie gefesselt war. Sie hatte keine Ahnung gehabt, wer er war. Er hatte jedes Mal, wenn er in die Grube gekommen war, eine Skimaske getragen. Sie hatte sich vor Angst beschissen, als er ihr die Kleider vom Leib geschnitten hatte. Das hatte ihn vielleicht angemacht! Für 'ne ältere Schnalle sah sie nicht übel aus, und er hatte kurz in Erwägung gezogen, sie zu ficken. Doch dann hatte er gemerkt, dass die Vorstellung, sie zu schneiden, viel erregender war. Er hatte zu viel an ihr rumgesäbelt, deswegen war sie nach drei Tagen in ein Koma gefallen und am vierten gestorben. *Was für ein Miststück.*

Justin hatte es gar nicht geplant, sich die Marquay zu schnappen.

Sie war seine Geschichtslehrerin und stand ihm etwas zu nahe, aber er konnte sie nicht leiden, und dann hatte sich die Gelegenheit nun mal ergeben.
Er hatte sie in die Grube gebracht und gefesselt. Er hatte sich aber nicht überwinden können, sie auszuziehen, weil sie so ... *alt* war. Die Vorstellung war abscheulich. Also hatte er sich mit einem kleinen Stück ihrer Unterarmhaut zufrieden gegeben. Eigentlich hatte er sich heute noch ein Stück holen wollen. Er wollte nämlich lernen, wie man das Messer unter die Haut schob, um sie von dem Gewebe zu lösen, ohne sie dabei kaputtzumachen. Irgendwie schien ihm das Talent dafür zu fehlen.
Der Häuter wird es mir beibringen. Justin lächelte und wiegte die alte Marquay noch immer in den Armen. Aber um den Häuter zu bewegen, ihn das Häuten zu *lehren,* musste er schon von allein was bringen. *Was nun, was nun, was nun?*
Den Helden zu spielen war seiner Gesundheit wahrscheinlich abträglich. Angenommen, jemandem fiel ein, dass er ihn mit einem seiner Opfer vor dessen Verschwinden gesehen hatte? Er könnte der Marquay eins auf die Birne hauen, sie erneut fesseln und an ihrem anderen Arm üben. *Aber sie weiß, wer du bist, Justin. Sei nicht blöd. Sei nicht gierig. Und vor allem: Sei nicht ungeduldig. Im Meer gibt es viele Fische.*
Justin drehte Madge Marquay mit einer schnellen Bewegung herum, riss ihren Kopf unter seinen Arm, packte ihr Kinn und drehte es mit aller Kraft. Nach einer Sekunde hörte er ein Knacken. Sie erschlaffte. Ihre Augen quollen überrascht hervor. *Genau wie im Kino!* Justin ließ sie grinsend zu Boden fallen.
Er hob die Laterne hoch und begutachtete die Bewohner der Grube. *Was nun, was nun, was nun?* Er hatte der Ziege das Fell über die Ohren ziehen und sie heute Abend vor der Tür des Häuters ablegen wollen, doch nun kam es ihm irgendwie wie ein Antihöhepunkt vor. Außerdem hatte er vergessen, alte Klamotten mitzunehmen. Er musste verhindern, dass der Gestank der Ziege,

der Gestank des Todes oder irgendwelche Körperflüssigkeiten auf seinen guten Jeans und seinem Hemd landeten.
Justin ging in die Knie und untersuchte die tote Madge Marquay. Wenn er die Ziege heute außer Acht ließ, hatte er jede Menge Zeit, um an ihrem anderen Arm zu üben. In seinem Bauch machte sich ein mulmiges Gefühl breit und löste sich wieder auf. Madge war noch warm, also möglicherweise noch lebendig. Und was sagte seine alte Mom immer? *Spare in der Zeit, so hast du in der Not.*

23

ALEXANDRA MANDERLEY

Es war Mittagszeit, als Alexa das Lager verließ. Sie und Eric hatten heute Morgen im Freien gefrühstückt: gebratene Eier und verbrannten Toast. Dann hatten sie gepackt und sich nach einem besseren Platz umgesehen. Nach kurzer Zeit hatten sie einen auf einem Jeepweg gefunden. Er war nicht allzu weit von der Hauptstraße entfernt und gewährte ihnen im Nordwesten Aussicht auf die Madelyn Mountains und im Südwesten auf den Park, den Ort und die Interstate. Ringsumher erstreckte sich die Hochwüste. Frühlingswildblumen warfen hier und da Farbkleckse auf die Braun- und Rottöne des Wüstenbodens. Südlich von Madelyn ragten im fernen blauen Dunst die San Bernardino Mountains auf.

Nach mehreren gescheiterten Versuchen, beim Zeltaufbau zu helfen, hatte Eric Alexa erklärt, er sei früher bei den Adler-Pfadfindern gewesen. Er hatte darauf bestanden, dass sie der Forschungsarbeit nachging, während er sich um das Lager kümmerte – wozu er den größten Teil des Tages brauchen würde. Das Einfache an der Sache war der Aufbau des Lagers an sich. Danach kamen das Zusammenfügen und die Kalibrierung der Ausrüstungsberge: eine pedantische Tätigkeit, die Eric gern machte und Alexa verabscheute. Also ließ sie das Lager froh in den fähigen Händen ihres Assistenten zurück.

Alexa fuhr aus dem Canyon und auf die Thunder Road, denn sie wollte die Ortschaft erkunden und einige Vorräte einkaufen. An einem riesigen Felshaufen kurz vor der zum Old Madelyn Highway führenden Abbiegung war ein Abschleppwagen damit beschäftigt, ein ausgebranntes Autowrack hochzuziehen. Hatte das Krachen, das sie gestern Abend gehört hatten, etwas damit zu tun? Alexa fröstelte im warmen Sonnenschein. Den Unfall hatte bestimmt niemand überlebt.

An der Kreuzung bog sie nach Süden ab und hielt auf die Ortschaft zu. Old Madelyn sah im Licht des Tages einladend aus, so dass sie spontan beschloss, im Freizeitpark etwas zu sich zu nehmen. Sie fuhr auf den Parkplatz und marschierte zu Fuß zum Eingang.

»Howdy, Ma'am.«

Alexa erkannte Tom Abernathys Stimme und drehte sich genau in dem Moment um, als er vom Rücken seines Apfelschimmels glitt. Er tätschelte das Maul der Stute und führte sie zu ihr. Belle beschnupperte Alexas Haar, und Alexa streichelte Belles samtweichen Kopf. »Was für ein schönes Tier.«

Tom lächelte. »Sie weiß, wie schön sie ist. Bist ganz schön eingebildet, was, Belle?«

Belle versetzte seiner Schulter einen Stups, dann senkte sie den Kopf und drückte ihn an seine Jeansjacke. Tom zog eine halbe Möhre aus der Tasche und fütterte sie. »Sehen Sie, was ich meine? Sie haben also heute Morgen einen besseren Lagerplatz gefunden?«

»Ja.« Alexa erzählte, wo er lag, dann erkundigte sie sich nach dem Auto, um das sich der Abschleppwagen gekümmert hatte.

Toms Lächeln verblasste. »Es war der Unfall, den wir gestern Abend gehört haben. Ein Junge von der High School ist in den Dead Man's Hill gekracht. Chief Baskerville sagt, er hätte wahrscheinlich getrunken.«

»Was für eine Schande«, erwiderte Alexa.

»Kann man wohl sagen. Kommt aber vor. Seien Sie bloß vorsichtig, wenn Sie abends über die Straße fahren, besonders nach Schulschluss. Die Halbwüchsigen rasen hier rum und treiben jede Menge Sch… Entschuldigen Sie, ich meine Schabernack. Und passen Sie auch an Ihrem Lagerplatz auf.« Er erzählte ihr von der Ziege und der Kirche der Apostel des Propheten. »Es interessiert Sie vielleicht«, fügte er hinzu und strich sich übers Kinn, »dass die wegen der UFOs ganz schön wirr in der Birne sind.«

»Wirklich?«, fragte Alexa.

»Dachte mir, dass Sie das interessiert.« Einer von Toms Mundwinkeln zuckte erheitert. »Sie können Jim-Bob Sinclair jeden Abend im Radio hören. Seit neuestem predigt er, dass himmlische Besucher die Erde während der letzten Tage besuchen. Er behauptet, die UFOs seien Engel, die den Ungläubigen – damit meint er jeden außer seinen Anhängern – eine letzte Chance geben, das Licht zu sehen und zu bereuen. Er behauptet außerdem, dass die vier Reiter der Apokalypse erscheinen werden. Zuvor jedoch wird ein riesiges Heer die Ketzer zerschmettern.«

Alexa kicherte. »Verstehe.«

»Diese Leute glauben nämlich, dass die Welt am nächsten Sonntag untergeht. Da können wir natürlich nicht ganz ausschließen, dass sie irgendwann die Straße runtermarschieren, um noch ein paar Ketzer zu zerschmettern.«

»Wollen Sie damit sagen, ich soll vorsichtig sein?«

»So ungefähr«, erwiderte Tom. »Diese Typen wohnen nicht weit von Ihnen, und Sie sind da draußen ziemlich allein. Sie wissen doch, wie Fanatiker sind.«

»Wir halten die Augen offen«, versprach Alexa.

Tom scharrte mit einem Stiefel im Staub. »Andererseits«, fügte er nach einer langen Pause hinzu, »sind sie vielleicht auch harmlos. Heute Morgen gab es einen Fall von Vandalismus in der katholischen Kirche, aber das könnte natürlich auch eine dieser satanistischen Gruppierungen getan haben.«

»Haben sie eine schwarze Messe abgehalten?«

Tom kicherte. »Keine Ahnung. Ich glaube aber nicht. Wir hatten früher schon mal Ärger mit selbsternannten Teufelskulten, aber die haben immer nur tote Hühner auf den Altar gelegt. Diesmal haben sie Latten-Jesus offenbar mit Blut bespritzt.«

Alexa runzelte die Stirn.

»War nicht böse gemeint.« Tom errötete. »Es geht um ein Kruzifix – der ganze Stolz des Pastors. Es ist lebensgroß, echt antik, aus Holz und importiert. Sie haben ›sechs-sechs-sechs‹ mit Blut an die Wand gemalt und das eine oder andere kaputtgeschlagen.«

»Das ist ja schrecklich! Ein solches Kruzifix muss doch unbezahlbar sein!«

»Soweit ich weiß, ist es ein Vermögen wert. Hoffentlich geht das Blut wieder ab.« Tom gab seinem Pferd noch eine Möhre. »Sind Sie gekommen, um sich die Show anzusehen?«

»Ich wollte eigentlich in die Stadt fahren, aber ich dachte, ich könnte mich hier mal ein bisschen umschauen. Treten Sie in der Show auf?«

»Ja, Ma'am. In einer halben Stunde, in der kleinen Arena. Belle und ich führen ein paar Lassotricks vor.«

»Das schau ich mir an«, sagte Alexa und setzte sich in Richtung Eingang in Bewegung.

Tom Abernathy schritt auf das Korraltor zu, dann blieb er stehen. »Bleiben Sie und Eric für 'n Weilchen?«

»Wie lang ist 'n Weilchen?« Alexa lächelte.

»Das kann jeder selbst bestimmen«, erläuterte Tom. »Man kann's so lange ausdehnen, wie man will.«

Alexa lachte. »Ja, ich schätze, wie bleiben ein Weilchen. Zwei Wochen; vielleicht auch länger.«

»Gut, dann wollen wir uns mal um Sie kümmern.« Tom führte sie ans Kassenfenster. Kurz darauf hielt sie zwei Dauerkarten in der Hand. Als Alexa ihm danken wollte, tippte er nur an die Krempe seines Hutes und sagte: »Das war doch gar nichts, Ma'am.« Er hielt inne. »Donnerstagabend um 19.00 Uhr haben wir auf meiner Ranch eine kleine Feier. Würde mich freuen, wenn Sie und Ihr Assistent vorbeikämen.«

»Tja, ich …«

»Ist 'ne gute Möglichkeit, Leute kennen zu lernen. Wenn Sie

darauf aus sind, sie nach UFOs zu befragen ... Tja, dann sind Sie bei mir genau richtig. Der Polizeichef ist auch da. Ich weiß, dass er ein paar UFOs gesehen hat, er gibt's nur nicht gern zu. Er hat auch ein paar verstümmelte Schafe gesehen.« Tom starrte sie kurz an, dann lachte er. »Herr im Himmel, wie Ihre Augen geblitzt haben, als ich die Schafe erwähnt habe.«

Alexa spürte, dass sie errötete und stammelte: »Sind ... Verstümmelungen hier gegenwärtig ein Problem?«

»Und ob. Marie Lopez hat in den letzten paar Monaten fünf Tiere aus ihrer Herde verloren. Das Letzte erst vor einer Woche. Sie hat ungefähr vierzig Merinos und verkauft die Wolle. Wenn sie nur eins verliert, ist das schon ein herber Verlust, weil ihre Schafe eben was Besonderes sind.«

»Kommt sie auch?«

»Diese Woche nicht.« Abernathys langes, gebräuntes Gesicht blickte einen Moment lang ziemlich traurig drein. »Sie ist mit ihrer Herde im Rattlesnake Canyon.«

Alexa lächelte. »19.00 Uhr?«

Tom nickte.

»Wir können unser Lager nicht allein lassen, deswegen können wir nicht beide kommen. Aber ich werde versuchen, für 'ne Weile reinzuschauen.«

»Dann bringen Sie Appetit mit. Der Verwalter meiner Ranch ist der beste Grillspezialist diesseits des Mississippi. Sie können Eric einen Teller mitnehmen.«

»Ich wäre dämlich, wenn ich mir eine solche Einladung entgehen ließe. Danke, Tom.«

Alexa schaute zu, als er durchs Korraltor schlenderte, während sein Pferd gleich hinter ihm war und versuchte, in seine Taschen zu gelangen. Sie war sich ziemlich sicher, dass Tom Abernathy genau das war, was er zu sein vorgab, und fragte sich, wie ihm das gelang. Sie selbst entsetzte die Vorstellung, unter Menschen zu sein. Sie war nur in ihrer eigenen Welt zu Hause. Sie hatte noch nie etwas gefunden, über das sie mit Menschen reden konnte, die ihre Interessen nicht teilten. Als Abernathy erwähnt hatte, sie könne vielleicht mit anderen Menschen über UFOs reden, hatte ihre Angst weit genug nachgelassen, um seine Einladung anzunehmen. Dennoch war sie nicht wild darauf.

Hinter dem Tor vergaß Alexa ihre Nervosität. Links war die Arena, in der in einer halben Stunde die nächste Stuntshow beginnen würde. Überall waren die Straßen von frisch gestrichenen Western-Gebäuden gesäumt. Vor den Läden verliefen verwitterte Holzgehsteige. Holzgeländer, Bäumchen, Tröge voller Ringelblumen, Gänseblümchen und bunter Stiefmütterchen säumten die unbefestigte Straße.

Alexa ging die Main Street hinauf. Manche Geschäfte boten rosafarbene und blauhaarige Trolle, Postkarten und Kaffeetassen in Cowboystiefelform an. Sie passierte diese Gegenstände, ohne sie auch nur mit einem zweiten Blick zu bedenken. Sie interessierten die Läden, die fast so authentische Reproduktionen waren wie das, was sie verkauften. Sie konnte nicht widerstehen, in Lupes Süßigkeitenshop für Eric und sich ein Stück Walnussfondant zu kaufen. Nebenan war ein Apothekerladen voller Kräuter, homöopathischer Mittel und altmodischer Heiltränke. Alexa kaufte eine Tube Bienenwachs und Lippenbalsam.

Irgendwo zwischen der Hufschmiede, wo sie ein Hufeisen mit Erics Namen erstand, und dem Haushaltswarengeschäft, in dem sie eine Sonnenbrille und ein Dutzend Postkarten erwarb, die sie an ihre Freunde schicken wollte, wurde ihr bewusst, dass sie sich in der Zeit vertan und Tom Abernathys Show verpasst hatte. Es war ihr schrecklich peinlich. Das Ende vom Lied war, dass sie sich beim Verspeisen von Erics Fondant ertappte.

Als sie begriff, dass sie sich seit einer Dreiviertelstunde im Park aufhielt und nicht mal eine ganze Straße erforscht hatte, beschloss sie, keinen Laden mehr zu betreten, da sonst die Gefahr bestand, dass sie in jedem einzelnen etwas kaufte, das sie nicht brauchte.

Na ja, dachte sie und beschleunigte ihre Schritte, eine neue Sonnenbrille hab ich ja nun wirklich gebraucht.
Am Ende der Straße stieß sie auf mehrere Esslokale. Sie kaufte sich einen Burrito und begutachtete die Fahrgeschäfte der Umgebung. Es waren nicht allzu viele: ein Oktopus, der geschlossen war und an dem ein verschwitzter kahlköpfiger Knirps arbeitete, dem der Hintern halb aus der Hose hing; ein relativ durchschnittliches Riesenrad und ein teilrestauriertes Karussell.
Hinter den Fahrgeschäften zeigten Wegweiser zu dem im Süden liegenden Boot-Hill-Friedhof. Im Norden lag die Verwunschene Mine, im Osten der Spanische Hof, der leider mit gelbem Polizeiband abgesperrt war. Auf diesem Grundstück befanden sich eine wunderschöne Kirche und andere Adobegebäude. Alexa nahm an, dass es die Kirche sein musste, in der die Vandalen gehaust hatten. Was für eine Schande, dass sie jetzt zwangsweise geschlossen war.
Dabei war sie gar nicht fromm. Sie hatte für organisierte Religion wenig übrig. Allerdings mochte sie das Gefühl, das solche alten Gebäude in ihr auslösten. Sie fand uralte Klöster und heidnische Tempel gleichermaßen faszinierend. Die sie bewohnenden Menschen waren oftmals Astronomen gewesen, die die gleichen Dinge studiert hatten wie sie, und wenn sie sich an solchen Orten aufhielt, fühlte sie sich ihnen irgendwie zugehörig. Wie diese Menschen hatte auch sie ihr Leben dem Studium gewidmet. Ihre Liebe gehörte ihrer Arbeit; sie war die einzige Beziehung, die sie sich gestatten wollte. Hunderte, sogar Tausende von Jahren trennten sie von diesen »Kollegen«, doch wenn Alexa sie in der Umgebung solcher uralten Orte spürte, fragte sie sich, wie viel sie wohl über die Geheimnisse des Universums gewusst haben mochten.
Sie warf einen Blick auf ihre Armbanduhr, dann drehte sie sich um und kehrte zur anderen Seite der Main Street zurück. Sie musste Tom Abernathy noch mal für die Dauerkarten danken.

Und sich bei ihm entschuldigen, weil sie die Stuntshow verpasst hatte. Und ihn fragen, wann die nächste Vorstellung stattfand.
Nach der Hälfte des Rückwegs fiel ihr ein perfekter kleiner Laden auf. Das Schaufenster war von dunkelgrünen Samtvorhängen eingerahmt. Auf der Scheibe stand in einem sauberen Halbkreis das kunstvoll vergoldete Wort *Zauberlehrling.* Auf einem grün bespannten Tisch befanden sich eine Kristallkugel, zwei Messingkerzenhalter, eine Reihe Holzschnitt-Tarotkarten und eine einzelne, frisch geschnittene rote Rose. Ein kleines Transparent in der Fensterecke verkündete, der Wahrsager sei anwesend.
Alexa beugte sich vor und hob die Hände ans Gesicht, um besser durch die Scheibe sehen zu können. Da war eine Vitrine, die eine Auswahl von Quarzkristallen und anderen Steinen enthielt. Auf dem Ladentisch lagen Tarotkarten, Gefäße mit Weihrauch und kleine Kristallkugeln. Die Wände des Ladens waren mit Büchern bedeckt, die ihr unwiderstehlich erschienen.
»Hallo.«
Alexa richtete sich überrascht auf. Als sie sich umdrehte, blickte sie in das Gesicht eines jungen Burschen, der eine Schlüsselkette mit einer langen Hasenpfote um seinen Zeigefinger rotieren ließ.
»Dr. Manderley? Ich wollte Sie nicht erschrecken.«
»O nein, Sie haben mich nicht erschreckt.«
»Erinnern Sie sich an mich?«
Alexa lächelte. »Sie sind der junge Mann, der uns gestern Abend zum Spirit Canyon gebracht hat. Natürlich erinnere ich mich an Sie!« Leider hatte sie seinen Namen vergessen.
»Justin Martin«, sagte er lächelnd. »Wie ist der Lagerplatz?«
»Wir hatten eine angenehme und ruhige Nacht, Justin, danke.« Er sah so glücklich aus, dass sie ihm nicht sagen wollte, dass sie heute Morgen umgezogen waren.
Offenbar las er schon wieder ihre Gedanken. »Wenn Sie sich bei Tageslicht umschauen, finden Sie ein Stück die Straße rauf vielleicht einen besseren Platz.«

»Danke, Justin.« Sollte er doch glauben, dass sie seinem Rat gefolgt waren. »Und Sie haben Osterferien?«
»Erst nächste Woche. Diese Woche hab ich ein paar Prüfungen, deswegen stehen wir früh auf. Ich arbeite in der Verwunschenen Mine.« Er schaute auf seine Armbanduhr. »Wir öffnen in etwa einer Viertelstunde. Wie wär's mit einer Gratisfahrt?«
»Ja, das wäre toll. Aber lieber irgendwann später. Heute ist es etwas knapp.«
Justins verblüffend blaue Augen verdunkelten sich einen Moment, dann lächelte er und war wieder ganz und gar Sonnenschein. »Sicher. Sie können jeden Nachmittag kommen.« Er schob eine Locke aus seiner Stirn, drehte sich um und warf einen Blick durch das Schaufenster des Wahrsagers. »Waren Sie schon drin?«
»Nein.« Auch Alexa wandte sich wieder dem Fenster zu. »Ich war gerade im Begriff, es mir auszureden. All diese Bücher. Ich frage mich, ob in ihnen auch etwas über die örtlichen paranormalen Phänomene steht.«
Im hinteren Teil des Ladens tauchte nun eine bleiche Hand hinter den schweren Vorhängen auf, die einen Eingang verhüllten. Sie zog den Stoff beiseite und hielt ihn fest, und zwei kleine, grauhaarige Ladys gingen hinaus. Alexa sah, dass sie lächelten und plapperten, dann folgte ihnen der Besitzer der Hand, ein großer Mann. Die Frauen blickten verzückt zu ihm auf, und er lächelte und sagte etwas, das sie zum Lachen brachte.
Alexa hörte, dass Justin Martin den Atem anhielt. »Ist was?«, fragte sie.
»Nein«, sagte er schnell und stampfte mehrmals mit dem Fuß auf. »Steifes Bein. Vom Football. Das ist Carlo Pelegrine, der Inhaber. Soll ich ihn für Sie nach den Büchern fragen?«
»Nein, danke.« Alexa schaute Justin merkwürdig an. »Falls ich mich entscheide, werde ich ihn selbst fragen.« Sie blickte den Wahrsager an und wünschte sich plötzlich, Justin Martin würde gehen.

Carlo Pelegrine hatte dichtes schwarzes Haar und eine blasse Hautfarbe. Patrizierhafte Züge mit einer kräftigen römischen Nase und großen dunklen Augen wurden von sagenhaft gebogenen Brauen umrahmt. Er trug ein auberginefarbenes, leicht zigeunerhaft wirkendes Hemd, das ordentlich in die Hose gesteckt war. Ihrer Meinung nach passte er eher in ein Renaissancegemälde – vielleicht in der Toga eines Edelmannes oder, noch passender, im Gewand eines Astrologen.

Seit einem Jahrzehnt hat dich kein Mann ernsthaft gereizt, Alexandra. Fang jetzt nicht damit an!

Doch in dem Moment, als sie sich abwenden wollte, schaute er auf, und ihre Blicke trafen sich. Nun war es an ihr, den Atem anzuhalten.

24
CARLO PELEGRINE

Carlo Pelegrine hatte viele Stammkunden, doch nur wenige kamen so oft und von so weit her wie die Schwestern Katz. Mabel und Missy legten jeden Mittwoch von Santo Verde aus den langen Weg über den Cajon-Pass zurück, um eine Stunde lang einen Blick ins Schicksal der kommenden Woche zu werfen.

Die heutige Sitzung war, wie üblich, nichts Besonderes gewesen, aber erfreulich. Was Carlo sagte, spielte keine große Rolle, denn die Besuche der Frauen dienten nicht der Information, sondern waren ein Rendezvous. Zuerst warf er für sie einen Blick in die Kristallkugel. Das war eine düstere Angelegenheit, in der er die beiden kaum erröten sah. Danach legte er ein Tarot für sie. Das war etwas persönlicher, denn wenn sie eine Karte wählten und ihm reichten, streiften ihre Fingerspitzen die seinen. Beim dualen Lesen setzte Carlo die Zauberstabkönigin als Signifikator ein, eine Karte mit einer üppigen Frau, auf deren Schoß und zu deren Füßen jeweils eine Katze hockte. Die Katz-Schwestern wurden nie müde, ihn verschämt nach den Wesenszügen zu befragen, die sie und die schöne Königin gemeinsam hatten. Carlo war ihnen stets gefällig: Er sprach in gedämpftem, respektvollem Ton über ihre Tugendhaftigkeit.

Heute hatte der finster brütende Schwertkönig den Weg ihrer Königin gekreuzt, deswegen intensivierte sich das Vorspiel – denn um nichts anderes ging es hier –, weil die Schwestern wussten, dass dies seine Karte war. Sie erröteten und kicherten wie Schulmädchen, und ihre Fingerspitzen berührten die seinen öfter als üblich.

Dann kam das Handlesen, zehn Minuten für jede Frau. Dies war der Liebesakt, und da dieser Teil auch für Carlo sehr intim war, verursachte ihm die voyeuristische Art, in der die derweil wartende Schwester keuchte und gurrte, sobald er die Handfläche der anderen untersuchte, stets leichtes Unbehagen.
Die blassen Hände der Schwestern waren zierlich und dufteten nach pflegenden Weichmachern. Bevor sie ihn aufsuchten, gingen sie zur Maniküre. Die Haut zeigte ihr Alter kaum, denn die Katz-Schwestern waren vornehme Damen, Töchter eines Zirkusbarons und hatten nie arbeiten müssen. Mabel hatte eine halbmondförmige Narbe auf einer ihrer Handflächen und zitterte jedes Mal, wenn er sie berührte. Missy, die größere Hände hatte, brauchte einen Augenblick des Höhepunkts, in dem seine Finger sanft über ihre Herz- und Lebenslinien strichen.
Die Vorstellung, wie sie wohl reagieren würden, wenn sie gewusst hätten, dass er im Zölibat lebte und diese Sitzungen fast ebenso genoss wie sie, amüsierte ihn. Aber natürlich erzählte er ihnen kein Wort. Er lächelte nur, nickte wissend und hielt die ruhige Unnahbarkeit des Schwertkönigs aufrecht, denn so erwarteten sie es von ihm.
Heute führte er sie, wie immer, aus dem Leseraum in den Laden. Die Schwestern plapperten auf ihn ein, lobten seine nicht vorhandenen übersinnlichen Fähigkeiten und versprachen, auch beim nächsten Mal pünktlich zu sein. Carlo nickte und sagte ja, nächsten Mittwoch um 13.00 Uhr, so wie immer. Und: Danke, dass Sie gekommen sind. Dann schaute er auf und merkte, dass er sich im Blick einer Frau verfing, die anders war als alle, die er kannte.
»Carlo?«, fragte Mabel.
»Carlo?«, echote Missy. »Stimmt etwas nicht?«
»Sehen Sie einen Geist?«, erkundigte Mabel sich atemlos.
»Ja, einen Geist.« Carlo löste den Blick vom Fenster und schenkte den Schwestern ein Lächeln. »Ich soll Sie von Tante Helen grüßen.«

Mabel und Missy schauten sich an. Dann lächelten sie und sagten wie aus einem Munde: »Tante Helen! Wie schön!«
Sie sahen wieder Carlo an, und er brachte sie mit einem gütigen Lächeln zur Tür. Als er sie aufmachte, konnte er nicht erkennen, ob die Frau am Fenster noch da war. Schließlich traten die Schwestern auf die Veranda und stiegen die drei niedrigen Stufen hinab. Carlo stand, wie immer, auf der Veranda, da er wusste, sie würden sich umdrehen und ihm mindestens zweimal zuwinken. Wenn er sich umwandte, würde er erfahren, ob die Frau noch da war. Die alten Ladys winkten. Er winkte zurück.
»Hallo, Mr. Pelegrine!«
Die genau hinter ihm ertönende junge Stimme ließ Carlo zusammenzucken. Er behielt seine äußerliche Ruhe jedoch bei und drehte sich um. Seine Nasenspitze berührte fast die von Justin Martin. Er kannte den Jungen nicht besonders gut und war auch nicht daran interessiert, ihn näher kennen zu lernen. Denn auch wenn Henry Marquay und fast alle anderen Einheimischen gut über ihn redeten, konnte Carlo ihn nicht leiden – was an seinen kalten, seelenlosen Augen lag, die an ein Raubtier erinnerten.
»Hallo, Justin.« Hinter dem jungen Mann stand die dunkelhaarige Frau und blickte viel länger als nötig auf ihre Armbanduhr.
»Das ist Dr. Manderley«, sagte Justin. Die Frau schaute auf. »Sie sucht ein Buch. Ich hab gesagt, dass Sie ihr vielleicht helfen können.« Er sah auf seine Uhr. »Aber wenn ich jetzt nicht gehe, zieht Mr. Marquay mir das Fell über die Ohren!« Er wandte sich um und marschierte davon.
Carlo räusperte sich. Er merkte, dass er seine Hände anstarrte, und zwang sich, der Frau in die Augen zu sehen. Ein Schauer durchfuhr ihn. Am liebsten hätte er sich in ihrem Blick verloren. Ihre Augen waren dunkel und auf exotische Weise mandelförmig. *Reiß dich zusammen!* »Welches Buch suchen Sie denn, Doktor?«, brachte er heraus.
Im ersten Moment antwortete sie nicht, und so fragte er sich, ob

sie ebenso vom Donner gerührt war wie er. *Ach, Quatsch. Bild dir bloß nichts ein.*

»Ich fürchte, es geht um ein ziemlich komisches Ding.« Sie sprach mit einem leichten Akzent, der auf England hinwies, und ihre Stimme war voll und melodiös und auf angenehme Weise rauchig.

»Dann sind Sie hier genau richtig. Kommen Sie doch rein.«

Sie trat ein, und er folgte ihr. Als er die Tür hinter ihnen schloss, bimmelte ein Glöckchen. »Was für ein schöner Laden.«

»Danke.«

»Es riecht hier so gut.«

»Eine Duftmischung. Ich mache sie aus Orangenschalen, Gewürznelken und Zimtstäbchen.«

»Verkaufen Sie sie?«

»Eigentlich nicht. Es kommt alles vom Markt.«

»Also frische Schalen?«

»Klar, warum nicht? So kriege ich mein Vitamin C und mein Potpourri.«

»Sie sind ein praktischer Mensch.« Ihr Lächeln erhellte den Raum. »Das gefällt mir.« Sie zögerte, dann verschwand ihr Lächeln. »Ich bin ein bisschen spät dran. Vielleicht sollte ich noch mal an einem anderen Tag kommen.«

»Tja, Sie könnten mir wenigstens sagen, wonach Sie suchen, dann kann ich schon mal danach Ausschau halten.«

Sie nickte und kaute kurz auf ihrer Unterlippe. Carlo erkannte, dass sie so nervös war wie eine Katze. *So nervös wie ich.*

»Ich hatte gehofft, etwas über paranormale Phänomene in der Mojave-Wüste zu finden.«

»Geister?«

»Physikalische Anomalien würden mich mehr interessieren. Geologische Absonderlichkeiten, Magnetismus, UFOs.« Das letzte Wort warf sie so beiläufig ein wie ein kleiner Junge, der Kondome kaufen wollte. »Dinge dieser Art.«

»Ich glaube, ich habe mehrere Bände hier, die Sie vielleicht interessieren könnten.« Er ging auf eine Bücherwand zu, doch sie hielt ihn zurück, indem sie ganz kurz ihre Hand auf seinen Arm legte.
»Ich kann sie mir morgen ansehen«, sagte sie und machte sich auf den Weg zur Tür. »Oder ich schicke meinen Assistenten vorbei. Er ist ein großer junger Mann mit rotem Haar.«
»Na schön; ich leg alles für Sie beiseite. Sie können sich alles anschauen und mir dann sagen, was Sie haben möchten.« Er hoffte, dass er sie so dazu bewegen konnte, noch einmal persönlich vorbeizukommen.
»Danke, Mister ...«
»Carlo Pelegrine. Stets zu Diensten.«
Die Tür schloss sich hinter ihr, und Carlo stand nur da und starrte sie an. Schließlich schlug er sich gegen die Stirn. »Stets zu Diensten?«, sagte er laut. »Stets zu Diensten?« So was hörte man höchstens noch in fünfzig Jahre alten Filmen. Sprüche dieser Art sagte man in Gegenwart der Katz-Schwestern, aber doch nicht zu einer Frau wie Doktor ... Doktor ... Wie hieß sie noch mal? Er konnte sich nicht mal an ihren Namen erinnern. Er wusste nicht mal, ob sie ihn überhaupt genannt hatte.

Carlo ging zur Tür, schloss ab und drehte das Schild, auf dem GEÖFFNET stand, um. Dann zog er sich in sein Lesezimmer zurück. Irgendwann in den letzten zwölf Stunden hatte er begonnen, die Kontrolle über sein Leben zu verlieren. Gestern Abend hatte ein gehäutetes Kaninchen an seiner Tür gehangen. Es musste ein Zufall sein, aber er konnte die Sache nicht melden. Er konnte das Risiko nicht eingehen.
Er musste warten und sehen, was als Nächstes passierte, und wenn es kein Einzelfall war, musste er irgendwie damit fertig werden.
Vielleicht hatte seine diesbezügliche Furcht zu der Wirkung beigetragen, die diese Frau auf ihn hatte. Er hatte sich geschworen,

nie wieder weibliches Fleisch – außer Händen – anzufassen, und doch war er hier, machte sich zum Narren, stotterte, stierte und wünschte sich, seine Hose hätte Falten.
Zwar hatte er Gott vor langer Zeit ein zölibatäres Leben versprochen, aber er betete nicht mehr. Stattdessen entnahm er einem Fach im Rollschreibtisch sein privates Tarot mit filigranen goldenen Figuren der italienischen Renaissance und mischte es geistesabwesend. Er glaubte zwar nicht an Geister und ähnlichen Quatsch, aber er glaubte, dass man das Unterbewusstsein mit Bildern stimulieren konnte. Er war auch gezwungen, daran zu glauben, weil er so oft gesehen hatte, dass es funktionierte. Er wusste, dass eine Analyse der Karten eigentlich gar keinen Sinn ergeben durfte, aber meist ergab sie dennoch einen. Und je wichtiger die Frage, desto solider die Antwort.
Carlo mischte weiter. Manche Karten tauchten immer wieder auf, ob sie nun von hohem oder geringem Wert waren. Es gab auch Karten, die selten auftauchten. Wenn sie das taten, bedeutete es etwas. Übereinstimmung.
Statt den Schwertkönig als Signifikator einzusetzen – er fühlte sich nämlich momentan ganz und gar nicht königlich –, legte Carlo die Karten vor sich auf den Tisch und wählte willkürlich eine aus. Er drehte sie um. Der Gehenkte: Opfer und Idealismus. Märtyrertum. Seine Nackenhaare sträubten sich, als das Bild des gehäuteten Kaninchens vor seinem geistigen Auge aufblitzte. Dennoch, als Gehenkter dargestellt zu werden wurde nicht unbedingt als schrecklich angesehen. Er wählte eine andere Karte und legte sie auf den Signifikator. »Hmmm.« Die Hohepriesterin bedeckte ihn, was bedeutete, dass er von einer sehr starken femininen Kraft umgeben war, einer Wächterin, die durch Enthüllungen Stärke und Hoffnung brachte. Manche Kartenleger bezeichneten sie als die Frau, die alle Männer sahen, wenn sie verliebt waren. Doch Carlo fiel nur die dunkelhaarige Schönheit ein, der er heute begegnet war. Da er sich nicht mit Frauen einlassen konnte, war

dies vielleicht eine Warnung; ein Hinweis darauf, sich nicht ihrem Einfluss auszusetzen.

Die dritte Karte, der Einfluss, der seinen Weg kreuzen würde, war der Teufel: Lust auf Macht, Sklaverei, das Böse. »Toll, wirklich toll.«

Die nächste Karte, die er umdrehte, war der Turm, die schrecklichste Karte im Spiel. Seine Bedeutung war meist die körperliche und geistige Katastrophe. Kartenleger aus alter Zeit interpretierten sie so, als hätte sie übernatürliche Kräfte.

Die Karte der jüngsten Vergangenheit war der Narr und erklärte sich selbst. Die Karte, die ihm einen Schlag versetzte, war der Tod und ließ ihn noch mehr frösteln: Man konnte den Tod zwar wörtlich nehmen, doch meist bedeutete er nur das Ende einer Lebensweise.

Die Karte der nahen Zukunft war der seitenverkehrte Schwertritter. Sie symbolisierte einen bösen jungen Mann, der zwar über wenig echte Macht verfügte, aber großen Schaden anrichten konnte.

Carlo starrte die Karten an. Er fragte sich, wer der junge Mann war und ob auch die Hohepriesterin ihm feindlich gesinnt war. Bevor er noch eine Karte ablegen konnte, rettete ihn die Hintertürglocke. Jemand bimmelte und rief: »UPS!«

»Komme!« Carlo drehte die Karten schnell um und schob sie ins Spiel zurück. Es war an der Zeit, in die wirkliche Welt zurückzukehren.

25
JAMES ROBERT SINCLAIR

James Robert Sinclair drückte die Fingerspitzen aneinander und blickte seine hochrangigsten Berater über den rechteckigen Konferenztisch hinweg an. Die lange Besprechung, die sich hauptsächlich mit weltlichen Dingen beschäftigt hatte, näherte sich ihrem Ende. Der Älteste Hannibal Caine saß zusammen mit den Senioraposteln George Allbright und Lorraine Ferguson rechts von Sinclair. Eldo Blandings saß zu seiner Linken, ebenso Steve Clayman und Albert Cramer, die beiden anderen Seniorapostel. Sie alle waren seit langer Zeit seine treuen Jünger, doch in Eldo Blandings' Gegenwart empfand er seit geraumer Zeit ein leichtes Unbehagen. Er erinnerte an eine schussbereite Waffe. Sinclair hatte schon mit Caine über den Mann gesprochen, doch Caine glaubte nicht, dass es Anlass zur Sorge gäbe. Da hatte er vermutlich Recht.

»Bevor wir die Sitzung beenden, liebe Freunde«, sagte Sinclair, »muss ich noch eine unangenehme Sache zur Sprache bringen. Ich rede wirklich nur ungern darüber, aber ich glaube, wir können sie nicht unter den Tisch kehren. Gestern hat mich der Polizeichef von Madelyn angerufen. Es geht um einige schlimme Vorfälle, die hier scheinbar passiert sind. Jemand hat eine Ziege getötet, und der Briefkasten der Besitzerin der Ziege wurde beschmiert. Außerdem ist irgendwann in der vergangenen Nacht jemand in die katholische Kirche im Freizeitpark eingebrochen und hat größeren Schaden angerichtet.«

»Warum ruft man *uns* deswegen an?«, fragte Lorraine Ferguson.

»Weil religiöse Graffiti im Spiel waren. Jemand hat die Zahl 666 an eine Kirchenwand und auf den Briefkasten gemalt.«

»Dann fragt man automatisch bei *uns* nach?«, sagte Blandings grollend. »Warum fragt man nicht die verdammten *Katholiken?* Sie haben es wahrscheinlich selbst getan.«
Sinclair lächelte und schüttelte den Kopf. »Das bezweifle ich, Eldo.«
»Hält die Polizei etwa *uns* für die Urheber?«, fragte Hannibal Caine in ungläubigem Tonfall. Die Mienen der anderen spiegelten seine rechtschaffene Empörung wider.
»Man hat uns in keiner Weise beschuldigt.« Sinclairs Blick wanderte über die Gesichter seiner Berater und blieb auf Blandings haften. »Hat irgendeiner von euch eine Ahnung, *warum* man uns in dieser Hinsicht für verdächtig hält?«
Gemurmel. Alle sagten *Nein,* Blandings inklusive. Dann räusperte sich der alte Mann. »James Robert, wir alle wissen, dass die Katholiken nicht besser sind als Teufelsanbeter. Und der Teufel möchte unsere Mission hintertreiben. Dieser Papist Corey und seine Anhänger tun die Arbeit des Teufels.«
Sinclair musterte Blandings eingehend. Hatte der Mann wirklich einen an der Waffel oder drehte er seine eigenen Worte nur so hin, damit sie zu seinem schmalen Gesichtsfeld passten? »Wir haben Glück«, sagte er schließlich, »dass wir den einzig wahren Weg gefunden haben. Es ist unsere Aufgabe, auch den anderen zu helfen, diesen Weg zu finden – nicht jedoch, sie wegen ihrer Vergangenheit zu verdammen.«
Blandings hielt den Blick gesenkt. »Ja, natürlich.« Er schaute auf. »In den letzten Tagen wird es Krieg geben«, zitierte er mit fast erwartungsvoller Stimme.
Sinclair nickte. »Deswegen haben wir ein Waffenlager.« Er blickte sich nachdenklich im Raum um. »Vielleicht sieht Eldo etwas, das wir alle übersehen haben. Die letzten Tage sind inzwischen *angebrochen.* Wir leben in den allerletzten Tagen, und jetzt erkundigt sich die Polizei bei *uns* nach diesen Verbrechen. Vielleicht geht der Krieg bereits los.« Er schüttelte den Kopf. »Euer Prophet kann

manchmal blind sein. Ich dachte, wir könnten Gewalt vermeiden, zumindest bis zu dem Tag, an dem die Reiter kommen. Aber es sieht so aus, als hätte ich mich geirrt.«

»Es ist eine edle Hoffnung«, sagte Hannibal Caine.

»Sehr freundlich von dir. Falls jemand von weiteren Zwischenfällen hört, sagt mir bitte sofort Bescheid.«

»Ob es nötig sein wird, die Wachen zu bewaffnen?«, fragte Blandings.

»Möglicherweise.«

Blandings lächelte. Sinclair wusste, dass er die Gewalt geradezu herbeisehnte.

»Das ist für heute alles, Leute.« Sinclair stand auf. »Wir treffen uns morgen um 14.00 Uhr wieder.«

Er beobachtete, wie sie hinausgingen, und dachte erneut über Blandings nach. Der Mann war ein alter Soldat und hatte Männer in die Schlacht geführt. Er hatte einen festen Standpunkt und verstand die Kunst der Strategie. Deswegen hatte er ihn überhaupt erst zum Ältesten gemacht. Blandings war den Aposteln treu ergeben, und obwohl er radikale Vorurteile gegen alles und jeden hatte, traute Sinclair ihm genügend gesunden Menschenverstand zu, Vandalismus, selbst wenn er ihn beklatschte, nicht selbst zu begehen.

Er glättete sein Nadelstreifenjackett und zog die rote Krawatte gerade, dann verschränkte er die Hände hinter dem Rücken und entfernte sich vom Tisch. An den Wänden des Konferenzraums hingen gerahmte Fotos, die die Geschichte der Apostelkirche zeigten. Sinclair wurde es nie müde, sie anzusehen.

Die ältesten Fotos zeigten ihn als vierundzwanzigjährigen Prediger bei den ersten Zeltversammlungen. Seine Arme waren erhoben, sein Lächeln strahlend, seine Augen feurig. Der Anblick des geschmacklosen weißen Anzugs ließ ihn nun leicht zusammenzucken, doch damals hatte er einfach zu dieser Zirkusatmosphäre gehört. Das Zelt war gefüllt mit den ersten Gläubigen. Manche von ihnen lebten hier auf dem Grundstück, wie Eldo und

Hannibal und die Seniorapostel Albert Cramer und George Allbright.
Heute hatte die Kirche der Apostel des Propheten zwei Millionen Beitrag zahlende Mitglieder. Doch nur dreihundert lebten auf diesem Anwesen. Es waren die Gläubigsten. Sie betrieben sein boomendes Medien- und Verlagsgeschäft und organisierten riesige klerikale Veranstaltungen, die nötig waren, damit die Kirche weiter wuchs. Sie gaben ihre Zeit für Unterkunft, Verpflegung, Erleuchtung und das Wissen, dass sie die Herren des Himmels sein würden, wenn die Apokalypse kam. Sie wussten es, denn der Prophet hatte es ihnen so erzählt.
Sinclair wandte sich von dem Foto ab. Er hatte den Termin der Apokalypse schon vor über einem Jahrzehnt festgelegt: für den 5. Mai, den Tag der letzten im 20. Jahrhundert in dieser Region sichtbaren Sonnenfinsternis. Nach der Gründung der Kirche hatte er den Gläubigen erzählt, die apokalyptischen Reiter würden über die Thunder Road kommen. Die Wahrheit hatte anders ausgesehen: Er war knapp bei Kasse, das hiesige Land jedoch extrem billig gewesen, und er hatte gewusst, dass die abgelegene Gegend ihm bestens dienen würde, mit einem Versandhandel ein Vermögen zu machen.
Die ersten Jahre waren zwar schwierig gewesen, aber so schwierig nun auch wieder nicht. Sinclair hatte Umwege gemacht, um Menschen anzuziehen, die ihm helfen konnten, die Siedlung aufzubauen. Er hatte einen Architekten und mehrere andere Apostel ausgewählt, die in unterschiedlichen Baufertigkeiten beschlagen waren. Unter der Anleitung dieser Fachleute hatten die Apostel die Arbeiten ausgeführt. Man hatte nur sehr wenige bezahlte Aufträge nach außerhalb vergeben.
Während die Siedlung gebaut wurde, hatte Sinclair viele Zeltversammlungen im Westen und Südwesten abgehalten, den Leuten gesagt, was sie hören wollten, und mit ihren Spenden den Gebäudefonds aufgefüllt. Anfangs hatten alle in Behelfsunterkünften

gewohnt, aber nach Fertigstellung der Kirche hatte man hinter ihr ein riesiges zweites Gebäude errichtet: Im Gemeinschaftshaus gab es eine Cafeteria, Schulungsräume, eine Turnhalle und eine Krankenstation.

Das Gemeinschaftshaus war durch unterirdische Gänge mit der Kirche verbunden. Tatsächlich war der Keller der Kirche nicht nur von Sinclairs Büro und Privatgemächern aus zu erreichen, in ihm waren auch die Eingänge zu einem Labyrinth von Korridoren, die unter dem Anwesen verliefen. Manche führten in die Wüste hinaus. Der größte Gang – eine echte Straße – führte in eine unterirdische Garage, in der dank des Altmilitaristen Blandings und einiger Mechaniker mehrere Jeeps und ein noch funktionstüchtiger alter Panzer standen. Die Garage war gleich neben der unterirdischen Waffenkammer, in der eine beeindruckende Sammlung großer und kleiner Schusswaffen und verschiedene Brandsätze lagerten. Laut Sinclair waren sie eine Versicherung gegen einen Angriff von außen. Obwohl er früher jener aggressiven Missionstätigkeit das Wort geredet hatte, die Blandings am liebsten war, hatte er nach und nach aufgehört, über echte körperliche Schlachten zu predigen.

Beim Schwadronieren über Kämpfe dieser Art hatte das Feuer in den Augen der Gläubigen ihn erschreckt. In diesen Momenten hatte er wirkliche Machtgefühle empfunden. Er hatte gewusst, dass seine Anhänger Madelyn und mehr ausradieren würden, wenn er den Befehl dazu gab. Das Gesülze vom christlichen Soldaten lief seither auf Sparflamme, doch die Ausbildung an der Waffe wurde weiter sanktioniert.

Damals, in den Anfangsjahren, war ihm alles – von den Waffen bis zu dem funkelnden weißen Kreuz auf dem Kirchendach – grandios und prächtig erschienen. Nachts flammte das »Gottes Leuchtfeuer« genannte weiße Licht auf. Es hatte Sinclair ziemliche Mühe bereitet, die originelle Form des Kreuzes durchzusetzen, auch wenn sie nicht *zu* originell war: Er hatte schließlich ein traditionelles

Kruzifix verwendet und ihm nur zwei kurze diagonale Balken hinzugefügt, so dass der obere Teil eher wie ein Stern aussah. Unser Kreuz ist nicht das Kreuz der Kreuzigung, hatte er seinen Schäfchen erzählt, sondern das Kreuz der Wiedergeburt! Es stellte den neuen Stern von Bethlehem dar, würde als Bake für die apokalyptischen Reiter über der Wüste leuchten und am Jüngsten Tag die Rückkehr des Lebendigen Erlösers bekannt geben.

Und zwar nächsten Sonntag. »Sehr bald«, murmelte er.

Acht Jahre zuvor, bei der Fertigstellung der letzten Gebäude – der Schlafsäle – war ihm der prophezeite Weltuntergang noch eine Ewigkeit entfernt erschienen. Damals, als die Zahl der Bewohner des Anwesens von fünfundzwanzig auf zweihundert und schließlich auf die dreihundert von heute angestiegen war, hatte er noch freudig auf den Tag gewartet, an dem er sein Wüstengefängnis verlassen konnte.

Vor fünf Jahren hatte er unter falschem Namen einen großen Teil einer winzigen karibischen Insel erworben und sich dort ein Haus bauen und einrichten lassen. Nicht mal seine Ältesten wussten, dass er das Anwesen am Tag der Apokalypse durch einen langen Gang verlassen wollte, der vom Schlafzimmer seiner luxuriösen Wohnung nach Norden führte – zur Olive Mesa. Sie wussten nicht mal von der Existenz des Ganges, denn Sinclair hatte ihn von Schwarzarbeitern anlegen lassen. Es war ein niedriger, eineinhalb Kilometer langer Tunnel. Gleich hinter dem Eingang befand sich ein Lagerraum, in dem ein strombetriebener kleiner Karren darauf wartete, ihn zur Olive Mesa zu bringen. Er lächelte. Um neu geboren zu werden.

Ein alter Jeep stand in einer versteckten Garage an der Nordseite. Seinetwegen hatte er morgendliche Meditationen für sich eingeführt: Zweimal in der Woche ging er in die Wüste und sorgte dafür, dass der Wagen fahrtüchtig blieb.

Wenn die Reiter kamen, würde nur Sinclair eine Reise machen. Er würde über den alten Trail fahren, der östlich hinter den Madelyn

Mountains verlief, bis er in der Nähe der Grenze zwischen Kalifornien und Nevada an den Highway 127 kam. Dort würde er auf die Interstate 15 zurückkehren, weiter nach Las Vegas fahren, in ein Flugzeug steigen und den ersten Teil der Reise in sein Inselparadies in Angriff nehmen.

Sinclair sehnte sich zwar durchaus nach tropischer Einsamkeit, doch nicht mehr mit der gleichen Begeisterung wie früher. Seine Sentimentalität amüsierte ihn: Er hatte Gefallen an seiner Kirche und den vielen Menschen gefunden, die in ihr tätig waren. Seine Predigten würden ihm fehlen. Auch die beratenden Sitzungen, die er abhielt.

Es bestand kein Zweifel daran, dass er sich in den letzten zehn Jahren verändert hatte. Obwohl es ihn amüsierte, machte es ihm gleichzeitig auch Sorgen. Er hatte immer das Talent gehabt, bekümmert und mitfühlend zu wirken und den Leuten wortgewandt Ratschläge erteilen zu können, aber früher hatte ihm all dies nichts bedeutet. Es war nur ein Teil der Show. Doch in den letzten ein, zwei Jahren hatte er tatsächlich Interesse an Dingen entwickelt, die er so hörte. Er hatte eine Schwäche entwickelt: Er machte sich Gedanken über Menschen, die früher nur hirnlose Schafe für ihn gewesen waren.

Du entwickelst ein Gewissen, mein Freund. Das ist in deiner Branche nicht gesund. Immerhin hatte er kein *schlechtes* Gewissen. Wer hinter Führern herlief, war selbst schuld daran. Wenn er diese Leute nicht anführte, hätte ein anderer es getan. *Immerhin kriegen sie bei mir was für ihr Geld.* Vielleicht taten sie ihm *doch* irgendwie Leid. Vielleicht empfand er *doch* eine Spur von Bedauern.

Aber er würde die Kirche nach der Apokalypse nicht mittellos zurücklassen. Hannibal Caine würde die Herrschaft über die Organisation übernehmen und erklären müssen, dass das Datum der Apokalypse auf einer falschen Prophezeiung basierte. Obwohl ihm Sinclairs Charisma fehlte, hatte er genug Geschäftssinn, um die Sache am Laufen zu halten. Außerdem wollte Sinclair genü-

gend auf den Kirchenkonten zurücklassen, damit jene, die auf dem Anwesen lebten, genährt und gekleidet werden konnten. Und das hatte er nie vorgehabt. Was kümmerte ihn eine Bande neurotischer, sich an ihn klammernder Menschen, die nicht allein denken konnten?
Nun, so demütigend es auch für ihn war, dies zuzugeben: Manchmal kam er sich vor, als habe er die väterliche Pflicht, über seine Schäfchen zu wachen. »Du kommst hier gerade noch rechtzeitig raus«, murmelte er vor sich hin. »Gerade noch rechtzeitig.«

26

ALEXANDRA MANDERLEY

Im Laufe des Tages hatte Eric Watson einen Lagerplatz wie für einen König aufgebaut. In der Abenddämmerung bereitete er eine Mahlzeit zu, die einer Majestät gemundet hätte. Unter Verwendung der Lebensmittel, die Alexa vom Markt mitgebracht hatte, röstete er Folienkartoffeln und frische Maiskolben und grillte Rinderlende.

Etwas später, als sie über der leuchtenden Glut des Feuers Maronen rösteten, hörten sie einen Wagen, der oben an der Straße anhielt. Eine Minute später kam Justin Martin in ihr Lager gewandert. Er sagte, er sei zu einer Jugendgruppe der Kirche der Apostel des Propheten unterwegs und habe nur kurz angehalten, um sich zu versichern, dass bei ihnen alles in Ordnung war. Alexa hielt ihn für einen netten Jungen, doch Eric, der sich hinter den Feuerkreis zurücklehnte und ihn beobachtete, sagte sehr wenig.

»Was halten Sie von dem Wahrsager in Madland?«, fragte Justin nach einem Augenblick peinlicher Stille. Alexa war froh, dass es dunkel war, denn er hatte die Worte kaum ausgesprochen, als sie auch schon errötete.

Eric beugte sich vor, um das Feuer anzufachen, dann fragte er amüsiert: »Sagen Sie bloß, Sie haben sich die Zukunft weissagen lassen?«

»Nein, nein, natürlich nicht«, erwiderte Alexa schnell und erzählte ihm von den Büchern.

»Was halten Sie von Carlo Pelegrine?«, fragte Justin hartnäckig.

»Ist das der Wahrsager?« Sie freute sich, dass er seinen Namen noch mal nannte.

»Ja, so heißt er.«
»Er kam mir ziemlich interessant vor.« *Interessant* war gewaltig untertrieben, aber Alexa war nicht in der Stimmung, es jemandem gegenüber zuzugeben. Seit sie Carlo Pelegrine begegnet war, dachte sie mehr oder weniger pausenlos an ihn, und in ihrem Bauch war ein schulmädchenhaftes Flattern. Sie hatte sich vorgenommen, Eric am nächsten Tag nach Madland zu schicken, um sich die Bücher anzusehen – unter dem Vorwand, ihm ein wenig Freizeit zu gewähren, damit sie Pelegrine nicht noch mal begegnete. Er war einfach *zu interessant* für sie. Sie hatte keine Zeit für Beziehungen.
Ihre Marone fing Feuer. Alexa blies sie schnell aus, dann schaute sie Justin Martin an und bemühte sich, ihre Würde zurückzugewinnen. »Sie scheinen sich sehr für Carlo zu interessieren«, sagte sie in einem sachlichen Tonfall. »Sind Sie mit ihm befreundet?«
Justin nickte. »Ich hoffe, er kann mir etwas von dem beibringen, was er macht.«
»Ein Kirchgänger wie Sie möchte lernen, wie man weissagt?« Alexa lächelte. »Das überrascht mich.«
Justin lächelte ebenfalls. »In mir steckt viel Überraschendes.« Dann wünschte er ihnen viel Glück und machte sich auf den Weg zu seinem Wagen.
»Justin!«, rief Eric.
Der Junge drehte sich um.
»Wie haben Sie uns gefunden?«
»Die Laterne. Ich hab das Licht von der Straße aus gesehen. Bye.« Er trabte in die Finsternis hinein, die sich hinter dem Lagerplatz ausbreitete.
Nachdem er gegangen war, fragte Alexa Eric, warum er so still gewesen sei. Normalerweise sei er doch viel aufgeschlossener als sie.
»Soll das heißen, Sie wissen wirklich nicht, was mit ihm los ist?«, fragte ihr Assistent.

»Sprechen Sie nicht in Rätseln, Eric.«
Eric runzelte die Stirn. »Ihr Freund Justin ist in Sie verknallt. Die Blicke, mit denen er mich erdolcht hat, sind Ihnen wohl nicht aufgefallen, was?«
Alexa errötete erneut. »Seien Sie nicht albern. Er hat mich diesem Carlo – das ist der Wahrsager – heute Nachmittag doch praktisch aufgezwungen.«
»Tja …« Eric spießte eine neue Marone auf und drehte sie über den Kohlen. »Ich glaube, er steht auch irgendwie auf diesen Carlo.« Er deutete wie ein Lehrer mit seinem Spieß auf Alexa. »Der Junge hat irgendwas Bizarres an sich. Er gefällt mir nicht.« Er hielt inne, dann grinste er Alexa selbstkritisch an. »Wahrscheinlich übertreibe ich. Wahrscheinlich bringt der Wilde Westen den Cowboy in mir zum Vorschein … und meinen Beschützerinstinkt. Verzeihen Sie mir?«
»Ich soll Ihnen verzeihen?« Alexa nahm sich eine neue Marone vor. »Wie nett. Wir sind ganz allein hier draußen und müssen uns aufeinander verlassen, damit wir die *wilden Tiere* in Schach halten.«
Eric lachte. »Vergessen Sie nicht die Präriehunde und Berglöwen.«
»Ja.« Alexa kicherte. »Die auch.« Sie wusste, dass Eric in den ersten Jahren ihres Zusammenseins ebenfalls in sie verknallt gewesen war. Er hatte es allerdings nie ausgesprochen, und sie hatten langsam eine enge platonische Freundschaft entwickelt, die auf gegenseitigem Respekt und gemeinsamen Interessen basierte. Der junge Mann war mit einer im Norden studierenden Medizinerin verlobt; seine Beschützergefühle für Alexa waren nicht anders als die, die sie für ihn empfand.
Nach einer weiteren entspannenden Stunde waren sie gerade mitten im Entscheidungsprozess über die Frage, wer die erste Wache übernehmen würde, als sich ihnen ein weiteres Fahrzeug näherte. Der diesmalige Besucher fuhr im Gegensatz zu Justin Martin, der an der Straße geparkt und zu Fuß gekommen war, nahe an

sie heran, so dass Eric und Alexa aufsprangen, um ihre Ausrüstung vor den Staubwolken zu schützen.
»Arschloch«, sagte Eric leise. Seine Hand bedeckte das Teleobjektiv.
»Sie haben ihn sofort erkannt«, sagte Alexa, als sie den Offizier sichtete, den sie am Abend zuvor im Restaurant gesehen hatten. Er saß hinten, während ein Unteroffizier in Tarnanzug den Wagen lenkte.
Der Colonel sprang aus dem Jeep und kam zu ihnen. Man sah es seinem Gesicht an: Es gefiel ihm nicht, dass sie sich hier aufhielten.
»Guten Abend«, sagte Alexa kühl. Eric hatte sich neben ihr zu voller Größe aufgerichtet und die Arme vor der Brust verschränkt.
Dole sah sich um, dann blieb sein Blick schließlich auf Alexa haften. »Na, schauen Sie sich ein bisschen die Sterne an?«
»Wie man hört, soll dies ein ausgezeichneter Platz dafür sein«, erwiderte sie und gestattete sich ein leicht selbstgefälliges Grinsen.
Der Offizier streckte die Hand aus. »Colonel Lawrence Dole von der Luftwaffe«, sagte er und ließ die Knochen in Alexas Hand knirschen.
Schweinehund. »Jane Smith.« Alexa wusste, dass ihre glatte Stimme und ihr Lächeln keinerlei Gefühl verrieten. »Das ist mein Freund John Jones.« Sie drückte ihre Fingernägel in Doles Fleisch, und er gab ihre Hand auf der Stelle frei.
Eric blieb mit vor der Brust verschränkten Armen stehen und tat so, als sähe er Doles Hand überhaupt nicht. »Na, wie geht's denn so, Colonel?«
»Amateurastronomen?«, fragte Dole.
Alexa gab keine Antwort.
»Hübsche Ausrüstung«, fuhr Dole unbeirrt fort. »Für Amateure.«
»Danke.«
»Nun, Miss … ähm … Smith … und Mr. Jones, ich hoffe, Sie

kommen nicht auf die Idee, sich während Ihres Aufenthalts mit dem Militär anzulegen.«

»Was wollen Sie, Colonel?«, fragte Alexa scharf.

»Ich mache mir Sorgen um Ihre Sicherheit. Hier verirren sich am laufenden Band Menschen. Sie verschwinden einfach.« Dole rieb nachdenklich sein Stoppelkinn. »Ich würde mich an Ihrer Stelle nicht weit von diesem Lagerplatz entfernen.«

»Ist das eine Drohung, Colonel?« Alexa verbarg ihre Wut, trat aber dichter an Dole heran und schaute ihm direkt in die Augen.

»Natürlich nicht.« Doles Lächeln sah aus, als wolle es sein Gesicht sprengen. »Sagen wir mal, es ist eine freundlich gemeinte Warnung.« Sein Blick durchbohrte sie mit plötzlicher Heftigkeit. »Menschen verschwinden in der Wüste, wenn sie ihre Nase in Angelegenheiten stecken, die sie nichts angehen. Aber muss ich Ihnen das wirklich sagen?«

»Wir werden es nicht vergessen, Colonel.« Die kaum verschleierte Anspielung auf das Verschwinden ihres letzten Assistenten erzeugte ein mulmiges Gefühl in Alexas Magen. Sie ließ es sich zwar nicht anmerken, aber sie fragte sich, ob Dole wusste, was mit Jack passiert war.

Dole drehte sich auf dem Absatz um und kehrte zum Jeep zurück. »Seien Sie vorsichtig, Dr. Manderley«, sagte er. »Fahren wir, Corporal.«

Der Jeep verschwand in einer weiteren Staubwolke. »Selbstgefälliger Mistkerl«, sagte Alexa, als das Licht der Heckleuchten verblasste.

»Er wusste, wer Sie sind«, sagte Eric.

»Wenn er's nicht gewusst hätte, wäre er nie hier raufgekommen, um seine Gangsternummer abzuziehen.«

»Warum haben Sie ihm dann falsche Namen genannt?«

»Zum Vergnügen, Eric.« Sie hielt inne. »Sie wissen doch, was ich von der Geheimniskrämerei der Regierung halte.«

»Man kann gar nicht paranoid genug sein, was?«

»Richtig.« Alexa zwang sich zu einem Lächeln. »Dass er zu uns rausgekommen ist, kann nur zwei Gründe haben: Entweder sind wir so dicht an irgendwas dran, dass es ihn nervös macht, oder er möchte uns glauben machen, dass wir so nahe an etwas dran sind, damit wir nicht auf die Idee kommen, dahin zu gehen, wo es wirklich ist.«

»Das ist verwirrend.«

»Natürlich ist es verwirrend. Wir haben es hier schließlich mit der Regierung zu tun.« Alexas Lächeln wurde breiter. »Wir sollten uns was darauf einbilden. Die AEFP freut sich, wenn das Militär sich so besorgt zeigt.« Sie kicherte. »Wir sind eine Bedrohung, Eric. Ich wette, dass wir nahe an etwas dran sind, von dem sie nicht wollen, dass wir es sehen.«

»Wenn wir was finden, werden sie versuchen, uns zu diskreditieren«, sagte Eric düster. »Das ist das Wenigste, was wir erwarten dürfen.«

»Ja«, sagte Alexa. Noch immer ein wenig aufgeregt, nahm sie ihr Mobiltelefon und rief die AEFP an. Sie schilderte rasch die Begegnung, vergaß nicht, Namen zu nennen, und machte mehrere Anspielungen auf die Presse. Dann schaltete sie das Telefon aus. »Ich wette, dass Doles Leute unsere Telefonate abhören; damit dürften wir erst mal aus dem Schneider sein.«

»Wenn Sie meinen«, sagte Eric unsicher.

»Nach meiner ersten Begegnung mit dem Militär war ich reif für die Klapse, Eric.«

»Sie meinen, nachdem Jack entführt wurde?«

Sie schaute den jungen Mann an. Er hatte sich bei dieser Frage nichts gedacht, doch Alexa schmerzte es noch immer. Sie hatte nie viel über Jack Matthews Verschwinden erzählt. Vielleicht hätte sie es tun sollen – wenigstens Eric gegenüber. Er war noch jung genug, um sich für unsterblich zu halten. Vom Militär bedroht zu werden kam ihm vielleicht nur aufregend vor. »Ja«, erwiderte sie und zwang sich, ihm in die Augen zu sehen. »Ich habe zwar keine

Beweise, aber … Diese Typen sind gut, wenn es darum geht, Spuren zu verwischen«, fügte sie trocken hinzu. »Aber wem könnten schwarze Helikopter wohl gehören, wenn nicht ihnen?«

Eric nickte. »Glauben Sie, Jack lebt noch?«

»Ich weiß nicht.« Sie bezweifelte es. Jack war irgendetwas auf der Spur gewesen. Irgendetwas, über das er nicht hatte diskutieren wollen. Als sie ihn danach gefragt hatte, hatte er verlegen erklärt, seine Idee sei so »irre«, dass er erst weiteres Material sammeln wolle, bevor er mit ihr darüber redete.

Wenn sie ihn eingehender befragt hätte, hätte sie ihn vielleicht retten können. Sie hatte noch immer ein schlechtes Gewissen und fühlte sich für sein Verschwinden verantwortlich.

»Eric, wenn Sie je irgendwelche bizarren Ideen oder Theorien haben, dann erzählen Sie mir doch davon, oder?«

Eric sah sie merkwürdig an. »Klar. Ich kenne keine Scham.«

»Gut.« Alexa erlaubte sich ein kleines Lächeln. »Gehen Sie doch schon mal schlafen. Ich übernehme die erste Wache.«

»Sind Sie sicher?«

»Klar. Ich will mir noch ein paar Notizen machen – und außerdem könnte ich jetzt nicht mal einschlafen, wenn mein Leben davon abhinge.«

»Ich weiß zwar auch nicht, ob ich schlafen kann, aber ich würde es jedenfalls gern versuchen.«

Als Eric in seinem Zelt verschwand, setzte Alexa sich an den Kartentisch und dämpfte die Laterne. Über ihr war der Himmel voller Sterne, und der abnehmende Halbmond leuchtete weiß. Sie stützte ihr Kinn auf beide Hände und starrte in die Nacht hinaus. »Wo bist du, Jack?«, fragte sie leise. »Wo bist du?«

27
JUSTIN MARTIN

Ich möchte kurz mit dir reden, junger Mann. Wäre das wohl möglich?«

Justin kam gerade von der so dämlichen wie erfolglosen Jugendversammlung. Er drehte sich um und sah Hannibal Caines kahlen Schädel. Der Mann grinste wie ein Honigkuchenpferd. »Meinen Sie mich, Ältester Caine?«

»Ja. Du bist Justin Martin, nicht wahr?«

»Ja.«

»Unterhalten wir uns doch in meinem Büro.« Caine deutete auf den Gang, der an dem Versammlungsraum vorbeiführte, aus dem Justin gerade gekommen war. »Es dauert nicht lange.«

Justin folge ihm argwöhnisch durch den Korridor in ein edel wirkendes Büro. Caines Schreibtisch bestand aus polierter Eiche einfachen Zuschnitts, war aber massiv. Die große Platte war bis auf ein Stifteset und einen Tintenlöscher leer. Passende Bücherregale und Aktenschränke säumten die Wände zu beiden Seiten. Hinter dem Schreibtisch hing ein großes Porträt von Caine und Sinclair.

»Setz dich, mein Sohn.« Caine deutete auf einen der Stühle, die dem Schreibtisch gegenüberstanden, begab sich zu seinem hochlehnigen Sessel und nahm mit einem zufriedenen Seufzen Platz.

»Wenn du achtzehn bist, Justin, wirst du unserer Kirche dann als Vollmitglied beitreten?« Er lächelte schmeichlerisch. »Oder haben deine Eltern dir die Erlaubnis schon gegeben? Wir würden sie nämlich auch gern hier sehen.«

»Sie sind keine Kirchgänger«, sagte Justin. Er nahm auf dem bequemen Stuhl Platz und erwiderte Caines festen Blick. Er hatte seine Eltern natürlich nie um Erlaubnis gebeten, der Kirche beizutreten – er war nur hier, um Jim-Bob Sinclair kennen zu lernen und vielleicht um die Lage zu peilen. Aber natürlich hatte er nicht vor, Caine das zu erzählen. Also schenkte er ihm ein sorgenvolles Lächeln. »Meine Eltern lassen mich nicht beitreten, aber in einem halben Jahr bin ich achtzehn.« *Worum geht es dir, Glatzenarsch?*

»Laut unserem Propheten wird die Apokalypse bis dahin längst stattgefunden haben. Aber auch wenn du noch kein Mitglied bist, kannst du gerettet werden.«

»Wirklich?« Justin ließ seine Stimme hoffnungsvoll klingen.

»Natürlich, Justin. Es ist doch nicht deine Schuld, wenn deine Eltern das *Licht* nicht sehen.«

Vor der Rettung, die so aussah, dass man – wie bei jeder anderen christlichen Religion – unter Wasser getaucht wurde, musste man sich erst mal von Jim-Bob beraten lassen. Zwar interessierte es Justin einen Scheiß, ob er einer Kirche beitrat oder gerettet wurde, doch da er schon jeden anderen Trick ausprobiert hatte, um Sinclairs Aufmerksamkeit auf sich zu ziehen – zum Beispiel durch Teilnahme an idiotischen Jugendversammlungen –, wusste er, dass es an der Zeit war, nun den ihm angebotenen Weg zu wählen.

»Ich kann wirklich gerettet werden?« *Trag bloß nicht zu dick auf.*

Caine musterte ihn eingehend. »Ja, du kannst gerettet werden!«, sagte er in einem Tonfall, als stünde er auf der Kanzel. »Würde dir das gefallen, Justin?«

»Ja, Sir, das würde mir gefallen.«

»Gut. Du wirkst auf mich wie ein ehrgeiziger junger Mann.«

Darauf kannst du einen lassen, Sherlock. »Danke, Sir. Ich bin wirklich ehrgeizig.«

»Du könntest unserer Sache von großem Nutzen sein.«

»Dem Propheten?«

Caine schaute verärgert drein. »Ja, natürlich. Wir arbeiten alle für die gleiche Sache.«

Justin nickte. »Und wie könnte ich dabei helfen?«

»Wir haben nur noch wenig Zeit bis zur Apokalypse«, sagte Caine langsam. »Das ist dir doch bewusst, nicht wahr?« Er legte die Fingerspitzen aneinander – so wie Justin es Jim-Bob auf der Kanzel hatte tun sehen. *Affen äffen alles nach.*

Caine verlangte eine bestimmte Antwort. Justin nahm sich Zeit, und als er schließlich sprach, achtete er genau darauf, wie der Älteste auf jedes Wort reagierte. »Ich glaube an alles, was der Prophet uns zu sagen hat, Sir. Ich liebe die Kirche und glaube, dass sie die einzig wahre ist. Ich frage mich aber auch, ob die Apokalypse …« Er hielt inne, hielt nach einem Anhaltspunkt Ausschau.

Caine nickte kaum wahrnehmbar. »Was fragst du dich, Justin?«

»Nun, ich weiß nicht, ob …« Justin schaute Caine flehend an. »Ich möchte nichts Falsches sagen.« Er glaubte, dass der Mann hören wollte, dass er den Termin der Apokalypse in Frage stellte, aber er wusste es nicht genau. Vielleicht wartete Caine auch auf einen Kommentar über den Vandalismus. Justin konnte keine falsche Antwort riskieren. Er blickte auf seine Hände. »Tut mir Leid, ich kann nicht …«

»Justin?«

Justin blickte auf, und Caine strahlte ihn an. »Ja, Sir?«

»Glaubst du, dass in den letzten Tagen große Schlachten geschlagen werden?«

»Das sagt der Prophet Sinclair«, erwiderte Justin vorsichtig.

»Da die Apokalypse so nahe ist … Glaubst du, dass Predigten allein ausreichen, um andere zu beeinflussen, damit auch sie das Licht sehen, bevor es zu spät ist?«

»Nicht unbedingt.«

Caines Lächeln wurde breiter, und nun wusste Justin, was er sagen sollte. »Vielleicht müssen wir vor dem Krieg gegen Satan mehr Menschen auf unsere Seite ziehen.«

»Ja, Justin, das meine ich auch. Wir müssen – zu ihrem und unserem Besten – mehr Sünder zu unserer Gemeinde bekehren, und manchmal ist es nötig, die Menschen zu erschrecken, damit sie die Wahrheit erkennen.«

»Empfindet der Prophet auch so?«

Caine zögerte nur ganz kurz, bevor er die Frage bejahte. Justin hatte das Gefühl, dass der Älteste etwas vorhatte. »Wie kann ich helfen?«, fragte er.

»Zuerst muss ich dir eine Frage stellen, Justin – die dir aber nicht gefallen wird.«

Justin lehnte sich zurück und spielte den Gelassenen. »Fragen Sie nur. Ich habe nichts zu verbergen.«

Caine beugte sich in seinem Sessel vor. »Warum hast du die Ziege mitgenommen?«

Woher weiß dieses Arschgesicht davon? Rein äußerlich blieb Justin völlig gelassen. »Die Ziege?«

»Du hast sie in deinen Kofferraum gelegt. Warum?«

»Ich hab sie zum Polizeirevier gebracht. Ich dachte, sie soll lieber nicht da rumliegen, wo kleine Kinder sie sehen können.«

»Justin, Justin – du bist ein ausgezeichneter Lügner. Hätte unser Posten nicht gemeldet, dass du beim Einpacken vor Freude fast getanzt hättest … hätte er nicht gemeldet, dass der Polizeichef kurz darauf auftauchte und offensichtlich den Kadaver gesucht hat, würde ich dir jedes Wort glauben. Doch nun sag mir, warum du die Ziege mitgenommen und was du mit dem Kadaver angestellt hast. Ich versichere dir, dass niemand außerhalb dieses Raumes deine Antwort je hören wird.«

Gottverdammte Scheiße. »Ich werde Ihre Frage beantworten, aber dann beantworten Sie auch eine von mir.«

»Na schön.«

»Ich habe die Ziege seziert und dann vergraben«, sagte Justin locker.

»Darf ich fragen, warum?«

»Ich möchte Arzt werden. Ich habe mich bereits für nächstes Jahr in einige vormedizinische Kurse am College eingetragen. Ich dachte, es ist vielleicht eine Gelegenheit, die man sich nicht entgehen lassen sollte.« Justin hielt inne und bedachte Caine mit einem verlegenen Welpenblick. »Sie werden es doch nicht meinen Eltern sagen, oder? Meine Mom würde das nicht verstehen.«

Caine lächelte. »Natürlich nicht, Justin. Ich habe doch gesagt, dass kein Wort diesen Raum verlässt. Und ich meine es ernst. Du kannst mir vertrauen, mein Sohn.«

Diese Worte sprachen Bände. Dieser Mann war alles andere als vertrauenswürdig. »Ich werde es Ihnen nie vergessen, Sir … Ältester Caine?«

»Ja?«

»Ich hoffe doch, dass Sie das, was ich getan habe, nicht für abartig oder so was halten.« Justins Blick wurde noch verlegener.

Caine legte erneut die Fingerspitzen aneinander. »Ganz und gar nicht. Ich halte es sogar für ziemlich lobenswert. Was du heute kannst besorgen, das verschiebe nicht auf morgen.« Er beugte sich vor. »Du bist ein junger Mann, der weiß, was er will. Du hast die Intelligenz, den Ehrgeiz und den Einfallsreichtum, den man braucht, um erfolgreich zu sein. Ich wünschte, in unserer Kirche wären mehr so wie du. Du siehst aus, als hättest du eine Frage.«

»Ja, Sir, hab ich.« Justin richtete sich auf. »Wer hat die Ziege getötet?«

»Ich weiß es nicht«, sagte Caine, ohne mit der Wimper zu zucken. »Ich nehme an, es war Gott. Schließlich ist die Ziege das Symbol des Teufels. Wir sehen in ihr ein Omen für die kommende Apokalypse.«

»Hat *Gott* die katholische Kirche verwüstet?«, fragte Justin ebenso glatt.

Caines Knöchel wirkten leicht weiß. »Ich kann es nicht sagen, Justin. Aber vielleicht erhältst du die Antwort, nachdem …«

»Nach der Taufe?«

»Nun, das ist nicht nötig. Nötig ist ein Vertrauensbeweis in Richtung unserer Kirche und unserer Interessen.«

»Was meinen Sie damit?«
»Du bist ein mutiger junger Mann. Wir haben den Eindruck, dass du es vielleicht wert bist, dich zu einer Gruppe zu gesellen, die besondere Aufträge für uns erledigt.«
»Aber welchen Sinn hat das noch, wenn nächste Woche die Welt untergeht?« Caines Ausweichen ging Justin auf die Nerven.
»In der kommenden Woche ist noch viel zu tun.«
»Um die Botschaft des Herrn zu verbreiten?«
»Ja.«
»Untersteht diese Gruppe dem Propheten?«
»Sozusagen. Aber er hat nicht direkt mit ihr zu tun. Ich leite unsere diesbezüglichen Unternehmungen.« Caine hielt inne. »Es ist eine große Ehre, als Mitglied unserer kleinen Gruppe in Betracht gezogen zu werden, Justin.«
»Ich habe andere Verpflichtungen, Ältester Caine. Zum Beispiel die Schule und meine Arbeit.« *Und außerdem muss ich den Häuter kennen lernen.*
»Natürlich hast du andere Verpflichtungen, und wir brauchen auch nur eins von dir«, wiederholte Caine, »einen Vertrauensbeweis.«
»Zum Beispiel?«
»Ich nehme an, du bist nicht zart besaitet.«
Endlich etwas Interessantes. »Überhaupt nicht.«
»Du wirst Anweisungen erhalten, um eine kleine Aufgabe zu erledigen. Einer unserer Leute wird dich beobachten, ohne dass du ihn zu Gesicht bekommst. Wenn du die Aufgabe erledigen kannst, ohne dass dich jemand erwischt, werden all deine Fragen beantwortet, und du wirst Mitglied einer Elitegruppe werden. Ich glaube, es könnte dir großen Spaß machen. Außerdem ...«, Caine schenkte Justin ein strahlendes Lächeln, »...wirst du einen Platz im Himmel haben.«
Justin fühlte sich verlockt zu fragen, was wohl passieren würde, wenn er jemandem etwas von dieser so genannten Elitegruppe

erzählte oder mit Sinclair darüber sprach, da er das starke Gefühl hatte, dass der Prophet nichts von ihr wusste. Die Gruppe war, mutmaßte Justin, Hannibal Caines geheimes Baby. »Wieso glauben Sie, dass ich dieser Gruppe gern angehören würde?«

»Stell sie dir als Gottes Sturmtruppe vor.« Caine grinste schleimig. »Dazu möchtest du doch gern gehören, nicht wahr, Justin?«

Da Justin den Schluss zog, weitere Fragen könnten ihm mehr schaden als nutzen, erwiderte er das Grinsen. »Ich bin Ihr Mann, Ältester Caine. Sagen Sie mir, was ich tun soll.«

»Wir bleiben in Verbindung, Justin.« Caine erhob sich und streckte die Hand aus.

Justin stand ebenfalls auf und schüttelte sie. Caines Hand war weich, feucht und weiß und gehörte mit zuckendem, abscheulichem Gewürm unter einen Stein. Justin musste sich beherrschen, um seine Hand nicht abzuwischen, als er losließ. »Ich warte darauf, dass Sie mich rufen, Ältester Caine.«

»Viel Glück auf deiner Mission, Justin. Und kein Wort über diese Sache zu einem anderen. Haben wir uns verstanden?«

»Natürlich.« Wenn er herumtratschte, würde Caine vermutlich über die Ziege auspacken. Die konnte ihn aber momentan nicht in irgendwelche Schwierigkeiten bringen, denn er erzählte den Leuten schon seit Jahren, er wolle Medizin studieren. Im Grunde stimmte es ja auch. Er wollte Pathologe werden. Er hatte längst beschlossen, eines Tages als Leichenbeschauer zu arbeiten.

»Wir werden uns sehr bald unterhalten.« Caine ging zur Tür und öffnete sie.

Justin ging hinaus. »Nochmals danke.«

»Keine Ursache, mein Sohn.«

Auf dem Weg ins Freie sah Justin kurz Sinclair, der zur Kirche eilte, in der sich die hier lebenden Apostel zur abendlichen Messe versammelten. Justin zog es nicht einmal in Erwägung, Sinclair anzusprechen. Sobald er wusste, um was es sich bei seiner »Mission« handelte und welches Spiel Caine wirklich spielte, würde er

schon herausfinden, wie man sich bei Jim-Bob Sinclair am besten einschleimte.
Er ging zu seinem Mustang und blieb einen Moment reglos in dem dunklen Wagen sitzen. Dann öffnete er das Handschuhfach, entnahm ihm ein blaues Halstuch, das aus der Schublade der Frisierkommode seiner Mutter stammte, und entfaltete es liebevoll. Er betrachtete die Hautrechtecke, die er der Marquay-Schachtel aus den Unterarmen geschnitten hatte.
Auf das frischeste Stück hatte er mit unlösbarer Tinte geschrieben: »Ich weiß, wer du bist.« Doch nun sah er, dass es verweste, wie das erste. Dabei hatte er doch sein Bestes getan, um es mit Tischsalz zu erhalten. Seine Methoden waren primitiv, und der Häuter würde nicht geneigt sein, das zu tun, was Justin sich wünschte: ihn in der Kunst des Häutens lebendiger Menschen zu unterrichten. Er hatte die Haut heute Abend in einem Umschlag in Pelegrines Briefkasten legen wollen, doch jetzt wusste er nicht mehr, ob dies eine gute Idee war. Er hätte auch das Kaninchen nicht dalassen sollen. Seine Arbeit war zu primitiv gewesen, um einen Künstler zu beeindrucken. Wenn er ihm jetzt mit laienhaft abgezogenem Menschenfleisch kam, hatte es bestimmt die falsche Wirkung. Der Häuter würde sich weigern, ihn als Lehrling anzunehmen.
Justin untersuchte die Hautstücke. Ihm fiel das Pfadfinderlager in der fünften Klasse ein. Damals hatte man ihm zwei Lederstücke vergleichbarer Größe und ein Stück Schnur gegeben, um sie zu einer Börse zusammenzunähen. Vielleicht würde er sich eines Tages eine Geldbörse aus Menschenhaut machen. Bei dem Gedanken lächelte er. Er packte das Fleisch wieder ein und steckte es weg. Dann fuhr er über den Parkplatz, wartete, bis die beiden beknackten Apostel das Tor öffneten, und fuhr auf die Thunder Road hinaus.
Kurz bevor der Old Madelyn Highway auf die Thunder Road traf, wurde Justin langsamer. In der Ferne sah er Dead Man's Hill.

Dahinter lag der Spirit Canyon. Er zog kurz in Erwägung, hinaufzufahren und Alexandra Manderley noch einmal zu besuchen. Seit seinem letzten Besuch hatte er oft an sie gedacht. Vielleicht deswegen, weil Christie Fox nur heulte und jammerte, seit sie wusste, dass ihr Freund ins Gras gebissen hatte.

Justin unterdrückte sein Verlangen. Er wusste, er sollte nach Hause fahren, sich mit Konservierungstechniken beschäftigen und sich eine Strategie für sein nächstes Opfer überlegen. Er grinste. Gott wusste: Er brauchte Praxis.

28

JAMES ROBERT SINCLAIR

Die Stimme befahl ihm, und das Licht zeigte ihm den Weg.

James Robert Sinclair erhob sich wie im Traum aus seinem Bett. Nur in blaue Seidenunterhosen gekleidet, das lange Haar herabhängend, durchquerte er den dunklen Raum und trat vor die verborgene Tür. Er gab den vierstelligen Zahlencode ein, und die Tür glitt beiseite.

Er trat in den kühlen Gang hinaus, spürte kalten Zement unter den nackten Füßen, wartete einen Moment und sagte dann leise: »Ich bin hier.« Wieder verging eine Weile, dann kam Licht, wirbelte aus der Schwärze wie klares Wasser durch ein langes, finsteres Rohr auf ihn zu.

Sinclair atmete tief ein. Euphorie und Furcht erfüllten ihn, als blauweißer Glanz ihn einhüllte. Dann flog er gewichtslos den scheinbar endlosen Korridor entlang.

Nach einer Ewigkeit, nach einem Augenblick, stand er in strahlendes Licht getaucht da. Es war so wunderbar, dass Freudentränen in seine Augen schossen. Er sank auf die Knie. Er wusste, er hielt sich in der Gegenwart eines Gottes auf, dessen Existenz er zu bezweifeln gewagt hatte.

»Vergib mir, Vater«, hauchte er.

Das Licht schien von oben und um ihn herum und pulsierte mit Leben, mit Liebe, nahm in seinem Glanz zu und blendete ihn mit der Glorie des Herrn.

»Vergib mir.«

Erhebe dich, Prophet.

Langsam, bebend, stand er auf, faltete die Hände und schaute

flehentlich nach oben. »Ich bin kein Prophet, Vater.« Tränen der Scham strömten über seine Wangen. »Ich bin ein Betrüger.«
Deine wahre Natur ist dir unbekannt.
»Was soll ich tun, Vater?«
Die Zeit ist gekommen.
»Kommen jetzt die Reiter?«
Bereite dich vor, mein Sohn, denn du wirst sie anführen.
In der Ferne erschien ein schwarzer Punkt und wurde langsam größer. Als er näher kam, verwandelte er sich in einen fast menschlichen Umriss – einen dunklen Engel mitten im Licht. Glanz umhüllte seine Gestalt; er schoss und funkelte um ihn herum wie die Korona der Sonne.
Der Engel trat vor und war schrecklich anzusehen. Sein Leib schillerte, seine riesigen Augen waren schwarz und unermesslich, als er die Hand nach ihm ausstreckte.
Du sollst das Licht sein.
»Ich verstehe nicht«, hauchte Sinclair und streckte den Arm aus, um die langfingrige Hand des Engels zu ergreifen.

Sinclairs Lider öffneten sich in absoluter Finsternis. Sein Herz hämmerte gegen seinen Brustkorb, sein Magen drehte sich unter dem Ansturm des Adrenalins. Er hatte keine Ahnung, wo er war, warum er stand oder woher das Pochen kam, das in seinen Ohren dröhnte. Seine Knie knickten ein. Als sein Traum von Gott und dem finsteren Engel jäh zu ihm zurückkehrte, sank er zu Boden.
»Prophet Sinclair!« Die Stimme seines Beraters Tim Dresner holte ihn zurück, bevor er ohnmächtig werden konnte.
»Ja, Tim, was ist denn?«
»Die Engel!«
»Engel?«
»Sie sind da, wie vorausgesagt, Prophet.«
Mit einem merkwürdigen Gefühl im Magen rappelte Sinclair sich langsam auf und tastete blind nach einem Lichtschalter. Er wusste

nicht mal genau, wo er war: Er wusste nur, dass er eigentlich im Bett liegen sollte und geträumt hatte.

»Sie sind an der Olive Mesa«, rief Tim durch die Tür. »Beeil dich!«

»Einen Moment noch.« *Was ist da los?* Als Sinclair an den Spiegelschrank trat, wirbelte in seinem Kopf alles durcheinander. Er legte die Hand auf den Griff, um die Tür aufzuschieben, und sah sich selbst.

»Lieber Gott«, murmelte er, als er den roten Staub auf seinen Knien und Füßen bemerkte. »Es war gar kein Traum.« Er zupfte fassungslos ein Salbeiblatt aus seinem Bart. »Es war gar kein Traum!«, schrie er.

»Prophet! Stimmt etwas nicht?«

»Nein, Tim«, rief er und bemühte sich, das Beben in seiner Stimme zu unterdrücken. »Ich bin gleich da!«

Er öffnete schnell den Schrank, schnappte sich eine Hose und ein Hemd und zog beides an. Dann schob er die nackten Füße in ein Paar Halbschuhe und eilte zur Tür. Er blieb vor dem Spiegel der Frisierkommode stehen, fuhr sich mit den Fingern durch das vom Wind zerzauste Haar, bändigte es mit einem Gummiband und schob es in sein Hemd.

Als er die Tür aufmachte, war Tim Dresners junges Gesicht vor Aufregung gerötet. Der junge Mann war barfuß und trug einen Anorak über dem Schlafanzug. »Die anderen warten schon. Hier entlang.«

Tim führte ihn zur Hauptetage der Kirche hinauf, dann in den Stock darüber. Von dort aus gingen sie durch einen engen Gang, der hinter der Galerie zu einer Tür führte, die normalerweise verschlossen war, nun jedoch offen stand.

Sie traten hindurch und stiegen über eine lange Wendeltreppe in den Kirchturm hinauf. In der Innenwand befand sich das riesige elektrische Kreuz, das bei den sonntäglichen Gottesdiensten vom Turm in die Kirche hinabgelassen wurde. Schließlich erreichten

sie die runde Aussichtsplattform. Hannibal Caine und Seniorapostel Steve Clayman schauten durch die Fenster nach Norden. Die Lampen des knapp darüber befindlichen Kreuzes wurden vom Glas reflektiert, so dass es schwierig war, ins Freie zu blicken.
»James«, sagte Caine und warf einen Blick hinter sich.
»Schaltet das Kreuz ab«, befahl Sinclair.
Hannibal, Steve und Tim schauten ihn an. »Aber, James«, sagte Hannibal protestierend, »du hast doch gesagt, es soll bis zum Jüngsten Tag eingeschaltet bleiben.«
Sinclair trat ans Fenster. Er schaute zur Olive Mesa und sah die sich über ihr bewegenden Lichter. »Schaltet es ab«, wiederholte er. »Wenn Gottes Engel geht, könnt ihr es wieder einschalten.«
»Aber …«
Sinclair richtete sich zu voller Größe auf, wandte sich um und funkelte Hannibal an. »Wir sind Gott gegenüber demütig, Apostel Caine. Dies sind wundersame Zeiten, und das da sind wundersame Lichter. Die unseren sind im Vergleich dazu nichts. Schaltet sie ab.« Als die Kruzifix-Lichter erloschen, wandte er sich wieder dem Fenster zu.
Zwei leuchtende blaugrüne Kugeln flogen unter einer strahlenden Wolke dahin. *Ich war dort,* dachte er mit Verwunderung und Freude. Dennoch war es ein traumartiges Erlebnis gewesen. Sosehr er sich auch bemühte, er erinnerte sich nur an wenig. Er hatte Gottes Stimme gehört. Sie hatte gesagt, die Zeit sei gekommen. Und noch etwas anderes. Er wusste es nicht mehr genau. Dann war ihm ein finsterer Engel erschienen und hatte den Arm ausgestreckt, um seine Hand zu ergreifen, und dann … nichts.
»Was hältst du davon, James?«, fragte Hannibal Caine, als er sich zu ihm ans Fenster gesellte.
Die kleinen Lichter verschwanden in den Wolken und bewegten sich pulsierend nach Westen.
»Die Zeit ist gekommen«, sagte Sinclair und wandte sich den anderen zu. »Die apokalyptischen Reiter werden kommen, wie ich

es vorhergesagt habe. Verbreitet die Botschaft, Freunde. Redet mit unseren Aposteln, bereitet sie darauf vor, dass sie hinausgehen und die anderen überzeugen, auf sie zu hören.« Er ging zur Tür und blickte ein letztes Mal zurück. »Ich war bei der Olive Mesa. Ich habe mit Gott und den Engeln Zwiesprache gehalten. Gott hat mir gesagt, dass dies wirklich die letzten Tage der Welt sind.«

29

TOM ABERNATHY

Tom! He, Tom! Komm raus!«
Davy Styles' eindringlicher Ruf übertönte Gary Coopers Stimme. Tom drückte zögernd einen Knopf der Videorekorder-Fernbedienung und hielt *Zwölf Uhr mittags* um 23.45 Uhr an. Dann stand er auf und ging ans Fenster.
»Was ist?«, rief er.
Der Ranchverwalter stand auf halbem Weg zwischen seinem Cottage und Toms Zuhause und blickte zum nördlichen Himmel empor. »Komm raus. Das musst du dir ansehen!«
»Kleine grüne Männchen?«
»Genau. Beeil dich.«
Mehr Ansporn brauchte Tom nicht. Er öffnete die Glasschiebetüren, trabte durch den Patio und gesellte sich zu Davy. Styles deutete auf die Olive Mesa. »Da, sieh selbst.« Im gleichen Augenblick wurde das Kreuz der Apostelkirche ausgeschaltet.
»Der Teufel soll mich holen.« Tom hatte schon ein- oder zweimal Lichter am Himmel gesehen, aber das, was ihm heute Abend geboten wurde, war unglaublich. Dicht über der Olive Mesa, am westlichen Ende der Madelyn Mountains, tanzten und zuckten zwei strahlende, bläulich grüne Kugeln hin und her. Was er früher gesehen hatte, konnte man als militärischen Schwindel oder als in der Dunkelheit leuchtende Wetterballons abtun. Doch an dem, was er jetzt sah, war nichts Irdisches. Die Kugeln flogen weit auseinander. Dann kamen sie so dicht wieder zusammen, als seien sie eins, trennten sich erneut und vollführten irrsinnige Manöver, die kein Flugzeug überstanden hätte.

Hoch über den Bergen befanden sich dünne Zirruswolken, deren Mitte von einem bläulich grünen Leuchten erhellt war. Tom hätte das Leuchten gern dem Mond zugeschrieben, doch der war gerade etwas südlich von ihnen.

»Was sagst du dazu, Boss?«, fragte Davy. »Glaubst du noch immer, dass es Düsenjäger sind?«

Tom schaute Styles kurz an und sah Humor in seinen Augen aufblitzen. Davy war Cherokee-Indianer und hatte keine großen Schwierigkeiten anzuerkennen, dass es Dinge auf der Welt gab, die man einfach nicht erklären konnte. Tom beneidete ihn darum, aber er wollte es ihm nicht auf die Nase binden. »Nein, keine Düsenjäger. Ich schätze, es sind Geisterlichter.«

»Was?«

»Geisterlichter. Gestern Abend auf dem Campingplatz hab ich den Touristen erzählt, dass UFOs wahrscheinlich Geisterlichter sind – und dass die einheimischen Stämme alles über sie wissen.«

Die beiden hellen Kugeln stürzten sich in die Wolken, und das blaugrüne Licht in ihrem Innern blitzte strahlend, verblüffend, unheimlich auf. Im Stall hörte man mehrere nervöse Pferde wiehern. Tom blickte Davy erneut an. »Wenigstens hab ich jetzt etwas, über das ich mir 'ne Story ausdenken kann.«

»Schau!«

Etwas, das dunkler war als die Nacht, etwas Riesengroßes, erhob sich aus den Wolken. Es war nur sichtbar, weil es die Sterne verdeckte. Eine Sekunde später waren die beiden Kugeln wieder zu sehen. Sie zuckten um das monströse Oval herum.

»Unsere Forscher müssen so glücklich sein wie Kröten in 'ner Fliegenfabrik«, sagte Tom.

Davy antwortete nicht, und Tom stand schweigend neben ihm. Die Kugeln bewegten sich mit königlicher Langsamkeit nach Osten – auf den Rattlesnake Canyon zu. Dorthin, wo Marie war.

Toms Körper wurde von einem Zittern erfasst. »Marie«, sagte er.

»Was?«

»Marie ist in dem Canyon«, erklärte er und bemühte sich, ruhiger zu klingen als er sich fühlte. »Sattle Belle, während ich mein Zeug hole. Ich glaube, ich werde der Lady einen Besuch abstatten.«

30

MARIE LOPEZ

Marie Lopez erwachte, setzte sich auf und griff nach ihrem Gewehr. Seit dem Bellen des Hundes waren keine fünfzehn Sekunden vergangen.

Sie kroch aus dem Schlafsack und zog ihre Stiefel an. Dabei hielt sie nach Dorsey und Bill Ausschau, aber sie konnte sie nicht sehen. Nachdem sie die Hemdtasche mit Ersatzmunition gefüllt hatte, stand sie auf und umklammerte das Gewehr.

Sie hatte ihr Lager auf einer kleinen Erhebung über dem Bereich aufgeschlagen, wo die Schafe grasten. Es war einer ihrer Lieblingsplätze, weil sich hier niemand an sie ranschleichen konnte, ohne dass sie es bemerkte. Das Gelände wurde von einem felsigen Grat geschützt, und nun sah Marie, dass die bellenden Hunde auf dem Grat standen.

Sie kletterte schnell zu ihnen hinauf, und sie schwiegen auf der Stelle. Als Marie in die Finsternis hinabblickte, sah sie die weißen Schafe fünfzehn Meter unter ihr auf der Wiese versammelt. Einige schauten auf, das Gebell hatte sie wohl erschreckt. Rex, ihr Pferd, graste scheinbar unbeeindruckt nicht weit von den Schafen entfernt.

»Was ist denn, Jungs?« Marie sah die Hunde an, die beide nach oben schauten. Und so hob auch Marie den Blick zum Himmel – mit einem zunehmend mulmigen Gefühl im Magen.

Die Wolke war von einem blaugrünen Schein erhellt, der sich langsam in ihre Richtung bewegte. Plötzlich sprangen zwei helle Lichtkugeln aus ihr hervor und flogen so dicht über den Canyonwänden dahin, dass Marie sicher war, sie würden gegen die zerklüfteten Felsen prallen. Zuckende Lichter waren nichts Neues für sie, aber welche von dieser Art hatte sie noch nie gesehen. Urplötzlich hielten sie über den Schafen an. Rex wieherte und trabte außer Sichtweite.

Marie hob ihr Gewehr.

Bill und Dorsey fingen erneut an zu bellen und fletschten die Zähne. Sie legten eine gute Show hin, aber Marie wusste, dass sie vor Angst außer sich waren.

Die beiden Kugeln sanken langsam in den Canyon hinab. Die Schafe wurden in ihrem kalten, bläulichen Schein sichtbar. Alle Tiere schauten gleichzeitig auf. Statt Reißaus zu nehmen, wie Marie es erwartet hatte, schienen sie von dem Licht wie hypnotisiert zu sein.

Plötzlich schoss ein blauer Strahl aus einer der Kugeln auf die Schafherde zu. Die Tiere blieben steif wie Statuen stehen. Marie hob das Gewehr und zielte auf den Lichtball. Sie schoss jedoch nicht, denn sie befürchtete, die Kugel könnte, falls sie nicht traf, ein Schaf verletzen.

Die Hunde bellten wie verrückt, als ein in blaues Licht gehülltes Schaf plötzlich zwischen den anderen in die Höhe stieg. Es erhob sich nicht auf die Hinterläufe; es schien auf allen vier Beinen zu stehen. Dann wurden seine Hufe über der Herde sichtbar, und es konnte keinen Zweifel mehr geben: Das Schaf schwebte in dem Lichtstrahl in die Höhe.

Bill heulte, dann sprang Dorsey vom Grat und raste den Abhang hinunter. Einen Moment später nahm Bill die Verfolgung auf und bellte sich die Seele aus dem Leib.

Das Schaf schwebte höher. Da Marie nicht wusste, was sie tun sollte, feuerte sie einen Schuss ab. Er verschwand ohne weiteres Geräusch in der Kugel.

Als die Hunde auf der Wiese waren, gab sie noch einen Schuss ab, doch ohne Wirkung.

Die Hunde erreichten die Herde und tauchten in ihr unter.

»Dorsey! Bill! Bei Fuß!«, schrie Marie, da sie befürchtete, die beiden könnten ebenfalls in den Lichtstrahl geraten. »Bei Fuß, Jungs!«
Die Collies tauchten bellend am Rand der kleinen Herde auf. Sie liefen hin und her, zwickten die Schafe und taten alles, um sie in Bewegung zu setzen. Marie schulterte ihr Gewehr und begab sich den Abhang hinab. Als sie die Wiese erreichte, pfiff sie nach Rex.
Marie hörte den schwarzen Wallach, bevor sie ihn sah. Als Rex auftauchte, packte Marie seine Mähne und schwang sich auf seinen Rücken.
Das gefangene Schaf verschwand in der Lichtkugel. Marie drückte ihre Knie in Rex' Flanken und setzte seine Mähne als Zügel ein. »Hüah, Rex!« Sie lenkte ihn zur Herde und klopfte ihm auf den Rücken. Rex wieherte, dann raste er mit halsbrecherischer Geschwindigkeit los – genau in dem Moment, als der blaue Strahl erneut die Herde traf.
Gleich darauf hatte Marie die Schafe erreicht. Rex hielt abrupt an. Marie lud ihre Waffe nach und feuerte mehrmals in den Lichtstrahl. Trotzdem erhob sich bereits das nächste Schaf in die Luft.
»Ihr gottverdammten Viehdiebe!«, schrie Marie und lud erneut nach. »Haut ab, lasst meine Herde in Ruhe!« Sie schoss erneut.
Das schweigende Schaf, das sich nicht rührte, stieg weiter zu dem Ding am Himmel hinauf. Marie, die wusste, dass das zweite Tier verloren war, fing schnell an zu feuern, damit die Herde Angst bekam und weglief. Von den Lichtern wie angenagelt, rührten sich die Schafe nicht von der Stelle.
Als das zweite Schaf in der Kugel verschwunden war, blieb auch der blaue Strahl verschwunden. Marie schrie den bellenden Hunden zu, sie sollten die Herde wenden, und gab Rex gleichzeitig die Sporen.
Über ihr schossen die Kugeln auf die leuchtenden Wolken zu, und im Tal nahm die Herde schlagartig Reißaus.
Marie und die Collies trieben die Schafe schließlich in eine Ecke der Wiese, wo sie, da sie nun mal Schafe waren, ihre Angst schnell

vergaßen und sich beruhigten. Marie wies die Hunde an, bei ihnen zu bleiben, dann ritt sie zum Lager, wo sie ihre Sachen einsammelte und zur Herde zurückritt. Dort breitete sie schnell ihren Schlafsack aus, setzte sich, die Beine übereinander geschlagen hin und lehnte sich mit dem Rücken an einen Felsen. Sie begann ihr Gewehr zu reinigen. In dieser Nacht würde sie keinen Schlaf mehr finden. Sie konnte die Herde erst im Morgengrauen zur Ranch zurücktreiben, aber sie wollte wachsam bleiben, falls noch mehr fliegende Schafdiebe auftauchten. Sie hatte keine Ahnung, was hier ablief und wollte auch nicht darüber nachdenken – nicht hier, ganz allein im Dunkeln.

Über ihr bewegten sich die leuchtenden Wolken nach Osten, auf den Spirit Canyon zu.

31

JUSTIN MARTIN

Bereite dich vor.

Die Stimme dröhnte in Justins Geist, als er neben der Straße anhielt.

Er stieg aus dem Mustang, richtete den Blick auf die Lichter über ihm und flüsterte: »Worauf?«

Auf deine Bestimmung.

»Was ist meine Bestimmung?«

Er bekam keine Antwort, doch als er zum nächtlichen Himmel hinaufschaute, wurde ihm klar, dass er die Antwort schon kannte.

32

CARLO PELEGRINE

Carlo Pelegrine saß in seiner Wohnung über dem *Zauberlehrling* am Fenster und fragte sich, wie Dr. Manderley wohl mit Vornamen hieß. Wie er auch lauten mochte, angesichts der Lichter über dem Rattlesnake Canyon musste sie im siebten Himmel sein. Er stand vom Stuhl auf, ging in die ordentliche kleine Küche, nahm ein Weinglas aus dem Schrank und schenkte sich ein halbes Glas Merlot ein. Dann kehrte er ins Wohnzimmer zurück und nahm wieder am Fenster Platz.

Sie war heute nicht selbst wegen der Bücher gekommen. Ein schlaksiger junger Mann, der sich als ihr Assistent vorgestellt hatte, hatte sie mitgenommen. Die Erkenntnis, dass er sich die Verbindung mit ihr nur eingebildet hatte, machte ihn traurig. Er hätte schwören können, dass sie die Spannung zwischen ihnen ebenso empfunden hatte wie er.

Es ist besser so. Er hatte es sich den ganzen Tag und den ganzen Abend gesagt – seit Dr. Manderleys Assistent seinen Laden verlassen hatte. Rein intellektuell wusste er, dass es die Wahrheit war. Seine Gefühle freilich waren nicht davon überzeugt.

Was würdest du denn tun, wenn sie sich wirklich für dich interessiert, verdammt noch mal? Eine Beziehung war ausgeschlossen. Er hatte es Gott versprochen.

Aber du glaubst doch gar nicht mehr an Gott, oder? Er war in Brooklyn in eine katholisch-italienische Familie hineingeboren worden. Seine Jugend war von der Kirche erfüllt gewesen: Beichte, Gebete, Kommunion. Er war sogar für eine Weile Messdiener gewesen. Er hatte die Religion nie in Frage gestellt, nicht mal nachdem ... Deswegen hatte er Gott – unter anderem – Keuschheit gelobt.

Vor etwa zehn Jahren, bei der Arbeit im Restaurant, hatten die Glaubenszweifel angefangen. Damals hatte er andere Philosophien und Religionen studiert, und sie hatten ihn zu der Erkenntnis geführt, dass die seine unvollständig war. Man hatte ihr viel genommen – nicht zuletzt den Glauben an die Wiedergeburt – und das Genommene durch manipulative Tricks ersetzt, mit denen die Kirche das Verhalten der Gläubigen steuerte. Wie die meisten Religionen erforderte auch die seine, dass der Mensch ein ewiges Kind blieb, das sich ständig vor einem ernsten, väterlichen Gott rechtfertigen musste, den natürlich wiederum die Kirche vertrat, die Geld und Treue brauchte, um fortzubestehen und zu wachsen. Furcht war die beste Garantie, um diese Dinge zu erhalten.

Nachdem Carlo darüber nachgedacht hatte, konnte ihm jede organisierte Religion gestohlen bleiben. Seiner Meinung nach war die Beziehung des Menschen zu seinem Gott – welcher Art sie auch war – persönlicher Natur. Außerdem war der Mensch selbst für seine Taten verantwortlich. Gott um Vergebung zu bitten war Betrug. Man konnte sich nur selbst vergeben.

Wie konnte man ein Versprechen einhalten, wenn man nicht mehr an den Gott glaubte, dem man es gegeben hatte? Für Carlo war es einfach: Er hielt es ebenso um seinetwillen wie um der Sicherheit des Rests der Welt willen. Das Ungeheuer in ihm wurde durch Lust erregt und musste in Schach gehalten werden. Die einzige Möglichkeit, seine weitere Existenz zu rechtfertigen, bestand darin, sein Versprechen zu halten.

Er schluckte den Rest des Weins hinunter. Er konnte keine intimen Beziehungen haben. Eins war ihm klar: Würde er je in Versuchung geführt, sein Versprechen zu brechen, müsste er sein Leben beenden.

Das Klügste, was die Bibel zu sagen hatte, gab es auch in jeder anderen Religion: Was du nicht willst, das man dir tu, das füg auch keinem anderen zu. Carlo glaubte daran: Was man gab, bekam man zurück. Es war ein mit dem Karma verwandter Glaube und bedeutete, dass das Universum es irgendwann und irgendwie ausglich, wenn man einem Menschen etwas antat. Er bezweifelte nicht, dass er irgendwann für seine Verbrechen bezahlen musste. Seine Buße entschuldigte nicht, dass er das Universum aus dem Gleichgewicht gebracht hatte, und sie würde ihm auch keine Vergebung einbringen. Aber sie trug dazu bei, sein Gewissen zu erleichtern und seinen Schmerz zu lindern.

33

ALEXANDRA MANDERLEY

Fantastisch! Unglaublich!« Eric Watson stellte den Zoom einer stationären Kamera ein und kehrte ans Teleskop zurück. »Ich kann's nicht fassen, dass wir das alles aufnehmen!«

»Ich auch nicht.« Alexa löste das Auge beim Sprechen nicht von ihrer Kamera. »Damit haben wir einen Volltreffer gelandet, Eric!« Sie unterdrückte ihr Verlangen, wie ein albernes Schulmädchen zu kichern, nun seit fast einer Stunde – seit die fliegenden Objekte im Westen über der Olive Mesa aufgetaucht waren. Die Dinger hatten sich nach Osten bewegt. Das größte war leider fast nur als Leuchten innerhalb der Wolken sichtbar. Die Objekte hatten sich einige Zeit über dem Rattlesnake Canyon herumgetrieben und sich schließlich – nach mehreren Schüssen aus einem Gewehr – wieder in Bewegung gesetzt.

Nun, über dem Spirit Canyon, hatten Alexa und Eric einen guten Blick auf die riesige Flugmaschine am Himmel werfen können. Obwohl das UFO sich ein Stück nördlich befand, war der Himmel über ihnen klar, so dass Alexas Hoffnung auf deutliche Aufnahmen mit jeder Sekunde stieg.

Der Rand des riesigen Gegenstands kam aus den Wolken hervor. Es war eine finstere Masse, die von unten von einer Reihe blauer und grüner Lichter erhellt wurde. »Haben Sie alles drauf, Eric?«

»Und ob«, rief Eric aufgeregt.

Eine der beiden Kugeln raste mit unglaublichem Tempo auf sie zu und hielt plötzlich an. In einer Höhe von etwa zweihundert Metern schwebte sie lautlos in der Luft. Alexa und Eric richteten ihre Instrumente darauf. Das Ding wirkte wie ein Ball aus Licht.

»Da!«, rief Eric.
Das Mutterschiff hatte sich halb aus den Wolken entfernt. Es flog weit höher, und die zweite Kugel umkreiste es wie ein Pilotfisch einen Wal. Kurz darauf tauchte das ganze Ding auf, ein riesiges, längliches Oval, das sich vollkommen still bewegte.
Ein heißer Wind fegte über sie hinweg, Papiere flogen davon, ihre Instrumente klapperten. Die Batterieanzeige der Minicam flackerte und ging aus. Der Boden unter Alexas Füßen erzitterte. Als die riesige Maschine auf ihrer Höhe war, bebte der Boden heftiger. Eine Laterne fiel vom Tisch, ein Kamerastativ kippte um.
Der Boden wellte sich. Eric verlor den Halt und fiel auf den Hintern. Doch es gelang ihm, sich am Fototeleskop festzuhalten. »Ist das Schiff dafür verantwortlich, oder haben wir ein Erdbeben?«, schrie er.
»Ich weiß nicht«, rief Alexa. Das Beben wurde schwächer. Die Flugmaschine bewegte sich so langsam, dass es aussah, als stünde sie still.
Plötzlich wurde im Westen das Brüllen von Motoren hörbar. Kurz danach tauchte ein Düsenjäger auf, der auf die UFOs zuflog. Die hellen Kugeln rasten unter das Mutterschiff und erloschen, als sie durch eine finstere Unterluke verschwanden.
Ein zweiter Düsenjäger tauchte über den Bergen auf. In diesem Moment beendete das UFO seine langsame Bewegung gänzlich. Ein Sekundenbruchteil verging, dann raste die Flugmaschine hoch und davon, so schnell, dass ihre Lichter einen Herzschlag später verschwanden.
Die Düsenjäger wendeten und flogen nach Norden davon. Alexa prüfte die Minicam und stellte fest, dass das Licht wieder leuchtete. Sie grinste Eric an. »Wir haben tolle Aufnahmen gemacht.«
Eric nickte. Auch er lächelte. »Schade, dass die Schwachsinnsflieger gerade jetzt kommen mussten.«
»Es überrascht mich, ehrlich gesagt, dass sie so lange gebraucht haben.« Alexa wischte sich das vom Wind zerzauste Haar aus dem

Gesicht. »Wir haben die besten Aufnahmen gemacht, die je jemandem gelungen sind, Eric. Ich bin mir ganz sicher.«

Eric schaute zu den östlichen Hügeln hinüber. Sie vernahmen das Dröhnen weiterer Flugmaschinen. Sie flogen wie Insekten über die zerklüfteten Hügel und kamen immer näher. Der Hubschrauber ganz vorn ging langsam tiefer, bis er innerhalb der Canyonwände war.

Der Wind der Rotoren peitschte Alexa das Haar ins Gesicht. Sie schob es mit der Hand beiseite und richtete die Kamera auf den Hubschrauber. Er war schwarz und sah irgendwie anders aus als die Militär-Helikopter, die sie bisher gesehen hatte.

»Was hat der vor, verdammt?«, schrie Eric, um den kreischenden Wind zu übertönen. Er packte das Teleskop und schirmte es vor dem herumwehenden Staub ab.

Ein Zelt riss sich aus der Verankerung und flog wie ein Steppenläufer davon. Alexa filmte weiter. »Schaff das Teleskop und die Kameras in den Wagen«, befahl sie. Staub flog ihr in Mund und Nase.

Der Helikopter schwebte etwa sieben Meter über ihnen. Sechs.

Das andere Zelt klatschte seitlich gegen den Bronco. Der Kartentisch flog über die Lichtung. Die zweite Laterne zerbrach und ging aus. Alexa und Eric standen in der Finsternis.

Der Hubschrauber schwebte nur drei oder vier Meter über ihnen. Alexa konnte seine Gleitkufen fast berühren.

»Ihr Schweine!«, schrie sie, als die Kraft des Windes sie mit dem Rücken gegen den Laster knallen ließ. Sie mühte sich ab, damit die Kamera auf den Hubschrauber gerichtet blieb. »Ihr dreckigen Schweine!«

Der Helikopter verharrte weitere zwanzig Sekunden auf der Stelle. Er erzeugte einen Sturm, der ihr Lager vernichtete und ihre Instrumente arg in Mitleidenschaft zog. Dann stieg er wieder auf und gesellte sich zu den anderen, die hoch über ihnen schwebten. Sie kreisten und flogen dann dorthin zurück, woher sie gekommen waren.

Alexa stand auf und legte die Minicam in den Bronco. Mit grimmiger Miene holte sie zwei Taschenlampen aus dem Wagen. Eine gab sie Eric, der bereits über das ruinierte Objektiv seiner Kamera jammerte. »Räumen wir auf.«

»Warum?« Eric schaute in die Richtung, in die die Hubschrauber verschwunden waren.

»Es war eine Warnung«, sagte Alexa knapp. Sie richtete den Kartentisch auf. »Wenn ich's vorher noch nicht gesagt habe, sage ich's jetzt: Wenn es um die Regierung geht, haben wir jeden Grund, paranoid zu sein.« Sie hob eine Laterne auf und schüttelte sie, bis sie wieder anging. »Schweinehunde.« Sie schaute Eric an und lächelte verbittert. »Irgendwie hat das, was passiert ist, aber auch eine gute Seite.«

»Sie scherzen.«

Alexa schüttelte den Kopf. »Nein. Es bedeutet nämlich, dass wir etwas gesehen haben, von dem sie nicht wollen, dass wir es sehen. Morgen früh schicken wir als Erstes unseren Film an die AEFP. Aber nicht von hier aus. Von Barstow oder besser noch von Victorville aus, wo unsere lieben Khaki-Freunde bestimmt nicht so leicht mit der Post umspringen können, wie sie es gern hätten.«

»Vielleicht sollten wir einen privaten Kurier einsetzen.«

»Gute Idee«, sagte Alexa trocken. »Ich frage mich, ob Brinks gerade Zeit hat.«

34

TOM ABERNATHY

Keine Bewegung, Mister.« Ein Gewehr wurde gespannt.

Tom blieb abrupt stehen und sagte leise: »Marie, deine Worte sind Musik in meinen Ohren.«

»Tom!« Maries Stimme klang sehr erleichtert.

»Ich bin's wirklich.« Er hörte, dass der Sicherungshebel einrastete.

»Was machst du hier?« Sie tauchte aus der schattigen Dunkelheit auf, die ein riesiger Findling warf.

»Ich hab die Lightshow gesehen und dachte, ich sollte mal nachschauen.« Er wagte es nicht, ihr zu erzählen, dass er sich ihretwegen Sorgen machte. Man konnte nie wissen, wie Frauen so etwas heutzutage auffassten, aber ihm war übel vor Sorge um sie gewesen, besonders als die Lichter so tief in den Canyon geschossen waren. Er hatte sie nicht mehr sehen können, als er den Weg hinaufgaloppiert war. Und als er die Schüsse gehört hatte … nun, er hatte das Schlimmste befürchtet. »Ich hab Schüsse gehört«, fügte er möglichst beiläufig hinzu. »Hast du dir einen Berglöwen geschossen?«

»Steig von dem Pferd runter, dann mach ich Kaffee.« Als Tom abstieg, hielt Marie Belles Maul dicht an ihr Gesicht, beschnüffelte sie und wurde beschnüffelt. Tom nahm lächelnd seine Satteltaschen und zwei Feldflaschen.

Rex, voll gesattelt, trabte herbei und stupste Maries Schulter an. »Eifersüchtig«, kicherte sie, gewährte ihm aber die gleiche Behandlung.

»Sieht so aus, als wäre Rex für einen schnellen Abgang bereit.« Tom schaltete den Propanofen ein.

Marie schüttete Wasser aus einer Kanne in einen Topf und stellte ihn auf den Feuerrost. »Hab heute Nacht zwei Schafe verloren. Rex ist bereit, mir zu helfen, sie zurückzuholen.«
»Hast du gesehen, wer sie gestohlen hat?«
Marie nickte langsam. Sie nahm einen Beutel mit Kaffeepulver und behielt das Wasser im Blick. »Vorausgesetzt, ich hab nicht den Verstand verloren.«
»Was hast du gesehen?«, fragte Tom freundlich.
»Wenn ich's dir sagen würde, würdest du's mir nicht glauben, Cowboy.«
»Versuch's doch mal.«
Marie schüttelte den Kopf. »Nee. Du würdest sagen, ich hätte es erfunden. Und dann würdest du mich bitten, dass ich deinen Touristen irgendwelche Geistergeschichten erzähle.«
»Nie im Leben«, erwiderte Tom ernst. Er berührte Maries Schultern und drehte sie so, dass sie ihn anschauen musste. »Hast du etwa UFOs gesehen? Hast du auf sie geschossen?«
Marie musterte ihn so lange, dass zwischenzeitlich das Wasser zu kochen anfing. Sie löste sich von ihm und kippte zu viel Kaffee hinein. Tom hockte sich hin und rührte das Gebräu rasch um.
»Ja, Cowboy«, sagte sie leise. »Ich hab auf UFOs geschossen, aber solltest du irgendjemandem etwas davon erzählen, zieh ich dir das Fell über die Ohren.«
Tom hob die Hand. »Ich werde nichts sagen. Pfadfinderehrenwort.« Er rührte die Flüssigkeit erneut um und inhalierte das Aroma. »Hast du was erwischt?«
»Absolut nichts.« Marie nahm eine Blechtasse aus ihrem Gepäck und reichte sie Tom. »Ich hoffe, du hast nichts dagegen, wenn wir aus einer Tasse trinken. Sie haben zwei von meinen Schafen erwischt. Ich konnte nichts dagegen machen.«
Tom schenkte Kaffee ein und nippte. Er war so stark, dass er eigentlich so dick wie Melasse hätte sein müssen. »Perfekt«, sagte er und reichte Marie die Tasse. »Wie haben sie die Schafe erwischt?«

»Ich kann's nicht sagen, Tom.«
»Du weißt es nicht?«
»Du wirst es mir nicht glauben.«
»Natürlich werd ich dir glauben. Ich hab auch geglaubt, was du mir vorher erzählt hast.«
»Aber *das* ist wirklich bizarr. Ich glaub's ja selbst nicht.«
»Es gibt seltsamere Dinge zwischen Himmel und Erde ...«, versuchte Tom zu zitieren.
»Trotzdem ...«
»Gib mir doch einfach ein Stichwort.«
»Du behältst es für dich?«
»Ja.«
»Eine von den Lichtkugeln hat sie hochgebeamt.«
Sie tranken vier Tassen Kaffee, bevor Marie mit ihrer Geschichte fertig war. Sie endete damit, dass Düsenjäger hinter den UFOs hergejagt waren und es ein kleines Erdbeben gegeben hatte. Tom stieß einen leisen Pfiff aus. »Ich muss zugeben, Marie, wenn *ich* diese Geschichte erzählt hätte, hätte ich sie nicht geglaubt, doch da sie von dir stammt, glaub ich sie.«
»Wirklich?«, fragte Marie. Ihre Erleichterung war offensichtlich.
»Natürlich glaub ich dir. Ich versteh's zwar nicht, aber ich glaub es. Was hast du nun vor?«
Marie zuckte die Achseln und schenkte sich noch einen Kaffee ein. »Ich kann ja wohl kaum zu Moss gehen und sagen, ›Chief, kleine blaue Männchen klauen meine Schafe‹ oder so was, hm?«
»Das wäre wahrscheinlich nicht sehr klug«, pflichtete Tom ihr bei und runzelte die Stirn.
Marie lächelte. »Kannst du dir vorstellen, was für ein Gesicht er dann macht?«
»Ich würde ums Verrecken gern die *Steckbriefe* sehen.«
Sie lachten, und zum ersten Mal entspannte sich Marie ein wenig. Sie lehnte sich gleich neben ihm an den Felsen. Trotz des Staubs

und so weiter roch sie wunderbar. Tom musste dem Verlangen widerstehen, sich dichter an sie zu schmiegen.
Sie saßen eine Weile schweigend da und beobachteten den Himmel. Die Wolken waren dünner geworden und hatten eine klare Fläche von mit Sternen übersätem schwarzem Samt zurückgelassen. »Marie?«, fragte Tom.
»Ja, Cowboy?«
»Bringst du die Herde morgen wieder nach Hause?«
»Yep. Schätze, ich lass die Wollis nachts für 'ne Weile im Stall.«
»Gute Idee? Hast du noch andere Pläne?«
»Ich will mich morgen mal umschauen, um zu sehen, ob ich eine Spur von den beiden Schafen finde. Tot oder lebendig. Oder …«
»Verstümmelt?«
»Mhm. Ich hab die Lichter schon früher am Himmel rumzucken sehen. Schon damals, bei den Verstümmelungen. Aber so was wie heute Nacht hab ich noch nie gesehen.« Sie hielt inne. »Wie spät ist es?«
Tom zündete ein Streichholz an und schaute auf seine Armbanduhr. »Kurz nach zwei.«
»Ich hab noch Wasser, aber keinen Kaffee mehr.«
»Ich hab welchen mitgebracht«, erwiderte Tom und nahm ein kleines Säckchen von Belles Sattel.
Marie blickte ihn von der Seite an. »Was grinst du so zufrieden, Cowboy?«
Tom spürte, dass er errötete. »Schätze, ich hab wohl gehofft, du würdest mich einladen, hier zu bleiben.«
»Tja, freut mich, dass du aufgekreuzt bist, Tom.«
»Mich auch.« Ihre Worte führten dazu, dass sein Magen kleine Hüpfer machte, wie damals, als er zehn gewesen war und Nancy McLeod ihn gegen die Gitterstäbe des Schulzauns gedrückt und geküsst hatte.
Sie setzten erneut Kaffee auf. »Falls du den Rat eines Fachmanns brauchst …«, begann Tom.

»In welcher Hinsicht?«, fragte Marie scharf.
»Schafdiebe.«
»Ich hab doch gesagt, niemand soll es erfahren, Tom. Es ist zu verrückt.«
»Lass mich doch erst mal ausreden. Nachdem du gegangen warst, ist eine Wissenschaftlerin aufgetaucht. Sie und ihr Assistent sind oben im Spirit Canyon und halten nach UFOs Ausschau.«
»Die dürften wohl heute Nacht ziemlich zufrieden sein.«
Tom kicherte. »Glaub ich auch. Jedenfalls hab ich die Lady für morgen Abend zum Barbecue eingeladen. Vielleicht solltest du mal 'n paar Takte mit ihr reden.«
»Nee, auf keinen Fall«, sagte Marie stur. »Ich will nicht in irgend 'ner Zeitschrift stehen.«
»Na ja, es ist deine Sache. Meine Lippen sind versiegelt.«
Maries Gesichtsausdruck entspannte sich. »Danke, Tom. Ich weiß, dass ich dir vertrauen kann. Das Wasser kocht. Gibst du mir mal den Kaffee?«
Tom nahm den Beutel und reichte ihn ihr. Marie streckte die Hand ein Stückchen zu weit aus, so dass ihre Finger die seinen kurz umfassten. Tom fing ihren Blick auf. »Du hast die größten braunen Augen, die ich je gesehen hab«, sagte er, ohne nachzudenken.
Marie starrte ihn an. »Du vergleichst mich doch wohl nicht mit einer Kuh, oder?«
Toms Gesicht wurde auf der Stelle heiß. »Nein, nein. Ich wollte nur auf eine Tatsache hinweisen.«
»Tja dann, danke, Cowboy. Du bist auch nicht übel.« Damit schüttete sie das Kaffeepulver in das kochende Wasser. »Freut mich, dass du hier bist.«
Einen langen Moment blickten sie sich an, und Tom fürchtete schon, dass sie es plötzlich mit der Angst zu tun bekommen und von ihm verlangen würde, dass er sich vom Acker machte. Aber das tat sie nicht. Marie schaute den schillernden Kaffee an und

sagte: »Mit dir kommt man viel besser aus als mit Franklin Hank oder mit kleinen grünen Männchen.«
»Ist das ein Kompliment?«, fragte Tom. Auf seinen Lippen bildete sich ein Lächeln.
Marie studierte weiterhin den Kaffee. »Natürlich ist es eins. Reich mir mal deine Tasse, Cowboy. Der Kaffee ist fertig.«

35

JAMES ROBERT SINCLAIR

Ich bin also kein *falscher Prophet?*

James Sinclair saß hoch aufgerichtet und ohne Decke auf dem Bett und starrte seine nackten, staubigen Füße an. Er hatte gezögert, den roten Schmutz von den Füßen zu spülen und das Salbeiblatt wegzuwerfen, das sich in seinem Bart verfangen hatte. Wenn all dies erst einmal fort war, gab es keinen Beweis mehr für seine geistige Gesundheit.

Er hatte sich zu überzeugen versucht, dass er geschlafwandelt war, mit dem Karren zur Mesa gefahren und dort von Gott und dem finsteren Engel geträumt hatte. Aber nach der Rückkehr aus dem Kirchturm hatte er den Karren überprüft und voll beladen und makellos vorgefunden. Außerdem war er noch nie im Leben geschlafwandelt.

Vielleicht bist du einfach genialer, als du geglaubt hast.

Gier und Fantasie hatten ihn stets angetrieben; er hatte es immer gewusst. Noch bis vor kurzem hatte er die Tage bis zur »Apokalypse« gezählt, obwohl er doch eigentlich nur vorgehabt hatte, zu seinem Inselversteck »zu reiten«.

War er von Anfang an einer Selbsttäuschung erlegen oder war dieser Wahnsinn seine Sühne für die Irreführung seiner Anhänger? Hatte Gott, an den er zuvor nie geglaubt hatte, ihn ausgewählt und zum Opfer des abgefahrensten Scherzes aller Zeiten gemacht?

Sinclair konnte sich nicht erinnern, dass der Traum ihn schon einmal geplagt hatte, und am liebsten hätte er sich nicht mehr an die traumähnliche Begegnung dieser Nacht erinnert. Die Stimme, die zu ihm gesprochen hatte, hatte ihm wichtige Dinge mitgeteilt, doch das meiste war weg. Und dann dieser schwarze Engel. Luzifer war ein schwarzer Engel. Aber der Geist, den er gesehen hatte, war nicht der Satans. Er wusste, das Dunkle an diesem Engel war eine Illusion. Seine Aura war das strahlend helle Licht gewesen, das alles durchdrungen hatte. Er erinnerte sich vage an ein Gesicht, das er nicht hatte ansehen können. Hatte es einem von Gottes Engeln oder Gott selbst gehört?

Was war passiert, nachdem der Engel die Hand nach ihm ausgestreckt hatte? Er hatte ein ekstatisches Gefühl empfunden, dann war er wieder hier gewesen und Tim Dresner hatte an die Tür geklopft.

Er hatte sein plötzliches Zögern, die Gemeinde zu verlassen, dem normalen menschlichen Verlangen zugeschrieben, sich an Dinge zu klammern, die einem vertraut waren. Doch nun wusste er, dass sein Zögern weit darüber hinausging: Es hatte mit Gott zu tun – oder mit Wahnsinn.

»Lieber Gott«, betete er, »steh mir bei, damit ich nicht vergesse, dass ich deinen Willen erfüllen darf.«

DONNERSTAG

36

MARIE LOPEZ

Zweiunddreißig, dreiunddreißig, vierunddreißig.« Marie Lopez hatte ihre Herde nun zum zweiten Mal gezählt. Sie blickte Tom an, der neben ihr ritt. »Gestern waren es sechsunddreißig. Selbst wenn ich mir die letzte Nacht nur eingebildet habe: Irgendetwas *muss* mit ihnen passiert sein.«

»Frauen wie du haben keine Halluzinationen, Marie.« Tom zupfte eine Klette aus Belles silberner Mähne. »Mir fällt dazu nur eins ein: Das Militär testet irgendein neues Spielzeug, und deine Schafe waren zur falschen Zeit am falschen Ort.«

»Danke, Tom. Da merk ich doch, dass ich mich gleich viel besser fühle«, erwiderte Marie und lächelte.

Die Morgendämmerung hatte gerade erst eingesetzt. Zwischen den Hügeln im Osten erhellten erste Sonnenstrahlen Stellen, an denen gelbe und blaue Wildblumen wuchsen. Felsen und Joshuabäume warfen lange Schatten. Marie war froh, dass Tom über Nacht geblieben war. Sie hatte die erste Wache übernommen – und die zweite, denn Tom hatte so tief geschlafen, dass sie es nicht übers Herz gebracht hatte, ihn zu wecken. Außerdem waren die verschwundenen Schafe nicht sein Problem, sondern ihres. Jetzt hatte sie nur noch eines vor: Sie wollte die Herde zu ihrer kleinen Ranch bringen und sich ein wenig ausruhen.

Sie blickte Tom erneut an. »Ich reite noch mal um die Wiese herum und schau nach, ob sie nicht einfach weggelaufen sind.« Das verstümmelte Tier, das sie zuletzt gefunden hatte, war zwischen zwei Felsen eingeklemmt gewesen. Mit einem solchen Fund rechnete sie eigentlich auch diesmal. »Reit schon mal nach

Hause«, fügte sie hinzu. Zu ihrer Erleichterung weigerte sich Tom.
Trotzdem meinte sie, er hätte doch bestimmt was Besseres zu tun.
Tom schüttelte den Kopf. »Ist doch ein schöner Morgen für einen Ausritt. Es sei denn, du legst keinen Wert auf Gesellschaft.«
Tom Abernathy war der lästigste Mann, der ihr je begegnet war. Er hatte die Nummer des lakonischen Cowboys zu einer echten Kunst verfeinert. Sein Herz war so groß wie die Lügengeschichten, die er gern erzählte, und er verstand eindeutig etwas von Pferden. In mancherlei Hinsicht war er aber nur ein zu groß geratener Halbwüchsiger. Ab und zu hätte Marie ihm gern auf die Nase gehauen und ihm gesagt, er solle endlich mal das aussprechen, was ihm gerade durch den Kopf ging.
Marie war ziemlich sicher, dass er an ihr interessiert war. Aber um ganz sicher zu sein, war Tom zu schwierig zu durchschauen. Letzte Nacht hatte sie zum Beispiel gesagt, ihr sei kalt. Sie hatte ihm damit eine perfekte Entschuldigung geliefert, ihr auf den Leib zu rücken. Doch was hatte er getan? Er hatte ein Feuer angezündet.
Marie musterte ihn von der Seite und bewunderte sein prägnantes, sonnengebräuntes Profil unter dem braunen Stetson. Vielleicht redete sie ja genauso um den heißen Brei herum wie er. Vielleicht hatte auch sie nur Angst vor einer Zurückweisung. Um es rauszukriegen, hätte sie nicht nur sagen sollen, dass ihr kalt war, sie hätte sich an ihn kuscheln sollen, statt die Initiative ihm zu überlassen.
Das Dumme war, dass sie befürchtete, zu deutlich zu werden. Sie hatte Angst, ihn auf diese Weise zu verschrecken. Ein Mann wie Tom war vielleicht altmodisch und schätzte es nicht, wenn eine Frau den ersten Schritt machte. Andererseits bestand natürlich auch die Möglichkeit, dass sie ihre altmodischen Vorstellungen auf ihn projizierte. Herrgott, es war alles wahnsinnig verwirrend.
»Ich hab gern Gesellschaft, Tom«, sagte Marie. Tom wirkte erleichtert.

Nach einer Stunde der Suche hatten sie noch immer keine Spur von den Schafen gefunden. Schließlich schaute Marie Tom an. »Wenn du mit mir runterreitest, kann ich uns auf meiner Ranch Frühstück machen.«
Tom nickte. »Nur ein Idiot würde so was ablehnen.«
»Dann lass uns aufbrechen. Ich bin schon am Verhungern.« Marie pfiff nach ihren Hunden und fragte sich, ob er ihr die gleiche Antwort gegeben hätte, wenn sie ihn gebeten hätte, mit ihr ins Bett zu gehen. *Vermutlich. Vielleicht hätte er dabei aber den Hut abgenommen.*
»Marie, du hast da so ein teuflisches Grinsen im Gesicht. Über was denkst du gerade nach?«
Marie blickte Tom in die Augen. »Nichts, über das eine Lady in der Öffentlichkeit reden würde.« Sie zog an der Krempe ihres Hutes, um ihre Augen zu verbergen, schaute ins Tal und fügte hinzu: »Frag mich das später noch mal.«
Tom murmelte etwas, das sie nicht genau verstehen konnte, und sie ritt mit Rex ein Stück voraus, damit er nicht sah, dass sie errötete.

37
JUSTIN MARTIN

Justin Martin verließ die Schule nach der letzten Prüfungsarbeit dieses Tages um 11.30 Uhr. Das Ganze hatte natürlich in der Klasse der alten Marquay stattgefunden – leider hatte sie selbst nicht daran teilnehmen können, weil sie damit beschäftigt war, im alten Schacht unter der Bahn der Verwunschenen Mine zu verwesen.

Justin hatte die Arbeit mit links erledigt und Christie Fox, die natürlich nichts gelernt hatte, weil sie *sooo* traurig über Rick Spelmans Tod war, abschreiben lassen. Ihre Augen sahen verheult aus, aber wenigstens hatte sie ihn beim Betrügen angelächelt. Das war schon mal ein Anfang. In ein paar Tagen würde er sie fragen, ob sie vielleicht einen Hamburger mit ihm essen gehen wolle. Er würde es ertragen, dass sie sich bei ihm ausheulte. Wenn ihr Weinen und Winseln ihm nicht den Weg in ihr Höschen freimachte, wusste er auch nicht weiter. Vielleicht Alkohol? Aber das wollte er nur tun, wenn es wirklich nicht anders ging: Es war unsportlich, und außerdem knutschte er nicht gern mit Leuten, die eine Fahne hatten.

Hannibal Caine hatte ihn heute Morgen vor der Schule angerufen. Justin hatte versprochen, ihn am Nachmittag um 14.00 Uhr in Rays Café zu treffen. Caine ging ihm zwar auf den Sack, aber Justin wusste, dass er ihm vielleicht noch nützlich sein könnte. *Gottes Sturmtruppe – was für ein Schwachsinn!* Als er mit seinem Wagen über den Old Madelyn Highway fuhr, drehte er das Seitenfenster herunter und spuckte hinaus. Wenn er sich mit Caine abgab, sollte er lieber vorsichtig sein. Bei diesem Gedanken musste er laut lachen. Er verhielt sich seit seinem fünften Lebensjahr vorsichtig. Damals hatte er die ersten Sektionen an den Zwergpapageien seiner Großmutter vorgenommen. Seit dieser Zeit hatte er – von den drei Menschen ganz zu schweigen – mindestens hundert Tiere auseinander genommen. Nie war auch nur der Schatten eines Verdachts auf ihn gefallen. »Vorsicht« war sein zweiter Vorname.

Nun galt es, Alexandra Manderley und ihren bescheuerten Assistenten aufzusuchen. Vielleicht hatte er ja Glück und Dumpfbacken-Eric war nicht da.

Als er Madland passierte, sah er Polizeichef Moss Baskerville auf das Eingangstor zustiefeln, wo eine Meute naiver Apostel den Parkbesuchern Handzettel unter die Nase hielt. Justin grinste. Obwohl alle ihre Sonntagsklamotten trugen – weiße Kutten und Regenschirme –, erkannte er Eldo Blandings.

Was für Idioten! Justin hatte noch keinen dieser Leute hier draußen in diesem Aufzug gesehen. Angeblich trugen sie das Zeug, damit Gott sie am Tag der Apokalypse erkannte. Diese Schwachköpfe hatten die Vorstellung, dass es hier eine Überschwemmung geben würde – mitten in der Wüste! Die Regenschirme dienten dazu, ihnen »Gottes Tränen« vom Leib zu halten.

Justin erreichte die Thunder Road, dann den Spirit Canyon und verlangsamte erst dicht vor der Abzweigung zu Manderleys Lagerplatz. Er hatte letzte Nacht ziemlich geil von der alten Alexa geträumt und war mit einer dicken Latte und dem heftigen Verlangen aufgewacht, sie zu besuchen.

In seinem Traum war sie nackt gewesen. Ihre karamellfarbene Haut war nur für ihn da gewesen, damit er sie in Ruhe betrachten konnte. Zudem war sie gefesselt gewesen und hatte mit den Armen über dem Kopf ausgestreckt dagestanden. Schon wenn er daran dachte, fing sein Schwanz an zu zucken. Justin hatte ein Skalpell in der Hand gehalten und lange schmale Hautstreifen von Alexas Rücken gelöst. Er hatte jedes Stück liebevoll zum

Trocknen in die Sonne gelegt, und der Klang ihrer Schreie, als jeder Streifen langsam und sanft von ihrem Leib gezogen wurde, war Musik, der er ewig hätte lauschen können. Vielleicht hatte die *Stimme* den Traum gesandt, und mit ihm eine Botschaft.

»Scheiße«, flüsterte Justin, als er kurz vor der Einfahrt zum Lagerplatz anhielt. Er verharrte, schob seine Latte in eine bequemere Position und zitierte eine Weile die Unabhängigkeitserklärung, um sich vom Sex abzulenken. Er konnte sie doch in diesem Zustand nicht besuchen.

Einen Moment später stieg er aus und ging die kurze Strecke bis zum Lagerplatz. »Was ist das denn für 'ne Scheiße?«

Sie waren verschwunden – die beiden Wissenschaftler, der Bronco, die Zelte. Sie hatten ihren Kram gepackt und waren weggefahren. »Der Blitz soll euch beim Scheißen treffen«, sagte er und ging dorthin, wo die Zelte gestanden hatten. »Ihr gottverdammten Wichser!«

Justin stapfte stinksauer herum und suchte die Umgebung ab. Die Schlampe hatte doch gesagt, sie würden für eine Weile hier bleiben. Warum also war sie jetzt weg, verdammt? Wie konnte sie es wagen, einfach zu verschwinden, ohne es ihm zu sagen? »Du gottverdammte Nutte!« Justin hob einen baseballgroßen Stein auf und warf ihn so fest, wie er konnte. Er landete mit einem metallischen Scheppern außerhalb seiner Sichtweite hinter einem Steinhaufen und einem gottverdammten Kaktus.

Mit geballten Fäusten ging Justin zu den Steinen hinüber, denn er wollte wissen, was das Geräusch verursacht hatte. Es war eine Taschenlampe.

Justin hob sie auf. Sie war ziemlich verdreckt, die Linse zerbrochen, aber sie funktionierte noch. Wahrscheinlich gehörte sie Miss Schlampe. *Ich wette, sie will sie zurückhaben.*

Justin verließ den Lagerplatz, sprang in seinen Mustang und warf die Taschenlampe vor dem Beifahrersitz auf den Boden. Er musste ohnehin noch eine Stunde totschlagen, da konnte er auch Manderley und ihren Hohlkopf suchen. Sie mussten irgendwo hier in der Gegend sein – wahrscheinlich war auch dieser Lagerplatz nicht gut genug für sie gewesen, und sie schaute sich nach einem neuen um. Frauen wie sie waren nie zufrieden. *Aber* ich *kann sie zufrieden stellen.*

Er dachte an den Traum und die Schreie und nahm sich vor, dem Häuter von ihr zu erzählen. Bald.

38
CASSIE HALLOWAY

Für manche chinesische Gerichte könnte ich morden«, sagte Cassie Halloway zu Moss Baskerville, als sie mit dem Rindfleisch und dem Burrito fertig war. »Obwohl wir eigentlich glücklich sein müssten, denn zumindest haben wir hier die Wahl – Burger oder Burritos.« Sie fächelte sich Luft zu und trank einen großen Schluck Eistee. »Ich hab schon wieder zu viel von der scharfen Soße genommen.«

Moss lachte. »Yeah, Honey, du bist ganz rot im Gesicht. Sei bloß vorsichtig, sonst bleibt es so. Dann halten die Leute dich nicht mehr für salsasüchtig, sondern für 'ne Saufnase.«

»Das hat mir gerade noch gefehlt. Umso mehr Grund, dass hier draußen ein chinesisches Restaurant aufmacht.«

»Ich hab heute Abend frei. Sollen wir nach Barstow fahren und dort beim Chinesen essen?«

Cassie lächelte. »In dem Laden, von dem du sagst, dass da das Schwein eher nach Basset schmeckt? Lieber nicht!«

»Du bist aber wirklich wählerisch«, sagte Moss neckend.

»Außerdem sind Davys Rippchen zu gut, um sie zu verpassen.«

Moss grinste. »Du hast beschlossen, gesellig zu sein?«

»Ja, ich werde als normale Partylöwin auftreten. Glaubst du, Tom hat was dagegen, wenn ich Eve mitbringe? Ich möchte sie nicht mit 'nem sechzehn Jahre alten Babysitter allein zu Hause lassen. Nicht nachdem …«

»Natürlich hat er nichts dagegen, Cass.«

Sie saßen in der ersten Reihe des Langtry-Theaters. Als Moss mit dem Essen gekommen war, hatte Cassie den Bühnenarbeitern für eine Stunde freigegeben. Sie waren zum Mittagessen zu Rays Café gefahren und hatten Eve mitgenommen. Cassie und Moss hatten die Türen abgeschlossen und gewitzelt, sie würden »es« mitten auf der Bühne »tun«, doch schließlich hatten sie erkannt, dass sie zu hungrig und zu alt waren, um sich auf dem harten Holzboden zu lieben.

»Ich will mich gar nicht übers Essen beklagen, Moss«, sagte Cassie. Sie beugte sich über die Lehne und gab ihm einen geräuschvollen Kuss. Er schmeckte nach Chilischoten. »Scharfes Zeug.« Sie küsste ihn noch einmal.

»An meinem nächsten freien Abend gehen wir mal ins *Red Dragon* in Victorville«, erklärte Moss. »Besonders dann, wenn du mich weiterhin so küsst.«

»Ich werd dich dran erinnern.« Cassie blickte in seine stahlgrauen Augen mit den ausgeprägten Lachfalten, dann schob sie die Finger durch sein grau werdendes blondes Haar und zog sein Gesicht heran, um ihn noch einmal zu küssen. Vor zehn Jahren, als er hier aufgetaucht war, war sie noch im Bikini rumgewackelt und hatte mit ihren Tätowierungen angegeben. Als ihr Blick auf den mitten im Publikum stehenden neuen Polizeichef gefallen war, hatte sie gewusst, dass sie Schwierigkeiten kriegen würde. Moss hatte sie so direkt und ernst angesehen, als wollte er sagen: Ich räum in dieser Stadt auf, und mit dir fang ich an. Aber nach der Vorstellung war er hinter die Bühne gekommen, hatte ihr eine eiskalte Coke gereicht und ihr ein Kompliment bezüglich ihrer Körperkunst gemacht. Sie hatte ihn zum Platznehmen aufgefordert, und schon eine Woche später waren sie ein verliebtes Paar gewesen. Allerdings hatte Cassie darauf bestanden, dass ihre Beziehung geheim blieb. Ihrer Meinung nach sollte sich ein Polizeichef nicht in Gesellschaft einer tätowierten Lady zeigen. Er hatte kurz protestiert, aber gewusst, dass sie Recht hatte.

Als sie Eve bekommen hatte, hatte Moss alles versucht, Cassie zur Heirat zu überreden, aber sie hatte weiterhin Nein gesagt. Ihre

Beziehung war nun über fünf Jahre alt und hatte mehr Feuer, als jeder über Einundzwanzigjährige normalerweise erlebte. Cassie befürchtete, dass die Leidenschaft – speziell da sie nun ein Kind hatten – sterben würde, wenn sie heirateten und mit der Geheimniskrämerei aufhörten. Moss hatte ihr klar gemacht, dass all ihre Freunde wussten, dass sie ein Paar waren. Warum also machten sie es nicht amtlich? Da hatte sie ihm von ihren Befürchtungen erzählt, und Moss hatte sich gefügt. Sie hatten einen Kompromiss geschlossen und verbrachten die meisten Nächte in ihrem Haus, weil keiner wollte, dass Eve zu oft mit Babysittern zusammen war.

Gleich danach hatte Cassie das Langtry-Theater gekauft. Ihr Leben war geschäftiger geworden, als sie für möglich gehalten hätte. Moss sprach nach wie vor ungefähr einmal im Monat von Heirat – mit dem Hinweis darauf, dass ihre Leidenschaft nicht abgenommen hatte, auch wenn sie sich nur noch selten auf dem Rücksitz eines Autos liebten. Außerdem deutete er an, dass er ein geduldiger Mensch sei, der stets bekam, was er wollte, und wusste, dass sie eines Tages nachgeben würde – und sei es nur um ihrer Tochter willen, die einen gesetzlich anerkannten Daddy brauchte, wenn *sie* durch den Mittelgang schritt, um zu heiraten.

Cassie wusste, dass Moss Recht hatte, und war inzwischen bereit, Ja zu sagen. Eigentlich hatte sie das Thema sogar letztens ansprechen wollen, doch dann hatte jemand ihre Ziege getötet und 666 auf ihren Briefkasten gemalt. Sie wollte nicht, dass Moss glaubte, sie würde nur Ja sagen, weil sie Angst hatte, allein zu sein.

Aber sie *hatte* Angst. Moss hatte letzte Nacht gearbeitet, und jedes kleine Geräusch hatte Cassie aus dem Sessel oder dem Bett springen lassen – die Schrotflinte in der zitternden Hand, bereit, jeden Eindringling umzunieten. Erst als Moss irgendwann in der Morgendämmerung ins Bett gekrochen war, hatte sie schlafen können.

Trotz ihrer Erschöpfung wollte sie heute Abend zu Tom gehen, denn sie wusste, dass Moss gehen wollte. Sie wollte ihm nichts vorenthalten – er würde sonst darauf bestehen, mit ihr zu Hause zu bleiben.

»Wie geht's mit dem neuen Stück voran?«, fragte Moss.

»Es nimmt allmählich Formen an.« Das Theater hatte sich auf altmodisches Vaudeville und Dramen spezialisiert. Jede Vorstellung begann mit einem Kurzmelodram, Pianist inklusive, und die Charaktere waren stets Varianten von Little Nell, Snidely Whiplash und Dudley Do-Right. Das Publikum wurde angehalten zu zischen, zu buhen, Ahh zu rufen und bei jeder Gelegenheit zu jubeln. Nach dem Melodram kamen Vaudeville-Nummern. Sie standen stets unter einem Wildwest-Thema, das sich mit den Jahreszeiten änderte. Die gegenwärtige Produktion behandelte den Frühling, enthielt leicht ungezogene Zweideutigkeiten und schräge Witze über Liebe, Rendezvous und Ehe.

Die Schauspieler probten nun für die Sommershow, die nächste Woche anfing. Die Scherze drehten sich um Wüstenhitze, Klapperschlangen und Goldgräber. Cassies Favorit war jedoch die Halloween-Show. Sobald die Sommershow unter Dach und Fach war, würden die Vorbereitungen für die Halloween-Show beginnen. Die Kassierer und Platzanweiser würden dann als Sensenmann kostümiert werden. Das Melodram verarbeitete die Geschichte von Olive Carmichael, deren Geist per Anhalter reiste. Tom Abernathy liebte diese Geschichte; und er war derjenige, der sie vorgeschlagen hatte. Danach kam die witzige »Geisterstadt-Revue«. Cassie und ihre Akteure hatten ordentlich zu tun, denn sie mussten sich jedes Jahr neue Sketche ausdenken.

»An was *denkst* du gerade, Cass?«

»Was? Ach, ans Herbstprogramm.«

»Arbeit, Arbeit, Arbeit«, murmelte Moss, als er aufstand und sich vorbeugte, um Cassie erneut einen Kuss zu geben. »Da wir gerade darüber sprechen: Ich muss zurück. Die verfluchten Jim-Bobber entwickeln sich zu 'ner echten Landplage.«

»Wirklich? Ich hab das Theater den ganzen Tag noch nicht verlassen.«
»Sie haben sich alle in weiße Gewänder gehüllt, tragen Regenschirme mit sich rum und belästigen die zahlenden Gäste mit Flugblättern.« Moss grinste. »Das heißt, sie versuchen es. Ich versuche sie daran zu hindern. Was mir nicht viel Zeit lässt, die Vermissten und die Schmierfinken zu suchen. Diese gottverdammten Apostel sind wirklich der letzte Nagel zu meinem Sarg.«
»Wann kriegst du denn einen zweiten Mann?«, fragte Cassie und ging mit ihm zur Tür.
»Das ist die *gute* Nachricht. Heute Nachmittag trifft eine junge Frau hier ein.« Moss warf einen Blick auf seine Uhr. »Um drei.«
»Eine junge *Frau,* hm?« Cassie stieß ihm sanft mit einem Finger in die Rippen. »Ist sie 'n Cop?«
»Klar ist sie 'n Cop.« Moss grinste. »Bist du eifersüchtig, Cass?«
»Kann schon sein.« Cassie stellte sich auf die Zehenspitzen, um ihn zu küssen. »Im Ernst, Moss, hast du jemanden gefunden?« Er sah so müde aus, dass dies die beste Nachricht war, die sie seit langem gehört hatte.
»Ja, hoffe ich wenigstens. Sie ist qualifiziert und gerade nach Barstow gezogen. Sie war vorher bei der Santo-Verde-Truppe.«
»Sie ist bereit, so 'ne tolle grüne Gegend zu verlassen, um hier oben zu wohnen? Warum?«
»Vielleicht hat sie keinen Bock mehr, ihren Rasen zu mähen.« Moss zuckte die Achseln. »Ihr früherer Sergeant hat jedenfalls nur Gutes über sie gesagt.« Er zog Cassie an sich. »Und ich schau einem geschenkten Cop nicht ins Maul.«
Cassie lachte. »Tja, dann viel Glück. Aber sei nicht *zu* charmant.«
Moss öffnete die Tür. Sie traten in den hellen Sonnenschein hinaus und kniffen die Augen zusammen. Keine sechs Meter von ihnen entfernt hatten fünf weiß gewandete Apostel Eve und die beiden Bühnenarbeiter am Springbrunnen umzingelt. Einer der

Fanatiker hatte sich hingehockt, schwafelte auf Eve ein und hatte seine Hand auf ihrem Arm.

»He!«, rief Cassie wütend, als sie und Moss auf die Gruppe zugingen. »Nimm deine schmutzigen Pfoten von meiner Tochter!«

Die Jim-Bobber drehten sich um und schauten sie an. Als sie Moss sahen, machten sie flink einen Rückzieher. Derjenige, der Eve angefasst hatte, ein dürrer alter Kerl, erdolchte Cassie mit Blicken.

»Die Apokalypse kommt!«, donnerte er. »Möchten Sie, dass Ihre Tochter für immer der Verdammnis anheim fällt?«

»Du wirst selbst gleich der Verdammnis anheim fallen, du dreckiger alter –«

»Cass«, sagte Moss leise und legte eine Hand auf ihre Schulter. »Lass mich das machen.« Er ging vorwärts, bis das Gesicht des alten Knaben praktisch gegen seinen Brustkorb stieß. »Dies ist ein privater Park«, sagte er leise.

»Wir haben Eintrittskarten«, erklärte eine Apostelin, deren Kinn einem Ziegelstein ähnelte.

Moss nickte. »Wenn Sie das Grundstück nicht sofort verlassen, besorg ich Ihnen Eintrittskarten für den Knast.«

Der alte Knabe machte einen Schritt zurück und deutete mit dem geschlossenen Regenschirm auf den Polizeichef. »Sie können uns nicht zum Gehen zwingen.«

»Sie verstoßen gegen die Bekleidungsverordnung«, sagte Moss mit einem hinterhältigen Lächeln.

»Es gibt keine Bekleidungsverordnung.«

»Jetzt schon. Wenn Sie außerdem nicht aufhören, mit dem Regenschirm auf mich zu zeigen, nehm ich Sie wegen Bedrohung eines Polizisten fest.«

»Wissen Sie überhaupt, mit wem Sie es zu tun haben?«, sagte der Alte und ließ den Schirm sinken.

»Nein, und es ist mir auch vollkommen egal.«

»Ich bin Ältester Blandings, die rechte Hand des Propheten.«

»Wenn Sie Jim-Bob persönlich wären«, sagte Moss, »würde es

mich *auch* nicht interessieren.« Je finsterer die Apostel dreinblickten, desto breiter wurde sein Grinsen. »Sie stören zahlende Kundschaft. Ich möchte, dass Sie hier verschwinden, und zwar alle.«

Auch Blandings lächelte. »Die Geschäftsleitung hat uns noch nicht zum Gehen aufgefordert. Bis dahin werden wir Seelen retten.«

»Ich handle hier stellvertretend für die Geschäftsleitung.«

»Das muss uns der Geschäftsführer schon persönlich sagen.«

»Ich gehöre zur Geschäftsleitung«, erklärte Cassie. »Haut ab.«

»Sie leiten nur das Theater«, entgegnete Blandings herablassend.

»Miranda«, sagte Moss zu einem der Bühnenarbeiter. »Würde es dir was ausmachen, zur Arena zu laufen und Tom herzuholen?«

Als Miranda sich auf den Weg machte, wandte Moss sich zu Blandings um. »Wenn Sie den Generaldirektor unbedingt sprechen wollen ...«

Zwei Minuten später kam Abernathy die Straße herauf. Miranda musste sich anstrengen, um mit ihm mitzuhalten. Tom war in sein Western-Sheriff-Kostüm gekleidet, und sein Gesicht lag im Schatten der Krempe eines Cowboyhuts. Er trug ein langärmliges weißes Hemd, eine schwarze Lederweste, eine Schnurkrawatte, Jeans und Stiefel mit silbernen Spitzen. Sein goldener Sheriffstern fing den Sonnenschein ein und warf ihn auf die bösen Jungs zurück. Seine Hand ruhte auf dem Griff eines mit Platzpatronen gefüllten Revolvers.

»Was kann ich für dich tun, Chief?«, fragte Tom und fasste an die Krempe seines Hutes.

Blandings rührte sich nicht von der Stelle, doch die vier anderen Apostel wichen ein Stück zurück. Tom war fast einen Meter neunzig groß. In seinen Gesetzhüter-Klamotten sah er noch beeindruckender aus als Moss. Trotzdem verharrte Blandings an Ort und Stelle. Er hatte *Zwölf Uhr Mittags* offenbar nicht gesehen.

»Sind Sie hier der Chef?«, fragte er.

»Die Leute behaupten es.«
»Gibt es hier Bekleidungsvorschriften?« Blandings warf Moss einen angewiderten Blick zu.
»Schuhe und Hemd sind vorgeschrieben«, sagte Tom lässig, rieb über sein Kinn und fixierte den alten Knaben mit seinem Revolvermannblick. »Tragen Sie Hemden unter diesen Dingern?«
Bevor Blandings reagieren konnte, trat Abernathy vor und packte das Gewand des Apostels. Er schaute in das Kleidungsstück hinein, dann packte er blitzschnell Blandings´ sich hebende Hand. Er hielt sie am Gelenk fest und grinste Moss an. »Er hat ein Hemd drunter an, Chief.« Er drehte sich zu Cassie um, ohne das Handgelenk des sich wehrenden Mannes loszulassen. »Cass, möchtest du mal einen Blick unter sein Gewand werfen?«
»Ich glaub dir auch so, Tom«, erwiderte Cassie, die ein höhnisches Lachen kaum unterdrücken konnte.
Tom nickte und ließ Blandings los.
»Möchtest du, dass sie verschwinden, Tom?«, fragte Moss.
Tom trat zurück und musterte die Apostel wie Ameisen unter einem Vergrößerungsglas. Diesmal wich sogar der sein Handgelenk massierende Blandings leicht zurück. »Nun, ich werfe zahlende Kundschaft nicht gern raus, deswegen geben wir ihnen noch eine Chance. Sie werfen die Handzettel da drüben in den Mülleimer, versprechen, dass Sie hier keine Predigten halten und ziehen die Gewänder aus, damit wir sehen, ob Sie auch alle Hemden tragen. Dann können Sie bleiben. Bei der ersten Meldung, dass Sie unsere Gäste belästigen, steckt der Chief Sie in den Knast.«
Blandings machte einen letzten Versuch, Abernathy in Grund und Boden zu starren, dann gab er auf. »Ich werde das hier nicht vergessen«, murmelte er.
»Ich bitte darum«, erwiderte Tom liebenswürdig.
»Kommt mit.« Blandings wirbelte auf dem Absatz herum. Seine Leute eilten hinter ihm her, und ihre Kutten wehten im Wind.
Tom lachte aus vollem Hals.

»Du warst zu nachsichtig«, sagte Moss kichernd. »Aber Blandings hast du ganz schön Angst gemacht.«

»Tja, Moss, ich wollte deine Autorität nicht untergraben. Ich entschuldige mich, falls ich es doch getan habe. Aber ich hab halt den Eindruck, dass du zu viel am Hals hast, um dich auch noch um diese Spinner zu kümmern.« Er bückte sich, hob Eve hoch und setzte sie auf seine Schultern. Eve kicherte und setzte seinen Hut auf, der ihr Gesicht bis zur Nase bedeckte.

Tom fuhr mit den Fingern durch sein sandfarbenes Haar. »Ich werde Fred und Becky Anderson bitten, durch Madland zu spazieren, mit den Ladenbesitzern zu sprechen und diese Pfeifen ein bisschen im Auge zu behalten. Es wird ihnen Spaß machen.«

»Ich glaub, die kenn ich gar nicht.«

»Tom ist Romantiker«, erläuterte Cassie. »Die beiden sind frisch verheiratet und haben sich erst diese Woche zur Show gesellt.«

»Sie müssen das Grundstück ohnehin kennen lernen.« Tom stellte Eve ab und nahm seinen Hut zurück. »Wenn die Jim-Bobber Ärger machen, schnappen wir sie uns und rufen dich her.«

»Klingt nicht übel«, sagte Moss.

Tom tippte an seinen Hut und schlenderte zur Arena zurück.

»Er ist wirklich beeindruckend«, sagte Cassie und lächelte hinter ihm her.

»Ja, ist er.« Moss bückte sich und küsste Eve auf die Stirn, dann richtete er sich auf und tat das Gleiche bei Cassie. »Wir drei sehen uns später.«

Cassie schaute hinter ihm her, bis er um die Ecke gebogen war. Moss war auf seine Weise ebenso beeindruckend wie Tom. Er war groß und stämmig und hatte die Schultern und die Gangart eines Bären. Sie liebte ihn wahnsinnig.

39

JAMES ROBERT SINCLAIR

»Er hat mich gedemütigt!«, sagte Eldo Blandings zu James Robert Sinclair. Der alte Mann, der vor dem Schreibtisch des Propheten stand, war so wütend, dass er am ganzen Leib zitterte.

Als Sinclair die Apostel heute Morgen angewiesen hatte, ihrer Missionarstätigkeit in den weißen Kutten nachzugehen, hatte er schon befürchtet, irgendetwas in dieser Art könnte passieren. Blandings war ein hochmütiger Mensch ohne jeden Sinn für Humor, deswegen war Sinclair nicht überrascht gewesen, dass er ihn nach dem Mittagessen um eine Audienz gebeten hatte.

Sinclair, der einen makellosen marineblauen Anzug trug, legte die Fingerspitzen aneinander und dachte an die vergangene Nacht. Irgendetwas war passiert. Er wusste nicht mehr genau, ob er es nur geträumt hatte – oder zumindest einen Teil davon. Trotzdem. Es war ein Zeichen. Er musste mehr Zeit mit Meditation verbringen und hoffte, dass diese Audienz nicht allzu lange dauern würde.

Schließlich blickte er auf und sah in Blandings' wütende Augen. »Vergessen wir nicht, dass Hochmut vor dem Fall kommt, Eldo, und dass die Arbeit eines Missionars im *besten* Fall schwierig ist. Wir haben es mit irregeleiteten Seelen zu tun.« Er strich einmal über seinen Bart, dann lächelte er freundlich. »Missionsarbeit ist eine Prüfung, Ältester; eine Prüfung unseres Glaubens. Daran besteht kein Zweifel. Aber man darf auch dies nicht vergessen: Je mehr man sich vor Gott erniedrigt und je mehr Seelen man in den Schoß der Gemeinde holt, desto größer wird die Belohnung am Tag des Jüngsten Gerichts sein.« Er lehnte sich zurück und drückte erneut die Fingerspitzen aneinander.

»Danke, Prophet«, sagte Eldo heiser. »Danke für die Führung.«
»Es ist die Führung Gottes und des Lebendigen Heilands«, berichtigte Sinclair ihn sanft.
»Er spricht durch dich, Prophet.«
Sinclair sah zwar, dass Blandings' Ärger völlig verschwunden war, doch der verzückte Blick seines Gegenübers war dennoch unangenehm. Er hatte diese Verzückung während seiner Predigten oft in den Augen der Menschen gesehen, wenn er besonders wortgewandt gewesen war. Er machte sich seit einiger Zeit Sorgen über den Geisteszustand des Mannes. Vielleicht sogar zu Recht. Vielleicht stand Blandings kurz vor einem geistigen Zusammenbruch.
»Nimm Platz, Ältester.« Sinclair deutete auf einen der hochlehnigen Stühle, die vor dem breiten Schreibtisch standen.
Blandings setzte sich steif, und Sinclair stellte erleichtert fest, dass sein Blick wieder normal wurde: träge und mürrisch.
»Ich möchte genau wissen, was heute im Park passiert ist, Eldo.« Er hielt kurz inne. »Aber zuvor: Weißt du, wo Ältester Caine steckt? Auch er sollte hier sein.«
Blandings blickte unbehaglich drein. Er musterte die aus Glas und Kupfer bestehende Wanduhr und räusperte sich. »Ich weiß nicht genau, ob er momentan hier ist«, sagte er zögernd.
»Stimmt irgendetwas nicht?«
»Nein, Prophet.«
Sinclair nickte. Er vermutete, dass Blandings ihm etwas verschwieg. Wahrscheinlich war es aber nichts Wichtiges. »Hat man euch Schwierigkeiten beim Betreten des Parks gemacht?«
»Die Polizei hat uns erst reingelassen, nachdem wir Eintrittskarten gekauft hatten.«
»Das überrascht mich nicht.«
»Als wir drin waren, gab es erst Probleme, als wir erneut diesem Polizisten begegneten. Er hat gesagt, wir sollten gehen. Ich habe mich geweigert, da hat er den Geschäftsführer gerufen.« Blan-

dings umklammerte den Rand der Schreibtischplatte. Sein Zorn war wieder erwacht. »Dieser Mensch ist ein Abgesandter des Teufels, Prophet.«

»Dann hat er dich also gedemütigt?«, fragte Sinclair leise.

»Ja, Prophet. Er hat mit Satans Zunge gesprochen.«

»Hat er euch des Parks verwiesen?«

»Nein. Er hat mich lächerlich gemacht. Dann hat er gesagt, wir könnten bleiben, solange wir keine Kutten tragen, keine Handzettel verteilen und nicht predigen.«

»Ich verstehe.« James Robert Sinclair lehnte sich in seinem Sessel zurück und schloss die Augen. Er hätte die Audienz gern beendet. Er brauchte Zeit, um nachzudenken. Um 16.00 Uhr musste er die Predigt aufzeichnen, die heute Abend gesendet werden sollte. Schließlich öffnete er die Augen wieder. »Ich bin froh, dass du mit diesem Problem zu mir gekommen bist, Ältester Blandings. Sei versichert, dass ich in dieser Angelegenheit etwas unternehmen werde.« Er stand auf, und Blandings tat es ihm rasch gleich.

»Danke, Prophet.«

Sinclair streckte nickend den Arm aus, um Blandings' Hand zu schütteln.

Die bizarre Verehrung kehrte in den Blick des Ältesten zurück, als er Sinclairs Hand nahm und ehrfürchtig an seine Lippen führte. Er küsste sie, und Sinclair starrte in der abscheulichen Erkenntnis auf Blandings' Toupet, dass dieser tatsächlich langsam verrückt wurde.

Er zog die Hand zurück und führte Blandings zur Tür. Dann kehrte er ans Telefon zurück und rief Tim Dresner an.

Sein Berater hob beim zweiten Klingeln ab. »Ja, Prophet?«

»Ich werde jetzt meditieren, Tim. Achte bitte darauf, dass ich nicht gestört werde, bevor es Zeit ist, zur Kirche zu gehen.«

»Ja, Prophet.«

»Such bitte außerdem den Ältesten Caine und sag ihm, ich möchte ihn gleich danach in meinem Büro sprechen.«

»Ja, Prophet.«
Sinclair legte auf, verließ das Büro, ging durch den Korridor und gab an einer Tür, die in ein Treppenhaus und seine privaten Gemächer führte, einen Code ein. Mit einem Seufzer ging er hinein.
Besorgt über Blandings und seinen eigenen Geisteszustand schritt er erschöpft durch das geräumige Wohnzimmer und den Flur in den Schlafraum, wo er den Anzug aus- und hellbraune Chinos und ein dazu passendes Oberhemd anzog. Schwarze Laufschuhe und eine braune Baseballmütze vervollständigten seine Kleidung. Er wollte gerade den Pferdeschwanz ins Hemd schieben, als ihm einfiel, dass ihn ja niemand sah. Sinclair lächelte. Er empfand einen leichten Anflug von Freiheit.
Als er vor der Tür stand, die in den Geheimtunnel führte, gab er den Code ein und wartete, bis die kühle Dunkelheit sich vor ihm öffnete. Beim Gedanken an die Rückkehr an den Ort der Erscheinung der vergangenen Nacht fröstelte er vor Furcht und Freude. Er löste den Karren von der Ladestation und fuhr ihn aus der Parknische in den kilometerlangen Tunnel hinein. Dann nahm er die Rückfahrt zur Olive Mesa in Angriff, wo er über die Bedeutung der Visionen der vergangenen Nacht meditieren wollte.

40

MOSS BASKERVILLE

Moss Baskerville hatte gerade mit einer Tasse Kaffee und einem Stapel Meldungen hinter dem Schreibtisch Platz genommen, als die Gegensprechanlage summte. »Ja, Shirley?«

»Hier ist eine Lady, die Sie sprechen möchte, Chief«, meldete sich seine Sekretärin.

Moss schaute auf die Uhr. *Die neue Mitarbeiterin – eine Stunde zu früh. Das ist ein gutes Zeichen.* »Schick sie rein.«

Als die Frau eintrat, stand Moss auf und schüttelte ihr die Hand. »Ich bin Chief Baskerville. Bitte, setzen Sie sich doch.« Er deutete auf den Holzstuhl vor dem Schreibtisch.

»Danke.«

Sie nahmen Platz, und Moss musste sich zusammenreißen, um sie nicht anzustarren. Auch wenn sie ein Cop war: Sie sah wie ein Model aus. Hoch gewachsen, dunkelhaarig, mit exotischen Mandelaugen, hohen Wangenknochen und langem welligem Haar. »Sie sind aber früh dran.«

»Wirklich?« Sie lächelte und hob fragend eine Braue.

»Ja. Ich habe Sie erst in einer Stunde erwartet. Kaffee?«

»Nein, danke. Vielleicht sollte ich erklären –«

Moss lächelte. »Nicht nötig. Bestimmt wollen Sie sich zuerst den Ort ansehen.« Er suchte in dem Papierstapel auf seinem Tisch erfolglos nach ihrem Lebenslauf. »Wie gefällt's Ihnen hier?«

»Ist nett«, erwiderte sie langsam.

»Hatten Sie schon Zeit, sich den Park anzusehen?«

»Ja. Ist faszinierend. Sehr schön.«

»Sie sind nicht aus dieser Gegend, was? Ich kann Ihren Akzent …

nicht einordnen.« Er war froh, dass Cassie ihn nicht wie einen Schuljungen über seine eigenen Worte stolpern sah. Die Frau war wunderschön – *eine atemberaubende Schönheit* –, doch ihre Haltung und ihre selbstsichere Art hatten etwas Einschüchterndes.

»Ich bin in England geboren und aufgewachsen, aber ich bin mit achtzehn Jahren rübergekommen.«

Moss nickte. »Das macht Sie weltgewandter als neunundneunzig Prozent der Bewohner Madelyns. Ihnen ist doch klar, womit Sie es hier zu tun haben, oder? Hier läuft sicher alles ganz anders als in Santo Verde.«

»Santo Verde?«

»Ich erkläre es Ihnen«, sagte Moss. Während er sprach, schob er die Papiere auf dem Schreibtisch von hier nach dort, damit sie nicht merkte, dass er ihren Namen vergessen hatte. »Madelyn ist meist ein ziemlich ruhiges Örtchen, aber in letzter Zeit war es ein bisschen anders. Drei Menschen sind verschwunden. Ich gehe von einem Verbrechen aus, aber wir haben einfach keine Spur. Und kürzlich ist ein Teenager bei einem nächtlichen Autorennen ums Leben gekommen. Hier gibt's auch Touristen, die dort rumfahren, wo sie nicht rumfahren sollen. Am Wochenende haben wir Trunkenbolde in der Mobius Bar, besonders dann, wenn der Santa Ana weht. Manchmal werden wir zu Rays Taverne gerufen. Manche Trucker sind riesige Redneck-Cowboys, die sich besaufen und sich dann mit den Billardstöcken verletzen. Letzten Monat hat einer von denen ein Auge verloren …«

»Ich –«

»Lassen Sie mich zu Ende erzählen, dann können Sie mir sagen, ob Sie interessiert sind. Momentan haben wir noch ein paar Probleme. Jemand hat eine Ziege getötet, und derselbe Kerl hat wahrscheinlich unsere Kirche geschändet. Könnte sein, dass eine örtliche Sekte dahintersteckt; es könnten aber auch ein paar Satanisten gewesen sein. Die Sektierer nennen sich selbst Apostel. Sie gehen davon aus, dass am nächsten Sonntag die Welt untergeht.

Sie verschrecken unsere Touristen und werden täglich schlimmer. Außerdem hatten wir letzte Nacht ein Erdbeben, das zwar keinen großen Schaden angerichtet, aber 'ne Menge Leute verängstigt und mich und meinen einzigen Deputy die ganze Nacht nicht zum Schlafen hat kommen lassen.«

»Chief –«

»Das ist noch nicht alles«, sagte Moss und nahm sich den letzten Papierstapel vor. »Hier gibt's auch UFOs – und die dazugehörigen UFO-Spinner. Tja, und ich hab gehört, dass jetzt draußen im Spirit Canyon sogar studierte Spinner kampieren.« Er drehte das letzte Blatt um und fand den Lebenslauf. Moss holte erleichtert Luft und richtete den Blick auf seine mutmaßliche neue Mitarbeiterin. »So, jetzt kennen Sie die Wahrheit. Haben Sie noch Interesse an dem Job, Miss Kellogg?«

Sie schenkte ihm ein kühles Lächeln. »Ich heiße Manderley. *Dr.* Alexandra Manderley. Ich gehöre zu den studierten UFO-Spinnern, die in Ihrem Canyon kampieren.«

Baskervilles Gesicht war vor Verlegenheit knallrot, deshalb zählte er stumm bis drei, ehe er wieder das Wort ergriff. Er schaute ihr in die Augen. »Wenn ich die Zeit gehabt hätte, dort raufzufahren und Sie kennen zu lernen, wie ich es vorhatte, hätte ich mich jetzt bestimmt nicht zum Affen gemacht. Tut mir Leid, Ma'am … Doktor. Ich wollte nicht respektlos sein – ich bin nur wahnsinnig überlastet«, erklärte er, »und erwarte eine neue Mitarbeiterin, die heute Nachmittag vorbeikommen wollte.«

»Hab ich mir fast gedacht.« Ihre Stimme klang nun nicht mehr so kühl, aber dennoch reserviert. »Sie sind unterbesetzt?«

»Und wie.« Moss gestattete sich ein verlegenes Lächeln. »Allmählich macht sich auch mein Schlafmangel bemerkbar. Was kann ich für Sie tun?«

»Nach allem, was Sie gesagt haben, sollte ich Ihnen mit meinem Kram eigentlich gar nicht erst kommen.«

»Wenn Sie darauf anspielen, dass ich Sie als ›UFO-Spinner‹ bezeichnet habe, Dr. Manderley, entschuldige ich mich. Ich hab diese Dinger selbst gesehen.«

Endlich lächelte sie. »Ich bin auch nicht gerade wild auf diese Spinner. Mit ihren wirren Ansichten rücken diese Fanatiker die gesamte Wissenschaft in ein schlechtes Licht.«

Moss lehnte sich erleichtert zurück. »Schätze, es ist überall das Gleiche. Ein paar Bullen, die über die Stränge schlagen, können den Ruf eines gesamten Berufsstandes beschädigen. Faule Äpfel gibt's wohl überall. Nun zur Sache. Was kann ich für Sie tun?«

»Wahrscheinlich nichts, aber wenn Sie einen Moment Zeit haben, möchte ich eine Belästigung melden und Ihnen ein paar Fragen bezüglich der hiesigen UFOs stellen.«

»Raus damit«, sagte Moss und legte ein Formular auf den Tisch. »Wer hat Sie belästigt?«

»Das Militär, glaube ich.«

Moss ließ den Kugelschreiber sinken. »Erzählen Sie.«

»Wir haben gestern Nacht UFOs gefilmt. Ein paar Düsenjäger kamen vorbei und haben sie verjagt. Dann sind drei schwarze Hubschrauber in unser Lager eingedrungen.«

»Eingedrungen? Sind sie gelandet?«

»Nein. Einer kam so tief runter, dass ich seine Kufen hätte packen können. Der Wind, den die Rotoren erzeugt haben, hat unser Lager praktisch vernichtet. Einige Kameraobjektive können wir wegwerfen, und einen Teil unserer Campingausrüstung mussten wir neu kaufen.«

»Sie können die Kosten dem Militär zwar in Rechnung stellen, aber ich glaube nicht, dass Sie das weit bringt.«

»Nein, glaube ich auch nicht. Deswegen bin ich auch nicht hier. Offen gesagt, Mr. Baskerville, ich mache mir Sorgen um unsere Sicherheit. Man hat uns gewarnt, aber ich habe nicht die Absicht, wegzulaufen. Allerdings verlegen wir unser Lager. Ich möchte, dass Sie wissen, wo wir sind. Für den Fall der Fälle.« Sie nahm ein gefaltetes Stück Papier aus der Jackentasche, öffnete es und schob es über den Tisch. Es war eine einfache Landkarte des Spirit Canyon, die aus einem Steinesammler-Führer stammte. Sie hatte eine Stelle abseits der Hauptstraße markiert. »Nachdem wir im Morgengrauen unsere Zelte abgebrochen hatten, haben wir diesen Ort gefunden. Er liegt etwa hundert Meter von der Canyonstraße entfernt. Wir schlagen unser Lager unter einem großen Überhang auf und hoffen, dass wir diesen Leuten nicht noch mal auffallen.«

Moss nickte. »Ich kenne die Stelle. Ich und meine Leute werden versuchen, einmal am Tag nach Ihnen zu sehen.«

»Ich weiß, dass Sie beschäftigt sind. Sie brauchen das nicht zu tun. Aber falls wir noch eine UFO-Sichtung erleben, würde ich es sehr zu schätzen wissen, wenn sich jemand davon überzeugt, dass wir noch da sind.«

»Sie klingen so, als würden Sie erwarten, dass das Militär Sie aus dem Verkehr zieht.«

»Ich habe vor einigen Jahren einen Kollegen verloren. Er verschwand vom Angesicht der Erde – ebenso wie der Film, den er von einer UFO-Sichtung im südlichen New Mexico gemacht hat.«

»Sie scherzen.«

Sie schüttelte den Kopf. »Ich weiß, es klingt paranoid, wenn man von Regierungsverschwörungen und solchem Zeug redet. Aber es ist nicht paranoid. Man sieht zu viel, und manchmal passiert dann etwas. Manchmal verschwinden Militärpiloten, manchmal zivile.« Sie hielt inne. »Und Sie würden sich wundern, wenn Sie wüssten, wie viele Kleinstadt-Polizisten verschwunden oder bei unerklärlichen Unfällen ums Leben gekommen sind.«

Moss sagte nichts, sondern schüttelte nur ungläubig den Kopf.

»Sagen Sie mal, Chief: Haben *Sie* der Luftwaffe je die Sichtung eines UFOs gemeldet?«

»Nein. Ich wüsste nicht, warum. Die Luftwaffentypen, die sich hier in der Gegend rumtreiben, sind mir unsympathisch. Die sind ... irgendwie ... wie Spanner. Da gibt es einen Colonel ...«

»Dole«, sagte Alexa Manderley. »Er war in unserem Lager und

hat uns zu verstehen gegeben, dass wir nur unsere Zeit verschwenden.«

»Tatsächlich? Der Typ fährt hier rum, als würde ihm die Stadt gehören. Er spioniert und schnüffelt. Offen gesagt, Doktor, es wäre mir lieber, er würde zu seiner Basis zurückkehren und dort seiner Schnüffelei nachgehen.«

»Wissen Sie, von welcher Basis er kommt?«

»Nein. Ich hab ein paarmal versucht, ein Gespräch in Gang zu bringen, wenn ich ihn in Rays Café gesehen hab, aber sein Mund ist verschlossener als der Arsch eines Puritaners. Verzeihung.«

Dr. Manderley kicherte. »Mich schockieren Sie nicht so leicht, Chief. Eines ist jedenfalls sicher: Er ist nicht grundlos hier. Wie lange treibt er sich schon hier rum?«

»Einige Jahre. Nachdem ein paar UFOs nördlich von hier über die Hügel geflogen sind, ist er aufgekreuzt. In letzter Zeit ist er oft hier. Glauben Sie, dass die UFOs irgendwelche Experimente der Regierung sind?«

»Einige vielleicht schon. Die Flugmaschine, die wir gestern Nacht gesehen haben, war unserer Technik aber so weit voraus, dass ich glaube, Dole und seine Freunde tappen da ebenso im Dunkeln wie alle anderen.«

»Haben Sie es gefilmt?«

Sie nickte. »Wir haben die Aufnahmen heute Morgen per FedEx-Boten zur AEFP geschickt.«

»Wenn das Militär keine Fliegenden Untertassen baut, wer tut es Ihrer Meinung nach dann?« Die Unterhaltung gefiel Moss immer besser. Normalerweise musste er die Stimme der geistigen Gesundheit sein: Menschen beruhigen und ihnen erklären, es sei nichts passiert. Doch diese ganz und gar nicht verrückt wirkende Frau sah die UFOs völlig sachlich, was ihm die Möglichkeit einräumte, sie ebenso zu sehen. »Außerirdische?«

»Möglich. Aber die Maschine, die wir gestern Nacht gesehen haben, hat sich mit einer Geschwindigkeit bewegt, die organisches

Leben nicht ausgehalten hätte. Vermutlich war sie unbemannt.« Alexa hielt inne. »Vielleicht stammen sie aus einer anderen Dimension. Es gibt Tausende und Abertausende von uralten Beobachtungen, die solche Maschinen beschreiben – als Hexenbälle, Feenlichter und Engel beispielsweise.«

Die Gegensprechanlage summte. »Ja, Shirl?«

»Miss Kellogg ist hier und möchte dich sprechen.«

»Die Pflicht ruft«, sagte Moss und stand auf. Er schüttelte Dr. Manderley noch einmal die Hand. »Ich würde gern mehr darüber hören, Dr. Manderley. Wenn Sie nichts dagegen haben, versuch ich morgen mal in Ihrem Camp vorbeizuschauen.«

»Sie sind jederzeit willkommen. Es ist schön, mit jemandem zu reden, der einen offenen Geist hat.«

»Was soll ich machen? Ich hab sie selbst gesehen.«

Moss schaute zu, als sie mit festem Schritt über den Parkplatz ging – eine elegante, langbeinige Gestalt in einer braunen Leinenjacke und blauen Jeans. Er seufzte leise. Aus ihr wäre ein toller Cop geworden. *Na ja, man kann nicht alles haben.*

41

JUSTIN MARTIN

Justin Martin war stinksauer. Obwohl er bis 14.20 Uhr gesucht hatte, hatte er Alexandra Manderley nicht gefunden. Jetzt, fünf Minuten später, fuhr er auf den Parkplatz der Raststätte und parkte vor Rays Café. Er war zwar neugierig auf das, was Hannibal Caine ihm zu sagen hatte, aber andererseits nahm er ihm die Vorladung übel.

Justin stieg aus seinem schwarzen Mustang und schloss die Tür ab. Die Wärme des Tages überraschte ihn. Wenigstens hatte der alte Marquay noch immer Bauchschmerzen und war auch heute zu Hause geblieben. Deswegen hatte Justin ihm vorlügen können, er wolle die Minenbahn um 14.00 Uhr öffnen. Bevor er zur Schule gefahren war, hatte er an der Bahn eine Notiz hinterlassen, auf der stand, dass sie um 15.00 Uhr öffnete. Damit hatte er jede Menge Zeit, um rauszukriegen, was Glatzenkönig Caine von ihm wollte.

Als er das Café betrat, wurde er von kühler Luft und dem himmlischen Wohlgeruch gegrillter Hamburger und Zwiebeln begrüßt. Er schaute sich in der Hoffnung um, dass Christie an die Arbeit zurückgekehrt war, doch es war keine Überraschung, sie nicht zu sehen: Morgen war Spelmans Beerdigung, und da flennte der blonde Cheerleader zurzeit vermutlich neben dem verbrannten Toten in der Leichenhalle.

»Hier drüben, Justin.«

Als Hannibal Caine seinen Namen rief, setzte Justin ein Lächeln auf, doch innerlich zuckte er zusammen. Er winkte, durchquerte das Café und gesellte sich zu dem Apostel, der in einer Nische

Platz genommen hatte. Zum Glück war der Laden nur zu einem Viertel voll, und niemand saß in Caines Hörweite. Justin glitt auf den orangefarbenen Kunststoffsitz, der dem dicken Mann gegenüberstand, der gerade ein Bananensplit vertilgte.
»Du hast dich etwas verspätet«, sagte Caine und deutete mit dem Löffel auf Justin. »Deswegen habe ich ohne dich angefangen.« Er winkte einer Kellnerin. »Dieser junge Mann hätte gern das Gleiche wie ich, Miss.«
Justin hätte zwar lieber einen Double-Bacon-Chili-Cheeseburger gegessen, aber er lächelte wie ein braver kleiner Welpe. »Danke, Ältester Caine.«
»Gern geschehen, Justin.«
Man konnte den Kerl einfach nicht ernst nehmen. Mit seinen blitzenden Augen und dem runden Babygesicht hätte er der Zwillingsbruder des Burschen aus der Fernsehserie »The Commish« sein können. Kein Mensch hätte in Caine etwas anderes als eine harmlose Gestalt gesehen, doch Justin wusste aus persönlicher Erfahrung, dass Äußerlichkeiten täuschen konnten: Schließlich hielt alle Welt ihn für den typisch amerikanischen Aufreißer, und das war er nun wirklich nicht. Nein, wäre Hannibal Caine harmlos gewesen, wäre er in der apostolischen Hierarchie nie so hoch aufgestiegen.
»Wie läuft's denn in der Schule, Justin?« Caine nahm die Maraschinokirsche von der Spitze seiner Eisportion, ließ sie an ihrem Stängel baumeln und warf sie dann in seinen Mund.
»Gut. Nächste Woche fangen die Osterferien an.«
Der Kirschenstängel schaute zwischen Caines Lippen hervor. Caine zog ihn mit den Fingern heraus und legte ihn neben seinem Teller auf den Tisch.
»Ich wette, du bist ein guter Schüler. Und klug.«
Komm zur Sache. »Ich schreib nur Einsen.« Die ungepflegte Kellnerin stellte eine in Sirup ersaufende Eisportion vor ihm ab. »Danke, Miss«, schleimte Justin. »Danke, Ältester Caine.«
»Keine Ursache.« Caine leckte Soße von seinem Löffel und deute-

te erneut auf Justin. »Du hast gestern Abend erwähnt, du wärst gern Arzt.«

»Ja, Sir.« Justin hielt seine Kirsche am Stängel fest und konzentrierte sich auf sie statt auf Caines Gruselblick. »Aber ich schätze, dazu wird es nicht mehr kommen, wenn die Welt am Sonntag untergeht.« Caine, das war ihm klar, würde den Quatsch wahrscheinlich nicht glauben, und er hätte ihn gern dazu gebracht, es zuzugeben. Er musste wissen, welches Spiel der Mann spielte.

»Du klingst leicht ironisch, Justin. Bist du etwa nicht davon überzeugt?«

»Sind Sie es?«

»Ich glaube an den Propheten.« Caine breitete hilflos die Hände aus. »Was kann ich sonst noch sagen?«

Eine Menge. »Ich würde auch gern glauben, Sir. Ich bete zu Gott, dass er meinen Glauben stärkt.«

»Du brauchst nur mehr Zeit. Ich bin sicher, dass Gott das weiß.« Caine schaute Justin an. Das Flackern in seinem Blick wurde zu einem eiskalten Blau. »Doch es gibt eine Möglichkeit für dich, Glauben zu finden. Sie besteht darin, dass du für die Kirche arbeitest. Für den Propheten.« Er faltete die Hände, und das Flackern war wieder da. »Und falls du Recht hast, falls der Jüngste Tag sich ein wenig verspätet, würde dein Werk dennoch belohnt werden.«

»Sie geben zu, dass der Prophet falsch liegen könnte?«

In Caines Augen flammte Feuer auf. »Nein. Ich sage es nur, weil du noch immer skeptisch bist.«

Justin nickte und bemühte sich weiterhin, untertänig zu wirken. Was ihm allerdings nicht leicht fiel.

»Ich will damit sagen, dass du nichts zu verlieren, aber alles zu gewinnen hast, wenn du für mich arbeitest. Für die Kirche. Können deine Eltern es sich leisten, dir ein Medizinstudium zu finanzieren?«

»Nein.« Justin machte sich nicht die Mühe, die Stipendien zu er-

wähnen, die er an Land gezogen hatte, weil sie ohnehin nicht sehr hoch waren. »Aber es gibt doch Studentenkredite.«
»Die Kirche der Apostel des Propheten könnte dem richtigen Studenten vielleicht großzügig zur Seite stehen.«
Ja, wenn ich euch meine Seele verkaufe. »Was muss der Student dafür tun?«
Caine lächelte. »Oh, nicht viel. Wir müssten nur wissen, dass er der Kirche treu ergeben und bereit ist, einen Schritt weiterzugehen. Natürlich möchten wir, dass unsere Investition sich bezahlt macht.«
»Ältester Caine?«
»Ja?«
»Wenn die Welt in ein paar Tagen untergeht«, sagte Justin unschuldig, »warum reden Sie dann noch über Stipendien?«
»Weil *du* unsicher bist.« Caines Miene zeigte Irritation, die jedoch ziemlich schnell von einem schmierigen Lächeln ersetzt wurde. »Ich will damit sagen, dass du dir, wenn du für uns arbeitest, den dir zustehenden Platz im Himmel verdienst – und zwar auch dann, wenn du nicht von unserer Kirche getauft worden bist. Wie du weißt, sind die Apostel die auserwählten Herrscher des Himmels.«
Er klang so aufrichtig, dass Justin zu der Ansicht gelangte, Caine sollte Gebrauchtwagen verkaufen. *Komm zur Sache, Glatzenkönig.* »Und?«
»Ich werde ganz offen zu dir sein, junger Mann.«
Wird aber auch Zeit, du Wichser. Justin schob sein Eis im Becher herum und wartete.
»Es besteht die Möglichkeit, dass die Welt nicht untergeht.«
Kein Scheiß, Sherlock? »Ach, wirklich?«
»Lass uns keine Spielchen spielen, okay?« Caine legte seinen Löffel auf den Tisch.
»Aber eure Kirche besteht doch nur aus dem Grund, weil sie auf das Ende der Welt wartet.«

»Jede Kirche wartet auf den Jüngsten Tag, junger Mann. Ich glaube, das weißt du.«
Justin ließ die Kirsche fallen. Sie klatschte in das schmelzende Speiseeis. »Ja, ich weiß. Aber nicht alle haben auch ein Datum dafür.«
»Stimmt. Manche Seher und Propheten – wie unser Prophet Sinclair – können zukünftige Ereignisse vorhersagen, nur eines nicht: ihren genauen Zeitpunkt.«
»Wollen Sie damit sagen, der Prophet Sinclair ist fehlbar?«, fragte Justin leise.
»Nein, nein, nein«, log Caine flink. »Es ist nur so … die Zeit ist etwas, was wir Menschen nicht genau verstehen.« Er breitete die Arme aus. »Ja, auch dir oder mir kommen manchmal ein paar Minuten wie eine Stunde vor.«
Wahrscheinlich hast du früher auch 'n bisschen gekifft. Justin nickte lächelnd. »Ich weiß genau, was Sie meinen.«
»Gut. Dann wirst du auch verstehen, wenn ich sage, dass die Vorhersagen des Propheten Sinclair zwar akkurat sind, der Zeitpunkt ihres Eintreffens aber abweichen kann, wie auch bei anderen großen Propheten. Es besteht eine gewisse Möglichkeit, dass uns noch einige Jahre bleiben und wir gute, starke Mitglieder brauchen. Ich glaube, du bist ein viel versprechender junger Mann.«
»Was soll ich tun?« Justin schob seine Schale in die Mitte des Tisches, so dass sie sich in Caines Territorium befand.
»Die tote Ziege hat dich weder geängstigt noch abgestoßen«, sagte Caine und schob den Kopf vor. »Du hast sie vielmehr an dich genommen und einem … ähm … guten Zweck zugeführt.«
»Und?«
»Die Zeit ist knapp, Justin. Es ist lebenswichtig, dass wir die Sünder aufrütteln. Wie sagt man doch? Extreme Zeiten verlangen extreme Maßnahmen.«
»Sind Ihre Leute deswegen alle in weißer Kleidung unterwegs?«
Caine nickte. »Angesichts dessen, was wir tun müssen, ist es nur ein Tropfen auf den heißen Stein. Wir haben wenig Zeit, und wir

müssen den Leuten Angst einjagen. Wir müssen sie zum Nachdenken bewegen, damit ihnen bewusst wird, dass sie Erlösung brauchen.« Seine Stimme wurde lauter. »Gott hat uns diese Pflicht auferlegt. Wir müssen alles tun, um so viele Seelen wie möglich zu retten.«

»Sagt euch die *Stimme,* dass ihr es tun sollt?«, wagte Justin einen Vorstoß.

»Ja«, erwiderte Caine sofort.

»Wer ist die Stimme?«, fragte Justin.

Caine blickte ihn lange an, bevor er antwortete. »Das weißt du doch. Wir alle wissen es.«

Justin beschloss, nicht weiter in ihn zu dringen. Er fragte sich allerdings, ob auch andere Menschen die Stimme hörten. »Was soll ich Ihrer Meinung nach tun?«, fragte er.

»Es besteht die Möglichkeit, dass wir dich in unserem Sonderprojekt einsetzen – du weißt schon: Gottes Sturmtruppe.«

»Was ist das für ein Sonderprojekt?« Nichts auf der Welt würde ihn dazu kriegen, in einem beknackten weißen Nachthemd rumzulaufen.

»Tja, du hast die Ziege leider mitgenommen, bevor sie die erwünschte Wirkung erzielen konnte.«

»Dann habt ihr sie also getötet, was?«

»Die Hand Gottes hat sie getötet, Justin. Ihr Tod war eine Botschaft an die Stadt. Ein Zeichen.«

»Habt ihr auch in der katholischen Kirche gewütet?«

»Nein. Ich kann deine Fragen erst beantworten, wenn du bewiesen hast, dass du einer von uns bist.«

»Und?«

»Du musst eine weitere Ziege töten und entsprechend zur Schau stellen.«

Justin hätte beinahe gelächelt, doch dann fing er sich und setzte eine todernste Miene auf. Vielleicht konnte er doch noch ein kleines Geschäft mit Caine anleiern. »Erzählen Sie mir mehr.«

42

JAMES ROBERT SINCLAIR

Auf dem roten Boden der Olive Mesa kniete James Robert Sinclair vor Gott und betete um Führung. Er hatte Hemd und Hut neben sich auf den Boden geworfen, damit er die ganze Kraft der Sonne spürte, und kniete nun seit über eineinhalb Stunden. Die Steine stachen in sein Fleisch, und seine Knie hatten zuerst sehr geschmerzt, doch nun waren sie vollkommen taub.

Tränen strömten über seine Wangen. »Lieber Gott«, betete er laut, »gib mir ein Zeichen, dass letzte Nacht kein Traum war, damit ich sicher sein kann, dass ich nicht verrückt bin.« Sein Rücken brannte wegen der Hitze, aber eine Antwort bekam er nicht. Er entfaltete langsam die Hände, fiel nach vorn und streckte sich vor einem Gott aus, an den zu glauben er erst vor einem halben Tag begonnen hatte.

Roter Staub drang in seinen Bart. Sinclair atmete ihn ein und schmeckte ihn. In der vergangenen Nacht war er so tiefgläubig gewesen. Zum ersten Mal in seinem Leben glaubte er an etwas. Zum ersten Mal glaubte er an Gott.

Glaube. Ich muss an das glauben, was ich gesehen und gehört habe. Seine Stimmung besserte sich, als er erkannte, dass Gott ihn prüfte. Wenn sein Glaube nicht länger währte als eine Nacht, war er unwürdig. Noch immer ausgestreckt, faltete er im Staub die Hände. »Ich werde meine Ehrenhaftigkeit beweisen, Vater. Ich vertraue auf dich.«

Die Sonne brannte auf ihn herab. Er weinte leise und schloss die Augen.

Du weißt noch nicht, was du bist, mein Sohn.

Die Stimme explodierte in seinem Kopf. Langsam öffnete er die Augen und sah Gottes Engel vor sich schillern. Überwältigende Liebe hüllte ihn ein, als die dunkle Gestalt in ihrer sonnenartigen Korona näher kam und die Hand ausstreckte.

Sinclair stieg aus dem Schmutz empor, kniete sich hin und neigte den Kopf. Schmutzige Freudentränen überschwemmten seine Augen. »Du bist real«, flüsterte er und hustete aufgrund des Staubes.

Du wirst sie in den Himmel führen. Du sollst das Licht sein. Deine wahre Natur wird am Tag des Jüngsten Gerichts enthüllt werden.

»Was soll das bedeuten?«, schrie Sinclair. »Ich verstehe das nicht!«

Sieh mich an, und du wirst die Wahrheit erkennen.

Zitternd versuchte Sinclair in das Gesicht des Engels zu schauen, doch er konnte es nicht. »Ich bin schwach. Herr, vergib mir.«

Dir sei vergeben. Die Zeit wird kommen, und du wirst wissen. Verharre in deinem Glauben, denn dir steht die größte aller Aufgaben bevor.

Der Engel berührte ihn, und Sinclair schrie ekstatisch auf.

43

ALEXANDRA MANDERLEY

Sie fahren wie eine Verrückte«, sagte Eric Watson zu Alexa Manderley.
Sie grinste ihn an. »Ich hab mich mit dem Polizeichef angefreundet. Machen Sie sich also keine Sorgen.«
Sie hatten Eis und ein Kühltasche voller frischer Lebensmittel eingekauft, und natürlich Laternen und Taschenlampen, als Ersatz für jene, die sie in der letzten Nacht verloren hatten. Einige Objektive und Instrumente waren nicht zu retten gewesen, doch glücklicherweise hatten das Teleskop samt fotografischem Zubehör, die Videokamera und ein Fotoapparat keinen Schaden genommen. Alexa spürte, dass neue Energie sie durchströmte. Sobald sie an Madland vorbei waren, trat sie voll aufs Gas und jagte den Bronco mit einem unglaublichen Tempo den Old Madelyn Highway hinauf.
Auf der Thunder Road angelangt, verlangsamte sie und bog in den Spirit Canyon ab. »Die kommen bestimmt zurück«, sagte sie zu Eric.
»Glauben Sie?«
»Ich spür es in den Knochen. Wir sind einer großen Sache auf der Spur, Eric. Sie kann nur noch größer werden.«
Eric lachte. »Was ist aus der objektiven Wissenschaftlerin geworden?«
Alexa lächelte. »Sie ist noch da, aber ich fühle mich wie ein Kind in einem Süßwarenladen. Sie nicht auch?«
»Ja, sicher.« Eric warf einen Blick über die Schulter. »Halten Sie an!«

Alexa stoppte den Wagen so schnell, dass sie fast von der Straße abgekommen wären. »Was ist denn?«, rief sie. »Hab ich was überfahren?«

»Sehen Sie!« Eric deutete nach Nordwesten. »Da!«

Alexa reckte den Hals und keuchte auf. Eine feurige Scheibe schwebte direkt über der Olive Mesa. »Es könnte zwar auch eine Luftspiegelung sein«, sagte sie und wendete den Wagen, »aber ich bezweifle es.«

Eric packte die Videokamera. Während Alexa den Wagen über die Straße lenkte, filmte er. »Behalten Sie die Straße im Auge!«, rief er, als sie in eine Reifenspur geriet. »Ich nehm alles auf. Konzentrieren Sie sich aufs Fahren!«

Alexa tat wie ihr geheißen. Sie legten in zwei Minuten drei Kilometer zurück, ohne dass die Scheibe sich bewegte. Auf einer Höhe mit der Mesa und dem UFO hielt sie nach einer Fahrspur Ausschau und erspähte schließlich eine. »Festhalten!«, rief sie und riss das Steuer jäh nach rechts.

»Scheiße!«, krähte Eric und drückte die kleine Kamera fest an seinen Brustkorb. »Ich hätt mir fast ein Auge ausgestochen!«

»Festhalten, wir sind gleich an der Mesa.«

Die Mesa ragte nun so dicht vor ihnen auf, dass sie das UFO nicht mehr sahen. Alexa fuhr rasend schnell, und da die Fahrspur immer holpriger wurde, stieß sie sich den Kopf an der Decke des Bronco an.

»Vorsicht!«, rief Eric, als sie in letzter Sekunde einem großen Stein auf der Straße auswich. »Langsam! Da ist noch einer!«

Alexa trat auf die Bremse, damit sie nicht mit dem zweiten Brocken zusammenstieß. Sie flogen beide nach vorn. Den ersten Felsklotz hätte man vielleicht noch überrollen können, doch der hier war nicht passierbar. Er war riesig, und vermutlich hatte man ihn dort hingeschafft, um den Weg zu blockieren.

»Verdammt!« Alexa schaute sich die Wegränder an, doch hier konnte nicht mal ein Bronco manövrieren. Sie schaltete den Motor aus und steckte den Wagenschlüssel ein. Dann schnappte sie sich den Fotoapparat und sprang aus dem Wagen. »Gehen wir!«

Eric eilte mit der Videokamera auf der Schulter hinter ihr her. Er holte sie ein, als sie auf die Mesa zutrabten. »Auf die Spitze kommen wir nie im Leben rauf.«

»Kommen Sie«, rief Alexa, die bereits Seitenstechen verspürte. »Hier muss es doch irgendwo einen Weg geben.« Sie lief voraus, schnappte nach Luft und war trotz der Hitze in Hochstimmung. Am Fuß der Mesa rannte sie dreißig Meter nach rechts, fuhr dann, als sie nichts fand, herum und lief nach links. »Hier!«

Der Pfad war in einem Felsabhang verborgen, den man von der Straße aus nicht sehen konnte. »Beeilung!«

Sie versuchte den steilen Hang hinaufzutraben, doch bald wurde sie langsamer. Ihre Lunge schmerzte von der Anstrengung und vom Staub. Eric holte sie ein, und sie liefen keuchend und schnaufend weiter. Alexa wünschte sich, sie hätten nicht nur Kameras, sondern auch Feldflaschen mitgenommen.

»Wahrscheinlich ist das UFO jetzt schon weg«, keuchte Eric.

»Selbst wenn ... Es war praktisch am Boden. Vielleicht hat es Spuren hinterlassen.«

Zwanzig lange, heiße Minuten vergingen, dann brachte der sich windende Pfad sie endlich auf den Gipfel. Alexa trat auf das Plateau. »Sie hatten Recht«, sagte sie atemlos, als Eric sich zu ihr gesellte. »Es ist weg.«

»Wir sollten uns einen Moment ausruhen.«

»Ja, ruhen wir uns aus.« Alexa war erschöpft. Zu Hause lief sie zwar jeden Morgen mehr als einen Kilometer, aber auf das hier war sie nicht vorbereitet gewesen. Sie machte noch ein paar Schritte auf die Mesa zu, dann schirmte sie die Augen mit der Hand ab und schaute auf etwas, das genau in der Mitte aufragte. Eric hatte kaum »Was ...?« gerufen, als Alexa auch schon auf die Mitte der Mesa zulief.

Da lag etwas am Boden: ein braunes Männerhemd, Sandalen und

eine Baseballmütze. Mehr nicht. Die Gegenstände sahen nicht so aus, als lägen sie schon länger hier. »Eric!«, rief Alexa. »Bleiben Sie einen Moment stehen. Hier war jemand.« Sie suchte nach Fußabdrücken und fand einige im roten Staub. Der Größe nach waren es die eines durchschnittlich großen Mannes. Nur drei Abdrücke waren sichtbar – der Wüstenwind hatte den Rest bereits ausradiert.

»Außerirdische?«, fragte Eric amüsiert.

Alexa verzog das Gesicht. »Nein.« Sie machte einige Fotos von der Kleidung und den noch sichtbaren Fußabdrücken, dann bedeutete sie Eric, näher zu kommen. »Sehen Sie sich das an!«, sagte sie und hob das Hemd auf. Sie führte es an die Nase und schnüffelte daran. »Es riecht nach Aramis. Wer immer hier war, er ist gerade erst gegangen.« Dann hob sie die Mütze auf und nahm an ihr einen schwachen Duft nach Haarwasser wahr.

»Alexa, ist Ihnen eigentlich klar, wie bizarr es aussieht, Sie an den Klamotten eines Fremden schnüffeln zu sehen?«

Alexa blickte auf und sah, dass er sie mit der Videokamera aufnahm. »Die Kleider liegen noch nicht lange hier«, sagte sie mit aller Würde, die sie aufbringen konnte, in die Kamera hinein und beschrieb dann die Einzelheiten der gefundenen Gegenstände. Schließlich legte sie sie wieder auf den Boden zurück.

»Sie wollen sie nicht mitnehmen?«, fragte Eric. Er klang noch immer erheitert. »Sie gehören vielleicht jemandem, der von Außerirdischen entführt wurde!«

»Wenn sie einem Entführten gehören«, erwiderte Alexa trocken, »wird er sie bestimmt zurückhaben wollen. Kommen Sie. Mal sehen, ob es hier irgendwelche Spuren einer Landung gibt.«

Sie suchten eine halbe Stunde, fanden aber nichts. Schließlich wanderten sie an der Seite der Mesa wieder herunter.

44
JAMES ROBERT SINCLAIR

»Prophet Sinclair?« Tim Dresner klopfte an die Tür. »Es sind noch fünfzehn Minuten bis zur Aufzeichnung.«

»Ich brauche eine Viertelstunde länger«, rief Sinclair. Seine Gelassenheit verwunderte ihn. »Sagen Sie bitte dem Chor, er soll die Gemeinde unterhalten, Tim.«

»Ähm … ja, Prophet. Kein Problem.«

Erst wenige Minuten zuvor hatte Sinclair die Augen geöffnet und sich sitzend vor der Tunneltür in seinem Schlafzimmer wiedergefunden. Er saß noch immer dort und wollte verstehen, was passiert war. Er versuchte sich zu erinnern und fragte sich, ob er im Begriff war, den Verstand zu verlieren.

»Ich werde sie in den Himmel führen«, sagte er, als eine vage Erinnerung zu ihm zurückkehrte.

Er stand auf. Seine wunden Knie protestierten, als er durch den Raum zum Spiegelschrank ging. »Mein Gott«, sagte er, als er sah, dass seine Baseballmütze und sein Hemd nicht mehr da waren. »Es ist wirklich passiert.« Roter Staub bedeckte ihn von Kopf bis Fuß. Als er hinter sich blickte, bemerkte er, dass er rote Fußabdrücke auf dem himmelblauen Teppich hinterlassen hatte.

Ihm fiel ein, dass er zur Olive Mesa gegangen war, um über die Vision der vergangenen Nacht zu meditieren, aber er hatte keine Erinnerung an den Rückweg. Der Engel hatte gesagt, er solle ihm in die Augen schauen. Er konnte sich an nichts danach erinnern.

Habe ich geschaut?

Seiner Meinung nach nicht, denn er hätte sich bestimmt daran erinnert. *Sieh mich an, und du wirst die Wahrheit erkennen,* hatte die Stimme gesagt.

Er hatte sich als Feigling offenbart, doch ihm war vergeben worden. Vielleicht hatte man ihm sogar eine neue Chance eingeräumt.

Sinclair musterte seine schmutzige, zerzauste Gestalt im Spiegel und schüttelte den Kopf. »Vielleicht hast du einen Nervenzusammenbruch, alter Junge«, sagte er zu seinem Spiegelbild. »Du glaubst dein eigenes Geschwafel.«

So schwer es für einen ewigen Skeptiker war, irgendwas zu akzeptieren, er glaubte nun an Gott. Er *wusste,* dass es ihn gab. Er wusste nicht, woher er es wusste, aber er wusste es.

Eigentlich wollte er duschen, aber stattdessen ging er zur Tunneltür zurück und öffnete sie. Der Elektrokarren war nicht da. Er war zu Fuß zurückgekehrt. Er konnte es nicht glauben, denn sein Rücken tat nicht weh, und auf der ganzen Strecke hätte er gebückt gehen müssen.

Wie also bin ich zurückgekommen? Sinclair stellte verwundert fest, dass sein Herz vor Freude anschwoll. Dies war ein weiterer Beweis dafür, dass mit ihm etwas Wundersames geschehen war.

»Prophet?« Tims Stimme kam durch die verschlossene Wohnungstür. »Sind Sie bereit?«

»Tim ...« Von Freude erfüllt, ging Sinclair an die Tür und öffnete sie.

Tims Kinnlade sackte herab, als er den staubbedeckten, nur halb bekleideten Propheten sah, doch er sagte kein Wort. Sinclair legte sanft eine Hand auf die Schulter seines Helfers.

»Prophet?«, murmelte Dresner mit großen Augen.

»Tim... Geh in die Kirche und sag den Leuten, dass wir heute nichts aufzeichnen. Was ich zu sagen habe, ist viel zu wichtig. Die heutige Predigt senden wir live.«

»J-ja, Prophet.«

»Ich habe mit Gott persönlich gesprochen. Sag den Aposteln, sie sollen weitermachen und die Botschaft des Herrn verbreiten. Und sie sollen frohlocken.«

»Ja, Prophet.«

Sinclair machte leise die Tür zu.

Die Zeit ist gekommen, und du wirst sie führen. Die Worte hallten leise durch seinen Geist.

45

HENRY MARQUAY

Da der Tee und der Toast, die er vor einer Stunde zu sich genommen hatte, ihm offenbar gut bekamen, beschloss Henry Marquay, sich anzuziehen und zur Arbeit zu gehen. Er erhob sich aus dem Schaukelstuhl vor dem Fernseher, zog den Bademantel enger um sich und schlurfte durch das abgedunkelte Wohnzimmer in Richtung Schlafzimmer.

Die Wohnung sah schrecklich aus. Wenn Madge zurückkam, würde sie ihn bestimmt zur Schnecke machen, denn er hatte alles verkommen lassen. Sämtliche Teller waren dreckig; sie stapelten sich im kalten, schmutzigen Wasser im Spülbecken oder sonst wo in der Küche. Seine Klamotten lagen überall herum. Sie waren ebenfalls schmutzig. Ja, Madge würde einen Anfall kriegen.

Er konnte es kaum erwarten.

Henry versuchte, den Tatsachen ins Auge zu sehen. Er sagte sich, dass die Frau, mit der er seit fünfunddreißig Jahren verheiratet war, nicht zurückkehren würde. Ihr war irgendetwas zugestoßen, doch er konnte nicht weiterleben und an solche Dinge denken. Letzte Nacht, als er alle zehn Minuten zur Toilette gelaufen war, hatte er sich eingeredet, Madge sei vielleicht tot. Seine Stimmung war so finster geworden, dass er ins Schlafzimmer gegangen war und seinen Revolver aus dem Nachtschränkchen geholt hatte. Er hatte ihn mit zitternder Hand in seinen Mund geschoben, doch zwei Dinge hatten ihn abgehalten, den Abzug zu drücken: die Hoffnung, dass Madge vielleicht doch noch lebte, und sein Magen, der schon die nächste Durchfallattacke spürte.

Nun zog Henry sein Arbeitszeug an: rot kariertes Hemd, Mütze und Stiefel. Dann schloss er ab und fuhr mit seinem alten Ford Pick-up von New nach Old Madelyn. Er stellte ihn auf dem Madland-Parkplatz ab und marschierte durch den Hintereingang des Freizeitparks, um seinen wohlmeinenden Freunden und ihren Beileidsbekundungen zu entgehen. Er konnte es heute einfach nicht ertragen.

Im Park war nicht viel los, und das würde auch bis zum Wochenende so bleiben. Henry wartete geradezu auf das rege Treiben, das mit den Touristen einherging. Es würde dazu beitragen, seine Gedanken von Madge abzulenken.

»Henry!«

Als Henry aufblickte, kam Pater Corey den Pfad von seiner kleinen Kirche herab. Der junge Mann trug heute kein geistliches Gewand, sondern ein mit Farbflecken übersätes Hemd, eine Mütze und Jeans. Henry blieb zögernd stehen. *Komm mir jetzt bloß nicht auch noch mit Mitleid ...* »Heiß heute, was?«, knurrte er.

»Wie im Sommer«, stimmte der Pater zu. »Justin hat gesagt, dass Sie sich nicht wohl fühlen, Henry. Wie geht es Ihnen?«

»Ich hab mir nur den Magen verdorben, Pater Mike. Jetzt geht's mir wieder gut. Na, streichen Sie was an?«, fragte er, bevor der Geistliche irgendetwas Mitfühlendes sagen konnte.

Michael Coreys besorgter Blick wurde zu einem Stirnrunzeln. »Ach, das wissen Sie ja noch gar nicht. Jemand ist in die Kirche eingebrochen und hat sie geschändet. Man hat satanische Symbole gemalt und beinahe das Kruzifix ruiniert. Gus Gilliam glaubt aber, er kriegt das Blut ab und kann es restaurieren. Gott sei Dank.« Er bekreuzigte sich.

»War das einer dieser Satanskulte?«

Corey schüttelte den Kopf. »Ich weiß es nicht. Chief Baskerville untersucht den Fall, aber ich glaube nicht, dass er was rauskriegt. Er ist zu sehr mit ... den anderen Problemen beschäftigt, Henry. Tut mir Leid, das mit Madge. Wenn Sie mit jemandem darüber sprechen möchten ...«

»Danke, Pater«, sagte Marquay schnell, denn nun schossen ihm Tränen in die Augen. »Sie wird schon zurückkommen. Ich muss jetzt gehen.« Er trottete in Richtung Mine.

»Ich bete für sie«, rief Corey hinter ihm her.

Henry hob die Hand, um zu signalisieren, dass er verstanden hatte. Er traute seiner Stimme nicht.

»Was zum …«

Sein Fahrgeschäft war geschlossen. Henry trat an das Kassenhäuschen und las die im Fenster hängende Nachricht. »Wegen Reparaturarbeiten geschlossen. Morgen Neueröffnung.«

»Was ist hier los?« Wenn mit der Bahn irgendetwas nicht in Ordnung war, hätte Justin es ihm doch sagen können! Henry öffnete verunsichert die Tür. Als sie hinter ihm ins Schloss fiel, schnupperte er.

»Heilige Scheiße!« Kein Wunder, dass Justin den Laden geschlossen hatte. Der Gestank hier war kaum auszuhalten. »Justin? Bist du hier? Justin? Antworte, mein Junge!«

46
JUSTIN MARTIN

»Scheiße.« Justin Martin flüsterte das Wort nur, dann rief er: »Bin gleich oben, Mr. Marquay!«

Er hatte ebenso wenig damit gerechnet, dass der alte Knabe hier aufkreuzte, wie mit der gottverdammten Nachmittagshitze, die dazu führte, dass die Leichen stanken. Er musste sich schnell etwas ausdenken.

»Wo bist du?« Marquays Stimme schallte in die alte Grube hinab, in der Justin arbeitete.

»Mr. Marquay?«, rief er und schaufelte Erde.

»Justin?«

»Bleiben Sie oben! Ich bin gleich bei Ihnen.«

»Beeil dich!«

»Mach ich!«

Justin schaufelte fieberhaft Erde über die Leichen in der Grubenmitte. Als er um 14.45 Uhr gekommen war, hatte er den Verwesungsgestank sofort gerochen. Er war davon ausgegangen, dass der kleine Raum am Ende des Schachts so tief und seine Luft so kühl war, dass es dazu nie kommen würde. Immerhin hatte Joe Huxley, sein erstes Opfer, keinen großen Gestank erzeugt. Jedenfalls nicht genug, um nach oben oder in die Abzugschächte zu treiben. Doch Huxley war eine von der Sonne ausgedörrte Mumie gewesen, ohne viel Fleisch auf den Knochen. Sein Körper war angeschwollen und dann langsam verschrumpelt, bis er wie eine echte Mumie ausgesehen hatte. Wie dumm, Justin, dass du keine besseren Vorsichtsmaßnahmen getroffen hast.

Er hatte eilig das Reparaturschild rausgehängt, sich eine alte Spitzhacke und eine Schaufel aus dem Ausstellungsinventar geschnappt und war in die Grube hinabgestiegen. Das Licht der Laterne hatte ihm gezeigt, dass Kyla Powers' schwerer, ungeheuer aufgeblähter Leib explodiert war. Flüssigkeiten und Eiter sickerten aus einem fußgroßen Loch in ihrem Bauch. Madge Marquay war wohl auf sie getreten. Justins Magen hatte sich umgedreht, denn er hatte Maden in den Eingeweiden wimmeln sehen. Außerdem hatte er so tief unter der Erde keine Fliegen erwartet. *Sie haben Fleisch gerochen.*

Er hatte sich stoisch an die Arbeit gemacht und mit der Spitzhacke den steinigen Boden der Kammer aufgebrochen. Er hatte fast eine Stunde lang gearbeitet, bevor es ihm gelungen war, in der Mitte des Bodens eine breite, nicht sehr tiefe Grube auszuheben. Kurz bevor der alte Marquay aufgetaucht war, hatte er die Leichen hineingeworfen und angefangen, sie mit Erde zu bedecken.

»Justin! Ich komme runter!«

»Nein!«, schrie Justin mit aller Kraft. »Ich bin schon unterwegs!«

Er warf die letzte Schaufel voll Erde über Kyla Powers' Blasen werfenden Magen. Die Leichen waren noch nicht ganz bedeckt: Er musste noch mehr tun, vielleicht etwas Borax herunterschaffen oder Kalk. Justin nahm Schaufel und Laterne und stieg schnell über die Strickleiter aus der Grube. Dann kletterte er die beiden Eisenleitern hinauf, die zu den oberen Ebenen führten, und ließ den Aufzug unten.

»Justin?« Marquays Stimme war nun nahe.

Justin hob die Laterne hoch und trat auf die Gleise, über die die Grubenbahn fuhr. »Komme schon.« Er setzte sich in Richtung Ausgang in Bewegung.

Im nächsten Moment gingen die verborgenen Lampen an, und Marquay tauchte in einem breiten, von Balken gestützten Torweg auf. »Hallo, Mr. Marquay.«

»Was zum Henker hast du da unten gemacht?« Marquay verschränkte die Arme vor der Brust. »Und was machst du mit der Schaufel da?«

Justin gesellte sich zu ihm und setzte eine ernste Miene auf. Er zog kurz in Erwägung, Marquay die Schaufel über den Schädel zu ziehen, doch er wischte die Idee schnell beiseite: Vielleicht hatte ihn jemand ankommen sehen. Außerdem brauchte er den Scheck, den Marquay ihm alle zwei Wochen ausstellte. »Erinnern Sie sich noch an die Rattenfallen, die ich letzten Monat aufgestellt habe?«, fragte er, als sie zum Haupteingang der Bahn gingen.

»Nein. Ich weiß nichts von Rattenfallen.«

»Klar doch, ich sollte extra nach Barstow fahren, um die ganz großen Dinger zu besorgen.«

»Ach ja, ja«, murmelte Marquay.

Justin verbarg sein Lächeln. Es gab hier keine Rattenfallen. Er wusste, dass Marquay mehr um die Ohren hatte, als er sich merken konnte, und nie zugab, dass er etwas vergessen hatte.

»Als ich herkam, ist mir der Geruch aufgefallen«, sagte Justin grimmig. »Also bin ich mal rumgegangen und hab die Fallen kontrolliert.«

»Und, hast du eine Riesenratte gefangen?«

Wenn du wüsstest ... »Nein, Sir, aber ein Opossum, und zwar direkt unter einem Ventilationsschacht. Deswegen hab ich das Reparaturschild rausgehängt.«

»Wo ist das Biest?«

»Ich hab es verscharrt. Ich wusste nicht, was ich sonst tun sollte«, fügte Justin unschuldig hinzu. »Ich wollte es nicht die Leiter raufschleppen. Und selbst wenn ich es getan hätte ... ich glaube nicht, dass es eine gute Idee wäre, es auf den Misthaufen zu werfen.«

»Kluger Junge.«

Sie standen bei den Bahnwagen in der Passagierladezone. »Du gehst besser nach Hause, nimmst eine Dusche und ziehst dich um. Hier stinkt es noch immer. Wir lassen den Laden heute zu und lüften ihn bis morgen aus.«

»Mr. Marquay?«

»Was?«

»Ich hab eine Idee.«
»Was für eine?«
»Vielleicht sollte ich zum Laden runterfahren und etwas Kalk kaufen, um es auf dem Boden zu verstreuen. Ich konnte nicht sehr tief graben«, fügte er verlegen hinzu.
»Hättest 'ne Spitzhacke nehmen sollen.« Marquay griff in seine Brieftasche und reichte Justin ein paar Geldscheine. »Kauf eine Menge von dem Zeug und verstreu es. Und schaff die Rattenfallen beiseite. Die machen ja mehr Probleme als sie lösen.«
»Ja, Sir.« Justin öffnete die Tür und spähte in die helle Nachmittagssonne hinaus.
»Justin?«
»Ja, Mr. Marquay?«
»Ich fahre wieder nach Hause. Der Gestank hat irgendwie komische Auswirkungen auf meinen Magen. Kommst du gleich zurück und kümmerst dich um alles?«
»Sie können sich auf mich verlassen!«
»Das weiß ich, Justin, und ich weiß es zu schätzen. Ich lass die Ventilatoren an. Schalt sie ab, wenn du heute Abend fertig bist.«
»Mach ich. Bis morgen, Mr. Marquay!«

47
HANNIBAL CAINE

»Er wollte nichts sagen – außer dass er mit Gott gesprochen hat.« Hannibal Caine strich über seine breite Stirn. Er saß im Esszimmer seiner Wohnung neben dem Haus der Bruderschaft und war im Begriff, einen Riesenkopfschmerz zu entwickeln.

»Wenn der Prophet sagt, er hat mit Gott gesprochen, hat er mit Gott gesprochen«, erwiderte Eldo Blandings bestimmt. »Zweifelst du daran?«

»Nein, natürlich nicht«, sagte Caine schnell. Eldo war unter Umständen bereit, im Namen des Propheten unerhörte Dinge zu tun, nicht aber, ihn zu lästern. »Es wäre mir nur lieber, er würde uns sagen, was er heute Abend predigen will.«

Blandings stand auf. Sein graues Toupet saß leicht schief auf seinem Schädel. »Sei geduldig, Hannibal. Glaube an den Propheten, wie du an den Herrn glaubst.«

Caine begleitete ihn zur Tür. »Übrigens, wahrscheinlich hast du schon bald einen neuen Mann für deine Sonderprojektgruppe.«

»Der Junge, der die Ziege mitgenommen hat?«

Caine nickte. »Justin Martin. Sehr klug und ehrgeizig. Ich prüfe ihn gerade. Wenn er besteht, schicke ich ihn zu dir.«

»Kann man ihm vertrauen?«

»Ja«, sagte Caine. »Er möchte nicht, dass seine Eltern von der Sache mit der Ziege erfahren. Er hat sie seziert. Er sagt, er möchte Arzt werden.«

Blandings lachte. »Da wir gerade vom Komitee sprechen ... In ein paar Minuten findet ein Treffen der Sonderprojektgruppe statt.«

»Geht's um das Theater der Hure?« Caine hob die Augenbrauen.
»Wir werden diesen satanisch orientierten Schauspielern mal ein bisschen Gottesfurcht einbläuen.« Blandings' Spülwasseraugen blitzten. »Möchtest du dabei sein?«
»Danke, aber ich bleibe lieber hier und behalte einige Dinge im Auge.« Das Theaterprojekt war allein Blandings' Baby: Er hielt alle männlichen Schauspieler für homosexuell, und die Leidenschaft seines Hasses sagte Caine eine Menge über seinen Kollegen. Anfangs hatte er vorsichtig versucht, Blandings die Sache auszureden. Eldo hatte versprochen, nicht zu weit zu gehen: Er wollte nur ein wenig Farbe ins Spiel bringen.
»Na schön, dann bis später.« Blandings hielt einen Moment inne. »Es gibt noch jemanden, der einen Tadel verdient hat.«
»Wirklich?«, fragte Caine locker. Blandings war der Meinung, dass jeder, der ihn schräg ansah, Vergeltung verdiente.
»Der Geschäftsführer des Freizeitparks, ein großer Mann in Cowboykleidung.« Eldos Augen waren hasserfüllte Stecknadelköpfe. »Er hat uns rausgeworfen und mich gedemütigt. Und zwar vor meinen Leuten.«
Caine nickte. »Darüber sprechen wir später, Eldo.«
Blandings setzte sich in Bewegung, dann wandte er sich um. »Vergiss nicht, Hannibal: Hab Vertrauen in den Propheten Sinclair.«
»Ich werde es nicht vergessen.«
Caine machte die Tür zu, ging zu einer Kirschholzvitrine, öffnete ihre Glastüren und entnahm ihr eine Kristallkaraffe mit Brandy und ein Schnapsglas. Nachdem er sich mehr eingeschenkt hatte, als ein Genießer für passend hielt, ging er mit dem Glas zu seinem cremefarbenen Ledersofa und nahm seufzend Platz.
Sinclairs Beschluss, seine heutige Predigt nicht aufzuzeichnen, sondern live zu senden, hatte Caine um eine Audienz ersuchen lassen. Doch der Prophet hatte ihn nicht empfangen wollen, sondern ihm mitgeteilt, er würde in einer Stunde in seinem Büro mit ihm reden. Caine hatte ungeduldig gewartet. Als der Summer ihn

schließlich hineingerufen hatte, hatte er James Robert Sinclair zu seinem Schreck in Hosen und einem weißen Button-down-Hemd ohne Jackett und Krawatte hinter seinem Schreibtisch sitzen sehen. Sinclair trat immer im Anzug vor die Öffentlichkeit, auch am heißesten Augusttag.

Und noch schockierender: Der Pferdeschwanz, den er sonst versteckte, hing über seinem Hemd.

»James, dein Haar ...« Die Worte entwischten ihm, bevor er sich stoppen konnte.

Sinclair lächelte nur. »Ich habe mein Haar für eine Eitelkeit gehalten, Hannibal. Aber mir ist klar geworden, dass meine wirkliche Eitelkeit darin besteht, es zu verbergen, damit ich dem Klischee entspreche.«

Darauf fiel Caine keine Erwiderung ein. Schließlich sagte er: »Darf ich fragen, warum die Predigt heute live übertragen werden soll?«

»Ich bin Gott begegnet, Hannibal.« Sinclair, der perfekte Schauspieler, sprach mit ruhiger Stimme. »Und er hat zu mir gesprochen.«

»Was hat er gesagt, James?«

»Er hat mir Neuigkeiten mitgeteilt.«

»Was für Neuigkeiten?«

»Frohe Neuigkeiten, aber mehr will ich im Moment nicht sagen.« Sinclair lächelte. »Freue dich, Hannibal. Wir sind gerettet.«

Caine hatte genickt und sich entschuldigt. Sein Magen war kalt wie Eis gewesen.

Und nun spürte er trotz des warmen Brandys, den er im Magen hatte, eine neue Kälte. Er war sicher gewesen, ganz *sicher,* dass Sinclair am Tag der Apokalypse verschwinden würde. All seine Pläne bauten darauf auf.

Doch nun erkannte er, dass Sinclair entweder geistesgestört war oder – dies war wahrscheinlicher – beschlossen hatte, seine geistliche Position weiterhin auszunutzen. Die »frohen Neuigkeiten«

konnten nur eins bedeuten: Er wollte die Apokalypse absagen. Er wollte seine Pläne ruinieren. Das konnte er nicht zulassen.

Hannibal trank den Brandy und schenkte sich noch einen kleinen Schluck ein. Das Leben im Schatten des Propheten hing ihm zum Hals heraus. Sobald er sicher war, dass Sinclair vom Pfad abwich, würde er Maßnahmen ergreifen.

Jim-Bob Sinclairs Welt würde enden. Daran zweifelte Hannibal Caine keinen Moment, denn er beabsichtigte, sich darum zu kümmern.

48

ALEXANDRA MANDERLEY

Alexandra Manderley fuhr in der Abenddämmerung durch das gusseiserne Tor der El Dorado Ranch Road. Der schmale, eineinhalb Kilometer lange Privatweg führte zu Tom Abernathys im spanischen Stil erbauten weitläufigen Ranchhaus, das aus cremefarbenem Stuck und einem Dach aus Adobefliesen bestand. Der Hof war von Stucksäulen umgeben, und dazwischen verlief ein schwarzer Eisenzaun. Als sie das Tor öffnete und unter dem Bogen hinweg in den Patio schlenderte, hatte sie nicht mehr den Eindruck, sich in einer heißen, trockenen Wüste zu befinden. Der vordere Hof war mit Steinplatten ausgelegt und von Topfpalmen und Kakteen umgeben. Niedrige, runde Adobeschalen, in denen gelbe und orange Ringelblumen wuchsen, säumten den Fußweg zum Haus.

Alexa blieb auf der Veranda stehen und betätigte die Klingel neben der geschnitzten Holztür. Sie hatte ein schlechtes Gewissen, weil sie ohne Eric gekommen war. Außerdem hatte sie ein schlechtes Gewissen, weil sie überhaupt hier war.

Nach den Sichtungen an der Olive Mesa waren sie zum Campingplatz von Old Madelyn gefahren und hatten sich in dessen zentralen Einrichtungen eine dringend nötige Dusche gegönnt. Danach waren sie erfrischt zum neuen Lagerplatz gefahren und hatten ihr Zeug aufgebaut. Das heißt, Eric hatte es getan; Alexa hatte die Instrumente gereinigt. Später hatte sie das Handy bei ihm gelassen und sich von ihm versprechen lassen, dass er sich sofort meldete, wenn er etwas Ungewöhnliches am Himmel sichtete. Sie hatte ihm versprochen, um 22.00 Uhr zurück zu sein.

»Oh, hallo, Doc, kommen Sie rein.« Tom Abernathy zog die Tür weit auf, trat beiseite und winkte Alexa hinein. Er sah auch diesmal wie ein Cowboy aus, denn er trug Stiefel, Jeans und ein dünnes blaues Hemd, dessen Ärmel hochgekrempelt waren.
»Was für ein schönes Anwesen.« Das abgesenkte Wohnzimmer wirkte offen und luftig. Alexa sah einen glänzenden Hartholzboden und Navajo-Teppiche. Die weißen, grob strukturierten Wände waren mit indianischen Webarbeiten verziert, die perfekt zu den schweren Holzmöbeln passten. Ein Kamin nahm den größten Teil einer Wand ein. Im hinteren Abschnitt des Zimmers trennten Geländer im Wagenradstil den Raum vom Rest des Hauses.
»Die anderen sind alle hinten.« Tom hängte Alexas Jacke auf eine altmodische Bentwood-Garderobe und führte sie durch einen Torbogen und einen kurzen Korridor. An den Wänden hingen Remington-Drucke. Trotz der dicken Wände hörte Alexa Stimmen und einige Gitarrenakkorde. Sie folgte Tom nervös um eine Ecke und fand sich in einem riesigen Raum mit einem weiteren Kamin wieder, in dem sich viele Menschen aufhielten und in dem es nach Mesquite und Rippchen roch. In der Nähe befand sich ein langes Büfett voller abgedeckter Teller, einige von Eis umhüllt, andere auf Wärmeplatten. Ein Stapel dicker, kobaltblauer Teller stand an einem Ende neben einer großen leeren Fläche. Am anderen sah man Gewürze, Servietten, eine Kaffeekanne und eine mit Eis gefüllte Kühltasche voller Cola-, Wasser- und Bierflaschen.
Tom nickte einem kleinen, dunkelhaarigen Mann in Jeans und einem gebleichten Jeanshemd zu, der an der Feuerstelle saß und Soße auf einen rotierenden Rippenspieß pinselte. »Wir haben den Kamin so gebaut, dass man ihn zum Braten nutzen kann, weil es hier im Sommer einfach zu heiß ist, um es im Freien zu tun.«
»Momentan ist es schön draußen.« Alexa war froh, dass niemand sie hatte eintreten sehen. Weit offen stehende gläserne Schiebetüren führten in einen Hof, der von Papierlaternen ausgeleuchtet

wurde. Von Kerzen erhellte Tische aus Eisen und Glas mit dazu passenden Stühlen waren unter einem Redwood-Gitter, durch der Philodendron wucherte, gruppiert. In der Nähe plätscherte einladend ein Fliesenspringbrunnen.
»In ein, zwei Stunden wird es kalt«, sagte Tom und deutete in den Hof. »Die Pflanzen haben es lieber, wenn wir drinnen kochen und draußen essen. Sie sind nicht wild auf den Rauch, aber sie haben nichts gegen Gesellschaft.«
Alexa lächelte ihn an. »Sie sind voller Überraschungen, Mr. Abernathy.«
»Tom reicht. Ich stell Sie mal den Leuten vor, Doc.«
»Alexa«, murmelte sie, als er ihren Arm nahm und sie in eine Ecke am anderen Ende des Raumes führte. Mehrere Sessel und ein Sofa standen um einen in Rinde eingefassten Tisch, der offenbar aus einem dicken Baum herausgeschlagen worden war. Tom sah, dass sie ihn musterte. »Ist mindestens hundert Jahre alt. Ich hab keinen Redwood-Baum dafür fällen lassen, keine Sorge.«
An der Wand gegenüber ragte ein schwerer, eichener Multimedia-Schrank auf, zu dem ein 25-Zoll-Fernseher (abgeschaltet), eine Stereoanlage und – hinter der Vitrine – Reihen voller Videokassetten gehörten, hauptsächlich Westernfilme wie *Der gebrochene Pfeil, El Dorado* und *Zwölf Uhr mittags.*
»Leute, das hier ist Dr. Alexa Manderley«, sagte Tom zu den Leuten auf dem Sofa. »Sie ist hier, um unsere UFOs zu studieren.«
Beim Klang seiner Stimme drehten sich zwei Personen auf dem Sofa um. Der eine war Moss Baskerville. Er stand auf, ebenso wie die rothaarige Frau, deren ärmelloses Baumwollkleid eine Anzahl bunter Tätowierungen enthüllte. »Cassie«, sagte der Cop, »das ist die Lady, die ich für meine neue Mitarbeiterin gehalten habe.«
Die gertenschlanke Rothaarige grinste Alexa an. »Freut mich, Sie kennen zu lernen.« Sie boxte Baskerville kameradschaftlich in die Rippen. »Ich bin froh, dass du dich geirrt hast, Moss.« Sie schüttelte Alexas Hand. »Das ist Eve, da drüben bei Davy«, sagte sie

und deutete auf ein kleines blondes Mädchen, das neben dem Mann stand, der die Rippchen würzte.
Dann stellte Tom ihr Michael Corey vor, einen angenehmen, schüchtern aussehenden jungen Geistlichen, der auf einer Gitarre »Home on the Range« spielte. Die Nächsten waren Ray Vine, dessen tiefe Stimme ebenso eindrucksvoll klang wie an dem Tag, an dem er den Truckfahrern in seinem Laden die Leviten gelesen hatte, und seine Frau Rosie, die ein offenes Gesicht und ein wunderbares Lachen hatte. Schließlich kamen sie zu Davy Styles.
»Ma'am«, sagte Davy und stand auf. Sein glattes schwarzes Haar war dicht und reichte bis über seinen Hemdkragen. Hohe Wangenknochen und ein markantes Kinn zeugten von seiner Abstammung.
»Nennen Sie mich Alexa«, sagte sie. »Sind Sie Cherokee?«
Das ernste Gesicht verzog sich zu einem Grinsen, das Davy sehr jung aussehen ließ. »Sie sind der zweite Mensch in meinen Leben, der es sofort rausgekriegt hat.«
»Ich war der erste«, sagte Tom stolz. Er warf einen Blick auf seine Armbanduhr. »Ein paar andere müssten jede Minute hier sein. Einigen sind Sie vielleicht schon mal begegnet.«
Alexa dachte sofort an Carlo Pelegrine. Sie spürte ein freudiges und gleichzeitig furchtsames Zittern. Genau in diesem Moment klingelte es an der Tür.
»Entschuldigen Sie mich …«

49

TOM ABERNATHY

»Ich hoffe, ich komm nicht zu spät, Cowboy.«

Marie Lopez' Lächeln machte den Abend für Tom Abernathy perfekt. »Aber nein. Davy ist noch mit den Rippchen beschäftigt.« Er hatte sie seit dem Frühstück heute Morgen nicht mehr gesehen, aber es kam ihm viel länger vor, deswegen musste er sich zusammenreißen, um dem Verlangen nicht nachzugeben, sie zu umarmen und zu drücken. Als sie an ihm vorbeiging, fing er einen zarten Duft auf. Heute war es kein Lanolin, sondern nur der saubere Geruch von Shampoo und ein feines, blumiges Aroma, das ihn an den Jasmin erinnerte, der in seinem Garten blühte.

»Mein Gott, Marie, lass dich mal ansehen! Ich glaub, ich hab dich noch nie in einem Kleid gesehen!«

Marie vollführte eine Drehung, präsentierte das fließende, türkisfarbene Kleid. An einer silbernen Kette ruhte dort, wo auch Tom gern geruht hätte, eine türkise Träne. »Meine Tante hat es mir zum Geburtstag geschickt. Ist es zu übertrieben?« Marie blickte beinahe verlegen drein. »Soll ich lieber nach Hause gehen und mich umziehen?«

»Aber keinesfalls. Es ist hübscher als ein Sonnenaufgang.« Tom hielt inne. »Du hast nie erwähnt, dass du Geburtstag hast.«

Marie schüttelte lächelnd den Kopf. »Geburtstag hat doch jeder.«

»Wann ist deiner?«

»Das sag ich nicht, Tom. Zu viel Theater deswegen ist unnötig.«

Tom grinste. »Wie alt bist du eigentlich?«

Marie stieß ihm freundlich gegen den Arm. »Ich hab gedacht, du bist ein Gentleman, Cowboy.«

»Ich dachte, emanzipierte Frauen haben nichts dagegen zu sagen, wie alt sie sind.«

»Eins zu null. Sagen wir's mal so: Tante Carmen hat mir auch einen Brief geschrieben, in dem steht, ich bin zu alt, um noch allein zu sein. Deswegen soll ich das Kleid nutzen, um einen Mann auf mich aufmerksam zu machen.« Sie zögerte, doch selbst in dem matten Licht konnte Tom erkennen, dass sie errötete. »Tante Carmen ist altmodisch«, fügte Marie schnell hinzu, »und ich krieg in diesem Aufzug kalte Beine. Ich bin in zwanzig Minuten wieder da.«

Marie wandte sich zur Tür, doch Tom erwischte sie am Ellbogen und drehte sie in seine Richtung. »Geh bitte nicht, Marie«, sagte er leise. Es erstaunte ihn selbst, als er sah, dass er auch ihre andere Hand nahm. »Das Kleid ist sehr hübsch, aber du brauchst es nicht, um einen Mann auf dich aufmerksam zu machen.«

»Was soll das heißen, Tom?«, fragte Marie und schaute ihre und seine Hände an.

Toms Magen schlug einen Purzelbaum. Er war locker dreißig Zentimeter größer als sie und wünschte sich, er könnte in ihre dunklen Augen blicken statt auf ihr glänzend schwarzes Haar. Teufel noch mal, möglicherweise hätte er sie sogar geküsst, wenn sie auf seiner Höhe gewesen wäre. »Damit meine ich ... Tja, damit meine ich ganz einfach –«

»Tom?« Alexa Manderley stand plötzlich im Türrahmen. »Verzeihung. Ich wollte Sie nicht unterbrechen ...«

Tom und Marie ließen die Hände sinken. »Macht nichts, Doc. Was kann ich für Sie tun?«

Alexa trat vor. »Ich hab mich nur gefragt, ob Sie was dagegen haben, wenn ich Eric anrufe und ihm Ihre Nummer gebe.«

»Aber nein.« Tom deutete in Richtung Küche. »Das nächste Telefon ist gleich da drüben.«

»Wer ist das?«, fragte Marie, als Alexa verschwunden war.

»Alexandra Manderley. Sie ist die UFO-Forscherin, von der ich dir erzählt habe.« Er hielt inne. »Es wäre vielleicht keine schlechte

Idee, ihr von den verschwundenen Schafen zu erzählen. Das interessiert sie bestimmt.«

»Fang nicht schon wieder damit an, Cowboy. Ich bin nicht wild darauf, in irgendeinem Buch erwähnt zu werden.« Marie deutete auf ihr Kleid. »Ich hab mich doch jetzt schon zum Affen gemacht.«

»Marie, ich ...« Doch der Moment war vorbei. »Du bist doch überhaupt nicht affig«, sagte er lahm.

»Danke.« Sie nagelte ihn mit ihrem Blick fest. »Kein Wort über die Schafe. Versprochen?«

»Ja, versprochen.«

Sie schenkte ihm ein erleichtertes Lächeln. »Die Düfte, die Davy erzeugt, lassen mir das Wasser im Mund zusammenlaufen. Lass uns reingehen.«

Tom folgte ihr zu den anderen. Irgendwie fühlte er sich leicht zittrig. Er wusste nicht, warum er sich so sicher war, dass Marie ihn zurückweisen würde, wenn er sich ihr offenbarte. Schließlich hatte er in seiner Jugend nie Probleme dieser Art gehabt. Vielleicht, dachte er, als er sah, dass sie zu Davy ging und sich von ihm zur Begrüßung umarmen ließ, liegt es daran, dass ich noch nie verliebt war.

Marie durchquerte den Raum und begrüßte die Anwesenden: Cassie, Moss, Eve, Mike Corey. Er war der Einzige, den sie nie umarmte. Andererseits war er auch nicht der Typ dafür. Vielleicht war ihr dies bewusst und sie respektierte einfach nur seinen Stil. Dass sie ihm die Hand nicht entzogen hatte, ließ ihn hoffen: Vielleicht bestand die Möglichkeit, dass sie ihm gegenüber deswegen so zurückhaltend war, weil er ihr gegenüber so schüchtern war.

50
CARLO PELEGRINE

Die wissenschaftliche Bezeichnung lautete *Doraphilie,* ein Begriff, der für Carlo Pelegrine weniger nach Hautfetischismus klang als nach einer Vorliebe für Frauen mit einem bestimmten Vornamen.

Carlo stand unter dem heißen Wasserstrahl der Dusche und rieb sich die Haut mit einem eingeseiften Luffaschwamm ab. Er hatte kurzfristig eine Verabredung mit Ann Quigley gehabt, einer nicht mehr ganz jungen, gebrechlichen Einwohnerin von New Madelyn. Sie war eine liebe Frau, hinter der ein unerträglich trauriges Dasein lag. Wenn sie anrief, konnte er nicht Nein sagen, selbst wenn es bedeutete, dass er sich zu Toms Grillabend verspätete. Ann wollte nur ein wenig Mitgefühl von jemandem, der ihr zuhörte und ihr bestätigte, dass sie keine schlechte Ehefrau gewesen war. Ihr Mann war vor zehn Jahren an einem Herzanfall gestorben. Sie ließ sich auch gern sagen, dass sie keine Rabenmutter gewesen war, denn eines ihrer Kinder war kurz darauf im Swimmingpool der Nachbarn ertrunken, und das andere war im vergangenen Jahr einem Verkehrsrowdy zum Opfer gefallen. Außerdem ging es um die Hunde. Im Anschluss an den Verlust ihrer Familie hatte Ann einen Cockerspaniel nach dem anderen verloren. Manche waren einfach verschwunden, andere hatten Unfälle erlitten. Schreckliche Schuldgefühle machten der Ärmsten zu schaffen, obwohl sie an alldem nicht die geringste Schuld trug.

Über eine Stunde hatte Carlo in seinem Lesezimmer mit ihr zusammengesessen. Er hatte ihr gelauscht, sie getröstet und ihr dann aus der Hand gelesen. Während er sich nun das Shampoo aus den Haaren spülte, dachte er an Anns Haut. Sie hatte sehr helle und feinporige Haut, die von einem leichten Sommersprossengesprenkel überzogen war. An einem Zeigefinger hatte sie eine halbkreisförmige Narbe, die ihn faszinierte. Als er nach der Herkunft der Narbe gefragt hatte, hatte sie erklärt, sie und ihre beste Freundin hätten sich im Alter von zehn Jahren mit einem Taschenmesser geschnitten, um Blutsschwestern zu werden. Carlo hatte wie unter Zwang noch einmal mit dem Finger über die Narbe gestrichen. Deswegen verspürte er jetzt noch Gewissensbisse.

Er drehte die Dusche ab, trat aus der Wanne auf eine Badematte und trocknete sich mit einem dicken weißen Handtuch ab. Er rubbelte so kräftig, wie er sich zuvor geschrubbt hatte; eine neurotische Angewohnheit, die vor zwanzig Jahren, nach den Morden, angefangen hatte. In den ersten Jahren hatte er eine Art Händewaschzwang gehabt, doch das Erkennen dieser Verirrung hatte ihm geholfen, sie zu überwinden. Heute war er nur noch etwas eigensinnig, was Reinlichkeit im Allgemeinen betraf, doch damit konnte er leben.

Carlo stopfte das Badetuch in den Wäschekorb und tappte ins Schlafzimmer, um die dort bereitliegenden Kleidungsstücke anzuziehen. Die Auswahl belustigte ihn, denn sie knüpfte an seine Jugend in Brooklyn an: enge Jeans und schwarze Halbstiefel, langärmliges weißes Hemd und schwarze, lederne Bomberjacke. Diese Kluft hatte durchaus Ähnlichkeit mit dem, was man in seiner Umgebung trug, so dass er nicht weiter auffiel, doch andererseits war sie individuell genug, um sich darin wohl zu fühlen.

Wie immer knöpfte er das Hemd bis zum Hals zu, um seine haarige Brust zu verdecken. Wenn er kein Hemd trug, vermied er es, sich anzusehen, da er Brustbehaarung nicht mochte. Sie lenkte von der Haut ab. Wenigstens wuchsen auf seinem Rücken keine

Haare. Dort war seine hellbraune Haut noch so glatt wie vor der Pubertät.

Soweit Carlo Pelegrine darüber Bescheid wusste, war er mit dieser Hautbesessenheit geboren worden. Wie gründlich er sich auch das Hirn zermarterte, er fand keine psychologische Begründung dafür, obwohl er keineswegs daran zweifelte, dass es eine gab. Die naheliegendste Erklärung, dass man ihn als Kind nicht ausreichend berührt und geknuddelt hatte, traf mit Sicherheit nicht zu: In seiner ganzen Familie war pausenlos geküsst und umarmt worden.

Er war nicht anders gewesen. Der kleine, nach seinem Großvater benannte Charles Pilgrim (bevor Granddad nach Amerika gekommen war, hatte er Carlo Pellegrino geheißen), hatte Mutter und Vater geküsst und geherzt und sich mit seinem Bruder und seinen Freunden gebalgt. Dann jedoch hatte er bei sich langsam etwas Abweichendes festgestellt, einen Unterschied zwischen sich und der Familie und den Freunden.

Es fing mit einer Flasche Alleskleber an. Eines Tages hatten er und sein Bruder sich das Zeug auf den Handteller gestrichen und trocknen lassen. Dann hatten sie es, wie jedes andere Kind auf der Welt, abgezogen. Für Carlo war damit allerdings nicht Schluss gewesen. Er hatte eine Flasche Klebstoff im Hinterhof versteckt und manchmal Stunden damit verbracht, ihn immer wieder aufzutragen und abzuziehen.

Im Sommer zog er sich am Brighton Beach einen Sonnenbrand zu und beobachtete fasziniert, wie die Haut auf seinem Bauch und seinen Schultern Blasen warf. An einem heißen Juliabend, mit einer Taschenlampe unter der Bettdecke versteckt, stach er eine Nadel in die Blasen und presste behutsam die Flüssigkeit heraus.

Und obwohl ihn nie jemand erwischte, fühlte er sich deswegen schmutzig. Für ihn war ein solches Verhalten so schlimm wie Wichsen, weshalb er es dem Pfarrer, da er es schon damals als unverzeihlich erkannt hatte, nie beichtete.

Dann wurde die Haut trocken und begann sich zu schälen. Langsam und mit großer Umsicht lernte er, wie man abgestorbene Haut abzog, damit sie unversehrt blieb. Er hob sie ans Licht und studierte sie mit endloser Begeisterung. Nach jedem Sonnenbrand – in jenem Sommer hatte er sich mehr als einen zugezogen –, schälte er die vertrocknete Haut ab, faltete sie fein säuberlich zusammen und verwahrte sie in Wachspapiertüten, die er mit dem jeweiligen Datum versah und versteckte.

Sommer um Sommer wuchs seine Sammlung, bis er sechzehn und ihm ein gutes Aussehen zuteil wurde. Bis er die Aufmerksamkeit der Mitschülerinnen erregte.

Und sie sein Interesse weckten.

Die neuen Gefühle flößten ihm Angst ein. Ebenso fürchtete er die Gelegenheiten, die sich wiederholt boten. Noch bevor etwas passierte, spürte er, dass seine Lust auf die Mädchen gefährlich war, und obwohl er mit ihnen ausging, lehnte er es ab, zu weit zu gehen. Zum Glück erwies sich schon die Berührung weiblicher Lippen, ihr Geschmack und ihre unglaublich geschmeidige Weichheit an seinem Mund, als süße Folter.

Im Sommer seines siebzehnten Lebensjahrs hatte er zwar nach und nach die Grundlagen der Selbstbeherrschung gelernt, doch sie hatten nicht genügt, um zu verhindern, was sich eine Woche vor seinem nächsten Geburtstag ereignete …

Carlo nahm den Schlüsselbund, trabte die Treppe hinunter, verließ das Haus durch die Hintertür und schob das Motorrad aus dem kleinen Schuppen hinter dem Laden. Er schwang sich auf die Maschine, warf sie an und fuhr gemächlich die schmale Verbindungsstraße entlang, bis er bei Old Madelyn den Highway erreichte. Dort wandte er sich nach Süden, in die Richtung von Toms Ranch.

Tom hatte ihm einst verdeutlicht, dass er Menschen nach dem beurteilte, was er sah, nicht nach dem, was sie früher gemacht hatten. Diese Aussage hatte es Carlo erleichtert, sich auf die

Freundschaft mit Tom und den anderen Männern einzulassen. Aber selbst bei Tom wahrte er eine gewisse Distanz, weil er wusste, dass seine Vergangenheit auch für jemanden untragbar war, der offenbar für alles Verständnis hatte. Carlos Geheimnisse standen außerhalb jedes Verstehens, sogar seines eigenen.

Das erste Opfer, das ihm an einem kalten, nebligen Oktobertag begegnete, war, wie auch die späteren, eine Prostituierte gewesen.

An einem Samstag waren er und seine Freunde Glen MacIntyre und Ted Furillo mit der Linie B nach Coney Island gefahren. Dort war es kalt, eisig und menschenleer gewesen. Die im Dunst in die Höhe ragenden Anlagen des Vergnügungsparks hatten vorzeitlichen Dinosauriergerippen geglichen.

Carlo trieb sich gern in dem verfallenen Vergnügungspark herum, er schlich sich hinein und schlenderte zwischen den skelettartigen Überbleibseln umher. Jedes Mal stellte er sich vor, die Geister der Vergangenheit zu hören, kindliche Schreie, die das Knarren und Rumpeln der Achterbahn begleiteten, das Brausen der Luft und das Kichern und Kreischen junger Mädchen, die ihre Röcke niederhielten, das Geschrei der Ausrufer, die jungen Burschen, die ihre Mädels beeindrucken wollten, Dollars aus der Tasche zu locken versuchten. Dieser Lärm vermischte sich mit dem unaufhörlichen Rauschen des Meeres und dem Säuseln des Windes, der durch Achterbahngerüste und um vernagelte Gebäude pfiff, und alles zusammen bereitete Carlo ein Gefühl des Friedens und des Staunens.

Glen und Ted hätten kein Verständnis dafür gehabt. Zwar gingen auch sie gern in den Vergnügungspark, aber sie hatten kein Interesse daran, still dazusitzen und die Atmosphäre auf sich einwirken zu lassen. Ihr Interesse galt lediglich jämmerlichen Akten des Vandalismus. Während sie mit Carlo die kahle Strandpromenade entlangliefen, hatten Ted und Glen sich gegenseitig mit Schilderungen ihres sexuellen Stehvermögens überboten. Am Vorabend

war das Dreigespann nämlich mit drei Cheerleadern zum Pizzaessen und ins Kino gegangen. Danach hatten sie sich getrennt. Carlo hatte sich mit seiner weiblichen Begleitung in ein Café gesetzt und sie dann geradewegs nach Hause gebracht. Dabei war das Mädchen durchaus willig gewesen. Er wusste, dass er sie enttäuscht hatte, aber jedes Mal, wenn er sie angesehen, jedes Mal, wenn er im Kino ihre Schulter an der seinen gespürt hatte, waren erschreckende Bilder durch seinen Kopf geflimmert, in denen er ihre Haut berührte, streichelte und dabei solche Wollust empfand, dass er sie hätte verschlingen wollen. Nur mit Mühe hatte er den Abend durchgestanden.
Glen und Ted kannten keine derartigen Probleme. Sie schädigten mit jedem gesprochenen Wort den Ruf der Mädchen. Schließlich hatte sich Ted an Carlo gewandt, der damals noch Charles Pilgrim geheißen hatte. »Hey, Chuckie, hat Laurie sich gestern von dir 'n Stich gefangen?«
»Hat sie Rohrflöte bei dir gespielt?«, rief Glen.
»Die Mundorgel?«, fragte Ted.
»Nein, ich weiß, ich weiß«, krähte Glen, »das *Sex*ophon.«
Carlo hatte sie nur angeschaut und gelächelt, und die beiden hatten sich zugenickt.
»Er schweigt, Ted. Er hat *wirklich* gevögelt.«
»Ihr etwa nicht?«, fragte Carlo wie ein Unschuldslamm.
Daraufhin hatten Glen und Ted weitere derbe Beschreibungen der Pimmellutschfähigkeiten ihrer Cheerleader von sich gegeben. Carlo glaubte ihnen kein Wort.
Sie gingen weiter und hatten sich gerade auf die Diskussion verlegt, an welcher Stelle man den Zaun des Vergnügungsparks am besten überklettern konnte, als sie die Mädchen sahen. Vielmehr die Frauen. Glens und Teds Gejohle verklang, während die stark geschminkten, in Miniröcke gezwängten Ladys auf sie zuhielten und die Hüften schwangen, als würden sie von Kugellagern bewegt.

»Silikontitten«, zischte Glen, als er die starren, übergroßen Brüste der Dunkelhaarigen sah, die Kaugummi kaute, als hinge ihr Leben davon ab.
»Ich hab gehört«, sagte Ted, »dass Silikontitten stahlhart sein sollen.«
»Ach ja? Also, mein Ständer ist auch stahlhart.« Glen schaute Carlo an, der in diesem Trio als der Schlaueste galt. »Glaubst du, es sind Nutten?«
»Kann sein.« Die zwei anderen Frauen, beide wasserstoffblond, waren mit hautengen Sweatern und, wie die Dunkelhaarige mit den Silikontitten, mit extrem kurzen Miniröcken bekleidet. Eine Blondine und die Dunkelhaarige trugen schwarze Netzstrümpfe, die dritte weiße Nylons, deren undurchsichtige Ränder bei jedem Schritt ein wenig unterm Rocksaum hervorschauten.
»Hallo, Jungs«, sagte die Dunkelhaarige, sobald sie sich gegenüberstanden.
»Hallo, Mädels«, erwiderte Glen in einfältigem Ton.
»Seid ihr auf Vergnügen aus?«
Die beiden anderen Burschen hatten Carlo angeblickt. Er nickte knapp, bejahte damit die Frage, ob sie Prostituierte vor sich hatten, aber offenbar verstanden seine Freunde das Nicken anders: *Ja, klar.*
»Klar«, sagte Ted. »Klar sind wir auf Vergnügen aus.«
»Habt ihr Geld?«, erkundigte sich die Blonde mit den schwarzen Netzstrümpfen.
Ted und Glen nickten nachdrücklich.
»Du auch?«, fragte die Blondine mit den weißen Nylons Carlo und leckte sich die Lippen. Er starrte ihre sonnenverbrannten Schultern an, deren Haut sich schälte, und nickte zögernd.
Die Blonde kicherte und flüsterte ihm etwas ins Ohr. Ob er gern einen geblasen haben wollte?
Was für eine Frage! Da besteht wohl keine Gefahr, hatte Carlo

überlegt. Er redete sich ein, dass seine Fantasie schon nicht mit ihm durchgehen würde, solange er die Frau nicht anfasste, sondern sie nur ihn berührte.

»Wir sehen uns später wieder, Jungs«, rief Ted, während er mit der Silikonträgerin den Weg zu einem verlassenen Pier einschlug. Glen schlang den Arm um eine der Blondinen und entfernte sich mit ihr in die entgegengesetzte Richtung. So blieb für Carlo die Blonde mit den weißen Nylons.

»Ich heiße Lola«, erklärte sie. »Weißt du, was man über mich sagt?«

Carlo schüttelte den Kopf.

»Was Lola will, kriegt sie auch«, stellte Lola klar. »Also komm, Freundchen.«

Sie führte ihn zu dem alten Vergnügungspark und einer gut versteckten Lücke im Maschendrahtzaun. Da sie sich im Schatten hielten und Nebel die Sicht behinderte, durften sie davon ausgehen, ungesehen zu bleiben. Lola brachte ihn weit in den Vergnügungspark hinein, viel weiter, als er sich je getraut hatte. Offenbar kannte sie sich aus. Nach einiger Zeit betraten sie ein großes Gebäude: das Haus der Spiegel.

Aus ihrer großen Handtasche holte Lola eine Taschenlampe und nahm Carlos Hand. Sie ermahnte ihn, darauf zu achten, wohin er trat, denn überall lagen Glasscherben. Beim Durchqueren des Irrgartens sah er wiederholt flüchtige Abbilder seiner selbst in verschiedenen Zerrspiegeln. Er hatte den Eindruck, wie ein Ungeheuer auszusehen.

Zuletzt gelangten sie in einen kleinen, rundum mit Spiegeln verkleideten Raum, in dem sie sich von allen Seiten und sogar von oben bis ins Unendliche spiegelten. Hier gab es nur ganz wenige zerbrochene oder gesprungene Spiegel. Wahrscheinlich weil diese Kammer, schlussfolgerte Carlo, so schwierig zu finden ist.

In der Mitte der Räumlichkeit lag ein Stapel alter Segeltuchplanen, und daneben stand eine Spiritus-Campinglaterne. Lola zün-

dete sie mit einem Feuerzeug an, dann wandte sie sich Carlo zu, leckte sich abermals die Lippen und kniete sich auf die Segeltuchplanen. Sie ergriff seine Hand, und Carlo ließ sich vor Begierde zitternd zu ihr ziehen.
Lola schaute ihn an. Unter einem ihrer Augen war die Wimperntusche verschmiert. »Du bist ein richtiger Prachtkerl, weißt du das?«
Er zuckte die Achseln. »Wie alt bist du? Achtzehn? Neunzehn?«
»Neunzehn«, log er.
Nun zupfte Lola an seinem Reißverschluss. »Wie viel Geld hast du?«
Carlo zückte schlotternd seine Börse und schaute hinein. »Vierzig Dollar.«
Daraufhin ließ sie von seinem Gürtel ab, packte stattdessen seine Hände und zog ihn zu sich hinab. »Dafür gibt's die volle Nummer, Schätzchen.« Sie zog sich den Sweater über den Kopf und entblößte sonnengebräunte, sich schälende Haut und einen schwarzen Spitzen-BH. »Ist das was für dich?«
Beklommen schaute Carlo zu, als sie den BH aufhakte. Aus den Körbchen fielen schwere, blasse Brüste, die rings um die rostroten Nippel ein feines Geflecht blauer Äderchen aufwiesen.
»Zieh dich aus. Wie heißt du?«
»Charlie«, sagte Carlo und knöpfte sein Hemd auf; dabei stellte er sich furchtsam-erregt vor, wie seine Haut über die ihre strich.
Lola stand auf, öffnete den Reißverschluss des Minirocks und ließ ihn auf den Boden fallen. Ringsum wiederholten ihre Spiegelbilder die Bewegungen.
»Lass mich das machen«, sagte Carlo leise, als sie die Daumen in die weiße Strumpfhose hakte.
»Klar, Baby.« Seine Finger zitterten, während er die Strumpfhose langsam über ihre Hüften, Schenkel und Waden nach unten zog. Er blickte zu ihr auf, als sie nach unten griff und sie vollends ablegte. Sie hatte schmutzige Fußsohlen. »Gefall ich dir?«, fragte sie, als ihre Hände über die Rippen abwärts strichen.

Carlo schluckte schwer und nickte. Ihre Brüste und ihr Unterleib bildeten aufgrund ihrer Blässe einen augenfälligen Gegensatz zur übrigen gebräunten Haut. Am weißlichen Rand des BH-Bereichs erregte ein winziger Streifen abgeschälter Haut seine Aufmerksamkeit. Er stierte ihn an, dann streckte er die Hand aus und berührte ihn. Sachte löste er den Streifen ab und schaute ihn sich aus der Nähe an.

»Hey, Charlie, komm schon. Zieh die Hose aus.«

Durch den Streifen ihrer Haut auf seinen Fingern regelrecht gebannt, regte sich Carlo erst, als Lola an seiner Schulter rüttelte. »Was ist los? Hast du noch nie einen Sonnenbrand gesehen?« Sie kniete nieder, öffnete seinen Gürtel und seinen Reißverschluss und zog seine Jeans bis zu den Knien hinab. Sie grinste. »Ja«, sagte sie, »du bist einsatzbereit.« Mit einer Hand wühlte sie in ihrer Handtasche und kramte ein Kondom heraus. Sie riss das Tütchen mit den Zähnen auf, stülpte das Kondom über Carlos Ständer und zog ihn auf sich hinunter.

Seine Hände erkundeten ihren Leib, während er sie nahm, ohne es richtig zu merken. Die Empfindungen, auf die er sich konzentrierte, gingen von seinen Fingern aus, die ihre Haut streichelten, manchmal an ihren Abschälungen zupften, von seinen Händen, die über ihre Schenkel, die Rundungen der Hüften und über die Brüste glitten und sie kneteten.

Später erinnerte er sich an seine Lust, eine derartig starke Gier, dass sie ihn schließlich übermannte. Er erinnerte sich daran, dass die Spiegelbilder seinen Blick geradezu hypnotisch angezogen hatten. Er hatte beobachtet, dass seine Hände stets weiter aufwärts strichen, hinauf zu Lolas Schultern. Seine Finger hatten sich in ihr Fleisch gekrallt. Er wusste noch, dass sie schrie und zuckte und ihn beschimpfte, während seine Fingernägel sie blutig kratzten.

Und das war alles. An mehr entsann er sich nicht, bis er merkte, dass er vollständig bekleidet ziellos durch den Vergnügungspark

irrte. Die Sonne war nach Westen gewandert, und mindestens zwei Stunden mussten verstrichen sein.
Unter seinen Fingernägeln entdeckte er Blut. Und Haut.
Er lief bestürzt umher, suchte das Haus der Spiegel. Als er es fand, herrschte drinnen absolute Dunkelheit, so dass er einsah, dass er keinerlei Aussicht hatte, noch einmal in die verspiegelte Kammer zu gelangen. Immer wieder rief er nach Lola, aber bis auf das Echo seiner eigenen Stimme bekam er keine Antwort. In seinem Innersten ahnte er, dass die Prostituierte tot war.
Als er wieder im diesigen Sonnenschein stand, dachte er an seinen Geldbeutel und geriet zunächst in Panik. Doch zu seinem Erstaunen war er noch in seiner Gesäßtasche. Und auch der Inhalt, die vierzig Dollar ausgenommen, war noch vorhanden. Er hatte also immerhin gezahlt. Er durchsuchte seine Kleidung und stellte fest, dass von seinen Habseligkeiten nichts verschwunden war: Sein Kamm und das Klappmesser befanden sich in den Hosentaschen.
Aber er konnte sich an nichts erinnern. Er musste daran denken, für wie albern er den Film *Der Wolfsmensch* gehalten hatte. Er hatte ihn vor ein paar Monaten spätabends gesehen. Jetzt kam er ihm nicht mehr so albern vor.
Danach empfand er, als er durch den verlassenen Vergnügungspark tappte, allmählich alles wie einen Traum, einen Albtraum. Am Ende machte er das getarnte Loch im Zaun wieder ausfindig, stieg hindurch und nahm erleichtert zur Kenntnis, dass sich auf der Strandpromenade niemand aufhielt.
Benommen, in einem echten Schockzustand, versuchte er das Unbegreifliche zu begreifen und wankte zum Strand hinab. Das Meer sah kalt und finster aus und roch nach verrottetem Tang. Nachdem er den festen, feuchten Sand am Ufer erreicht hatte, war er langsam, den Kragen zum Schutz gegen den kühlen Wind hochgeklappt, am menschenleeren Strand entlanggeschlendert.
Der Winter stand vor der Tür. Er sah es an der Färbung des Himmels, schmeckte es in der Luft. Als er sich einem Tangknäuel

näherte, schrak er zurück, weil er in dem Gewirr eine tote Möwe bemerkte. Der Kadaver wimmelte von Insekten, und eine kleine Krabbe kroch darunter hervor. Angewidert machte Carlo einen großen Bogen um den Kadaver und schob, ehe er den Weg fortsetzte, die Hände in die Jackentaschen.
In der rechten Tasche fasste er in etwas Glitschiges.
Sein Magen krampfte sich zusammen, als er den Brocken berührte. Er brauchte ihn sich nicht anzuschauen, um zu wissen, was es war, aber er blieb dennoch stehen und zog den Klumpen grimmig aus der Tasche.
Carlos Motorrad bog auf die Zufahrtsstraße der Ranch ein, während er sich erinnerte und zu vergessen versuchte. Es hatte ihn damals verlockt, die Haut zu behalten. Sie erweckte das finstere Ding, das in ihm hauste, zum Leben. Aber er hatte sie mit Tränen in den Augen, fast erleichtert, weil er nicht mehr wusste, was im Haus der Spiegel geschehen war, als Fischfutter ins Meer geworfen. Dann hatte er sich ans Ufer gekauert, die Arme ins Wasser gesenkt und das Salzwasser das Blut abwaschen lassen. Er hatte keine Vorstrafen. Seine Fingerabdrücke waren nie aktenkundig geworden. Den Leichnam hatte man erst sechs Monate später gefunden, kurz nach Begehen seiner zweiten Gräueltat.
Nachdem er neben Cassies Honda Civic angehalten und den Motor abgeschaltet hatte, hob er den Blick zum Himmel. Die Sterne schimmerten hell und klar, der Mond schien in Gestalt eines leuchtenden Halbrunds, das an eine fast unsichtbare Scheibe grenzte. Bis zum heutigen Tag wusste Carlo nicht genau, was sich damals in dem aufgegebenen Vergnügungspark auf Coney Island zugetragen hatte. Er wusste es so wenig, wie er sich der blutigen Einzelheiten der späteren Morde entsann.
Er wusste nur, dass alle drei Frauen Prostituierte gewesen waren und die Polizei die Theorie aufgestellt hatte, ihr spezielles Gewerbe habe sie zu Opfern gemacht. Da jedoch täuschte sie sich in gewisser Weise: Er hegte keinerlei Groll gegen Prostituierte. Es war

nur deshalb so gekommen, weil die Frauen sich an ihn herangemacht hatten; weil sie ihm Sachen ins Ohr geflüstert hatten, die sein Blut zum Kochen brachten.

Carlo schaute auf die Uhr. Es war schon deutlich nach 20.00 Uhr, also ging er rasch ums Haus zum Hinterhof. Als er sich näherte, hörte er Leute reden, und wie stets in solchen Augenblicken erlebte er ein Aufwallen von Selbsthass. Keiner dieser Menschen würde noch etwas mit ihm zu tun haben wollen, wenn sie wüssten, was er getan hatte. Und das zu Recht. Er war die leibhaftige Verkörperung der Lüge. Er war eine Art Werwolf, ein schändliches Ungeheuer, das nur vorspiegelte, ein normaler Mensch zu sein. Er öffnete das Tor und verscheuchte die trübseligen Gedanken mit aller Entschiedenheit aus seinem Kopf.

»Hallo, Pilger.«

Die Nennung seines Namens jagte Carlo einen solchen Schrecken ein, dass er wie angewurzelt stehen blieb. Aber es war nur Tom Abernathy, der ihm quer über den Hof zugrinste. »Ist meine John-Wayne-Imitation so schlecht?«

Carlo rang sich ein Lächeln ab. Abernathy hatte ihn schon etliche Male mit demselben Spruch bedacht, aber er hatte ihn noch nie so erschreckt wie heute. »Du hast es … äh … schon besser gebracht«, meinte er und winkte in Cassies Richtung.

»Komm hier rüber«, rief Cassie. »Es ist Frischfleisch da.«

Carlo verhinderte mit knapper Not, dass er zusammenzuckte. Zum Glück war er nur selten so empfindlich.

»Komm«, sagte Tom und führte ihn zu der Gruppe. »Ich sage Davy, dass du da bist, dann können wir endlich richtig mit dem Essen anfangen.«

Als Carlo zu Cassie ging, sah er neben ihr eine Frau, die ihm den Rücken zuwandte und mit Marie Lopez sprach.

»Carlo Pelegrine«, sagte Cassie, »das ist Alexandra Manderley.«

Als Alexa ihren Namen hörte, drehte sie ruckartig den Kopf. Ihre großen dunklen Augen strahlten Carlo geradezu an.

»Alexa, das ist Carlo, unser berühmter Wahrsager.«
Carlo starrte sie an. Seine Kehle war trocken.
»Wir kennen uns bereits«, sagte Alexa leise und blickte ihm in die Augen.
Sein Herz stockte.
Dann lächelte sie, und das Herz stockte ihm ein zweites Mal.

51

JUSTIN MARTIN

Leichte Beute. Justin Martin fuhr an Cassie Halloways Haus vorbei und grinste, als er feststellte, dass das Gebäude im Dunkeln lag und vor ihm weder ihr Wagen noch Baskervilles Dienstfahrzeug standen. Zur Sicherheit wendete er und fuhr nach Süden, bis er in einiger Entfernung Tom Abernathys hell erleuchtete Ranch sah. Vom Fahrzeugboden hinter dem Beifahrersitz nahm er ein Fernglas und richtete es auf Abernathys Haus.

»Gut, sehr gut«, murmelte er, als er vor dem Anwesen ein gelbes Auto und einen Streifenwagen sah.

Allmählich musste endlich mal etwas klappen. Stundenlang hatte er sich abgemüht, den Leichengestank aus der Grube zu vertreiben. Zuerst hatte er, wie der alte Marquay es erwartet hatte, in Madelyn einen Sack Kalk gekauft, dann war er nach Barstow gefahren und hatte mit seinem eigenen Geld vier weitere Säcke erworben.

Zum Glück war der Freizeitpark bei seiner Rückkehr schon geschlossen gewesen. Er hatte nichts zu riskieren brauchen, um die Säcke vom Parkplatz aus hineinzuschaffen. Er hatte das große Lieferantentor aufgesperrt und war mit dem Wagen vorgefahren. Schließlich hatte er eine ordnungsgemäße Anlieferung zu erledigen. Niemand hatte gefragt, was er da trieb. Der einzige Mensch, von dem er tatsächlich annahm, dass er ihn bemerkt hatte, war Carlo Pelegrine, der – noch in den Zigeunerklamotten – vor seinem Laden den Gehweg fegte. Justin hatte die Versuchung verspürt, bei ihm anzuhalten und ein bisschen mit ihm zu reden, doch er hatte sich dagegen entschieden, weil er viel zu tun und wenig Zeit hatte. Außerdem wollte er nicht Pelegrines Argwohn erregen, wenn er sich allzu plötzlich zu freundlich verhielt, also fuhr er geradewegs zum Bergwerk weiter.

In der Zeit, in der er Hacke und Schaufel schwang, dachte Justin auch über sein Vorgehen bezüglich des Arschlochs Hannibal Caine und seiner idiotischen »Sturmtruppe Gottes« nach. Wäre die so genannte Prüfung, von der Caine gefaselt hatte, nicht so interessant gewesen, hätte er entschieden abgelehnt, doch als er mit der Arbeit in der Mine zu drei Vierteln fertig gewesen war, hatte er beschlossen, das Ding durchzuziehen.

Schließlich konnte es nicht schaden, und es würde sicher auch ein bisschen Spaß machen. Später, wenn er ein paar Nachforschungen angestellt hatte, bestand eventuell die Möglichkeit, das Blatt zu wenden und Caine alles heimzuzahlen, indem er ihn bei Jim-Bob Sinclair anschwärzte. Er brauchte nur zu sagen, dass Caine ihn zum Mitmachen gezwungen hatte – wie es sich in gewissem Umfang ja auch verhielt. Immerhin legte Caines Gerede den Rückschluss nahe, dass Jim-Bob von seinen terroristischen Aktivitäten nichts ahnte. *Trouble in Paradise.* Diese Überlegung bereitete Justin einen heftigen Nervenkitzel, und nachdem er daheim geduscht und sich umgezogen hatte, befand er sich in einem Zustand regelrechter Begeisterung und lechzte nach Taten: Die jetzige Situation konnte in vielerlei Hinsicht zu seinem Vorteil ausgenutzt werden.

Er wendete den Mustang und fuhr noch einmal – diesmal aber ohne Licht – zu Cassie Halloways Wohnsitz. Er fuhr an dem Haus vorbei und hielt hinter Mesquite-Sträuchern, die sein Fahrzeug größtenteils verbargen.

Justin zog Gummihandschuhe an, nahm den Rucksack an sich, der alle Utensilien enthielt, die er brauchte, schloss das Auto ab und steckte den Schlüssel in die Tasche. Währenddessen blieb ringsum alles still und dunkel. Er stapfte die Straße entlang und zu Halloways Haustür, deren Fliegengitter er öffnete und mit dem Rücken aufhielt.

Mit seinem Schweizer Armeemesser hob er den Deckel von einer

Dose roter Farbe. Er ärgerte sich über das Scheißzeug und hätte lieber eine Spraydose benutzt, aber Caine hatte ihn völlig zu Recht darauf aufmerksam gemacht, dass die Polizei Graffitis eher irgendwelchen Randale-Schülern zuschrieb.
Justin legte den Deckel auf ein Papierküchentuch, wischte das Messer sauber und steckte es in die Tasche zurück. Schließlich tunkte er einen Pinsel in die Farbe und malte 666 auf die Haustür. Sobald er fertig war, wickelte er den Pinsel in etliche weitere Küchentücher, drückte den Deckel auf die Farbdose und packte das gesamte Material wieder in den Rucksack.
Aus mehreren Schritten Entfernung bewunderte er sein Werk im Schein einer kleinen Taschenlampe. Auf den ersten Blick sahen die Zahlen aus, als wären sie mit Blut an die Tür geschmiert worden.
Er schlang den Rucksack über die Schulter und schlich, indem er in den Schatten blieb, zur Seite des Hauses. Ungefähr drei Meter von der Hintertür des Gebäudes entfernt erhellte ein schmaler Strahl Mondlicht einen etwa eins fünfzig hohen Zaun aus Holz und Draht, der einen kleinen Stall umschloss, der kaum mehr war als ein größerer Verschlag.
Justin öffnete das Tor, ging hinein und knipste die Taschenlampe an, als er den Stall betrat. Es dauerte nur einen Augenblick, bis er die weiße Ziege entdeckte.
»Was nun, was nun, was nun?«, raunte er, während er die Ziege musterte. Caines Wunsch war, dass er sie tötete und für jedermann sichtbar vor der kleinen Presbyterianerkirche in New Madelyn ablegte, doch diese Idee hielt Justin für stumpfsinnig und einfallslos.
Er holte den mitgebrachten Strick aus dem Rucksack, knüpfte eine Schlinge und warf sie dem Tier über den Kopf. Es musste etwas Fantasievolleres geben, das er tun konnte; etwas viel Besseres, als das Tier auf die Kirchenstufen zu werfen. Etwas Außergewöhnliches.
Langsam breitete sich auf Justins Gesicht ein Lächeln aus. »Komm mit«, flüsterte er und führte die Ziege zu seinem Auto.

52
ALEXANDRA MANDERLEY

Die Teller aller Anwesenden waren reichlich mit Rippchen, Krautsalat, roten Bohnen und Sauerteigbrot gefüllt gewesen. Nun lehnte Alexa Manderley sich in den eisernen Gartenstuhl und klopfte auf ihren Bauch. »In meinem ganzen Leben habe ich noch nie so viel gegessen.«

Cassie Halloway legte ihr letztes Rippchen weg. »Wenn Davy kocht, kann so was schnell passieren.«

Sie, Eve, Carlo und Alexandra saßen an einem Tisch. Auf gewisse Weise war Alexandra froh darüber. Einerseits wäre sie gern mit Carlo allein gewesen, andererseits hatte sie Angst davor. So wie vor zwei Tagen in seinem Laden hatte sich sein Blick – aus Augen von der Farbe bitterer Schokolade – mit nahezu unerträglicher Eindringlichkeit auf sie gerichtet. Sie konnte nicht wegschauen, und sie wollte es auch nicht, denn sein Blick weckte Sehnsüchte in ihr, die sie seit Jahren unterdrückte. Als Carlo ihr nach dem Füllen des Tellers zum Tisch gefolgt war, war die Heftigkeit dieser Gefühle so schrecklich wie erregend gewesen. Ein paar Worte hatten sie gewechselt, worüber, wusste sie schon nicht mehr, und dann war Cassie aufgekreuzt und hatte gefragt, ob auch sie sich an den Tisch setzen dürfe. Alexa und Carlo hatten gleichzeitig Ja gesagt.

Der Wahrsager hatte so erleichtert geklungen, wie ihr zumute gewesen war; das Resultat war allerdings, dass sie ihn nur umso interessanter fand. Beim Essen vermied Alexa es sorgsam, ihm in die Augen zu sehen. Die Konversation drehte sich ausschließlich um vordergründige Dinge. Cassie erläuterte das neue Programm ihres Theaters, doch schließlich fragte sie: »Wie hat Ihnen gestern Abend unsere UFO-Show gefallen?«

»Es war fantastisch«, antwortete Alexa.

»Glauben Sie wirklich, dass die UFOs aus dem Weltraum kommen?«

Alexa schaute Carlo an und sah, dass seine Mundwinkel sich zu einem Ausdruck der Belustigung verzogen.

»Also«, sagte Alexa bedächtig, »aus rein skeptischer Sicht muss ich anführen, dass es in Nordkalifornien ein recht bekanntes meteorologisches Phänomen gibt, das, wenn warme und kalte Luft ineinander strömen, tellerförmige Wolken erzeugt, die genau die gleiche blaugrüne Färbung haben wie die, die man letzte Nacht beobachtet hat.«

Cassie kratzte sich am Kinn. »Sie meinen, es sind bloß Wolken?«

»Nein.« Alexa lächelte. »Ich kenne die berüchtigten Shasta-›Untertassen‹. Sie sehen beeindruckend aus, sind aber wirklich nur Wolken. Die Ihren sind anders.« Sie schwieg kurz. »Nach meiner Auffassung.«

»Wofür halten Sie sie?«, fragte Carlo.

Als Alexa ihn anschaute, versuchte sie sich auf die dunkle, ihm in die Stirn gerutschte Strähne zu konzentrieren. »Ich habe keine Ahnung.«

»Bisweilen ist es besser, man weiß nichts.«

Seine leise Antwort brachte ihre Wangen zum Erröten, doch als sie seinen Blick erwiderte, wirkten seine dunklen, feuchten Augen vollkommen unschuldig. Sofort errötete sie noch stärker. »Da bin ich völlig Ihrer Meinung.« Sie räusperte sich und heftete den Blick auf Cassie. »Das ist das Schöne im Leben, glaube ich. Je mehr man lernt, desto mehr Lernenswertes findet man.«

»Wenn man es so betrachtet«, meinte Carlo, »sind die Möglichkeiten tatsächlich unbegrenzt.«

In diesem Moment kam Tom Abernathy an ihren Tisch. »Ein paar

von uns wollen reingehen, um zu erfahren, ob am Sonntag wirklich die Welt untergeht, Leute. Kommt ihr mit?«
»Was?«, fragte Alexa.
»Es dauert nicht mehr lange bis zu Jim-Bob Sinclairs Rundfunkpredigt«, erklärte Cassie.
Alexa nickte. »Ich komme gleich.«
Als sie die anderen Gäste ins Haus schlendern sah, wurde ihr mit aller Deutlichkeit bewusst, dass Carlo Pelegrine am Tisch sitzen blieb. Seine säuberlich gepflegten Hände, er hatte sie vor sich gefaltet, wiesen lange Finger und zwischen dem ersten und zweiten Knöchel kurze schwarze Härchen auf; am rechten Zeigefinger trug er einen silbernen Ring mit ungewöhnlichen Onyx- und Karneol-Einlagen.
»Ist Ihr Ring handgearbeitet?«, fragte sie.
Das stille Lächeln verlieh ihm ein jungenhaftes Aussehen. »Ja. Es ist ein Navajo-Ring. Seine Bedeutung lautet: Einzelgänger. Bevor ich mich hier niedergelassen habe, war ich eine Zeit lang in Santa Fe und bin dort einem Medizinmann begegnet. Er hat mich über die okkulten Überlieferungen der Navajo aufgeklärt. Bevor ich fortging, hat er den Ring gesegnet und mir überreicht.« Er schwieg und spreizte die Finger, damit sie den Ring besser sehen konnte. »Es ist ein sehr alter Schamanen-Ring.« Er lachte auf eine selbstironisch klingende Art. »Nach seiner Aussage soll ich ein Berufener sein«, fügte er hinzu. »Ich glaube, auf gewisse Weise hatte er Recht.«
»Was für eine reizende Geschichte.« Alexa streckte die Hand aus, um den Ring zu berühren, zog sie aber verlegen zurück. »Sind Sie wirklich einer?«
Fragend hob Carlo die Brauen. »Ein Einzelgänger?« Einen langen Moment starrte er in die Nacht hinaus. »Ja«, antwortete er traurig. »So sieht's aus.«
»Verstehe«, sagte Alexa leise.
»Glaub ich auch.« Er musterte sie dermaßen durchdringend, dass sie eine Gänsehaut bekam.

Dem sich anschließenden Schweigen fehlte zwar jede Beklommenheit, doch es knisterte förmlich vor Spannung. Es war fast so, als könnte sie, wenn sie seine Hände berührte, gleichzeitig seine Gedanken lesen. Und umgekehrt. Diese Vorstellung jagte ihr einen Schauer über den Rücken.

»Dieser Sinclair«, sagte sie hastig, »muss wohl eine außergewöhnliche Persönlichkeit sein, wenn die Leute alles stehen und liegen lassen, um sich seine Predigt anzuhören.«

Carlo lachte. »Er ist charismatisch, aber das ist keineswegs alles.« Er erzählte ihr von Cassies Ziege und dem Vandalismus in Michael Coreys Kapelle.

»Tom hat erwähnt, dass man die Apostel verdächtigt.«

»Ja, vor allem Tom verdächtigt sie. Er kann sie nicht leiden. Das Anwesen der Apostel grenzt an seinen Besitz, deshalb macht er sich Sorgen um seine Pferde.«

»Die Stallungen sind aber doch ziemlich weit von der Grundstücksgrenze entfernt, oder?« Schon bei der Ankunft hatte Alexa festgestellt, dass sie weit südlich der Ranch lagen.

»Ja, stimmt. Er sorgt sich auch keineswegs um die Zucht. Er hält auf seinem Anwesen etliche Wildhengste und Esel, und im Süden des Gehöfts gibt es Schutzdächer und Futterstellen.«

»Befürchtet er, man könnte sie stehlen?«

»Nein. Marie Lopez betreibt eine kleine Schafzucht, die ebenfalls ans Land der Apostel grenzt. Allerdings hat sie kürzlich einige Schafe unter mysteriösen Umständen verloren.«

»Verloren?«

»Sie wurden getötet. Und verstümmelt.«

»Verstümmelt?«, wiederholte Alexa. Ihr Interesse erwachte. »Sind Fotos gemacht worden?«

»Keine Ahnung. Danach sollten Sie Moss fragen.« Er lächelte. »Sind Sie der Auffassung, dafür könnten die UFOs verantwortlich sein?«

»Nicht unbedingt, aber UFO-Sichtungen erfolgen häufig in der

Nähe von Tierverstümmelungen. Ich würde gern mal mit Marie darüber sprechen.«

Carlo nickte. »Sie besteht zwar darauf, dass es ein Berglöwe war, aber es kann kein Fehler sein, ihr ein paar Fragen zu stellen.«

Alexa lachte. »Wahrscheinlich hat sie ja Recht.«

Im Haus ertönte Orgelmusik, dann hörte man trotz der Entfernung deutlich eine Männerstimme. »Hat das Blut des Lamms euch geläutert?«, fragte sie.

»Wollen wir uns mal anhören, was er zu sagen hat?« Carlo stand auf und reichte ihr den Arm.

Sie hängte sich ein und rang mit einem erotischen Schwindelgefühl. »Ich möchte es auf keinen Fall versäumen.«

53

JAMES ROBERT SINCLAIR

Hat das Blut des Lamms euch geläutert?«, rief James Sinclair von der Kanzel herab und ließ den Blick über seine in Weiß gekleideten Schäfchen schweifen. Er hob die Arme, und der Organist spielte eine volltönende Melodie, während das erleuchtete Kreuz sich langsam vom Giebel herunter in die Kirche senkte. Normalerweise wurde das über drei Meter hohe Kreuz nur sonntags herabgelassen, aber heute Abend gab es einen besonderen Anlass. Zwischen zwei fest montierten kleineren Kreuzen kam das Großkreuz zum Stehen, die Stufenbeleuchtung schaltete auf weichen Glanz und umgab Sinclair, der etwa eineinhalb Meter davor stand, mit einem hellen Lichtschein. Am Ende eines jeden Gottesdienstes hob Sinclair noch einmal die Arme und rief »Halleluja«. Das war das Zeichen für den Techniker, die Lichter mit voller Kraft zum Erstrahlen zu bringen, so dass die Gemeinde halb geblendet war, wenn das Großkreuz wieder gen Himmel schwebte. Zu seiner eigenen Überraschung empfand er die Inszenierung heute fast wie einen billigen Trick. *Leben heißt lernen.* Er öffnete den Mund, um zu sprechen.

»Bevor das Blut des Lammes abermals vergossen wird, müsst ihr euch Gott weihen, um das Paradies betreten zu dürfen.«

Als der Organist die Anfangsakkorde der Hymne »Vorwärts, Sinclairs Apostel« spielte, winkte er dem Chor zu, damit er aufstand. Dies war seit jeher sein liebstes Kirchenlied gewesen, doch diesmal klang es schäbig in seinen Ohren, wie eine kitschige, an ihn selbst gerichtete Ode; nicht wie eine Lobpreisung Gottes.

Gewöhnlich genoss er die Augenblicke der Entspannung, die der

Chorgesang ihm gewährte, diesmal jedoch wartete er ungeduldig auf das Verklingen des Gesangs und platzte innerlich fast vor Tatendrang. Sein Blick fiel auf die Notizen, die er sich für die Predigt gemacht hatte. Er sah nur noch abgeschmackte Rhetorik in ihnen, so dass er die Blätter angewidert zerriss und die Fetzen auf den Fußboden flattern ließ. In der ersten Reihe der Kirchenbänke sah Hannibal Caine das Papier verdutzt umherstieben. Die Bestürzung in seiner Miene bereitete Sinclair Vergnügen. Vergeblich suchte er unter den Versammelten Eldo Blandings, dessen Reaktion ihn ebenfalls interessiert hätte, aber der Alte saß nicht an seinem gewohnten Platz in der ersten Reihe. Sinclair wurde bewusst, dass der Älteste inzwischen viele Predigten versäumt hatte, und beschloss, ihn nach dem Grund zu fragen. In einer Zeit, in der er seine Kontrolle über die Gemeinde als am stärksten empfand, fühlte er sich gleichzeitig am unsichersten in der Führung und musste sich mit Sorgen um die Verlässlichkeit eines seiner höchstrangigen Jünger plagen.

Der Organist spielte die letzten Akkorde, und der Chor nahm wieder Platz. Sinclair legte die Hände auf die Brüstung der Kanzel und bewahrte trotz der hektischen Gebärden des Tontechnikers lange Schweigen. Schließlich räusperte er sich und beugte sich übers Mikrofon.

»Ich habe den Engel Gottes gesehen«, sagte er leise. »Den Engel Gottes habe ich gesehen!«, brüllte er. »Und ich habe mit Gott persönlich gesprochen!« Bis zum Bersten fühlte er sich von Adrenalin durchströmt. »Und wisst ihr, was er gesagt hat?« Zwei Sekunden lang wartete er und lauschte in die Stille hinein. »Er hat gesagt, dass ich auserkoren bin, euch durch die Apokalypse und ins Himmelreich zu führen!«

Dann, leiser: »Er hat gesagt, ich bin das Licht.« Wieder eine Pause. »In wenigen Tagen werden wir die wahren Vorzeichen sehen. Feuer! Überschwemmungen! Die Erde wird unter euren Füßen erbeben, der Mond wird zu Blut. Und wenn sich am Himmel die

Sonne verfinstert, werden die vier Reiter der Apokalypse kommen! Und sobald sie über die Erde reiten, ist Armageddon da. Dann ist keine Erlösung mehr möglich.« Sinclair ergriff das Mikrofon und schritt auf dem Podium umher, die mit Goldrand verzierte, weiße Kutte umwallte seine Gestalt. »Meine Freunde, es ist eure Aufgabe, die Seelen all jener zu retten, die sich Gott noch nicht geweiht haben. Helft ihnen, damit sie das Heil finden. Schwärmt in euren Kutten aus, damit sie euch erkennen, denn nun ist keine Zeit mehr für Subtilität. Hunderte, Tausende, nein, *Millionen* von Seelen sind darauf angewiesen, dass ihr sie rettet!«

54

ALEXANDRA MANDERLEY

Das ist ein Aufruf zur Randale«, sagte Moss Baskerville missmutig. Tom Abernathy hatte das Radio abgeschaltet, kaum dass die Predigt angefangen hatte. »Sinclair stiftet zum Krawall an.«

»Ach was, Moss«, erwiderte Cassie besänftigend. »Er quasselt doch ständig solchen Quatsch.«

Moss schüttelte den Kopf. »Nicht in dem Stil. Offenbar weiß er über den Zusammenstoß Bescheid, den Tom und ich heute im Freizeitpark mit seinen verdammten Aposteln hatten. Jetzt hämmert er ihnen praktisch ein, sich noch einmal mit uns anzulegen.«

»Also, wenigstens hast du jetzt einen neuen Hilfssheriff«, sagte Mike Corey. »Oder?«

Baskervilles Lachen klang harsch. »Ja und nein. Sie kann erst am Montag anfangen. Bis dahin müssen wir diese Halunken ohne zusätzliches Personal im Zaum halten, und das nimmt uns die Zeit für die eigentliche polizeiliche Arbeit.«

»Ach, mach dir mal wegen des Freizeitparks keine Sorgen«, sagte Tom. »Die Leute vom Stunt haben heute gern Hilfspolizei gespielt. Morgen tun sie's genauso gern.«

Moss hob die Brauen. »Ich habe den Eindruck, du findest das alles spaßig, Abernathy. Wie wär's, wenn ich *dich* zum Hilfssheriff ernenne?«

Tom schüttelte den Kopf. »Nein, danke. Ich beschränke mich darauf, lieber Sheriff zu *spielen*. Ich hab den Leuten in den Geschäften erklärt, dass sie beim ersten Anzeichen von Ärger sofort die Arena anrufen sollen. Unsere Truppe wird dann jeden lästigen Apostel rausschaffen. Dafür brauchen wir gar keine echten Hilfssheriffs.«

»Der Freizeitpark ist ein Privatgrundstück«, mischte Cassie sich ein. »Wir haben jedes Recht, sie vor die Tür zu setzen.«
Moss musterte Tom. »Mit anderen Worten, ihr haltet Dienstabzeichen für überflüssig, ja?«
»Stimmt.«
»Ich weiß nicht …« Moss schüttelte den Kopf. »Du und deine Cowboys, ihr haltet die Sache wohl für ein Spiel.«
»Das ganze Leben ist ein Spiel«, erwiderte Tom, und alle Gesprächsteilnehmer lachten. Moss Baskerville ausgenommen.
»Diese Leute schnappen allmählich über.«
»Eiferer«, stellte Ray Vine in düsterem Tonfall fest.
Baskerville nickte. »Was wollt ihr unternehmen, wenn sie Streit suchen?«
»Ein Showdown am Madelyn Corral?« Toms Gesicht verzog sich erneut zu einem Grinsen. »Du meinst, sie könnten so verrückt sein, einen Haufen harter Burschen anzugreifen? Hör mal, schon Mad Dog Steinberg kann die ganze Bande mit seinem Schlangenblick so einschüchtern, dass sie auswandern. Außerdem hat jeder von uns 'ne Knarre am Gürtel. Die Apostel können sich nicht darauf verlassen, dass wir nur Platzpatronen geladen haben.«
»Eben deswegen könnten sie, wenn sie vollends irre werden, auf die Idee verfallen, euch zuvorzukommen und euch einfach abzuknallen.« Moss betrachtete Tom mit ernstem Blick, doch der Rancher ließ sich nicht beirren.
»Ich gebe dir Recht, Moss«, sagte Carlo ruhig. »Die Apostel sind ein Problem, aber ich glaube, du brauchst dir keine Sorgen zu machen. Wenn mehrere Stuntleute zugleich eingreifen, dürften sie sich still verabschieden.«
Nach wie vor wirkte Baskerville unzufrieden, aber dann nickte er. »Na schön, wir machen's auf eure Weise, aber ich lass mich alle ein, zwei Stunden blicken, um die Furcht vor den *echten* Gesetzeshütern bei ihnen wach zu halten. Und sobald wirklich Gefahr im Verzug ist, ruft sofort das Revier an.«

»Klar, Chief.« Tom schaute in die Runde. »Möchte jemand noch was von Jim-Bobs Predigt hören?«
Nachdem ein vielstimmiges Nein erklungen war, sagte Moss: »Jedenfalls wäre es mir lieber, wenn der alte Joe Huxley zurückkäme, damit wir wieder einen Nachtwächter haben.«
»Es sieht nicht so aus, als käme er zurück.« Cassie schüttelte den Kopf. »Er nicht, Kyla nicht und Madge auch nicht.«
»Wie geht's eigentlich Henry?«, erkundigte sich Ray.
»Nicht allzu gut«, sagte Cassie. »Zu allem Übel hat er sich jetzt auch noch 'ne scheußliche Darmgrippe zugezogen. Ein Glück, dass er diesen Schüler hat, der einiges für ihn erledigt.«
»Sie meinen Justin?«, fragte Alexa.
Cassie nickte überrascht. »Sie kennen ihn?«
»Nach unserer Ankunft hat er Eric und mir den Spirit Canyon gezeigt. Am nächsten Tag hat er uns besucht.«
»Außerdem hat er mir Alexa vorgestellt«, sagte Carlo und schwieg einen Moment. »Heute ist er nach Feierabend in den Freizeitpark gefahren. In Richtung der Mine.«
»*Gefahren* ist er?«, fragte Moss.
»Bestimmt hat er irgendwas für Henry zur Mine gebracht.«
»Man sieht ihn überall«, sagte Ray. »Er baggert auch eine meiner Kellnerinnen an.« Er lachte. »Aber bei der kommt er nicht weit.«
»Na, jedenfalls ist es ein Vorteil, dass Henry ihn hat«, meinte Cassie und wandte sich dann an Alexa. »Und was halten Sie von Jim-Bob Sinclair? Glauben Sie, diese UFOs sind eines dieser angeblichen Vorzeichen eines nahen Weltuntergangs?«
»Vor ein paar Tagen gab es mehrere schwache Erdbeben«, sagte Tom und grinste. »Und letzte Nacht gab's ein etwas stärkeres, genau zu der Zeit, als die fliegenden Untertassen ihr Tänzchen aufführten. Vielleicht sieht Jim-Bob da einen Zusammenhang.«
»Leuchterscheinungen sind bei Erdbeben recht häufig zu be-

obachten«, erklärte Alexa. »Meist sind es Lichtblitze, die von einem Knall begleitet werden, so ähnlich wie Blitz und Donner. Die Leuchtphänomene der vergangenen Nacht könnten etwas mit den atmosphärischen Verhältnissen in der Erdbebenzone zu tun gehabt haben.« Sie zögerte, merkte jedoch, dass alle ihr aufmerksam zuhörten. »UFOs sind überhaupt nichts Neues. Wir bilden es uns nur ein, weil wir in einem Zeitalter leben, in dem jedes Rätsel technisch gedeutet wird. Die fliegenden Untertassen von heute sind die feurigen Himmelswagen von gestern. Außerirdische nannte man früher Engel. Oder Teufel.«

»Tatsächlich?«, fragte Cassie.

Alexandra nickte. »Die Berichte reichen viel weiter zurück als in biblische Zeiten. In China gibt es Geschichten über Flugscheiben, die dreitausend Jahre vor Christus gesichtet wurden. UFO-Sichtungen sind wahrscheinlich so alt wie die Menschheit. Oder noch älter.«

»Und *mir* hält man vor, ein Märchenerzähler zu sein«, sagte Tom.

Alexa blickte ihn an. »Wir sehen UFOs im Kontext unserer Gesellschaft. Mitte des achtzehnten Jahrhunderts gab es im Mittleren Westen eine Sichtung von UFOs, und die Bauern, die diese Meldungen machten, gaben an, sie hätten ein großes Luftfahrzeug gesehen, das Ähnlichkeit mit einem Dampfschiff hatte. Alle gemeldeten Begegnungen mit den Insassen dieser Dampfschiffe bezogen sich auf Männer, die angeblich zum Wasserfassen nach unten kamen.« Sie heftete den Blick auf Marie. »Oft nehmen UFOs auch Tiere an Bord. Das Ganze geschieht nach einem bestimmten Muster, das sich in der gesamten Menschheitsgeschichte überall auf der Welt wiederholt.«

»Warum hören wir dann etwas über kleine grüne Männchen«, fragte Tom, »wenn die Bauern etwas anderes gesehen haben?«

»Und warum sehen andere Leute, so wie Sinclair, Engel?«, fragte Ray.

»Sie sehen das, was sie zu sehen erwarten. Joseph Smith hat behauptet, das Buch Mormon wäre ihm von einem gottähnlichen Geschöpf ausgehändigt worden, das von einem Planeten stammte, der um einen Stern namens Kolab kreist. Smith hat offenbar wirklich geglaubt, was er predigte. Oder hat es irgendwann später geglaubt. Auch Sinclair klingt wie jemand, der glaubt, was er predigt.«

»Kaum zu fassen«, murmelte Tom und kratzte sich am Kinn.

»Der größte Geschichtenerfinder aller Zeiten ist unser größter Skeptiker«, sagte Cassie trocken.

Tom zuckte mit den Achseln. »Ein bisschen Skepsis kann nicht schaden.«

»Ich bin der gleichen Meinung«, sagte Alexa. »Ich bin selbst Skeptikerin. Wäre ich es nicht, hinge ich wohl der Ansicht an, UFOs seien schlicht außerirdische Besucher aus einer anderen Welt, die erst seit den vierziger Jahren bei uns aufkreuzen. Aber das kommt mir wie … wie eine zu bequeme Lösung vor. Ich bin der Meinung, wir sollten stets in der Menschheitsgeschichte nach Hinweisen suchen, die uns beim Verstehen der Gegenwart nützlich sind. Geschichte wiederholt sich tatsächlich, wenn es um Phänomene des Luftraums geht.« Plötzlich blickte sie verlegen in die Runde. »Entschuldigung, ich wollte keinen Monolog halten.«

»Sie bringen frischen Wind in den Laden, Schätzchen«, beteuerte Cassie. »Gewöhnlich ist Tom hier der Einzige, der Geschichten zu erzählen versteht. Aber er denkt sie sich alle aus.«

»Also wirklich, Cass, du weißt doch genau, dass alles, was ich erzähle, die reine Wahrheit ist«, protestierte Tom. Er lächelte Alexa an. »Lassen Sie uns jetzt bloß nicht hängen.«

Alexa fand es auf einmal viel zu warm im Zimmer. Sie zögerte, weil es ihr peinlich war, im Mittelpunkt zu stehen. Carlo, der neben ihr auf der Couch saß, berührte ganz sacht ihren Handrücken. »Bitte.«

Verstohlen schaute sie ihn an, blickte in seine unglaublichen Au-

gen. »Wir sehen, was wir zu sehen hoffen«, stellte sie nochmals klar. Dann redete sie schon deswegen weiter, um sich vor den überwältigenden Gefühlen zu schützen, die Carlo in ihr auslöste. »Das ist der Standpunkt eines angesehenen Forschers, und ich bin der gleichen Meinung. Es kann sein, dass wir entscheiden, welche Gestalt diese Energie oder Lebensform – je nachdem, was es ist – für uns annimmt. Vielleicht ist sie das Ergebnis des kollektiven Unbewussten unserer Gesellschaft. Man denke nur an die vielen Geschichten über die Kobolde in Irland und die Trolle in Skandinavien. Dann die Elfen und Feen, die grünen Gnome, die Erdgeister sind, halb Mensch, halb Pflanze. Dann gibt es noch die Elementargeister der Indianer, nicht wahr, Davy?«
Styles nickte. »Wir kennen eine Sage über eine rote Sonne, die sich senkrecht in die Lüfte erhebt. An Einzelheiten erinnere ich mich aber nicht.«
»Die Zulu erzählen eine ähnliche Geschichte«, sagte Alexa erfreut. »Die rote Sonne sinkt herab, um Vieh zu verschlingen, dann steigt sie senkrecht empor.« Sie sah, dass Marie leicht zusammenzuckte, und hoffte auf ihre Bereitschaft, sich später mit ihr zu unterhalten. »Es läuft darauf hinaus«, fügte sie hinzu, »dass die Feenkreise von gestern die UFO-Landeplätze von heute sind. Schilderungen von Himmelslichtern der Art, die wir gestern Nacht gesehen haben, gibt es in den Überlieferungen jeder Kultur. Alle haben gewisse Gemeinsamkeiten. Nur die Aufmachung ist unterschiedlich. Früher behauptete man, Feen würden Menschen entführen, im Allgemeinen durch Feenkreise. Aus der Fassung für die Kinder lassen wir weg, dass es zu Vermehrungszwecken geschehen sein soll. Die Außerirdischen tun heute angeblich das Gleiche. Aber ich bin mir keineswegs sicher, dass diese Wesen wirklich Außerirdische sind.«
»Aber gerade diese Behauptung«, wandte Cassie ein, »wird doch in den Büchern und Talkshows breitgetreten.«
»Außerirdische, die die Möglichkeit haben, zur Erde zu reisen,

bräuchten sich nicht mit Menschen zu paaren, um ihre Gene zu verbessern. Das ist unlogisch. Wir stehen doch selbst kurz davor, mit unseren DNS-Experimenten neues Leben zu erschaffen. Wesen, die zum interstellaren Raumflug fähig sind, müssten solche Techniken doch längst beherrschen.«

»Und was ist nun das Resümee?«, fragte Ray.

»Die UFOs könnten von der Erde stammen«, antwortete Alexa ohne jedes Zögern. »Jedenfalls sind sie ein wichtiger Bestandteil unserer gestrigen und gegenwärtigen Mythen.«

»Ist es nicht möglich, dass sie von einer anderen Welt stammen?«, fragte Cassie.

Moss nickte. »Ich habe sie gestern Abend gesehen, und mir kamen sie wahrhaftig nicht so vor, als kämen sie aus der Nachbarschaft.«

»Es gibt endlose Möglichkeiten. Aber was sie auch sind; sicher bin ich mir nur in einer Hinsicht: Sie beeinflussen unsere Mythen und unsere Geschichte. UFOs, Engel, Geisterlichter, ganz gleich wie man sie nennt, sie lassen sich nicht übersehen.« Alexa beugte sich mit frischem Schwung vor. »Zum Beispiel haben Eric und ich gerade heute, als wir zu unserem Lagerplatz zurückfuhren, ein kleines rundes UFO über der Olive Mesa bemerkt. Wir sind sofort rauf, aber als wir oben ankamen, war es schon weg. Wir haben allerdings Kleidungsstücke gefunden, die noch nicht lange dort gewesen sein können. Ich wette, dass Sinclair dort war und mit einem Engel Gottes gesprochen hat.«

»Und was er zu hören bekommen hat, hat ihn in dem Glauben bestärkt, dass die Apokalypse bevorsteht«, schlussfolgerte Carlo.

Alexa lächelte. »Genau.«

»Daraus ergeben sich eine Menge Fragen zum Themenkreis Bestimmung, Schicksal und Prophezeiung.« Carlo schüttelte den Kopf. »Unterliegen Prophezeiungen einem Erfüllungszwang? Sind wir selbst unseres Glückes Schmied, oder gibt es irgendeine Macht – Gott, Außerirdische, Elfen –, die uns anleitet?«

»Früher war ich der Überzeugung, alle Prophetie erzeuge Erfüllungszwang und wäre deshalb eine rein menschliche Angelegenheit«, sagte Alexa, »aber heute neige ich zu der Vermutung, dass irgendetwas uns Ideen einflüstert und unser Schicksal zu bestimmen versucht. Und die Tatsache, dass die meisten Prophezeiungen den Weltuntergang oder kleinere Katastrophen betreffen beziehungsweise alle negativen Inhalts sind, sagt mir, dass dahinter kein weiser, alles wissender, liebevoller Gott stecken kann. Es muss vielmehr etwas mit einem Sinn für schrecklichen schwarzen Humor sein.« Sie merkte, wie lächerlich sie vermutlich klang, und schmunzelte, ehe sie sich an Mike Corey wandte. »Ich hoffe, ich beleidige nicht Ihre Religion, Pater.«
»Wäre ich empfindlich, könnte ich dieser Gruppe nicht angehören.« Der junge Geistliche lächelte und strich sich eine Strähne seines hellbraunen Haars aus der Stirn. »Aus streng katholischer Sicht müsste ich natürlich sagen, dass die Dinge, über die Sie reden, Teufelswerk sind.« Er lächelte. »Damit würde ich freilich nur Ihr Argument vielfältiger Auslegungsmöglichkeiten stützen.«
»Habe ich richtig verstanden, dass Sinclair bei seinen bisherigen Apokalypse-Ankündigungen weniger drastisch war?« Alexa betrachtete die Mienen der Anwesenden.
»Ja«, bestätigte Ray Vine. »Aber reichlich melodramatisch war er schon immer.«
»Heute Abend hat er wirklich anders geklungen«, sagte Cassie. »Im Normalfall käut er nur seine üblichen Parolen wieder.«
»Für mich klang er wie der kleine Holländer, der einen Finger in das Loch im Deich steckt und Alarm schlägt«, meinte Mike Corey. »Es war fast so, als hätte er wirklich Angst.«
Seine Beobachtung stieß auf allgemeine Zustimmung. »Es kann sein, dass er jetzt völlig durchgeknallt ist«, sagte Tom Abernathy. Diese Bemerkung brach die im Zimmer entstandene Spannung. Sogar Alexa musste lachen und räumte ein, dass es sich vermutlich so verhielt.

»Wisst ihr was?«, sagte Tom nachdenklich. »Ich würde liebend gern Jim-Bobs Gesichtsausdruck sehen, wenn wirklich vier apokalyptische Reiter über die Thunder Road geritten kämen … So, und wer möchte jetzt Apfelkuchen mit Eiskrem?«

55

ELDO BLANDINGS

Eldo Blandings warf einen Blick auf seine Armbanduhr und schnitt eine Grimasse. Es war die engste Annäherung an ein Lächeln, die er je zustande bekommen hatte. Es ging auf 21.00 Uhr zu, und Prophet Sinclair kam allmählich zum Ende seiner Predigt. Es war Zeit zu handeln. Wieder eine Grimasse. Heute Abend würden sie der satanistischen Hure und ihren Perversen im Langtry-Theater eine kleine Lehre zu erteilen. Der Gedanke daran erfreute ihn fast so wie die Vorstellung, wie er Tom Abernathy die Demütigung heimzahlen würde, die der gottlose Bastard ihm heute hatte zuteil werden lassen.

Vor einer Stunde hatten Eldo und seine vier Getreuen das Anwesen der Gemeinde verlassen. Nachdem sie außer Sichtweite gewesen waren, hatten sie von der Thunder Road auf einen Betriebsweg hinter dem Dead Man's Hill gewechselt, den Wagen in einer von Felsen gebildeten, flachen Höhle geparkt und die weiten Kutten abgelegt, unter denen sie braungelbe Tarnanzüge trugen. Sobald die Kutten im Auto verstaut waren, häuften sie Reisig vor und auf dem kleinen Geländewagen an, damit niemand ihn bemerkte.

Sein Sonderaufgaben-Komitee umfasste zwei Angehörige des Ältestenrates, eine breitschultrige Frau namens Lorraine Ferguson, die an die Überlegenheit der weißen Rasse glaubte, und den Ex-Marine Steve Clayman, der sich durch seine kräftige Statur auszeichnete, aber eigentlich nicht wusste, warum er sich den Aposteln angeschlossen hatte. Blandings hingegen kannte den Grund: Er brauchte jemanden, der ihm sagte, was er tun sollte.

Der dritte Angehörige der Elitetruppe war Mel Campbell, ein Ex-Polizist, der gefeuert worden war, weil sein Gummiknüppel zu locker saß. Er war als Speed-Konsument zu den Aposteln gestoßen, und die Kirche der Apostel des Propheten hatte ihm praktisch das Leben gerettet, ihn von der Drogensucht erlöst und seinem Dasein einen neuen Sinn gegeben. Nummer vier des Teams war Corky Deitz, eine harte, abgebrühte Frau und ehedem Cheerleader an der Madelyn High School. Sie brachte dem Propheten so starke Treue entgegen, wie sie die Menschen hasste, die seinen Worten kein Gehör schenkten. Eldo und Hannibal hatten alle vier sorgfältig ausgesucht und verschiedenen Prüfungen unterzogen. Als Apostel hatten sie zwar tadelnswerte Mängel, aber für die Sonderaufgaben eigneten sie sich bestens.

Die letzten Kilometer zum Theater legten sie zu Fuß zurück. Sie blieben auf dem Weg oberhalb der Straße und überquerten die Thunder Road erst auf Höhe des Theaters. Dort kletterten sie eilig über den Maschendrahtzaun und warteten, während Steve Clayman die Lage im Theater und in den angrenzenden Gebäuden erkundete. Als Claymans dunkler Umriss sich wieder näherte, trat Eldo ihm entgegen.

»Alles klar«, meldete Clayman leise. »Niemand da.«

»Gut gemacht.« Eldo schaute erneut auf die Uhr. Dann leuchtete er mit der Taschenlampe umher und überzeugte sich, dass seine Begleiter ausnahmslos Handschuhe trugen und ihre Ausrüstung bereithielten. Schließlich nickte er. »Um zwanzig nach zehn treffen wir uns an dieser Stelle wieder. Ihr wisst, was ihr zu tun habt. Also vorwärts.«

Lautlos strebten sie dem menschenleeren Theater entgegen, und jeder machte sich an die Erledigung der ihm zugeteilten Aufgabe: Lorraine Ferguson und Steve Clayman gingen mit einem Topf roter Farbe und Pinseln ans Werk und malten auf jedes Fenster »666«. Ex-Polizist Mel Campbell und Corky Deitz besprühten die Blumenbeete mit einem Unkrautvertilgungsmittel.

Plötzlich hörte Eldo ein Fahrzeug vorfahren. »Alles in Deckung!«, fauchte er und duckte sich ins Dunkel. Das Auto fuhr ohne Licht und rollte keine drei Meter von Eldo entfernt aus, gleich neben dem Fahnenmast vor der Treppe des Gebäudes.

Lautlos schwang die Wagentür auf. In dem Moment, bevor der Fahrer die Innenbeleuchtung ausschaltete, konnte Eldo ihn sehen. Es war Hannibals junger Rekrut, Justin Martin, ganz in Schwarz gekleidet. Eldo atmete erleichtert auf, blieb aber in Deckung. Er wusste von Hannibal, was der Bursche mit der Ziege angestellt hatte – er war fraglos nicht ganz dicht. Hannibal hatte auch erwähnt, dass er nicht wollte, dass seine Eltern davon Wind bekamen. Zwar konnte nichts schief gehen, aber vielleicht sollte er die Gelegenheit nutzen, um die Nerven des Burschen auf die Probe zu stellen. Eldo wartete ab.

Der Junge öffnete den Kofferraum des Autos und hob etwas heraus. Eldo hörte ihn schnaufen. Er fing an zu zählen, und nach fünf Sekunden tappte der Bursche ums Auto. Er schleppte etwas Großes, das in eine Decke gewickelt war. Er trug Handschuhe. *Schlaues Bürschchen.*

Er kam immer näher, und Eldo hielt den Atem an. Am Fahnenmast blieb Justin stehen, beugte sich vor und legte seine Last ab. Als er sich aufrichtete, hörte Eldo ihn schnuppern. Er roch das Unkrautvertilgungsmittel.

Justin überprüfte das Zugseil des hohen Fahnenmastes, kauerte sich dann hin und wickelte die Last aus. Danach befestigte er das Zugseil an dem Gegenstand, den er dem Kofferraum entnommen hatte.

Der Junge stand auf, fasste das Zugseil mit beiden Händen und zog etwas am Fahnenmast empor.

Noch eine Ziege. *Natürlich.* Eldos faltige Miene verzog sich zu einer hämischen Grimasse. Er schaute dem an den Hinterbeinen zusammengebundenen Tier nach, als es ruckweise am Fahnenmast nach oben schwebte. Erst als die Ziege ganz oben baumelte

und Justin das Zugseil fest geknüpft hatte, sprach er den Jungen an. »Justin Martin«, sagte er leise.
Der Junge reagierte völlig anders, als Eldo erwartet hatte. Er lief weder weg, noch schaute er herüber. Er drehte sich nur langsam um und lauschte. Justins Hand glitt in die Hosentasche, kam rasch wieder zum Vorschein, hielt irgendetwas fest.
Eine Pistole? Nein. Eldo hörte das schnappende Geräusch, das ein aufgehendes Klappmesser erzeugte, und sah den silbernen Stahl einer überlangen Klinge im Mondschein glitzern. Eldo richtete sich auf, zog die 38er und zielte auf den Jungen. »Lass das Messer fallen«, zischte er.
Justin wandte sich in die Richtung, aus der er Eldos Stimme hörte, und kam furchtlos mit dem Messer auf ihn zu.
»Messer fallen lassen, hab ich gesagt.« Eldo spannte den Hahn der Waffe. Das Geräusch bewog Justin, stehen zu bleiben.
Bedächtig bückte sich Justin und legte das Messer auf die Erde. Die Klingenspitze deutete auf Eldo. Der Älteste war beeindruckt. Der Knabe hatte zwar zweifellos eine schwere Macke, aber für solche Aktionen die richtige innere Einstellung.
»Ich bin beeindruckt, junger Freund«, sagte Eldo, ohne die Waffe zu senken. »Hat Hannibal dich beauftragt, die Ziege zu töten?« Schweigen. »Du bist unter Freunden, Junge. Antworte. Handelst du auf Hannibals Weisung?«
»Ja«, bestätigte Justin und starrte in die Dunkelheit. »Sind Sie Eldo Blandings?«
»Hat er dir gesagt, du sollst hier aufkreuzen?« Hannibal wusste über sein heutiges Vorhaben Bescheid. Gleichzeitig den Jungen zu schicken, wäre eine Gefährdung der Mission gewesen. Mit plötzlich erwachendem Argwohn gegen Caine sagte er mit lauter Stimme: »Antworte!«
»Nein. Die Ziege sollte nur an einer auffälligen Stelle zu sehen sein. Den Fahnenmast hab ich für die auffälligste Stelle gehalten.« In Justins Tonfall schwang Arroganz mit. »Sind Sie Eldo Blandings?«

»Ich bin dein neuer Chef, junger Freund. Falls irgendetwas von dem auffliegt, was hier passiert, werden wir die Schuld an allem, was wir hier getan haben, dir in die Schuhe schieben. Bezweifelst du meine Worte?«
»Nein, Sir.« Justin sprach nun zwar in einem unterwürfigen Tonfall, doch Blandings durchschaute ihn: dem Burschen war jede Art von Demut fremd.
»Gut. Und jetzt scher dich weg. Mitsamt dem Auto. Wir bleiben in Verbindung.«
Stumm bückte sich der Junge und hob das Messer auf, dann drehte er sich um und stapfte zum Wagen.
»Junger Freund …« In der Wüstennacht trug Eldos ruhige Stimme weit. Wortlos wandte Justin sich um. »Gut gemacht.«
Der Junge nickte. Er ging zum Heck des Wagens und schloss den Kofferraum, ehe er sich ins Fahrzeug setzte. Ohne die Scheinwerfer anzuschalten, fuhr er davon.

56

MARIE LOPEZ

Sie hielten in Madland an und fragten nach 'm Weg«, sang Ray Vine, der auf Toms Gitarre klimperte. »Jim-Bob Sinclairs Blick hat gleich auf Cassie gezielt, doch Cassie, der passte nicht sein Beruf, und Jim-Bob scharrte wie ein Ochs mit 'm Huf.«

Marie lachte und wünschte sich, sie hätte auch so viel Mumm, um vor Zuhörern zu singen. »Warum wie ein Ochse?«

»Weil er so frustriert war«, erklärte Ray. Er stellte die Gitarre weg und lächelte Cassie zu. »Ihm war doch klar, wenn er ihr auf die Pelle rückt, steht er da wie 'n Ochse vorm Scheunentor.«

Cassie schüttelte sich vor Lachen. »Danke, Ray.«

»Mommy, was ist ein Ochse?«, fragte Eve, die eingerollt auf Cassies Schoß geschlafen hatte, sich nun aber die Augen rieb.

»Also, das ist … Tom, sag du's ihr.«

»Tja, Eve, ein Ochse ist ein Stier ohne …« Tom drückte sich vor einer zufrieden stellenden Beschreibung. »Na, es ist ein kastrierter Stier.«

»Was ist kastriert?«, lautete prompt die nächste Frage.

»Schätzchen«, sagte Cassie, »es ist längst Zeit fürs Bett. Vielleicht sollten wir lieber heimfahren.«

»Kann ich eine Limo haben?«, fragte das Mädchen und hüpfte ihrer Mutter aus den Armen.

»Klar«, antwortete Tom, ohne Cassies bösen Blick zu beachten. »Nimm dir eine.«

Marie wusste, dass Tom es nicht gern hatte, wenn jemand an einem solchen Abend früh nach Hause fuhr. Und 22.30 Uhr war definitiv zu früh zum Auseinandergehen, außer für Mike Corey, der sich stets zeitig verabschiedete. Trotz ihrer Müdigkeit und obwohl ihr das Kleid doch leicht peinlich war, fühlte sie sich wohler als seit langem, vor allem, weil Tom gewisse Empfindungen für sie eingestanden hatte. Ein zweiter Grund war, dass sie beschlossen hatte, nun doch mit Alexa Manderley zu reden, aber noch nicht den passenden Moment gefunden hatte. Gegenwärtig saß Alexa mit Carlo am Kamin. Marie schluckte und entschied sich dafür, sie in seiner Gegenwart anzusprechen.

»Hallo«, sagte sie unsicher, als sie zu Alexa und Carlo trat.

Alexa lächelte. »Bitte, setzen Sie sich doch zu uns.«

»Ja, natürlich«, äußerte Carlo und klopfte mit der Hand auf einen freien Stuhl.

»Danke.« Marie nahm Platz und rang nervös die Hände.

»Ein schönes Kleid haben Sie an«, sagte Alexa.

»Oh, äh ... vielen Dank. Ich ...«

»Ja?«, half Alexa nach.

»Tom hat mir geraten, mit Ihnen zu sprechen. Über meine Schafe, die getötet wurden. Es kommt mir lachhaft vor ... Wahrscheinlich war's sowieso nur ein Berglöwe, deshalb hab ich zu Tom gesagt, wozu denn, aber ... Also, es kommt mir eben einfach lachhaft vor.«

»Dürfte ich mich für einen Moment entschuldigen?«, fragte Carlo und stand auf. Freundlich lächelte er Marie zu. Sie erwiderte das Lächeln, da sie spürte, dass er verstand, dass es ihr lieber war, allein mit der Wissenschaftlerin zu reden.

Statt sich zu den übrigen Gästen zu gesellen, schlenderte Carlo in den Innenhof und zum Rand des Lichtkreises, den die flackernden Kerzen erzeugten. Irgendwann glich er nur noch einer schemenhaften Gestalt, die zum Nachthimmel emporblickte. Marie musterte Alexa und stellte mit heimlicher Belustigung fest, dass sie unverwandt hinter Carlo herschaute. Schon als sie die beiden zum ersten Mal zusammen gesehen hatte, war es ihr so vorgekommen, als ob es zwischen ihnen knisterte; nun allerdings war sie sich ganz sicher.

»Carlo ist ein netter Kerl«, sagte sie leise.
Hastig drehte Alexa sich zu ihr um. Eine leichte Röte stieg in ihre Wangen. »Zumindest macht er diesen Eindruck«, gab sie zur Antwort. »Allerdings kenne ich ihn kaum.«
Marie lächelte. »Niemand kennt Carlo allzu genau. Ich nehme an, es gehört einfach zu seinem Beruf, geheimnisvoll zu wirken.«
»Ja, kann sein.« Alexa warf ihm einen letzten Blick zu, dann schenkte sie Marie ihre volle Aufmerksamkeit. »Ich hatte gehofft, dass ich mit Ihnen ins Gespräch komme.«
»Hat Tom es Ihnen erzählt?«, fragte Marie beunruhigt.
»Er hat nur beiläufig etwas erwähnt. Carlo auch.«
Marie blickte Tom quer durchs Zimmer scharf an. Er bemerkte ihren Blick, hob die Brauen und zog eine Unschuldsmiene. Sie wandte sich wieder Alexa zu. »Tom hat doch keine Einzelheiten über die vergangene Nacht ausgeplaudert, oder?« Schon in dem Moment, in dem sie Tom die gestrigen Vorfälle anvertraut hatte, hatte sie es bereut. Nun musste sie mit Sicherheit befürchten, dass er sie in eine seiner haarsträubenden Geschichten einbaute.
»Nein. Was genau ist denn passiert?«
»Ich war mit meiner Herde im Rattlesnake Canyon. Auf dem Rückweg hatte ich zwei Schafe weniger als auf dem Hinweg.«
»Sind die Tiere getötet worden?«
Marie schüttelte den Kopf. »Ich weiß es nicht. Ich glaube, ich hatte Halluzinationen oder so was.«
»Die UFOs waren lange über dem Rattlesnake Canyon zu sehen«, sagte Alexa. »Wenigstens *die* haben Sie sich nicht eingebildet.«
»Haben Sie nicht vorhin gesagt, dass UFOs Tiere entführen?«, fragte Marie, der es noch immer widerstrebte, offen über das zu reden, was sie erlebt zu haben glaubte.
»Es geschieht häufig, besonders bei gleichzeitigem Auftreten von Verstümmelungen. Das kommt, wie schon gesagt, seit Jahrhunderten vor.« Alexa hielt kurz inne. »Seit Mitte der siebziger

Jahre wird es in den Vereinigten Staaten geradezu massenhaft beobachtet.«

»Wirklich?« Sobald Marie es gehört hatte, fühlte sie sich besser. »Kürzlich sind nämlich drei meiner Schafe – zwei davon in einer Nacht – verstümmelt worden. Ich hab's niemandem erzählt, aber an dem Abend, bevor die ersten beiden Tiere den Tod fanden, hab ich ... etwas gesehen.«

»Ein UFO?«

»Vermutlich. Ich war oben auf dem Höhenzug, nicht weit von der Gegend, wo ich mich letzte Nacht aufgehalten habe. Vier dieser kleinen leuchtenden Dinger sausten umher, aber sehr hoch am Himmel. Allerdings war es anders als vergangene Nacht. Sie flogen so weit entfernt, dass ich angenommen habe, es wären Düsenjäger auf einem Übungsflug.«

»Liefen die Flugmanöver ähnlich ab wie letzte Nacht?«

»Ja.«

»Dann waren es keine Düsenjäger.«

»Ich hatte schon befürchtet, dass ich diese Antwort erhalte.« Marie schüttelte den Kopf. »Erst am nächsten Morgen, als ich die Tiere gefunden hatte, wurde mir klar, dass etwas nicht stimmt. Sie waren – ähnlich wie das erste getötete Tier – aufgeschlitzt worden. Der erste Fall hat sich sogar auf meinem eigenen Grund und Boden ereignet.«

»Was ist mit den Tieren geschehen?«

»Ein Ohr war abgetrennt, die Zunge herausgeschnitten. Die Wunden sahen aus, als wären sie kauterisiert worden. Der Leib war aufgeschlitzt, und es fehlten Organe.«

»Wissen Sie, welche?«

»Die Geschlechtsteile. Bei einem Tier der Magen. Zwei Schafen waren kreisrunde Fellstücke herausgetrennt worden. Es liegt auf der Hand, dass ein Raubtier zu so was nicht fähig ist ... Das Merkwürdigste aber ist, dass nirgends Blut zu sehen war, weder an den Kadavern noch auf dem Boden; allerdings waren Tropfen einer blauen Flüssigkeit auf den Verletzungen. Ist Ihnen so was schon mal zu Ohren gekommen?«

»Einmal«, antwortete Alexa aufgeregt. »Der Bericht betraf UFOs und eine Bigfoot-Sichtung, deshalb wurde er nie ernst genommen.«

»Bigfoot?«, wiederholte Marie ungläubig.

»Es wird Sie überraschen, wie viele UFO- und Bigfoot-Sichtungen zur gleichen Zeit gemacht werden.« Alexa lächelte. »So etwas erscheint wenig glaubwürdig, nicht wahr?«

»Nun, momentan kommt mir mein eigenes Gerede auch nicht besonders glaubwürdig vor.«

Alexa tätschelte Maries Hand. »Ich halte Sie für absolut glaubwürdig. Aber sagen Sie mir eines: Haben Sie Fotos der getöteten Tiere? Oder haben Sie Proben der Flüssigkeit genommen?«

»Ich habe Fotos des auf meinem Gehöft getöteten Schafs gemacht und sie Moss gegeben. Wir sind zusammen zu der Schlussfolgerung gelangt, dass sich irgendwer einen schrecklichen Scherz erlaubt hat.« Marie schwieg einen Augenblick. »Nachdem die beiden Tiere den Tod gefunden hatten, bin ich am nächsten Tag mit der Kamera in den Canyon gefahren, aber da waren die Kadaver nicht mehr da.«

»Gab es noch irgendwelche Spuren?«

»Zwischenzeitlich hatte ein Sandsturm geweht.«

»Wie schön. Würden Sie Moss vielleicht bitten, dass ich mir die Fotos ansehen darf?«

»Das würde ich gern, aber sie sind aus seinem Archiv verschwunden.« Marie schüttelte erneut den Kopf. »Die Negative hatte ich, aber sie sind ebenfalls verschwunden. Aus meinem Wohnwagen.«

»Wundert mich nicht. So was geschieht öfter.«

»Wissen Sie was?« Marie strich sich das Haar aus dem Gesicht.

»Was denn?«

»Es hört sich bestimmt verrückt an, aber ich hab seit jeher den

Verdacht, dass dieser Militärarsch, der hier im Ort rumhängt, irgendwie dahintersteckt. Hinter den Verstümmelungen, den verschwundenen Fotos, ich weiß nicht, wohinter sonst noch. Halten Sie das für vorstellbar?«
»Absolut«, lautete Alexas Antwort. »Meines Erachtens liegt es nahe, dass die Fotos und die Negative von ihm entwendet wurden. Und was die Verstümmelungen angeht, so findet man gelegentlich Hinweise auf eine Verwicklung des Militärs in solche Vorkommnisse. In einem Fall hat man ein Skalpell aus Armeebeständen entdeckt, und nicht selten sind in der Umgebung Hubschrauber beobachtet worden. Allerdings muss auch das Militär als Opfer gelten.«
»Was haben die Ladys denn so Schwerwiegendes zu diskutieren?«
Marie erschrak, als sie unerwartet Moss' Stimme hörte. Die Unterhaltung hatte sie so stark beansprucht, dass sie alle übrigen Anwesenden vergessen hatte. Auch Tom und Carlo waren näher getreten.
»Dies und jenes«, erwiderte Alexa.
»Schon gut, Alexa«, sagte Marie, die keine Verlegenheit mehr empfand. Sicher, sie war nicht dazu gekommen, auch das schwebende Schaf zu erwähnen, doch mittlerweile hatte sie das Gefühl, dass sie alles in den Griff bekommen würde. Die drei Männer setzten sich: Carlo am Kamin neben Alexa, Tom auf die Armlehne von Maries Stuhl. Marie und Alexa weihten sie kurz in den bisherigen Verlauf des Gespräches ein. »Sie behaupten also«, knüpfte Marie schließlich neu an, »das Militär wäre ebenfalls ein Opfer der Verstümmelungen?«
Alexa nickte. »Das Verrückte an den Verstümmelungen ist ja eben, dass sich ihnen überhaupt kein Sinn abgewinnen lässt. Dass Außerirdische Bedarf an Organen irdischer Tiere haben sollten, ist kein bisschen einleuchtender als die Vorstellung, sie müssten sich mit Menschen paaren. Beides ist aus meiner Sicht völlig abwegig. Bräuchten sie jedoch Organe unserer Tiere, könnten sie sie an Orten ausweiden, wo niemand sie vermisst oder kein Mensch

ihre Kadaver findet. Das Gleiche gilt für Viehdiebstähle. Meist verschwinden Tiere aus kleinen Herden wie der Ihren, Marie, und oft fallen diese Diebstähle mit UFO-Sichtungen zusammen. Ich halte es für möglich, dass sie wissentlich inszeniert werden, um von anderen Vorgängen abzulenken. Auf jeden Fall findet ein hoher Prozentsatz an Verstümmelungen wirklich statt, und viele sind nicht mit den Umtrieben irgendwelcher Kultisten oder mit Coyoten zu erklären. Verstümmelte Tiere werden von Aasfressern vielmehr äußerst selten angerührt.«

Marie nickte. »Es ist, als wüssten sie, dass da etwas nicht stimmt.«

»Ganz genau. Ich habe keine Ahnung, was der Zweck dieser Verstümmelungen ist, und noch weniger, wer oder was sie verübt. Einiges spricht für Laserchirurgie. Häufig haben die Kadaver kein Blut mehr in den Adern. Für mich ist nur eines klar: Die Verstümmelungen sind eine Form von Manipulation.«

»Was soll das heißen?« Die Hände auf die Knie gestützt, beugte Moss sich vor.

»Die Verstümmelungen geschehen dort, wo sie Aufmerksamkeit erregen. So etwas ist eindeutig Massenmanipulation, denn es gibt kaum eine wirksamere Terrorstrategie als das Foltern oder Verstümmeln von Menschen oder Tieren. Der dadurch ausgelöste Schrecken fährt direkt ins Innerste des Menschen, spricht sein primitives Urmenschenerbe an.«

»Den Nazis war das völlig bewusst«, sagte Tom.

»So wie tausend weiteren Kulten und Organisationen«, fügte Alexa hinzu.

»Wie verhält es sich denn nun mit dem Militär?«, fragte Moss. »Es sei ein Opfer, haben Sie gesagt. Für mich klingt es aber eher so, als sei es selbst der Drahtzieher.«

»Vielleicht ist es ein bisschen von beidem. Es gab in Colorado zahlreiche Verstümmelungen gleich neben dem Cheyenne Mountain, wo sich die NORAD-Operationszentrale befindet. Die Zentrale ist im Innern des Berges ganz aus Stahl konstruiert worden, und sie hat den Zweck, alles zu erfassen, was durch unseren Luftraum schwirrt. Sie können sich vorstellen, dass auf dem Berg und ringsum die strengsten Sicherheitsvorkehrungen herrschen. Das Gelände wird mit allem bewacht, was es gibt, von Bewegungsmeldern und Kameras, Radar und Wachposten bis hin zu Sensoren, die den winzigen Ammoniakgehalt der menschlichen Haut messen können. Man kann da nicht hinein, ohne bemerkt zu werden. Aber irgendwer oder irgendwas hat es trotzdem geschafft. An der Nordseite des Berges liegt auf militärischem Gebiet der Cheyenne-Mountain-Zoo. 1975 wurde ein siebenhundert Kilo schweres Büffelweibchen verstümmelt. Ein Euter, ein Ohr und die Vagina fehlten, zudem ein großes Stück Fell. Die Abtrennung erfolgte mit einem sehr scharfen Instrument. Das Fell wurde entfernt, ohne das darunterliegende Gewebe zu verletzen. Es hieß, nicht mal ein Gerichtsmediziner wäre fähig gewesen, so sauber zu arbeiten.«

»Gütiger Himmel«, sagte Tom.

»Ja, wirklich. Im Jahr darauf wurde ganz in der Nähe eines NORAD-Einfahrtstors eine kurz vor dem Kalben stehende Kuh verstümmelt. Ihr wurden die Geschlechtsteile und das Kalb entfernt. Man hat es nie gefunden.«

»Warum denn bloß?«, fragte Marie.

Alexa hob die Schultern. »Das weiß niemand. Ich bezweifle, dass das Militär es weiß, ausgenommen die Fälle, in denen es vielleicht selbst Verstümmelungen vorgenommen hat. Die erste Regel der Spionage lautet, sich so zu verhalten, als wüsste man alles; also räumt das Militär bestimmt nicht ein, nichts zu wissen. Ich bin mir ziemlich sicher, dass das der Grund ist, weshalb es sämtliche UFO-Phänomene so zurückhaltend behandelt. In Wahrheit weiß das Militär so gut wie nichts. Ich glaube, dass diese Verstümmelungen terroristische Taktiken von Seiten Unbekannter sind, die unserer Gesellschaft, der Regierung, der CIA oder wem auch immer irgendetwas verdeutlichen sollen.«

»Die Vorfälle am Cheyenne Mountain …« Tom ließ den Satz unbeendet.
»Ja?«
»Wenn niemand auf das Militärgelände gelangen kann, würde ich sagen, das Militär hat die Scheiße selbst angerichtet, um ebenfalls als Opfer dazustehen.«
Moss zeigte auf Tom. »Der Mann hat Recht. Er hat die alte Sherlock-Holmes-Methode drauf. Man streicht die Liste der Möglichkeiten zusammen, bis es nur noch eine gibt, und sie ist die Lösung, so absonderlich sie auch klingt. Also begeht die Regierung oder die Geheimdienstszene die Verstümmelungen und verübt auch ein paar auf militärischem Sperrgebiet, um Unschuld vorzutäuschen.«
»Ich kann mir durchaus vorstellen, dass etliches an ihren Überlegungen seine Richtigkeit hat«, erwiderte Alexa. »Allerdings gehen manche Phänomene, die im Zusammenhang mit den Verstümmelungen auftreten, entweder auf Außerirdische zurück oder haben mit modernen Mythen zu tun. Ich halte Letzteres für wahrscheinlich.«
»Zum Beispiel?«, fragte Marie.
»Levitationen.«
Marie schauderte, und sie bekam eine Gänsehaut. Sie schaute Tom an, und für einen scheinbar endlos langen Moment blickten sie sich in die Augen, dann streckte er den Arm aus und berührte ihren Handrücken. Als er die Hand zurückziehen wollte, hakte sie, ohne nachzudenken, ihren kleinen Finger um seinen zweimal so dicken. Ganz sachte drückte Tom ihre Hand, und auf einmal fühlte sie sich erheblich sicherer.
»Was ist denn, Marie?«, fragte Alexa. »Sie sind ja plötzlich leichenblass.«
»Genau so was hab ich letzte Nacht erlebt. Das große UFO ist runtergekommen. Ich habe blaues Licht gesehen. Erst ist das eine, dann das andere Schaf zu diesem Riesen*ding* raufgeschwebt. Ich dachte, ich verliere den Verstand.«

»Am Morgen fehlten jedenfalls die Schafe«, stellte Tom fest.
Moss richtete den Blick auf Tom. »Du steckst da mit drin, was, Cowboy? Das Ganze hat nur einen Zweck, nämlich mich zu verarschen.«
»Da liegen Sie völlig falsch«, erwiderte Alexa mit überraschender Heftigkeit. »Ich kann Ihnen Berichte von Sheriffs und Polizeibeamten aus dem ganzen Land zeigen, in denen sie mit eigenen Augen beobachtete Levitationen erwähnen. Beispielsweise fuhren im Mittleren Westen nicht einer, sondern *zwei* Polizisten im Streifenwagen durchs Farmland und mussten schlagartig auf die Bremse treten, weil eine Kuh die Straße überquerte ... Sie schwebte einen Meter überm Boden.«
Moss lachte, aber der scharfe Blick der Wissenschaftlerin brachte seine Belustigung zum Erliegen. »Das ist nicht Ihr Ernst, oder?«
»Es ist mein voller Ernst. Wenn Sie Kopien der Berichte lesen möchten, stelle ich sie Ihnen gern zur Verfügung. Ich habe sie draußen im Auto.«
»Nun, ich würde sie wirklich gern mal lesen. Ich glaube Ihnen, weil Sie den Eindruck eines intelligenten, vernünftigen Menschen machen. Aus dem gleichen Grund glaube ich auch dir, Marie, aber das ändert nichts daran, dass ich etwas Derartiges erst mal selbst erlebt haben muss.«
»Durchaus verständlich«, erwiderte Alexa. »Jeder intelligente, vernünftige Mensch würde den gleichen Standpunkt einnehmen.« Sie stand auf. »Jetzt habe ich Eric lange genug allein gelassen, und es ist ungefähr die richtige Zeit für ... äh ... nächtliche Luftraum-Aktivitäten. Vielen Dank für den netten Abend, Tom.« Sie schüttelte ihm die Hand und wandte sich noch einmal an Marie. »Darf ich Sie morgen oder übermorgen besuchen? Ich würde gern mit Ihnen zu dem Canyon gehen und mir die Stelle ansehen, wo sich die Sache mit den Schafen ereignet hat.«
»Können Sie reiten?«
»Wenn's ein friedliches Tier ist.«

»Gut«, sagte Marie und lächelte. »Ich bringe Sie hin, aber erst am Samstag. Morgen hab ich einen langen Tag.« Sie schaute Tom an. »Können wir uns bei dir ein Pferd leihen?«
»Ich hab 'ne brave Stute namens Tess, die ein bisschen Auslauf vertragen könnte«, erklärte Tom. »Sie ist 'ne junge Mutter, die mal ein paar Stunden Abwechslung braucht. Ich bring sie am Samstag zu Marie. Ich muss nur die Uhrzeit wissen.«
»Begleitest du uns, Cowboy?«, fragte Marie, die erfreut war, dass er noch immer ihre Hand hielt.
»Ich wünschte, es wäre mir möglich, aber ich habe leider Verpflichtungen.«
Als ihre Hände sich beim Aufstehen trennten, versuchte Marie ihre Enttäuschung zu verbergen.
Im Freien räusperte sich Moss. »Ihnen steht ein weiter Weg im Dunkeln bevor. Möchten Sie eine Eskorte?«
»Nein, ich komme schon zurecht«, beteuerte Alexa. Sie schaute allerdings nicht den Polizeichef, sondern Carlo an.
»Seit kurzem schleichen hier wirklich üble Typen durch die Gegend«, rief Moss ihr in Erinnerung. »Menschen sind verschwunden. Mir wäre wirklich wohler zumute, wenn ich Sie begleiten dürfte.«
»Ist nicht nötig.«
»Wie sicher ist denn Ihr neuer Lagerplatz?«
»Sehr sicher. Von der Straße aus ist er nicht zu sehen.«
»Ich werde jetzt auch nach Hause fahren«, sagte Carlo bedächtig, »und ich habe ein Motorrad. Es würde mich beruhigen, wenn ich wüsste, dass Sie den Lagerplatz wohlbehalten erreicht haben. Ich könnte in Ihrem Wagen mitfahren und anschließend mit dem Motorrad heimdüsen.«
»Ist doch nicht nötig«, sagte Alexa. »Allerdings … wenn Sie gern unser Lager sehen möchten …«
»Ja, sicher.«
Sie verabschiedeten sich, und nachdem Alexa und Carlo abge-

fahren waren, kehrten Tom, Moss und Marie ins Haus zurück.

»Wie wär's mit 'ner Partie Poker?«, fragte Tom. Abgesehen davon, dass er stets irgendeine Geschichte erzählte, bestand das letzte Ritual des Donnerstagabends aus Pokern.

»Poker?«, wiederholte Ray, der Davy zusammen mit Rosie beim Aufstellen eines runden Spieltischs half. »Poker ist mein Leben.«

»Dann haben wir den gleichen Lebenslauf«, erwiderte Tom und lachte.

57
JUSTIN MARTIN

Wir bleiben in Verbindung. Klar, Mann, und wie wir in Verbindung bleiben, du blödes Arschloch!«
Justin Martin äffte Eldo Blandings´ Äußerung etliche Male nach und schwelgte genüsslich in der kalten Wut, die sie in ihm hervorrief. Der gönnerhafte Auftritt des extrafrommen Arschgesichts hatte ihm wirklich gründlich die Laune verdorben. Jetzt, als er im Spirit Canyon am Lenkrad des an einer Kurve hinter einer Geröllhalde versteckten Wagens saß, malte er sich immer wieder aus, was für ein Spaß es wäre, Blandings abzumurksen. Er könnte sich hinterrücks an ihn ranschleichen, dem alten Sack die Knie in die Kniekehlen stoßen, um ihn aus dem Gleichgewicht zu bringen, und dann blitzartig seinen Kopf nach hinten ziehen, den Hals entblößen, ihm mit einer scharfer Klinge die Kehle aufschlitzen, Haut, Muskeln, Sehnen, Venen und Arterien zerschneiden, das Knorpelknacken des zerstörten Adamsapfels hören, die Luftröhre zertrennen und die Gurgel bis auf die Knochen durchsägen, bis Eldo Blandings´ Kopf vom Rumpf getrennt war. In der Dunkelheit grinste Justin vor sich hin und stellte sich das Gefühl vor, wie das Blut des alten Mannes warm über seine Hände strömte …
In der Ferne brummte ein Motor. Ein Fahrzeug kam den Spirit Canyon herauf. Justin drehte die Seitenscheibe runter, um besser zu hören. Ob es Alexandra Manderleys Bronco war, konnte er nicht erkennen, doch irgendwie hatte er die Ahnung, dass sich das Warten des heutigen Abends auszahlen würde.
Justin war sich zwar völlig sicher, dass sie die Stadt nicht verlassen hatte – nicht nach dem UFO-Theater der gestrigen Nacht –, aber

er war nicht imstande gewesen, ihren Lagerplatz zu finden, nicht mal im Lauf des heutigen Abends, obwohl er davon hatte ausgehen dürfen, dass das Licht des Lagers auf den Hügeln Widerschein erzeugte. Der Misserfolg hatte ihn zusätzlich verdrossen. Er hatte entschieden, noch eine Weile zu bleiben und abzuwarten: Er hatte keinen Bock, nach Hause zu fahren. Die Vorstellung, seine Eltern im Schlafzimmer schnarchen zu hören, war ihm so unerträglich wie der Gedanke an die vielen niedlichen Zettelchen, die seine Mutter überall im Haus für ihn hinterlegte: *Justin, es ist noch Lasagne im Kühlschrank. Justin, mach bitte dein Bett. Justin, trink Milch, sie ist gesund. Justin, fick mich in den Arsch.* Verdammt, wie sollte man so was nur aushalten? Außerdem wusste er, dass Christie Fox noch immer Rick Spelman nachtrauerte und deshalb wohl keine Lust hatte, sich ihm an den Hals zu werfen. Scheiße, war das ein Schuss in den Ofen! Eine andere aus der Schule wollte er momentan nicht anmachen: Alles Fickenswerte hatte er längst genagelt.

Also hatte er, weil es nichts Besseres zu tun gab, noch eine Stunde gewartet, seinen Zorn auf Caine, Blandings und Manderley in sich reingefressen, seine Mordfantasien mit sexuellen Fantastereien aufgepeppt, in Bildern geschwelgt, wie er die Manderley, zu hingerissen, um sich zu wehren, unter sich um den Verstand vögelte und ihr langsam immer fester die Kehle zudrückte. Mit derlei Wachträumen hatte er sich die Zeit vertrieben und gehofft, dass die Manderley unterwegs war und irgendwann zurückkehrte. Er hatte es für einigermaßen wahrscheinlich gehalten, dass sie mit verschiedenen anderen Luschen im Haus des langen Pferdepimmels Tom Abernathy zu Gast war, und sobald er die Scheinwerfer näher kommen sah, fühlte er sich in seiner Einschätzung bestätigt.

Das Lächeln, zu dem sich sein Mund verzog, als er den Bronco erkannte, wich einer Miene des Missmuts, als er das am Heckgestell befestigte Motorrad sah. Er erinnerte sich nicht daran, es vorher bemerkt zu haben, und es ärgerte ihn, dass er es eventuell übersehen hatte.

Justin lenkte den Wagen mit ausgeschalteten Scheinwerfern auf die Landstraße und hielt beträchtlichen Abstand zu dem anderen Fahrzeug. Ungefähr in der Mitte des Canyons, kurz nach dem höchsten Punkt der Straße, entschwanden die Heckleuchten des Bronco in einen schmalen, zwischen den Bergkuppen verlaufenden Betriebsweg. Er fuhr an der Abzweigung vorbei, hielt an der nächsten, ausreichend breiten Stelle der Landstraße an und stieg aus.

In dieser Umgebung waren Geräusche weit hörbar, darum schloss er leise die Tür des Mustang und machte sich dann auf den Weg zur Abzweigung. Der schmale Weg zweigte in einem starken Winkel ab, so dass er sich nur schlecht einsehen ließ.

So leise und schnell, wie es in der Dunkelheit möglich war, folgte Justin dem Verlauf des Weges. Nach ein paar hundert Metern durchmaß er eine Biegung und erspähte endlich den Lagerplatz. Er lag versteckt im Schatten eines Granitüberhangs und wäre, hätten nicht zwei Petroleumlampen gebrannt, völlig unsichtbar gewesen. Auch der Bronco stand inzwischen dort. Justin starrte angestrengt hinüber und erkannte zwei Zelte und einen Tisch, um den zwei, nein, *drei* Personen saßen und sich unterhielten.

Wer ist das, verdammt? Justin hielt sich dicht am Hang und schlich näher. Er umrundete eine Anhöhe und kroch dann bäuchlings zu einer kleinen, vom Lager kaum weiter als fünf Meter entfernten Felserhebung.

Als ein Mann aufstand und die langen, knochigen Arme streckte, erkannte er Eric Watson. Lampenschein glänzte auf seinem roten Haar. »Ich hau mich für ein paar Stunden hin«, sagte er. »Ich bin hundemüde.«

»Nur zu, Eric«, erwiderte Alexandra Manderley. »Du hast heute mehr als genug geleistet.«

»Aber geh kein Risiko ein. Weck mich, wenn du zu schläfrig wirst, um Wache zu halten.«

»Mach ich. Gute Nacht.«

»Gute Nacht«, wiederholte die dritte, fremde Person. Justin hatte allerdings den Eindruck, die Stimme zu kennen.

Eric Watson verschwand in einem Zelt. Der zweite Mann und Alexandra Manderley saßen einige Zeit am Tisch, ohne ein Wort zu reden. »Möchten Sie vielleicht«, fragte die Manderley schließlich, »mal einen Blick durchs Teleskop werfen?«

»Sehr gern.«

Der Häuter! Justin hätte es sich beim Anblick des Motorrades denken können. Erregt beobachtete er das Paar, das nun aufstand und zum Kliff schlenderte. Was trieb Carlo hier? Lauerte er auf die Gelegenheit, sich Alexandra Manderley vorzuknöpfen? Sie zu *häuten?* Er kriegte plötzlich einen Ständer, der sich schmerzhaft gegen seine Hose drückte. *Gottverdammt noch mal!* Er schob die Hose zurecht, ohne den Blick von Alexandra Manderley und Carlo abzuwenden, die nun am Kliff abwechselnd durch ein Teleskop blickten.

»Sie haben das Kreuz wieder eingeschaltet«, sagte Carlo. »Ist ganz schön knallig, nicht?«

Alexa lachte. »Das kann man wohl sagen.«

Justin spürte Zorn in sich aufsteigen: Dem Tonfall der Wissenschaftlerin ließ sich entnehmen, dass sie mit dem Häuter flirtete. *Schlampe. Du verdienst, was dir bevorsteht, du Flittchen.*

Wenig später kehrte das Paar zum Lagerplatz zurück. »Jetzt müsste ich aber wirklich gehen«, sagte Carlo.

»Möchten Sie nicht erst noch einen Kaffee trinken?«

Er zögerte. »Doch, das wäre nett.«

Justin hörte das unausgesprochene Interesse, das Carlo für die Frau empfand. Er fasste den Entschluss, beim absehbaren neuen Meisterstück des Häuters Augenzeuge zu sein. Vielleicht durfte er sogar mitwirken.

Er wusste zwar, dass es besser gewesen wäre, unverzüglich aus dem Umkreis des Lagers zu verschwinden, damit Carlo sein Auto nicht an der Straße stehen sah, aber er blieb noch einen Moment, um zu lauschen.
»Morgen«, sagte Carlo, »könnte ich Ihnen, wenn Sie Lust haben, gegen 13.00 Uhr Old Madelyn zeigen.«
»Schließen Sie dann den Laden?«
»Mach ich immer. Jeden Tag eine Stunde. Meine Arbeit ist sehr anstrengend, da muss ich ab und zu die Batterien neu aufladen.«
»Dann sollten Sie Ihre Mittagspause nicht mit mir vergeuden.«
»Alexa«, sagte Carlo langsam, »wenn ich Ihnen den Freizeitpark zeige, lädt das meine Batterien weit besser auf als ein Mittagsschlaf oder die Lektüre eines Buches.«
»Tja, aber ich lasse Eric jetzt schon sehr oft allein«, sagte Alexa. »Ich weiß nicht …«
Sie will, dass er sie überredet. Schlampe!
»Was ist schon eine Stunde?«
»Na ja, wenn ich um halb drei wieder hier bin, könnte ich ihm den Nachmittag freigeben.« Alexa hielt inne. »Carlo …?«
»Ja?«
»Es gibt Dinge, die Sie über mich nicht wissen.«
Carlo stieß ein bitteres Lachen aus. »Ich habe Geheimnisse, die Sie gar nicht wissen wollen.«
Fasziniert beugte Justin sich vor. Er wollte ihre Gesichter sehen.
»Vermutlich haben wir alle Geheimnisse«, erwiderte Alexa schließlich. »Carlo, ich möchte Folgendes sagen … Also, um ehrlich zu sein, ich fühle mich stark zu Ihnen hingezogen …«
Justins Ständer beulte unangenehm hart seine Hose aus.
»Aber ich kann keine Beziehung eingehen. Leider verhält es sich wohl so, dass ich Widersprüchliches ausstrahle.«
»Gibt es jemand anderen?«, fragte Carlo.
»Nein. Niemanden. Ich kann's nicht erklären. Aber ich darf mich einfach nicht auf jemanden einlassen.«

»Keine Sorge, Alexa. Eigentlich weiß ich auch nicht, was ich hier mache. Ich dürfte gar nicht hier sein. Mehr als eine Freundschaft kann ich nicht eingehen. Ich kann es auch nicht erklären. Aber wir könnten doch Freunde sein, Alexa?«

Eine ganze Weile gab sie keine Antwort. Als sie endlich das Wort ergriff, klang ihr Tonfall leichter. »Ja. Können wir. Dann treffen wir uns morgen.«

»Gut.« Carlo füllte die Kaffeebecher nach. »Wie haben dir die Bücher gefallen?«

»Wunderbar. Besonders das über magnetische Erze.«

Beide verlegten sich auf Fachsimpelei. Justin nutzte die Gelegenheit, um auf dem Bauch zurück zum Hang zu robben und sich vorsichtig wegzuschleichen. Als die Biegung hinter ihm lag, beschleunigte er seine Schritte. Er hoffte, dass Pelegrine nicht zu bald aufbrach.

Er trat unterwegs zweimal in Erdlöcher, doch irgendwann fand er, staubig und schmutzig, zum Auto zurück. Als er in die Hosentasche griff, um den Schlüsselbund herauszuholen, hörte er plötzlich das Brummen von Carlos Motorrad und verwünschte sich. Er hätte es bestimmt früher hören können, wenn er die Ohren gespitzt hätte.

»Scheiße.« Der Schlüssel war nicht in seiner Tasche. Justin durchwühlte hastig die andere, aber auch in der fand er ihn nicht. Das Motorrad hatte die Landstraße nun fast erreicht. »Scheiße!« Justin kauerte sich zwischen Auto und Abhang. Er befand sich ungefähr in der Mitte des Canyons. Es bestand eine fünfzigprozentige Wahrscheinlichkeit, dass Carlo nach rechts auf die Thunder Road abbog. In diesem Fall drohte Justin keine Entdeckung.

Das Motorrad kam in Sicht. Carlo zögerte kurz an der Abzweigung, dann gab er Gas und bog nach links ab.

»Scheiße!« Als der Motorradscheinwerfer den Wagen erfasste, rutschte Justin auf dem Hintern nach unten, lehnte den Rücken an den Abhang und tat so, als schliefe er. Carlos Maschine verlangsamte und hielt neben dem Mustang an. *Scheiße.* Schritte näherten sich, verstummten in der Nähe. *Vom Häuter erwischt.* Der Gedanke verursachte ihm einen gewissen Nervenkitzel.

»Justin?«

Justin schlug die Augen auf und schaute die Gestalt mit dem Motorradhelm an. Er tat so, als wüsste er nicht, wen er da sah. »Was? Wer ist da?«

»Carlo Pelegrine«, sagte der Häuter und nahm den Helm ab.

»Gott sei Dank.« Rasch richtete sich Justin auf und umrundete mit einem breiten, erleichterten Lächeln den Mustang. »Ich dachte schon, heute Abend käme keiner mehr hier vorbei. Mann, bin ich froh, Sie zu sehen, Carlo. Mein Wagen hat 'ne Panne.«

Pelegrine musterte ihn. »Was machst du um diese Zeit hier oben?«

»Ich war auf der Heimfahrt von der Kirche. Ich hätte den Umweg wohl nicht machen sollen.«

»Wahrscheinlich nicht.«

Carlo klang nicht allzu freundlich, aber Justin blieb bei seiner Taktik. »Können Sie mich mitnehmen?«

»Was ist denn an dem Wagen kaputt? Vielleicht lässt es sich beheben.«

Justin schüttelte den Kopf. »Der Keilriemen ist gerissen.«

Pelegrine wirkte skeptisch. »Bist du sicher?«

»Absolut. Ich kann's morgen selber in Ordnung bringen. Aber erst nach der Schule.« Justin setzte eine sorgenvolle Miene auf. »Morgen früh schreiben wir 'ne Mathearbeit, deshalb will ich noch mal in die Bücher schauen.«

»Ist der Wagen abgeschlossen?«

»Ja.« Um es zu beweisen, rüttelte Justin am Türgriff. »Rundum verschlossen.«

»Na schön.« Carlo setzte den Helm wieder auf und schwang sich auf die Harley. »Steig auf.«

Justin tat wie geheißen und schlang, als Carlo ihn dazu aufforderte, die Arme um dessen Taille. Obwohl der Häuter langsam fuhr, empfand Justin die Fahrt als aufregendes Erlebnis. Durch die schwarze Lederjacke spürte er, wie Pelegrines Rückenmuskulatur sich bewegte, als er die Maschine durch die Kurven lenkte. Bei jeder noch so schwachen Regung stellte Justin sich vor, dass der Häuter Alexandra Manderley das Fell über die Ohren zog und er ihm dabei zur Hand ging.

Als Carlo vor dem Haus der Martins bremste, hatte Justin einen gewaltigen Ständer in der Hose. Er achtete sorgfältig darauf, seinen Unterleib vor Carlos Blicken zu verbergen. Es wäre ihm peinlich gewesen, wenn der Mann geglaubt hätte, er habe ihm die Erektion verschafft. So war es nämlich keineswegs. Die Ursache seines Ständers war Mordlust.

58
TOM ABERNATHY

Ich passe«, sagte Tom und legte die Karten weg. Er stand vom Spieltisch auf, streckte sich, holte sich ein Bier und kehrte genau in dem Moment an den Tisch zurück, als Ray Vine den übrigen Beteiligten vier Könige zeigte. Mit grinsender Miene strich er den gesamten Einsatz ein – zehn Dollar.

»Jetzt bin ich ein reicher Mann«, scherzte er und lachte.

»Also, Tom, was hältst du von Alexas Geschichten über die Außerirdischen, Elben und das andere Zeug?«, fragte Moss. Er kicherte. »Diese Storys wirst du wohl schwer überbieten können.«

»Ach, ich weiß nicht«, sagte Tom. »Ich wollte sie bloß nicht übertrumpfen, weil sie mein Gast war und so.« Er verstummte und schaute von einem zum anderen. Alle lächelten, außer Marie. Sie war vielleicht ein wenig empfindlich, besonders nachdem sie ihr Herz wegen der Verstümmelungen ausgeschüttet hatte. Tom nahm sich vor, nichts zu sagen, woran sie Anstoß nehmen könnte.

»Hattest du auch schon mal 'ne persönliche Begegnung mit Außerirdischen, Tom?«, fragte Cassie und gab ihm damit das Stichwort.

Tom schaute zum Sofa hinüber. Eve schlummerte fest. Sein Blick fiel auf ihre Mutter. »Klar, Cass. Es war sogar eine *sehr* persönliche Begegnung.« Ray und Moss stöhnten auf. »Es geschah in einer ähnlichen Nacht wie heute, im Frühjahr vor ... ähm ... drei Jahren. Belle und ich machten einen mitternächtlichen Ausflug zur Olive Mesa. Dort guckten wir uns Madelyn von oben an und genossen die Stille, da wurde die Nacht plötzlich taghell, und ich bemerkte über uns eine dieser altbekannten, riesigen fliegenden

Untertassen. Belle war so platt wie ich. Und auf einmal hörte ich eine Frauenstimme sagen: ›Wie geht's denn so, Tom?‹«

»Das war ich«, ulkte Cassie. »Ich nahm gerade ein *Mond*bad.«

Der Spannung halber kratzte Tom ausgiebig sein Kinn, dann schüttelte er den Kopf. »Nee, du warst es nicht, Cassie. Du hast rotes Haar. Diese Außerirdische hatte grünes Haar. Und alles dreimal. Drei Augen, drei Ohren, drei Münder, ja sogar drei –«

»Tom!«, zischte Rosie. »Da schläft ein Kind.«

»Genau, es schläft«, sagte Cassie. »Also keine Sorge.«

»Ich wollte ›Arme‹ sagen«, erklärte Tom mit einer Miene gekränkter Unschuld. »Nun«, fügte er hinzu, als er sich nach vorn beugte und einen verschwörerischen Tonfall anschlug, »eins könnt ihr mir glauben: Ich war echt schockiert, als auf einmal diese grünhaarige kurvenreiche Außerirdische vor mir stand.«

»Ich wette, sie war splitternackt.« Moss lachte.

»Aber nein.« Tom schüttelte abermals den Kopf. »Sie trug einen durchsichtigen Raumanzug. Habt ihr euch schon mal überlegt, wohin bei Raumanzügen die ganzen Schläuche führen? Also, eins muss ich zugeben: Es ist *echt* interessant.«

Auch Marie lächelte nun zaghaft. Tom wusste eigentlich nicht, was ihn heute Abend umtrieb. Er erzählte nur sehr selten schlüpfrige Geschichten, und schon gar nicht in weiblicher Gesellschaft. Momentan jedoch konnte er den Drang zu Anzüglichkeiten nicht unterdrücken. Vermutlich ging er darauf zurück, dass er Marie den ganzen Abend in dem wundervollen Kleid zu sehen bekam und eine Weile sogar ihre Hand gehalten hatte. Er war seit längerem keiner Frau mehr so nah gewesen und hatte das Gefühl, dadurch wieder zu einem albernen Jugendlichen geworden zu sein. Aber er empfand zu viel Vergnügen, um sich daran zu stören.

»Und was wollte sie?«, fragte Moss. »Oh, ich ahne es!« Er stieß Cassie den Ellbogen in die Rippen, und beide prusteten los.

»Es liegt ja wohl auf der Hand: Sie wollte mir Belle abkaufen.« Tom grinste Baskerville an. »Es war mir freilich vollkommen egal, ob sie auf ihr reiten oder sie für Experimente verwenden wollte, denn ich hätte mein Pferd nicht mal für alle Schätze des Mondes verkauft. Damit verdarb ich der grünen Außerirdischen allerdings die Laune: Sie richtete eine Strahlenpistole auf mich und befahl mir abzusitzen.« Tom hielt kurz inne. »Eigentlich war die Außerirdische nichts anderes als 'ne gemeine, hinterfotzige Pferdediebin. Ihr wisst ja, was wir mit solchen Leuten machen?«

Davy grinste. »Lynchen?«

»Yep. Gemäß dem überlieferten Brauchtum des Wilden Westens. Also nahm ich mein Lasso und warf ihr 'ne Schlinge um den hübschen grünen Hals. Aber sie hatte ja den Scheißraumanzug an, darum konnte ich die Schlinge nicht zuziehen. Zudem schoss sie mit der Strahlenpistole auf mich. Ich flog aus dem Sattel, aber Belle, das klügste Pferd, das es je gab, suchte wie der Blitz das Weite, damit die Außerirdische sie nicht schnappte. Zuletzt stand die dreibeinige Außerirdische über mir und starrte mich aus ihren unheimlichen Augen an.« Mit gefurchter Stirn schüttelte er erneut den Kopf. »Besonders das mittlere Auge war erschreckend.«

»Da du hier sitzt und uns diese Geschichte erzählst«, sagte Cassie, »darf man wohl davon ausgehen, dass du ihr entkommen bist.«

»Stimmt, aber vorher hätte die Bestie mich beinahe fertig gemacht. Ich kam nämlich mit grässlichen Kopfschmerzen zu mir und begriff zuerst gar nicht, wo ich war. Einen Moment später merkte ich, dass ich mich nicht rühren konnte. Ich lag festgeschnallt auf einem Tisch in einem großen weißen Raum voller Tastaturen und Computer. Ständig machte es irgendwo *Ping.* Ich dachte, ich träume und könnte nicht aufwachen. Schließlich kam die Außerirdische rein, und mit ihr eine Horde ihresgleichen, die ausnahmslos von allem drei hatten. Meine neue beste Freundin erzählte mir, sämtliche Männer hätten ihren Planeten verlassen, um sich anderswo anzusiedeln …«

»Klingt so«, warf Ray ein, »als hätte sie alle selbst vergrault.«

»Würde mich nicht wundern«, erwiderte Tom und hieb in dieselbe Kerbe. »Nach dem, was ich erlebt habe, müssen die Geschichten über Außerirdische, die Menschen entführen und mit ihnen Nachkommen zeugen, wohl doch wahr sein, auch wenn Dr. Alexa das Gegenteil glaubt.«

»Und wie verlief der Ritt?«, fragte Ray. Rosie warf ihm einen scharfen Blick zu.

»Tja, ich weiß nicht.« Tom zuckte die Achseln. »Ich hab abgelehnt.«

»Nach allem, was ich so höre«, sagte Cassie lächelnd, »*kann* man so was gar nicht ablehnen.«

»Vielleicht hat's vor mir nur noch keiner versucht«, erwiderte Tom. »Die grünen Ladys sahen ja auch wirklich erstklassig aus.«

»Sie haben dich einfach abhauen lassen?«, fragte Davy.

»Nein, ich musste sie mir vom Hals halten, was kein Zuckerschlecken war, weil sie viel mehr Gliedmaßen hatten als ich – und obendrein an den abartigsten Stellen. Ich hab ihnen weisgemacht, ich wär zu allem bereit, dann hab ich sie überredet, mich loszuschnallen, damit ich richtig zur Sache gehen kann. Kaum war ich frei, hab ich Fersengeld gegeben. Ich bin durch das ganze Raumschiff gesaust und hab einen Ausstieg gesucht, und die verrückten Weltraumweiber rasten hinter mir her. *Wusch-wusch,* fauchten die Türen, als ich von Kammer zu Kammer rannte, genau wie in einem Science-Fiction-Film. Allmählich kriegte ich Muffensausen. Ich dachte, jetzt bist du dran, aber dann machte wieder 'ne Tür *Wusch!*, und ich kam in einen Raum mit gespenstisch blauem Licht. Da war 'ne Lichtsäule mit drei Metern Durchmesser, die Helligkeit kam aus der Decke und drang direkt durch den Fußboden. Tja, zunächst wusste ich nicht, was ich tun sollte, ich glotzte bloß ins Licht, und dann kam wieder ein *Wusch,* und die dreiäugigen Weltallweiber stürzten sich auf mich. Ich sprang in das Licht und konnte sie von da an nicht mehr sehen. Ich sah nur noch Blau und hatte das Gefühl, wie in einem Lift nach unten zu schweben. Schließlich hörte das Schweben auf, aber ich sah noch immer nur

Blau. Erst als ich nach unten guckte, bemerkte ich unsere gute rote Erde unter meinen Füßen, also setzte ich mich in Bewegung. Eine Sekunde später hatte ich die Lichtsäule verlassen und stand wieder auf der Olive Mesa. Ich pfiff nach Belle, und sie war sofort zur Stelle. Ich schwang mich in den Sattel, und sie galoppierte davon, als sei der Teufel ihr auf den Fersen.« Tom machte eine Kunstpause. »Wenn wir berücksichtigen, was Alexa gesagt hat, war es vielleicht tatsächlich so.«

Mit geschlossenen Augen lehnte er sich zurück und genoss den Applaus seiner kleinen Zuhörerschaft. Dann scharrte ein Stuhl, und als Tom die Augen öffnete, sah er, dass Marie aufstand. Sie wirkte wenig begeistert.

»Danke fürs Essen. Ich muss gehen.«

»Marie?« Tom stand ebenfalls auf. »Stimmt was nicht?«

Sie blieb stehen und schaute ihn an. »Nein. Es ist spät, und ich bin müde.«

»Ich bring dich zur Tür.«

Sie erhob keine Einwände, darum begleitete er sie bis an die Haustür. Im Flur zog sie ihren Mantel an, ehe Tom ihr behilflich sein konnte. Dann zückte sie den Autoschlüssel.

»Marie?«

Sie öffnete die Tür, trat hinaus und drehte sich um. »Ja?« Ihr Blick glich einer Ohrfeige.

»Was ist los mit dir?«

»Erwartest du, ich glaube, dass du es nicht weißt?«

»Leider weiß ich's nicht«, gestand Tom völlig entgeistert. Er hatte beim Erzählen sorgfältig darauf geachtet, keine Schafe zu erwähnen. Daran konnte es also unmöglich liegen.

»Na, dann denk mal darüber nach, Tom. Gute Nacht.« Marie ging zu ihrem Minitruck und fuhr davon.

»Frauen«, sagte Tom und kratzte sich am Kopf.

59

HANNIBAL CAINE

Er ist irre«, sagte Hannibal Caine und ging in seinem Büro auf und ab. »Er ist vollkommen wahnsinnig.« Mitten in einem Schritt blieb er stehen. »Und ich führe Selbstgespräche.«

Aber wem hätte er sich anvertrauen sollen? Doch nicht Eldo Blandings, der in eine Art sadistische Raserei verfallen war. Auch nicht den Senioraposteln, von denen zwei zu Blandings' Terroristenbande gehörten. Denen durfte er schon aus grundsätzlichen Erwägungen heraus kein Vertrauen schenken. Was die beiden anderen anging, so hatte Caine heute Abend den Ausdruck entzückter Begeisterung in ihren Mienen gesehen, als Sinclair von seinem Gespräch mit Gott geschwafelt hatte. Sie waren dem Propheten verfallen.

Nein, Hannibal Caine blieb für sich, so wie immer. Mit einem Stöhnen ließ er sich in den Sessel fallen. In Sinclairs Augen war heute ein Funkeln gewesen, das er noch nie gesehen hatte. Später, als Caine nach einem Gespräch unter vier Augen verlangt hatte, hatte er nur wieder davon gefaselt, er werde »das Licht sehen«. Falls James Sinclair als Schauspieler nicht mehr draufhatte, als Caine glaubte, war er tatsächlich davon überzeugt, dass die Apokalypse genau so eintreffen würde, wie er sie prophezeite.

Entweder das, oder Sinclair hatte vor, seinen Abgang mit einem kolossalen Paukenschlag zu vollziehen. Letzteres war jedoch, überlegte Hannibal Caine voller Bedauern und schenkte sich einen Brandy ein, höchst unwahrscheinlich. Trotzdem, er würde dafür sorgen, dass der Prophet auf die eine oder andere Weise abserviert wurde. Erstens: Flog die Terrortaktik auf, würde man sie unweigerlich Sinclair anlasten. Dies würde seinen Sturz beschleunigen. Zweitens: Sinclairs Behauptung, er hätte persönlich mit Gott gesprochen, bedeutete nach Caines Einschätzung eine enorme Hilfe, da sie ihn ohne großen Aufwand vom charismatischen Prediger zum irren Eiferer machte. Vielleicht brauchte man inzwischen nicht mehr zu unternehmen, als dem Polizeichef einige Hinweise zuzuspielen. Und wenn diese Methode sich nicht bewährte, konnte man immer noch ein neues Jonestown-Massaker inszenieren.

»Irre«, sagte Caine und kippte seinen Brandy. Er lächelte und schenkte nach. »Vollkommen wahnsinnig.«

60

MOSS BASKERVILLE

Schläft Eve?«, fragte Moss, als er zur Hintertür hereinkam.

Cassie nickte und legte eine Hand auf seinen Arm. »Ist Iris wohlauf?« Sie waren kaum daheim angelangt und hatten die riesige »666« auf der Haustür gesehen, als Cassie auch schon die Sorge um die verbliebene Ziege gepackt hatte. Sie hatte Eve zu Bett gebracht, und Moss war sofort nach hinten gegangen, um nachzuschauen. »Moss?«

»Iris ist weg, Cassie.«

Tränen schossen in Cassies Augen. Moss zog sie an sich und schloss sie fest in die Arme. »Tut mir Leid, Cass. Tut mir ganz schrecklich Leid.«

»Ich weiß ...« Sie löste sich aus seiner Umarmung und wischte sich die Tränen weg. »Glaubst du, sie ist ...?«

»Ich hoffe nicht, und ich werde gleich nach ihr suchen.« Er griff nach dem Telefon und rief das Revier an. Deputy Al Gonzales hielt sich gerade in der *Kaktusblüte* auf, um ein paar Besoffene einzusammeln, aber ansonsten war die Lage ruhig. Moss teilte Ken Landry mit, was bei Cassie passiert war und dass er sich in Kürze über Funk wieder melden würde. Dann gab er die Anweisung, Al solle als Nächstes im Ort Streife fahren und dabei besonders auf etwaige Unruhestifter achten.

Er beendete das Telefonat, holte die Dienstwaffe mitsamt Gürtel aus dem Schlafzimmer und schnallte sie auf dem Rückweg ins Wohnzimmer um. Er überprüfte das Magazin der 38er und nahm die lederne Uniformjacke von der Garderobe neben der Haustür.

»Moss, was hast du vor?«

»Ich weiß es nicht genau«, antwortete er aufrichtig. »Ich vermute, ich fang mal an, indem ich am Fort nach dem Rechten sehe.«

»Sei vorsichtig, Schatz«, sagte Cassie leise. Ihre Augen füllten sich erneut mit Tränen.

Moss beugte sich leicht vor und küsste sie. »Keine Bange. Schließ alles ab.«

Er stieg in den Streifenwagen und fuhr zum Old Madelyn Highway. An der Kreuzung verlangsamte er und ließ den Lichtkegel des Suchscheinwerfers über das Fort wandern. Keine Ziege. Zum ersten Mal wagte er daran zu denken, dass das Tier vielleicht noch lebte.

Er bog ostwärts auf die Thunder Road ab, behielt das langsame Tempo bei, leuchtete den Dead Man's Hill an der Nordseite an und danach die Rückseite des Forts. Anschließend wendete er und kehrte auf den Highway zurück, passierte Cassies Haus und bog nach Madland ein. Er fuhr die Wege des Freizeitparks ab, ohne jemanden zu sehen, und stellte nichts Ungewöhnliches fest – bis er den nördlichsten Weg und das Langtry-Theater erreichte.

»Scheiße.« Mit dem Suchscheinwerfer nahm er das Gebäude in Augenschein. Die Vandalen hatten den weißen Schindelbau mehrmals mit der Zahl 666 und Obszönitäten besudelt. Im Erdgeschoss war ein Fenster zertrümmert worden. Moss leuchtete das Obergeschoss ab, sah dort jedoch keine Beschädigungen. Er schwang sich aus dem Streifenwagen und untersuchte den Haupteingang. Die Tür war abgeschlossen. Er umrundete eilends das Theater und fand auch den Hintereingang unbeschädigt vor. Er zückte den Schlüssel, sperrte auf, trat ein und schaltete die Beleuchtung an. Keine Verwüstungen. *Glück im Unglück.*

Er schloss den Hintereingang wieder ab, kehrte zum Streifenwagen zurück und hielt unterwegs kurz an, weil er im Bereich der Blumenbeete einen öligen Geruch wahrnahm. Als er sich per Funk mit dem Revier verständigen wollte, hob er den Blick. Cassies Ziege hing an der Spitze der Fahnenstange.

»Ihr abartigen Schweine«, knurrte er. »Ihr gottverdammten kranken Bastarde, ich krieg euch, und dann werdet ihr's bedauern, je geboren worden zu sein.«

Später, während der Rückfahrt zu Cassie – er hatte das Theater mit Polizei-Klebeband abgesperrt –, bemühte er sich, alle vorhandenen Hinweise auf einen Nenner zu bringen. Die Vandalen hatten Cassies Haus und Theater heimgesucht. Für religiöse Spinner war sie möglicherweise eine böse Frau.

Für Moss war diese Art von Vandalismus zu aufwändig und zu zielgerichtet, um darin das Werk örtlicher Schulbengel zu sehen. Angesichts des Schadensumfangs an der Kirche und am Theater hatten vermutlich mehrere Täter mitgewirkt, und die Tat beruhte auf religiösen Vorurteilen. Alles deutete auf fundamentalistische Fanatiker oder irgendeinen Kult hin. Moss Baskerville tippte auf Letzteres: Sinclairs Sekte.

Mit einem Seufzer setzte er die Fahrt zu Cassie fort, um ihr schweren Herzens die schlechte Nachricht zu überbringen.

61

JUSTIN MARTIN

Es war fast 3.00 Uhr morgens, und es hatte Justin Martin erschöpft, mit dem Fahrrad die ganze Strecke von New Madelyn bis zu seinem Wagen im Spirit Canyon zu fahren. Er stieg ab und schob das Fahrrad zum Heck des Wagens. Mit dem eingesteckten Ersatzschlüssel öffnete er den Kofferraum und verstaute das Fahrrad. Dann zögerte er und warf einen Blick in das kleine Plastik-Werkzeugbehältnis, das er stets dabeihatte. Es enthielt ein Ziegenohr. Er hatte es abgeschnitten, bevor er das Tier am Fahnenmast hochgezogen hatte. Justin wickelte das Ohr in ein Papiertaschentuch, stopfte es in die Hosentasche und klappte den Kofferraumdeckel leise zu. Als Nächstes schloss er die Fahrzeugtür auf und rutschte auf den Fahrersitz. Er ruhte sich ein Weilchen aus und tastete dann die Rückbank ab, bis er eine halbe Flasche Evian fand. Er trank sie leer, blieb noch einen Moment sitzen, nahm dann die Taschenlampe und stieg wieder aus.

Er hätte sich gern mehr Erholung gegönnt, aber in spätestens einer Stunde stand der brave alte Dad auf, und wenn der Mustang nicht da war, wenn er zur Arbeit fuhr, würde die Hölle los sein. Justin hatte keinen Bock, sich irgendwelche fadenscheinigen Ausreden auszudenken. Deshalb suchte er lieber nach dem verlorenen Schlüssel und lenkte den Lichtkegel so zügig und systematisch wie möglich auf dem Weg hin und her.

Um 3.30 Uhr hatte er den Lagerplatz fast erreicht, aber er wagte sich nicht weiter, weil er die Taschenlampe nicht an Orten benutzen wollte, an denen man ihren Lichtschein sehen könnte.

Obwohl sich am Nachthimmel nichts ereignet hatte, war wahrscheinlich einer der beiden Forscher wach geblieben. Justin brach die Suche ab und kehrt zum Auto zurück. Morgen war, wie die brave alte Mom immer sagte, auch noch ein Tag.

DRITTER TEIL

OFFENBARUNG

FREITAG

62

JAMES ROBERT SINCLAIR

James Sinclair hatte nach seiner Predigt herrlich geschlafen, und als er heute Morgen mit seinen Ältesten und Senioraposteln im Konferenzraum saß, fühlte er sich ausgeruht und voller Tatendrang. Noch mehr sogar: Er empfand Liebe für diese Menschen, und zwar für jeden Einzelnen. Es war ein neues, erleuchtendes, wunderbares Gefühl. Was auch geschah, er wusste, dass er und sie Frieden finden würden.

»Freunde«, begann er, »in nicht ganz achtundvierzig Stunden wird der Ritt der vier Reiter beginnen und die Welt, die wir kennen, aufhören zu existieren. Wir müssen in den nächsten beiden Tagen viele Dinge erledigen. Deswegen sind wir hier zusammengekommen. Hat jemand Fragen?«

Er schaute den Aposteln abwechselnd in die Augen: Blandings, Caine, Allbright, Cramer, Ferguson und Clayman. Alle Anwesenden murmelten leise »Nein«. Daraufhin erläuterte er zufrieden das Programm für die letzten zweieinhalb Tage der Welt.

»Heute Abend und morgen um 19.00 Uhr führen wir Sondertaufen für Neumitglieder durch. Eine letzte Taufe findet am Sonntagmorgen statt. Wir werden so viele Seelen retten wie möglich, deswegen möchte ich, dass alle Apostel in den nächsten beiden Tagen die Botschaft in die Welt tragen und möglichst viele Menschen zur Taufe einladen. Eldo«, sagte er und blickte den hakennasigen Alten an, »du trägst die Verantwortung für Madelyn. George, du fährst einen Bus mit Aposteln nach Victorville und Hesperia. Lorraine, du machst das Gleiche in Barstow.« Er wandte sich den beiden letzten Senioraposteln zu. »Corky, du fährst einen

Bus nach San Bernardino. Mel, du bringst so viele Leute wie möglich nach Palmdale und Apple Valley.«

Sein Blick fiel auf Caine. »Dich brauche ich zwar hier, aber ich möchte auch, dass du für ausreichend Fahrzeuge sorgst, die die Leute in die Außenbezirke bringen. Entsende Gläubige in die Einkaufszentren von Santo Verde, Fontana, Yucaipa, Ontario, Upland und Montclair. Falls dann noch Fahrzeuge übrig sind, kannst du selbst entscheiden, wohin weitere Leute geschickt werden sollen.«

»Ja, Prophet«, erwiderte Caine düster.

»Eine Warnung an alle, speziell an dich, Eldo, da du für Madelyn zuständig bist. Falls man euch auffordert, ein Privatgrundstück zu verlassen, tut es sofort. Wir werden niemanden bekehren, den wir verärgern. Hast du verstanden?«

Er musterte Blandings. Er hatte beschlossen, ihn hier zu behalten, damit er unter Kontrolle war. Nach seinem Streit mit der Geschäftsführung von Old Madelyn würde er dort wohl keine übereifrigen Aktionen mehr in Angriff nehmen. Und falls er doch ausrastete, konnte man ihn leicht aus dem Verkehr ziehen.

»Ja, Prophet.« Blandings wirkte ziemlich niedergeschlagen. »Ich nehme an, wir tragen unsere Uniformen und Schirme?«

Als Sinclair die religiöse Bewegung gegründet hatte, hatte er erklärt, alle Apostel müssten weiße Gewänder tragen, damit sie am Jüngsten Tag als Gottes Auserwählte zu erkennen waren. Weiße Schirme trugen sie, um sich vor der großen Flut zu schützen, die das Ende der Welt einläutete. Die Schirme waren ein wenig peinlich, doch jetzt etwas gegen sie zu sagen, wäre eher schädlich als von Nutzen. »Ja«, sagte er, »zieht die Uniformen an. Lasst uns nun über das letzte Abendmahl sprechen. Am Sonntagmorgen, nach der letzten Taufe, führen wir das Abendmahl durch. Es findet zeitgleich mit der Sonnenfinsternis statt … wenn die Reiter kommen. Die Finsternis setzt um 11.30 Uhr ein und ist eine Stunde später zu Ende. Wir beginnen unseren Gottesdienst um 11.30 Uhr und taufen genau um 12.00 Uhr. Die Taufe wird fünfzehn bis

zwanzig Minuten dauern. Ich werde die Messe leiten, bis die Reiter kommen.«
Neben ihm quäkte die Gegensprechanlage. »Was ist, Lilly?«
»Der Polizeichef von New Madelyn ist hier. Er möchte den Propheten sprechen.«
Sinclair beobachtete die Mienen seiner Berater, die die Worte der Sekretärin ebenfalls vernahmen. Einen Moment lang glaubte er Lorraine Fergusons Lider zucken zu sehen. Aber es konnte auch ein Zufall gewesen sein.
»Na schön. Richten Sie ihm bitte aus, dass ich ihn in Kürze empfangen werde … wenn ich wieder in meinem Büro bin.«
Er schaltete die Gegensprechanlage aus. »Hat jemand eine Ahnung, was Chief Baskerville von uns will?«
Außer Hannibal Caine blickten alle ahnungslos drein. »Vielleicht geht es um den Zwischenfall gestern im Park«, sagte er. Blandings starrte ihn finster an.
»Ach so.« Sinclair stand auf. »Ich würde mich freuen wenn ihr alle mit mir zu Abend esst, um die Ankunft unseres Heilands zu feiern. Ist euch das recht?«
»Wir fühlen uns geehrt, Prophet«, sagte Caine. Die anderen nickten zustimmend.
»Gut. Dann treffen wir uns im Speisesaal des Hauses der Bruderschaft. Seniorapostel, die Sitzung ist beendet.«
Er wartete, bis alle außer Caine und Blandings den Raum verlassen hatten. »Ich fürchte, einige unserer Apostel könnten etwas übereifrig zur Tat schreiten. Sorgt bitte dafür, dass die Gruppen nur aus Gemäßigten bestehen. Sprich bitte mit jedem Einzelnen, Hannibal. Du übst einen beruhigenden Einfluss aus, der für die Sache nur von Vorteil sein kann.« Seine Stimme wurde leiser. »Ich habe gehört, dass einige unserer Anhänger über die Waffen und die Möglichkeit reden, sie einzusetzen. Ich bin etwas besorgt.«
»Setzen wir sie denn *nicht* ein?«, fragte Blandings. Er klang bestürzt.

»Nein. Ich habe beschlossen, dass es keine Gewalt geben wird. Auch nicht am Jüngsten Tag.«
Blandings blickte auf. »Aber was wird dann aus dem ganzen … Arsenal?«
Sinclair lächelte sanft. »In drei Tagen ist ohnehin alles vorbei. Was spielt es also für eine Rolle?« Er legte eine kurze Pause ein. »Gewalt ist nicht der richtige Weg.«
»Aber Sie haben doch gesagt, zum Gelingen der –«
»Nicht jetzt, Eldo.« Sinclair schaute auf die Uhr. »Ich will versuchen, es dir nach dem Gespräch mit Chief Baskerville zu erklären.« Er drehte sich auf dem Absatz um, strich seinen blauen Anzug glatt und verschwand durch die Tür.
»James!«
Sinclair blieb stehen. Caine lief hinter ihm her. »Hannibal?«
»Entschuldige, James. Ich weiß, dass du sehr beschäftigt bist. Ich glaube, ich kann Eldo deine neuen Ansichten über die Anwendung von Gewalt vermitteln, ohne dass du wertvolle Zeit damit verschwenden musst.«
Sinclair lächelte. »Danke, Hannibal. Es würde mich freuen.« Er wandte sich wieder ab und durchquerte den Gang, dankbar, dass Caine ihm diese Angelegenheit abnahm. Obwohl er, was Eldo Blandings anging, Bedenken hatte und sich auch Sorgen um die beiden eifrigsten Seniorapostel machte, war Caine ein Fels. Ein Mensch, dem man blind vertrauen konnte. »Ich danke dir, o Herr«, betete er leise, als er sein Büro durch die Hintertür betrat, »dass du Hannibal Caine als rechte Hand an meine Seite gestellt hast.«
Sinclair nahm an seinem Schreibtisch Platz. Er trug noch immer den Anzug – keine Kutte –, doch sein Haar war offen und fiel über seinen Rücken. Erst jetzt wurde ihm bewusst, wie sehr der Zopf ihn früher genervt hatte. Nun genoss er seine neue Freiheit. Er strich das Jackett glatt, fuhr sich mit der Hand über den Bart und drückte den Knopf der Gegensprechanlage. »Schicken Sie Chief Baskerville rein, Lilly.«

63

HANNIBAL CAINE

Eldo Blandings stellte sein Auf-und-ab-Gehen ein und schaute Hannibal Caine an, der gerade in den Konferenzraum zurückkehrte.

Seine blinzelnden Augen flammten auf. »Hat der Prophet erklärt, warum er den Einsatz von Waffen verurteilt?«

»Ja, Eldo«, antwortete Caine. »Beruhige dich. Setz dich erst mal hin, dann erzähle ich dir, was er gesagt hat.«

Blandings blickte ihn argwöhnisch an, dann setzte er sich. Caine zog einen Stuhl heran und nahm mit einem breiten Grinsen ebenfalls Platz. »Es hat sich *nichts* geändert, Eldo.«

»Aber warum erzählt der Prophet dann so was? Es war geplant, dass wir mit Gewalt vorgehen.« Er knurrte. »Und wir werden auch mit Gewalt vorgehen, verdammt! Gewalt ist die einzige Möglichkeit, diesen Krieg zu gewinnen!«

Blandings kam Caine wie ein kleiner Junge vor, der sich davor fürchtete, seine Mutter könnte ihm sein Spielzeug wegnehmen. Er setzte eine sanfte, leicht verschwörerische Miene auf. »Der Prophet spricht gerade mit dem Polizisten, und er macht es nicht zum ersten Mal. Weißt du noch, wie er uns die Erlaubnis erteilte, ein Komitee für Sonderaufgaben zu gründen, aber nicht wissen wollte, um was es bei diesen Aufgaben geht?«

Blandings nickte mürrisch.

»Mit den Waffen ist es ebenso. Er will und darf nichts davon wissen. Er ist ein Heiliger, Eldo! Er darf nicht lügen! Wenn die Polizei sich bei ihm nach unseren Aktivitäten und Waffen erkundigt, muss er die Wahrheit sagen! Er darf also nichts wissen! Seine Anweisung lautete, wir sollen unaufdringlich unsere Arbeit in der Öffentlichkeit tun. Heute verrichten wir unser Missionswerk ohne Waffen. Aber morgen werden wir sie, wenn es nötig ist, einsetzen, damit die Menschen das Licht sehen.«

Blandings entspannte sich leicht. »Eine Armee braucht Waffen.«

»Er möchte, dass wir morgen Gefangene machen«, sagte Hannibal leise.

Blandings' Augen blitzten auf. »Wirklich?«

»Ja. Alles läuft wie geplant. Wir führen das letzte Abendmahl durch, Ältester Blandings, aber richtig. Es muss Opfer geben.«

»Opfer?« Blandings wiederholte das Wort ehrfürchtig. »Welche Art Opfer?«

»Menschliche Opfer. Den Abschaum der Gesellschaft. Jene, die den Tod verdient haben.« Caine unterdrückte ein Grinsen: Angetrieben von Blutgier und Machthunger hatte Blandings die Geschichte bereits gefressen. »Wie viele Kreuze haben wir auf dem Podium?«

»Drei, wenn wir das große Kreuz vom Turm herablassen.«

»Dann brauchen wir auch drei Gefangene.«

»Heiden, die als symbolische Opfer dienen?« Blandings' Augen glänzten.

»Eventuell. Der Prophet hat mich angewiesen, die Auswahl zu treffen. Sie werden Ehre erringen und einen besonderen Platz im Himmel erhalten.« Caines Stimme klang ehrfürchtig. »Doch ich habe schon mehr erzählt, als ich darf«, fügte er warnend hinzu. »Schwöre, dass du alles für dich behältst.«

»Ich schwöre es«, erwiderte Blandings heiser.

»Der Prophet möchte davon nichts erfahren. Er hat eigene Pläne, von denen du noch nichts weißt.«

»Tatsächlich?« Blandings klang hoffnungsvoll.

Caine lächelte. »Du wirst es früh genug erfahren, mein Freund. Sag mir nun, womit sich das Komitee für Sonderaufgaben heute befasst.« Er lehnte sich zurück und lauschte Blandings' Ausführungen nur mit einem Ohr. Die Dinge liefen besser, als er es erwartet hatte. Und Jim-Bob Sinclair würde bald nur noch eine Erinnerung sein.

64

MOSS BASKERVILLE

Sie verstehen mein Problem also, Mr. Sinclair.« Moss Baskerville lehnte sich in dem komfortablen Ledersessel vor Jim-Bobs Schreibtisch zurück und versuchte gelassen zu erscheinen. Innerlich war er jedoch nervös wie eine Katze. Es hätte ihn nicht gestört, wenn die Augen des Predigers ihn mit dem kalten Verbrecherblick gemustert hätten, den er so gut kannte. Aber nein. Seine Augen waren unergründlich, und Moss konnte in ihnen nicht lesen wie in allen anderen. Er sah nur eines in ihnen: den Ausdruck vollkommener Ehrlichkeit. Sinclair strahlte Vertrauenswürdigkeit aus. Und so etwas ließ bei Baskerville sämtliche Alarmsirenen aufheulen.

»Ich versichere Ihnen«, sagte Sinclair mit einer Stimme, die so fesselnd war wie seine Augen, »dass ich keine Kenntnis über die Vorfälle in der Stadt habe. Es tut mir Leid, was passiert ist. Ich werde Ihnen natürlich auf jede Art und Weise helfen, die mir möglich ist.«

Ungeachtet der heulenden Alarmsirenen glaubte ihm Moss. »Könnte es sein, dass einige Mitglieder Ihrer Kirche vom rechten Pfad abgekommen sind? Hinter Ihrem Rücken?« Irgendwie faszinierte ihn dieser Mann. Zum ersten Mal begriff er den Sinn des Wortes »charismatisch«. Dieser Mann war imstande, jedem Menschen den freien Willen zu nehmen, ohne auch nur einen Hauch von Verbrechen anzuwenden. Moss fragte sich zum ersten Mal, ob Sinclair sich wirklich für das hielt, was er zu sein vorgab. *Nein, in diesem Laden ist alles viel zu teuer: die Möbel, die Gemälde, sein Anzug. Er weiß genau, was er tut. Geld*

lügt nicht. Ein Prophet müsste barfuß und in Lumpen herumlaufen.
»Chief?«
»Entschuldigung, Mr. Sinclair. Was haben Sie gesagt?«
»Nach Ihrem Anruf habe ich mit meinen Beratern gesprochen. Sie haben mir versichert, dass keiner der Unseren etwas mit Miss Halloways Problemen oder dem Vandalismus in der Kirche zu tun hat. Sie können hier gerne jeden befragen.«
Moss war überrascht. »Das wird im Moment nicht nötig sein, Mr. Sinclair.«
»Ich möchte mich dennoch für den Aufmarsch neulich im Park entschuldigen. Ich habe gehört, es gab ein wenig Aufregung.«
»Machen Sie sich keine Sorgen«, hörte Moss sich sagen, obwohl er eigentlich durch die Hintertür eine kleine Warnung wegen des Betretens von Privatgrundstücken loswerden wollte. Aber aus irgendeinem Grund konnte er es nicht.
»Wir glauben, dass die vier Reiter der Apokalypse sich am kommenden Sonntag zeigen werden, Mr. Baskerville. Und wir glauben auch daran, dass es besser wäre, wenn wir vorher so viele Seelen wie möglich retten. Wir haben bis dahin noch sehr viel Missionierungsarbeit vor uns, aber ich habe meine Freunde angewiesen, Privatgelände zu respektieren und freundlich zu sein.«
»Danke.« Sinclairs Stimme hypnotisierte ihn. Moss kam nicht umhin, in seine dunkelbraunen Augen zu starren. *Man sollte den Typen zum Schutz der Allgemeinheit einsperren.* Moss fragte sich, ob Hitler und Napoleon auch ein solches Charisma gehabt hatten.
Sinclair stand auf. Moss tat es ihm gleich. »Danke für Ihren Besuch«, sagte der Prediger mit zutiefst ehrlicher Stimme. »Sollten Sie Ihre Meinung ändern und meine Leute dennoch befragen wollen, können Sie jederzeit vorbeikommen. Sie können aber auch gern zu unseren Gottesdiensten kommen und mit uns die Ankunft des Lebendigen Heilands feiern.«

»Der Lebendige Heiland«, wiederholte Moss. »Ist das so was wie Jesus?«
Sinclair nickte zustimmend. »Wiedergeboren. Er wird bald unter uns wandeln.«
Moss fand trotz des Charmes dieses Mannes wieder auf den Boden der Realität zurück. »Ich habe einen kleinen Teil Ihrer gestrigen Predigt mitbekommen, Mr. Sinclair.«
Jim-Bob lächelte. »Ach wirklich?«
»Ja. Sie haben gesagt, Sie hätten mit Gott gesprochen.« Nun stand er wieder mit beiden Beinen in der Wirklichkeit. »Haben Sie das wörtlich gemeint?«
Sinclair versuchte ihn erneut mit seinem hypnotischen Blick zu fixieren. »Ja, ziemlich wörtlich. Als ich neulich auf der Olive Mesa betete, ist er mir erschien.« Er streckte eine Hand aus.
Moss war völlig durcheinander. Zuerst der Blick, dann die Stimme und nun der kräftige Händedruck. Fast schon elektrisch aufgeladen. *Du halluzinierst, Kumpel. Der Typ bearbeitet dich mit Voodoo-Zauber.* Moss zog die Hand schnell zurück, doch Sinclair reagierte nicht darauf. »Das ist ja sehr interessant. Eine befreundete Wissenschaftlerin hat nämlich gestern Abend über der Olive Mesa ein UFO gesehen.«
Sinclairs Augen bewegten sich rasch, und sein Blick zeigte deutliche Faszination. »Interessant«, murmelte er. »Ein echtes Wunder. Um welche Uhrzeit war das ungefähr?«
»So zwischen drei und vier, glaube ich.«
»Dienstagnacht wurde ich zum ersten Mal besucht. Die Zeitung hat an diesem Abend diverse UFO-Sichtungen erwähnt …« Sinclairs Stimme wurde leiser, aber seine Augen hielten Baskerville in ihrem Bann.
»An diesem Abend wurde alles Mögliche gemeldet«, sagte Moss.
»Worin wir einst Engel sahen«, sagte Jim-Bob Sinclair grüblerisch, »hält man nun fälschlicherweise für grüne Männchen vom Mars.« Er brach den Blickkontakt ab.

»Komisch«, sagte Moss und schaute den Prediger an. »Genau das hat meine forschende Freundin auch gesagt.«

»Ach wirklich?« Sinclairs Stimme glich einem Flüstern, als er Moss zur Tür brachte. »Ich muss meditieren. Nachdenken.« Er öffnete die Tür zum Vorzimmer und geleitete Moss an Lilly vorbei in den Korridor. »Bitte, mein Freund, kommen Sie zu unserem Gottesdienst«, sagte er sanft. »Sie sind ein guter Mensch. Ich würde mich freuen, den Himmel mit Ihnen zu teilen.« Mit diesen Worten wandte er sich ab und verschwand wieder in seinem Büro.

65

ERIC WATSON

Hören Sie endlich auf, sich ein schlechtes Gewissen einzureden, Alexa. Es ist doch schön zu sehen, dass Sie zur Abwechslung mal ein richtiges Leben führen!« Eric Watson schloss die Tür des Bronco und beugte sich vor. »Nehmen Sie sich alle Zeit der Welt. Ich habe noch tonnenweise Arbeit.« Er lächelte seine Chefin an. »Wenn Sie möchten, bleiben Sie ruhig die ganze Nacht weg.«

Alexa verzog das Gesicht »Es ist nur ein Mittagessen, Eric. Ich bin gegen drei wieder da.« Sie ließ den Motor an.

»Viel Spaß«, rief er, als sie davonfuhr.

In den drei Jahren, seit er ihr Assistent war, hatte er Alexa nie Interesse an Männern zeigen sehen. Sie hatte sogar erwähnt, sie hätte keine engen Freunde außerhalb des Instituts. Einmal hatte sie scherzhaft gesagt, sie sei mit ihrer Arbeit verheiratet.

Eric durchquerte das Camp, ging zur Steilwand und überprüfte die Instrumente. Er hatte im ersten Jahr ein wenig für Alexa geschwärmt, aber glücklicherweise war aus dieser Schwärmerei eine grundsolide Freundschaft geworden, die mehr wert war als alles andere. Er lächelte vor sich hin und schlenderte zu einem Steinhaufen, der den zum Camp führenden Weg begrenzte. Er genoss die regelmäßigen neidischen Bemerkungen der anderen Männer, die im Institut arbeiteten, noch immer. Er kletterte auf den Felshaufen und nahm auf einem großen Stein mit flacher Oberfläche im Schneidersitz Platz. Die seit der UFO-Sichtung am letzten Mittwoch in ihm vorhandene Euphorie war ungebrochen. Ein Teil dieses Teams zu sein war die Chance seines Lebens. Die Erkenntnisse, die er hier sammelte, würden etwas Besonderes aus seiner Doktorarbeit machen: etwas, das *publiziert* werden konnte!

»Das Leben ist wundervoll«, sagte Eric und blickte über die rote Wüste hinweg. Über ihm, am tiefblauen Himmel, zogen Puderzuckerwolken ihre Bahn. Im Nordwesten hingen schwere, dunkle Wolken tief über den Bergen. Der Tag war ausgesprochen mild und freundlich. Er fragte sich kurz, ob er ein wenig wandern sollte, doch er verwarf den Gedanken schnell, als sein schlechtes Gewissen ihn einholte und daran erinnerte, dass er an seiner Doktorarbeit feilen musste.

Eric streckte die Beine aus und ließ sie nach unten baumeln, dann sprang er von dem Steinhaufen herunter. Eine seiner Reebok-Sohlen traf etwas und erzeugte einen metallischen Ton.

»Was ist denn das?« Eric bückte sich und hob einen Schlüsselbund mit fünf Schlüsseln und einer Hasenpfote aus dem Dreck. »Igitt«, sagte er und hielt den Bund an einem Schlüssel fest, damit die Hasenpfote ihn nicht berührte. Normalerweise waren diese Hasenpfoten grün, blau oder rot gefärbt, aber die hier war grau mit schwarzen und weißen Flecken und an einem Lederband befestigt. »Selbst gemacht.« Gefärbte Hasenpfoten waren ja schon schlimm genug, aber das hier war abscheulich. Dass Menschen ein Tier umbrachten, um so etwas herzustellen, ging über seinen Horizont. Dann fiel ihm auf, dass der Schlüsselbund noch nicht lange dort gelegen haben konnte. Das Metall war in einem sehr guten Zustand und glänzte. Verblüfft nahm Eric den Bund mit zum Lagerplatz zurück und legte ihn auf dem Kartentisch zwischen zwei Bücherstapel. So musste er sich das eklige Ding wenigstens nicht anschauen.

Er schaltete das Radio ein, als gerade ein Lied endete. »Hier ist Holly Ray auf Y-102«, verkündete eine Moderatorin. Ihre Stimme klang tief und rauchig, und während Eric ihr lauschte, wünschte er sich, sie würde sich herzaubern und ihn von seinen Studien ablenken. Aber sie kündigte nur zehn Hits am Stück an, so dass Eric sich wieder seinen Büchern zuwandte.

66

CARLO PELEGRINE

Das zweite Opfer von Charlie Pilgrims Trieb war eine ältere Prostituierte gewesen, die ihn nach dem Schulabschlussball hatte abschleppen wollen. Carlo erinnerte sich nur sehr lückenhaft an diesen Abend. Er, Glen MacIntyre und Ted Furillo hatten in einem kleinen Park unweit der Schule Bier getrunken. Weit nach Mitternacht hatte Ted verkündet, sein Vater würde ihn umbringen, wenn er nicht bald nach Hause käme. Glen war mit ihm gegangen, aber Carlo war noch eine Weile geblieben und hatte so getan, als wolle er sein Bier zu Ende trinken. Der wirkliche Grund war der, dass er keinen Alkohol vertrug und nicht wusste, ob er noch gehen konnte.

Nach einer Weile war es ihm etwas besser gegangen. Er war aufgestanden, anfangs noch ziemlich wacklig, später mit etwas mehr Zuversicht. Er wusste noch, dass er kindisch kichernd in die Hecke gepisst und dann quer durch den Park zur Straße gegangen war. Er war desorientiert, fand sich nicht mehr zurecht, dabei befand er sich im Randgebiet seines eigenen Viertels. Er lief durch die Gegend und wollte erst nach Hause gehen, wenn er wieder nüchtern wirkte.

Gegen 3.00 Uhr morgens hatte er sich in einem Viertel mit zweifelhaftem Ruf wiedergefunden, weit weg von zu Hause. Er wusste nicht, wie viele Kilometer er in den letzten Stunden gelaufen war. Sein Alkoholpegel war deutlich gesunken, und ein dumpfes Pochen machte sich in seinem Kopf breit.

In diesem Moment tauchte sie auf.

»Hallo, Süßer.«

Die Stimme kam aus dem dunklen Eingang des Geldorf-Hotels, und eine Sekunde später tauchte eine große schlanke Frau mit karottenrotem Haar aus der Finsternis auf. Sie war viel älter als er, hatte aber versucht, ihr Alter durch den übermäßigen Gebrauch von Schminke, blauem Lidschatten und falschen Wimpern zu verbergen.

Als ihre Hand die seine berührte, fiel ihm auf, dass ihre Fingernägel so karottenrot waren wie ihre Haare.

»Wie wär's mit uns beiden?«

Bis zu diesem Moment war es ihm gelungen, die Erinnerung an den ersten Vorfall in Coney Island zu verdrängen. Doch nun kam alles schlagartig wieder hoch: die blonde Nutte, die ihn in das Spiegelkabinett gebracht und sich ausgezogen hatte. Er hatte sie angefasst, und dann hatte er sich irgendwo draußen wiedergefunden – mit Blut unter den Fingernägeln.

»Nein!«, sagte er und wollte weitergehen.

Aber sie gab nicht auf. Sie packte seinen Arm und drückte ihn gegen die Hauswand. Dann rieb sie sich an seinem Körper und machte ihn so lange scharf, bis er sie haben wollte. Sie anfassen und spüren wollte.

»Hast du genug Geld für ein Hotelzimmer?«, fragte sie und deutete mit dem Kinn in Richtung Geldorf-Hotel.

Er verneinte kopfschüttelnd. So sehr er sie auch haben wollte, er spürte Erleichterung. Jetzt, nahm er an, würde sie von ihm ablassen. Aber er hatte sich geirrt.

»Na, wie viel hast du denn? Zwanzig?«

Er durchsuchte seine Geldbörse und zog drei Fünfer heraus.

»Das wird reichen.« Sie riss ihm die Scheine aus der Hand. »Los, komm schon.«

Sie führte ihn durch eine Straße, in der nur Wohnhäuser standen, und öffnete die Tür eines Zimmers im Erdgeschoss. »Komm rein«, sagte sie. »Normalerweise nehm ich keine Kunden mit nach Hause, aber du bist so ein süßer Junge.«

Die Ein-Zimmer-Wohnung war schmuddelig, feucht und roch nach schmutziger Wäsche, Tabakqualm und verschüttetem Alkohol. Sie führte ihn zum Bett. »Zieh dich aus, Süßer.« Rasch entledigte sie sich ihrer eigenen Kleidung.

Er zog sich langsam aus und legte seine Sachen über die Lehne eines alten Holzstuhls.

»Mann, du bist ja richtig ordentlich.« Sie lachte und ließ ihren Büstenhalter, den Minirock und ihr Oberteil auf den Boden fallen. Zum Schluss schälte sie sich aus einem Bikinihöschen und warf es ihm zu. Er war abgestoßen und begeistert zugleich.

Sie trat ans Bett, legte sich auf die schmuddelige gelb-graue Bettwäsche und posierte für ihn in einer Stellung, die ihre Hängebrüste fester aussehen ließ. Dann spreizte sie die Beine, und er konnte genau auf ihren braunen Haarbusch schauen. »Gefällt's dir?«, fragte sie.

Er nickte. *Raus hier!* Aber er war wie festgenagelt.

»Na, dann komm. Für fünfzehn Mäuse hat man nicht ewig Zeit.«

Er trat näher heran, ragte steinhart über ihr auf und bemerkte drei Muttermale auf ihrem Bauch. Sie sahen auf der weißen Haut wie zusätzliche Brustwarzen aus. Die Haut des anderen Mädchens hatte irgendwie einen bläulichen Schein gehabt – die hier hatte irgendetwas Gelbliches. Ihr Bauch hatte deutlich sichtbare Dehnungsstreifen, so wie ihre Brüste. Es waren die ersten – und die letzten –, die Carlo je sah. Seine Hand sank herab, und sein Finger fuhr über einen der Streifen.

»Was soll das, verdammt noch mal?«, fragte sie wütend. »Los, mach schon.« Sie spreizte die Schenkel etwas weiter. »Schwing dich in den Sattel«, befahl sie und warf ihm ein Kondom zu.

Er tat wie ihn geheißen. Er bestieg sie, ließ die Hände über ihren Körper gleiten, über ihre Schultern bis zum Hals und schließlich um ihn herum.

Das war alles, woran er sich erinnern konnte, als er auf ihr wach wurde. Ihre toten Augen blickten starr nach oben. Er hatte Blut unter den Fingernägeln. Erschreckt rollte er sich von ihr herunter und sah das Blut an seinem Unterleib. Zuerst glaubte er, er hätte sich verletzt, doch dann schaute er sie an und merkte, dass es ihr Blut war. Die Haut war vom Schambein bis zum Brustkorb abgetrennt. Sein Klappmesser lag neben der Leiche. Er klappte es mit Tränen im Gesicht zusammen. Irgendwie schaffte er es unter die Dusche. Dann trocknete er sich ab und zog sich an. Er ging zurück in das Zimmer und wischte alles ab, ohne die Leiche anzusehen.

Zwei Tage später nannten ihn die Zeitungen »den Häuter«. Ungefähr zur gleichen Zeit wurde die Leiche der anderen toten Prostituierten gefunden. Und von diesem Zeitpunkt an war er ein Serienkiller. Schauergeschichten in der *Daily News* verbreiteten die wildesten Lügen über das Ausmaß der Häutungen und die angebliche Sachkenntnis des Täters.

Das herausgetrennte Hautstück hatte man nie gefunden. Carlo wusste nicht, wo es war. Er wagte auch nicht darüber nachzudenken, was damit passiert sein könnte.

Der Häuter war, wie Alexas UFOs, ein noch in den Kinderschuhen steckender Mythos. Carlo lächelte verbittert und fragte sich, was er da eigentlich tat. Sie noch einmal zu treffen, und wenn es auch nur zum Essen war. Er hatte kein Recht dazu.

Die Glocke über der Eingangstür klingelte, und in seinem Magen flatterten Schmetterlinge. Er fuhr sich kurz mit dem Kamm durchs Haar, schluckte, verließ das Lesezimmer und ging in seinen Laden.

Justin Martin stand an der Tür. »Hallo!«

»Hallo, Justin. Kann ich was für dich tun?«

»Ich wollte mich nur noch mal bedanken, dass Sie mich letzte Nacht nach Hause gefahren haben.«

»War doch selbstverständlich.«

Hinter Justin öffnete sich die Tür, und Alexa Manderley trat ein. »Hallo Carlo«, sagte sie. »Bin ich zu früh?«

Carlo sah Überraschung in Justins Gesicht, doch der Ausdruck verwandelte sich schlagartig in ein Lächeln.
»Hallo, Dr. Manderley. Wie geht es Ihnen?«
»Mir geht es gut, Justin.« Sie lächelte. »Lassen Sie sich aus der Hand lesen?«
»Ähm … nein.«
»Justins Wagen ist gestern im Canyon stecken geblieben«, erklärte Carlo. »Ich habe ihn nach Hause gebracht.« Er schaute den Jungen an. »Läuft er wieder?«
Justins Grinsen wirkte irgendwie aufgesetzt. »War kein Problem. Mein Vater hat mich heute Morgen hingefahren. Es war nur eine Kleinigkeit.« Der Junge machte zwar einen gelassenen Eindruck, aber seine Gesten wirkten einstudiert.
»Gut.« Carlo ging zum Eingang und wendete das OFFEN-Schild. »Magst du mexikanisches Essen?«, fragte er.
»Ja, sehr«, antwortete Alexa.
»Ich muss weg.« Justin ging an Carlo und Alexa vorbei zum Ausgang und die Treppe hinunter. »Danke noch mal«, rief er und machte sich in Richtung Mine auf.
Carlo und Alexa traten auf die Veranda hinaus. »Sein Wagen ist direkt an dem Weg zu eurem Lagerplatz liegen geblieben.«
»Machst du Witze?«
Carlo schloss die Tür ab. »Eigenartig, nicht? Er hat gesagt, er hätte den langen Weg nach Hause nehmen wollen. Ich bezweifle, dass er wusste, dass du überhaupt dort warst.« Er hielt inne. »Er müsste sich eigentlich fragen, wo ich war. Für ihn bin ich buchstäblich aus dem Nichts gekommen.«
»Von mir weiß er nicht, wo unser neuer Lagerplatz ist. Ich hätte es ihm vermutlich erzählen sollen.«
Carlo blieb am Fuß der Treppe stehen und musterte sie. »Ich würde es nicht tun.«
»Warum nicht? Er scheint doch ein netter Junge zu sein.«
»Hast du nicht bemerkt, wie er dich anschaut?«

Alexa lachte. »Wie denn?«
»Mit Begierde.«
»Du klingst wie Eric.« Alexa lachte erneut. »Es ist zwar sehr schmeichelhaft, aber ich glaube nicht, dass es so ist.«
Carlo zuckte mit den Achseln. »Lass uns einen Happen essen gehen. Wenn wir zurückkommen, lese ich dir aus der Hand.«
»Das würde mir gefallen.«
Ihr Lächeln ließ die Schmetterlinge in seinem Bauch wieder flattern.

67

MARIE LOPEZ

»Du bist der einzige Mann, der es wert ist, dass man ihn kennt, Rex.« Marie Lopez tätschelte dem schwarzen Wallach zärtlich den Hals und lenkte ihn den Pfad zum Rattlesnake Canyon hinauf. Sie schmeckte den in der Luft liegenden Regen, aber die Sturmwolken waren noch viele Stunden entfernt im Norden. Vielleicht einen oder zwei Tage, wenn sie nicht an Geschwindigkeit zunahmen. Bei ihrem Glück würden die Wolken pünktlich kommen, um ihr die Sonnenfinsternis zu verderben. Marie hatte den ganzen Morgen vor Wut gekocht. Dann hatte sie im Futtergeschäft etwas Heu gekauft und erneut ein bisschen gekocht. Zwischendurch hatte sie die Wollpreise geprüft, um abermals zu kochen. Dann hatte sie den Stall ausgemistet und weitergekocht. Zum Ende hatte sie beschlossen, dass nur ein Ausritt ihr helfen konnte. Genau wie Tom immer sagte. *Tom, du Arsch!*

Sie wollte nicht mehr an ihn denken. Sie wollte lieber daran denken, dass es so am besten war: allein hier draußen mit dem Pferd. Keine Schafe, keine Hunde, keine Menschen. Keine Männer. *Kein Tom Abernathy.*

Aber sie konnte es nicht verdrängen. Sie war stinksauer. Sie hatte sich in diesem blöden Kleid absolut lächerlich gemacht. Stöckelschuhe, um Gottes willen! In Klamotten wie diesen kam sie sich verwundbar vor. Sie wusste nicht mal, welcher Teufel sie geritten hatte, so was anzuziehen. *Tom. Deshalb.* Sie verzog das Gesicht. Er hatte sich in den letzten Nächten in ihre Träume eingeschlichen, sie überall berührt, ihren Hals und ihre Brüste mit seinen großen Händen gestreichelt. Es musste die sexuelle Spannung gewesen sein, die ihr die Sinne so vernebelt hatte, dass sie sich in ein dummes, verliebtes Gör verwandelt hatte. Genau die Art Mädchen, die sie nicht ausstehen konnte.

»Aber es hat dir gefallen, wie er deine Hand gehalten hat.« Rex' Ohren zuckten beim Klang ihrer Stimme. Sie tätschelte noch mal seinen Hals und lenkte ihn den steinigen Weg hinauf.

Das Problem mit Tom Abernathy war: Er hatte eine ziemlich lange Leitung. Und sie war das Warten leid. Als die Dinge endlich viel versprechend gelaufen waren, hatte er sich ihre Geschichte über das schwebende Schaf ausgeborgt und sie mit dem schlimmsten Spinnergarn aller Zeiten gedemütigt. *Abernathy, du Mistkerl!*

Richtig auf die Palme brachte sie aber, dass er so tat, als wüsste er nicht, warum sie sauer war. Wie konnte man nur so begriffsstutzig sein?

Sie bekam keine Genugtuung. Man konnte es ihm nicht mal unter die Nase reiben, denn der Mann verstand ja nichts. Dieser verdammte Cowboy war nur in zweierlei Hinsicht begabt: Das eine waren Pferde, das andere war sein Mundwerk. Er konnte sich aus jeder Situation rausreden, ohne rot zu werden. Sie hingegen war impulsiv, und Toms Fähigkeit, sein Temperament zu zügeln, führte bei ihr dazu, dass sie ihn abknallen wollte.

Marie, du bist viel zu empfindlich. Das hätte jedenfalls Tante Carmen gesagt, wenn sie mit ihrem Problem zu ihr gekommen wäre. Und Marie wusste, dass Tante Carmen Recht hatte. So verärgert sie auch war, sie wusste dennoch, dass Tom sie nicht absichtlich beleidigt hatte. Sie wusste, dass seine Verwirrung letzte Nacht echt gewesen war. *Trotzdem soll der Teufel ihn holen. Er müsste doch genug gesunden Menschenverstand haben, um zu wissen, was er anrichtet.*

Als Rex den Bergkamm erreichte, verweilten sie dort eine Weile. Marie ließ den Blick über die Hügelkuppen und durch das kreisförmige Tal schweifen, in dem sie ihre Schafe verloren hatte.

Plötzlich entdeckte sie halb verborgen hinter einem Felsvorsprung auf der Südwestseite des Tals einen weißen Fleck. »Verdammt«, sagte sie leise und zog den Stetson etwas tiefer ins Gesicht, damit die Sonne sie beim Suchen nicht blendete.

Klare Sache. Auf der anderen Seite des runden Tals war das zweite Schaf. Tot, nahm sie an und wünschte sich, sie hätte ein Fernglas mitgenommen. Aber es war doch unmöglich, dass Tom – *schon wieder Tom!* – und sie die Schafe gestern früh übersehen hatten.

Aufgeregt lenkte Marie Rex in Richtung Tal. Dann fiel ihr ein, dass Alexa Manderley auf Fotos und Proben aus war. Sie schaute auf die Uhr. Es war noch genug Tageslicht vorhanden. Sie wendete Rex und machte sich auf den Weg zur Ranch, um den Fotoapparat und ein paar Plastikbeutel für die Proben zu holen.

68

TOM ABERNATHY

Was wollen die Frauen überhaupt, verdammt? Tom Abernathy lehnte an der Einzäunung der kleinen Madland-Arena und sinnierte über Marie Lopez und das Geschlecht, dem sie angehörte. Er hatte in der letzten Nacht kaum geschlafen, denn er hatte darüber nachgedacht, was er ihr wohl getan hatte. Immerhin war sie geradezu fluchtartig aufgebrochen. *Frauen!*

In zehn Minuten würde er in der Arena stehen und den böse Buben jagenden Sheriff von Madelyn spielen. Belle schnaubte leise und stupste gegen seine Schulter. Damit wollte sie sagen, dass sie eine Möhre brauchte. »Du weißt doch, dass dieses Kostüm keine Taschen hat, Belle«, sagte er und kraulte ihren Unterkiefer. »Du musst dich noch ein paar Minuten gedulden.«

Hinter ihm fingen Fred und Becky mit dem Lasso Kälber ein. Die Leute schauten ihnen von den Rängen aus zu und applaudierten. Vor ihm schlenderten Touristen über hölzerne Gehsteige, sahen sich die Schaufenster an oder betraten Geschäfte. Vier Männer mit Einkaufstüten verschwanden in der Toilette, die dem Süßwarenladen schräg gegenüberlag. Da er ihr Verhalten ungewöhnlich fand, richtete er sein Augenmerk auf die Tür der Toilette.

»He, Tom, wie geht´s?«

»Ich kann nicht klagen, Shorty.«

Shorty Sykes war noch größer als Tom, hatte breite Schultern und war Stuntman. Er war wie ein Bösewicht kostümiert. Tom würde ihn in der nächsten Show vom Dach einer Bar schießen. Shorty fiel gern von irgendwas runter, obwohl man aus seinen gebrochenen Knochen einen zweiten Mann hätte bauen können.

Dann kam Mad Dog Steinberg vorbei, der von sich behauptete, er sei der »aggressivste Jude im Westen«. Er war klein und dunkelhaarig und konnte eine Klapperschlange aus fünf Schritt Entfernung mit seinem starren Blick fertig machen. Zu seinem Bösewicht-Aufzug gehörte eine Peitsche. Tom war zwar froh, dass er nie in ihre Nähe kam – schließlich war er kein Stuntman –, aber Mad Dogs »Opfer« sagten ausnahmslos, dass er das Ding so sanft anwendete, dass man sich wie in Watte gehüllt vorkam.

»Was unternehmen wir wegen der Sonnenfinsternis?«, fragte Mad Dog.

»Wieso?«, erwiderte Tom. »Ich schätze, gegen die können wir ohnehin nichts ausrichten.«

Mad Dog fing an zu lächeln, doch dann wurde er sofort wieder ernst. »Sollen wir warten, bis sie vorbei ist, und mit der Nachmittagsvorstellung etwas später anfangen?«

»Ich weiß nicht. Shorty, was meinst du?«

Shorty zuckte die Achseln. »Keine Ahnung. Frag Henry Running Deer. Er ist unser Organisationstalent.«

»He, Henry!«, brüllte Mad Dog. »Schwing deinen Arsch mal hier rüber.«

Henry kam aus dem Korral. Obwohl sein langes schwarzes Haar zu einem Zopf zusammengebunden war, flatterte es im Wind. »Es wird bald regnen«, verkündete er, als er sich zu ihnen gesellte. »Was willst du, Steinberg?«

Mad Dog sagte es ihm, und Henry, der gern Entscheidungen dieser Art traf, verkündete, dass die Stuntshow am Sonntag um 14.00 statt um 13.00 Uhr stattfinden würde. Dies hielten alle für eine gute Idee.

»Sag mal, Tom«, fragte Henry, »warum schaust du die ganze Zeit zu der Toilettentür?«

»Willst du uns vielleicht irgendwas sagen?«, fragte Shorty und boxte ihm schmerzhaft in die Rippen.

»Yeah, könnte schon sein. Ich habe vier Männer mit Einkaufstaschen da reingehen sehen. Ich wette, einer von denen war dieser verdammte Apostel, der bei Moss und mir gestern 'ne dicke Lippe riskiert hat.«
»Glaubst du, es gibt Ärger?«, fragte Henry.
»Die blasen sich bestimmt nur gegenseitig einen«, sagte Mad Dog.
Tom ignorierte ihn. »Ich möchte wirklich gern wissen, was die da drin machen.«
Als Henry gerade die Theorie aufstellte, dass die vier Männer vielleicht Bomben legten, ging die Tür auf und sie traten ins Freie. Sie trugen weiße Kutten und hatten alle einen langen weißen Schirm unter dem Arm. Einer der Burschen trug einen Stapel rosafarbener Flugblätter.
»Ich hab ihnen doch gesagt, dass sie das hier unterlassen sollen«, seufzte Tom. Seine Sorge wegen der Sache mit Marie machte ihn ungewohnt gereizt.
Mad Dog schaute auf seine Uhr. »Wir haben noch genug Zeit, um sie zu verscheuchen.« Er trat einen Schritt vor, doch Tom hielt ihn zurück, indem er eine Hand auf seine Schulter legte.
»Wir wollen erst mal sehen, was sie vorhaben. Die Vorstellung fängt ohnehin nie pünktlich an.«
Die vier Kuttenträger verteilten ihre Flugblätter an die vorbeikommenden Touristen, predigten dabei mit lauter Stimme vom Lebendigen Heiland und den vier Reitern der Apokalypse und erzählten den Leuten, sie beteten darum, dass auch alle anderen erleuchtet würden. Es war widerlich, und sie kamen schnell näher.
Die Apostel waren kaum noch zwei Meter weit entfernt: Entweder wussten sie nicht, wem sie sich näherten, oder sie wollten sich bewusst zur Schau stellen.
»Also wirklich, Jungs«, sagte Tom im schleppenden Tonfall eines Filmcowboys, »diese Kuttenfuzzis sind echt abgefahren.«
Die Apostel wandten sich um und schauten ihn an. Er hatte Recht

gehabt. Der Bursche mit der Hakennase war dabei und musterte ihn finster. Tom grinste und nahm Blickkontakt mit einem anderen Mann auf, der ebenfalls gestern dabei gewesen war: ein Typ Mitte dreißig, kräftig gebaut, kurzes Haar, kantiges Gesicht.

»Aber ihre Schirme gefallen mir«, sagte Tom zu seinen Freunden. »Findet ihr nicht auch, dass unsere wackeren Apostel in diesem süßen Fummel wie Mary-Lou und ihre Transen-Schwestern aussehen?« Ein paar Zuschauer lachten.

Kantengesichts Schirm deutete auf Tom. »Das nehmen Sie zurück«, knurrte er.

Die Schirmspitze war nur zwanzig Zentimeter von Toms Bauch entfernt. Er musste seine Hand auf Mad Dogs Arm legen, um sie nicht wegzustoßen.

»Campbell«, sagte Hakennase warnend.

Kantengesicht rührte sich nicht. »Ich habe gesagt, das nehmen Sie zurück.«

Tom lächelte breit und mit schmalen Lippen. Dann fuhr er in schleppendem Tonfall fort: »Wenn ihr gern wie kleine Mädchen ausseht, Jungs, brauch *ich* mich doch nicht dafür zu entschuldigen, Mister.«

»Was ist in dich gefahren, Tom?«, zischte Henry ihm ins Ohr.

»Ach, hab ich etwa *Mister* gesagt?«, fragte Tom und zwinkerte Henry zu. »Ich hab natürlich *Miss* gemeint.«

»Du dreckiger, schwanzlutschender Bastard …« Campbell schlug mit dem Schirm nach ihm, doch in Madelyn zog keiner so schnell wie Tom, und so hatte er die Spitze schon gepackt und abgefangen, bevor der Schirm ihn treffen konnte.

»Wenn du so was sagst, solltest du dabei lächeln, Freundchen«, sagte er schleppend. Er schaute zu Hakennase hinüber. »Sie sollten dem Bengel den Mund mal mit Seife auswaschen. Der kennt ja vielleicht Wörter …«

Campbell, noch immer rot vor Wut, krallte sich ans andere Ende des Schirms. »Ich bring dich um …«

»*Lächeln,* hab ich gesagt.«
Bevor der Apostel reagieren konnte, hatte Tom ihm den Schirm aus der Hand gerissen und reichte ihn Shorty Sykes. »Kannst du mal bitte halten?«
»Ist mir ein Vergnügen.« Shorty zerbrach den Schirm mir einer raschen Bewegung in zwei Teile. Mad Dog grinste, und selbst Henry wirkte leicht amüsiert.
»Jetzt solltet ihr lieber abhauen, Jungs.«
»Gott hat uns gesandt«, rief Hakennase. »Seine Gesetze sind wichtiger als Baskervilles Vorschriften!«
Tom legte die Hand auf seine mit Platzpatronen geladene Waffe. Campbell wirkte, als würde er jeden Moment ausrasten, aber Tom blieb vollkommen ruhig. Der Knall seiner Waffe würde den Burschen so erschrecken, dass die Stuntmen ihn packen konnten. »Tja, kann sein, dass Gottes Gesetz die unseren aufhebt. Ich kann's im Moment nicht genau sagen. Ich werd ihn wohl mal fragen müssen. Aber hier habe ich das Sagen, und deshalb habt ihr euch hier *meinen* Regeln zu unterwerfen. Wir werden sie durchsetzen, das könnt ihr mir glauben.« Rings um ihn brandete Applaus auf. Tom konnte sich ein kleines Lächeln nicht verkneifen.
»Dafür werden Sie bezahlen«, zischte Hakennase.
Auf Campbells Stirn pulsierte rhythmisch eine Ader, doch der Mann rührte sich nicht von der Stelle. Tom glaubte, dass er nun nichts mehr riskieren würde. »Die Vorstellung ruft, Jungs«, sagte er zu seinen Kollegen. »Aber euch bleiben noch ein paar Minuten. Wie wär's, wenn ihr die Mädels zum Ausgang begleitet?« Er schob seinen Fuß gelassen in den Steigbügel, schwang sich in den Sattel, tippte an seine Hutkrempe und sagte: »Guten Tag, Ladys.«
Als Belle auf die Apostel zutrabte, packte Campbell Toms Bein. Shorty setzte sich in Bewegung, um einzugreifen. »Nein!«, befahl Tom grinsend, setzte Mad Dogs bösen Blick auf und trat die Hand beiseite. »Der gehört mir.« Im gleichen Moment löste er sein Lasso

vom Sattelknauf, ritt auf die breite, unbefestigte Straße und machte es einsatzbereit.

Die Leute am Straßenrand jubelten.

»Soll ich euch alle auf einmal einfangen?«, fragte er und wehrte Campbell erneut mit einem Tritt ab. »Könnte sein, dass Sie ein paar Haare dabei lassen«, fügte er mit einem Blick auf Hakennase hinzu. »Ein Toupet ist nicht mehr wert als ein Pferdeapfel, wenn es runterfällt und drauf rumgetrampelt wird.« Tom bemerkte, dass Henry damit beschäftigt war, die Touristen auf die Gehsteige zu scheuchen. Ein Glück, dass er so was nie vergaß. »Macht Platz«, sagte er zu Hakennase und den beiden anderen. »He, Campbell. Ich bin 'n Sportsmann.« Sein Blick fiel über die leere Straße. Die Touristen auf den Gehsteigen erwarteten eine Vorstellung. Sie waren ganz wild darauf. *Zum Henker,* dachte Tom, *sie werden eine zu sehen kriegen.*

Er wendete sein Pferd und sonderte Campbell von seiner Herde ab. »Laufen Sie die Straße runter. Wenn ich Sie am Ende nicht erwischt hab, dürfen Sie und Ihre Freunde weiter in Ihren Kleidchen hier im Park rumlaufen.«

»Ich sehe Sie schon in der Hölle brennen«, brüllte Hakennase.

»Aber nicht, wenn ich Sie zuerst sehe. Yihaaaa!«

Der Schrei versetzte Campbell in Bewegung. Die Zuschauer gerieten aus dem Häuschen, als er die Herausforderung annahm. Als die Hälfte des Blocks hinter ihm lag, gab Tom Belle das Startzeichen.

Mit erhobenem Lasso verfolgte er Campbell, der offenbar zu blöd war, im Zickzack zu laufen. Tom wartete, bis er noch etwa fünf Meter von ihm entfernt war, dann warf er das Seil und fing Campbell mit Leichtigkeit ein. Die Menge jubelte und applaudierte, als Tom seine fest verschnürte Beute heranzog und das Lasso am Sattelknauf befestigte. »Nun, Miss?«, sagte er. »Sie kommen also freiwillig mit? Ist auch besser so. Ich hätte nämlich keine Skrupel, sie auch an Armen und Beinen zu binden.«

Campbell ging schweigend neben dem Pferd her. Er schaute so grimmig drein, dass selbst Belle Abstand zu ihm hielt. Tom ritt zur Arena zurück, tippte mit dem Finger an seinen Hut, genoss den Beifall der Zuschauer und vergaß nicht, sie zur Stuntshow einzuladen. Als er die Arena erreichte, waren die drei anderen Apostel fort.

»Sie warten vor dem Eingang«, sagte Shorty.

»Willst du den da Chief Baskerville übergeben?«, fragte Mad Dog und grinste den gefallenen Apostel an.

Tom rieb sich übers Kinn. »Ich glaub nicht. Schätze, Moss hat auch so schon genug zu tun. Außerdem werden die Typen so schnell nicht mehr hier aufkreuzen. Stimmt's, Campbell?«

Der Mann antwortete nicht.

»Tom«, sagte Henry. »Dein Aufruf.«

»Mist. Campbell, ich muss los.« Tom wartete, bis Henry den Apostel von seinem Lasso befreit hatte und Mad Dog und Shorty ihn zwischen sich nahmen. »Los, Belle.«

Als sie in die Arena trabten, fühlte Tom sich großartig, und der Jubel der Menge baute ihn zusätzlich auf. Er nahm den Stetson ab und schwenkte ihn grüßend. Das Johlen nahm zu, das Publikum winkte zurück. *Gott im Himmel,* dachte er, *es gibt nichts Schöneres als ein gutes Publikum.* Als er vor dem Bühnenbild der kleinen Westernstadt abstieg, war die leise, nervende Stimme wieder da, die den Gedanken zu Ende führte: *Es gibt nichts Schöneres. Außer einer guten Frau. Wie Marie.*

69

JUSTIN MARTIN

Nachdem er Carlo und Alexa Manderley ins *La Panza Roja,* das feinste Restaurant von Madland, hatte gehen sehen, eilte Justin zur Verwunschenen Mine und sagte dem alten Marquay, er müsse mal eben nach Hause, um am Wagen seiner Mutter einen platten Reifen zu wechseln. Obwohl der Park sich an diesem Freitagnachmittag rasch mit Besuchern füllte, zeigte Marquay Verständnis. Justin dankte ihm, versprach, so schnell wie möglich zurückzukommen, und lief zu seinem Auto.

Für den Fall, dass Marquay hinter ihm herschaute, fuhr er nach Süden, in die Richtung, in der er wohnte. Justin durchquerte New Madelyn und bog dann auf die unbefestigte Ghost Town Road ab, die lange Strecke zum Spirit Canyon. An der Madland-Gabelung angekommen, bog er rechts auf den unbefestigten Weg in die Hügel ab. Er hatte die Strecke erst in den frühen Morgenstunden mit dem Rad befahren, und jetzt staunte er, weil er die Steigung geschafft hatte. Nach einiger Zeit fand er die Abfahrt, an der es zu Alexa ging. Langsam rollte er die Straße entlang und suchte den Boden nach dem metallischen Glanz seines Schlüsselbundes ab. Als er die letzte Kurve erreicht hatte, fuhr er auf eine freie Fläche und parkte den Mustang an dem Steinhaufen, hinter dem er sich letzte Nacht versteckt hatte. Irgendwo hier mussten seine Schlüssel einfach liegen.

»Hallo!« Eric Watson kam auf Justin zugeschlendert. Er war eine rothaarige Vogelscheuche und von der Nickelbrille bis zu seinem dämlichen Grinsen der typische Trottel.

»Hallo, Eric!« Justin ließ den Reserveschlüssel wieder in die Tasche gleiten. Dann öffnete er einen Schnürsenkel und stieg aus dem schwarzen Mustang. »Ich wollt nur mal sehen, was ihr so treibt.« Dabei suchte er den Boden hinter den Felsen ab, erspähte aber nichts. *Mist!*

»Komm rüber in den Schatten«, sagte Eric einladend. »Willst du 'ne Cola?«

»Nein, danke. Ich kann sowieso nicht lange bleiben.« Justin ging zu den Felsen und hielt verstohlen nach seinen Schlüsseln Ausschau. »Darf ich mal durch das Teleskop gucken?« So kam er wenigstens näher an den Weg ran, ohne aufzufallen.

»Klar, kein Problem.«

»Mach ruhig weiter. Ich muss meinen Schuh zubinden.« Justin bückte sich. Der Vollidiot machte aber nicht mit dem weiter, was er zuvor getan hatte. Er saß da und wartete, bis Justin fertig war. Und den Schlüsselbund hatte er noch immer nicht gefunden. Dann also Plan B.

Nachdem Justin die Regenwolken und die Berge im Norden eine ganze Weile durch das Teleskop betrachtet hatte, schaute er auf seine Uhr. »Ich muss wieder nach Madland zurück. Ich möchte nicht zu spät zur Arbeit kommen.« Als er zurückging, steuerte er gezielt auf den Weg zu, den er gekommen war. Der Vollidiot kam mit.

»Wo steckt eigentlich Dr. Manderley?«, fragte Justin, als sie seinen Wagen erreichten.

»Sie ist mit einem Freund beim Essen.« Der Schwachkopf machte eine kurze Pause. »Sag mal, wie hast du eigentlich unser Lager gefunden?«

»Ach, Carlo hat gesagt, wo es liegt.« Justin kramte zuerst in der einen, dann in der anderen Tasche und fragte: »Wieso seid ihr umgezogen?«

»Das Militär hat uns schikaniert«, erwiderte Schwachkopf und schnaubte verächtlich.

»Dürfen die das so einfach?«

»Hubschrauber können machen, was sie wollen. Sie haben uns

sozusagen aus dem Canyon rausgeblasen. Hast du was verloren?«

»Ich find meinen Wagenschlüssel nicht. Ich hab ihn in die Tasche gesteckt, als ich kam. Aber jetzt ist er weg. Ich hab ein Loch in der Tasche. Er muss rausgefallen sein.« Nun fing Justin ernsthaft an zu suchen.

»Wie merkwürdig«, sagte Eric.

»Wieso?« Justin blickte auf.

»Ich hab heute Morgen einen Schlüsselbund da unten an dem Steinhaufen gefunden.« Erics Lippen verzogen sich. »Die Schlüssel hängen an einem Ring mit einer Hasenpfote. Aber du hast deinen gerade erst verloren, oder?«

Verfluchte Drecksau! »Ja. Gerade erst.« Justin wandte sich von Eric ab, nahm den Reserveschlüssel und bückte sich, um so zu tun, als hätte er ihn gerade gefunden. »Da ist er ja«, rief er.

»Klasse«, sagte die Pappnase.

Justin schloss die Autotür auf, nahm im Wagen Platz und schaute Eric mit einem breiten Grinsen an. »Hör mal, soll ich den Schlüssel mitnehmen und bei der Polizei abgeben?«

»Nee, lass mal. Kann sein, dass Alexa ihn hier verloren hat. Ich muss ihn ihr erst zeigen.«

Scheiße! »Wenn du mal mit Dr. Manderley in die Stadt willst, sagt mir Bescheid. Ich pass gern auf euer Lager auf.«

»Nett von dir. Aber ich glaube, ich komme die nächste Zeit nicht hier raus.« Eric lächelte. »Ich arbeite an meiner Doktorarbeit. Die Gegend hier ist einfach ideal dafür, denn hier gibt's nichts, was mich ablenken könnte.«

»Okay«, sagte Justin und startete den Wagen. »Falls doch, könnt ihr euch ja melden.« *Du gottverdammter Wichser!*

Wütend fuhr Justin mit Vollgas den schmalen Weg hinab bis auf die Straße und wendete, um dorthin zu fahren, wo er hergekommen war. Er war überzeugt, dass Alexa Manderley den Schlüssel mit der Hasenpfote als den seinen wiedererkennen würde. Mit quietschenden Reifen fuhr er über den steinigen Weg und ging erst vom Gas, als er an die Gabelung kam. Er bog auf die befestigte Straße ab, die sich wie ein Wurm nach Madland zurückschlängelte. Er hätte den Idioten auf dem Lagerplatz umhauen können, doch zum Glück hatte er sich gebremst. Es war besser, wenn er erst mal über seine Optionen nachdachte. Der Schlüsselbund gehörte ihm. Er wollte ihn zurückhaben. Vor allem, falls Alexa ihn erkennen würde; dann wüsste sie, dass er sich in der vergangenen Nacht dort oben rumgetrieben hatte. Es wäre eine Demütigung für ihn, die er nicht ertragen konnte.

Justin beschloss abzuwarten, ob sie die Schlüssel als seinen identifizierte. Wenn ja, wollte er etwas dagegen tun. Er könnte eventuell auch den Häuter bitten, sich ihrer anzunehmen. Seit er auf dem Rücksitz seines Motorrads gesessen hatte, fühlte er sich ihm noch verwandter als zuvor. Er wusste, dass er ihm bald die Wahrheit erzählen würde. Aber er musste ihm vorher noch ein besseres Geschenk machen. Das Ziegenohr war nicht viel, aber es musste reichen, bis sich etwas Besseres auftat. Sein Versuch, der alten Marquay rechteckige Hautstreifen abzuziehen, war ja leider fehlgeschlagen. Irgendwie erinnerte ihn das Ziegenohr an den Wichser Eldo Blandings, das selbstherrliche Oberarschloch der Apostel. Er hatte noch keinen Piep von ihm und Caine gehört. Und das machte ihn rasend. *Undankbare Wichser!*

Einen Kilometer vor Madland sah Justin eine Bewegung am Straßenrand. Etwas Blaues blitzte auf. Er wurde langsamer und spähte ins Gebüsch. Ein kleiner Junge, höchstens acht, saß am Straßenrand. Neben ihm lag ein Mountainbike. Da tat sich ja schon etwas Besseres auf. Justin hielt an und drehte die Scheibe runter.

»Hallo!«

Der Junge blickte zu ihm auf, sagte aber kein Wort.

»Gibt's irgendein Problem?« Justin ließ seinen Arm aus dem Fenster baumeln, damit der Junge das »M« auf dem Ärmel seiner Schuljacke sehen konnte.

»Hab 'n Platten«, sagte der Junge niedergeschlagen.
»Soll ich dich mit in die Stadt nehmen? Dein Fahrrad passt problemlos in den Kofferraum.«
Der Junge fing an zu lächeln, doch dann wurde seine Mimik unsicher.
»Ich gehe auf die Madelyn High«, sagte Justin. »Und du?«
»Grundschule.«
»Dann sind wir ja Nachbarn.« Justin grinste breit. »Madelyn ist so klein, dass wir alle Nachbarn sind.«
Der Junge fing wieder an zu lächeln. »Ich heiß Billy Cole. Ich würd gern mitfahren.«
»Kein Thema.« Justin fuhr an den Straßenrand, schaltete den Motor aus und schaute in alle Richtungen. Niemand da. Keine Menschen, keine Autos. Es war perfekt.
Er ging zu dem Jungen, packte das Fahrrad und trug es hinter den Mustang. Der Junge folgte ihm. Ein gut erzogener kleiner Bengel. Lächelnd stellte Justin das Fahrrad ab und öffnete den Kofferraum. Dann drehte er sich um und musterte Billy und das Fahrrad. Was sollte er jetzt machen? Zuerst den Jungen – oder das Rad?
»Ich muss noch 'n bisschen Zeug beiseite räumen.« Justin kramte im Kofferraum herum, holte ein Brecheisen hervor und zeigte es dem Jungen. »Nicht, dass dein Rad noch Schaden nimmt. Ist mir mal passiert. Heben wir dein Rad mal rein.« Er schaute abermals in beide Richtungen der Straße. Keine Menschenseele zu erblicken. »Nimm du dieses Ende.« Als der Junge sich bückte, um das hintere Teil des Rades anzuheben, holte Justin aus und ließ das Brecheisen auf seinen Hinterkopf niedersausen. Billy fiel um wie ein Sandsack. Blut schoss aus einer Wunde an seinem Kopf.
Justin zog lächelnd einen Plastiksack aus dem Kofferraum seines Wagens und wickelte den Jungen ein. So bekam er kein Blut oder Dreck an seine Kleidung. Er hob Billy mühelos hoch und legte

ihn auf den Kofferraumboden. Sechzig Sekunden später hatte er die Knöchel und Handgelenke des Jungen mit silbernem Panzerband verschnürt. Zum Abschluss klebte er einen breiten Streifen des klebrigen Zeugs über Billys Mund. Er tastete mit zwei Fingern den Hals des Jungen ab und war erfreut, als er einen sehr schwachen Puls spürte. Abermals blickte er auf die Straße, warf dann das Fahrrad auf den Jungen und schloss den Kofferraum. Schließlich setzte er sich in den Wagen und fuhr fröhlich pfeifend zur Arbeit.

70

ALEXANDRA MANDERLEY

Sie hatten mehr als eine Stunde im Restaurant miteinander geredet, und beide waren erstaunt und enttäuscht, als Carlos Uhr ihn per Alarm daran erinnerte, dass er in fünfzehn Minuten einen Termin hatte.

Eilig kehrten sie zu seinem Geschäft zurück und verabschiedeten sich auf der Treppe. »Du wirst mir wohl nie aus der Hand lesen«, hörte Alexa sich sagen. »Krieg ich wenigstens 'ne Wettervorhersage?«

»Klar.« Carlo lächelte zögernd. »Möchtest du heute Abend mit mir essen? Dann mache ich eine Vorhersage.«

»Ich muss es erst mit Eric abklären.« Alexa wollte eigentlich nicht zusagen, aber sie konnte nicht anders. »Ich glaube, er hat nichts dagegen. Aber nur unter einer Bedingung.«

»Und die wäre?«

»Dieses Mal bezahle ich.«

»Nein. Ich koche für uns. Du kannst mir aber beim Spülen helfen. Magst du italienisches Essen?«

»Ja, sehr gern sogar«, erwiderte sie. »Ich liebe Pasta«, fügte sie schnell hinzu.

»Gut. Um 19.00 Uhr?«

»Ja. Aber nur, wenn Eric einverstanden ist und heute Abend keine UFOs auftauchen. Ich ruf dich in einer Stunde vom Lager aus an und sag Bescheid.«

»Schön.«

»Bis dann, Carlo«, sagte sie und streckte die Hand aus.

Er nahm sie, doch statt sie zu schütteln, hielt er sie einfach nur fest. Er hatte Chirurgenhände: stark, aber doch sanft. »Bis heute Abend.«

Sie glaubte, er wolle ihre Hand küssen, doch er drückte sie nur leicht und ließ dann los. Sie lächelte, stieg die Stufen hinunter, winkte einmal und ging dann weiter. Sie zwang sich, sich nicht umzudrehen.

Unfassbar, was ich hier mache. Sie fuhr mit dem Bronco den Canyon hinauf und bemühte sich, auf andere Gedanken zu kommen. Die Dinge könnten aus dem Ruder laufen, wenn sie mit ihm allein war. »Nein«, sagte sie laut. »Du bist eine erwachsene Frau, Manderley. Du gibst die Zügel nicht aus der Hand. Und du ziehst nichts aus!« Sie bog auf den Weg zum Lager ab und bremste leicht, um an der einen Seite nicht von der Klippe zu stürzen oder an der anderen die Felswand zu rammen. Sie kam nun seit Jahren ohne Sex aus, und das würde sich so schnell nicht ändern. Beziehungen waren den Liebeskummer nicht wert, der sich am Ende jedes Mal einstellte. Ein Abend mit Carlo war eine willkommene Abwechslung mit einem netten Gespräch und gutem Essen. Mehr würde nicht passieren, so sehr sie ihn auch haben wollte. Für sie hatten sich schon echte Profis – Ärzte, Wissenschaftler – interessiert und dennoch erleben müssen, dass die Karriere ihr wichtiger war. Alexa bog in das Lager ein und hielt an.

Eric öffnete den Wagenschlag. »Und? Wie war's?«

»Es war toll. Sagen Sie mal, haben Sie was dagegen, wenn ich heute Abend noch mal kurz verschwinde? Ich bin auf jeden Fall vor der UFO-Zeit wieder da.«

»Ich hab doch schon gesagt, dass ich nichts dagegen habe. Außerdem muss ich an meiner Doktorarbeit schreiben.« Eric grinste. »Haben Sie heute Abend noch eine Verabredung?«

»Sozusagen. Carlo ist ein interessanter Mensch … Wir haben viele Gemeinsamkeiten«, fügte sie hinzu. Sie war verlegen und kam sich albern vor. »Er will heute Abend für mich kochen.«

»Das ist doch toll.«

Eins gefiel ihr an Eric: Er zog sie zwar ab und an auf, ging aber nie zu weit. »Ist es wirklich in Ordnung?«

»Klar.« Sie gingen in das schattige Lager. »Gehört der Ihnen?«, fragte Eric und deutete auf einen Schlüsselbund, der auf dem Tisch lag.

»Nein, ganz sicher nicht! Mein Gott, was für eine eklige Pfote. Moment mal. Ich weiß, wem die Schlüssel gehören: Justin Martin.«

»Langsam wird's aber echt merkwürdig«, sagte Eric. »Ich hab den Schlüsselbund gefunden nachdem Sie losgefahren sind. Vor etwa einer Stunde war Justin hier, um zu schauen, was wir so machen. Er ist ein wenig um die Felsen rumgelaufen und war am Teleskop. Dann hat er gesagt, er müsse wieder los. Wissen Sie was?«

»Nee, was denn?«

»Er konnte seine Wagenschlüssel nicht finden. Ich hab ihm von den Schlüsseln erzählt, die ich gefunden habe. Er hat gesagt, es wären nicht seine. Kurz darauf bückt er sich und hebt einen Schlüssel auf. Ich hatte den Verdacht, dass er ihn die ganze Zeit in der Hand hatte. Nun bin ich mir sicher.«

»Carlo hat mir erzählt, dass er den Jungen heute Nacht mitgenommen hat, weil sein Auto angeblich eine Panne hatte. Er hat an der Hauptstraße in der Nähe unserer Abzweigung gestanden. Er muss uns beobachtet haben …«

»Und dabei hat er seine Schlüssel verloren«, beendete Eric ihren Satz. »Ich hab ihn gefragt, wie er uns gefunden hat. Er hat gesagt, Carlo hätte ihm erzählt, wo wir sind.«

Alexa schüttelte den Kopf. »Ich habe den Eindruck, dass der Junge Carlo völlig gleichgültig ist.« Sie hielt einen Moment inne. »Er ist mir bestimmt gestern Abend hierher gefolgt. Vielleicht sollte ich Sie heute nicht allein lassen, wenn er hier rumschleicht.«

»Nein, Alexa, gehen Sie ruhig. Er ist doch nur 'n Junge. Was kann er schon anrichten – außer mich zu Tode zu nerven? Außerdem ist er an Ihnen interessiert, nicht an mir.«

»Das glaubt Carlo allerdings auch«, erwiderte Alexa mit finsterer Miene.

»Männer kennen sich in solchen Dingen aus«, sagte Eric und lächelte. »Vertrauen Sie uns.«

71

MOSS BASKERVILLE

Entschuldigen Sie mich einen Moment, Colonel«, sagte Moss Baskerville und drückte den Knopf der Gegensprechanlage. »Ja, Shirley?«

»Marie Lopez ist am Telefon, Chief. Sie sagt, es sei wichtig.«

»Danke.« Moss' Blick streifte Dole, der mittlerweile Platz genommen hatte. Er wollte eben anfangen zu reden, als Moss den Hörer in die Hand nahm. »Hallo, Marie, was ist los?«

»Ich war gerade oben im Rattlesnake Canyon. Ich hab die beiden verschwundenen Schafe gefunden.«

»Lebend?«, fragte Moss. Er war sich bewusst, dass Dole jedes seiner Worte mithörte. *Arschloch.*

»Tot, schätz ich. Genaueres kann ich nicht sagen. Ich war zu weit weg, um zu sehen, ob man sie verstümmelt hat.«

»Ich schau sie mir an, sobald Al zum Dienst kommt. So ungefähr um sieben.«

»Bist du nicht allein? Ist jemand im Büro?«

»Ja, das ist das Problem.«

»Verstehe. Mach dir keinen Kopf. Du brauchst nicht sofort zu kommen. Ich mach mich schon mal mit dem Fotoapparat und Tüten auf den Weg zum Canyon, um Proben für Alexa zu nehmen.«

»Hältst du das für 'ne gute Idee?« Moss schaute Dole an, der ihn beobachtete. Die Chancen, dass Dole Maries Namen irgendwo aufgeschnappt hatte, waren nicht gering. Zumal sie sich oft oben im UFO-Land rumtrieb.

»Wird schon schief gehen, Moss. Ich hab nur Angst, dass die Viecher wieder verschwinden, wenn ich warte. Ich will verhindern, dass unser Colonel Wind davon kriegt und mit 'nem Hubschrauber hier anrückt.«

»Interessant, dass du *das* gerade erwähnst«, sagte er und lächelte Dole an.

»Was? Den Colonel?«

»Richtig.«

»Ist er in deinem Büro?«

»Hast du je überlegt, für uns zu arbeiten? Du würdest eine gute Ermittlerin abgeben.«

»Danke. Ein Grund mehr, mich zu beeilen, um schnell wieder da oben zu sein.«

»Bist du sicher, dass ich das Problem nicht zu überprüfen brauche?«

»Du brauchst mindestens 'n CJ-5, um in den Canyon zu kommen. Oder ein Pferd. Dein Streifenwagen schafft das nicht. Tu mir lieber einen Gefallen und halt das Arschgesicht noch 'ne Weile auf. Wärst du so lieb, Moss?«

»Ich werd's versuchen. Aber ohne Garantie.«

Er legte auf. »So, wie kann ich Ihnen helfen, Colonel?«

Dole saß stocksteif in seiner blauen Uniform da. Sein kantiger Unterkiefer, auf dem sich zu dieser nachmittäglichen Stunde schon die ersten Stoppeln zeigten, zuckte, was Moss als eine Art Lächeln interpretierte. »Marie Lopez. Das ist doch die Schafzüchterin, die in der Nähe der Thunder Road wohnt, oder?«

»Es überrascht mich, dass Sie sich mit Zivilisten beschäftigen, Colonel.«

»Ich habe gehört, sie behauptet, einige ihrer Schafe seien verstümmelt worden. Was für ein Schwachsinn.«

Moss lächelte geheimnisvoll. »Vielleicht wissen Sie mehr über die Angelegenheit als ich.«

Dole musterte ihn, sagte aber nichts.

»Was möchten Sie mit mir besprechen?« Moss schaute auf die Uhr. »Ich habe noch viel zu tun.«

»Man hat mich darüber informiert, dass in Ihrem Ort unerklärliche Himmelssichtungen gemacht wurden.«

»Wie schon gesagt, Colonel, davon wissen Sie bestimmt mehr als ich. Würde mich nicht wundern, wenn Sie selbst 'ne fliegende Untertasse hätten. Vielleicht machen Sie ja hier Testflüge oder so was.«

»Das Militär hat mit den hier gemeldeten Sichtungen absolut nichts zu tun, Chief Baskerville – damit das unmissverständlich klar ist.«

Moss rechnete fast damit, dass Dole die Hand zum Schwur erhob, aber so weit ging er doch nicht. »Warum interessieren Sie sich dann für diese Sichtungen?«

»Sie interessieren uns gar nicht. Wir haben aber gehört, dass Sie jemandem berichtet haben, Sie seien selbst Zeuge dieser Erscheinungen gewesen.«

»Spionieren Sie mir etwa nach?«

Dole blieb vollkommen gelassen. »Es ist Stadtgespräch, Chief.«

»Da gehe ich jede Wette ein. Ich war weiß Gott nicht der Einzige, der sie gesehen hat.« Moss dachte kurz nach. Ihm fielen mindestens ein Dutzend Menschen ein, die die Erscheinungen ebenfalls gesehen hatten. Wahrscheinlich hatte Dole oder einer seiner Lakaien mitbekommen, dass Ray und er gestern im Café darüber gesprochen hatten.

»Um was geht es überhaupt, Dole?«, fragte Moss geradeheraus.

»Sie haben nichts gesehen.«

»Stimmt nicht. Und da wir gerade über Probleme reden: Mir wurde zugetragen, dass Ihre Hubschrauber gestern Nacht das Lager einer Bekannten verwüstet haben.«

»Davon weiß ich nichts.« Dole beugte sich vor. »Sie sind der Polizeichef dieser Stadt, und es ist Ihnen nicht gedient, wenn Sie hier rumlaufen und jedem erzählen, Sie hätten UFOs gesehen. Hören Sie sofort damit auf. Und … vergessen Sie, dass dieses Gespräch je stattgefunden hat.«

Kalte Wut packte Moss. Er stieß sich von seinem Schreibtisch ab und stand auf. »Sonst?«
»Sonst müssen Sie die Konsequenzen tragen.«
»Könnte ich etwa meinen Job verlieren?«, fragte Moss sarkastisch.
»Vielleicht.«
»Das kriegen Sie nicht hin, mein Bester.«
Ein dünnes Lächeln legte sich auf Doles Züge. »O doch. Und das Ganze könnte auch ein Problem für die werden, die Sie lieben.«
Baskerville eilte um den Tisch herum und packte Dole am Kragen. »Wollen Sie mir drohen?«
»Ich warne Sie«, sagte Dole ruhig. »Sie müssen das tun, was für Ihr Land am besten ist, Chief.«
Moss stand dicht vor ihm und hielt seinen Kragen fest. »Ein Freund von mir ist ein enger Freund des Präsidenten«, log er. »Vielleicht sollte ich ihn mal anrufen und ihm sagen, er soll mit Bill über Sie sprechen.«
Dole lachte schroff, als Moss seinen Kragen losließ. »In dieser Angelegenheit hat der Präsident nichts zu melden, Chief.« Er ging zur Tür, drehte sich aber noch mal zu Baskerville um. »Es kommt alles in Ordnung, wenn Sie meine Anordnungen befolgen.« Mit diesen Worten verließ er den Raum.
»Gütiger Gott.« Moss ließ sich in seinen Sessel zurücksinken. Mehrere ihm bekannte Polizisten hatten angedeutet, dass es so etwas gab, aber er hatte es nie geglaubt. Amerika, das Land der Freiheit. Das hatte er immer geglaubt. Amerika mit seiner Verfassung und dem Recht auf freie Meinungsäußerung. Wenn du hier lebst, kannst du sagen, was du willst. »Verdammt!« Moss schlug auf den Knopf der Gegensprechanlage. »Shirley, versuch bitte mal, alles über einen Colonel Lawrence Dole in Erfahrung zu bringen, ja?«
»Mach ich, Chief. Ein Fax ist gerade angekommen. Ich bring es Ihnen rüber.«

Kurz darauf kam Shirley mit einem Papierstapel in sein Büro. »Es sind die Infos, die Sie über Jim-Bob Sinclair haben wollten.«

»Danke«, murmelte Moss. Shirley ging hinaus. Moss lehnte sich zurück, legte die Beine auf den Schreibtisch und widmete sich den Informationen. Er hatte sie sich schon seit einiger Zeit vornehmen wollen, aber seine Begegnung mit dem Mann heute Morgen hatte die Lage leicht verändert. Es gab keinen Zweifel: Sinclair war beeindruckend, charismatisch und mitteilsam, doch als er die Akte las, wurde ihm klar, dass Sinclair noch etwas anderes im Ärmel hatte: Zauberei. Sein echter Name war David King, und er hatte ihn in James Robert Sinclair geändert, als er den geistlichen Weg eingeschlagen war. Als David King hatte seine Laufbahn als Bühnenmagier begonnen. Davor war er Theologiestudent gewesen. Keine Verhaftung. Unter keinem seiner beiden Namen.

Moss schüttelte den Kopf. Das Material war praktisch wertlos.

Die Gegensprechanlage piepste. »Chief?«

Moss setze sich aufrecht hin. »Ja?«

»Ich kann absolut nichts über Lawrence Dole finden. Ich habe alles ausprobiert, aber die Dateien scheinen gesperrt zu sein.«

»Verdammt«, knurrte Moss.

»Sieht aus wie 'ne militärische Sperre, aber ich bin mir nicht ganz sicher. Sorry, Chief.«

»Kein Problem. Trotzdem danke.«

»Ich mach hier in ein paar Minuten Schluss, Chief. Brauchen Sie noch was, bevor ich gehe?«

»Nein, danke, Shirl. Das ist alles. Schönen Abend wünsch ich.«

Er legte die Sinclair-Unterlagen beiseite, lehnte sich zurück und schloss die Augen. Irgendwie glitt ihm alles aus der Hand. Er wusste nicht, wo die Vermissten steckten und wer für die Verwüstungen im Park verantwortlich war. Nach dem Besuch bei Sinclair war er zum Treffpunkt der örtlichen Satanisten gegangen. Er hatte aber nur drei neunzehnjährige Loser in einem abgelegenen alten Schuppen gefunden. Kein einziges Teufelssymbol. Jetzt stand er wieder am Anfang. Vielleicht kam am Montag etwas Bewegung in die Sache, wenn die neue Mitarbeiterin anfing.

Moss seufzte. Die Sache war außer Kontrolle. Vor allem jetzt, wo auch noch Dole mit seinen Drohungen dazukam. Hätten sich diese nur gegen Moss gerichtet, wäre das dramatische Getöse ja beinahe erheiternd gewesen. Aber nun musste er es ernst nehmen, denn Doles Drohungen schlossen Eve und Cassie mit ein.

»Verdammter Mist!«, zischte Moss. Er wünschte sich, er hätte den UFO-Geschichten der anderen Cops mehr Beachtung geschenkt.

Die Gegensprechanlage summte. »Ich habe hier einen Anruf von einer Denise Cole, Chief. Sie sagt, ihr Sohn wird vermisst.«

»Verflucht.« Einen kurzen Moment lang war diese Nachricht nur ein weiterer Dorn in seinem Auge, doch dann schaltete Moss wieder auf Normalbetrieb und griff nach dem Hörer.

Ein paar Minuten später legte er wieder auf. Billy Cole hatte um 16.30 Uhr zu Hause sein sollen. Das war vor einer guten Stunde gewesen. Konnte man da schon so aus dem Häuschen sein? Und in ihrer Panik hatte die Mutter nicht daran gedacht, bei Billys Freunden anzurufen und nachzufragen ob er dort war. Moss hatte der Mutter geraten, sich zuerst bei Billys Freunden nach ihrem Sohn zu erkundigen. Er würde sich gleichzeitig schon mal draußen ein wenig nach ihm umsehen.

Er stand auf und reckte sich. Normalerweise suchte er nicht nach Kindern, die gerade mal eine Stunde vermisst wurden, aber in diesen Tagen war eben nichts mehr normal. Als er ins äußere Büro kam, wünschte er Shirley eine gute Nacht und begrüßte Ken Landry von der Nachtschicht. Nachdem er Ken kurz über die Ereignisse des Tages informiert hatte, verließ er das Büro und ging zu seinem Streifenwagen.

Er hatte noch gut eine Stunde Tageslicht. Wenn alles glatt ging, hatte er Billy Cole zu seiner Mom gebracht, bevor das Abendessen des Jungen kalt war.

In einiger Entfernung hörte er Donnergrollen, und hinter der Olive Mesa zuckte kurz ein Blitz auf. »Scheiße. Das hat mir gerade noch gefehlt.«

72
JUSTIN MARTIN

Alles ist verstaut und verschlossen, Mr. Marquay«, sagte Justin zu dem im Kassenhäuschen sitzenden alten Sack, der die Tageseinnahmen zählte.

»Wir haben heute ordentlich was eingenommen, mein Junge.« Marquay bemühte sich, ein Lächeln zustande zu kriegen. »Madge würde sich wirklich freuen«, fügte er traurig hinzu.

»Dann bis morgen, Mr. Marquay«

Marquay nickte, und Justin verließ die Verwunschene Mine. Er musste sich zusammenreißen, um nicht loszurennen. Der Junge im Kofferraum war ihm während des ganzen langen Nachmittags nicht aus dem Kopf gegangen. Er musste unbedingt nachsehen, ob er noch lebte. Außerdem musste er überlegen, wohin er ihn bringen könnte. Ihn auch noch in die Mine zu schaffen, traute er sich nicht, nicht mal, wenn das Wetter kühler gewesen wäre. Er beschloss, den Jungen ein paar Tage in dem alten Schuppen auf dem Hinterhof seiner Eltern zu behalten. *Die Tomaten werden nie wieder so schmecken wie früher.*

Justin verließ den Park durch das hintere Tor und schlenderte über den Parkplatz auf seinen Wagen zu. Er hatte ihn extra in einer weit entlegenen sandigen Ecke geparkt, wo nie etwas los war. Auf halbem Weg bemerkte er, dass sich jemand an seinen Kofferraum lehnte. *Scheiße!* Justin wurde langsamer und versuchte trotz der Sonne zu erkennen, wer die fette Drecksau war. Dann drehte der Mann sich um, bemerkte Justin und winkte. Ein Strahl der untergehenden Sonne fiel direkt auf seine Glatze. *Hannibal Caine, du blöder Wichser!*

Justin erwiderte das Winken und setzte seinen Weg über den Parkplatz fort. »Hallo, Ältester Caine.«
Caine schüttelte Justin fest die Hand. »Wie ich höre, hast du die Prüfung mit einer Eins bestanden.«
Er stützte sich wieder auf den Kofferraum. Justin gab sich Mühe, sich nichts anmerken zu lassen. »Hat der Älteste Blandings erzählt, was ich mit der Ziege gemacht habe?«
Caine nickte. Seine Augen glänzten, und seine feisten Wangen verstärkten sein Vertreterlächeln. »Ich erwarte große Dinge von dir, Justin. Aber du musst noch lernen, die Regeln zu befolgen.« Er kicherte. »Als ich hörte, dass du die Ziege an einem Fahnenmast aufgehängt hast, hätte ich mich beinahe selbst bepisst. Du wirst deinen Weg schon machen, junger Mann.«
»Danke.« Momentan hätte Justin keinen Rattenpimmel dafür gegeben, ob Hannibal Caine ihm den Arsch küsste oder nicht. »Ich bin etwas in Eile, Ältester Caine. Können wir später darüber sprechen?«
Caines Lächeln verblasste. »Wir haben heute Abend eine Mission, Justin. Wir möchten, dass du daran teilnimmst.«
Ich hab auch eine Mission, Fettsack. »Das hätte ich eher wissen müssen. Tut mir Leid, aber heute Abend gehe ich mit meinen Eltern zum Essen. Sie haben nämlich Hochzeitstag. Meiner Mutter ist es in letzter Zeit nicht gut gegangen, deswegen kann ich sie nicht enttäuschen.«
»Lobenswert.« Das schmierige Lächeln war wieder da. »Ich verstehe. Du bist ein sehr pflichtbewusster junger Mann. Komm doch morgen einfach mal vorbei. Wir haben noch viel zu tun – und wenig Zeit, um es zu erledigen.«
»Morgen muss ich um zehn arbeiten.«
Im Norden donnerte es. Caine legte seine feiste Hand auf Justins Schulter. Es fiel ihm schwer, nicht zurückzuzucken.
»Weißt du, was das ist, Justin? Der erste Herold der Reiter. Die Welt endet bald. Es wäre vielleicht ratsam, wenn du morgen blaumachst.«

»Ich arbeite für Henry Marquay, den Mann, dessen Frau verschwunden ist. Ich kann ihn nicht im Stich lassen. Er ist im Moment sehr auf mich angewiesen.« Wie kam dieses Arschloch auf die Idee, er würde einen gut bezahlten Job sausen lassen, um für ihn irgendeinen Scheiß für nichts zu machen? »Ich könnte aber vor der Arbeit vorbeikommen.«

»Tu das, bitte.« Caine musterte ihn. »Komm direkt in mein Büro. Es wird sich für dich bestimmt lohnen.«

»Ich werde da sein, Sir.« Justin ging zur Fahrertür, schloss sie auf und rutschte auf den Sitz. »Dann bis morgen früh.« *Du dämliches Sackgesicht.*

Caine hob die Hand und ging davon. Kurz darauf sah Justin ihn am Steuer eines weißen Kleinlasters. »Dumme Sau«, sagte Justin leise. Er fuhr durch das Madland-Parkplatztor direkt auf den Old Madelyn Highway. Er wollte endlich nach Hause und den Jungen in den Gartenschuppen bringen. *Viel zu tun. Und wenig Zeit.*

73
ELDO BLANDINGS

»Bist du fertig?«, fragte Blandings den Apostel Mel Campbell.

»Mehr als das«, knurrte Campbell. »Gehen wir.«

Blandings und er waren in Wüstentarnhosen zu Fuß unterwegs, und für Blandings war es wie in den alten Zeiten. Sie hatten mehr als eine Stunde damit zugebracht, rauchend und redend an der Grenze zu Tom Abernathys Land zu sitzen und zu warten. Sie hatten sich auf einem mit Kakteen übersäten Grat versteckt. Unter ihnen, etwa dreißig Meter weiter südlich, grasten ungefähr zwei Dutzend wilde Mustangs. Eigentlich hatte Eldo einen Alleingang geplant: Er wollte dem Schweinehund Tom Abernathy die Demütigung heimzahlen, die er gestern im Freizeitpark hatte hinnehmen müssen. Doch dann hatte Mel Campbell kundgetan, er sei ebenfalls auf Rache aus. Campbell war Eldos bester Soldat, aber er war auch ein Hitzkopf, den man kontrollieren musste. Aus diesem Grund hatte Eldo ihn auch in seinen eigenen Plan eingeweiht. So konnte er verhindern, dass Campbell auf eigene Faust irgendetwas Dummes anstellte, was die Arbeit des Komitees möglicherweise gefährdet hätte.

Zuerst hatte Campbell bemängelt, dass Eldos Plan nicht weit genug ging: Statt ein oder zwei Mustangs zu erschießen, wollte er gleich in Abernathys Stall einbrechen und seine Zuchttiere töten. Eldo gab zu, dass dies zwar größere Auswirkungen gehabt hätte, aber kaum durchführbar sei, da Abernathy oder sein rothäutiger Verwalter ständig anwesend waren. Campbell hatte sich zwar bemüht, seinen Plan ins rechte Licht zu rücken, doch dann hatte Eldo ihn daran erinnert, wie schnell der Rancher ziehen konnte.

Wenn er sie erwischte, waren sie tot, bevor sie überhaupt merkten, dass sie getroffen waren.
Campbell spielte daraufhin den Beleidigten und nörgelte herum, doch Eldo hatte ihn daran erinnert, wer bei dieser Aktion das Kommando hatte und dass sie es auf seine Weise durchziehen würden.
Nun lag Campbell mit dem Gewehr im Anschlag auf dem Bauch und zielte auf eine Fuchsstute. Eldo hatte einen Schimmel im Visier. »Bei drei geht's los. Eins. Zwei. Drei.«
Beide Gewehre feuerten. Die Fuchsstute ging zu Boden, doch Eldo hatte den Schimmel verfehlt, der nun mit dem Rest der Herde davonstob. »Mist!«
Zwei weitere Schüsse ertönten, denn Campbell schoss leise fluchend weiter.
»Es reicht, Campbell«, befahl Eldo. »Wir wollen doch keine Aufmerksamkeit auf uns lenken.« Ein Donnergrollen unterstrich seine Worte.
»Es reicht noch lange nicht«, knurrte Campbell. »Es ist nicht genug, um diesem Bastard eine Lektion zu erteilen.«
Eldo dachte nach. »Vielleicht hast du Recht.«

74

CARLO PELEGRINE

Carlo rührte die Marinarasoße mit einem Holzlöffel um, dann trat er wieder an die Anrichte, um den Salat fertig zu machen. Er war so nervös, dass seine Hände zitterten, als er das Schälmesser nahm und eine Tomate zerteilte. Mit Alexa zu Abend zu essen war ein Spiel mit dem Feuer. Er wusste es. Er hatte das Telefon heute Nachmittag mehrmals abgehoben, um die Verabredung abzusagen.

Aber er konnte es nicht. Er wollte so gern mit ihr zusammen sein. Er versprach sich selbst, dass er sich diesmal unter Kontrolle haben würde. Er weigerte sich, auch nur daran zu denken, an diesem Abend könnte etwas ... schief gehen. *Du bist ein Meister der Untertreibung, mein Freund.* Carlo lächelte bitter, fuhr mit dem Zerschneiden der Tomate fort und versuchte sich auf das Essen zu konzentrieren. Es gelang ihm jedoch nicht, und so dachte er an seinen letzten Mord.

Es war in seinem Viertel passiert, in Bensonhurst. Nach der Schule hatte er ein paar Stunden mit Ted Furillo und einigen anderen von der New Utrecht High Basketball gespielt. Auf dem Heimweg dribbelte er den Basketball ein wenig und erfreute sich an dem kalten Gefühl, das die eisige Winterluft in seiner Lunge hinterließ. Als er auf die Uhr schaute, stellte er fest, dass er zu spät zum Essen kommen würde, wenn er nicht die Beine in die Hand nahm. Er klemmte sich den Ball unter den Arm und rannte durch die Abenddämmerung bis zu der Abkürzung: einer dunklen Gasse zwischen zwei Backsteinwohnhäusern kurz vor der Thirteenth Avenue. Die Gasse war menschenleer. Man sah nur Mülltonnen und Eimer. Die Gasse war gerade breit genug, dass ein Auto sie hätte durchfahren können. Das schummrige Licht nackter Glühbirnen erhellte sie ein wenig und ließ kurz die Augen einer Ratte aufblitzen, die sich zwischen zwei Mülltonnen aufhielt. Carlo wusste, dass er es durch die Gasse pünktlich zum Essen nach Hause schaffen würde. Er nahm den Ball, dribbelte ihn durch die dunkle Gasse, lief im Zickzack um einige Tonnen herum.

»Hi, Carlo.«

In der Mitte der Gasse blieb er wie versteinert stehen und suchte das Mädchen, dem die Stimme gehörte. Kurz darauf kam sie aus dem Schatten ins Licht.

»Sally?« Sie war einige Klassen über ihm gewesen und hatte die Schule vor zwei Jahren abgebrochen. Man sagte ihr nach, dass man sie schnell flachlegen konnte. Außerdem hatte Carlo gehört, dass sie sich vor ungefähr einem Jahr einer Bande angeschlossen hatte. Er wäre am liebsten im Boden versunken, denn es war ihm peinlich, dass sie ihn in der Gasse mit einem Ball herumspielen sah, als wäre er 'ne Mittelstufen-Rotznase.

»Ja, genau.« Ihre weißen Zähne blitzten zwischen knallroten Lippen, denn sie lächelte. »Ich bin's. Gehst du noch immer zur Schule?«

»Bin in der Oberstufe.«

»Ich wette, du schreibst nur Einsen, was?« Sie blies ihren Kaugummi auf.

Er zuckte die Achseln. Er wollte sich nicht noch mehr blamieren. »Ähm, und wie geht's dir so?«

»Ich könnt 'n bisschen Kohle gebrauchen.«

Carlo schaute sich um und fragte sich, ob ihn gleich jemand anspringen würde. Aber nichts passierte. »Bist du arbeitslos?«

Sally trat lächelnd ein wenig mehr aus dem Dunkel hervor. »Ich bin selbstständig.«

Er starrte sie an. Sie hatte Stöckelschuhe, schwarze Nylons, einen roten Minirock und ein trägerloses Top an, das kaum breit genug war, um ihre Brustwarzen zu verhüllen. Sie hatte sich eine Rose auf die Brust tätowieren lassen. Er konnte nicht anders und starrte sie weiter an.

»Gefällt sie dir?«, fragte Sally und kam auf ihn zu.

Ruckartig schaute er in ihr Gesicht. Ihr Haar war blondiert, und sie hatte zu viel Schminke aufgelegt, die wohl ihre Aknenarben verdecken sollte. »Äh, ich … hab noch nie ein tätowiertes Mädchen gesehen.«

»Möchtest du die Rose mal anfassen?«

Er hob die Hand. Sein Herz fing laut an zu pochen.

Sally trat lachend einen Schritt zurück. »Hast du Geld? Für fünf Dollar kannst du sie anfassen.« Sie blies erneut den Kaugummi auf und ließ die Blase dann platzen. Das Zeug verteilte sich auf ihren Lippen, und sie setzte die Zunge ein, um es betont langsam abzulecken. »Ich wette, du bist noch Jungfrau, Carlo, oder? Jungfrauen blase ich für zehn Mäuse. Für zwanzig darfst du mich flachlegen. Wie sieht's aus?«

Die sorgfältig verdrängten Erinnerungen an die beiden anderen Nutten machten einen Versuch, ans Tageslicht zu kommen. Er verdrängte sie auch diesmal und blickte wie in Trance in seinen Geldbeutel. Er zeigte ihr einen Zwanziger. »Wo?«

Sally nahm lächelnd sein Geld und seine Hand. Sie führte ihn hinter zwei große Müllbehälter und drückte ihn dahinter auf ein paar schmutzige Decken. Sie schälte ihr Top herunter und entblößte ihre Brüste. Eine Glühbirne warf gerade so viel Licht, dass er die Tätowierung auf ihrer Brust sehen konnte.

»Holst du dein Ding nicht raus?«, fragte sie und ließ den Kaugummi erneut knallen. Als er sich vor sie kniete, zog sie den Minirock hoch. »Ich hab kein Höschen an.«

Er antwortete nicht. Er schaute nur auf seine zitternden Finger, die sich anschickten, die Tätowierung zu untersuchen. Seine Hand bewegte sich wie unter fremder Kontrolle und ertastete die Außenränder der Rose. Dann strichen seine Finger über ihre Brüste. Die zweite Hand kam hinzu. Beide fuhren über Sallys Brüste und hinauf zu ihrem Hals. Er sah, wie sie zudrückten, wie Sallys Augen hervortraten, wie sie die Zunge herausstreckte und der rosa Kaugummi aus ihrem Mund auf den Asphalt fiel. Einen Moment lang machte sie würgende Geräusche.

Als ihr Atem aussetzte, würgte er sie weiter. Das heißt, eigentlich waren es seine ihm völlig fremden Hände. An die beiden anderen Morde erinnerte er sich nicht, doch diesmal nahm er jede Einzelheit wahr, als sei er im Verstand eines anderen gefangen, wie ein Voyeur, der ein Verbrechen beobachtet. Seine Hände ließen von ihr ab, seine Rechte holte das Klappmesser aus der Hosentasche. Dann zog die Hand ein Oval um die in ihre Brust eintätowierte Rose. Entsetzt schaute er zu, wie die Klinge unter ihrer Haut arbeitete und die Hand dann begann, die Tätowierung behutsam von ihrem Körper zu lösen.

Die Arbeit war zur Hälfte getan, als er zu sich kam. Plötzlich spürte er das Messer in seiner Hand und das sich der Klinge widersetzende Fleisch, ihre noch immer warme Haut. »Nein«, keuchte er und zog das Messer heraus. »Nein!«

Er wischte es wie ein Roboter an Sallys Rock ab, steckte es ein und stand benommen auf. Er hatte die beiden anderen Prostituierten nur vergessen, weil er sich an seine Taten nicht erinnern konnte. Er hatte zwar gewusst, dass etwas nicht in Ordnung gewesen war, aber es war ihm gelungen, es zu verdrängen. Bis jetzt hatte er keinen Beweis dafür gehabt, dass er der Häuter war, wie die Zeitungen ihn nannten.

Der kühle, distanzierte Teil seines Ichs half ihm, den Basketball zu nehmen und den Heimweg durch die Gasse fortzusetzen. Er half ihm auch, das Abendessen zu verzehren, sich zu unterhalten und das Schuljahr abzuschließen. Er hielt ihn davon ab, sich umzubringen. Stattdessen hatte er seinen Tod vorgetäuscht.

Er war wie Dr. Jekyll und Mr. Hyde – teils die reine Unschuld, teils das personifizierte Böse. Es war zu seiner Lebensaufgabe geworden, das Böse in seinem Inneren für immer gefangen zu halten. Als Carlo erneut die Marinarasoße umrührte, schwor er sich, sich mit seinem Gewehr das Gehirn aus dem Schädel zu blasen, falls er je auf die Idee kommen sollte, Alexa etwas anzutun. Zuvor würde er das Ungeheuer töten.

75

TOM ABERNATHY

Eigentlich hatte er heute Abend mit Belle zum Campingplatz reiten und ein paar Geschichten erzählen wollen, aber eine Stunde, nachdem er sich an den Aposteln abreagiert hatte, war ihm Marie wieder eingefallen, und nun wollte sie einfach nicht mehr aus seinem Kopf verschwinden.
Belle stoppte am Ende des Ranchwegs und wartete darauf, dass Tom ihr die Richtung vorgab: runter zum Campingplatz oder doch rauf zu Marie? Tom überlegte kurz und entschied, dass Marie wohl eher böse dreinschauen würde, statt viel mit ihm zu reden – auch dann, wenn er einen Versuch machte, sich zu entschuldigen. »Schätze, wir erzählen Geschichten, Belle.«
Sie bogen auf den Old Madelyn Highway ab. Heute Abend wurde es schnell dunkel, was bestimmt an den finsteren Gewitterwolken über den Madelyn Mountains lag. Es donnerte nun immer öfter, und auch die Blitze kamen näher.
»Wir müssen zusehen, dass wir heute früh nach Hause kommen, Mädchen, sonst werden wir noch nass.«
Das Pferd schnaubte leise. Plötzlich legte es die Ohren an, denn zwei Gewehrschüsse hallten durch die Luft.
»Was zum Teufel?« Die Schüsse waren aus nördlicher Richtung gekommen. Tom ließ Belle auf der Straße wenden, dann verharrte er lauschend. Ein Donnergrollen ließ das Tal erzittern, dann ertönten zwei weitere Schüsse. Danach war alles still.
»Vielleicht ist es doch besser, wenn wir mal bei Marie vorbeischauen.« Tom schnalzte, und Belle setzte sich galoppierend in Bewegung. *Gott, wie gern dieses Pferd läuft!* Auf dem Highway

herrschte kein Verkehr, und eine Viertelstunde später erreichten sie den Weg, der zu Maries Ranch führte. Ihr bescheidener Betrieb bestand aus einem kleinen Stall, einer Scheune, einem Gehege und einem breiten Wohnwagen. Als Tom auf den Feldweg einbog, sah er, dass der Wohnwagen dunkel war, obwohl Maries Pick-up in der Einfahrt stand. Dorsey und Wild Bill bellten irgendwo in der Nähe des Stalls.

Tom stieg hinter dem Wohnwagen ab und führte Belle zum Wassertrog im Gehege. Während sie trank, machte er sich auf den Weg zum Stall. Er war abgeschlossen. Marie hatte ihm einen Ersatzschlüssel für das Vorhängeschloss gegeben, also benutzte er ihn. Als er eintrat, rief er die Namen der Hunde, deren warnendes Gebell schnell zu einer Begrüßung wurde. Tom streichelte die Collies und ging dann mit ihnen an den Boxen vorbei. Maries Schafe waren durch die Bank freundliche Tiere. Die ganze Bande kam zu ihm, um nachzuschauen, ob er etwas zum Fressen mitgebracht hatte.

Am anderen Ende des Stalls fand er Rex' Box wie erwartet leer vor. Dies erklärte auch den Pick-up in der Einfahrt und den dunklen Wohnwagen.

»Wo ist Marie hin, Jungs?«, fragte er die Hunde. Die beiden hechelten und wedelten mit dem Schwanz, sagten aber kein Wort.

Tom schloss den Stall wieder ab, stieg die Treppe zur Hintertür des Wohnwagens hinauf und wollte sie öffnen. Abgeschlossen.

»Marie?«, rief er. »Marie, bist du da?«

Da er keine Antwort bekam, ging er die Treppe wieder hinunter, begab sich zur vorderen Veranda und nahm auf einem Schaukelstuhl Platz. Marie würde seiner Meinung nach nicht lange wegbleiben, denn die Schafe hatten noch nichts zu fressen bekommen. Er würde ein paar Minuten warten.

Marie hatte sich ihre Bleibe hübsch hergerichtet. Geißblatt schlängelte sich um die Veranda, und ein paar Töpfe mit Geranien und hellrotem Mohn säumten den roten Steinboden.

Langsam schaukelnd, musterte Tom die Madelyn Mountains. Selbst aus dieser Entfernung konnte er die Ausläufer des Gewitters über den zerklüfteten Gipfeln und dem Plateau der Olive Mesa sehen. Donner grollte, und diesmal spürte er ihn sogar unter den Füßen. Das Gewitter schien sich langsam zu bewegen, aber es könnte auch Geschwindigkeit aufnehmen und in ein, zwei Stunden hier sein. Er wusste nicht, was mehr an seinen Nerven zerrte: die Gewehrschüsse oder das sich nähernde Gewitter. »Marie«, sagte er leise, »ich hoffe, du kommst bald nach Hause.«

76
MARIE LOPEZ

Der Donner grollte. Marie Lopez blickte nervös zum sich verfinsternden Himmel auf. Sie war erst spät zum Canyon aufgebrochen, weil sie ihre Schafe zuvor in den Stall hatte treiben wollen, statt sie im Freien zu lassen, wo ihnen Gott weiß was passieren konnte. Dann hatte sie noch in die Stadt fahren müssen, um einen lichtempfindlichen Film zu kaufen. Jetzt gab es hier nicht mehr viel Sonnenlicht, denn die Berge hatten den Rattlesnake Canyon fast völlig verdunkelt. Zum Glück war jedoch genügend Mondlicht da, so dass sie den bleichen Leib des einen Schafes ausmachen konnte. Wieder donnerte es. Rex scheute und stieß ein fast weinerliches Wiehern aus.

»Was ist los, mein Junge?« Er hatte schon längst keine Angst mehr vor lauten Geräuschen, und er ging auch nicht mehr durch, wenn sie gleich neben ihm ihr Gewehr abfeuerte. Es war also ein merkwürdiges Verhalten. Tom sagte immer, dass Pferde viel mehr hörten und sahen als Menschen und dass nur Idioten nicht darauf achteten. *Hol dich der Teufel, Abernathy*. Aber er hatte Recht. Sie versuchte, ihr Pferd vorwärts zu treiben, doch es machte nur zwei Schritte und blieb wieder stehen. »Okay, machen wir's, wie du willst«, murmelte sie und nahm ihr Gewehr. Sie wendete Rex und suchte den Canyon und seine Ränder nach etwas Ungewöhnlichem ab, fand aber nichts. »Komm schon.« Aber Rex machte keine Anstalten, sich dem toten Schaf zu nähern.

»Okay.« Marie stieg ab und ging zu Fuß zu dem Schafskadaver. Dort angekommen, legte sie das Gewehr hin und entnahm ihrer Jackentasche eine kleine Taschenlampe. Es war nicht einfach, nicht zurückzuschrecken. Das Mutterschaf lag steif auf der Seite. Es hatte kein Fleisch mehr im Gesicht und auf dem oberen Teil des Halses. Nur blanke Knochen. Die Zunge war weg, der Unterleib ausgenommen. Trotzdem fand sie nur ein paar Tropfen Blut. In der Wolle und den Eingeweiden des Schafs befand sich überall ein seltsames blaues Gel, das auch auf dem Boden lag.

Marie schüttelte traurig den Kopf und fragte sich, wer oder was imstande war, ein Tier so zu verstümmeln. Dann nahm sie ihr Gewehr und ging zu Rex zurück. Sie wollte ihn zu dem Schaf dirigieren, aber er scheute schon nach vier Schritten. Marie streichelte beruhigend Rex' Nüstern. Dann öffnete sie eine Satteltasche und entnahm ihr einen Fotoapparat, Latexhandschuhe, ein Messer und Frischhaltetüten. Schließlich machte sie sich erneut auf den Weg zum Kadaver und positionierte den Lichtkegel der Taschenlampe so, dass er das Tier gut ausleuchtete.

Sie verschoss einen ganzen 1600-ASA-Film, dann zog sie die Handschuhe an, kniete sich hin und wünschte sich, als sie das Gel berührten, sie hätte einen alten Löffel oder so was mitgenommen. Es war widerlich, sogar mit Handschuhen. Marie gab sich alle Mühe, nicht zu zittern, als sie einen Gelklumpen zwischen zwei Finger nahm und einen Versuch machte, das Zeug in eine Tüte zu schütten. Es fühlte sich – auch durch den Latex – eiskalt an. Als Nächstes trennte sie mit dem Messer ein Stück Fleisch ab, das einen blutlosen Einschnitt hatte, und steckte es ebenfalls in eine Tüte. Dann war sie der Meinung, sie hätte genug getan. Sie streifte die verschmierten Handschuhe ab und stopfte sie in die dritte und das Messer in die vierte Tüte. Dann verstaute sie alles in ihren Satteltaschen.

Ihr Blick fiel auf Rex. »Ich nehme an, du bist nicht gerade scharf darauf, das Schaf zu Alexa zu tragen, was?«

Rex stampfte mit dem Huf auf den Boden, als hätte er sie verstanden.

»Dachte ich mir schon.« Sie schwang sich in den Sattel und durchquerte das Tal. Sie ließ Rex langsam laufen, damit er nicht Gefahr lief zu stolpern. Marie lenkte ihn in die Richtung des zweiten Schafskadavers. Sie wollte ganz sicher sein, dass das andere Schaf das gleiche Schicksal erlitten hatte, doch nach dem nächsten Donnergrollen, das nun viel näher war, hörte sie aus der Ferne ein anderes Geräusch: Hubschrauber.

»Los, Rex«, sagte sie drängend und blickte zum Himmel. Noch war kein Hubschrauber in Sichtweite. Das Pferd lief schneller, als Marie es dorthin lenkte, wo sie zwei Tage zuvor gerastet hatte. Sie erreichten den Talrand und fanden schnell den steinigen Weg, der zu dem großen Felsüberhang mit den Salbei- und Mesquitebüschen führte.

Um Rex unter den Überhang zu kriegen, musste sie absitzen und ihn mit einigen Äpfeln locken, die sie genau für diesen Zweck mitgenommen hatte. Sie befanden sich gut versteckt hinter den Büschen, als das Röhren der Hubschrauber den Canyon erreichte. Es waren drei. Sie waren dunkel bis auf die Positionslichter und kamen über den Bergkamm. Kurz darauf erhellten Suchscheinwerfer das Tal. Sie glitten über den Boden, die Steine und die Kakteen hinweg.

»Was für ein Glück, dass du ein schwarzes Pferd bist«, sagte Marie leise, als ein Licht knapp an ihrem Versteck vorbeizog.

Kurz darauf hatten die Hubschrauber gefunden, was sie gesucht hatten: die toten Schafe. Ein Hubschrauber stieg höher auf, während die zwei anderen langsam tiefer gingen. Beide landeten jeweils auf einer Seite des kleinen Tals. Ihre Rotoren drehten sich langsam weiter, während Marie mit zusammengekniffenen Augen beobachtete, wie jeweils zwei dunkel gekleidete Männer aus den Hubschraubern stiegen und zu den Schafen eilten. Eine Minute später kamen beide Teams zu ihren Maschinen zurück. Sie schleppten jeweils einen vollen Sack: die Schafe.

»Wir werden hier bald verschwinden, Rex«, sagte Marie, als die Männer in die Hubschrauber stiegen.

Die Rotoren nahmen Geschwindigkeit auf, und langsam schwangen sich die Hubschrauber wie Riesenheuschrecken in die Luft. Wieder fuhr ein Suchscheinwerfer über den Boden. Marie stellte besorgt fest, dass sich noch zwei Mann am Boden aufhielten. Dann rauschte auch der letzte Hubschrauber davon, und die Männer verschmolzen mit der Dunkelheit.
Einer schaltete eine Taschenlampe ein. Sie suchten offenbar das Tal ab. Marie kraulte Rex hinter den Ohren. »Könnte sein, dass wir länger hier bleiben müssen, als uns lieb ist.«

77
JUSTIN MARTIN

Das blöde Balg war einfach verreckt! Justin Martin war nicht gerade glücklich darüber, als er New Madelyn verließ und auf den Old Madelyn Highway abbog.

Jeden Freitagabend fuhren Mom und Dad nach Barstow, um sich die Spätvorstellung im Kino anzusehen. Natürlich hatte er damit gerechnet, dass sie bereits weg waren, wenn er mit dem Kofferraum voller Überraschungen nach Hause kam. Aber nein! Zum ersten Mal, seit er denken konnte, hatten sie sich verspätet. Er hatte es erst bemerkt, als der Kofferraum offen stand und seine Mutter aus dem Haus kam.

Er war geistig so beschäftigt gewesen, dass sie den Jungen gesehen hätte, wenn sie nicht aus der Ferne nach ihm gerufen hätte. »Justin-Schatz! Kannst du mal eben aus der Einfahrt fahren, damit dein Vater den Buick aus der Garage holen kann?«

Er hatte den Kofferraumdeckel hastig zugeworfen. »Klar, Mom.« Wie es ihn ankotzte, so freundlich zu tun. Zehn Minuten später waren die alten Säcke endlich weg. Justin hatte den Mustang rückwärts in die Garage gefahren, damit er den Jungen und das Fahrrad problemlos durch die Hintertür in den Geräteschuppen bringen konnte.

Nachdem das Garagentor geschlossen war, hatte er sich endlich sicher gefühlt. Er hatte den Kofferraumdeckel geöffnet und festgestellt, dass der Junge mausetot war. Die Leichenstarre setzte bereits ein, und Justin hatte echte Probleme, die Finger des Jungen aus den Fahrradspeichen zu ziehen. Bevor er abgekratzt war, war es ihm wohl gelungen, sich trotz der gefesselten Hände in die Speichen zu krallen.

Justin verlor die Geduld und brach die Finger einfach durch. Brechende Finger machten ein interessantes Knack- und Ploppgeräusch. Justin nahm das Fahrrad des Jungen vorsichtig aus dem Kofferraum und öffnete die Hintertür der Garage. Und das war der Moment, in dem er feststellte, dass draußen sämtliche Nachbarn auf den Beinen waren. Auf der einen Seite des Gartenzauns sammelte die alte Lady Quigley Hundescheiße mit einem Papiertuch auf und stopfte sie in eine Supermarkt-Plastiktüte. Ihr Cockerspaniel lief neben ihr her und prüfte eingehend jeden Scheißhaufen, bevor Frauchen ihn wegsteckte. Justin fragte sich, ob die alte Quigley je an ihren Fingern roch, wenn sie mit Scheißesammeln fertig war.

Auf der anderen Seite hingen die Ägypter – er hatte sich nie die Mühe gemacht, ihre Namen zu lernen – im Garten rum. Der Alte saß wie üblich mit einem Bier in der Hand in seinem Schaukelstuhl und bellte seine Kinder und seine stets schweigende Frau an, damit sie den vollkommenen Garten noch vollkommener machten, und zwar *jetzt*. Zu guter Letzt verbrachte direkt hinter dem Haus der Martins die Familie *Arsch* den Abend im Garten. Dad grillte, Mom deckte den Tisch und ihre kleinen Rotzlöffel randalierten im seichten Teil des Schwimmbeckens. Keins dieser Arschlöcher beachtete das herannahende Gewitter, und Justin hatte keine Zeit zu warten, bis es endlich hier war. »Scheiße!«, war alles, was er sagte, bevor er eine Schaufel packte und wieder zu seinem Wagen ging.

Nun, die Hände mit Handschuhen verhüllt, den Jungen und sein Rad im Kofferraum, bog er auf den Highway ab. Er hatte heute Abend zu viel zu tun, um lange nach einem geeigneten Platz zu suchen. Er musste noch ein bisschen Haut abziehen, den Jungen und das Rad vergraben, nachschauen, ob Chrissie arbeitete, dem Häuter ein kleines Geschenk machen und – falls möglich – etwas gegen den Schlüsseldieb Eric Watson unternehmen. Das war ganz schön viel, vor allem, wenn man bedachte, dass das Gewitter keine Stunde mehr entfernt war.

In diesem Moment erspähte er den Bronco, der auf den Madland-Parkplatz fuhr.

Justin fuhr an ihm vorbei und dann rechts ran. Niemand war auf der Straße zu sehen. Er schaltete das Licht aus, wendete, fuhr zum Parkplatz zurück und stellte den Wagen hinter ein paar Straßenschildern ab.

Der Bronco stand unter einer Natriumlaterne, und dadurch war leicht zu erkennen, dass es Alexa Manderley war, die aus dem Wagen stieg. Kurz darauf ging ein kleines Tor auf und Carlo Pelegrine kam heraus. Alexa reichte ihm etwas, das wie eine Weinflasche aussah. Beide gingen durch das Tor, und Justin hörte, dass Carlo es hinter sich verschloss.

Er wird sie flachlegen! Er fragte sich aufgeregt, ob er sie belauschen sollte. Doch dann siegte der gesunde Menschenverstand, und er beschloss, sich zuerst um seine eigenen Angelegenheiten zu kümmern. Zurückkommen konnte er immer noch.

78

TOM ABERNATHY

Inzwischen war es stockfinster, und Tom machte sich große Sorgen über Marie Lopez' Verbleib. Im Stall blökten hungrige Schafe. Tom erhob sich aus dem Schaukelstuhl und reckte sich. Er hatte die Veranda gerade verlassen, als der Donner in seinen Ohren hallte und der Boden unter seinen Füßen erzitterte. Als er in Richtung Stall schlenderte, blitzte es, und das fast stroboskopische Licht erhellte seinen Weg. Tom blieb stehen; er roch den nahenden Regen.

»Marie, wo steckst du, verdammt?«, murmelte er und schloss den Stall auf, um die Schafe und Hunde zu füttern.

Er brauchte nicht lange dazu, und bald kehrte er an die offene Stalltür zurück und lauschte. Als er die Tiere gefüttert hatte, war ihm so gewesen, als hätte er Motorengeräusche gehört. Nun hörte er sie wieder. Sie waren leise und kamen irgendwo aus dem Norden. Als er in Richtung der Berge schaute, sah er sie: Drei Hubschrauber flogen über den Kamm, hinter dem der Rattlesnake Canyon lag. Die Strahlen von Suchscheinwerfern bewegten sich hin und her. Dann gingen sie aus, und die Hubschrauber verschwanden in Richtung Nordosten.

Marie ist in dem Canyon. Der Gedanke traf Tom wie ein Blitz. Schnell verschloss er den Stall und rannte zum Korral hinüber, um Belle zu holen.

Der Schein des Halbmonds erstreckte sich in Richtung Südosten, und Tom kam anfangs gut voran. Als er die Hügel erreicht hatte, konnte er zwischen dem einfachen langen Weg, über den die Schafe getrieben wurden, und dem kurzen, steilen, aber direkten

Weg wählen. Nach kurzem Zögern erkannte Tom, dass das Mondlicht zwar reichte, doch dass ihm bis zum Gewitter zu wenig Zeit blieb, um den sicheren Weg zu nehmen. Er wendete Belle und nahm den Aufstieg in Angriff. Er musste sich zwingen, das Pferd nicht anzutreiben, sondern ihm das passende Tempo zu überlassen.

79

CARLO PELEGRINE

Das Abendessen war angenehmer verlaufen, als er es sich vorgestellt hätte. Die Gerichte waren ihm durchaus gelungen, und die Unterhaltung war nett gewesen. Jetzt saßen Carlo und Alexa vor dem Kamin auf dem großen Sofa, tranken eine Flasche Merlot und schauten dem Züngeln der Flammen zu. Es stimmte Carlo froh, dass er, obwohl Alexas makellose Haut ihn faszinierte und er den Abend bisher fast durchgehend in einem Zustand leichter erotischer Erregung verbracht hatte, kaum etwas von den alten, so gefährlichen Wallungen seines Blutes spürte.

»Carlo, du bist ein unglaublich guter Koch«, sagte Alexa. »Wo hast du das gelernt?«

»Bevor ich mich hier niedergelassen habe, bin ich tatsächlich mal eine Zeit lang als Küchenchef tätig gewesen.«

Alexa trank einen Schluck Wein und lächelte ihn an. »Wo bist du aufgewachsen? Was für eine Art Kind warst du?«

Bei diesen Fragen wurde es Carlo mulmig zumute. Aber hatte er wirklich ernsthaft erwartet, dass sie keine derartigen Fragen stellen würde? Er hätte es besser wissen müssen. Er hätte sie jetzt, als er sie anblickte, lieber nicht belogen, doch die Wahrheit zu sagen konnte er sich nicht leisten. »Ich war ein stilles, trotziges Kind«, gab er schließlich zur Antwort. »In keiner Weise bemerkenswert. Und du?«

»Ich?« Sie lachte. »Ganz ähnlich. Ruhig und schüchtern. Als kleines Mädchen wollte ich nur ein Fernrohr und Science-Fiction-Bücher haben, deshalb glaubten die anderen Mädchen, ich hätte einen Knall.«

»Und die Jungs?«

»Ich war größer als sie. Und schlauer. Das war eine abschreckende Kombination.« Sie zögerte, und das Lächeln verschwand aus ihrem Gesicht. »Außerdem war da die Rassenproblematik. Mein Vater war ein schwarzer amerikanischer Luftwaffenoffizier. Er war bei London stationiert, als er meine Mutter kennen lernte. Sie wiederum hatte einen englisch-französisch-japanischen Hintergrund. Diese Kombination war für mich im gesellschaftlichen Leben nicht gerade von Vorteil.«

»Du klingst aber nicht so, als wärst du verbittert.«

»Ich bin auch nicht verbittert. Meine Eltern haben mir – und tun es noch – immer starken Rückhalt gegeben. Deshalb ist es nie jemandem gelungen, mir weiszumachen, mit mir sei etwas nicht in Ordnung. Aber ich weiß, dass manche Leute von mir so eine Meinung hatten.« Alexa trank noch einen Schluck Wein. »Mir fällt eine Science-Fiction-Geschichte ein. Ich hab sie gelesen, als ich elf oder zwölf war. Sie spielte in weit entfernter Zukunft. Sämtliche Völker hatten sich so stark vermischt, dass jeder Mensch mehr oder weniger hellbraun war. Diese Geschichte hab ich immer wieder gelesen. Die Beschreibung der Heldin hatte nämlich große Ähnlichkeit mit mir, und statt mich zu schämen, war ich stolz.« Sie schwieg eine Weile. »Ich habe auch gern Science-Fiction-Geschichten über Außerirdische gelesen. Mit denen konnte ich mich stets identifizieren.«

»Ich fühle mich manchmal auch wie ein Außerirdischer«, bekannte Carlo, »obwohl ich Rassenkonflikte eigentlich gar nicht nachvollziehen kann. Meine Eltern haben mich in die Kirche geschickt – zu den Katholiken, versteht sich –, aber ich bin nie vollkommen unter ihren Einfluss geraten. Ich habe viel darüber nachgedacht, wieso es uns Menschen eigentlich gibt und was Gott sein könnte. Keine Antwort hat mich je zufrieden gestellt. Ich meine, kann man sich wirklich vorstellen, den ganzen Tag hindurch auf einer Wolke zu hocken und Harfe zu spielen oder in alle Ewigkeit für den Teufel heiße Kohlen zu schaufeln?«

Alexa lachte. »Nein, ich jedenfalls nicht. Das sind menschliche Hirngespinste. Wir können wissen, was Gott nicht ist, aber nicht, *was* er ist.«

»Schreibt der heilige Augustin«, stellte Carlo fest und schmunzelte. »Noch etwas Wein?«

»Ja, bitte.« Sie hielt ihm das Glas hin. »Und woran *glaubst* du?«

»Ich habe mich dann für andere philosophische Richtungen interessiert und bin immer mehr zum Anhänger der Wiedergeburt geworden; nicht der Art, bei der man als Insekt wiedergeboren wird, sondern der Sorte, die mir die große Frage *Warum gibt es uns?* zu meiner Zufriedenheit beantwortet.« Carlo atmete tief durch. »Das Christentum missfiel mir, weil es keine Wiedergeburt erwähnt, wohingegen sie integraler Bestandteil vieler anderer Religionen ist. Dann habe ich herausgefunden, dass die Kirche schon vor langem eine ganze Reihe von Texten aus der Bibel gestrichen hat, weil das gewöhnliche Volk davon nichts erfahren sollte. Dazu gehörte unter anderem die Wiedergeburt.«

»Wiedergeburt bringt jede organisierte Religion um ihre Macht«, erklärte Alexandra. »Die Aussicht auf Wiedergeburt misst jedem Menschen selbst die Verantwortung für sich zu, statt zu verlangen, dass er vor einem Gott auf den Knien rutscht, dessen Gebote machtgierige Leute verbreiten, die eine Kirche betreiben, die Vergebung gewährt, wenn man ihr genug von seinem Einkommen überlässt und sich an ihre Regeln hält.«

Überwältigende Zuneigung durchströmte Carlo. Ohne darüber nachzudenken, rückte er näher an Alexa heran. Ihre Schultern und Schenkel berührten sich, aber sie ging nicht auf Abstand. »Das klingt«, sagte er, »als ob du auch viel von der Reinkarnation hältst.«

»Falls ich überhaupt viel von irgendetwas halte.« Sie beugte sich vor und stellte das Glas ab. »Als Wissenschaftlerin bleibe ich natürlich bei einer eher skeptischen Einstellung. Daher vertrete ich nichts, was ich nicht hundertprozentig beweisen kann. So wie im Fall der UFOs. Ich glaube, sie existieren, teils weil es Berichte aus unanfechtbaren Quellen gibt, hauptsächlich jedoch, weil ich schon mit eigenen Augen welche gesehen habe. Aber ich kann mich nicht der Meinung der UFO-Jünger anschließen, die behaupten, dieses Phänomen hätte seinen Ursprung auf einem anderen Planeten, denn das können wir nicht wissen. Selbst wenn ich derlei Wesen schon begegnet wäre oder mich an Bord ihres Flugapparats aufgehalten hätte, könnte ich keineswegs die Ansicht vertreten, sie stammten nicht von der Erde, denn dafür gibt es keinen Beweis. Sie könnten aus einer anderen Dimension kommen, sie könnten Engel, Elfen, Kobolde oder alles gleichzeitig sein.« Sie lehnte sich zurück und lächelte. »Ich glaube, mir geht es darum, dass es in meinem Leben nie einen Abschnitt gegeben hat, in dem ich nicht nach Informationen gelechzt hätte. Ich habe immer das Empfinden gehabt, das Dasein hätte – wenigstens für mich – den vornehmlichen Sinn zu lernen und zu reifen. Aber wie kann man so vieles lernen, wenn man in diesem einen Körper feststeckt, der nur über eine kurze Lebensspanne verfügt?«

»Ein starkes Argument für die Reinkarnation. Es erklärt die Unterschiede zwischen den Menschen.« Carlo überlegte. »Es ist die Seele, die reift, wenn man so will. Ich kenne mehrere Klienten, die mich regelmäßig aufsuchen und um Rat fragen. Manchmal ist es erschreckend, dass sie in das, was ich sage, so rückhaltloses Vertrauen setzen. Als Angehörige einer organisierten Religionsgemeinschaft wären sie es, die alles glauben, was die Kirche von sich gibt, ohne Fragen zu stellen.«

»Diese Art des Glaubens ist idiotisch«, meinte Alexandra. »Und erschreckend.«

»Ich weiß.«

»Wie gehst du mit deiner Verantwortung um?«, fragte Alexandra, während sie die Gläser auffüllte. »Ich an deiner Stelle hätte ein ziemlich mulmiges Gefühl.«

»Bisweilen bin auch ich beunruhigt. Ich versuche den Leuten zu verdeutlichen, dass es die goldene Regel ist – die jede Religion kennt –, nach der man leben soll. Und ich bemühe mich, ihnen zu zeigen, dass das Glas halb voll ist. Die meisten Menschen, die sich an mich wenden, sehen das Glas halb leer.«

»Unterlaufen dir ab und zu Fehler?«

»Mit Klienten ganz allgemein? Sicherlich, aber ich bemühe mich, es zu vermeiden. Ich erzähle niemandem etwas Negatives.«

»Und wie sieht es in deinem eigenen Leben aus?«, fragte Alexa. »Ich meine, wenn wir das Leben haben, um zu lernen und zu wachsen, bedeutet das zwangsläufig, dass man auch Fehler macht. Bereust du irgendetwas?«

Carlo blickte in ihre dunklen, abgründigen Augen. »In drei Fällen. Und du?«

»In ein, zwei Fällen …« Offenkundig verlegen wandte sie den Blick ab.

»Möchtest du, dass ich dir aus der Hand lese?«

»Ja, bitte«, antwortete sie mit merklicher Erleichterung.

Carlo stellte sein Glas beiseite und nahm die Hand, die sie ihm entgegenstreckte. Seine Hände zitterten, als er ihre Haut berührte, aber anscheinend bemerkte es Alexa gar nicht.

»Eine schöne Hand, die nur so vor Lebenskraft strotzt«, sagte Carlo leise, strich sachte mit zwei Fingern zwischen Herz- und Lebenslinie entlang. »Eine Hand voller Liebe.«

Alexa schaute ihm ins Gesicht. »Familiärer oder romantischer Natur?«

»Beides.« Carlo dachte an die Möglichkeit, dass sie unterstellte, er zöge sie auf, darum erklärte er ihr die Eigenschaften ihrer Handfläche, an denen er diese Erkenntnis ablesen konnte.

»Ich liebe meine Arbeit«, sagte Alexa. »Aber ein Liebesleben habe ich schon seit etlichen Jahren nicht mehr, und mir ist klar, dass es so etwas auch in Zukunft nicht geben wird. Ich bin dafür schlichtweg nicht geschaffen.«

»Bei mir verhält es sich genauso.«
»Ich musste die Liebe aufgeben«, gestand Alexa, »weil ich denen, die ich liebte, immer wehgetan habe.«
Nun bebte Carlos Hand so heftig, dass er von ihr ablassen musste. Die Kehle trocken, nickte er. »Ich auch«, raunte er. »Wie lang ist es bei dir her?«
Sie zögerte. »Zehn Jahre.«
»Also nicht allzu lang«, erwiderte er gedämpft. »Bei mir sind's zwanzig.«
Sie neigte leicht den Kopf, als sie ihm erneut ins Gesicht blickte. »Tatsächlich?«
»Ja.«
»Ich weiß nicht, weshalb ich deine Einladung angenommen habe, Carlo. Ich hätte es nicht tun sollen.«
»Und ich hätte die Einladung nicht aussprechen dürfen«, gab Carlo gedämpft zur Antwort. »Aber ich konnte nicht anders.«
»Ich konnte auch nicht anders.« Alexa betrachtete ihre Hände. »Diese lange Unterhaltung über Wiedergeburt … Vielleicht haben wir uns früher schon einmal gekannt. Sind ein Liebespaar gewesen …« Sie lachte gekünstelt.
Sie hatte die letzten Worte so leise geäußert, dass Carlo sie kaum verstehen konnte. Er wusste bloß, er musste die wachsende Spannung unbedingt lösen. »Ich … äh … sollte wohl mal schnell das Geschirr wegräumen«, sagte er und stand auf. »Ich lass ungern schmutzige Teller in Sichtweite stehen.«
Alexa lächelte. »Ich helfe dir.«
»Nein, bleib ruhig sitzen. Es dauert nur ein paar Minuten. Sieh dir doch inzwischen meine Bücher an.«
»So ein Angebot kann ich unmöglich ausschlagen.« Ihr Gesicht zeigte ein gelöstes Lächeln, als sie sich erhob und zur Bücherwand schlenderte.
Als Carlo den letzten Teller auf den im Spülbecken aufgetürmten Stapel stellte, schob er versehentlich ein Schälmesser von der Ar-

beitsplatte der Küche, und ohne nachzudenken griff er danach, um es mit der Hand aufzufangen, ehe es auf den Fußboden fiel. »Erwischt«, murmelte er und spürte im nächsten Moment, dass sich die Messerspitze in seine Fingerkuppe bohrte. Er warf das Messer ins Spülbecken und drehte den Wasserhahn auf, um das Blut abzuwaschen, doch es musste ein kleines Blutgefäß getroffen worden sein, denn nach dem Säubern quoll neues Blut aus dem Finger und tropfte ins Becken.

»Verflucht noch mal …« Carlo nahm ein Papierküchentuch, wickelte es um den Finger und suchte anschließend im Wandschrank nach der Blechdose mit dem Pflaster. Er fand und öffnete sie, doch sie war leer. »Verdammt …« Im Bad hatte er eine zweite Dose Pflaster, allerdings wollte er Alexa nicht zeigen, was ihm passiert war – er kam sich blöd und tölpelhaft vor –, darum wickelte er das Papiertuch fester um den Finger und huschte in der Hoffnung, dass sie nichts merkte, hastig durchs Wohnzimmer.

Aber sie wandte sich, ein Buch in der Hand, nach ihm um und sah das Papiertuch. »Hast du dich verletzt?«

»Ist nichts weiter, bloß ein kleiner Schnitt. Ich brauche nur ein Pflaster, und der Fall ist erledigt.«

»Zeig doch mal her«, verlangte sie mit leiser Stimme.

»Es ist nichts Ernstes.«

»Ich hab 'n Doktortitel.«

Carlo grinste. »Ja, in Astrophysik.«

Sie grinste zurück. »Wie kleinlich von dir …«

Behutsam nahm sie seine Hand und führte ihn zum Sofa. Sie setzten sich, und sie wickelte langsam das Papiertuch von seinem verletzten Finger.

Alexa verharrte mehrere Sekunden, als sie den Blutfleck sah, dann vollendete sie das Abwickeln. Während sie die kleine Wunde betrachtete, sickerte langsam Blut heraus. Mit dem Papiertuch tupfte sie es ab, dann hob sie bedächtig den Kopf und blickte Carlo in die Augen. »Ich werde deinen Finger gesundküssen.«

Sie war so undurchschaubar. Er wusste nicht recht, was er sagen sollte. »Du musst das nicht tun.« Etwas anderes fiel ihm nicht ein.
»Doch, ich muss. Ich habe über das nachgedacht, was du vorhin gesagt hast – dass es uns gibt, damit wir reifen. Das Leben besteht aus mehr als aus Büchern.« Sie fasste mit beiden Händen seine verletzte Hand und hob den blutigen Finger an die Lippen. Und küsste ihn. Anschließend schaute sie ihn, einen Blutfleck auf den Lippen, wieder an, und nun erkannte Carlo eine seinen eigenen Begierden verwandte Wollust. Sie öffnete die Lippen; ihre Zungenspitze erschien, um das Blut abzulecken.
Carlo erschauerte, als ihr Mund sich um die Spitze seines ausgestreckten Fingers schloss. Er spürte, dass ihre Zunge über seine Haut strich. Dann schob sie den Finger immer tiefer in ihren warmen Mund, bis sie ihn als Ganzes umschloss. Während sie daran saugte, verschwand aus Carlos Wahrnehmung alles außer der Empfindung ihres Mundes und der Hand, die sie inzwischen fest um seine Erektion geschlungen hatte.
Carlo legte seine freie Hand auf ihre Schulter, befühlte, streichelte sie. Er schnupperte an ihrem Haar, küsste ihre Haut, kostete sie, ähnlich wie ein Weinkenner Wein kostet, schwelgte in ihrem überwältigenden Duft und Geschmack.
Sein letztes Opfer war nicht einmal im Entferntesten so köstlich gewesen.
»O Gott«, rief er, schrak zurück, seine Erektion schrumpfte. »Nein! Es geht nicht!«
Alexandra ließ von seinem Finger ab und wich ebenfalls zurück. »Tut mir Leid. Tut mir schrecklich Leid. Ich hätte es nicht tun sollen …«
»Wieso nicht?«, fragte Carlo, weil er merkte, dass er sie gekränkt hatte.
»Ich hab mich schon immer vor meiner eigenen Neigung gefürchtet. Ich habe versucht, sie zu unterdrücken, aber sie stirbt nie ganz.«

»Weshalb fürchtest du deine Neigung?«, fragte Carlo in freundlichem Ton.

Alexa lächelte traurig. »Wahrscheinlich bin ich ein Kontrollfreak und kann es nicht ausstehen, die Beherrschung zu verlieren. Es ist besser, ich verabschiede mich, bevor ich sie ein zweites Mal verliere.«

Sie wollte aufstehen, aber Carlo zog sie zurück aufs Sofa. »Nein, Alexa. Noch nie hab ich jemanden so begehrt wie dich.«

Sie mied seinen Blick, starrte stattdessen auf ihren Schoß. »Manchmal erschrecken mich meine Fantasien«, bekannte sie im Flüsterton. »Deshalb hab ich alle meine Beziehungen beendet. Ich hatte zu viel verlangt.« Endlich hob sie den Blick. »Karriere und Liebe passen nicht zusammen. Ich hab's mir angewöhnt, nicht mal an Beziehungen zu denken ... Bis ich dir begegnet bin. Jetzt krieg ich den Kopf gar nicht mehr frei von erotischen Vorstellungen. Soll ich gehen?«

Carlo ergriff ihre Hände, fühlte sich so berauscht, dass er die Stimme kaum wiederfand. »Nein, ich möchte nicht, dass du gehst, Alexa. Wenn du sagst, du fürchtest deine Neigung ... Was genau flößt dir daran Furcht ein?«

»Die Möglichkeit, jemandem wehzutun.«

»Körperlich?«, fragte Carlo überrascht.

Alexa lächelte knapp. »Seelisch und körperlich. Denkst du zum Beispiel daran, was ich eben getan habe. Blut ist eine Gefahrenquelle. Aids, Infektionen ... Wenn ich etwas wirklich will, setzt mein Gehirn aus.«

»Nun, meine Gründe für Enthaltsamkeit unterscheiden sich gar nicht so sehr von deinen.«

»Das musst du mir erklären.«

»Ich ... als ich ein Kind war, hab ich mir Klebstoff auf die Hände gestrichen, trocknen lassen und dann abgezogen. Wenn ich Sonnenbrand hatte, hab ich das Gleiche getan. Ich bin Hautfetischist.« *Und nebenbei hab ich drei Frauen ermordet.* »Meine Neigung

ist genauso stark wie deine. Sie übermannt mich. Sie ist etwas, das … Ich kann nicht darüber reden. Alexandra, eigentlich solltest du nun wirklich gehen und nie wiederkommen.«
»Willst du denn, dass ich gehe?«, fragte sie.
»Nein.« Carlo zögerte. »Aber zu bleiben wäre gefährlich für dich.«
»Kannst du tatsächlich dermaßen … rabiat werden?«
»Schlimmer als ich beschreiben kann. Ich könnte die Kontrolle verlieren.«
»Das kann auch mir passieren«, erwiderte Alexa. »Glaubst du …?«
»Was?«, fragte Carlo.
»Dass die Fähigkeit zur Selbstbeherrschung im Laufe des Lebens zunimmt?«
»Es stimmt«, erwiderte Carlo gedehnt, »dass wir keine Jugendlichen mehr sind …«
Alexa errötete und betrachtete ihre Hände. »Als ich neunzehn war, bin ich dermaßen in Erregung geraten, dass ich meinen Freund gebissen habe. Die Wunde musste genäht werden.«
»Ähm … *wo* gebissen?«, fragte Carlo vorsichtig.
Alexandras Lachen löste die Spannung. »In den Arm. Und als ich dreiundzwanzig war und wieder jemanden liebte, geschah das Gleiche. Folglich habe ich die Männer aufgegeben. Alle meine Beziehungen verliefen immer kompliziert, selbst wenn ich nicht die Beherrschung verlor. Es ist gar nicht meine Absicht, aber offenbar schüchtere ich Männer ein. Ausnahmslos wollen sie mit mir in meinem Beruf konkurrieren, um meiner Aufmerksamkeit sicher sein zu können.«
Carlo nahm ihre Hand. Alexandras Sünden waren nichts, verglichen mit den seinen, doch es hatte den Anschein, dass sie stark darunter litt. »Ich fühle mich nicht eingeschüchtert«, sagte er sanft.
»Carlo, hast du Kerzen im Haus?«, fragte Alexa und nahm ihrerseits seine Hand. Carlo nickte erstaunt. Erneut hob sie den ver-

letzten Finger an ihre Lippen und küsste ihn zärtlich. »Und Zündhölzer?« Carlo erbebte und nickte ein zweites Mal. »Wo?«

»Im Wäscheschrank, mittleres Regal links.«

Alexa erhob sich vom Sofa und ging in Richtung Flur, wo die Schränke standen. Unterwegs drehte sie sich um und schaute Carlo an. »Ich glaube, was ich vorhabe, dürfte dir gefallen«, sagte sie. »Und zwar sehr.«

Carlo wusste selbst nicht genau, ob ihre Ankündigung seine Sinne kitzelte oder ihm Entsetzen einflößte.

80

TOM ABERNATHY

Keine Bewegung, Mister!«, zischte Marie Lopez in durchdringendem Ton.

Ziemlich nah an seinem Kopf hörte Tom den Hahn ihres Gewehrs knacken. »Nicht schießen«, raunte er. »Mensch, mit dieser Art von Missverständnissen müssen wir wirklich Schluss machen.«

»Tom«, flüsterte sie aus der Finsternis unter dem Felsüberhang. »Mein Gott, du hast mir vielleicht einen Schrecken eingejagt.«

»Das Gleiche kann ich von dir behaupten.«

»Pssst! Komm schnell hierher. Und bring Belle mit.«

Flüchtig erhellte schwacher Mondschein ihr Gesicht. Tom sah, wie verstört sie tatsächlich war. Er spähte in die Dunkelheit des höhlenartigen Überhangs, hörte irgendwo hinter ihr Rex, sah ihn aber nicht. »Ich habe Belle an einem Joshuabaum auf der anderen Seite des Höhengrats angebunden«, sagte er, während sie ihn am Arm packte und in die Düsternis führte. »Der Mond ist zu schmal, um viel Helligkeit abzugeben, und ich dachte mir, dass du vielleicht hier bist.«

»Wirklich?«, flüsterte Marie überrascht.

»Hier lagerst du doch gern, oder nicht?«

»Daran hast du dich erinnert?«

»Natürlich.«

»Wie lieb von dir, Cowboy.« Ihre Stimme wurde sanft und freundlich. »So mag ich's.«

»Entschuldige bitte, dass ich dich verstimmt habe.« Der Satz kam ihm mühelos über die Lippen. Da sie wieder seinen Spitznamen verwendete, war ihm klar, dass sie ihm verzieh.

»Hast du den Grund verstanden?«, fragte Marie leise.
»Es hing mit der Geschichte zusammen, die ich erzählt hab. Aber ich hätte es lieber, du erklärst's mir genau, damit sich so was nicht wiederholt.«
Sie seufzte. »Später. Was treibst du in dieser Gegend?«
»Ich hab dich gesucht. Es zieht nämlich ein Unwetter auf.«
»Ja, ich weiß. Es lässt sich allerdings Zeit.«
Sie hatte Recht. Der Donner dröhnte so laut wie zuvor, aber anscheinend hingen die Wolken irgendwo knapp hinter den Madelyns fest. »Und was machst du in diesem Loch?«
»Ich verstecke mich. Hast du unterwegs jemanden gesehen?«
»Keine Menschenseele.«
Eilends erzählte sie ihm von den Schafen, den Proben und den Hubschraubern. »Zwei Mann sind zurückgeblieben. Sie haben die Talsohle abgesucht. Jetzt sind sie da drüben, glaube ich.« Sie deutete auf eine Mulde zwischen den Bergen, als dort der Strahl einer Taschenlampe aufblitzte. »Bis vor kurzem waren sie mir noch so nah, dass ich ein wenig nervös wurde. Ich wollte mich eben wegschleichen, als du aufgekreuzt bist.«
»Dann lass uns abhauen, ehe sie wieder freies Blickfeld haben.«
»Genau meine Meinung.«
Neuer Donner grollte, als sie, Tom vorneweg, den Unterschlupf verließen und den Weg entlanggingen. »Blick dich nicht um«, riet er mit gedämpfter Stimme. »Und sorg dich nicht. Die werden uns nicht sehen. Nur gut, dass du einen Rappen reitest.«
»Man soll sich nie zu früh freuen.« Hinter Marie gab Rex ein verhaltenes Wiehern von sich.
Nach zehn Minuten hatten sie den Höhenzug erreicht, und wenig später band Tom Belle los, während Marie sich hinkauerte und hinab ins Tal spähte.
»Ich glaube, sie haben uns gesehen«, sagte sie mit leiser Stimme. »Sie durchqueren das Tal und kommen in unsere Richtung.«
»Dann sollten wir rasch verschwinden. Einholen können sie uns

nicht, und ich bin mir ganz sicher, dass sie nicht wissen, wer wir sind.«
»Sie sind vom Militär«, rief Marie ihm in Erinnerung. »Sie wissen Bescheid.«
»Sie werden uns nichts antun, Marie.« Tom stieg in Belles Sattel.
»Sie würden mir die Proben wegnehmen«, erwiderte Marie, während sie sich in Rex' Sattel schwang.
Tom betrachtete den Himmel. »Das Unwetter ist noch nicht da. Wie wär's, wenn wir zu Alexas Lagerplatz reiten und die Proben ohne Umschweife abliefern?«
Marie lächelte ihm zu. »Du gehörst wirklich zu den Guten, Cowboy.«
»Ich möchte dir gefallen«, sagte Tom und spürte, dass sein Gesicht heiß wurde.
Nach dem langsamen Abstieg liefen die Pferde, sobald sie den Schafspfad erreichten, willig im Trab. Auf dem schmalen Pfad, der hinter dem Dead Man's Hill in Richtung Spirit Canyon verlief, kamen sie zügig voran.
Der Pfad mündete in die Thunder Road, auf der sie die restliche Strecke zum Spirit Canyon zurücklegen mussten. »Ich glaube, Belle hat Lust auf einen kurzen Galopp«, sagte Tom. In Wahrheit wollte er selbst noch rascher vorankommen: Donner und Blitz hatten sich mittlerweile genähert, und wegen der Anwesenheit des Militärs fühlte er sich nicht wohl in seiner Haut.
»Also los.«
Auf der schwach vom Mondschein erhellten Straße konnten die Pferde mühelos dahingaloppieren, bis die felsige Steigung begann. Von da an bewegten sie sich in langsamem Trab vorwärts, und nach wenigen Minuten konnten Tom und Marie auf den schmalen Weg zu Alexandra Manderleys Lagerplatz einbiegen.
»Der Bronco ist nicht da«, stellte Marie fest, während sie sich dem Lager näherten.

Ein innen erleuchtetes Zelt sowie ein Stuhl und ein Klapptisch standen noch, aber alles andere war zusammengepackt worden.

»Alex?«, rief Tom.

Ein Schatten bewegte sich durchs Zelt, dann steckte jemand den Kopf heraus. »Wer ist da?«, rief Eric Watson zurück.

»Tom Abernathy und Marie Lopez«, antwortete Tom, während sie die Pferde zügelten und absaßen. Er grinste Marie an. »Eric hält mir wenigstens keine Knarre an den Kopf.«

»Ich hätte dich doch mit Blei spicken sollen, Cowboy.«

»Ich mag resolute Frauen.«

»Was tun Sie hier draußen?«, fragte Eric.

»Wir haben was abzugeben«, erwiderte Marie und reichte ihm die Proben und die Filmrolle. Dann erzählte sie ihm von den Schafen und den Militärhubschraubern.

»Das ist ja unglaublich«, sagte Eric, entzündete eine auf dem Klapptisch stehende Laterne und hielt den Beutel mit dem blauen Glibber ins Licht. »Einfach unglaublich. Wäre doch bloß Alexa da … sie wäre aus dem Häuschen.«

»Kommt sie bald zurück?«, erkundigte sich Tom.

»Keine Ahnung.« Eric lächelte. »Sie isst mit Carlo Pelegrine zu Abend.«

Tom und Marie wechselten einen Blick. »Na, das ist ja wirklich eine Überraschung«, sagte Tom.« Ich hätte nicht gedacht, dass bei Carlo irgendwann mal der Funke überspringt.«

»Alexa ist ein ganz ähnlicher Typ«, erklärte Eric. »Eigentlich arbeitet sie immer nur … Das heißt, bis jetzt war es so.«

»Ich find's toll«, erklärte Marie.

Tom nickte und wandte sich an Eric. »Wollen Sie den Canyon verlassen, ehe das Unwetter da ist?«

»Ja. Sobald Alexandra zurück ist, ziehen wir in die Stadt um.«

»Gut. Bei starkem Regen kommt hier schon mal ein Erdrutsch vor. Wenn Sie Pech haben, könnten Sie verschüttet werden.«

»Gibt es Überschwemmungen?«

»Selten, aber es ist nicht auszuschließen, und die Wolken da hinten machen mir den Eindruck, als brächten sie ganz schön was mit.«

»Wenn Sie möchten«, schlug Marie vor, »hole ich meinen Pick-up, dann laden wir Ihre Sachen auf, und Sie können bei mir auf Alexa warten.«

»Wirklich nett von Ihnen«, erwiderte Eric, »aber ich warte lieber hier auf sie. Sie lässt mich bestimmt nicht so lange im Stich, bis ich fortgeschwemmt werde, und zudem besteht jederzeit die Möglichkeit, dass ein UFO vorbeifliegt.«

»Na gut, aber geben Sie Acht«, empfahl Marie.

Tom nickte. »Wir machen uns am besten auf den Weg. Grüßen Sie Alexa von uns.«

»Mach ich.«

Der Ritt zu Marie verlief ohne Zwischenfälle, doch in dem Moment, als sie auf die Zufahrt trabten, sahen sie, dass das Stalltor offen stand.

»Gütiger Himmel«, entfuhr es Marie, sobald sie das Vorhängeschloss auf der Erde entdeckte. Es war mit einem Bolzenschneider durchtrennt worden. »Ich hab die Schafe im Stall eingeschlossen«, rief sie, während sie auf das offene Tor zuhielten.

»Ich weiß«, sagte Tom in düsterem Ton. »Ich war drin und hab sie gefüttert. Aber ich hab wieder abgeschlossen, ich schwör's dir.«

Marie schaute ihm ins Gesicht. »Danke. Und ich glaub dir natürlich, Tom. Irgendein Scheißkerl ist in den Stall eingebrochen.« Laut rief sie nach den Hunden. »Dorsey? Bill?«

In der Ferne antwortete ein Bellen.

»Mein Gott«, stöhnte Marie, als sie in den Stall ritten. Alle Schafe waren fort, und überall hatte man in Rot die Zahl 666 hingeschmiert. Ihr Blick richtete sich auf Tom. »Ich muss die Tiere suchen.«

»Natürlich.«

Sie ritten zur Rückwand des Stalls und fanden einen der Collies. Tot. Er hatte eine grässliche Wunde am Kopf, und auf seine Flanke

hatte man das Satanszeichen gemalt. Neben dem Kadaver lag ein blutverklebter Mutternschlüssel.
»Marie …«, setzte Tom zu ein paar tröstlichen Worten an.
»Lass gut sein«, raunte sie. In ihren Augen glitzerten Tränen. »Armer alter Bill.« Ihre Unterlippe bebte. »Ich muss meine Herde suchen, Tom. Reit lieber heim und sieh in deinem Stall nach dem Rechten.«
Tom schüttelte den Kopf. »Davy ist da. Außerdem haben wir Alarmanlagen. Ich bleibe bei dir.« Er ritt zu der Wand, an der eine Batterieleuchte hing, nahm sie vom Haken und schaltete sie ein.
Marie holte ihre Stablampe aus der Satteltasche. Gemeinsam ritten sie aus dem Stallgebäude auf ihr Weideland, das ein paar Morgen umfasste. Es lag zwischen einem Streifen Land, das den Aposteln gehörte, und Toms Grundbesitz.
Fortwährend bellte ein Hund. Nachdem Toms Augen sich an die Dunkelheit gewöhnt hatten, erblickte er schließlich den anderen Collie, der sich bemühte, die Schafherde zusammenzutreiben. Marie galoppierte los, und Tom folgte ihr. Nach wenigen Minuten waren die Schafe wieder im Stall.
»Eins fehlt«, sagte Marie, nachdem sie die Tiere gezählt hatte.
»Dann schauen wir uns noch mal um.«
Sie ritten in immer größeren Kreisen Maries Land ab, fanden aber zunächst nichts. Plötzlich deutete Marie mit dem Arm. »Was ist denn das? Da drüben, auf deiner Zaunseite?«
Tom kniff die Augen zusammen. »Ich kann's nicht erkennen.« Er lenkte das Pferd hinüber, saß ab und stützte sich auf den Holzzaun. »Es ist einer der Mustangs«, sagte er zu Marie, die sich ihm näherte.
Rasch kletterte er über den Zaun und rannte zu dem Tier. Marie folgte ihm auf den Fersen. Er ging in die Hocke, hob die Leuchte hoch und sah die Schnitte im Leib des Mustangs. Blut. Ein Ohr fehlte. Seine Augen brannten, und er wischte sich die Nässe eilig weg.

Maries Hand senkte sich auf seine Schulter. »Das ist ganz anders als bei den Schafen, Tom. Bei denen sah es so aus, als hätte jemand mit einem Laser gearbeitet. Das hier hat ein Mensch getan.«

»Diese verfluchten Apostel …« Tom richtete sich auf und schaute Marie an. »Ganz bestimmt ist es ein Racheakt«, fügte er verbittert hinzu. »Ich hab sie heute im Freizeitpark verarscht. Einer hat mit einem Regenschirm nach mir geschlagen, da hab ich ihn in mein Lasso gewickelt. Der alte Trottel, der das Sagen hatte, hat mir Rache angedroht.«

Marie wandte sich ihm zu und schlang die Arme um seine Taille. »Tut mir Leid, Cowboy. Ich weiß, wie gern du deine Pferde hast.«

Tom legte die Hände auf ihre Schultern und zog sie an sich. Als er sie anblickte, sah er, dass ihre Nasenspitze kaum die Höhe seines Brustbeins erreichte, und dachte an die Möglichkeit, sie zu verlieren, so wie er den Mustang verloren hatte. Diese Vorstellung empfand er als unerträglich. »Wenn wir dein Schaf gefunden haben, sagen wir Moss Bescheid«, erklärte er mit heiserer Stimme. »Komm.«

Er nahm ihre Hand und hielt sie fest, bis sie am Zaun waren. Dann stiegen sie wieder in den Sattel und setzten die Suche systematisch fort, bis sie schließlich einen weißen Kadaver auf dem Rücken liegen sahen – die Beine ragten zum Himmel empor.

Das noch sehr junge Lamm war ebenso aufgeschlitzt worden wie das Pferd, eine klägliche Imitation der anderen Verstümmelungen. Marie saß ab, untersuchte das Tier, drehte sich nach Rex um, ergriff die Zügel und führte ihn näher heran. Rex ließ es geschehen. »Vor den Kadavern im Canyon hat er gescheut«, sagte sie, während sie eine hinterm Sattel zusammengerollte Decke nahm und das Lamm einwickelte. »Von denen wollte er nichts wissen.«

Tom half ihr, das Bündel vor den Sattelknauf zu heben. Schweigend ritten sie zum Stall zurück.

Während Marie ein neues Vorhängeschloss für das Tor herauskramte, griff Tom sich eine Schaufel und grub ein tiefes Loch für Bill. Als Marie sich wieder zu ihm gesellte, beharrte sie darauf, das Grab des Collies eigenhändig zuzuschaufeln.
»Asche zu Asche«, murmelte sie, während sie sich bekreuzigte, »Staub zu Staub. Komm mit rein, Tom. Ich mach uns einen Kaffee.«

81

JUSTIN MARTIN

Justin war von der Thunder Road abgebogen und hatte seinen Wagen ungefähr zweihundert Meter westlich des Forts hinter Felsen und Mesquitebüschen versteckt. Niemand hatte ihn oder den Mustang bemerkt. Er stapfte in die Wüste hinaus und schuftete zwei Stunden lang, um eine Grube auszuheben, die tief genug war, um das Grab des Jungen und seines Fahrrads zu werden.

Im Schutze der Nacht schleppte er die Leiche zum Grab und warf sie, bevor er sie auswickelte, achtlos neben die Grube. Er schob dem Leichnam das Hemd hoch und schnitt sorgsam eine zehn Quadratzentimeter große Hautfläche aus dem Unterbauch. Nachdem er das Stück wie Pergament eingerollt hatte, trennt er etwas Plastikfolie ab und wickelte die Haut hinein. Dann wälzte er die Leiche ins Grab, wo sie mit dem Gesicht nach unten liegen blieb.

Anschließend holte Justin das Fahrrad. Bei dem Versuch, es geräuschlos in die Grube zu senken, wäre er beinahe selbst hineingestürzt. Danach schaufelte er den sandigen Aushub ins Loch zurück. Er unterbrach seine Tätigkeit kurz, als er Pferde hörte. Er legte sich der Länge nach auf den Boden und sah ein silbergraues Pferd und eines, das so schwarz war, dass es fast unsichtbar wirkte, schnell nach Westen eilen. Die Reiter, Abernathy und eine Frau, bemerkten ihn nicht, also setzte er die Arbeit fort und beendete sie rasch. Er trat die Erde fest und hob, als Blitze zuckten, den Blick zum Himmel. Justin hatte das Gefühl, dass die Stimme, die ihn leitete, mit dieser Verschwendung unzufrieden war, doch wenigstens würde der bevorstehende Regen die Spuren seines Tuns verwischen. Erschöpft nahm er die eingerollte Haut und kehrte zum Auto zurück.

Er fuhr, ohne die Scheinwerfer einzuschalten, rückwärts auf die Straße und wendete. Sein nächstes Ziel war der Spirit Canyon, um den Schlüsselbund wieder an sich zu bringen. Als er die Richtung nach Old Madelyn einschlug, schaute er auf die Uhr. Die brave alte Mom und der brave alte Dad waren bestimmt noch nicht zu Hause. Also nahm er sich vor, erst daheim zu duschen und sich umzuziehen, ehe er zu Alexa Manderleys Lagerplatz fuhr. Dann würde sich, falls er gesehen wurde, niemand über sein Äußeres wundern.

82
ERIC WATSON

Eric Watson beendete das Zusammenpacken des zweiten Zelts und stapelte es auf den Haufen der übrigen Ausrüstung, die er für den Fall, dass es vor Alexas Rückkehr regnete, unter dem Felsüberhang abgelegt hatte. Nun brauchte er bloß noch Tisch und Stuhl zusammenzuklappen und die gesamte Ausrüstung ins Fahrzeug zu laden.

Der Wind war kühl geworden, und Eric hoffte, dass Alexa bald zurückkam. Er hüllte sich fest in die Windjacke, setzte sich an den Tisch, nahm einen der Probenbeutel, die Marie Lopez und Tom Abernathy vorbeigebracht hatten, und hielt ihn ins Laternenlicht. Der durchsichtige blaue Glibber im Beutel konnte alles Mögliche sein: wässrige Gelatine, eine Erfindung des Militärs oder Material aus einer anderen Welt. Er konnte es kaum erwarten, sich im Labor damit zu beschäftigen und es herauszufinden. Auch die Tatsache, dass die Schafe auf so rätselhafte Weise wieder aufgetaucht waren, faszinierte Eric. Er vermutete, dass die Regierung irgendwie darin verwickelt war: Wahrscheinlich diente das blaue Zeug nur als Ablenkungsmanöver, um eine falsche Spur zu legen. Aber selbst dann war es immerhin ein Hinweis.

Gerade zerspritzte an der Tischkante ein einzelner Regentropfen, da hörte er das Motorengeräusch eines sich nähernden Fahrzeugs. Es klang aber nicht nach dem Bronco. Er stand auf und lauschte, aber Donner rumpelte und übertönte das Geräusch. Aus Sorge, es könnte Colonel Dole oder einer seiner Handlanger sein, versteckte Eric die Proben in einem Kleidersack. Tatsächlich geisterte

schon im nächsten Moment Scheinwerferlicht über den Lagerplatz.
Eric schirmte seine Augen mit der Hand ab, schlenderte dem Fahrzeug entgegen und erkannte Justin Martins schwarzen Mustang. Er stöhnte auf, musste jedoch zugeben, dass er den Besuch des Jugendlichen einer Belästigung durch Dole vorzog. Ein Blitz zerriss den Himmel, Donner grollte, und Regentropfen klatschten Eric ins Gesicht.
»Hallo, Justin«, begrüßte er den Jungen, als dieser aus dem Wagen stieg. »Was führt dich so spät noch her?«
Der Bursche grinste. »Ich hab was gefunden, wovon ich glaube, dass Sie und Dr. Manderley daran interessiert sein könnten.«
»So? Was denn?«
»Also, Christie und ich – Christie ist meine Freundin – waren heute an der Olive Mesa unterwegs. Da haben wir ein wirklich komisches *Ding* entdeckt. Wie Metall, aber es ist keins. Es lässt sich nicht zerreißen und nicht zerschneiden, und da in der Zeitung so viel über die UFOs steht, die gestern Abend da oben gesichtet wurden, dachte ich mir, ich zeig's Ihnen mal.« Er schwieg kurz und lächelte liebenswürdig. »Ich nehme an, es ist nichts von Bedeutung, aber …«
»Aber man weiß ja nie«, sagte Eric, während er sich mehrere Regentropfen aus dem Gesicht wischte. »Dann will ich's mir mal anschauen.«
»Ich hab's im Kofferraum.« Justin griff hinter den Fahrersitz und brachte eine lange, schwarze Stablampe zum Vorschein. »Kommen Sie mit.«
Eric folgte ihm ums Auto und wartete, bis Justin den Kofferraum öffnete. Der Bursche trat beiseite. »Werfen Sie mal einen Blick darauf.«
Eric beugte sich vor, sah jedoch nichts. »Knips doch bitte die Stablampe an, ja, Justin?«
»Na klar.«

Etwas Hartes krachte auf Erics Hinterkopf. Er torkelte und fing sich am Rand des Kofferraums ab. Gleißende Flecken tanzten vor seinen Augen. Schmerz schoss ihm durch den Schädel, als ein zweiter Hieb ihn traf. Dann merkte er bloß noch, dass er vornüber in ein enges, finsteres Loch fiel.

83

TOM ABERNATHY

Erst hatte Tom angeboten, bei Marie zu bleiben und für den Fall, dass die Vandalen noch einmal aufkreuzten, Wache zu halten, aber davon wollte sie nichts wissen. Dann hatte er sie zu überreden versucht, ihn zu seinem Gehöft zu begleiten und im Gästezimmer zu übernachten, aber sie wollte ihre Herde nicht allein lassen; eine Haltung, die er ihr beim besten Willen nicht verdenken konnte.

Nun ritt Tom, während die ersten Regentropfen von seinem Stetson abprallten, zum Old Madelyn Highway und nach Hause. Aufgrund seiner Nachdenklichkeit – er grübelte über die grausame Tötung seines Pferds, des Hunds und des Lamms sowie seine Gefühle für Marie nach –, bemerkte er das fast unsichtbare, da unbeleuchtete Auto, das ihm auf der Thunder Road entgegenkam, erst, als er es an der Kreuzung nach Süden abbiegen sah. Da Anlass zu der Mutmaßung bestand, dass es den Vandalen gehörte, starrte er angestrengt in die Dunkelheit, um vielleicht irgendetwas zu erkennen, aber es erwies sich als unmöglich.

Grimmig setzte er seinen Heimweg fort. Er dachte an die Ahnungen, die er vor ein paar Tagen gehabt hatte, das Gefühl, dass bald etwas passieren würde. Die Vorahnung hatte sich bestätigt. Nur hatte er nicht damit gerechnet, so ernsthaft darin verwickelt zu werden. Er war ein Mensch, der am liebsten den Weg des geringsten Widerstands ging. Auch in Streit geriet er nur äußerst selten. Er verließ sich, um durchs Leben zu kommen, auf seine Wortgewandtheit. Nie hatte er erwartet, ihm würde irgendwann mal anders zumute sein, doch beim Fertigmachen des Apostels hatte er eine aggressive Ader an sich entdeckt, von der er bislang nichts geahnt hatte. Und heute Abend, nach der Entdeckung dessen, was man in Maries Schafstall angerichtet und überdies seinem Pferd angetan hatte, verspürte er einen bisher unbekannten Zorn. »Ich hab den Verdacht, ich werd in Kürze mal ein paar Typen gehörig in den Arsch treten, Belle.«

Das Pferd zuckte mit den Ohren und schnaubte, als schenke es ihm keinen Glauben. Tom war sich keineswegs sicher, ob er selbst es glaubte, aber das Ausmaß seiner Erbitterung ließ sich jedenfalls nicht leugnen.

Als er den Old Madelyn Highway erreichte, kamen aus dem Spirit Canyon zwei Scheinwerfer hervor. Das Fahrzeug fuhr ziemlich schnell. Tom überlegte, ob es Alexa und Eric sein könnten, die den Canyon für heute Nacht verließen.

An der Kreuzung zügelte er Belle und wartete auf das Auto, da er sich als guter Nachbar erweisen und die Wissenschaftler einladen wollte, bei ihm zu übernachten. Die Scheinwerfer näherten sich rasch, und ihre Helligkeit machte Belle so nervös, dass sie schnaubte.

»Nur die Ruhe, Mädchen.« Tom tätschelte seinem Pferd den Hals. Der Wagen verlangsamte nicht, als er auf Old Madelyn zufuhr. Belle wieherte unruhig und wich zurück, dann bäumte sie sich halb auf, als das Fahrzeug abbog. Nun sah Tom, dass es sich nicht um Alexa und Eric handelte, sondern um den beschissenen Luftwaffentyp in seinem CJ-5. Ein Soldat steuerte die Karre, und vom Beifahrersitz glotze Dole zu Tom herüber.

»Du mieser dreckiger niederträchtiger Wichskopf«, rief Tom dem Jeep nach. Fast hätte er über sich selbst geschmunzelt, weil sein Mundwerk ganz von allein gehandelt hatte. Er schüttelte den Kopf und strich Belle perlige Regentropfen von dem schlanken, silbrigen Hals. »Ab nach Hause, bevor es richtig gießt.«

84

ALEXANDRA MANDERLEY

»Gute Nacht, Carlo.« Alexa blickte ihm in die Augen und merkte kaum, dass ringsum, als sie neben dem Bronco standen, Regen herabklatschte.

»Ich bedaure nichts«, sagte Carlo leise, nahm ihre Hand und küsste sie zärtlich.

»Genau das wollte ich hören«, erwiderte Alexa, deren Verlegenheit nun ein wenig schwand. »Du kannst wirklich Gedanken lesen, Carlo.« Sie war von ihrer lange unterdrückten Leidenschaft dermaßen eingeholt worden, dass sie ihn buchstäblich vergewaltigt hatte. Zumindest anfangs. Sie hatte sich auf die von ihm eingestandene Neigung eingelassen, Kerzenwachs auf ihren Handteller geträufelt und ihn aufgefordert, es abzuziehen. Erst hatte er sich geziert, aber sie war durchaus bereit gewesen, mehr zu wagen: sich heißes Wachs auf den Unterleib oder die Brüste zu gießen, um ihn aus der Reserve zu locken. Aber das war dann doch überflüssig gewesen. Bald waren sie über das Vorspiel hinausgegangen und hatten sich lange und intensiv geliebt. »Ich bedaure auch nichts«, fügte sie gedämpft hinzu und beugte sich vor, um Carlo zu küssen.

Seine Hände ertasteten ihre Hüften und strichen, während er den Kuss erwiderte, über ihren Rücken. Zunächst küssten sie sich sanft, dann wallte wieder die Leidenschaft auf, und sie klammerten sich aneinander, als müssten sie sich für immer Lebewohl sagen. Schließlich ließ Carlo atemlos von ihr ab. »Du ahnst gar nicht, was du mit mir anstellst.«

»Das Gleiche wie du mit mir.«

Er schüttelte den Kopf. »Alexa, ich habe Geheimnisse. Es sind Dinge, von denen *niemand* weiß. Und über die ich nicht reden kann. Du spielst mit dem Feuer.«

»Wir haben alle Geheimnisse.«

»Nicht solche wie ich.«

Zärtlich küsste sie ihn. »Es ist mir egal. Selbst wenn man dich wegen Mordes sucht, Carlo.« Sogar im trügerischen Licht der Natriumdampflampe sah sie ihn erbleichen, aber sie kannte kein Zurück mehr. »Ich fühle mich bei dir sicher. Mehr als das, Carlo, zum ersten Mal im Leben fühle ich mich wirklich frei. Und akzeptiert.«

Er hielt sie an den Schultern und sah sie forschend an. »Es ist tatsächlich dein Ernst, nicht wahr?«

»Ich meine immer ernst, was ich sage.«

»Alexa, du vermittelst mir die gleichen Gefühle, trotzdem muss ich dich noch einmal warnen. Ich bin nicht das, was ich zu sein scheine.«

»Ich gehe das Risiko ein. Aber nun muss ich mich beeilen, damit Eric nicht aus dem Canyon gespült wird.«

»Sei vorsichtig, Alexa.«

»Bin ich.«

Während sie vom Parkplatz fuhr, erschütterte Donner die Fenster ihres Bronco, und ein gezackter Blitz zuckte auf die Thunder Road herab. Sofort prasselte ein derartiger Wolkenbruch vom Himmel, dass die Scheibenwischer der Wassermassen kaum Herr wurden. Verbissen fuhr sie nach Old Madelyn, tröstete sich mit der Überlegung, dass die Blitze voraussichtlich höhere Ziele als ihren Wagen trafen. Sie brauchte bis zur Kreuzung volle zehn Minuten, und auf der Weiterfahrt zum Spirit Canyon weigerte sie sich schlichtweg, an die Möglichkeit einer Springflut oder eines Erdrutsches zu denken. Sie musste Eric abholen. Er war auf sie angewiesen.

Zwanzig Minuten verstrichen, bis sie auf den Weg abbog, der zum Lagerplatz führte. Erfreulicherweise schwächte sich der Regen unterwegs ein bisschen ab, so dass sich die Wirkung der Scheibenwischer erhöhte. Als Alexa das Lager erreichte, lenkte sie den Wagen dicht an den Felsüberhang. Sie stellte erleichtert fest, dass bereits alles zusammengepackt war, und bekam ein schlechtes Gewissen, weil sie Eric die Arbeit hatte allein verrichten lassen.

»Eric?«, rief sie, sprang aus dem Wagen und lief in den Felsunterschlupf. »Eric? Ich bin da.« Hinter dem Kühlbehälter und den Instrumentenkisten lagen zwei noch offene Kleidersäcke. Sie schloss schnell die Reißverschlüsse. »Eric!«, rief sie lauter, versuchte sich durch Donner und Regen Gehör zu verschaffen. Sie musste an ihren Kollegen Jack Matthews denken, an die Tatsache, dass er in New Mexico aus ihrem Lager verschwunden war, und zwar auf Nimmerwiedersehen. Warum hatte sie Eric so lange allein gelassen? Wie hatte sie derart selbstsüchtig sein können?

Nur keine Panik. Hastig öffnete sie die Hecktür des Wagens und warf die gesamte Ausstattung aufs Geratewohl hinein. Dabei schrie sie Erics Namen, bis sie heiser wurde und ihre Besorgnis mit jeder Sekunde wuchs.

Jemand hat ihn mitgenommen. Diese Schlussfolgerung traf sie wie ein Ohrfeige. *Idiotin. Darauf hättest du gleich kommen müssen.* Sie hatte vergessen, ihm das Handy zu geben, deshalb hatte er sie nicht benachrichtigen können. Falls er einen Zettel hinterlegt hatte, war der wahrscheinlich inzwischen weggeweht worden. Sie bezweifelte, dass Eric schon lange fort war. Er nahm gewiss an, dass sie die Ausrüstung im Wagen verstauen und sich dann mit ihm treffen würde. *Aber wo?*

Möglicherweise hatte er Carlo schon angerufen. Eilends suchte sie seine Telefonnummer heraus und tippte sie ins Handy. Im Handumdrehen erfuhr sie, dass Carlo nichts von ihm gehört hatte.

Alexa wendete das Fahrzeug und machte sich auf die waghalsige Fahrt aus dem Spirit Canyon heraus. Wer könnte Eric mitgenommen haben? Vielleicht der kleine Wichser, der ständig überall rumlungerte – Justin Martin? Moss Baskerville? Tom? Eine ganze Anzahl von Leuten kam in Frage. *Dole?* Diese Vorstellung drehte ihr schier den Magen um, denn jemand vom Schlage Doles war vermutlich für Jack Matthews' Verschwinden verantwortlich.

Da der Regen mittlerweile merklich nachließ, schaffte sie die Strecke zur Thunder Road in nur fünfzehn Minuten. Bis dahin hatte sie sich weitgehend beruhigt und war zu der Auffassung gelangt, dass einiges dafür sprach, dass Eric die Absicht hatte, sich mit ihr in Rays Café zu treffen. Wahrscheinlich aß er, während er auf sie wartete, einen seiner heiß geliebten Cheeseburger.

Der Old Madelyn Highway war offenbar in einem ausgetrockneten Flussbett angelegt worden, und Alexa dankte dem Himmel für die Erfindung des Vierradantriebs, als sie die Straße entlangrutschte. An einer Stelle hätte ihr ein riesiges Schlagloch beinahe den rechten Vorderreifen zerrissen, aber das Rad kam noch einmal frei. Beim Passieren des Madland-Freizeitparks sah sie das Einfahrtstor, das das Grundstück normalerweise vom Verkehr der Main Street abgrenzte, weit offen stehen. An einigen Geschäften brannte Licht, und davor parkten Fahrzeuge. Kurz erhaschte sie einen Blick auf zwei Personen, die unweit des Tors zur Arena Sandsäcke abluden. Nun wurde ihr endgültig klar, dass das Unwetter eine echte Gefahr bedeutete.

Der Regen wurde wieder heftiger, als der Bronco am Rande von New Madelyn endlich wieder über Asphalt fuhr. Alexandra schaltete die Scheibenwischer auf höchste Leistung, aber sie blieben nahezu wirkungslos. Inzwischen standen die Rinnsteine unter Wasser, aber darum scherte sie sich nicht. Am wichtigsten war, dass sie die Ortschaft wohlbehalten erreicht hatte.

Zu guter Letzt bog sie bei *Ray's Truck-Stop* ab und parkte den Wagen so dicht wie möglich – in der fünften Reihe – am Restaurant. Drinnen wimmelte es nur so von Truckfahrern und anderen Reisenden, die das Ende des Unwetters abwarten wollten. Als Alexa die Cafétür aufschob, sah sie, dass sie nicht als Einzige Ähn-

lichkeit mit einem nassen Pudel hatte; fast sämtliche Gäste waren nass bis auf die Knochen. Außer den Aposteln lief ja in der Wüste niemand mit einem Regenschirm herum.
Alexa zählte drei Kellnerinnen. Zudem war Rosie Vine anwesend, die umherschwirrte und den Andrang zu bewältigen half. Sie bemerkte Alexa nicht, also flitzte sie sofort zur ersten Tischreihe und hielt nach Eric Ausschau. Als sie den kurzen rückwärtigen Bereich durchquerte, wo sie schon mal mit Eric gesessen hatte, stand sie plötzlich vor Colonel Dole. Er hatte sich gerade von seinem Platz erhoben.
»Guten Abend, Colonel Dole«, grüßte sie ihn eisig.
Er nickte, musterte sie aus boshaften Schweinsäuglein und verzog den Mund zu einem beinahe höhnischen Grinsen. »Halten Sie nach unbekannten Flugobjekten Ausschau, Miss Manderley?«
»*Doktor* Manderley, wenn's recht ist. Ich suche meinen Mitarbeiter, Eric Watson. Haben Sie ihn vielleicht gesehen?«
»Leider nicht.«
Dole wollte sich um sie herum entfernen, aber Alexa versperrte ihm den Weg. »Sind Sie ganz sicher?«, fragte sie.
»Absolut sicher.«
Sie ließ ihn durch, setzte den Rundgang durchs Lokal fort und gelangte schließlich an die Theke. Eric war nirgends zu sehen.
»Wie geht's, Alexa?«, erkundigte sich Ray Vine und kam in seiner weißen Küchenkluft hinter dem Bestellschalter hervor.
»Gut, Ray. Allerdings suche ich Eric.«
»Den langen Rothaarigen?«
Alexa lächelte. »Genau den. War er heute Abend hier?«
»Nicht dass ich wüsste«, antwortete Ray nach kurzem Überlegen. »Haben Sie in der Taverne nachgesehen?«
»Nein, aber Eric trinkt keinen Alkohol.«
»Was für einen Wagen fährt er denn?«
»Momentan keinen. Ich glaube, jemand hat ihn während meiner Abwesenheit vom Lagerplatz abgeholt.«

Ray verschränkte die Arme. »Hmm. Es sind Springflutwarnungen eingegangen, also könnte Moss jemanden zu ihm raufgeschickt haben. Fragen Sie mal im Polizeirevier nach. Wenn da nichts bekannt ist, wenden Sie sich an Tom. Er weiß alles.« Ray lachte. »Wenn nicht, denkt er sich was aus.«

»Ray, ich brauche sechs Portionen Cheeseburger.« Rosie Vine rauschte heran und klemmte eine Bestellung neben dem Bestellschalter unter eine Klammer. »Hallo, Alexa«, fügte sie hinzu, ehe sie auf dem Absatz kehrtmachte, um sich wieder in die Schlacht zu stürzen.

»Rosie«, rief Ray, »frag doch bitte die Kellnerinnen, ob sie heute Abend bei uns einen jungen rothaarigen Mann gesehen haben, ja?«

Rosie nickte und verschwand. Ungefähr eine Minute später kam sie atemlos zurück. »So jemand war nicht da.«

»Danke«, sagte Alexa und wandte sich zum Gehen.

»Keine Ursache. Seien Sie vorsichtig da draußen.«

»Ja, natürlich.«

Während sie vom Parkplatz fuhr und auf die Straße zum Polizeirevier abbog, regnete es weniger heftig. Im Revier versuchte der Diensthabende per Funk Moss Baskerville zu erreichen, aber das Gewitter beeinträchtigte den Funkverkehr, so dass er nicht mehr tun konnte, als eine Meldung aufzunehmen und zu versprechen, mit ihr in Kontakt zu bleiben.

Auf dem Rückweg zum Bronco hörte der Regen auf, und hinter leuchtenden Wolken erschien die Mondsichel. Alexa fasste neuen Mut und beschloss, Ray Vines Rat zu befolgen und Tom Abernathy aufzusuchen.

85

TOM ABERNATHY

Tom Abernathy trat beiseite und ließ die durchnässte Forscherin herein. »Was treiben Sie denn bei dem Wetter da draußen, Doc?«

»Ich suche Eric.« Alexa sah, dass sich unter ihren Schuhen Pfützen auf den Terrakotta-Fliesen bildeten. »Tut mir Leid …«

»Macht doch nichts. Warten Sie mal 'ne Sekunde.« Er verschwand und kehrte fast augenblicklich mit einem Handtuch zurück. Dankbar rieb Alexandra ihr Haar trocken. »Vor ein paar Stunden hab ich Eric noch gesehen«, sagte Tom. »Marie und ich sind zu Ihrem Lagerplatz geritten und haben einige Proben abgegeben.« Er erzählte ihr von der Sache mit den Schafen, und dass Marie beinahe den Typen vom Militär in die Arme gelaufen wäre.

»Dann haben ihn diese Bastarde.«

»Was?«

Alexa erklärte es rasch, dann blickte sie Tom ins Gesicht. »Erst vor ein paar Minuten bin ich bei Ray Colonel Dole begegnet, aber er hat behauptet, er hätte Eric nicht gesehen.«

»Nun, ich nehme an, er hat gelogen. Während ich von Maries Ranch nach Hause ritt, hab ich zwei Fahrzeuge beobachtet. Eins war Doles Wagen, und er hätte Belle beinahe von der Straße getrieben.«

»Und der zweite Wagen?«

»Ich konnte nicht feststellen, ob er aus dem Canyon kam. Er fuhr ohne Scheinwerfer, und es war ein Personenwagen. Mehr kann ich nicht sagen.« Tom schwieg einen Moment. »Nehmen Sie an, dass Dole die Proben an sich genommen hat?«

»Ich müsste erst das Gepäck durchsuchen«, erwiderte Alexa, »aber wenn sie fort sind, bin ich mir sicher, dass er sie hat.«

»Sind Sie der Meinung, dass er auch Eric verschleppt hat?«

»Würde mich nicht wundern. Verdammt, das alles ist meine Schuld. Ich hätte ihn nicht allein lassen dürfen.« Sie schwieg einen Moment und dachte nach. »Es regnet nicht mehr. Ich fahre zurück zum Canyon und schaue mich nochmals gründlich um.«

»Es ist zu gefährlich, Alexa. Sie haben noch keine Überschwemmung in der Wüste erlebt, oder?«

»Ich kann ihn unmöglich im Stich lassen, Tom.« Alexa lächelte. »Es wird schon gut gehen. Ich fahre rein und einfach wieder raus.«

»Tja, ich kann's Ihnen nicht verbieten, aber es wäre mir lieber, wenn ich es könnte. Haben Sie denn schon in den hiesigen Motels nachgefragt?«

»Nein, noch nicht.«

»Kommen Sie, dann erledigen wir das zuerst.« Tom führte sie zu dem Telefon und ließ sie die erforderlichen Anrufe machen.

Schließlich legte Alexa den Hörer zum letzten Mal auf. »Eric ist nirgendwo abgestiegen. Danke für Ihre Hilfe, Tom. Am besten fahre ich jetzt los, ehe es wieder zu regnen beginnt.«

Widerwillig begleitete Tom sie zur Haustür und öffnete sie. Die Nacht war tiefschwarz, abgesehen von dem hellen Fleck, wo hinter den Wolken der Mond schimmerte »Seien Sie vorsichtig«, sagte Tom. »Schlüpfen Sie beide bei mir unter, wenn Sie wollen.«

»Danke, Tom. Machen wir, falls wir kein Motelzimmer mehr kriegen.«

Als sie wegfuhr, schaute Tom hinter ihr her. Erst hatte Marie seine Hilfe abgelehnt, jetzt hörte Alexa nicht auf seinen Rat. Halsstarrigere Frauen hatte es noch nicht gegeben. Er lenkte seinen Blick nach Norden und hoffte, dass Marie vor Dole und den Regenfällen in Sicherheit war. Dann schob er *Der Schwarze Falke* in den Videorekorder. Aber nicht einmal John Wayne konnte die Sorgen völlig aus seinen Gedanken vertreiben.

86

JUSTIN MARTIN

Selbst wenn das Arschgesicht Eric Watson noch nicht ganz hinüber gewesen war, als Justin ihn in der flachen Senke unter mehreren Schaufelladungen feuchter Erde verscharrt hatte – jetzt war er bestimmt tot. Wenn nicht durch Ersticken, dann durch Ersaufen.

Dass er Eric getötet hatte, ging auf eine spontane Anwandlung zurück. Im Rückblick hielt er es eigentlich für überflüssig. Justin lächelte, als er einen weiteren Sandsack aus Marquays Lagerschuppen neben der Minenbahn zur Schubkarre schleppte. Er bedauerte nur eins: dass er wieder eine echt schöne Leiche hatte opfern müssen. Aber heute Nacht hatte er einfach keine Zeit gehabt, und da er den Hasenpfoten-Schlüsselbund inzwischen wiederhatte, war er mehr an dem interessiert, was Alexa Manderley und Carlo trieben.

Doch als Justin zum Madland-Freizeitpark zurückgekehrt war, hatten die Tore offen gestanden, und die Ladeninhaber stapelten Sandsäcke. Zuerst hatte er sich geärgert, dann jedoch begriffen, dass diese Aktivitäten ihm mehr Bewegungsfreiheit erlaubten – und zwar ohne Verdacht zu erregen.

Justin fuhr an der Main Street vorbei und auf den Parkplatz, wo er feststellen musste, dass Alexas Kleinbus weg war. *Scheiße!* Zurück zur Main Street und zur Mine, wo der alte Marquay, wie nicht anders zu erwarten, schwere Sandsäcke stemmte und schnaufte und ächzte, als müssten ihm die an Hals und Schläfen geschwollenen Adern platzen. Bei Justins Anblick hatte er ihn sofort einen tollen Burschen genannt. Justin hatte seinerseits ihm etwas vorgeschwafelt, wie gern er viel früher zur Stelle gewesen wäre. Der alte Trottel hatte jedes Wort geglaubt. Noch vor dem letzten stärkeren Regenguss hatte Marquay sich heimwärts verpisst und es Justin überlassen, die restliche Plackerei allein zu erledigen. Und genau darauf hatte er es abgesehen.

Justin schob den letzten Sandsack an den ihm bestimmten Platz, sperrte anschließend den Schuppen ab und kehrte zum Mustang zurück. Als er den Wagenschlag öffnete, sah er, dass die meisten Leute mittlerweile fort waren. Die restlichen packten ihre Sachen zusammen.

Justin rutschte auf den Fahrersitz und schloss die Tür, dann holte er aus dem Versteck unter dem Sitz das Geschenk für den Häuter hervor. Er schrieb rasch eine Mitteilung auf einen Zettel, heftete ihn mit einer silberfarbenen Sicherheitsnadel an das viereckige Stück Haut, faltete das Ganze zusammen und steckte es in die Jackentasche.

Er stieg aus dem Wagen und stapfte die Main Street entlang zum *Zauberlehrling.* Abgesehen von einem schwachen Licht im hinteren Bereich lag der Laden im Dunkeln. Vorsichtig schlich Justin sich auf Pelegrines Veranda und zur Eingangstür.

Was nun, was nun, was nun? Er hatte nichts dabei, womit er die Haut an die Tür hätte pinnen können, also legte er sie einfach, damit der Häuter sie am Morgen fand, über den Türgriff. Danach ging er zielstrebig zu seinem Auto und fuhr davon.

87

ALEXANDRA MANDERLEY

Als Alexa auf die Thunder Road abbog, bemerkte sie, dass sich in der dichten Wolkendecke eine seltsame runde Öffnung auftat, in der sie die Sterne sehen konnte. Etwas Derartiges hatte sie noch nie gesehen, und als sie den Spirit Canyon erreichte, hatte sich die Ausdehnung des Himmelslochs verdoppelt. Sie hätte das Phänomen zu gern genauer beobachtet, aber sie zwang sich dazu, die Augen nicht zu oft von der gewundenen, schlammigen Straße abzuwenden.

Da sie mit einem erneuten Einsetzen des Regens rechnete, fuhr sie so schnell, wie es ihr gerade noch akzeptabel erschien. Während sie nahe der Abzweigung eine Haarnadelkurve durchquerte, flackerte das Armaturenbrett plötzlich zweimal hintereinander kurz auf und erlosch. »Verdammt«, flüsterte Alexa und betastete es mit den Fingern. Eine Sekunde später erbebte der ganze Kleinbus.

Am nächtlichen Himmel hatten die Wolken eine unheimliche, grünliche Färbung angenommen. Scheinwerfer und Motor gingen gleichzeitig aus.

»Was ist denn jetzt los?«, sagte sie leise und versuchte den Motor vergebens wieder zu starten. Sie erkannte, dass der Bronco vorerst nicht mehr von der Stelle kam und stieg aus, um sich den Himmel anzusehen.

»Mein Gott«, hauchte sie. Das große UFO schwebte in dem inzwischen riesigen Kreisrund des freien Himmels, und zwar so tief, dass es fast die Bergkuppen berührte. Den Kopf in den Nacken gelegt, betrachtete Alexa mit angehaltenem Atem das dunkle Flugobjekt, das mindestens die Größe eines Footballfeldes haben musste. Abgesehen von drei konzentrisch angeordneten Ovalen blauer und grüner Lichter konnte sie keinerlei Einzelheiten erkennen: Der Flugkörper glich einer Lücke im Raum, einer pechschwarzen Bresche im All.

Alexas Gehirn erwachte aus seiner Lähmung. Rasch stieg sie in den Bronco, kramte die Minicam-Tasche heraus und öffnete hastig den Reißverschluss. Als sie sich aus dem Wagen schwang, richtete sie die Kamera sofort auf den Nachthimmel, aber das Kontrolllämpchen flackerte und erlosch. »Verflucht noch mal!«

Sie wandte sich um und wollte die 35-Millimeter-Kamera zur Hand nehmen, doch bevor es ihr gelang, erbebte der Kleinbus ein zweites Mal, und als sie erneut nach oben blickte, sah sie die blauen und grünen Lichter des UFOs zweimal blinken. Dann stieg das Flugobjekt langsam senkrecht empor. In einer Höhe von ungefähr dreihundert Metern verharrte es einen Moment lang, ehe es mit unglaublicher Geschwindigkeit nach Westen davonraste. Es verschwand innerhalb eines Sekundenbruchteils. »Was seid ihr?«, flüsterte Alexa. »Wer seid ihr?«

Scheinwerfer und Armaturenbrettbeleuchtung nahmen den Betrieb wieder auf, als die Wolken rings um das kreisrunde Himmelsloch in Bewegung gerieten und es schlossen. Alexa warf den Motor an und stellte das Auto am Straßenrand ab. Mittlerweile war das Erdreich viel zu stark verschlammt, um einen unbefestigten Weg zu benutzen.

Sobald sie erneut aus dem Kleinbus stieg, fiel abermals leichter Regen, und als sie den Regenmantel anzog und vor sich hin schimpfte, weil sie vergessen hatte, im Ort einen Regenschirm zu kaufen, klingelte das Handy. Sie griff hastig danach. »Eric?«

»Hier ist Moss Baskerville. Der Diensthabende hat mir ausgerichtet, dass Sie nach mir gefragt haben. Tut mir Leid, dass Sie so lange auf meinen Anruf warten mussten. Wir haben heute Abend wirklich alle Hände voll zu tun. Ihr Mitarbeiter ist verschwunden?«

»Ja.« Rasch schilderte Alexa die Ereignisse des Abends.
»Wo sind Sie momentan?«
»Im Spirit Canyon, nicht weit vom Lagerplatz.« Während des Telefonats wurde der Regen wieder stärker.
»O mein Gott.« Baskerville schwieg einen Moment. »Haben Sie vor einer Weile das UFO gesehen?«
»Ja.«
»Solange es sichtbar war, hatte die ganze Stadt Stromausfall. Autos, Häuser, Straßenlaternen, alles war betroffen. Erst dachte ich, wir haben ein Erdbeben, aber dann hab ich zum Himmel geschaut und in den Wolken dieses verdammte Ding gesehen. Nun müssen wir uns zu alledem auch noch mit mehreren schweren Blechschäden befassen. Sie stecken nicht fest, hoffe ich?«
»Nein, eigentlich hab ich keine ernsteren Schwierigkeiten. Ich gehe noch mal zu Fuß zum Lager und schaue mich nach Eric um.«
»Nein«, widersprach Baskerville in strengem Ton, »das wäre zu gefährlich. Sie könnten ohne weiteres von einem Erdrutsch verschüttet werden. Es gibt keinen Bewuchs, der diese Hügel zusammenhält. Bei Regenfällen kommt es fast jedes Mal zu Erdrutschen. Am besten wäre es, Sie verschwinden von dort, und zwar *pronto.*«
Während er sprach, rauschte plötzlich ein derartiger Wolkenbruch herab, dass man hätte meinen können, am Himmel sei ein Stöpsel gezogen worden. Alexa kletterte zurück in den Wagen und knallte die Tür zu. »Noch etwas, Moss. Wir haben im Zusammenhang mit einer Schafverstümmelung gewisse Proben erhalten. Das heißt, Eric hat sie entgegengenommen. Tom Abernathy hat sie abgegeben und wenig später gesehen, dass Colonel Dole aus dem Canyon gerast kam. Ich habe den Verdacht, dass Doles Umtriebe und Erics Verschwinden etwas miteinander zu tun haben. Können Sie mal nachforschen?«
Ein längeres Schweigen entstand. »Ich kann's versuchen«, sagte Baskerville schließlich. »Wo bleiben Sie heute Nacht? Ich frage für den Fall, dass ich Sie erreichen muss.«

»Ich bin noch nicht sicher.« Alexa musste schreien, um sich über das Prasseln des Regens hinweg verständlich zu machen. »Aber unter dieser Nummer bin ich jederzeit zu erreichen.«

»Na gut. Wie's aussieht, bin ich sowieso die ganze Nacht unterwegs. Also werde ich mich hier und da mal umhören. Sollte Ihr Mitarbeiter bis zum Morgen nicht wieder auftauchen, schicken wir am besten eine Such- und Rettungsmannschaft da rauf, damit sie die Gegend absucht. Und nun hauen Sie aus dem Canyon ab.«

»Keine Sorge«, erwiderte Alexa und trennte die Verbindung.

Sie schaltete die Scheinwerfer ein und stellte den Wagen so, dass das Licht den Weg erhellte. Plötzlich hörte sie ein Rumpeln. Keine fünf Meter vor ihr entfernt löste sich ein Teil des Abhangs: Ein Riesenhaufen rötlicher Erde rutschte auf den Weg herab. »Also gut, Moss, ich geb auf.« In Anbetracht dessen, dass sich der Old Madelyn Highway vorhin fast in einen Bach verwandelt hatte, wendete sie nicht, sondern beschloss, lieber den Umweg zu nehmen.

Der Wolkenbruch steigerte sich noch, und der Regen verursachte einen fast unerträglich lauten Lärm, als er aufs Dach des Bronco trommelte. Das Fahren gestaltete sich extrem schwierig, und einmal brauste ein zweiter Erdrutsch unmittelbar hinter dem Wagen auf die Straße herunter.

Als sie endlich den Canyon verlassen und die unbefestigte, abschüssige Landstraße erreicht hatte, waren ihre Schultern und der Nacken vor Anspannung schmerzhaft steif geworden. Allerdings war hier die Überschwemmung noch verheerender als auf dem Old Madelyn Highway. Irgendwann gelangte Alexa schließlich auf Asphalt und zur Abzweigung zum Madland-Freizeitpark. Auf der Straße nach New Madelyn floss schlammiges Wasser, aber auf der Ghost Town Road, dem letzten Straßenstück bis zum Freizeitpark, sah es nicht allzu übel aus.

Alexa biss die Zähne zusammen und holperte mit dem Wagen über Erdbrocken und Steine, die das Wasser auf den Asphalt gespült hatte. Endlich passierte sie den Parkplatz des Freizeitgeländes und überquerte ihn bis zur anderen Seite, um sich einen Eindruck vom Zustand des Highways zu verschaffen. Er war praktisch zu einem Fluss geworden.

Sie schaute sich nach den Gebäuden des Freizeitparks um und erspähte einen Lichtschein, der ihres Erachtens aus Carlos Obergeschosswohnung kam. Sie wählte seine Nummer auf dem Handy. Nach dem dritten Läuten meldete er sich, und seine Stimme klang, als ob ihr Anruf ihn überraschte. Nachdem sie ihm ihre schwierige Situation beschrieben hatte, lud er sie sofort ein, bei ihm zu übernachten, und empfahl ihr zu wenden, weil das Einfahrtstor offen stand. Sie dankte ihm und trennte die Verbindung.

Bevor sie seinen Rat befolgte, schaltete sie die Innenbeleuchtung an und durchsuchte das Gepäck, fand von den Proben jedoch keine Spur. »Verdammte Regierung«, flüsterte sie. Falls sie Eric auf die gleiche Weise wie Jack verlor, würde sie es sich nie verzeihen. Gott allein wusste, was das Militär mit ihm anstellen mochte. *Oder wer in diesen UFOs umherfliegt.*

Den zum Fluss gewordenen Old Madelyn Highway auch nur sechs, sieben Meter weit zu befahren, erwies sich als außerordentliche Herausforderung. Fast wäre sie tatsächlich von der Straße geschlittert, ehe sie zu guter Letzt zu der breiten Einfahrt gelangte und sie durchquerte. Die Main Street tuckerte sie im Schneckentempo entlang, weil sie wusste, dass die Bremsen Feuchtigkeit aufgesaugt hatten, so dass sie kaum noch funktionieren konnten. Unterwegs bemerkte sie an der Südseite die Reihen aufgestapelter Sandsäcke. Schließlich traf sie bei Carlo ein.

Sie nahm das Handy, ihre Kleidertasche und einen kleinen Nylonbeutel, der ihre Toilettenartikel enthielt, und lief zur Haustür. Die Veranda und das Erdgeschoss lagen im Dunkeln; Carlo war also noch oben. Schlechten Gewissens fragte sie sich, ob sie ihn möglicherweise aus dem Bett geholt hatte. Sie klopfte an und drehte am Türgriff.

Ihre Finger berührten etwas Kaltes und Glitschiges, und mit einem entgeisterten Aufschrei zog sie die Hand zurück. Was immer da auf dem Türgriff gelegen hatte, klatschte nun mit einem feuchten Geräusch auf den Dielenboden der Veranda. Unwillkürlich machte sie einen Schritt zurück. Wenigstens hatte es sich nicht wie ein totes Tier angefühlt.
In diesem Moment gingen die Verandalampen an, und sie sah, was sie angefasst hatte: einen kleinen Fetzen weißlich roten Zeugs, versehen mit einem Zettel.
Carlo schickte sich an, die Tür zu öffnen. »Warte«, rief Alexa und bückte sich, um den Fund aufzuheben. »Es liegt was auf deiner Veranda. Ich nehm's erst mal an mich.«
Sie packte den Gegenstand mit zwei Fingerspitzen am Rand. Auf dem Zettel konnte sie lesen: *Ich weiß, wer Sie sind. Ich weiß, was Sie tun. Bringen Sie es mir bei.* Alexa wurde es flau im Magen, als sie das Etwas ans Licht hob. *Haut.* Erstickt stöhnte sie auf und ließ sie fallen.
Carlo stieß die Tür auf und rammte sie ihr fast gegen die Stirn. »Was ist los?«
Alexa schaute ihn an, dann blickte sie zu Boden.
»Was ist das?«, fragte er leise und ging in die Hocke.
»Ich glaube«, stieß sie mühsam hervor, »es ist Haut.« Leichenblass blickte er ihr ins Gesicht. »Es steckt ein Zettel dran«, erklärte sie.
Mit einem Kugelschreiber drehte er den Hautfetzen um und den Zettel nach oben. Er wurde, falls überhaupt möglich, noch bleicher. »Wo hast du das gefunden?«
»Auf dem Türgriff«, sagte Alexa, deren Magen sich aufbäumte. »Ist es … ist es wirklich Haut?«
Carlo nickte. »Hier beweist jemand wirklich äußerst schwarzen Humor. Du hast nicht zufällig irgendwen gesehen, als du vorgefahren bist?«
Alexa schüttelte den Kopf. »Ich muss mir die Hände waschen, Carlo.« Sie befürchtete außerdem, sich übergeben zu müssen.

Er stand auf und trat zur Seite. »Nur zu. Um diesen Mist kümmere ich mich.«

»Was hat du vor? Rufst du Moss Baskerville an?«

»Erst einmal entfern ich das Zeug von meiner Veranda.« Er schwieg einen Moment. »Hör zu, du bist ja klatschnass. Geh nach oben, da kannst du duschen. Badetücher und ein Bademantel liegen bereit. Bring nachher deine Kleider runter, dann waschen und trocknen wir sie.«

»Danke, Carlo.« Alexa weigerte sich, weiter an den Hautfetzen oder auch nur an Eric zu denken, weil sie befürchtete, andernfalls könnte ihr übermüdetes Gehirn aussetzen. Stattdessen wischte sie ihre Schuhe ab und betrat das Haus.

88
JAMES ROBERT SINCLAIR

Der Himmel tat sich auf, und das Licht schien auf ihn herab.

Auf den Knien, die Hände gefaltet, den Kopf zum Gebet gesenkt, wartete James Robert Sinclair. Überall ringsherum wütete über der Olive Mesa das Unwetter, aber auf ihn, auf sein weißes Gewand, seine nackten Füße und sein Haar, das im Wind wehte, fiel kein Tropfen Regen.

Die Zeit ist reif. Erhebe dich, mein Sohn.

Die Worte hallten durch sein Gehirn, dröhnten in seinen Ohren, und bedächtig, die Hände unverändert gefaltet, den Kopf noch immer geneigt, erhob Sinclair sich.

»Was wünschst du von mir, Vater?«

Die apokalyptischen Reiter werden kommen. Sie künden das Ende der Welt an, wie du es prophezeit hast. Der Lebendige Heiland, der neue Christus, ist auf die Welt zurückgekehrt. Er ist da und wird sein Volk in den Himmel führen.

»Er ist *da?*«, frohlockte Sinclair. »Woran erkenne ich ihn, Vater?«

Sieh!

Langsam öffnete Sinclair die Augen und hob den Kopf. Blendend weißes, herrlich strahlendes Licht umgab ihn, und er bedeckte die Augen mit den Händen, um sie zu schützen.

Sieh, und du wirst dein wahres Wesen erkennen, mein Sohn.

Sinclair senkte die zitternden Hände. Inmitten des Lichts erschien zunächst nur ein dunkler Fleck, der sich zu einem Umriss vergrößerte. Die Gestalt kam auf ihn zu, und Sinclair wich unwillkürlich einen Schritt zurück.

Habe keine Furcht, mein Sohn, sondern schau ins Antlitz des Auferstandenen, und du wirst ihn erkennen.
Obwohl er bebte und wankte, verharrte Sinclair an Ort und Stelle, zwang sich dazu, die Gestalt anzuschauen, die sich ihm näherte – den Gesalbten, den Sohn Gottes. Jetzt sah er das Haar, das die Schultern des Gottessohnes umfloss, und den Bart. Aus der Entfernung glich die Erscheinung dem überlieferten, klassischen Christusbild. Die Augen waren dunkel und unergründlich, und Sinclair wandte, da er wusste, dass das Jüngste Gericht bevorstand, den Blick ab.
Sieh, mein Sohn, und erkenne deine Bestimmung, denn du bist der Auserwählte.
Sinclair richtete den Blick wieder nach vorn. Ein Dutzend Schritte trennten Christus noch von ihm, dann nur noch zehn, dann sechs, und er streckte die Hände aus, zeigte die Kreuzigungsnarben. Sinclair zuckte zusammen, Schmerz glühte in seinen Händen und auch in den Füßen. Aber er wandte den Blick kein zweites Mal ab.
Vier Schritte lagen noch zwischen ihm und Christus, in dessen dunklen Augen nichts als Liebe und Mitgefühl lagen. Drei Schritte, und sein Antlitz erwies die Gnade eines sanftmütigen Lächelns. Zwei Schritte, und er blieb stehen. Noch einmal hob er die Arme.
Nimm meine Hände.
Eine andere Stimme sprach diese Aufforderung, eine neue und dennoch vertraute Stimme: die Stimme Christi, und Sinclair kannte sie, ach, so gut. Langsam hob er seine eigenen Hände und sah, dass sie bluteten. Ohne hinsehen zu müssen, wusste er, dass auch aus seinen Füßen Blut strömte.
Der Gottessohn ergriff mit den Händen Sinclairs Hände, und aus ihren Fingern troff Blut.
Das Lamm ist zurückgekehrt. Die erste Stimme, Gottes Donnerstimme, betäubte fast Sinclairs Gehör. *Verstehst du mich jetzt, mein Sohn?*

Sinclair starrte ins Antlitz des Auferstandenen, und es war ihm ebenso fremd wie bekannt. Er bewahrte Schweigen.
Christus schenkte ihm erneut ein sanftes Lächeln und richtete das Wort an ihn. »Ich bin dein Spiegelbild. Ich bin deine Seele. Ich bin das Lamm.«
Aus Sinclairs Händen und Füßen wich der Schmerz, und Christus drehte ihm die Handteller aufwärts. Das Blut war fort, doch in jeder Handfläche sah er eine frisch verheilte Kreuzigungsnarbe.
Sinclair blickte Christus wieder in die Augen. »Erleuchte mich.«
»Ich bin du.« Christus legte die Hände auf Sinclairs Schultern und schloss ihn in die Arme. Eine Liebe und ein Frieden durchströmten Sinclair, wie er sie noch nie erlebt hatte. Christus verschmolz mit seinem Körper.

89

CARLO PELEGRINE

Ich weiß, wer Sie sind. Ich weiß, was Sie tun. Bringen Sie es mir bei. Schon hatten sich die Worte auf dem Zettel unauslöschlich in Carlos Gedächtnis eingeprägt.

Er konnte die Vorstellung nicht ertragen, ein Stück Menschenhaut im Haus zu haben, darum wickelte er sie mitsamt dem angehefteten Zettel in Folie. Während Alexa duschte, streifte er sich den Regenponcho über, schlich zur Hintertür hinaus und warf das Bündel in den Mülleimer.

Oben plätscherte weiterhin die Dusche, während Carlo im Lesezimmer am Tisch saß und über den Zettel nachgrübelte. *Ich weiß, wer Sie sind. Ich weiß, was Sie tun. Bringen Sie es mir bei.* Man hatte ihn entlarvt. So viel stand fest.

Ebenso stand fest, dass irgendwer einen Mord verübt hatte, um ihn zu beeindrucken. *Vielleicht mehr als einen. Es sind ja einige Menschen verschwunden …* Er stöhnte auf und rieb sich die Schläfen.

Nun wurde im Obergeschoss das Wasser abgedreht. In Kürze würde Alexa herunterkommen und ihm Fragen stellen, die er unmöglich beantworten konnte. »Was soll ich bloß tun?«, murmelte Carlo vor sich hin.

Plötzlich hämmerte jemand an die Haustür und jagte ihm einen Riesenschrecken ein. Verstört sprang er auf, kippte vor Hast beinahe den Stuhl um. Ihm blieb nichts anderes übrig, als an die Tür zu gehen.

Er atmete tief durch, durchquerte widerwillig den Laden und knipste, während das Klopfen andauerte, die Verandabeleuchtung an. Während er sich innerlich auf alles gefasst machte, ergriff er die Klinke und öffnete die Tür.

Justin Martin zeigte ihm ein breites Lächeln. »Sie sind der Häuter.« Nach kurzem Schweigen wurde das Lächeln zu einem durchtriebenen Grinsen. »Ich hoffe, die Geschenke haben Ihnen gefallen.«

»Ich habe keine Ahnung, wovon du redest.« Der kräftige Klang seiner Stimme überraschte Carlo, weil er in krassem Gegensatz zu der Lähmung stand, die seinen Körper befallen hatte. »Bei diesem Wetter solltest du nicht unterwegs sein, Justin. Es ist gefährlich.«

Der Junge holte ein Taschenbuch aus seiner Jacke, klappte es auf und hielt es Carlo unter die Nase. Auf dem abgedruckten Foto waren Carlo und Victor zu sehen; es war das alte Pressefoto. Carlo lachte und verbarg seine Hände, weil sie so zitterten. »Ich seh ein Foto eines Burschen namens Charles Pilgrim. Was soll das?«

»Das sind Sie«, antwortete Justin und grinste von einem Ohr zum anderen. »Carlo Pelegrine ist italienisch für Charles Pilgrim. Das können Sie nicht leugnen, oder?«

»Stammt das Stück Haut von dir, Justin?«

»Sie sind der Häuter, nicht wahr?«, sagte der Junge hartnäckig. In seinen unglaublich blauen Augen glomm kaltes Feuer. »Geben Sie's zu.«

»Du irrst dich, Justin. Und selbst wenn ich der Typ da auf dem Foto wäre … der Bildunterschrift zufolge sind es Zeugen, sonst nichts.«

»Die Stimme hat mir versichert, dass ich Recht habe, Carlo. Ich hatte es schon vermutet, und ich *habe* Recht, denn die Stimme hat's bestätigt.«

Carlo musterte ihn aufmerksam. »Stimmen zu hören ist nicht normal, Justin. Vielleicht solltest du lieber zu einem Psychia…«

»O nein!«, fauchte Justin. »Erzählen Sie mir bloß keinen solchen Scheiß. Es ist die Stimme – die Stimme, die auch Sie hören, ehe Sie ein Opfer aussuchen.«

»Ich habe noch nie Stimmen gehört, Justin, und diesen Pilgrim kenne ich nicht. Also, woher hast du die Haut?«
»Ich habe die Auskunft angerufen und mir die Telefonnummer eines gewissen Victor Pilgrim im New Yorker Stadtteil Brooklyn geben lassen.« Carlos Magen krampfte sich zusammen. »Dort gibt es sogar fünf Victor Pilgrims. Beim dritten Anruf hab ich Ihren Bruder erreicht.« Seine blauen Augen glitzerten. So schnell wie er aufgeflammt war, hatte sich sein Ärger auch wieder gelegt. »Ich hab ihm weisgemacht, ich wär ein alter Bekannter und wollte Sie finden. Er hat gesagt, Sie wären in Europa gestorben, in dem Sommer, bevor Sie aufs College hätten gehen wollen. Ich hab gesagt, ich würde gern Ihr Grab sehen. Er hat behauptet, es gäbe keins, Sie wären in Übersee eingeäschert worden.«
»Justin, du fantasierst dir da völlig hirnverbrannten Unsinn zusammen.«
»Victor hat mir die Nummer Ihrer Eltern gegeben.« Justin lächelte. »Ihre Mutter ist vergangenes Jahr gestorben, wussten Sie das?« Carlo verkniff sich die Tränen, die ihm aus den Augen schießen wollten, und kämpfte darum, äußerlich gleichmütig zu bleiben. »Wenn du jetzt nicht gehst, ruf ich die Polizei.«
»Zwingen Sie mich nicht, denen Ihr Geheimnis auszuplaudern, Mr. Pilgrim.«
»Es gibt keine Geheimnisse auszuplaudern.«
»Halten Sie mich etwa für blöd?« Justins Lächeln verschwand, und kaum verhüllte Wut verdüsterte seinen Blick. »Der Häuter hat Fingerabdrücke hinterlassen. Sie sind bei der Polizei erfasst und für jedermann einsehbar. Ich habe mir 'ne Kopie besorgt und sie mit Ihren Fingerabdrücken verglichen. Sie sind der Häuter.« Bluffte er? Carlo hatte schlicht keine Ahnung.
»Carlo. Charles. Oder Charlie? Oder Chuck?«
»Für dich Mr. Pelegrine.«
»Ich möchte Sie nicht verraten.« Zu hell leuchteten Justins Augen, zu rot waren seine Wangen. »Es wäre mir lieber, Sie lehren

mich Ihre Kunst.« Es gab keine Kunst. Carlo hatte gemordet und den Opfern ein bisschen Haut herausgeschnitten, aber die Presse hatte den ›Häuter‹ zu einem Mythos aufgebauscht, bis alle Welt glaubte, er hätte seinen Opfern die gesamte Haut abgezogen.

»Also, wollen Sie's mir zeigen?«

Es bestand eine gewisse Wahrscheinlichkeit, dass alles nur ein Bluff war, aber Carlo befürchtete das Gegenteil. Er beschloss, sich vorerst auf diesen Wahnsinn einzulassen. »Du möchtest mein Lehrling werden?«, fragte er streng und heftete seinen Blick auf den Jugendlichen. »Antworte mir.«

Sofort kam in Justins Miene grenzenlose, abartige Bewunderung zum Ausdruck. »Ja.«

Carlo runzelte die Stirn. »Deine Arbeitsweise ist schlampig. Das gehäutete Kaninchen kam auch von dir, nicht nur die Menschenhaut?«

Eifrig nickte Justin. »Ich weiß, es ist schlampig. Ich übe und übe, aber ich brauche sachkundige Unterweisung. Von einem wahren Meister.«

»Woran übst du? An Tieren?«

»Klar. Schon als kleiner Junge hab ich's probiert.« Nun grinste Justin wieder. »Die alte Quigley glaubt, ihre Cockerspaniels wären alle ausgebüxt.«

Hätte Justin gewusst, wie bitterlich die Frau um ihre Hunde geweint hatte, würde er bloß darüber lachen, aber Carlo wurde regelrecht übel. Doch er verbarg seine Empfindungen. »Die Haut, die ich heute an der Tür gefunden habe, war aber von einem Menschen.«

Justin nickte stolz. »Meine bisher beste Arbeit. Gefällt sie Ihnen?«

Er sehnte sich verzweifelt nach Carlos Lob. »Sie ist reiner Pfusch«, höhnte Carlo und verzog die Lippen. »Ich glaube nicht, dass du's je richtig lernst.«

»Doch, das werde ich«, widersprach Justin nachdrücklich.

»Wie viel Übung hattest du schon mit Menschenhaut?«
»Bis jetzt nicht allzu viel.«
»Bist du für das Verschwinden der Vermissten verantwortlich?« Carlo wandte den Blick nicht von Justins Augen ab. »Sind sie tot?«
Justins durchtriebenes Grinsen kehrte zurück. »Alexa Manderley ist im Haus. Sind Sie schon an ihr dran?«
»Nein.« Carlo schob die Hände in die Hosentaschen, um ihr Beben zu verbergen. »Wen hast du umgebracht, Justin?«
»Ich erzähle Ihnen, was Sie wissen wollen, wenn ich gesehen habe, wie Sie ihr die Haut abziehen. Sie *häuten.* Wann wollen Sie's tun?«
»Ich weiß nicht.«
»Heute Abend«, verlangte Justin.
»Nein. Heute Abend nicht.«
»Dann morgen. Ich komme morgen Abend wieder und sehe Ihnen beim Häuten zu.« Justin lächelte sein entsetzliches amerikanisches Zahnpastalächeln. »Wenn Sie's morgen nicht tun, schaffen Sie's überhaupt nicht mehr.« Er kniff die Augen zusammen. »Vielleicht sind Sie ja ein Weichei geworden. Tun Sie's morgen, oder ich verrate Baskerville alles.«
»Er würde dir nie glauben.«
»Wollen Sie wirklich so hoch pokern, Charlie?« Justin kicherte. »Ich faxe Ihre Fingerabdrücke ans FBI.«
»Carlo?«, rief Alexandra vom oberen Treppenabsatz.
»Ich komme gleich«, rief er zurück und hoffte, dass sie nicht nach unten kam. Weil er einsah, dass keine Zeit mehr für Katz-und-Maus-Spiele blieb, wandte er sich wieder Justin zu und straffte die Schultern. »Sei morgen Abend zur Stelle«, sagte er gebieterisch.
»Hallo, Dr. Manderley«, grüßte Justin laut und auf ganz und gar charmante Weise.
Alexa kam die Treppe herab. Sie hatte Carlos kurzen, weißen Samtbademantel angezogen und trug ihre feuchten Kleidungsstücke

überm Arm. Verdutzt hielt sie auf der drittletzten Stufe inne. »Hallo, Justin. Haben Sie Eric gesehen?«
Nein! Carlo empfand ein Schwindelgefühl. Hatte die Haut etwa Eric Watson gehört?
»Nein, Dr. Manderley.«
»Du warst heute Abend nicht im Canyon?«
»Natürlich nicht.« Er wirkte geradezu bestürzt. »Es sind Flutwarnungen eingegangen.«
»Jemand hat ihn mitgenommen, Justin. Gewissermaßen gerettet, würde ich sagen. Ich hatte gehofft, Sie wären's gewesen.«
»Bedaure, leider nicht. Aber ich halte gern die Augen offen.«
»Danke.«
»Die Waschmaschine und der Trockner stehen in dem Raum neben dem Lesezimmer«, sagte Carlo zu Alexa. »Ich komme gleich nach und bin dir behilflich.« Alexa streifte ihn mit einem verwunderten Blick, ehe sie hinter dem dunkelgrünen Vorhang verschwand, der das Lesezimmer von den übrigen Räumlichkeiten trennte. Carlo wandte sich erneut Justin zu. »Von wem stammt die Haut? Ist sie von Eric Watson?«
Langsam verzog Justin das Gesicht zu einem öligen Lächeln. »Aber nein.«
»Du hast ihn wirklich nicht gesehen?«
»Pfadfinder-Ehrenwort.« Der Junge salutierte, und Carlo drehte sich der Magen um. »Morgen Nachmittag komme ich wieder.«
»Am Abend«, korrigierte ihn Carlo. »Ich muss erst einige Sachen besorgen. Man braucht das richtige Werkzeug, wenn eine Arbeit erstklassig gelingen soll.«
Justin nickte. »Darf ich Ihnen beim Häuten zur Hand gehen?«
»Deine Arbeit ist einfach bloß peinlich«, knurrte Carlo. »Schlichtweg Schlamperei. Ich bezweifle, dass du's wert bist, mein Lehrling zu werden.« Er schwieg und forschte in der hündisch-übereifrigen Miene des Jugendlichen. »Ich muss erst darüber nachdenken. Und nun geh. Ich habe noch zu tun.«

Justins Zähne blitzten. »Das glaub ich gern.« Er drehte sich um, verließ das Haus und verschwand im Regen. Carlo drückte die Tür hinter ihm zu und verriegelte sie, dann lehnte er sich an die Wand, schloss die Augen und rieb sich die Stirn.

»Carlo? Was ist passiert?«

Auf der Schwelle des Lesezimmers stand Alexa. Sie hielt den Vorhang zur Seite.

»Nichts«, sagte er und ging zu ihr. »Ich helfe dir mit der Waschmaschine.«

»Ich weiß, wie man sie einstellt. Sag mir, was los ist.«

Er blickte ihr in die großen, braunen Augen. Dann nahm er ihre Hand und zog sie ins Lesezimmer. »Setz dich.«

Als sie Platz nahm, teilte sich das Revers des Bademantels und entblößte die Rundungen ihrer Brüste. Carlo schaute weg, als er sich ihr gegenüber hinsetzte. »Alexa, der Bursche ist gefährlich. Besonders für dich. Du darfst nie zulassen, dass du mit ihm allein bist.«

»Was geht hier vor?«

Carlo faltete die Hände auf der Tischkante. Er starrte seine Finger an, weil er Alexa nun nicht mehr in die Augen schauen konnte. »Erinnerst du dich daran, dass ich erwähnt habe, ich hätte dreifachen Anlass zur Reue?«

»Ja.«

»Und dass ich für dich eine Gefahr sein könnte?«

»Ja, aber –«

»Es wäre nie dazu gekommen, dass wir miteinander schlafen, hätte ich dich nicht so sehr begehrt. Alexa, es gibt einen Grund, warum ich zwanzig Jahre lang ohne Frauen gelebt habe. Damals ist etwas vorgefallen …«

»Egal was es war, es ist zwanzig Jahre her. Das ist eine lange Zeit. Da warst du fast noch ein Kind.«

»Siebzehn. Also alt genug.«

»Hast du jemanden vergewaltigt?«, fragte Alexandra mit großen Augen.

Carlo lachte bitter. »Nein. Schlimmer.«
»Erzähl's mir.« Alexa lehnte sich über den Tisch und legte ihre Hände auf die seinen.
»Alexa, du wirst mich verabscheuen … Als wir uns geliebt haben, hab ich dein Leben in ernste Gefahr gebracht.« Er zögerte. »Aber gleichzeitig hab ich gemerkt, dass die Bestie, die einst in mir gesteckt hat, inzwischen fort ist.« Nun schaute er ihr in die Augen. Ihm selbst verschleierten Tränen die Sicht. »Trotzdem, ich habe mit deinem Leben gespielt, und dafür gibt es keine Entschuldigung. Wenn ich übererregt war, kam es bei mir zu einem Blackout. Dreimal ist es geschehen. Jedes Mal …« *Guter Gott, ich beichte ihr meine Vergangenheit!* Diese Erkenntnis verstörte ihn zu stark, und er entzog ihr seine Hände. »Justin weiß Bescheid. Ich habe keine Ahnung, wieso, aber er weiß Bescheid.«
Alexandra starrte ihn an. »Weiter.«
»Ich habe mir dreierlei geschworen: für den Rest meines Lebens keine Frau mehr anzufassen, nie mehr irgendeinem Lebewesen etwas anzutun und jedem Menschen zu helfen, dem ich irgendwie helfen kann. Zur Wiedergutmachung. Jetzt hab ich einen dieser Schwüre gebrochen.«
»Als du den Schwur gebrochen hast, warst du mir eine große Hilfe, Carlo. Du hast mir gezeigt, dass ich doch wieder lieben kann.« Alexa lächelte zärtlich. »Außerdem hab ich dir keine Chance gelassen, dich zu weigern. Und nun sag mir bitte, was du angestellt hast.«
Carlo lächelte traurig. Rings um ihn stürzte seine Welt ein, und er war dagegen völlig machtlos. Er könnte Justin beseitigen. Aber nicht mal das durfte er. Damit bräche er den zweiten Schwur.
»Du hast jemanden umgebracht, nicht wahr?«
Bei ihrer fast im Flüsterton gestellten Frage krampfte Kälte sein Herz zusammen. Er konnte lange Zeit nicht antworten. »Hast du je«, fragte er schließlich, »vom so genannten Häuter gehört?«
Alexa keuchte auf. »Du bist doch nicht …?« Sie verstummte und

schüttelte den Kopf. »Dein Hautfetischismus … Der Häuter hat seinen Opfern die Haut abgezogen. Und Justin hat dir Haut aufgedrängt.« Selbst im gedämpften Licht des Lesezimmers sah ihr Gesicht auf einmal kalkweiß aus.

»An den Geschichten, die heute verbreitet werden, ist kaum ein Wort wahr. Nicht dass das irgendetwas entschuldigt. In Wirklichkeit hab ich weniger Haut herausgeschnitten, als Justin mir schenken wollte.« Carlo schwieg und starrte nervös an Alexa vorbei. »An die beiden ersten Male entsinne ich mich kaum. Beim dritten Mal hab ich die Tat bewusst erlebt, aber eher wie ein Zuschauer, der sieht, wie die Hände eines Fremden ein Mädchen erwürgen. Ich kam erst wieder zu Verstand, als ich im Begriff war, eine Tätowierung aus ihrer Brust zu schneiden.«

»Carlo«, flüsterte Alexa, »nein …«

»Nach der High School bin ich nach Europa gegangen und hab meiner Familie vorgetäuscht, ich wäre bei einem Autounfall ums Leben gekommen. Mir war klar, dass ich auf gewisse Weise Dr. Jekyll und Mr. Hyde war, deshalb musste ich dafür sorgen, dass Hyde nie mehr zum Vorschein kommt. Ich habe dieses Risiko vollständig vermieden, bis ich dir begegnet bin.«

Alexa starrte ihn an. »Und niemand hat je entdeckt, wer du bist?«

»Bis heute nicht. Es könnte sein, dass Justin blufft, aber darauf kann ich nicht vertrauen. Er behauptet, eine Stimme hätte es ihm verraten. Der Bursche ist gefährlich. Ich muss etwas gegen ihn unternehmen. Er hat gestanden, Tiere getötet zu haben. Ich bin mir sicher, dass er auch Menschen ermordet hat.«

»Menschen?«, wiederholte Alexa und riss die Augen auf.

»Er hat es nicht direkt zugegeben, aber ich weiß, dass es so sein muss. Madge Marquay und die anderen Verschwundenen sind ihm zum Opfer gefallen. Ich weiß es genau.«

»Glaubst du, er hat Eric in seiner Gewalt?«

»Keine Ahnung.«

»Wir sollten uns an die Polizei wenden.« Alexa hatte den Satz kaum gesprochen, als sie innehielt und den Blick auf Carlo richtete. »Nein, das hätte auch Folgen für dich.«

»Ich verdiene es, hinter Gittern zu sitzen.«

»Nach deiner Schilderung hast du jedes Mal an einer Form zeitweiliger geistiger Verwirrung gelitten. Und du hast bereits gebüßt. Du hast weit wirksamere Buße getan als jemand, der im Gefängnis sitzt.« Alexa verstummte.

»Eric …«, sagte Carlo.

»Ich bezweifle, dass Justin etwas mit Erics Verschwinden zu tun hat«, erklärte Alexa. »Ich glaube, dafür ist Dole verantwortlich.«

Carlo spürte, dass er den Mund öffnete, aber es dauerte einen Moment, bis er Worte fand. »Wie ist es möglich, dass du dich so leicht mit jemandem wie mir abfindest?«

»Es gehört zu meinem Beruf, mich mit Ungewöhnlichem abzufinden«, erwiderte Alexa sachlich. »Freilich muss ich mir darüber noch Gedanken machen«, fügte sie hinzu und schaute ihn an »Aber was sollen wir jetzt tun?«

»Ich rufe Tom Abernathy an. Er hat einen Pick-up mit Vierradantrieb und übergroßen Reifen. Bestimmt kann er sich mit dem zu mir durchschlagen und dich über Nacht bei sich unterbringen.«

»Ich bleibe hier«, entgegnete Alexa mit Nachdruck. »Wir müssen die Sache allein regeln, Carlo. Ganz gleich, wie, aber wir müssen auf unsere Weise mit Justin fertig werden. Wir reden morgen früh darüber.« Sie ergriff Carlos Hand und führte ihn ins Obergeschoss. Er folgte ihr voller Staunen.

90

ERIC WATSON

Als Eric Watson zu sich kam, hustete er Regenwasser aus. Sein Kopf pochte schmerzhaft, und im ersten Moment konnte er sich an nichts erinnern: Er wusste nicht, wo er war, was sich zugetragen hatte, ja nicht einmal, wer er war. In seinem rechten Bein wüteten grässliche Schmerzen. Er hatte Erde im Mund und spuckte sie aus. Dann wollte er die rechte Hand heben, um sich das nasse Haar aus dem Gesicht zu streichen, aber es gelang ihm nicht. Sein Arm steckte in zähem Erdreich fest. Erschreckt versuchte er es mit dem anderen Arm, erlebte jedoch die gleiche Schwierigkeit. Nachdem er zweimal mit aller Kraft gezerrt hatte, löste sich sein linker Arm aus dem Lehm. Eric spürte körnigen Sand zwischen den Fingern und unter dem Hemdsärmel, darum steckte er den Arm aus und ließ ihn vom Regen abwaschen. Es dauerte nur Sekunden. Ruhiger als zuvor zog er auch den anderen Arm aus dem Schlick.

Justin! Plötzlich fiel ihm alles wieder ein. Der Bursche hatte ihm etwas über den Schädel geschlagen. Danach war er, wie er sich verschwommen entsann, aus einem finsteren Hohlraum – *dem Kofferraum!* – durch den Dreck geschleift und dann einen Hang hinabgerollt worden. Bei der Gelegenheit war sein Bein gebrochen. Er erinnerte sich an das scheußliche Knacken und das Gefühl des Knochenbruchs.

Anschließend war er fast völlig bewusstlos gewesen, hatte aber das regelmäßige Geräusch einer in die Erde stoßenden Schaufel gehört. Jedes Mal klatschte ein Haufen feuchten Morasts auf ihn, so dass er zu ersticken befürchtete.

An alles Weitere bis zum jetzigen Augenblick entsann er sich nicht. Der Regen musste ihn gerettet haben; er hatte ihm die Erde vom Gesicht gespült. Sein Kopf lag geringfügig höher als die Beine, und er konnte von Glück reden, dass der Junge nicht daran gedacht hatte, ihn umzudrehen. Dann wäre er jetzt nämlich tot gewesen. Langsam stemmte Eric sich hoch. Bei jeder Bewegung behinderte ihn der zähe Schlamm, der an ihm hing. Er blickte umher, doch war es zu dunkel und zu verregnet, um irgendetwas zu erkennen. Er strich sich mit den Händen Schlamm von den Hüften und den Beinen und beschleunigte so die Wirkung des Regens. Aber schon nach wenigen Augenblicken ereilte ihn ein Schwindelanfall, und er musste sich ausruhen.

SAMSTAG

91

JAMES ROBERT SINCLAIR

James Robert Sinclair erwachte, blieb noch eine Zeit lang im Bett liegen und blickte sich voller Verwunderung im Zimmer um. Dann fiel ihm auf einmal der Traum ein. Der Traum von Christus. Noch immer erfüllten ihn überwältigend stark die Empfindungen des Friedens und der Liebe, der unantastbaren Ruhe.
Er stand nackt auf und fand sein weißes Gewand. Es war mit roter Erde befleckt und lag unordentlich auf dem Fußboden. *Es war kein Traum!* Er hob die Hände und sah frische rote Narben. Dann schaute er auf seine Füße hinab und erkannte an ihnen ähnliche Narben.
Er durchquerte das Zimmer bis zum Ankleidetisch, beugte sich vor den Spiegel und blickte in die Augen des neuen Christus.

92

ELDO BLANDINGS

Campbell und Ferguson nehmen die Hintertür,Clayman und ich den Eingang. Deitz steht Schmiere.« Eldo Blandings warf einen Blick auf seine Armbanduhr. »Punkt 4.00 Uhr schlagen wir zu.«

Er war kaum verstummt, als das Komitee für Sonderaufgaben auch schon in Position ging. Diese Entführung sollte die erste von zahlreichen Aktionen werden, die sie sich für heute vorgenommen hatten. Blandings hatte die Schäferin teilweise ausgewählt, weil sie die Missionare der Apostelkirche wiederholt weggejagt hatte, teils aber auch, weil sie in der Nähe und entfernt von der Stadt wohnte. Sie zu schnappen, sollte vergleichsweise leicht sein; zur Vorbereitung auf schwierigere Herausforderungen war sie also eine nützliche Übung.

Mel Campbell und Lorraine Ferguson verschwanden hinter dem Heck des Wohnwagens, während Marie Lopez' verbliebener Hund wild kläffend von innen am Stalltor kratzte. Eldo wünschte sich, sie hätten ihn letzte Nacht getötet, als sie die Gelegenheit dazu gehabt hatten.

»Fünf«, sagte er leise, den Blick auf die Uhr gerichtet. »Vier. Drei. Zwei. Eins!«

Clayman und Deitz traten die dünne Wohnwagentür ein und stolperten in blindem Eifer fast übereinander. Blandings folgte ihnen hinein und hörte gleichzeitig, dass Campbell und Ferguson die Hintertür aufbrachen.

Ein Schuss knallte so dicht an seinem Ohr, dass er das Pfeifen der Kugel spürte.

»Keine Bewegung, ihr beiden! Hände hoch! Umdrehen!« Marie Lopez, die einen schwarzen Trainingsanzug trug, hatte zwar vom Schlaf zerzauste Haare, wirkte aber, so wie sie das Gewehr hielt, keineswegs verschlafen. »Wer seid ihr?«, fragte sie, als sie die Tarnanzüge sah. »Etwa Paramilitärs?«
»Wir sind Apostel«, antwortete Eldo voller Stolz.
»Ihr seid der letzte Dreck«, fauchte Marie. »Ab mit euch – in die Ecke neben der Tür. Ja, so ist's recht.« Weiterhin das Gewehr auf Eldo und Clayman gerichtet, griff sie nach dem Telefon.
Plötzlich erschien Lorraine Ferguson im Türausschnitt hinter Lopez. Die eins neunzig große, neunzig Kilo schwere Amazone sprang vor und stürzte sich auf die zierliche Schäferin, die sich wie eine Wildkatze wehrte, zu ihr herumfuhr und ihr ins Gesicht spuckte. Einen Moment lockerte sich Fergusons Griff. Lopez wollte ihr die Augen auszukratzen, doch Ferguson schlug mit der Faust zu und traf Maries Schläfe. Sie fiel halb besinnungslos zu Boden.
»Miststück«, knurrte Ferguson und wischte sich den Speichel aus dem Gesicht. »Das wirst du mir büßen, du gottverdammte Hure.«
Marie hob noch einmal schwächlich die Arme, dann brach sie vollends zusammen. Der Fausthieb hatte seine Wirkung getan. Einen Moment später hatten Ferguson und Campbell sie gefesselt und geknebelt.

93
HANNIBAL CAINE

Hannibal Caine schnappte nach Luft, als Jim-Bob Sinclair das Büro betrat. Er sah tatsächlich aus wie Jesus Christus. Er trug die weiße Kutte, wie er es auch seinen Anhängern befohlen hatte. Das Haar wehte um seine Schultern, und dazu kam der gewohnte Bart. Sein Anblick verursachte bei Caine einen echten Schock: Er hätte es nie für möglich gehalten, dass der gut aussehende Prophet je wie ein Mensch wirken könnte, der sich zur ersten Tugend die Bescheidenheit erwählt hatte.

»Hannibal«, erklärte Sinclair mit gelassener und auch beruhigender Stimme, »ich komme, um dir mitzuteilen, was ich weiß.«

Seit Caine Sinclair kannte, war er stets der Meinung gewesen, dass der Mann sich durch ein charmantes Lächeln und einen charismatischen Blick auszeichnete, doch dank der Veränderung der Kleidung und der Frisur sah er geradezu umwerfend aus. Es war wirklich erschreckend.

»Bitte nimm Platz, James«, sagte Caine. Sinclair nickte. Als er sich setzte, bemerkte Caine entgeistert, dass seine Füße nackt waren.

»Heute werden die Apostel in Gruppen ausschwärmen«, verkündete Caine, »und Gottes Wort predigen.«

»Ich will keine Gewalt«, erwiderte Sinclair. »Verbreitet Gottes Wort, aber es darf zu keinerlei Gewalttaten kommen.«

»Darf ich eine Frage stellen, James?«

»Gewiss.« Wieder zeigte Sinclair sein verwirrendes Lächeln.

»Noch vor kurzem wolltest du, dass wir Waffengewalt anwenden, dass wir sogar Gefangene machen. Du hast gesagt, in der ersten Phase der letzten Schlacht sei dergleichen unumgänglich, und die

zweite Phase folge nach der Ankunft der apokalyptischen Reiter. Du hast uns beauftragt, den Umgang mit Waffen zu lernen. Warum dieser Sinneswandel?«
»Mich erfüllten Habgier und anmaßender Hochmut, mein lieber Freund. Zum Vorteil meines eigenen Ruhmes hatte ich Gott vergessen. Ich habe gesündigt, aber jetzt bereue ich, und Gott hat es als richtig erachtet, mich zu seinem Gefäß zu erwählen.«
»Das versteh ich nicht, James.«
»Ich bin das Lamm Gottes, Hannibal.« Auf dem Schreibtisch kehrte Sinclair die Handteller nach oben, zeigte die glänzend-roten Stigmata, dann tippte er sich auf die Brust. »In meinem Inneren hat der Lebendige Heiland seine Wohnstatt genommen.« Mit diesen Worten erhob sich Sinclair. »Ja, die Apostel sollen heute predigen. Bis zum Abendessen bleibe ich in Klausur. Nach meiner Predigt werde ich mich in mein Zimmer zurückziehen und bis morgen früh um sechs beten. Bis dahin übertrage ich dir die Führung über die Apostel. Viel Glück, Hannibal. Du bist mein geliebter Glaubensbruder.« Sinclair verließ das Büro.
Obwohl Caine kaum an einen so großen Glücksfall glauben konnte, schwebte er mehrere Minuten lang im Zustand der Euphorie, ehe er sich wieder mit den Realitäten beschäftigte. »Völlig verrückt geworden«, murmelte er. »Wahnsinn. Absoluter Wahnsinn.« Wenn Sinclair den Verstand verloren hatte, umso besser. Sinclairs Rückzug hielt ihn vom Geschehen fern, während Caine und Eldo Blandings nicht etwa die Bekehrung – er lächelte –, sondern die Besetzung Madelyns in Angriff nahmen.
Im Laufe der Nacht hatte Caine den letzten »Gottesdienst« geplant, von der Entführung diverser Sünder bis hin zum vergifteten Wein für die höheren Amtsträger der Kirche. Der Plan war in jeder, außer einer Hinsicht vollständig: Der Joker war Sinclair, und obwohl seine selbst beschlossene Klausur die Problematik ganz erheblich entschärfte, wäre es ein grober Fehler gewesen, den Propheten, ob er nun wahnsinnig war oder nicht, zu unterschätzen.

Wäre Sinclair normal gewesen – also habgierig und selbstsüchtig –, hätte es gar keiner derartigen Planung bedurft. Sinclair hätte abgedankt und Caine die Führung der Kirche überlassen. Aber nun galt es zu handeln: Caine bezweifelte nicht mehr, dass Sinclair Armageddon absagen und auch künftig das Zepter schwingen wollte. Deshalb hatte er beschlossen, die Schuld an allen Gewalttaten, am Tod der oberen Apostel-Funktionäre, die vom Sonderaufgaben-Komitee verübten Entführungen und sonstigen Sauereien Sinclair und Blandings in die Schuhe zu schieben. Es kam nur darauf an, Sinclair unter Kontrolle zu halten. Vielleicht fand sich in der Hausapotheke oder im Vorrat der auf dem Schwarzmarkt erworbenen Medikamente irgendein Mittel, das ihn kaltstellte: eine Dosis Valium, eine Prise Thorazin.

Jemand klopfte an die Tür. »Herein«, rief Caine.

Blandings trat ein. Er war zwar etwas nass geworden und sein Toupet war verrutscht, doch seine Laune war besser, als Caine je erlebt hatte. »Wir haben die Schäferin.« Hinter ihm kamen Mel Campbell, Corky Deitz und Steve Clayman ins Büro und schlossen die Tür.

Caine nickte. »Wo ist sie?«

»Im Chorraum. Sie ist verschnürt und eingesperrt. Lorraine Ferguson hält Wache.«

»Sehr gut, Eldo. Was nun?«

Blandings zeigte ein geradezu dämonisches Grinsen. »Wir bereiten die übrigen Entführungen vor.«

»Ausgezeichnet.«

Blandings nickte. »Dann ziehen wir am besten sofort los.«

»Viel Spaß, Leute«, rief Caine ihnen nach, als die vier Komitee-Mitglieder aus dem Büro stapften.

94
ERIC WATSON

Als Eric Watson erneut die Augen aufschlug, geschah es im Nieselregen der grauen Morgendämmerung. Das gebrochene Bein bereitete ihm grausame Qualen, aber er lebte, und zumindest darüber war er heilfroh. Er reckte den Hals, sah hinter seinem Kopf einen riesigen Findling und begriff, dass der Felsklotz einen Großteil des Regenwassers abgelenkt und ihn vor dem Ertrinken bewahrt hatte.

Tief am Himmel ballten sich finstere Gewitterwolken, aber das gegenwärtige leichte Nieseln übte auf ihn eine nahezu erfrischende Wirkung aus. Eric war völlig klar, dass er eigentlich hätte frieren müssen, statt am ganzen Leib zu glühen, und dass er unbedingt ärztliche Hilfe brauchte, bevor sein Fieber weiter stieg.

Mit steifen Gliedmaßen setzte er sich hin, spürte überall Prellungen und Zerrungen, betrachtete sein Äußeres und die Umgebung. Er lag in einer flachen Grube, einer Grube, die sein Grab hätte werden sollen. Sechs Meter tiefer rauschte eine wahre Flut durch das enge Tal zwischen den Hügeln.

Er sah, dass in der Erdmulde etwa sechs, sieben Zentimeter Wasser standen. In Höhe des Schienbeins spannte eine unförmige Schwellung seine Hose. Ein Blutfleck war sichtbar, aber der Stoff war nicht zerrissen: Mit dem Knochenbruch hatte er sich auch eine Fleischwunde zugezogen – daher das Fieber –, zum Glück jedoch keine so schwere Verletzung, dass die Gefahr bestanden hätte zu verbluten.

Eric drehte den Kopf und zuckte zusammen, als sich am Hinterkopf schmerzhaft die Beule bemerkbar machte. Irgendwo da vorn,

rund dreißig Meter entfernt, vermutete er, musste die Straße verlaufen.
Er spähte nach links und rechts, entdeckte aber nichts, womit er das Bein hätte stützen können, nur schlickigen Lehm und Felsen. Wohl oder übel musste er nach oben kriechen. Er stieß ein Knurren aus und wälzte sich herum, und obwohl ein fürchterlicher Schmerz durch sein Bein schoss, streckte er erst den einen, dann den anderen Arm aus und robbte langsam um den Findling.
Nach zwanzig Minuten hatte er knapp zwei Meter zurückgelegt, doch immerhin saß er jetzt auf dem Findling, statt davor zu liegen.
Inzwischen hatte der Regen vollends aufgehört, und es war hell genug geworden, um wieder Farben unterscheiden zu können. Eric hörte heiseres Krächzen. Er schaute nach oben und sah ein Dutzend schwarzer Krähen über sich hinwegfliegen.
Dann herrschte mit einem Mal absolute Stille. Kein Tröpfchen Regen fiel, kein Windhauch wehte. Alles wartete, und auch Eric fügte sich in dieses Warten.
Dann begann es.
Das dunkle Grollen konnte eigentlich kaum Geräusch genannt, das Beben nicht wirklich als Bewegung bezeichnet werden. Ein einem Peitschenhieb ähnlicher Knall folgte, und unter Eric wackelte der Findling, als ein wuchtiger Stoß durch den Erdboden fuhr. Zur Linken löste sich ein Abschnitt aufgeweichter Erde und klatschte ins Wasser hinab.
Dann herrschte wieder Stille. Eric klammerte sich an den Felsklotz und wartete ab. Zwanzig Sekunden später trat ein zweiter Erdstoß auf, und es hatte den Anschein, als ob der Findling tiefer ins schlammige Erdreich sinken würde. Aber er blieb an seinem Platz. »Dem Himmel sei Dank«, ächzte Eric, als er links von sich eine Schicht durchweichten Lehms den Hügelabhang hinunter in die Fluten rutschen sah.

95

TOM ABERNATHY

Tom Abernathy zog die Hutkrempe tief in die Stirn. »Ich brauch bestimmt nicht lange«, sagte er zu Davy Styles, als er sich in Belles Sattel schwang.

»Willst du nach Marie sehen?«

»Ja. Ich wollte sie anrufen, aber das Telefon ist tot. Ich möchte sicher sein, dass sie über Nacht nicht weggeschwemmt worden ist. Wenn ich bei ihr nach dem Rechten gesehen hab, kümmere ich mich um die Mustangs.«

Er ritt hinaus in den leichten Regen und hatte ein schlechtes Gewissen, weil er Davy die Erledigung sämtlicher morgendlichen Arbeiten zumutete. Doch sein Gewissen quälte ihn nicht so stark wie die Sorge um Marie.

»Komm, altes Mädchen, wir reiten querfeldein statt über die Straße.« Bei Wolkenbrüchen wurde der Old Madelyn Highway sowieso unpassierbar, also war es wahrscheinlich einfacher, schneller und – falls noch eine Überschwemmungswelle folgte – wesentlich sicherer, übers Weideland zu reiten. Schon bei schwächeren Unwettern als diesem waren Kleinlaster vom Old Madelyn Highway gespült worden.

Belle war ein trittsicheres Tier und fand anscheinend Spaß daran, sich einen Weg durchs Weideland zu suchen. Sobald Toms Blick auf den Highway fiel, war er froh über seine Entscheidung: Mehrere Gruppen unter Regenschirmen zusammengedrängter, in Weiß gekleideter Gestalten marschierten – wohl in der Überzeugung, auf Wasser laufen zu können – in Richtung Ortschaft. »Was glaubst du, was die Pfeifen im Sinn haben, Belle? Ich wette, nichts Gutes.«

Er setzte den Ritt fort. Achtsam wich Belle Kaninchenlöchern aus. Tom wünschte, es wäre ihm gestern Abend noch gelungen, Moss zu erreichen, um ihn über den neuen Vandalismus und die erneuten Tierverstümmelungen zu unterrichten, doch Moss und Al Gonzales waren aufgrund dringender Anrufe unterwegs gewesen. Ken Landry hatte die Meldung entgegengenommen und versprochen, Moss unverzüglich zu benachrichtigen. Seitdem hatte Tom jedoch nichts mehr von ihnen gehört. Am Morgen hatte er nochmals versucht, das Polizeirevier anzurufen, aber infolge des Erdbebens waren Telefon und Elektrizität zeitweilig ausgefallen. Toms erdbebensicherer Behausung hatten die Erdstöße des frühen Morgens nichts anhaben können, aber die Leitungen hatten schwere Schäden erlitten.

Schließlich kam Maries Anwesen in Sicht. Am Stall stellte Tom fest, dass das Vorhängeschloss noch am Tor hing. Drinnen bellte Dorsey, und die Schafe blökten. Beunruhigt ritt Tom hinüber zum Wohnwagen.

Die Hintertür stand offen.

Mein Gott. »Marie!«, schrie Tom, als er absaß und Belles Zügel am Treppengeländer festband. »Marie! Bist du da?«

Er stieg die Treppe hoch und sah, dass jemand die Tür aufgebrochen hatte. »Marie!«, schrie er nochmals und stürmte in den Wohnwagen. »Marie!«

In der Küche wirkte alles normal, aber im Wohnraum bemerkte er sofort, dass man die Vordertür eingeschlagen hatte. Ein Stuhl und ein Beistelltischchen waren umgekippt. Rasch warf er einen Blick in den Schlafbereich und ins Bad, aber Marie war nicht auffindbar. Tom schaute sich noch einmal im gesamten Wohnwagen um und entdeckte lehmige Fußabdrücke – von mehreren verschiedenen Schuhpaaren –, die zu groß waren, um von Marie zu stammen. An einer Angel der Vordertür baumelte ein Fetzen gelbbraunen Stoffs. Sonst war nichts zu entdecken.

Tom kehrte ins Freie zurück und suchte nach Hinweisen, die möglicherweise enthüllten, aus welcher Richtung die Angreifer gekommen waren. Doch seine Mühe blieb vergebens; die Regenfälle hatten alle Spuren weggewaschen. Selbst auf dem Vorbau des Wohnwagens stand das Wasser noch drei, vier Zentimeter hoch. Nachdem er die Türen so gut verschlossen hatte, wie die Umstände es erlaubten, schwang er sich wieder in den Sattel, versuchte die Besorgnis nicht überhand nehmen zu lassen und überlegte, wie er nun vorgehen sollte. Die Polizei zu verständigen hatte eindeutig Vorrang. Ihm kam der Gedanke, zu Cassie zu reiten, weil die Möglichkeit bestand, dass Moss nach der anstrengenden Nacht dort ein Nickerchen machte.

Obwohl er der Armbanduhr zufolge lediglich fünfzehn Minuten brauchte, schien es Stunden zu dauern, bis er Cassies Haus erreichte. Er stellte Belle unter den zumindest teilweisen Schutz des Verandadachs, erklomm die Treppe und klopfte an die Haustür. Ebenso überrascht wie erleichtert sah er, dass man die Schmiererei bereits beseitigt und die Tür inzwischen frisch gestrichen hatte.

»Mommy«, hörte er Eve rufen, »da ist jemand an der Tür. Ich mach auf.«

»Nein!«, gellte Cassies Stimme. »Bleib weg von der Tür.« Als sie sich dem Eingang näherte, klang ihre Stimme noch lauter. »Wer ist da?«

»Tom Abernathy«, sagte er.

»Tom …« Cassie öffnete die Tür und zerrte ihn praktisch ins unbeleuchtete Haus.

»Was ist los, Cassie? Du siehst ja richtig mitgenommen aus.«

Cassie lächelte verlegen. »Ich glaub, ich hab mich vorübergehend ein bisschen in Hysterie reingesteigert. Bevor das Telefon ausfiel, hatte ich dauernd Anrufe, bei denen sich niemand meldete, und gestern Abend hatte ich mehrmals den Eindruck, dass jemand ums Haus schleicht. Ist bei euch auch der Strom ausgefallen?«

»Klar. Wo ist Moss?«

»Zwischendurch war er hier und hat sich umgeschaut, aber nichts Verdächtiges bemerkt. Heute Morgen dachte ich, es ist ja doch alles nicht ganz so schlimm, bis ich auf der Straße diese vielen Apostel bemerkt habe. Mir läuft ein Schauer über den Rücken, wenn ich diese Leute nur von weitem sehe.«

Tom nickte. »Weißt du, wo Marie steckt?«

»Nein, wieso?«, fragte Cassie und wirkte sofort beunruhigt.

»Jemand hat bei ihr eingebrochen. Sie ist verschwunden.«

»Gütiger Himmel«, sagte Cassie gedämpft. »Dann solltest du dich lieber unverzüglich an Moss wenden.«

»Das habe ich vor, aber ich muss erst Belle zurück in den Stall bringen und auf meinen Geländewagen umsteigen.« Tom blickte zum Fenster hinaus. »Momentan hat der Regen aufgehört.«

96

MOSS BASKERVILLE

»Also, du bist wirklich nicht leicht zu finden«, sagte Tom Abernathy.

Moss Baskerville blickte schläfrig von seiner Kaffeetasse auf, froh darüber, dass Ray einen Generator hatte, damit bei einem Stromausfall alles wie gewohnt weiterlief. Ohne Morgenkaffee wäre er eingenickt.

Er war die ganze Nacht unterwegs gewesen. Während er darauf wartete, dass die Kellnerin ihm das Frühstück brachte, freute er sich über ein freundliches Gesicht.

Allerdings sah Abernathy heute Morgen nicht wirklich freundlich aus. »Es war mal wieder eine dieser Nächte, Tom. Setz dich.«

»Nichts dagegen.«

Sofort rauschte die blonde Kellnerin namens Christie herbei. Sie versuchte ein Lächeln, aber sie trauerte offensichtlich noch um Rick Spelman. Sie füllte Moss' Kaffeetasse auf und wandte sich Tom zu. »Kaffee?«

»Ja, gern.«

»Frühstück?«

»Das Spezialfrühstück bitte. Plus Würstchen.«

Moss wartete, bis Christie gegangen war. »Welche Laus ist dir denn über die Leber gelaufen, Tom?«

»Ich bin gekommen, um eine Vermisstenmeldung zu machen.«

»Du meinst Eric Watson?«

Abernathy schüttelte den Kopf. »Nein. Marie ist verschwunden. Jemand hat bei ihr eingebrochen. Es gibt auch Kampfspuren.« Er

kramte ein braunes Stück Stoff aus seiner Tasche. »Das habe ich an der Tür gefunden.«
Moss nahm den Fetzen in die Hand. »Du hättest es dort lassen sollen, wo du's gefunden hast. Könnte ein Beweisstück sein.«
Tom blickte gequält drein. »Das weiß ich, Chief, aber ich dachte, wegen der Überschwemmung und dem Erdbeben kommt da so schnell niemand raus.«
»Ich fürchte, du hast Recht.« Moss drehte den Stofffetzen zwischen den Fingern. »Es könnte von einer Hose stammen, von einem groben Hemd oder sonst was. Hast du eine Vermutung?«
»Ich glaube schon.« Tom verstummte und blickte zur Tür. »Na, wenn das keiner meiner Verdächtigen ist. Nein, schau nicht hin. Es ist Colonel Dole. Er kommt in unsere Richtung.«
Dole ging an ihrem Tisch vorbei, ohne sie anzusehen, und setzte sich mit dem Rücken zu Tom in die nächste Nische.
»Glaubst du, er hat Marie entführt?«, fragte Moss leise. Er war sich nicht ganz sicher, aber er hatte das Gefühl, dass Dole sie belauschte. Nach den Drohungen vom gestrigen Tag wollte Moss nicht, dass der Kerl irgendetwas mitbekam.
»Vielleicht. Aber die Apostel stehen auch ganz oben auf meiner Liste.« Tom nippte an seinem Kaffee, dann berichtete er knapp von den anderen Ereignissen der letzten Nacht, die klar in Richtung der Sekte deuteten.
In gewisser Weise war es eine Erleichterung, denn im ersten Moment hatte Moss befürchtet, dass es Marie ebenso ergangen war wie Madge Marquay – was immer ihr auch zugestoßen war. Natürlich bestand die Möglichkeit, dass die Apostel dahintersteckten, aber sein Bauchgefühl sagte ihm, dass es diesmal nicht der Fall war.
»Noch etwas Eigenartiges«, fügte Tom hinzu. »Marie hat gesagt, die Verstümmelungen der letzten Nacht wären ganz anders als die bisherigen –«
»Hattest du heute Früh irgendwelche Erdbebenschäden?«, unterbrach Moss, als Dole neugierig den Kopf zur Seite neigte.

Tom zögerte, dann begriff er. Er nickte. »Nicht viele. Ein paar Blumentöpfe sind umgekippt, und ein Bild ist von der Wand gefallen. Und du?«

»Ich weiß nicht. Weil die Telefonleitungen unterbrochen waren, konnte ich nicht mit Cassie sprechen. Ich muss schnell zu ihr und mich vergewissern, dass alles in Ordnung ist. Wenn ich nicht bald ein Nickerchen einlege, werd ich selbst Unfälle verursachen, statt mich um welche zu kümmern.«

»Ich habe Cassie gerade erst gesehen. Es ging ihr gut, aber sie war nervös wie ein Wiesel.« Tom wartete, bis Christie die Frühstückstabletts auf den Tisch gestellt hatte. »Ich hab sie auf die Ranch eingeladen, aber sie wollte nicht weg.«

»Sind die Überschwemmungen da oben noch schlimmer geworden?«

»Nein, bisher geht's ihr gut, aber sie wollte das Haus nicht allein lassen. Sie hat Angst, die verdammten Apostel könnten noch mehr Schaden anrichten. Sie treiben sich dort überall rum. Ich habe einige ihrer Gruppen in Kutten in die Stadt marschieren sehen. Scheint so, als hätten sie endlich 'ne Verwendung für ihre Regenschirme.« Er strich Butter auf seinen Toast.

»Sind sie bei diesem Wetter *zu Fuß* unterwegs?«

Tom verzog das Gesicht und nickte. »Wahrscheinlich wird's ihnen dabei warm ums Herz und sie fühlen sich wie Märtyrer.« Er spießte mit der Gabel eine Bratkartoffel auf. »Hat sie dir von den Anrufen erzählt?«

Moss blickte bestürzt von seinem Teller auf. »Von was für Anrufen?«

»Bevor die Verbindungen zusammenbrachen, hat mehrmals jemand bei ihr angerufen und gleich wieder aufgelegt.«

»Sie glaubte, sie hätte gestern Nacht 'n Einbrecher gehört. Ich bin vorbeigefahren, hab aber keine Spur entdeckt. Von Anrufen hat sie nichts gesagt.«

»Sie weiß, dass du beschäftigt bist. Vermutlich wollte sie dich nicht beunruhigen.«

»Diese verdammten selbstständigen Frauen«, knurrte Moss. »Erzähl mir, was los war.«

»Ich wünschte, ich könnte Verstärkung anfordern, aber im Moment sind wir von allem ziemlich abgeschnitten. Die Telefone sind ausgefallen …« Moss machte eine Pause. »Die Sache ist die, Tom: Ich hab Alexa versprochen, nach ihrem Assistenten suchen zu lassen, aber ich kann das Versprechen nicht halten – durch den Regen sind die Rettungsmannschaften ununterbrochen im Einsatz. Drüben in Richtung Barstow haben sie noch mehr Probleme als wir. Das Beben hat dort schwere Schäden angerichtet. Die Apostel machen mir keine allzu großen Sorgen, aber es sind wieder drei Personen verschwunden, und ich bin fast auf mich allein gestellt.«

»Was? Drei? Marie, Eric und …?«

»Ein kleiner Junge namens Billy Cole ist gestern nicht nach Hause gekommen.«

»Verdammt.«

»Außerdem haben wir die üblichen Verkehrsprobleme. Es gibt kaum einen geborenen Kalifornier, der bei Regen fahren kann. Es ist, als ob sie's immer wieder verlernen.«

»Was die Verstümmelungen angeht«, sagte Tom und neigte den Kopf leicht in Richtung Doles. »Vielleicht sollten wir mit einem meiner Lieblingsverdächtigen reden. Schließlich sitzt er nebenan und belauscht uns.«

Moss bemerkte, dass Doles steife Schultern noch steifer wurden. »Mach dir keine Gedanken über die Verstümmelungen, Tom«, sagte er mit leichtem Unbehagen. »Die sind im Moment einfach nicht wichtig.«

»Natürlich nicht.« Der Rancher sprach leise, aber Moss hatte noch nie so viel unterdrückten Zorn in Toms Stimme gehört. »Sie haben etwas mit Maries Verschwinden zu tun, so wie die verschwundenen Proben was mit Erics Verschwinden zu tun haben.«

»Tom …«

Aber Tom hörte nicht zu. Er stand vielmehr auf, machte zwei Schritte und wandte sich an Dole. »Hören Sie«, begann er mit scheinbar freundlicher Stimme, »gestern Abend haben Sie einige kleine Plastikbeutel mit blauem Zeug aus einem Lager im Spirit Canyon mitgenommen. Sie haben vermutlich den jungen Mann im Lager entführt und wahrscheinlich auch Marie Lopez beiseite geschafft. Für mich sah es so aus, als sei sie aus ihrem Bett gezerrt worden.«

Dole hob die Augenbrauen. »Plastikbeutel mit blauem Zeug?«

»Kommen Sie mir nicht so, Sie Klugscheißer.«

Dole stand auf, offenbar in der Absicht, Tom einzuschüchtern, aber es klappte nicht. Tom war einen Kopf größer. Dole schaute zu Moss hinüber. »Chief Baskerville, dieser Mann belästigt mich.«

Moss stand auf. »Haben Sie gestern in Alexandra Manderleys Lager Halt gemacht?«

»Bestimmt nicht.«

»Ich habe Sie aus dem Canyon kommen sehen«, sagte Tom in scharfem Ton.

»Ich fahre regelmäßig durch den Canyon. Das hat nichts zu bedeuten.«

»Was ist mit Marie Lopez?«, fragte Moss.

»Ich kenne die Frau nicht, und außerdem entführt die US-Regierung keine Menschen. Das sollte jeder gute Amerikaner wissen.« Dole warf Baskerville einen düsteren, warnenden Blick zu, dann drehte er sich auf dem Absatz um und marschierte aus dem Lokal.

»Warum musstest du das unbedingt tun, Tom?«, fragte Moss.

»Warum sollte ich nicht über die Verstümmelungen reden?«

Moss antwortete nicht. »Ich muss nach Cassie sehen.« Er hielt inne. »Tom, wie wär's, wenn ich dich zum Deputy Sheriff ernenne?«

»Ach, ich lass mich nicht gern in solche Sachen verwickeln.«

»Du willst doch Marie suchen, oder nicht?«

»Ja, klar.«

»Wenn du ein Abzeichen hast, kannst du mehr Fragen stellen. Hör zu, Tom, ich brauch Hilfe. Wenn ich mich nicht bald aufs Ohr haue, bin ich zu nichts mehr zu gebrauchen. Al ist noch länger im Dienst als ich, und wir beide sind ganz auf uns allein gestellt. Ich brauche jemanden, der nach diesen Leuten sucht, und du bist so ziemlich der Einzige, dem ich eine solche Aufgabe anvertrauen kann.« Er machte eine Pause. »Mit *echter* Munition in der Pistole.«

»Was ist mit Ray, Carlo oder meinetwegen auch Pater Mike?«

»Mike hat genug damit zu tun, eine Notunterkunft einzurichten, falls es noch schlimmer wird. Du hast selbst gesehen, was Ray alles zu tun hat, und Carlo ist einfach nicht der Typ, der auf Menschen zugeht und Fragen stellt.«

Tom nickte. »Na gut. Aber nur für einen Tag.«

Moss lächelte. Er empfand zum ersten Mal seit vierundzwanzig Stunden eine Spur von Erleichterung. »Gehen wir rüber ins Büro. Ich vereidige dich und such nach 'nem Abzeichen.«

97
ERIC WATSON

Wenigstens hatte er keinen Durst. Eric Watson lag noch immer auf dem Felsbrocken, der aus der Bergflanke ragte. Sein gebrochenes Bein pochte schlimmer als je zuvor. Das Wasser im Canyon befand sich nun fünf Meter unterhalb seiner Position. Der Felsbrocken hatte sich glücklicherweise nicht vom Fleck gerührt, obwohl seit Tagesanbruch weitere Bodenstücke abgerutscht waren.

Über sich hörte er keinen Verkehr, nur den niederprasselnden Regen. Er wusste, dass sein Glück allmählich überstrapaziert wurde. Immerhin ließ der Regen endlich nach. Eric wusste, dass Alexa nach ihm suchen würde. Er konnte nichts anderes tun, als hier zu liegen, auszuharren und zu versuchen, wach zu bleiben, damit er auf sich aufmerksam machen konnte, sobald er einen Wagen hörte.

Und was ist, wenn's Justin Martin ist? »Dann bin ich tot.«

98
TOM ABERNATHY

Na gut«, sagte Tom, als er sich in Moss Baskervilles düsterem Büro das Abzeichen ansteckte. »Warum warst du so zugeknöpft, als ich nach den Verstümmelungen gefragt habe?«

»Dole hat mich bedroht. Er saß auf dem Stuhl, auf dem du jetzt sitzt, und hat gesagt, dass ich mich in militärische Angelegenheiten einmische – in Regierungsangelegenheiten sogar – und dass ich mich um meinen eigenen Kram kümmern soll, sonst könnte Cassie und Eve was zustoßen.«

Tom sah echten Zorn in Moss' Augen. Der Chief war keiner von denen, die schnell den Schwanz einzogen oder sich einschüchtern ließen. »Weißt du genau, dass er sich nicht nur aufspielt?«

»Ich habe ihn gestern zu überprüfen versucht«, erklärte Moss. »Oder besser, Shirley hat's versucht, aber es stellte sich heraus, dass man an seine persönlichen Daten nicht rankommt. Streng geheimes Zeug. Shirley ist ein Computergenie, die kommt fast überall rein. Aber sie konnte seine Dateien nicht knacken. Sie war froh, dass sie an den Daten vorbeigekommen ist, die behaupten, dass er gar nicht existiert.«

»Also ist er kein gewöhnlicher Mitarbeiter des Militärs?«

»Vielleicht arbeitet er überhaupt nicht fürs Militär«, sagte Moss. »Aber er steckt jedenfalls in 'ner streng geheimen Sache drin.«

»CIA vielleicht?«

Moss nickte. »Das oder Schlimmeres, vermute ich. Das Problem ist, ich kenn einige Polizisten, die ebenfalls bedroht wurden, nachdem sie über UFOs berichtet und Verstümmelungen untersucht hatten. Einer konnte den Mund nicht halten. Seine Frau und seine

Kinder sind bei einem rätselhaften Brand umgekommen. Es konnte nicht einmal Brandstiftung nachgewiesen werden. Tom, ich will einfach unauffällig bleiben. Mich soll der Schlag treffen, wenn ich mir von Dole vorschreiben lasse, wie ich meine Arbeit zu machen habe, aber ich darf Cassie und Eve nicht in Gefahr bringen, solange ich nicht genug weiß, um für ihre Sicherheit zu garantieren. Außerdem ist es im Moment viel wichtiger, die Vermissten zu suchen.«

»Ja.« Tom beugte sich vor, die Ellbogen auf Moss' Schreibtisch. Er musterte den Chief. »Verstehst du jetzt, warum ich vermutet habe, dass dieser Dreckskerl was mit dem Verschwinden von Marie und Eric zu tun hat?«

»Hoffen wir lieber, dass es jemand anders war. Der Kerl ist wie 'ne Mauer.«

»Wie wär's mit etwas härteren Polizeimethoden?«

Baskerville musterte Tom eindringlich. »Du meinst es ernst, was?«

»Kann schon sein.«

»Was ist in dich gefahren, Tom? Du warst doch immer der große Friedensstifter. Ich dachte, es ist unmöglich, dich auf die Palme zu bringen.«

»Dazu muss schon viel passieren, Moss. Sehr viel.«

»Es geht um Marie, ja?«

Tom zögerte. »Um Marie, die anderen, mein Pferd, ihre Tiere. Mann, wir verlieren unsere Stadt.«

»Willst du mich aufs Gelände der Apostel begleiten und ein bisschen rumschnüffeln? Könnte sein, dass wir da einige Antworten finden.«

»Meinst du, die lassen uns rein? Ohne Durchsuchungsbefehl?«

»Sinclair hat gesagt, ich wäre willkommen.« Moss beugte sich vor. »Es ist schon komisch mit ihm. Ich hab gedacht, er ist das Arschloch des Jahrhunderts, aber eigentlich hat er einen ganz netten Eindruck gemacht. Wirkte aufrichtig.«

Tom lachte bitter. »Du nimmst mich auf den Arm.«
»Du bist doch derjenige, der in dieser Stadt jeden auf den Arm nimmt, Abernathy.«
»Na gut, aber verglichen mit Sinclair bin ich ein Anfänger.« Tom schüttelte den Kopf. »So verdient er sein Geld. Lass dich nicht von seinem Charisma überrumpeln, Moss.«
»Willst du dir nicht selbst 'n Eindruck machen?«
»Mach ich. Hast du den Kerl überprüft, oder sind seine Daten so geheim wie die von Dole?«
»Ich hab ihn überprüft, aber es war nicht viel zu finden. Keine Vorstrafen. Er war auf 'nem Priesterseminar, ist dann aber Zauberer geworden.«
»Na, das passt doch, oder?« Tom stand auf. »Zauberer und Geistlicher in einer Person. Wenn das nicht beunruhigend ist …«
Moss schüttelte den Kopf. »So gesehen schon.« Er erhob sich. »Gehen wir.«
Tom nickte. »Ich will unterwegs bei Marie vorbeischauen.«
Als er Moss' Streifenwagen zur Stadt hinaus folgte, bemerkte Tom kleine Ansammlungen von Aposteln, die die Straßen auf und ab gingen und Flugblätter verteilten.
Nur vereinzelt fielen Regentropfen, als sie den schlammigen Old Madelyn Highway hinauffuhren. Sie bogen nach Westen auf die Thunder Road ab, und als sie in Maries Einfahrt einbogen, waren die Windschutzscheiben trocken. Während Moss den Anhänger nach Hinweisen untersuchte, fütterte Tom die Tiere und sperrte sorgfältig die Stalltür ab. Dann ging er zu Moss.
»Was gefunden?«
Baskerville schüttelte den Kopf. »Du hast Recht, was den Einbruch und den Kampf angeht. Es waren mehrere Personen, sonst wären nicht die Vorder- und die Hintertür aufgebrochen worden.«
Tom ließ seinen Pick-up in Maries Auffahrt stehen und stieg auf Moss' Beifahrersitz. »Hältst du's deshalb für wahrscheinlicher, dass es die Apostel waren?«

»Ja.« Moss steuerte den Wagen auf die Straße. »Zumindest ist es jetzt weniger wahrscheinlich, dass es dieselbe Person war, die Madge überfallen hat.«
»Das ist doch schon mal was.« Tom verschränkte die Hände im Schoß, weil er fürchtete, sie könnten sonst zittern. Er hätte sich von Marie nie überreden lassen dürfen, sie allein zu lassen.
»Eben im Restaurant«, begann Tom, »wollte ich erklären, dass die Verstümmelungen anders waren als die in den Hügeln.«
Moss warf ihm einen Seitenblick zu. »Wie denn?«
»Marie hat gesagt, die anderen wären sauber und blutlos gewesen. Die hier waren 'ne grobe Metzelei mit viel Blut.«
»Scheiße, ein Trittbrettfahrer. Das fehlt uns gerade noch. Mist, schau dir das an.«
Das Tor zum Anwesen der Sekte war gesperrt. Zwei Apostel standen Wache. Moss drehte das Seitenfenster runter, und eine der Wachen, eine junge Frau, trat an den Wagen.
»Kann ich Ihnen helfen?«
»Das hoffe ich doch. Ich würde gern Mr. Sinclair sprechen.«
Die Frau wirkte beunruhigt. »Er hat sich zurückgezogen und darf nicht gestört werden.«
»Ich muss ihn unbedingt sprechen, Ma'am. Es ist ein Notfall.«
»Na gut, ich werd's versuchen.« Sie durchschritt das Tor, sperrte es hinter sich ab, stieg dann in ein kleines Gefährt, das wie ein Golfwagen aussah, fuhr über den Parkplatz und verschwand hinter der Kirche.
Fünf Minuten vergingen. Zehn. Fünfzehn. Tom verlor langsam die Geduld, doch schließlich kam der Wagen zurück. Diesmal saß jemand auf dem Beifahrersitz.
»Das ist nicht Sinclair«, knurrte Moss, als der Wagen sich näherte. »Sinclair ist groß und dünn und trägt einen Bart.«
Dieser Bursche dagegen war kahl und untersetzt und trug einen grauen Anzug. Er war weit und breit der einzige Apostel ohne

Kutte. Moss und Tom stiegen aus und gingen zum Tor. Der Mann grinste wie ein Halloween-Kürbis.
»Chief Baskerville, welche Freude, Sie zu sehen«, sagte er hinter dem Kettenschloss, ohne Anstalten zu machen, das Tor zu öffnen. »Ich bin Ältester Caine. Was kann ich für Sie tun?«
»Wir würden gern James Sinclair sprechen«, erklärte Baskerville.
»Ich fürchte, er meditiert gerade. Heute trage ich die Verantwortung. Was kann ich für Sie tun?«
Tom war der Fleischklops in Grau vom ersten Moment an unsympathisch. Er sah aus wie jemand, der seiner eigenen Mutter einen miesen Versicherungsvertrag andreht, einer von denen, die sich nach dem werten Befinden erkundigen, und einem, wenn man ihnen erzählt hat, dass man an Krebs stirbt, auf die Schulter klopfen und sagen: »Prima, Tom! Freut mich für Sie! Schauen Sie mal hier, ich habe da einen Bettvorleger, den ich Ihnen billig überlassen könnte ...«
»Wir würden gern reinkommen und uns etwas umsehen«, sagte Baskerville.
»Das ist im Moment unmöglich. Wenn Sie wollen, können Sie sich morgen Abend die Predigt unseres Propheten anhören. Vielleicht hat er danach Zeit für Sie.«
»Mr. Caine, Ihr Chef hat mir gestern angeboten, dass ich mich auf Ihrem Anwesen jederzeit umsehen und mit jedem reden kann, mit dem ich reden will. Warum verstoßen Sie gegen seine Anordnungen?«
Tom sah die Verschlagenheit hinter Caines hilflosem Lächeln. »Der Prophet hat mir nicht gesagt, dass er Sie eingeladen hat.«
»Dann fragen Sie ihn«, erwiderte Tom.
»Das geht nicht. Er ist in Klausur.«
»Heißt das, er ist zwar hier, aber Sie können ihn nicht stören?«, fragte Baskerville gereizt.
»Ich werde ihn auf *keinen Fall* stören, Sir. Wer auch immer nach ihm fragt.«

»Was wissen Sie über das Verschwinden Eric Watsons von seinem Lagerplatz im Spirit Canyon gestern Abend?«
»Nichts. Ich kenne diesen Mann nicht.«
Tom hatte zwar den Eindruck, dass Caine die Wahrheit sagte, aber bei Typen wie ihm konnte man nie sicher sein.
Moss räusperte sich und fragte geduldig: »Was wissen Sie über das Verschwinden von Marie Lopez?«
»Nichts. Nicht das Geringste. Wer ist das?«
»Sie lügen.« Tom trat einen Schritt vor. »Sie lügen, Sie mieser, dreckiger –«
Baskerville packte Toms Arm. Der Apostel wich vom Zaun zurück. »Reiß dich zusammen, Tom.« Er warf Caine einen finsteren Blick zu. »Sie zwingen mich, einen Durchsuchungsbefehl zu besorgen. Es wäre einfacher, wenn Sie uns reinlassen würden. Oder wenn wir mit Ihrem Chef reden könnten.«
»Für *Sie* einfacher«, sagte Caine.
»Es wäre für beide Seiten einfacher. Verlassen Sie sich drauf.«
Caine erwiderte nichts. Er wandte sich ab und bestieg den Wagen. »Fahren wir«, befahl er.
»Elender Dreckskerl«, knurrte Moss, als sie zum Wagen zurückgingen.
»Er lügt«, sagte Tom und bemühte sich, dass man seiner Stimme den Zorn nicht anmerkte.
Baskerville fuhr in Richtung von Maries Anwesen. »Ich glaube, er weiß nicht, wo Watson ist.«
»Ja, scheint mir auch so. Aber er weiß mit Sicherheit etwas über Marie.« Er schaute in Richtung der Berge. »Vielleicht halten sie sie da oben versteckt.«
Baskerville parkte den Wagen hinter Toms Pick-up. »Vielleicht. Willst du dich doch mal umschauen?«
»Gern. Was ist mit dem Durchsuchungsbefehl?«
Moss schüttelte den Kopf. »Das Wetter wird besser. Ich kann Shirley schicken und meinen Nachtassistenten bitten, sie zu vertreten.

Er kann die Überstunden gebrauchen. Wie wär's, wenn du Alexa Manderley auftreibst und dich vergewisserst, ob sie schon was von Eric gehört hat? Dann könntest du eine Suchmannschaft zusammenstellen und ihn und Marie suchen. Und den Kleinen auch, falls er in den Madelyns war.«

Tom nickte. »Gut, mach ich. Aber wenn der Durchsuchungsbefehl kommt, würde ich dich gern begleiten. Es sei denn, ich habe Marie bis dahin gefunden.«

»Melde dich heute Nachmittag bei mir. Samstags dauert's immer etwas, besonders bei dem Chaos in Barstow. Ich schau bei Cassie vorbei und hau mich eine halbe Stunde aufs Ohr. Dann setz ich sie und Eve bei dir ab, wenn du nichts dagegen hast. Mir laufen hier einfach zu viele Nachthemdtypen durch die Gegend.« Er lächelte gequält. »Wenn ein paar Apostel an ihre Tür klopfen, garantiere ich für nichts … Cassie hat 'n heftiges Temperament«, fügte er mit einem zärtlichen Unterton hinzu.

»Kann man wohl sagen«, erwiderte Tom und öffnete die Tür seines Pick-ups. »Bis später.«

99

MARIE LOPEZ

Marie Lopez hatte das Gefühl, jemand schlüge mit einem Schmiedehammer gegen die Innenseite ihres Schädels, aber sie widerstand dem Drang zu stöhnen. Sie erinnerte sich vage, dass sie schon einmal aufgewacht und einen Laut von sich gegeben hatte. Da hatte ihr eine Frau mit schriller Stimme ein chloroformgetränktes Tuch aufs Gesicht gedrückt.

Ohne den Kopf zu heben, schlug Marie die Augen auf. Sie war an einen Holzstuhl gefesselt. Im Halbdunkel konnte sie erkennen, dass ihre Hände im Schoß und weiter unten ihre Knöchel mit Nylonschnüren zusammengebunden waren. Ein weiteres Stück dünnes Seil war schmerzhaft eng um ihre Hüfte geschlungen und drückte ihren Rücken hart gegen die Stuhllehne. Eine Zeit lang lauschte sie nur, den Blick starr auf den Eichenboden gerichtet.

Stille. Langsam hob sie den Kopf. Das bisschen Licht stammte von einer mit zu wenig Spannung betriebenen Leuchtröhre unter der Decke. Außer ihr schien sich niemand in dem Zimmer aufzuhalten. Die Wände waren weiß gestrichen, und die Einrichtung beschränkte sich auf einen langen Kleiderständer mit weißen, blau gesäumten Satingewändern. *Roben für Chorsänger!* Sie befand sich also in einem Chorraum, aber mit Sicherheit nicht in einer katholischen Kirche.

Was wollen die Apostel von mir, verdammt? Eigentlich spielte es im Moment keine große Rolle. Wichtig war nur, dass sie sich von den Fesseln befreite. Marie betrachtete die Schnüre, die ihre Handgelenke zusammenhielten und grinste. Die Idioten hatten

sie über dem dicken Stoff ihres schwarzen Sweatshirts zusammengebunden.
Geduldig machte sie sich daran, die Fesseln zu lösen.

100

ALEXANDRA MANDERLEY

»Ich glaube, der Regen hat erst einmal aufgehört«, sagte Alexa Manderley, als sie von Carlo Pelegrines Fenster im Obergeschoss auf die Madelyns schaute. Zwar hingen noch immer dunkle Wolken am Himmel und verhüllten die Gipfel der Berge, aber hier und da schimmerten bereits ein paar Flecken blauen Himmels durch. »Wird Zeit, dass ich mich auf den Weg mache und Eric suche.«

»Du willst doch nicht jetzt schon in den Canyon fahren?« Carlo stand hinter ihr, und seine Hände lagen sanft auf ihren Schultern. »Es ist zu gefährlich.«

Alexa drehte sich zu ihm um. »Ich weiß, aber ich muss wenigstens zum Polizeirevier runterfahren und mich um eine Rettungsmannschaft kümmern.« Sie schwieg einen Moment. »Ich hätte schon vor Stunden dort sein sollen.«

»Es ist nicht deine Schuld, dass der Strom ausgefallen ist und der Wecker nicht gepiepst hat.« Im gleichen Moment, in dem er es sagte, fing die Deckenlampe wieder an zu leuchten.

Trotz ihrer Sorgen war sie gestern Abend sofort in tiefen Schlaf gesunken und erst lange nach Sonnenaufgang erwacht. Carlo hatte darauf bestanden, dass sie in seinem Bett nächtigte, während er selbst auf dem Sofa schlafen wollte. Trotz seines Geständnisses fühlte sie sich bei ihm gut aufgehoben und hatte darauf beharrt, dass sie das Bett teilten. Als sie heute Morgen schließlich aufgewacht war, hatten sie dicht nebeneinander gelegen, und sie hatte viel zu lang seine Wärme, das Geräusch und das Gefühl seines sanften Atems in ihrem Nacken genossen. Zum ersten Mal in

ihrem Leben hatte sie tatsächlich mit einem anderen Menschen geschlafen. Es hatte ihr gefallen. Aber jetzt hatte sie ein schlechtes Gewissen, weil sie sich amüsierte, während Eric verschwunden war.
»Lass uns wenigstens eine Kleinigkeit frühstücken«, sagte Carlo. »Es wird ein langer Tag. Du wirst es brauchen.«
Wie konnte es sein, dass dieser sanfte Mann je einen anderen Menschen verletzt hatte? Wenn sie ihn ansah, hatte sie wieder Schmetterlinge im Bauch. Es war nicht so, dass sie ihm seine Geschichte nicht glaubte – sie glaubte sie durchaus –, aber sie wusste auch, dass er, was immer er sein mochte, kein Mörder war. Der Mörder war tot und verschwunden, und sie merkte, dass sie den Rest von ihm liebte. Sie nahm seine Hände. »Ein schneller Happen wäre nicht schlecht, aber ich kümmere mich darum.«
Carlo zog einen Mundwinkel hoch. »Eric hat gesagt, du kannst nicht mal Wasser kochen. Ist das wahr?«
»Klar kann ich Wasser kochen«, erwiderte sie.
»Kannst du ein Omelett zubereiten?« Sein Lächeln wurde breiter.
»Na ja … Ich kann einen Toaster bedienen.«
»Gut, dann bist du für den Toast verantwortlich. Wie wär's, wenn du mal nachschaust, ob das Telefon wieder funktioniert, und dann nach unten gehst und deine Sachen aus dem Trockner holst, während ich das Omelett zubereite?« Er machte eine Pause. »Hast du das auch gerade gehört?«
»Was denn?« Alexa fuhr herum.
»Schau mal, Pferde.« Er deutete aus dem Fenster.
Tom Abernathy, unverwechselbar auf seiner silbergrauen Stute, führte ein gesatteltes, kastanienbraunes Pferd am Zügel. Ihm folgten fünf weitere Reiter mit wasserfesten Hosen und Cowboyhüten. Wenig später hörten sie unten die Klingel. »Ich geh mal runter«, sagte Carlo und lief zur Treppe.
Alexa zog seinen Morgenmantel zu und folgte ihm, hielt sich aber außer Sichtweite im Schatten der Treppe.

»Hallo, Tom«, sagte Carlo, nachdem er die Tür geöffnet hatte. »Du trägst ja ein Abzeichen«, fügte er überrascht hinzu.
»Moss braucht unbedingt Hilfe. Er hat an mein Gewissen appelliert.«
»Was ist denn los?«
»Ich dachte, Alexa könnte vielleicht hier sein.« Er deutete mit einem Nicken auf ihren Wagen.
Alexa trat aus dem Schatten und amüsierte sich ein wenig über den erstaunten Ausdruck in Toms Gesicht, als er ihren Aufzug bemerkte. »Hier bin ich.«
»Wir reiten in die Berge, um Eric und Marie zu suchen.«
»Marie?«, fragte Carlo.
»Sie wird ebenfalls vermisst.«
Alexa bemerkte einen schmerzerfüllten Unterton in seiner Stimme, als er berichtete, was geschehen war. »Das tut mir wirklich Leid, Tom.«
»Wir werden sie finden«, sagte Tom scheinbar gelassen. »Sie haben erwähnt, dass Sie reiten können. Ich habe meine bravste Stute mitgebracht, für den Fall, dass Sie uns begleiten wollen.«
»Ja, unbedingt.« Alexa schaute Carlo an.
»Auf ebenem Weg komme ich gerade noch zurecht«, sagte Carlo. »Aber ansonsten bin ich ein hoffnungsloser Fall. Tom weiß das.«
Der Cowboy nickte. »Ist die reine Wahrheit. Hat das Erdbeben hier Schäden angerichtet?«
»Nur das Durcheinander, das du hier siehst.« Carlo deutete auf die über den Boden verstreuten Streichholzschachteln, Bücher und Karten. »Nichts Ernstes.«
»Ich ziehe mich sofort an. Ich bin gleich wieder da.« Alexa verschwand im Waschraum, schlüpfte eilig in ihre Kleidung und Schuhe und kam zurück. »Fertig.«
Carlo gab ihr einen Regenponcho und einen Cowboyhut. Sie streifte den Poncho über den Kopf und setzte den Hut auf »Ich kann mir gar nicht vorstellen, dass du so etwas trägst«, sagte sie.

»Ich fürchte, ich trag's nicht sehr oft.«

»Er ist ein typischer Stadtjunge«, scherzte Tom. »Gehen wir.«

»Die Schlüssel für den Bronco liegen auf deinem Nachttisch«, sagte Alexa zu Carlo, der sie auf die Veranda begleitete. »Wenn du irgendwohin willst, kannst du ihn gern benutzen.«

»Danke. Ich glaube nicht, dass wir heute arbeiten, aber ich werde hier aufräumen und dann mal sehen, ob jemand Hilfe braucht.« Er schaute zu Tom hinüber. »Wann seid ihr ungefähr wieder hier?«

»Wenn uns kein schwerer Regen dazwischenkommt, sobald wir sie gefunden haben. Moss hat jemanden losgeschickt, um einen Durchsuchungsbefehl für das Anwesen der Apostel zu besorgen. Inzwischen müsste er ihn haben.«

»Die Apostel?«, fragte Alexa überrascht. »Warum sollten sie Eric entführen?«

»Das weiß ich nicht genau, aber sie sind im Zusammenhang mit Maries Verschwinden die Hauptverdächtigen.«

Alexa drückte Carlo einen flüchtigen Kuss auf die Lippen. »Sehen wir uns später?«

»Das hoffe ich doch.«

101

CASSIE HALLOWAY

»Du willst wirklich nicht noch ein Stündchen schlafen?«, fragte Cassie und reichte Moss den Pistolengurt.

Er nahm den Gurt und gab ihr einen Kuss. »Würd ich gern, Cass, aber dafür ist jetzt keine Zeit. Soll ich dich und Eve bei Tom absetzen?«

»Du hast doch gesagt, er ist mit der Suchmannschaft unterwegs.«

»Stimmt, aber Davy ist da und lässt euch rein.«

Obwohl sie wusste, dass es wahrscheinlich die klügste Entscheidung wäre, kurzfristig zu Tom zu ziehen, war ihr der Gedanke zuwider, ihr kleines Haus allein zu lassen. »Der Regen hat nachgelassen, und nicht ein Apostel hat an meine Tür geklopft. Hältst du das wirklich für nötig?«

»Ich würde mich wohler fühlen, wenn ihr dort wärt, Cass. Solange die Telefone nicht funktionieren, könntest du, wenn nötig, nicht mal um Hilfe rufen.« Er schloss sie in die Arme. »Du und Marie lebt als Einzige so weit von der Stadt weg. Marie wird vermisst. Dein Haus wurde verwüstet. Deshalb möchte ich nicht, dass du hier bleibst. Außerdem weißt du doch, wie gern Eve bei Tom ist.«

»Du hast Recht. Wir fahren rüber. Aber ich nehme meinen Wagen.«

»Ich dachte –«

»Es ist einfach, das Haus neu zu streichen, aber nicht so einfach, den Wagen neu zu lackieren.«

»Na gut.« Moss küsste sie auf die Nase. »Ich liebe dich.«

»Ich dich auch. Pass auf dich auf, Schatz.«

Sie stand an der Tür und sah ihn wegfahren, dann betrat sie Eves winziges Schlafzimmer. »Wir fahren zu Tom, sobald ich mit dem Abwasch fertig bin. Such dir ein paar Spielsachen aus, die du mitnehmen willst. Und hol deine Jacke, deine Stiefel und deinen Regenmantel.«
»Toll!«, jubelte Eve. Sofort kramte sie in ihrer Spielzeugkiste herum.
In der Küche machte Cassie sich an den Abwasch. Als sie das letzte Glas wegstellte, kam Eve herein und hielt ihre Lieblingsstoffpuppe in der Hand. »Ist das alles, was du mitnehmen willst, Liebling?«
»Äh … nein. Der Rest liegt vor der Haustür.«
»Der Rest? Willst du deine ganze Spielzeugkiste mitnehmen?«
Eve kicherte. »Nein, Mommy, nur meinen Ball, mein Candyland, meinen Hasen, meine Barbie und ihre Sachen, meine Pferdefiguren und drei Malbücher …«
»Und deine Buntstifte«, fügte Cassie hinzu. »Schön, Liebling. Mal doch noch für ein paar Minuten ein Bild aus. Ich mach währenddessen alles fertig und zieh mich um.«
»Mach ich!« Eve flitzte aus der Küche.
Cassie trocknete sich ihre Hände ab und schaute aus dem Küchenfenster. Es fing gerade wieder an zu regnen. Sie seufzte. Sie hatte gehofft, es hätte endgültig aufgehört. Ihr Haus lag nicht weit genug von der Old Madelyn Road entfernt, um sicher zu sein, wenn es wirklich schlimm wurde.
Sie hörte lautes Motorengeräusch, als ein Fahrzeug an die Seite des Hauses heranfuhr, und musste lächeln. »Moss, du alter Schwarzseher.« Er war wahrscheinlich zurückgekommen, um sie sicher zu Toms Haus zu bringen.
»Mommy!«, rief Eve und lief in die Küche. »Da ist jemand.«
»Ist es nicht Daddy?«
»Äh … nein. Es sind so komische Leute, die wie Gespenster aussehen.«

Cassie lachte. »Gespenster?«

»Ja.«

Als jemand an die Tür pochte, ließ Cassie das Handtuch auf die Arbeitsplatte fallen. Sie ging ins Wohnzimmer und lugte durchs Fenster, das zur Einfahrt hinausging. »Die verfluchten Apostel«, zischte sie, als sie eine weiß gewandete Gestalt auf dem Fahrersitz eines mit Schlamm bespritzten weißen Lieferwagens sitzen sah.

»Mach auf, du Hure!«, schrie ein Mann. Das Hämmern gegen die Tür wurde lauter.

Cassie lief zum Telefon und riss den Hörer von der Gabel. Immer noch kein Freizeichen. »Verdammt! Eve, komm her zu mir, Liebling.«

Die Kleine, die Stoffpuppe noch im Arm, kam mit weit aufgerissenen Augen auf sie zugelaufen. Die Apostel fingen an, die Haustür einzutreten. »Nicht weinen, mein Schatz«, flüsterte Cassie. »Sei tapfer für Mommy.«

Als die Tür erste Risse zeigte, schaute Cassie sich panisch um. Sie konnten sich nirgendwo verstecken – sie musste weglaufen.

»Wir wissen, dass du da drin bist, du Hure!«

Holz krachte, als Cassie die Hintertür aufriss und Eve in den Regen hinaustrug. Sie lief über den Vorhof und hörte Schreie und schwere Schritte hinter sich.

Dann wurde sie von hinten umgerissen.

Sie fiel in den Schlamm und rollte sich herum, um ihre Tochter zu schützen. Jemand versuchte, ihr Eve aus dem Arm zu reißen. Das Mädchen klammerte sich schreiend an ihren Hals und schluchzte ihr ins Ohr.

»Lass los, du Hure!« Ein Mann in Weiß zerrte an ihrem Handgelenk. »Lass los!«

Ein anderer trat ihr in die Rippen, einmal, zweimal, ein drittes Mal, so brutal, dass ihr der Atem stockte. Der Mann, der ihr Handgelenk umklammerte, riss an ihren Fingern, löste einen und drückte ihn so weit nach hinten, dass der Knochen knackte.

»Nein!«, schrie Cassie. Sie versuchte sich über Eve zu rollen und sie zu umschlingen, damit ihr nichts passierte.
»Hör zu, Evie«, flüsterte sie eindringlich, »wenn ich *jetzt* sage, läufst du so schnell du kannst. Lauf zu Toms Haus oder nach Madland. Sie dürfen dich nicht erwischen. Denk dran, wenn ich *jetzt* sage.«
Jemand griff ihr ins Haar und riss ihren Kopf zurück. Andere Hände drehten sie auf den Rücken. Als Eve ihr entrissen wurde, sah sie flüchtig Furcht erregend verzerrte Gesichter mit irre funkelnden Augen. Cassie spürte keinen Schmerz, nur wilden Zorn, als ihr ein Arm auf den Rücken gedreht wurde und man sie vom Boden hochriss.
Ein Dutzend Männer und Frauen hatten sie eingekreist und stachen mit Schirmspitzen auf sie ein. Ein Mann hielt Eve, die zu ihrer Mutter wollte, an den Armen. Vergeblich trat Cassie rückwärts nach dem Mann, der sie festhielt.
»Wehr dich nicht, Hure.« Ein alter Mann mit kalten Augen und Hakennase trat vor. Er trug eine Militäruniform, keine Kutte. »Du kannst uns nicht entkommen.«
Er wandte sich ab und blickte in die Runde fanatischer Gesichter. »Dies ist die Hure von Babylon! Schaut euch das Böse genau an!« Er trat dicht an Cassie heran.
Sie ballte ihre freie Hand zur Faust, als er die Hand hob und ihr Hemd aufriss. »Schaut sie euch an, die Hure! Sie ist mit dem Zeichen des Teufels bedeckt. Sechs, sechs, sechs. Sie ist des Teufels Braut.«
Cassies Faust schoss so schnell vor, dass der alte Sack sie kaum kommen sah. Sie traf ihn in die Weichteile, aber nicht fest genug, und schrie vor Schmerz auf, als der Mann, der sie von hinten festhielt, ihren Arm herumdrehte.
Der Alte rang nach Atem. »Wie kannst du es wagen, einen Apostel anzufassen, Hure! Wie kannst du es wagen, einen Mann Gottes anzufassen!«

»Du bist kein Mann Gottes«, fauchte Cassie. »Du bist ein mieser Dreckskerl, ein dämlicher Fanatiker! Scher dich zum Teufel!«
»Campbell«, sagte der Alte ruhig. »Zeige ihr den rechten Weg.«
Ein breitschultriger Mann mit einem abartigen Grinsen trat vor. Er hob eine riesige, fleischige Faust und drosch Cassie in den Unterleib. Sie fiel zu Boden.
»Mommy!«, schrie Eve, riss sich los und lief zu ihrer Mutter.
»Jetzt!« Cassie konnte kaum atmen, aber sie schrie das Wort heraus, als sie sich auf die Knie aufrappelte und auf den Alten stürzte. Sie umklammerte sein Bein und biss durch das Tarnmuster der schmierigen Uniform. Eve zögerte nur eine Sekunde, dann lief sie wie der Blitz davon. Ein Mann setzte ihr nach, stolperte aber über seine verdreckte Kutte. Eve lief im Zickzack und entwischte einem zweiten und einem dritten Verfolger.
Dann versuchte Campbell Cassie von dem Alten wegzuziehen, aber sie klammerte sich noch fester an ihn und schlug ihre Zähne in sein Fleisch, bis sie Blut schmeckte. Er schrie, und Cassie trat und schlug um sich. Einen Moment lang ließ sie das Bein los und schrie: »Jetzt! Jetzt! Jetzt!« Dann grub sie die Zähne noch tiefer in sein Fleisch.
Die anderen versuchten sie von ihrem Anführer zu lösen. Sie zogen einen ihrer Arme zurück, doch bevor sie den anderen zu fassen bekamen, griff Cassie dem Alten zwischen die Beine.
Und jetzt ans Eingemachte! Der Mann schrie auf, als ihre Finger sich in seine Hoden krallten.
»Weg mit ihr!«, schrie er, wobei seine Stimme eine Oktave höher klang als zuvor. »Schafft sie weg!«
Als sich die anderen auf Cassie stürzten, konnte sie Eve nirgendwo mehr sehen. *Bitte, lieber Gott, lass sie leben. Bitte, lass sie leben.*

102

JUSTIN MARTIN

Justin fuhr auf den fast leeren Parkplatz hinter Madland und parkte in der Nähe von Carlos Laden direkt neben Alexa Manderleys Bronco. Vermutlich hatte der Wahrsager den Wagen nach hinten gefahren, nachdem sie gegangen war. Justin hatte sich ein wenig umgehört und erfahren, dass Alexa mit dem Arschloch Tom Abernathy und einer Stuntmenbande losgefahren war, um Eric Schwachkopf zu suchen. *Viel Glück, ihr Idioten!*

Es war Justin leicht gefallen, seine Verabredung mit Hannibal Caine zu »vergessen«, denn das war im Vergleich mit dem, was er und der Häuter vorhatten, Kleinscheiß. Gestern Abend, als es in der Stadt dunkel geworden war, hatte er wieder die Stimme gehört: Sie hatte gesagt, sein Plan sei wesentlich bedeutsamer als das Vorhaben der Apostel.

Justin marschierte über den Fußweg zum Haupteingang und auf den Gehsteig der Main Street. Als es anfing zu schiffen, blieb er unter den Markisen. Obwohl Madland geöffnet war, war fast niemand hier. Viele Ladenbesitzer hatten heute gar nicht erst aufgemacht. Als er heute Morgen im strömenden Regen zur Arbeit gekommen war, hatte er den alten Marquay mit Leichtigkeit überredet, sich den Tag freizunehmen. Er hatte versprochen, die Verwunschene Mine aufzumachen, sobald die Sonne zum Vorschein kam. Dies bedeutete, dass er den heutigen Tag für sich hatte.

Carlos Laden war geschlossen, aber drinnen brannte Licht. Justin klopfte an die Tür, und Carlo öffnete. Er trug eine grüne Metzgerschürze und hielt einen Besen und ein Kehrblech in den Händen.

Sein heiterer Gesichtsausdruck verdüsterte sich, als er Justin sah.
»Was willst du?«
»Mit Ihnen reden.«
Carlo verstellte ihm den Weg, aber nach einer Weile trat er beiseite, winkte Justin hinein und schloss die Tür hinter ihm ab. »Hier lang«, sagte er und führte ihn in sein Lesezimmer. »Setz dich.«
Justin war noch nie hier gewesen und schaute sich neugierig um. Er war beeindruckt von den kräftigen dunklen Farben, den Kerzen, den Spielkarten und der Tiffany-Lampe in der Ecke. Er setzte sich an den Tisch und griff nach der Kristallkugel.
»Fass sie nicht an.«
Justin zögerte, dann zog er die Hand zurück.
Carlo verschränkte die Arme und lehnte sich an einen Sekretär. »Worüber willst du reden?«
»Über heute Abend. Was wir, ich meine, was Sie mit Alexa Manderley anstellen werden.«
»Ich werde ihr die Haut abziehen«, sagte der Mann langsam. »Was gibt es da noch zu bereden?«
»Sie werden es tun?«
»Ja.«
»Und Sie bringen mir bei, wie man es macht?«, hakte Justin hoffnungsvoll nach.
»Du kannst zusehen. Ob du dabei was lernst oder nicht, bleibt abzuwarten.«
Es klingelte an der Tür. Carlo stand auf. »Komm heute um Mitternacht wieder her. Du kannst jetzt gehen.«
Justin erhob sich voller Ehrfurcht. Dieser Mann war ein König, ein Führer unter den Menschen, mit einer so autoritären Stimme, dass die Manderley sich wahrscheinlich selbst die Haut abzog, wenn er es von ihr verlangte. Nicht mal Jim-Bob Sinclair konnte es mit ihm aufnehmen. »Um Mitternacht«, wiederholte er und folgte Carlo zur Tür.
»Hallo, Carlo«, sagte die alte Quigley, als die Tür aufging.

»Könnten Sie mir heute vielleicht wahrsagen?« Sie machte eine Pause und schien verwundert über Justins Grinsen.
»Natürlich.« Carlos Stimme klang plötzlich ganz anders, so weich und respektvoll. »Justin wollte sowieso gerade gehen. Nicht wahr, Justin?«
»Ja, Sir. Schönen Tag noch, Mrs. Quigley.« Er trabte zu seinem Wagen.
Als er eingestiegen war, schaltete er das Radio ein. »Hier ist Diana Rice mit den neuesten Schlagzeilen aus der Wüste. Die Springflutwarnung gilt für die nächsten zwölf Stunden oder bis eine weitere Durchsage erfolgt. In Barstow sind einige Häuser vom Sturm schwer beschädigt worden. Ein Erdbeben der Stärke 4,4 auf der Richterskala hat heute Morgen die höheren Wüstenlagen erschüttert, kleinere Schäden angerichtet und Strom- und Telefonleitungen unterbrochen. Es sind keine Verletzten gemeldet worden, aber Seismologen vom California Institute of Technology sind der Ansicht, dass es sich nicht, wie ursprünglich angenommen, um ein Nachbeben des 1992er Landers-Bebens handelt. Und jetzt zurück zu Charlie Ray und den sanften Klängen von Sheena Easton …«
Justin schob die Doors-Kassette in den Rekorder und dachte an den Häuter. Er wollte ihn heute Abend unbedingt beeindrucken. Er wollte, dass er ihm erlaubte, unter seinem aufmerksamen Blick das Messer zu führen. Er sollte stolz auf ihn sein. Justin überlegte, ob er noch ein anderes Opfer mitbringen sollte. Ja, vielleicht sollte er. *Etwas, das ihn wirklich beeindruckt. Etwas, das ihm gefällt.*
»Come on, Christie, light my fire«, sang er, als er in Richtung New Madelyn fuhr.

103

EVE HALLOWAY

Als ihre Mutter »Jetzt!« gerufen hatte, war Eve so schnell gelaufen, wie sie konnte, direkt in ihr Lieblingsversteck – über den kleinen Apfelbaum im Vorgarten rauf aufs Dach der vorderen Veranda. Sie war schnell in den kleinen Zwischenraum gekrochen, wo die Regenrinne über das Dach der Veranda ragte, und dort hatte sie ausgeharrt, während die bösen Männer nach ihr suchten.

Als sie wegfuhren, kroch Eve hinaus, lief auf den Hinterhof und dann ins Haus. Ihre Mutter war verschwunden. Eve hatte Daddy anzurufen versucht, aber das Telefon funktionierte nicht, also hatte sie beschlossen, auf ihre Mutter zu hören und zu Tom hinüberzulaufen.

Als sie das Haus verließ, stellte sie fest, dass es wieder regnete. Sie war noch nie zu Fuß zu Toms Haus gelaufen, aber wenn sie auf der Straße blieb, würde sie es sicher finden.

Aber auf der Straße war das Wasser zum Gehen zu hoch, und als es heftiger zu regnen begann, fiel sie zweimal hin. Einmal wurde sie fast weggespült, aber sie kämpfte sich zum Straßenrand durch, und obwohl sie nicht wusste, auf welcher Seite sie war, lief sie einfach los. Inzwischen regnete es so stark, dass sie nicht mal mehr an den Bergen erkennen konnte, ob sie in die richtige Richtung lief.

Sie lief eine Ewigkeit und machte sich immer größere Sorgen um ihre Mutter. Die Gespenster taten ihr weh, brachten sie zum Weinen. Eve wünschte sich nichts mehr, als Tom zu finden, damit er sie zu ihrem Vater brachte. Er würde Mommy finden und die Bösen ins Gefängnis stecken.

Noch mehr Zeit verging, aber sie konnte weder Toms Haus noch Madland noch sonst etwas finden. Als Panik in ihr aufkeimte, hörte sie irgendwo hinter sich einen Motor. Eve fuhr herum und sah Scheinwerfer auf sich zukommen: Nicht über die Straße, sondern geradewegs aus der Wüste. Erschreckt hielt sie inne und starrte den Lichtern entgegen. Sie konnte sich nicht mehr rühren.
Plötzlich hörte sie eine Hupe. Das Fahrzeug kam ruckartig zum Stehen, nur zwei Handbreit vor ihren Füßen.
»Was machst du denn da?«, rief eine Männerstimme. Wegen des Regens konnte sie den Mann kaum verstehen. Als Eve klar wurde, dass es eins der Gespenster sein könnte, drehte sie sich um und lief blindlings davon.
»He! Warte!«
Sie lief noch schneller, dann blieb sie mit dem Fuß in einem Kaninchenbau hängen und fiel mit dem Gesicht in den Matsch. Unter Tränen versuchte sie sich aufzurappeln, aber plötzlich spürte sie zwei Hände, die sie vom Boden aufhoben.
»Nein!« Sie schrie aus Leibeskräften, sträubte sich und kratzte an den Händen, doch sie ließen sie nicht los. »Nein! Nein!«
»Ich tu dir doch nichts!«, rief der Fremde ihr ins Ohr.
»Nein!« Sie trat wild um sich.
Der Mann stellte sie auf die Beine und drehte sie zu sich herum. »Was ist denn los, Kleine? Was machst du hier draußen ganz allein?«
Als er vor ihr niederkniete, sah sie zum ersten Mal sein Gesicht und wurde ruhiger, denn sie sah eine blaue Uniform unter seinem offenen Trenchcoat. »Sind Sie Polizist?«, fragte Eve hoffnungsvoll.
Der Mann zögerte, dann zog er ein triefnasses Taschentuch aus der Hose und wischte ihr den Schlamm aus dem Gesicht. »So was Ähnliches«, erklärte er.
»Sind Sie der neue Polizist, auf den mein Daddy wartet?«

»Nein, Kleine. Kannst du mir deinen Namen sagen?«
»Wie heißen Sie denn?«, erwiderte Eve misstrauisch.
»Colonel … Dole.«
»Ich bin Eve Halloway. Böse Männer haben meine Mommy mitgenommen.« Tränen traten in Eves Augen. »Es waren Gespenster. Sie haben sie gehauen. Sie haben ihr wehgetan.« Die Tränen strömten über Eves Wangen. »Sie haben sie mitgenommen.« Sie schlang die Arme um Doles Hals, brach an seiner Brust zusammen. »Bitte, holen Sie meinen Daddy! Bitte, holen Sie meinen Daddy!«
Der Offizier trug sie zu seinem grünen Jeep und schnallte sie auf dem Beifahrersitz fest. »Wer sind die Gespenster, Eve?«
Eve schluckte und versuchte nicht mehr zu schluchzen. »Sie haben weiße Laken an, wie Gespenster.«
»Apostel?«
Eve nickte. »Aber einer war wie ein Soldat angezogen.«
»So wie ich?«, fragte Dole überrascht.
»Ja. Wie GI Joe.«
»Ich verstehe. Deiner Mom wird nichts passieren, mach dir keine Sorgen.« Dole drehte den Zündschlüssel. Der Motor heulte auf, aber der Jeep rührte sich nicht. Er versuchte es noch einmal, dann schaltete er den Motor aus.
»Die Reifen stecken fest«, erklärte er, stieg aus und ging zum Heck des Wagens. »Ich habe hinten eine Schaufel drin. Wir sind im Handumdrehen unterwegs.«
Als Eve die Schaufelgeräusche hörte, stieg sie aus, umrundete den Wagen und beobachtete Colonel Dole. Die Wüste ringsum war ein einziges verwaschenes Grau, aber dennoch glaubte sie etwas zu sehen, das sich bewegte. Sie kniff die Augen zusammen und war sicher, dass sie mehrere Leute näher kommen sah. »Colonel Dole!« Sie zupfte an seinem Hosenbein, und er schaute sie stirnrunzelnd an.
»Die Gespenster kommen!« Eve zeigte in ihre Richtung.

Dole zog, so wie ihr Vater, eine Pistole aus dem Holster unter dem Arm und musterte die sich nähernden Gestalten. »Eve«, sagte er und zog eine dunkelgrüne Decke aus dem Fond des Wagens. »Setz dich vor dem Rücksitz auf dem Boden und wickle dich damit ein – auch den Kopf. Du musst still sein, bis ich sage, dass du wieder rauskommen kannst. Hast du mich verstanden?«
Mit zitternder Unterlippe nickte sie und ließ sich von ihm in den Jeep heben. Er zupfte die durchnässte Decke um sie herum zurecht. »Sei ganz tapfer.«
»Fahren wir dann zu meinem Daddy?«
»Ja.« Er zog die Decke über ihren Kopf. »Beweg dich nicht.«
Einen Moment lang geschah nichts, dann hörte sie die schreckliche Stimme des alten Mannes, der wie ein Soldat angezogen war.
»Haben Sie Schwierigkeiten?« Vor Angst zitternd hörte sie zu.
»Ich stecke im Schlamm fest«, erwiderte Colonel Dole grimmig.
»Was machen Sie hier draußen?«, fragte der böse Alte.
»Eine militärische Mission. Ich könnte Sie das Gleiche fragen.«
»Eine göttliche Mission, Sir. Sind Sie gerettet worden?«
Eine lange Pause trat ein. »Gehen Sie weiter«, befahl Dole. »Ich muss arbeiten.«
»Er ist ein Sünder!«, keifte eine heisere Frauenstimme.
»Bereust du deine Sünden?«, rief ein Mann.
»Also gut, Leute.« Wieder Dole. »Ich bin bewaffnet und bereit, von der Schusswaffe Gebrauch zu machen, wenn Sie nicht weitergehen. Sie mischen sich in Regierungsangelegenheiten ein.«
»Steinigt ihn!«, schrie der Alte. »Tötet den Sünder!«
Erst traf etwas die Seite des Jeeps, dann knallte ein Schuss. Dann noch einer. Eine Frau schrie. Wieder schepperte etwas gegen den Jeep, dann folgte ein wahrer Hagelsturm dumpfer Aufschläge, und Eve hörte Dole vor Schmerzen stöhnen. Die bösen Männer waren überall, ganz nah, und jemand schrie: »Erschießt ihn!«
»Nein!«, rief der Alte. »Setzt ihn in den Wagen. Wir ziehen ihn aus dem Schlamm und klemmen das Gaspedal fest.« Sie hörte

einen Sicherheitsgurt klicken. »Es wird so aussehen, als wäre er verunglückt.«

Ein Ruck ging durch den Jeep, als sie Colonel Dole vor Eve auf den Fahrersitz warfen. Eve hielt den Atem an, als der Sitz sich gegen sie presste. *Bitte, lass nicht zu, dass sie mich finden!* Sie wiederholte das Gebet immer wieder und hörte Dole ächzen und stöhnen.

»Okay, Campbell. Ihr da, schiebt an!«, befahl der Alte.

Der Jeep schaukelte vor und zurück. Unter der Decke klammerte sich Eve mit aller Kraft an die Stange unter den Rücksitzen. Plötzlich machte das Fahrzeug einen Satz nach vorn, und das Schaukeln hörte auf.

»Das ist für unseren Propheten!«, schrie der Alte, als der Motor ansprang. »Gib mir den Stein da. Nein, den großen.« Eve hüpfte hoch, als der Stein in den Jeep geworfen wurde. Der Motor heulte auf, als stünde gleich ein Rennen bevor.

»Ist der Gang eingelegt?«, fragte jemand.

»Ja«, stieß der Alte hervor. »Tretet zurück. Ich löse die Handbremse ... *Jetzt!*«

Das Fahrzeug setzte sich in Bewegung. Das Motorengeräusch übertönte das Unwetter. Eve hielt sich fest, während der Jeep immer schneller über den Wüstenboden hüpfte und holperte. Plötzlich sackte er zur Seite weg, und der Wagen überschlug sich mehrfach. Die Decke wurde weggerissen, aber Eve hielt sich mit beiden Händen fest und umklammerte mit den Beinen die Stange.

Er schien eine ganze Ewigkeit hinabzurollen, doch plötzlich war ein hässliches Krachen zu hören. Der Jeep blieb erst auf der Seite liegen und kippte dann wieder auf die Räder. Der Motor verstummte. Eve lauschte eine ganze Weile reglos dem Zischen des Dampfs und dem leisen Keuchen und Stöhnen.

Schließlich ließ sie die Stange los und versuchte die Seitentür zu öffnen, aber sie klemmte. Also kroch sie, unverletzt, doch voller Schrammen und blauer Flecken, auf die andere Seite. Sie schaute sich um, sah aber keine Spur mehr von den bösen Männern.

»Colonel Dole?«, fragte sie, als sie die zusammengesunkene Gestalt auf dem Vordersitz sah.

Er antwortete mit einem Stöhnen. Zögernd trat Eve zur Fahrertür und versuchte in sein Gesicht zu sehen, aber sein Kopf war aufs Lenkrad gesunken. Sie musste sich überwinden, um ihn gegen den Sitz zu drücken. Aus seinem Mund und einem Ohr troff Blut, das der Regen sofort wegspülte. Doles Gesicht war zerkratzt und voller Beulen, und an der Stirn, wo sie gegen das Lenkrad geknallt war, zeigte sich eine große Schwellung.

»Colonel Dole?«

Er schlug langsam die Augen auf und versuchte eine Hand nach Eve auszustrecken, aber sie sah ganz verdreht und komisch aus, und mit einem schmerzerfüllten Laut ließ er sie in den Schoß sinken. »Eve«, krächzte er durch aufgeplatzte und geschwollene Lippen. »Ist dir nichts passiert?«

Sie nickte. »Können wir gehen?«

»Ich nicht.« Er machte eine Pause und atmete schwer. Blut tropfte aus seiner Nase. »Du musst allein gehen, Eve. Es ist gefährlich, wenn du hier bleibst.«

»Allein?«, fragte sie, und ihre Lippen zitterten.

»Du bist ein tapferes Mädchen«, brachte er mühsam heraus. »Du kannst es schaffen. Wir sind nicht weit vom Freizeitpark entfernt. Dort kannst du Hilfe holen. Wirst du das tun?«

Eve schaute seinen zerschundenen Körper an und zuckte zusammen, als sie sah, dass ein Bein auf Kniehöhe unnatürlich zur Seite verdreht war. »Ja.«

»Geh langsam. Bleib möglichst in der Nähe von Büschen und Felsen, wo du dich verstecken kannst. Und sei auf der Hut vor den Aposteln. Versteck dich sofort, wenn du sie siehst, ja?«

Eves Angst nahm zu, während sie ihn schweigend anstarrte.

Plötzlich leuchteten seine Augen. »Eve, du musst es tun, um deiner Mutter zu helfen. Sie ist auf dich angewiesen! Du musst tapfer sein!« Seine letzten Worte waren kaum noch zu verstehen. Dole fielen für einen Moment die Augen zu.

»Colonel Dole?«, fragte sie und berührte ihn am Ärmel.

Er hob die flatternden Augenlider.

»Ich will Sie nicht allein lassen.«

»Ist schon in Ordnung.«

»Sterben Sie denn?«

Er schaute sie eine ganze Zeit an, obwohl er die Augen kaum offen halten konnte. »Nicht, wenn ich's vermeiden kann«, flüsterte er schließlich.

Sie nickte und wandte sich zum Gehen.

»Eve?«, krächzte Dole.

Sie drehte sich noch einmal um. »Ja?«

»Sag deinem Vater …« Er keuchte, und blutiger Schaum lief ihm aus dem Mund. »Sag deinem Vater … sag deinem Vater, dass ich keiner von den Bösen bin.«

»Okay«, sagte Eve, als ihm das Kinn auf die Brust sackte.

Sie schaute ihn eine Weile an, dann marschierte sie in den Regen hinein. Sie konnte kaum mehr als drei Meter weit sehen und betete, dass sie in die richtige Richtung ging.

104
MARIE LOPEZ

Marie lockerte das sie an den Stuhl fesselnde Seil und seufzte erleichtert. Während sie sich mit den Stricken abgemüht hatte, war die Apostel-Amazone zweimal reingekommen, ohne dass ihr etwas aufgefallen war. Jetzt war sie endlich frei.
Fast eine Stunde lang hatte sie in der Kirche das Echo von Stimmen gehört. Ein Mann, der nicht wie Sinclair klang, sprach in gedämpftem, aber majestätischem Ton. Zwischendurch wurde gesungen. Marie hoffte, dass der Gottesdienst, oder was hier auch veranstaltet wurde, nicht zu früh endete, damit sie von hier verschwinden konnte.
Als sie gerade aufstehen wollte, hörte sie einen Schlüssel im Schloss.
Die Frau war wieder da. Sie konnte gerade noch die Hände und Füße zusammenschieben und auf dem Stuhl nach vorn sinken. Hoffentlich fielen der Frau die Seile nicht auf, die sie hinter den Stuhl geworfen hatte.
»Komm schon, du Miststück, ich weiß genau, dass du wach bist.« Die schroffe Stimme übertönte die Predigt. Marie hielt den Kopf gesenkt, als die Frau durchs Zimmer schritt.
»Wach auf, Hure!« Die Amazone packte Maries Haare und riss ihren Kopf zurück. »Wach auf!«
Marie kochte vor Wut, aber es gelang ihr, die Augen geschlossen zu halten und eine ausdruckslose Miene zu bewahren. Plötzlich schlug die Frau ihr ins Gesicht. Jetzt reichte es.
Marie fuhr vom Stuhl hoch. Die erschreckte Sektiererin ließ ihr Haare los. Bevor sie reagieren konnte, stürzte Marie sich auf sie,

warf sie um und kämpfte wie eine Katze, die eine Bulldogge abwehrt.

Die Frau war wie ein kleiner Panzer gebaut und bestand nur aus anabolikagestählten Muskeln und Sehnen. Marie kratzte, biss und setzte den ganzen Körper ein, damit die Amazone mit dem viereckigen Kinn sie nicht zu fassen bekam. Sie drehte ihr einen Arm auf den Rücken, ballte eine Hand zur Faust und schlug der Frau auf die Nase.

Die Amazone heulte auf, und Marie sprang zurück und lief zur Tür. Als sie sie aufriss, war die Frau wieder auf den Beinen. Blut lief ihr übers Gesicht.

Marie lief durch den Flur zu einer kurzen Treppe, die in einer Sackgasse an zwei Türen endete. Die erste, deren Klinke sie herunterdrückte, war abgeschlossen. Die zweite allerdings nicht. Als Marie die Amazone im Flur auftauchen sah, riss sie die Tür auf und lief hindurch.

Plötzlich stand sie in der Kirche auf dem Podium, und ein Dutzend Gesichter starrten sie an. Ein rundlicher Kahlkopf auf dem Podium wandte sich zu ihr um, und sie lief ihm direkt in die Arme. Er schaute sie überrascht an und ergriff ihre Schultern.

»Bitte, helfen Sie mir!«, schrie Marie. Im gleichen Moment rammte sie ihm das Knie in den Schritt. Der Mann keuchte auf und ließ sie los. Marie sah eine offene Tür und lief auf sie zu.

»Haltet sie!«, schrie die Amazone.

Bevor Marie die Tür erreichen konnte, verstellten zwei Gestalten in Kutten ihren Weg. Marie tat so, als wolle sie nach links ausweichen, dann nach rechts. Die Kirche war fast leer. Wenn sie an den Leuten vorbeikam, konnte sie die Tür im hinteren Teil der Kirche erreichen. Aber die kleine Gemeinde war bereits auf den Beinen und versperrte ihr den Fluchtweg. Marie fuhr herum, sah eine zweite Tür am anderen Ende des Podiums und lief auf sie zu.

»Packt sie!«, schrie der Kahlköpfige.

Aus den Augenwinkeln sah Marie, dass die Amazone über das

Podium jagte. Sie lief weiter, aber die Frau bekam sie plötzlich zu fassen und riss sie zu Boden.

»Jetzt hab ich dich, du kleine Hure!«

Hände schlossen sich um Maries Hals und drückten sich in ihr Fleisch. Unter hundert Kilo Fleisch gefangen, trat Marie um sich und versuchte der Frau das Gesicht zu zerkratzen. Rote Flecken tanzten vor ihrer Augen.

»Verletzt sie nicht!«, befahl der Kahlköpfige, als weitere Hände Maries Hand- und Fußgelenke packten. »Bringt sie zu mir!«

Jemand löste die Hände der Amazone von ihrem Hals, dann zogen zwei Männer Marie auf die Beine und zerrten sie zur Kanzel. Der Kahlköpfige, sein rundes Gesicht war puterrot, hielt die Hände schützend vor seine Weichteile. Er grinste gequält. »Schade, dass du eine unbelehrbare Heidin bist. Du würdest eine hervorragende Streiterin für den Lebendigen Heiland abgeben.«

»Scher dich zum Teufel!« Marie spuckte ihm ins Gesicht. Die Männer packten sie fester.

»Ja, es ist wirklich schade«, wiederholte der Mann.

Hinter ihm stöhnte eine Frau. Marie blickte auf und schnappte nach Luft. Zu beiden Seiten des riesigen Podiums befanden sich zwei ungefähr zweieinhalb Meter hohe Kreuze. Das rechte war leer, aber an das linke war jemand gefesselt. Cassie Halloway, mit zerrissenem Hemd, so dass ihre Tätowierungen zu sehen waren, musterte Marie aus geschwollenen Augen. Blut tropfte aus einer Schnittwunde an ihrer Wange. Sie stöhnte erneut.

»Cassie!«, schrie Marie.

»Ältester Caine!« Der hakennasige Alte in dem feuchten Tarnanzug, der in ihr Haus eingedrungen war, trat durch eine Seitentür. Ihm folgten einige andere Gestalten in triefnassen Roben. Er trat auf Caine zu und sprach so leise mit ihm, dass Marie kaum ein Wort verstand. »Das Kind ist nach wie vor unauffindbar.«

»Verdammt«, sagte Caine leise. Er schaute in die Gesichter ringsum. »Also gut, wir wissen jetzt, dass die Kreuze das Gewicht tra-

gen. Campbell und Deitz, holt die tätowierte Hure da runter und sperrt sie ein. Sorgt dafür, dass sie nicht stirbt. Ihr anderen sucht eure Gruppenführer und macht euch wieder an die Arbeit.«
Der Alte im Tarnanzug zog eine Pistole und richtete sie auf Marie. »Ihr könnt draußen warten«, sagte er zu den Aposteln, die sie festhielten.
Caine wartete, bis die Kirche leer war, dann erst sprach er weiter. »Habt ihr das Kind überall gesucht?«
»Überall, wo wir suchen konnten, ohne Verdacht zu erregen. Das Balg ist in die Wüste gelaufen, und wir haben es aus den Augen verloren. Die Kleine könnte überall sein. Wenn sie's in den Freizeitpark schafft, wird sie den Vorfall melden, und das dürfen wir nicht zulassen.«
Caine schüttelte den Kopf. »Ich fasse es nicht, dass ein Dutzend Erwachsener ein kleines Mädchen entwischen lässt, Ältester Blandings.«
»Ich auch nicht«, knurrte Blandings.
»Aber *du* warst im Dienst, Eldo. *Du* trägst die Verantwortung.«
Der Alte betrachtete seine Hände. »Wir werden weiter nach ihr suchen.«
»Tut das.« Caine warf Cassie einen Blick zu. Die Amazone und ein anderer Apostel lösten ihre Fesseln. »Findet das Mädchen und besorgt uns eine, die wir an ihrer Stelle benutzen können. Sie ist in schlechter Verfassung, und auch das ist deine Schuld, Eldo. Wenn sie stirbt, brauchen wir eine andere.«
Blandings nickte in Maries Richtung. »Was ist mit ihr?«
»Die ist gut. Sei beim nächsten Mal genauso behutsam.«
Marie spuckte Caine ins Gesicht. »Was soll das alles, du mieser Bastard?«, schrie sie.
»Bitte nicht spucken, meine Liebe. Sie werden es noch früh genug erfahren.«
»Hannibal«, sagte Blandings. »Ich weiß schon jemanden.«
Caine hob eine Augenbraue. »Wen?«

»Der Mann, der mich gedemütigt hat. Tom Abernathy.«
»Er war heute Morgen mit Baskerville hier«, berichtete Caine. »Sie haben sie gesucht.« Er nickte in Maries Richtung.
Gott sei Dank wissen sie, dass ich verschwunden bin! In Marie keimte neue Hoffnung auf.
»Ist das wichtig?«, fragte der Alte.
»Ja«, sagte Caine streng. »Sie werden mit einem Durchsuchungsbefehl zurückkommen.«
»Was sagt Prophet Sinclair? Wird er sie reinlassen?«
»Nein, Eldo. Dies ist eine Kirche, ein Heiligtum. Wir haben die Wachen verdoppelt. Hier kommt niemand rein, den wir nicht reinlassen wollen. Das Problem ist, dass Abernathy ein zu großes Risiko darstellt.«
»Er hat mich gedemütigt«, knurrte Blandings. »Und Campbell auch. Er verdient den Tod.«
»Und er wird sterben, wenn die apokalyptischen Reiter kommen. Hab Geduld, Eldo. Such dir jemand anderen.«
Blandings schaute Caine statt Marie an, und der Lauf seiner Waffe senkte sich ein wenig. Marie atmete tief durch, während die Apostel sich stritten. Der Lauf der Waffe senkte sich zitternd noch ein weiteres Stück.
Marie trat urplötzlich zu und traf die Pistole. Sie flog aus der Hand des Alten und rutschte über den Boden. Marie sprang ihr hinterher und hob die Waffe auf.
»Wache!«, schrie Caine.
Marie fuhr auf dem Absatz herum und lief zur Tür. Zwei weitere Apostel traten ein.
»Packt sie!«, rief Caine. »Setzt sie außer Gefecht, aber bringt sie nicht um.«
Marie bot ihnen keine Gelegenheit dazu. Sie eilte durch die Tür und lief hinaus. Sie wusste, dass sie es nie schaffen würde, den sechs Meter hohen Zaun und den darauf angebrachten Stacheldraht zu überwinden.

Das Anwesen war fast verwaist. Sie lief zwischen der Kirche und dem Nachbargebäude entlang, dann bog sie nach rechts auf einen schmalen, zentralen Gehweg zum zweiten Gebäude ein. Sie erreichte eine Tür und drückte die Klinke. Verschlossen. Die nächste auch. Die dritte aber nicht.
Sie hörte die schreiend herumrennenden Apostel, als sie hinter der Schwelle in die Dunkelheit schlüpfte.

105

JUSTIN MARTIN

Herzlichen Glückwunsch, Christie.« Als Christie Fox Justin seine Cola brachte, überreichte er ihr einen rosa Umschlag.

»Mein Geburtstag ist zwar erst in zwei Wochen, aber danke.« Sie stellte das Serviertablett auf seinem Tisch ab und öffnete den Umschlag. Er hatte die Karte sorgfältig ausgesucht. Sie war süß, aber harmlos, ein dummes Motiv mit Charlie Brown und Lucy. Immerhin gelang es ihm, Christie zum Lächeln zu bringen. »Danke, Justin, das ist wirklich lieb.«

»Ich habe noch eine Überraschung für dich. Ein Geschenk. Aber wir müssen irgendwo unter uns sein, damit ich es dir geben kann.«

»Ich muss noch eine halbe Stunde arbeiten.« Sie schaute sich im Café um. »Ich weiß nicht recht, ob ich woanders hin will, Justin. Rick fehlt mir sehr.«

Ihre Augen wurden feucht, und Justin tätschelte ihre Hand. »Ich weiß, dass du erst in zwei Wochen Geburtstag hast, Christie. Ich wollte dich nur ein bisschen aufheitern.«

»Wo willst du denn mit mir hin?«, fragte sie leise.

»Das ist eine Überraschung.«

»Ich mag keine Überraschungen, Justin. Vergessen wir's einfach.«

»Na gut, dann sage ich's dir. Wir fahren nach Madland.«

Sie blickte in den strömenden Regen hinaus. »Wie sollen wir da denn hinkommen? Mit einem Ruderboot?«

»Von hinten kommt man besser ran.«

»Verschieben wir's auf einen schöneren Tag.«

Justin lächelte. »Wir können nicht warten. Du hast 'ne Verabredung.«

»Eine Verabredung?« Er hatte ihr Interesse geweckt, auch wenn sie es sich nicht anmerken lassen wollte. »In Madland? Zu welchem Zweck?«

»Soll ich's dir wirklich sagen?«

»Ich mag keine Überraschungen.«

»Ich habe beim *Zauberlehrling* eine halbe Stunde zum Handlesen reserviert.«

Ihre Augen strahlten. Er hatte mit nichts anderem gerechnet. Er hatte sie und andere Mädchen oft von Carlo Pelegrines gutem, düsterem Aussehen schwärmen gehört. Sie wollten alle mit ihm vögeln. Wenn die wüssten … Justin lächelte.

»Wirklich, Justin?«, fragte sie aufgeregt. »Wirklich?«

»Na klar. In einer Stunde.«

Sie drückte seine Hand. Es war der erste Ausdruck von Zuneigung, den sie ihm je entgegengebracht hatte. »Das war wirklich sehr aufmerksam, Justin. Es ist genau das, was ich jetzt brauche. Bleibst du noch 'ne Weile hier? Ich bin in einer halben Stunde fertig.«

»Ohne dich geh ich nirgendwohin«, sagte Justin.

Charles Pilgrim, dieses Geschenk wird dir gefallen! Er nippte an seiner Cola und stellte sich Carlos Reaktion vor, wenn er ihm das Mädchen brachte.

106
CARLO PELEGRINE

Alexa hatte gesagt, sie wolle ihn später treffen, aber sie hatte nicht erwähnt, wo. Deswegen wuchs Carlos Unruhe im Laufe des Nachmittags. Seit einer Stunde drohte eine Überflutung, und Tom würde sie auf keinen Fall in den Bergen einer solchen Gefahr aussetzen.
Er nahm die Schlüssel des Bronco in die Hand, die sie ihm überlassen hatte, und drehte sie müßig zwischen den Fingern. Er hatte sie benutzt, um den Wagen auf den Parkplatz zu fahren, sobald der Freizeitpark geöffnet wurde, aber jetzt kam ihm der Gedanke, dass sie vielleicht erwartete, dass er sie bei Tom abholte. Schließlich würde sie sein Pferd dort abliefern.
»Natürlich«, sagte er laut, zog den Trenchcoat über und steckte die Schlüssel ein.
Fünfzehn Minuten später, nachdem er den Wagen über das kurze, aber tückische Stück des Old Madelyn Highway manövriert hatte, das Madland von Toms Anwesen trennte, bog er auf die Straße zur Ranch ein. Zehn Minuten bis zum Haus. Er öffnete eigenhändig das Tor und klopfte an, aber nichts rührte sich.
Auch Davy war nicht in seinem Cottage. Also eilte Carlo zu den Stallungen hinüber und ging so lange, bis er die gedämpfte Stimme eines Mannes und das leise Wiehern eines Pferdes hörte. Er öffnete die obere Hälfte der äußeren Stalltür, und Davy Styles, der gerade seinen schwarzweißen Schecken striegelte, blickte müde auf und lächelte. Ein Gewehr lag in Reichweite neben ihm auf einer Bank. »Was machst du hier, Carlo?«
»Ich hab gedacht, die Suchmannschaft ist vielleicht schon zurück.«

»Ist sie noch nicht. Aber bei diesem Regen wird's nicht mehr lange dauern. Es ist gefährlich da oben.«

»Ich weiß.«

»Willst du nicht lieber ins Haus gehen und dort warten?«

»Nein«, sagte Carlo. »Offen gesagt, ich bin zu nervös, um mich irgendwo ruhig hinzusetzen.« Er zögerte. »Kann ich dir helfen?«

Davy musterte ihn von Kopf bis Fuß an und lachte. »Meinst du das ernst?«

»Natürlich.«

»Dann komm rein.«

Carlo hängte seine Jacke über die innere Stalltür und nahm zum ersten Mal eine Striegelbürste in die Hand.

Das Pferd zu striegeln erwies sich als erstaunlich angenehm. Es hatte etwas Beruhigendes, das große, starke Tier zu berühren, doch während er arbeitete, dachte er an Justin Martin. Alexa, die voller Überraschungen steckte, hatte gesagt, sie würde sich um ihn kümmern. Jetzt fragte er sich, was sie damit gemeint hatte. Jemand, der einen Mörder als Geliebten akzeptierte, nahm vielleicht auch einen Mord hin, und er hatte versprochen, dass er nie mehr, unter keinen Umständen, jemanden umbringen würde. Er war entschlossen, dieses Versprechen zu halten.

»Carlo?«

Er fuhr herum, und das Pferd schnaubte.

»Du bist aber schreckhaft«, sagte Davy.

»Tut mir Leid.«

»Schon in Ordnung. Ich glaube, Ranger ist jetzt genug gebürstet worden.« Er tätschelte dem Wallach liebevoll den Kopf. »Er ist total verwöhnt. Komm«, sagte er und öffnete die Stalltür. »Ich stell dich Diamond Lil vor. Sie wird dir gefallen.«

Carlo nickte und folgte ihm. Er war von der schönen weißen Stute so hingerissen, dass er tatsächlich für kurze Zeit vergaß, sich Sorgen zu machen.

107
JUSTIN MARTIN

Als Justin, Christie Fox neben sich, den Wagen auf den Mad-land-Parkplatz lenkte, fiel ihm sofort auf, dass Alexa Manderleys Bronco verschwunden war. Sie musste von ihrem Ausflug in die Berge zurückgekehrt und weggefahren sein. Er hoffte, dass sie bald wieder da war, aber jetzt hatte er erst einmal Christie.

Zum Glück wurden sie von niemandem gesehen, als sie durchs Hintertor und dann über die Zufahrtsstraße für Lieferanten hinter den Läden gingen. Christie bestand nur aus Arsch und Titten: Sie fragte sich nicht mal, warum sie hintenrum gingen. Für sie war es einfach nur ein großes Abenteuer.

Schließlich standen sie hinter Carlos Laden. Justin führte sie an seinem Lagerschuppen vorbei zur Hintertür und klopfte. Er klopfte noch einmal. Niemand rührte sich.

»Justin? Hast du nicht gesagt –«

»Er ist wahrscheinlich oben und hört uns nicht. Warte hier. Ich geh rauf und hole ihn.«

»Aber wie?«

»Du wirst schon sehen. Warte einfach.«

Justin betrat den Lagerraum und schaltete das Licht ein. Er sah Carlos Motorrad, einige Farbdosen, Werkzeuge und schließlich eine Ausziehleiter, die seitlich an der Wand hing. Hastig hob er sie von den Haken und trug sie hinaus.

»Justin, du willst doch nicht einbrechen?«

»Nein, natürlich nicht. Carlo hat's mir so gesagt. Er kann oben nichts hören. Wenn er sich nicht rührt, soll ich durchs Fenster steigen und ihm Bescheid geben.«

»Das ist ja ziemlich merkwürdig«, quengelte sie.

Halt's Maul, blöde Fotze! Justin zuckte lächelnd die Achseln und stellte die Leiter unter das Fenster im ersten Stock, auf das er gedeutet hatte. *Wenn es zu ist, schlepp ich die Schlampe in den Schuppen, leg sie über sein verdammtes Motorrad und schlitz sie mit 'ner Gartenschere auf!*

Zum Glück für Christie war das Fenster nicht geschlossen. Justin schob es auf, blickte über die Schulter und winkte. »Bin gleich wieder da. Warte.«

»Ja, gut.« Er stieg ein, drehte sich um und sah, dass sie Lippenstift auftrug, um den Häuter zu beeindrucken. Sie hätte besser daran getan, Justin zu beeindrucken, aber darauf würde sie noch früh genug kommen.

Justin blickte sich in dem Zimmer um, in das er eingestiegen war. Es war das Schlafzimmer, sehr ordentlich, mit gemachtem Bett und mit einem glänzenden Ankleidespiegel. Er riss die Tagesdecke und Kissen herunter und ging in die Knie, um an dem Bettlaken zu schnüffeln. Sein Schwanz zuckte, als er eine Möse roch. Alexa Manderleys Möse.

Er ermahnte sich, dass unten viel jüngeres Fleisch auf ihn wartete. Dann verließ er das Schlafzimmer und durchsuchte den Rest der Wohnung. Carlo war nicht da, und in Justin stieg allmählich Zorn auf. Hatte er Alexa irgendwo hingebracht, damit er es allein machen konnte? Je länger er darüber nachdachte, desto glaubhafter erschien es ihm.

Als er die Treppe nach unten stieg, war er sich sicher, dass Carlo ihn hinterging. »Zum Teufel mit dir«, flüsterte er. »Das wirst du noch bereuen.«

Er ging ins Lesezimmer und blieb vor dem kleinen Sekretär in der Ecke stehen. Neugierig öffnete er die Abdeckung. Auf der Schreibtischplatte stand ein Körbchen mit drei Orangen, und in dem Fach genau darüber glitzerte etwas. Justin zog es langsam heraus.

Es war ein Messer mit einer 14-Zentimeter-Klinge, rasiermesserscharf geschliffen. Justin drehte es in der Hand und schloss die Finger um den schmalen silbernen Griff. Es lag perfekt in der Hand. Er spürte, wie die Kraft der Waffe ihn durchströmte. Benutzte der Häuter dieses Messer, um seinen Opfern die Haut abzuziehen? Kein Wunder, dass er so perfekte Arbeit geleistet hatte. Kein Wunder mit einem solchen Messer.

»Justin!« Er erschrak, als Christie plötzlich an die Hintertür hämmerte.

»Miststück«, sagte er leise. Er schloss den Schreibtisch, hob das Messer an die Lippen und küsste es.

»Warum hast du so lang gebraucht?«, fragte Christie ärgerlich, als er die Tür öffnete und sie hereinschlüpfte.

Statt zu antworten, hob Justin das Messer.

108

HANNIBAL CAINE

Um keine Aufmerksamkeit auf sich zu ziehen, war Hannibal Caine, als er das Gelände verließ, um nach seinen Schäfchen zu sehen, mit einem rotbraunen Rollkragenpullover, Anorak und Khaki-Hosen bekleidet. Er hatte eigentlich nicht beabsichtigt, das Anwesen heute zu verlassen, aber da der Idiot Blandings schon genug verbockt hatte, hielt er eine heimliche Inspektion für angeraten.

Als er den Wagen auf den Madland-Parkplatz lenkte, stellte er sehr erstaunt und interessiert fest, dass Justin einen blonden Teenie durch das Hintertor führte.

Sein Wagen stand fast allein auf dem leeren Parkplatz. Hannibal duckte sich und beobachtete, wie der Junge hinter einem Gebäude verschwand und wenig später zu einem Fenster hinaufkletterte.

Er schlich über den Parkplatz zu dem kleinen Tor und sah, dass Justin es nicht abgeschlossen hatte. Er schob sich hindurch und schloss es hinter sich. Dann spazierte er wie zufällig zu dem Gebäude hinüber und sah gerade noch, wie die Hintertür aufging und die junge Blondine verschwand.

Er ging zur Vorderseite des Gebäudes und stellte fest, dass es der Laden des Hellsehers war. Er war geschlossen. *Das wird ja immer merkwürdiger.* Nachdem er zur Gebäuderückseite zurückgegangen war, wartete er zwanzig Minuten, doch Justin und das Mädchen ließen sich nicht sehen.

Ein Blick auf die Armbanduhr erinnerte Caine daran, dass er andere Dinge zu tun hatte, also ging er zur Hintertür und klopfte.

Niemand reagierte, also versuchte er es mit dem Türknauf. Die Tür war offen. Er trat ein.

Er stand in einer kleinen Waschküche mit einer weißen Waschmaschine und einem Trockner, Regalen voller Waschmittel und einem tiefen Becken, in dem ein purpurroter Fleck seine Aufmerksamkeit erregte.

Blut. Frisches Blut.

Es war nicht viel, aber der Anblick drehte ihm den Magen um. Er hätte sich fast übergeben, doch er riss sich zusammen. Eine Tür führte in einen anderen Raum, und mit zitternden Fingern schob er sie auf. Eine blutbefleckte Kristallkugel stand auf einem kleinen Tisch mitten in dem fensterlosen Zimmer. In dem Moment, als er die Kugel anschaute, zerplatzte auf ihr ein Blutstropfen. Caine blickte auf und sah das schreckliche, blutige Etwas unter der Decke. Er konnte nicht mal erkennen, was es war.

»Ältester Caine«, sagte Justin Martin, der einen dunkelgrünen Vorhang beiseite schob und in den Raum trat. Er hielt ein blutiges Messer in der Hand. »Was machen Sie hier?« Er kam näher.

»Ich wollte mit dir reden, mein Sohn«, sagte Caine und hoffte, dass man seiner Stimme die Angst und den Ekel nicht anmerkte.

»Tatsächlich?« Justin grinste verschlagen und hob das Messer.

»Ja. Wir haben dich heute Morgen vermisst.«

»Ich war beschäftigt.«

»Ja. Aber wir brauchen dich.«

Das Gesicht des Jungen entspannte sich etwas. »Mich?« Er kicherte. »Wofür?«

»Wie ich sehe, bist du der Richtige für diese Art Arbeit.«

»Welche Arbeit?«

Caine musste improvisieren, aber es gelang ihm ganz gut, fand er.

»Wir brauchen jemanden, um eine Person gefangen zu nehmen, die wir morgen in der Messe kreuzigen wollen.«

Die Augen des Jungen glänzten. »Sie wollen jemanden kreuzigen?«

»Und ob. Genau genommen sind es zwei Personen. Die eine ist schon in unserer Gewalt. Aber wir brauchen noch eine. Und wir brauchen jemanden mit deinem Geschick, der sich darum kümmert.« Er wusste selbst nicht genau, warum er dem Jungen nichts von der Schäferin erzählte. »Ich fürchte, Ältester Blandings ist nicht der richtige Mann dafür. Er macht fortwährend Fehler.«
»Sie wollen, dass ich die Sache übernehme?« Der Junge strahlte jetzt.
»Ja, Justin.«
»Wollen Sie die Gekreuzigten umbringen?«
»Nein. Wir erwarten den Weltuntergang, hast du das schon vergessen?« Caine lächelte. »Ich nehme an, Gott wird sie töten. Natürlich könntest du in diesem Fall Gottes Werkzeug sein. Wenn du möchtest.«
»Ich kann sie anschließend beide haben?« Justin grinste breit und fügte hinzu: »Ich meine, für den Fall, dass die Welt nicht untergeht …«
»Dann stellen wir dir einen Ort zur Verfügung, wo du … in aller Ruhe mit ihnen machen kannst, was du willst.«
»Wen haben Sie denn schon?«
»Die tätowierte Hure.«
»Klasse. Ich werde ihr die Haut abziehen.«
Caine lächelte. »Soll mir recht sein.«
»Kann ich die Zweite selbst aussuchen?«
»Natürlich, junger Mann. Ich verlasse mich auf deine Diskretion.«
»Alexa Manderley.«
»Wer ist das?«
»Eine UFO-Forscherin. Die wollte ich sowieso kaltmachen.« Er kicherte. »Ich habe gerade geübt, als Sie reingekommen sind.«
»Hört sich an, als sei sie genau die Richtige. Kannst du sie uns heute Nacht bringen?« Caine sah förmlich, wie sich in Justins Kopf die Zahnräder in Bewegung setzten.

»Und hinterher kann ich mit ihr machen, was ich will?«
Caine setzte sein bestes Verkäuferlächeln auf. »Auf jeden Fall!«
»Woher weiß ich, dass ich Ihnen trauen kann?«, fragte Justin und kniff die Augen zusammen.
»Sachte, mein Sohn. Ich habe dir anvertraut, dass wir die Tätowierte entführt haben. Wenn ich dir vertraue, musst du auch mir vertrauen.«
Justin zögerte, dann nickte er. »Okay. Ich komme heute Abend zu Ihnen. Aber wehe, Sie halten Ihr Wort nicht.«
»Keine Sorge.«
»Gehen Sie jetzt. Ich muss noch arbeiten.« Justin grinste, und seine Augen glänzten. »Mann, das wird wirklich Eindruck auf ihn machen.« Mit diesen Worten drehte er sich um und verschwand hinter dem Vorhang, ohne sich noch einmal umzublicken.
Caine verließ das Gebäude durch die Hintertür und wischte sorgfältig seine Fingerabdrücke vom Türknauf ab. Seiner Meinung nach war er ziemlich sauber aus der Sache rausgekommen. Wenn Justin erst einmal auf dem Anwesen auftauchte, würde es ganz einfach sein, ihn zu beseitigen.

109

ALEXANDRA MANDERLEY

Nachdem die sechsköpfige Suchmannschaft Madland verlassen hatte, teilte sie sich in drei Paare auf. Tom Abernathy und Henry Running Deer nahmen sich den tückischen Spirit Canyon vor, Shorty Sykes und Red Fitch die Gegend um die Olive Mesa. Alexa hatte Mad Dog Steinberg in den Rattlesnake Canyon begleitet, und trotz mehrerer Überschwemmungen gaben sie die Suche nicht auf.

Alexa und Mad Dog, der behauptete, sein Spitzname rühre daher, dass er noch irrsinniger als Jack Nicholsen dreinblicken könne, saßen auf ihren Pferden und schauten auf die Wiese hinab, auf der Marie ihre »unheimliche Begegnung« gehabt hatte. Der Talboden war mit schlammigem Wasser bedeckt. Von oben war nicht festzustellen, wie tief es war, deshalb hatten sie sich nicht hinuntergewagt, sondern das Tal mit Ferngläsern von der vergleichsweise sicheren Position des Gratrückens aus abgesucht. Sie fanden keine Spur von Eric, Marie oder dem vermissten Jungen.

»Wir müssen hier weg, Alexa.« Mad Dog blickte zum wolkenverhangenen Himmel empor. Der Regen tropfte hinten von seinem Stetson herunter. »Der Sturm wird schlimmer. Es dauert nicht mehr lang, dann geht's richtig los.«

»Sind Sie sicher?«

»Sicher ist gar nichts, aber wir strapazieren unser Glück.« Er tippte auf seine Armbanduhr. »Die anderen machen sich jetzt auch auf den Rückweg. Wer weiß? Vielleicht haben Tom und Henry Eric bereits gefunden.«

»Sie haben Recht.« Sie hatte es kaum ausgesprochen, als es noch stärker anfing zu regnen.

Sie brauchten fast eine halbe Stunde zur Thunder Road. Als sie dort ankamen, wurden sie schon von Shorty und Red erwartet.
»Nichts gefunden«, rief Shorty. »Rings der Olive Mesa ist nichts.«
»Wir haben auch nichts gefunden.« Mad Dog deutete in Richtung Spirit Canyon. »Seht mal!« Ein einsamer Reiter auf einem dunklen Pferd wurde sichtbar, als der Regen für einen Moment nachließ. »Es ist Henry«, sagte Mad Dog. »Er hat etwas über dem Sattel liegen. Kommt, reiten wir ihm entgegen!«
Man traf sich unmittelbar östlich des vom Regen überschwemmten Old Madelyn Trail. Als sie fast da waren, zog sich Alexas Magen zusammen. Was immer da quer über dem Sattel lag, es war schwarz verhüllt und mochte durchaus eine Leiche sein.
»Wo ist Tom, Henry?«, fragte Shorty.
»Er ist noch im Canyon, der verdammte Idiot!«
»Was ist das?«, zwang sich Alexa zu fragen.
Henry schaute sie an. Der Ausdruck seiner dunklen Augen war nicht zu deuten. »Eine Leiche. Wir haben sie gefunden, bevor wir in den Canyon ritten, hielten es aber für das Beste, die Suche dennoch fortzusetzen. Wir vermuten, dass sie vergraben war und der Regen sie wieder zum Vorschein gebracht hat. Tom hat mich gebeten, sie mitzunehmen – für den Fall, dass wieder alles überflutet wird.«
»Um Himmels willen, Henry«, rief Mad Dog. »Erspar uns die Dramatik und sag uns einfach, wer es ist.« Er warf Alexa ein mitfühlendes Lächeln zu.
»Wir vermuten, dass es der vermisste Junge ist. Die Leiche entspricht der Beschreibung, die der Chief uns mitgegeben hat. Wollt ihr mal sehen?«
»Nein, lieber nicht.«
»Sie vielleicht?«, fragte Henry Alexa.

»Eine Lady will sich bestimmt keine Leiche anschauen«, warf Red Fitch ein und spuckte einen Kautabakklumpen aus.
»Sie ist doch 'n Doktor«, erklärte Henry ungerührt. »Mit der Leiche stimmt was nicht. Ein Teil ihrer Haut ist weg.«
»Ich bin aber keine Ärztin«, sagte Alexa. Ihr wurde schwummrig. »Was soll das heißen, ein Teil der Haut ist weg?«
»Am Bauch ist ein großes Viereck abgezogen worden. Geht's Ihnen gut?«
»Ja, ja«, brachte Alexa heraus. »Alles in Ordnung.«
Donner grollte, und über dem Rattlesnake Canyon blitzte es. »Verschwinden wir«, sagte Mad Dog, »bevor hier die Hölle losbricht.«

110

TOM ABERNATHY

Tom Abernathy hatte eine Vorahnung. Deshalb war er trotz der Gefahr durch Überflutungen und Erdrutsche im Spirit Canyon geblieben. Er wusste zwar nicht recht, worauf sich die Vorahnung überhaupt bezog, aber sie war stark, und er konnte nicht weg.

Er hatte die meiste Zeit damit verbracht, das Gelände in der Nähe des Lagerplatzes abzusuchen, aber er hatte nichts gefunden. Jetzt saß er auf Belle, und der Regen lief an ihm herab; er hatte die Augen geschlossen und spürte in Gedanken seiner rätselhaften Ahnung nach.

Nach dem Leichenfund hatte er das unangenehme Gefühl gehabt, dass derjenige, der den Jungen auf dem Gewissen hatte, auch Eric etwas angetan haben könnte. Vielleicht sogar Marie. Trotzdem wollte er jetzt nicht aufgeben. Nicht, solange die Ahnung so stark blieb.

Schließlich öffnete er die Augen. Ohne zu überlegen, was er tat, ritt er weiter in den Canyon hinein und bog auf einen kurzen Pfad ab, der zu einem weiteren einfachen Lagerplatz führte.

Er ritt an den Rand des steilen Kliffs, schaute aus sicherer Entfernung hinüber und sah nur Wasser, das eine schmale Schlucht zwischen dem Kliff und drei anderen Hügeln ausfüllte. Donner grollte. Belle wieherte.

»Inzwischen müsstest du dich an das Geräusch gewöhnt haben, altes Mädchen«, sagte er beruhigend.

Belle wieherte erneut, und plötzlich hatte Tom das Gefühl, noch etwas anderes gehört zu haben. Er lauschte angestrengt, wartete und beobachtete die Ohren seines Pferdes. Belle legte sie an, und er hörte das Geräusch erneut. Es klang wie eine menschliche Stimme. »Ich glaub, du hast da was gewittert, Belle.« Er sprang etwas zu schnell vom Pferd, rutschte im Schlamm aus und schaffte es nur mit Mühe, sich wieder aufzurichten. »Bleib hier stehen«, sagte er zu Belle und trat näher an den Rand des Kliffs.

Ein Stück unter ihm war gerade noch der Unterschenkel eines Mannes zu erkennen. »Eric!«, schrie Tom aus vollem Hals. »Eric Watson!«

»Hilfe!«

Die Stimme klang schwach, aber das Bein bewegte sich. Tom legte sich flach auf den Bauch und spähte über den Rand. Eric richtete sich auf, aber selbst von seinem Standort aus konnte Tom erkennen, dass das andere Bein gebrochen war. »Bleiben Sie liegen!«, befahl Tom. »Ich hol ein Seil.«

Ohne auf eine Antwort zu warten, eilte er zu Belle und nahm das Lasso vom Sattel. Hastig knüpfte er eine Schlinge und befestigte das andere Ende am Sattelknauf. Dann kauerte er sich an den Rand des Kliffs. »Hier kommt's!«, rief er und ließ das Ende des Seils hinunter. »Halten Sie sich fest!«

Es erforderte ein paar Versuche, bis Watson das Seil gepackt hatte. Dann schlang er es sich um die Taille und wickelte es um seine Hände. »Fertig!«, rief er.

Tom bestieg Belle und trieb sie vorsichtig, Schritt für Schritt voran, bis der junge Mann über dem Rand des Kliffs auftauchte.

Tom lief zu Eric zurück, befreite ihn von dem Seil und half ihm hoch. »Ich wollte Sie schon aufgeben. Zum Glück hat Belle Sie gefunden.«

»Das Pferd hat mich gefunden?«

Tom nickte. »Man sollte auf sein Pferd hören. Sie spüren Dinge, von denen man selbst nichts ahnt. Zum Beispiel den Ort, an dem Sie gelegen haben. Sagen Sie mal, Eric, haben Sie Marie gesehen? Sie wird auch vermisst.«

Eric schloss einen Moment die Augen. Dann öffnete er sie wieder, ohne den Blick auf etwas Bestimmtes zu richten. »Entschuldigung. Was haben Sie gesagt …?« Erneut fielen ihm die Augen zu.

Tom fühlte besorgt seinen Puls. Er war schwach und schnell, aber zumindest vorhanden. »Eric?«

Der junge Mann antwortete nicht.

»Am besten schlafen Sie 'ne Runde«, sagte er und hob ihn hoch. »Dann merken Sie nicht, wie weh Ihr gebrochenes Bein tut.«

Als er den bewusstlosen Eric auf den Rücken seines Pferdes gewuchtet hatte und selbst im Sattel saß, keuchte er vor Erschöpfung. »Jetzt ab nach Hause, Belle«, sagte er. »Aber hintenrum, damit wir Eric bei Dr. Hartman abliefern können.« Sie verließen den Lagerplatz, und Tom nahm die Zügel, um Belle die Richtung anzuzeigen.

111

MOSS BASKERVILLE

Schon ein Zeichen von Shirley?« Moss Baskerville ließ den Knopf des Funkgeräts los und hörte statisches Rauschen.

»Nein, Chief.«

Gottverdammter Sturm. Er hatte Ken Landry bei den ganzen Nebenräuschen kaum verstehen können. Er und Al Gonzales hatten sich zwischen dämlichen, im Schlamm feststeckenden Touristen, Unfällen und der Vermisstensuche aufgerieben.

Zwischen den Regengüssen war Moss den Old Madelyn zu Toms Anwesen raufgefahren, aber Davy hatte ihn unterrichtet, dass noch niemand von der Suche zurückgekehrt war. Außerdem waren Cassie und Eve nicht wie verabredet zur Ranch gekommen. Moss war beunruhigt zu Cassie zurückgefahren. Nun atmete er erleichtert auf, denn er sah ihren gelben Honda in der Einfahrt stehen. Er schüttelte den Kopf. Er hätte wissen müssen, dass sie das Haus nicht verlassen würde. In dieser Hinsicht war sie stur.

Moss stieg aus dem schlammverkrusteten Streifenwagen, ging zur Haustür und nahm sich vor, sie zum Umzug in die Ranch zu überreden. Dann hielt er erschrocken inne, denn er sah die eingetretene Tür. *Scheiße!* Moss zog seine Waffe und drückte sich an die Wand neben der Tür. Langsam wagte er sich über die Schwelle ins Haus. »Cass?«

Stille. Sein Fuß stieß gegen etwas, und als er den Blick senkte, sah er Eves Spielzeug in einem wirren Haufen. *Sie wollten gerade gehen, aber dann ist etwas passiert. Lieber Himmel, es ist bestimmt schon Stunden her!*

Er durchsuchte schnell die anderen Räume, zuletzt die Küche. Die Hintertür stand offen. Auf der Schwelle lag Eves Lieblingsstoffpuppe. »Nein«, flüsterte er und hob sie auf. Sie war nass und mit dem Dreck von den Schuhen eines Eindringlings verschmiert. »Lieber Gott, nein.«

112
MARIE LOPEZ

Marie hatte sich in dem düsteren Raum versteckt, bis ihre Augen sich an die Dunkelheit gewöhnt hatten. Nach den Gerüchten, die sie gehört hatte, war das Anwesen vollständig untertunnelt. Sie hoffte, einen Tunnel zu finden, der ins Freie führte. Zu diesem Zweck machte sie sich daran, das Gebäude zu erkunden, mit nackten Füßen, um keine Geräusche zu verursachen. Das Gebäude war ein Labyrinth aus schwach beleuchteten Korridoren und Treppenfluchten, und sie hatte längst die Orientierung verloren, als sie über eine Treppe in einen fensterlosen Korridor gelangte. Mit der Waffe in der Hand ging sie durch den düsteren Flur und hielt sich dicht an der Wand.

Bisher hatte sie niemanden gesehen, und sie vermutete, dass die meisten Apostel unterwegs waren, um im Namen Gottes noch ein wenig zu rauben und zu vergewaltigen. Mit angespanntem Gesicht bog sie um eine Ecke in einen anderen Korridor und sah eine weitere abwärts führende Treppe. Sie hielt einen Moment inne, und als sie gerade zur Treppe hinüberlaufen wollte, hörte sie Schritte. Sie drückte sich ins Dunkel und beobachtete einen einzelnen Kuttenträger, der an ihr vorbei und die Treppe hinunterging.

Marie folgte der Gestalt. Die oben kaum beleuchtete Treppe führte in scheinbar völlige Dunkelheit hinein. Als der Apostel sich der letzten Stufe näherte, schlich Marie sich unauffällig an ihn heran und fasste die Waffe am Lauf. Unten angelangt, griff die verhüllte Gestalt mit einer Hand um die Ecke. In dem Moment, in dem das Licht anging, drosch Marie der Gestalt den Pistolenknauf über den Kopf.

Ohne einen Laut sank sie zu Boden.
Marie stieg hastig über die Gestalt hinweg, packte ihre Beine und zog sie aus dem Weg. Als sie sich umschaute, merkte sie, dass sie sich in einem Zimmer der Sonntagsschule befand, denn sie sah Schiefertafeln und kleine Stühle.
Marie bückte sich, drehte die Gestalt auf den Rücken und grinste, als sie die bullige Amazone erkannte, die ihr so viel Ärger gemacht hatte.
Sie zog ihr schnell die Kutte aus und streifte sie sich selbst über. Sie war zwar viel zu lang, doch in einer Schublade fand Marie ein Stück Schnur, schob den Stoff hoch und band ihn zusammen. Marie nahm der Frau auch die blauen Tennisschuhe ab, die ihr überraschenderweise sogar passten. Unter der Kutte trug die Frau einen militärischen Tarnanzug. Maries Herz machte einen Satz, als sie beim Durchsuchen der Taschen einen Schlüsselring und eine merkwürdig aussehende Kreditkarte fand. Sie steckte beides ein, sperrte die Frau in einen Lagerschrank und schloss die Tür ab.
»Hallo?«, rief eine junge Männerstimme. »Ist da jemand?«
Marie antwortete nicht. Dann hörte sie den Mann die Treppe herunterkommen. Rasch zog sie sich die Kapuze über die Haare und begrüßte ihn mit einem Lächeln. »Hallo. Was machst du hier?«
Es war eine gute Idee, die Initiative zu ergreifen. Er winkte verlegen mit einer Kreditkarte. Sie war der ähnlich, die sie der Amazone abgenommen hatte. »Der Älteste Blandings hat mich gebeten, ein paar Munitionsschachteln zu holen.«
»Aha«, sagte sie, als wüsste sie genau Bescheid. »Schön. Dann lass dich nicht aufhalten.«
Der blonde Junge durchquerte den Raum. Marie beobachtete ihn mit angehaltenem Atem und hielt unter dem weiten Ärmel die Waffe im Anschlag, für den Fall, dass er den Schrank öffnete, in dem die Amazone lag. Sie atmete aus, als er vorbeiging und statt-

dessen etwas öffnete, das wie ein Besenschrank aussah. Mit ausgestreckter Karte stieg er in den Schrank hinein. Marie hörte ein leises, gleitendes Geräusch, dann war er verschwunden.
Marie ging zum Lehrerpult am anderen Ende des Zimmers und öffnete eine Schublade. Sie entdeckte einen Stapel mit Kinderschrift bekritzelter Papiere, holte sie und einen roten Stift heraus und setzte sich, um zu warten. Als sie den jungen Mann zurückkehren hörte, blickte sie von den Papieren auf und lächelte. Neben den Munitionsschachteln trug er auch eine AK-47.
»Gehst wohl auf Bärenjagd«, sagte Marie, noch immer lächelnd.
Er blieb stehen. Er machte den Eindruck, als hätte er gern mit ihr geflirtet. »Wir stehen vor einer wichtigen Mission.«
»Wird's blutig?«, fragte sie mit einem verlockenden Augenaufschlag.
»Kann schon sein. Ich bin bereits seit fünf Jahren Mitglied, aber erst vor zwei Wochen hergezogen. Ich heiße Fred. Und du?«
»Wilma.« Der Name kam ihr unwillkürlich über die Lippen, und sie lächelte, um es zu überspielen.
»Du bist echt süß, Wilma.« Er zwinkerte, um ihr zu zeigen, dass er den Scherz verstanden hatte. »Wir könnten bei der Mission noch ein paar Helfer gebrauchen. Möchtest du mitkommen? Vielleicht können wir hinterher einen Kaffee trinken und … Na ja, du weißt doch, dass morgen das Ende der Welt ist, und …«
Marie biss sich auf die Zunge und lächelte. »Vielleicht.« *Auf die Tour hat noch keiner versucht, mich aufzureißen!* Sie betrachtete die automatische Waffe. »Wen wollt ihr euch denn vornehmen?« Sie hoffte, dass ihre Stimme beiläufig klang.
Fred schüttelte den Kopf. »Ich weiß nicht, aber wir sollen jemanden gefangen nehmen.«
Dir wird's noch Leid tun, dass du je mit mir geredet hast. Marie hielt den Radiergummi des Stifts an ihre Lippen und musterte Fred eingehend. »Wen willst du denn dann erschießen?«
Er zuckte die Achseln. »Vielleicht niemanden. Ältester Blandings

will nur, dass wir auf alles vorbereitet sind. Er war Lieutenant im Koreakrieg. Er ist ein wirklich zäher Bursche.«

»Und wann geht's los?«

»In einer halben Stunde. Wir treffen uns draußen auf dem Parkplatz. Beim weißen Lieferwagen.«

»Na ja, vielleicht komm ich mit.« Marie lächelte. Wenn sie keinen Weg hinausfand, konnte sie das Anwesen mit der Gruppe verlassen. »Ich könnte etwas frische Luft vertragen.«

»Klasse!«

Kurz darauf war Fred verschwunden. Marie zückte hastig die Kreditkarte und ging zu dem Besenschrank hinüber. Im Schrank befand sich in Augenhöhe ein Schlitz, in den sie die Karte schob. Grünes Licht blitzte auf, dann glitt die Rückwand des Schranks zur Seite und gab den Weg zu einer weiteren Treppe frei, die von unten beleuchtet wurde.

Es war ein Raum, in dem mehr Waffen und Munition lagerten, als sie je auf einem Haufen gesehen hatte. Gott sei Dank hatte ihr Sweatshirt zwei große Brusttaschen. Marie schaute sich um und wählte ein halbes Dutzend Handgranaten, Rauchbomben, Patronen für die Pistole, einen Revolver und einen Munitionsgürtel und schließlich ein M-16 und weitere Magazine aus. »Du kannst einpacken, Rambo«, flüsterte sie, als sie alles – von dem M-16 abgesehen – unter der Robe verbarg.

Das Gewicht der Waffen zwang sie fast in die Knie, aber es war sicher die Mühe wert, sie bei sich zu haben. Als Marie sich vergewissert hatte, dass alles gut verstaut war, untersuchte sie den Raum in der Hoffnung, einen versteckten Tunnel zu finden. Vergebens. Mit einem Seufzer stieg sie die Treppe hinauf, schloss den Besenschrank und ging selbstsicher in den Hauptkorridor. Die wenigen Menschen, die ihr entgegenkamen, beachteten sie nicht weiter. Marie überlegte, ob sie Cassie suchen sollte, aber sie hatte keinen Anhaltspunkt, wo sie anfangen sollte, und ihre Freundin war sicher nicht in der Lage, sie nach draußen zu begleiten. Nein,

es wäre besser, von hier zu verschwinden und Verstärkung zu holen.
Nach einer Viertelstunde des Umherstreifens fand sie einen Weg ins Freie. Froh darüber, dass der Regen wieder nachgelassen hatte, marschierte sie forsch auf die Apostel zu, die sich um den weißen Lieferwagen scharten. Zu ihrer Erleichterung stellte sie fest, dass es mindestens zwei Dutzend waren. So konnte sie leichter in der Gruppe untertauchen.
Fred sah sie und winkte. Sie gesellte sich zu ihm und zog ihre Kapuze tief in die Stirn. Ein paar Regentropfen fielen. Fred und mehrere andere setzten ihre Kapuzen ebenfalls auf. »Worauf warten wir noch?«, fragte sie schließlich.
»Auf den Ältesten Blandings und Lorraine Ferguson«, sagte Fred. »Da kommt er ja schon.«
Der alte Mann stapfte heran. Er hielt ein Automatikgewehr in den Händen, und sein Toupet war verrutscht. »Wo ist Ferguson?«, bellte er.
Niemand wusste es.
»Na gut, wir können nicht den ganzen Tag warten. Im Laufschritt, marsch!«

113
ALEXANDRA MANDERLEY

Alexa saß in Tess' Sattel und sah die Stuntmen zügig den Old Madelyn Highway hinunterreiten. Dann war sie mit ihren Gedanken und Sorgen wieder allein.

Die erwartete Überschwemmung hatte weniger als eine Minute gedauert. Trotz des pausenlosen Donnerns und Blitzens schien der Himmel seine ganze Regenlast losgeworden zu sein. Da keine Apostel in Sicht waren, hatte Alexa zu Shorty, Henry, Mad Dog und Red gesagt, sie sollten ohne sie zurückkehren. Alle vier hatten gezögert, zweifelnde Blicke auf die in schwarze Plastikfolie gehüllte Leiche auf Henrys Sattel geworfen und einander dann angeschaut. Schließlich hatte Mad Dog sie dringend gebeten, ungefähr in Richtung ihres Ziels – Toms Ranch – zu reiten, an seinen Hut getippt und war mit den anderen davongeritten.

Nachdem die Reiter verschwunden waren, trieb Alexa Tess über die Thunder Road und auf den Wüstenboden hinunter. Dann saß sie ab, führte die Fuchsstute am Zügel, folgte einem geschlängelten Pfad zwischen Mesquitebüschen und Joshuabäumen und ließ das Pferd an Klumpen von steifem Frühlingsgras kauen.

Alexa hatte das Gefühl, ihr Kopf müsse explodieren, während sie über Carlo nachdachte. Sie war einem geständigen Mörder verfallen. Sie hatte ihm versprochen, einen Feind zu vernichten, und hatte nur sein Wort, dass Justin Martin ein Mörder war. War sie völlig verrückt geworden? Auf intellektueller Ebene wusste sie, dass sie sich wie eine Idiotin verhielt, aber ihre Instinkte sagten ihr etwas anderes.

Sie tätschelte Tess' Schnauze, setzte einen Fuß in den Steigbügel und schwang sich in den Sattel. Ihre Hauptsorge galt noch immer Eric, und als sie ihren Ritt fortsetzte, machte das schlechte Gewissen ihr zu schaffen. Sie hätte ihn nicht allein am Lagerplatz zurücklassen dürfen; nicht nachdem ihr früherer Partner Jack Matthews auf diese Weise verschwunden war. *Du hättest wissen müssen, dass du Eric nicht allein lassen darfst. Aber du hast es trotzdem getan. Egoistischer hättest du nicht handeln können.* Bittere Tränen der Selbstanklage liefen über ihre Wangen, und sie drängte sie zurück, indem sie sich vorstellte, die Hände um Doles Hals zu legen und die Wahrheit aus ihm herauszupressen.

Tess schnaubte, legte die Ohren an und blieb plötzlich stehen. »Was ist los?« Alexa drehte den Kopf und schaute zum Old Madelyn Highway hinüber, doch dort rührte sich nichts. Die Thunder Road hinter ihr war ebenfalls leer. Das Pferd schnaubte erneut, und Alexa schaute nach links. Der Regen trübte das Tageslicht, niedriger Nebel verhüllte die Wüstenpflanzen. Dennoch sah irgendetwas nicht ganz richtig aus. »Na los, Tess.« Sie trieb das widerwillige Pferd nach Osten auf etwas zu, das auf den ersten Blick wie ein großer, eigenartig geformter Findling aussah. Das Pferd scheute, blieb aber in Bewegung. Alexa nahm das Ding näher in Augenschein.

»Lieber Gott«, flüsterte sie, als es schließlich deutlich zu erkennen war. Es war ein Fahrzeug, ein grüner Jeep. Er war an einer Gruppe von Joshuabäumen zerschellt. Doles CJ-5 oder ein Wagen, der so ähnlich aussah.

Alexa stieg ab, band Tess an einen Mesquitebusch und ging entschlossen auf das Wrack zu. Ihre Knie wurden weich, als sie Doles Nummernschild erkannte, und ihr stockte der Atem, als sie den über dem Lenkrad zusammengesunkenen Körper sah. Ein Arm hing lose an der Seite herunter.

»Colonel?«, rief sie, als sie noch ungefähr drei Meter entfernt war.

»Hilfe ...«

Die Stimme war ein bloßes Krächzen, aber es elektrisierte Alexa.

Sie lief zum Jeep und sah, dass sich die Lenksäule gegen Doles Brust gepresst und ihn auf dem Fahrersitz eingeklemmt hatte. Die unförmigen Schwellungen an seinem Gesicht und seiner Brust sahen Besorgnis erregend aus. »Sie sind eingeklemmt«, sagte sie, ihre Gefühle eine Mischung aus Mitleid und Abneigung. »Ich muss Hilfe holen.«

Der Soldat starrte sie mit trüben, blutunterlaufenen Augen an. »Nein«, flüsterte er. »Zu spät. Es ist vorbei.«

»Das können Sie doch nicht wissen ...«

Sein Blick wurde schärfer. »Ich weiß, dass ich sterbe, Dr. Manderley. Ich wusste es, als das Mädchen ging. Hat es Sie geschickt?«

»Welches Mädchen?«

Dole hustete. Dickes Blut quoll zwischen seinen Lippen hervor. »Die Kleine«, brachte er schließlich heraus. »Eve.«

»Eve Halloway?« Alexa wurde sofort misstrauisch. »Was haben Sie mit ihr gemacht?«

»Ich habe sie gerettet, Doktor.« Doles Augen fielen einen Moment zu, und als er sie wieder öffnete, waren sie voller Schmerz. »Sinclairs Leute haben ihre Mutter entführt. Sie war auf der Flucht. Ich wollte sie gerade in die Stadt zurückbringen, als wir angegriffen wurden. Sie wollten mich steinigen, Dr. Manderley. Steinigen.«

»Was ist mit Eve passiert?«

»Ihr ist nichts passiert. Sie war eine gute Soldatin. Hat meinen Befehlen gehorcht. Hat sich versteckt, bis es vorbei war. Ich habe sie in die Stadt geschickt und ihr gesagt, sie soll sich von der Straße fern halten, um nicht gesehen zu werden. Ist sie Ihnen denn nicht über den Weg gelaufen?«

»Ich war oben im Canyon, Colonel, nicht in der Stadt. Ich hoffe, sie hat es geschafft. Es hat zu stark geregnet, um viel zu sehen.«

»Sie hätte inzwischen Hilfe geschickt, wenn sie's geschafft hätte«, ächzte Dole. Noch mehr Blut quoll hervor, diesmal aus seiner Nase.

»Ich werde die Polizei verständigen«, versprach Alex. »Es wird bald jemand hier sein.«
»Dr. Manderley«, knurrte Dole. »Ich bin so gut wie tot. Warum waren Sie während des Sturms im Canyon?«
»Wir haben meinen Assistenten Eric Watson gesucht ... Er ist verschwunden«, fügte sie hinzu. Zorn verdrängt ihr Mitleid mit Dole. »Er ist verschwunden. Sagen Sie mir, was Sie mit ihm gemacht haben. Und mit den Proben.«
Dole musterte sie. »Erwarten Sie ein Geständnis auf dem Sterbebett, Doktor?«
»Haben Sie denn noch etwas zu verlieren?«
»Ich habe mir die Proben gestern Abend geholt. Aber Ihr Assistent war nicht da. Ich habe sie im zweiten Kleidersack gefunden, den ich durchsucht habe. Sie lagen obendrauf.«
Das passte zu den beiden offenen Kleidersäcken, die Alexa gefunden hatte. »Sagen Sie die Wahrheit? Eric war wirklich nicht da?«
»Bei meiner Ehre als Soldat der Vereinigten Staaten: Er war nicht da.«
Visionen von Oliver North geisterten Alexa durch den Kopf, aber sie verdrängte sie.
»Doktor, ganz gleich, was Sie auch glauben: Wir sind keine Feinde.«
»Beantworten Sie mir dann noch eine Frage?«
»Wenn ich kann.«
Alexa holte ein Taschentuch hervor und wischte das Blut ab, das Dole ins Auge tropfte. »Jack Matthews«, sagte sie und beobachtete seine Augen. »Und sagen Sie nicht, dass Sie seinen Namen nicht kennen.«
Er musterte sie. »Er war Ihr Partner. Er ist in New Mexico verschwunden.«
Alexa nickte. »Was haben Sie mit ihm gemacht?«
»Nichts.«
»Ich glaube Ihnen nicht.«

»Es ist die Wahrheit.« Doles Atem rasselte. »Wir haben Sie glauben lassen, dass wir etwas mit dem Verschwinden zu tun haben, aber wir hatten nichts damit zu tun. Jack Matthews wurde …« Seine Stimme wurde immer leise, dann brachte er den Satz mühsam zu Ende. »Er wurde von einer fliegenden Untertasse entführt.«

»Warum sollte das Militär die Schuld auf sich nehmen?«

»Erste Regel der Spionage, Doktor. Tu immer so, als wüsstest du alles. Wir dürfen andere Länder nicht glauben lassen, dass wir nicht alles im Griff haben.« Sein Lachen war ein schmerzvolles Bellen. »Ich bin nicht stolz auf manche Dinge, die ich im Namen Gottes und unserer Nation getan habe, Doktor. Drohungen. Erpressungen. Anschläge. Alles, damit niemand von unseren Geheimnissen – und unserer Unwissenheit – erfährt.« Seine Augen fielen zu.

»Colonel?«

Noch einmal hoben sich flatternd seine Lider, und er schaute sie an. »Ja?«

»Fliegt das Militär irgendwelche UFOs?«

»Ein paar, habe ich zumindest gehört. Ich weiß, dass die, die wir hier gesehen haben, nicht von der Erde stammen. Und auch die in New Mexico nicht. Doktor, Sie müssen etwas verstehen.« Er machte eine Pause, schöpfte Atem und streckte eine eiskalte Hand nach ihr aus. »Ich bin nur ein Handlanger. Ich folge Befehlen. Die Leute, die für die UFO-Forschung verantwortlich sind, gehören nicht zum regulären Militär. Ich bekomme meine Befehle von ihnen.«

»Sie gehören nicht dem Militär an?«

»Ich weiß nicht genau, was sie sind. Der Präsident weiß nichts von ihnen. Der Kongress auch nicht. Wir bezeichnen sie als Geheime Regierung. Wer immer sie auch sind, sie sind gefährlich. Sie tun, was sie wollen, und wer sich ihnen in den Weg stellt, ist tot. Sie würden mich eliminieren, weil ich Ihnen so viel verrate, und sie würden Sie eliminieren, wenn Sie den Mund aufmachen. Haben Sie mich verstanden?«

Überwältigt flüsterte Alexa: »Ja.«

»Sie haben Jack Matthews nicht entführt«, fuhr Dole fort und schluckte, als das Blut ungehindert strömte und Alexas Nase mit seinem metallischen Geruch füllte. »Ich weiß es, weil sie ihn noch immer suchen.«

»Sie glauben, dass er lebt?«

Dole nickte unmerklich. »Wenn ja, dann wollen sie, dass er mit ihnen redet, und zwar nur mit ihnen. Danach wird er eliminiert.«

»Wissen Sie, wo er sein könnte?«

»Peru. Er wurde in Peru gesehen.«

Plötzlich schoss Blut aus seinem Mund und bespritzte Alexa, aber sie nahm es kaum wahr. »Wissen Sie genau, dass diese Geheime Regierung Eric nicht entführt hat?«

»Ja. Sie hätten … die Proben mitgenommen.« Er hatte die Augen geschlossen. Sein Atem stockte. Alexa versuchte ihre Hand wegzuziehen, doch der Griff wurde sofort stärker. Doles Augen öffneten sich. »Ich bin nicht der Feind, Doktor.« Sein Blick hob sich zum Himmel. »*Die* sind es.«

Und mit einem leisen Seufzen verstummte er.

114

EVE HALLOWAY

Einige Zeit nachdem der Regen aufgehört hatte, streckte Eve Halloway den Kopf schließlich aus ihrem felsigen Unterschlupf. Sie hatte weder Madland noch Toms Haus gefunden; dabei hatte sie sich wirklich angestrengt. Als der Regen schließlich so heftig heruntergeprasselt war, dass sie fürchtete, sie würde ertrinken, war sie praktisch über den großen Felshaufen gestolpert.

Obwohl sie kaum etwas erkannte, wusste sie, wo sie war: Dead Man's Hill. Ihre Eltern hatten sie Dutzende Male zum Klettern oder zum Picknick hierher mitgenommen. Erleichtert fand sie den Weg zu ihrem liebsten Pfad. Immer wieder rutschte sie auf runden Felsen aus und blieb auf halbem Weg zur Höhle hinauf stehen, die aber gar keine echte Höhle war, sondern eine Ansammlung riesiger Felsen, die eine trockene kleine Grotte bildeten. Dort kauerte sie sich hin und wartete darauf, dass der Regen so weit nachlassen würde, dass sie den Old Madelyn hinuntergehen könnte. Erschöpft und eingelullt von den Geräuschen des Sturms war sie eingeschlafen.

Ganz plötzlich war sie wieder wach geworden, in Panik geraten und hatte sich fast den Kopf an der Höhlendecke gestoßen, als sie aufgesprungen war. Dann fiel ihr alles wieder ein – vor allem das, was mit ihrer Mutter geschehen war. Colonel Dole. Die bösen Männer. Jetzt, als sie den Kopf hinausstreckte, sah sie unten auf dem Old Madelyn ein Fahrzeug. Es fuhr langsam in ihre Richtung. Sie war gerettet! Als sie einen Blick zur Kirche der Apostel warf, keuchte sie beim Anblick von mindestens zwanzig Gestalten in weißen Kutten, die über die Thunder Road in ihre Richtung marschierten. Sofort duckte sich Eve und sprach das einzige Gebet, das sie auswendig kannte.

»O Herr, wenn ich zu Bett geh, wache über meine Seele.« Sie lugte hinaus und sah die Apostel näher kommen. Auch das Fahrzeug – ein hellblauer Lieferwagen, wie sie inzwischen erkennen konnte – näherte sich. »O Herr, wache über meine Seele, wache über meine Seele.« Sie beobachtete beide Seiten und sprach die Worte ununterbrochen vor sich hin, eine Litanei gegen die Angst.

115

MARIE LOPEZ

Marie Lopez und zwei Dutzend Apostel marschierten die Thunder Road hinunter. Sie achtete sorgfältig darauf, dass sie nicht in Blandings' Blickfeld geriet – er würde sie mit Sicherheit erkennen. Andere vielleicht auch, deshalb hielt sie den Kopf unter der Kapuze gesenkt und ging am Ende der Gruppe. Der widerliche Bastard Fred lief an ihrer Seite. Zum Glück hatte Blandings Schweigen angeordnet, deshalb musste Fred sich mit einem anzüglichen Grinsen begnügen.

Als sie an der Ranch vorbeikamen, riss Marie sich zusammen, um nicht wegzulaufen, denn sie wusste, dass sie warten musste. Nun näherten sie sich der Old-Madelyn-Kreuzung, und Marie hoffte, dass sie bald hinter einem Felsen, einem Busch oder sonst was verschwinden konnte. Dann würde sie sich so schnell wie möglich in die Stadt begeben.

Ein blassblauer Lieferwagen näherte sich. Einen Moment später erkannte Marie, dass es sich um den von Janet Wister handelte. Sie hatte ihn schon oft gesehen, denn Janet und ihre Weltraumfreunde parkten regelmäßig an der Thunder Road. Dort entluden sie Sitzbänke, Klappstühle, Ferngläser und Signallampen und verbrachten viele Abende damit, nach UFOs Ausschau zu halten. Jetzt, da der Himmel aufklarte, wollten sie es vermutlich wieder tun.

»Halt! Waffen bereit!«, befahl Blandings mit seiner zittrigen Altmännerstimme. »Sperrt die Straße ab! Los! Beeilt euch!«

Lieber Gott, hilf ihnen! Marie wartete ab, als die Apostel sich auf der Thunder Road verteilten, und atmete erleichtert auf, als Janets

Lieferwagen nach rechts abbog. Ihre Weltraumfreunde schauten aus den Fenstern, während sie weitere fünfzehn Meter bis zum Dead Men's Hill fuhr. Dort lenkte sie den Wagen auf den Wendeplatz aus festgefahrener Erde und hielt an.

»Mir nach!«, befahl Blandings. »Waffen bereit.« Er setzte sich in Bewegung, beinahe im Stechschritt, passierte den Old Madelyn und hielt geradewegs auf die Felsen zu. Die Gruppe schwer bewaffneter Apostel folgte ihm auf dem Fuße, und Marie marschierte mit ihnen. Ihre Gedanken überschlugen sich, als ihr klar wurde, dass sie an einer Entführung teilnehmen würde.

Die Türen des Lieferwagens öffneten sich, und Leute stiegen aus. Marie erkannte Janet und einige der anderen. Sie zählte zehn Weltraumfreunde. Alle standen da und schauten zu, wie die Apostel den Wendeplatz stürmten.

Trotz des klaren Himmels donnerte es über ihnen.

»Ausschwärmen«, befahl Blandings. Sofort bildete die Gruppe einen weiten Halbkreis um die Weltraumfreunde. Blandings sprach sie an. »Im Namen Gottes und des Lebendigen Heilands, bereut ihr eure Sünden?«

Janet Wister stemmte die Hände in die Hüften. »Wer seid ihr denn? Zeugen Jehovas im Koksrausch?«

»Wir sind die Auserwählten«, tönte Blandings. »Wir sind die Apostel! Schließt euch uns an oder sterbt, denn die Zeit der Abrechnung ist gekommen.«

Ein langhaariger Mann an Janets Seite lachte. »Und die Leute halten *uns* für Spinner!«

Blandings, die Kapuze zurückgeschoben, das Gesicht rot vor Wut, drehte sich zu seinen Aposteln um. »Dies sind reulose Sünder! Sie arbeiten für Satan!« Er wandte sich wieder den Weltraumfreunden zu und deutete auf Janet. »Nehmt sie fest und tötet den Rest dieser Teufelsanbeter.«

»He«, rief Janet Wistler. »Dies ist ein freies Land …«

Ein kräftiger Apostel namens Clayman eröffnete das Feuer, und die anderen schlossen sich sofort an. Der Langhaarige schrie und stürzte zu Boden, als eine Kugel ihn in die Brust traf. Die anderen stoben auseinander und suchten Deckung. Neben Marie hob Fred seine AK-47 und warf ihr einen Seitenblick zu: »Komm, töten wir ein paar Sünder!«

Marie hob das M-16, feuerte aber auf nichts. Sie musste etwas tun, aber was? Wenn sie die Waffe auf die Apostel richtete, würde man sie sofort erledigen. Voller Entsetzen schaute sie zu, als die Apostel feuerten und die Weltraumfreunde spastisch durch den Kugelhagel tanzten. Neben ihr kicherte Fred und schoss einen großen, gut gekleideten Mann nieder. Er schoss auch dann noch, als er schon am Boden lag, und lachte, als sein Körper unter den Kugeleinschlägen zuckte.

»Vorwärts!«, schrie Blandings. Die Apostel liefen los. Fred sprang Marie in den Weg und folgte einem dünnen Mann, der vor ihm floh. Er schoss, und im selben Moment feuerte auch Marie. Freds Kopf zerbarst in einer Explosion von Knochen, Blut und Gehirnmasse. Der dünne Mann schaute sich um, und Marie hob ihre Waffe, um ihn zu verscheuchen. Es funktionierte, doch Sekunden später wurde er von den Kugeln eines anderen Apostels erwischt.

Nach drei Minuten war alles vorbei. Der Boden war mit Leichen übersät. Neun der zehn Weltraumfreunde lagen auf dem Boden, nur Janet war nicht zu sehen. Ein Mann bewegte sich leicht, und der massige Apostel Clayman schoss ihm aus geringer Entfernung in den Hinterkopf. »Das ist für den Lebendigen Heiland«, rief er.

Die feinen Härchen auf Maries Körper sträubten sich. Sie spürte auch ein Prickeln auf ihrer Kopfhaut, als wollte ihr Haupthaar sich aufrichten. Die Luft lud sich mit einer Energie auf, die ringsum summte. Als sie den Blick hob, fuhr vom Himmel ein knisternder Blitzschlag nieder.

Er traf Clayman an der Schulter. Maries Gehirn schaltete zwei

Gänge zurück, als sie das Knistern hörte und den Ärmel seiner Kutte rauchen und schwarz werden sah. Der Blitz zuckte aus den ausgestreckten Fingerspitzen in den Boden, und als seine weiße Kutte sich aufblähte, sah er aus wie ein mittelalterlicher Magier, der einen Zauberspruch aufsagt.

Donner erschütterte die Erde, als Clayman umkippte. Blandings kniete neben ihm nieder. »Er lebt noch. Tragt ihn in den Lieferwagen!« Zwei Apostel setzten sich in Bewegung, um den Befehl auszuführen. Blandings wandte sich an die anderen. »Verteilt euch und sucht die Frau. Ich brauche sie lebend.«

»Das war ein Zeichen«, keuchte eine Frau und starrte zum Himmel empor.

Blandings musterte sie finster. »Darauf kannst du Gift nehmen. Apostel Clayman hat gefeuert, bevor ich den Befehl gegeben habe.« Sein Geierblick wanderte umher. »Merkt euch das!« Er drehte sich ein Stück zur Seite und wollte noch etwas hinzufügen, als er Freds blutüberströmte Leiche bemerkte.

Als er näher kam, verbarg Marie sich in der Gruppe. »Was ist passiert?«, fragte Blandings. »Wer hat ihn erschossen?«

Niemand antwortete. Blandings starrte in die Runde, dann blaffte er: »Wir kümmern uns später darum. Sucht die Frau!«

Die Apostel schwärmten rings um Dead Man's Hill aus, und Marie sah ihre Chance. Sie lief direkt zum Ende der Felsen und vergewisserte sich rasch, dass niemand zuschaute. Dann machte sie sich an den Aufstieg. In ihrer Kindheit war sie diesen kleinen Berg oft hinaufgeklettert. Ihre Hände und Füße wussten noch immer, wo sie hingreifen, wo sie sich abstützen mussten.

In knapp zwei Metern Höhe kroch sie gerade in ein kleines Loch, als sie unter sich Janet Wister auftauchen sah. Sie hätte ihr fast etwas zugerufen, doch der Apostelschwarm tauchte zu schnell auf und kreiste die Frau ein. Dann hallten Janets Schreie von den Felsen wider.

»Bringt sie nicht um!«

Marie atmete auf, als Blandings den anderen befahl, nicht mehr auf Janet einzuschlagen. Sie wartete, bis sie ihre Gefangene auf die Beine gestellt und weggeschleift hatten. Marie spähte nach oben. Dead Man's Hill hatte in früheren Zeiten viele Schießereien erlebt, aber sie bezweifelte, dass sich hier je ein so kaltblütiges Gemetzel abgespielt hatte. Sie streifte die Kutte ab und machte sich an den Aufstieg zur alten Höhle auf der anderen Seite, wo sie und ihre Freunde immer gespielt hatten. Dort wollte sie warten, bis die Apostel verschwunden waren.

Einige Apostel zogen Leichen hinter die Felsen, damit niemand sie sah, und hinterließen rote Spuren. Marie näherte sich der Höhle. Sie duckte sich und beobachtete, wie zwei Apostel Janet hinten in den Lieferwagen warfen und die Tür zuschlugen. »Hört zu!«, brüllte Blandings. »Wir haben Gottes Willen erfüllt, und einer von uns ist gefallen. Wir werden in seinem Namen doppelt so hart kämpfen!«

Er schwadronierte weiter, ein kleiner Pfau, der sich aufplusterte, und die Augen aller Apostel waren auf ihren Anführer gerichtet. Marie überquerte das letzte offene Stück Fels bis zur Höhle, dann ließ sie sich unbeholfen über einen Stein in die Höhle gleiten, ein Räuberunterschlupf, in dem sich vor einem Jahrhundert Silberdiebe dem Zugriff des Gesetzes entzogen hatten.

Das Letzte, was sie hier erwartet hatte, war ein kleines Kind, das sich in der Dunkelheit verbarg. »He«, rief sie leise.

Das Mädchen blickte auf und schrie aus vollem Hals.

Mist! »Eve, es ist alles in Ordnung! Ich bin's, Marie! Du kennst mich doch.«

Eves Mund klappte zu, dann sprang sie aus ihrem Unterschlupf in Maries Arme. Die Apostel schrien inzwischen wild durcheinander.

»Bleib hier!«, befahl Marie, ging wieder hinaus und warf einen Blick nach unten.

»Da oben!«, schrie einer der Mistkerle. Sofort hämmerte eine

Automatikwaffe. Marie duckte sich, und Felssplitter schrammten über ihren Rücken.
»Feuer einstellen!«, schrie Blandings. »Ich will sie lebend haben!«
»Scheiße!« Wenigstens wusste er nicht, dass sie bewaffnet war. *Aber er wird's bald erfahren!* Marie nahm eine der Handgranaten von ihrem Gürtel und zog den Stift. »Eins, zwei, drei«, flüsterte sie, dann fuhr sie hoch und schleuderte die Handgranate direkt in eine Gruppe von Aposteln, die sich am Fuß der Felsen zusammengerottet hatten.
Sie beobachtete die Explosion nicht, sondern duckte sich, packte eine zweite Handgranate, riss den Stift mit den Zähnen heraus, richtete sich auf und schleuderte sie diesmal in eine andere Gruppe, ein ganzes Stück entfernt von dem Lieferwagen. Sie wollte Janet nicht verletzen.
Als die zweite Handgranate explodierte, duckte sie sich hinter die Felsen, sah aber im letzten Moment noch, welches Gemetzel sie angerichtet hatte. »Gott, vergib mir«, flüsterte sie.
»Rückzug!«, schrie Blandings. Marie blickte auf und sah ihn und die anderen in den Lieferwagen steigen. Der Motor hustete, dann sprang er an und beförderte die verbliebenen Apostel in halsbrecherischem Tempo zu ihrem Anwesen. Maries Lächeln verblasste, als sie die Toten sah und das Stöhnen der Verwundeten hörte. Die Apostel würden bald zurückkehren. Und dann waren sie bestimmt bis an die Zähne bewaffnet.
»Komm her, Eve ...« Marie drehte sich um. Die Kleine warf sich ihr an den Hals. Marie hielt sie fest und streichelte ihr Haar. »Wir müssen hier weg, Evie. Kannst du runterklettern?«
»Die Gespenster haben meine Mommy mitgenommen! Wir müssen sie befreien!«
»Das werden wir, Eve. Wir sagen deinem Daddy Bescheid.«
Während Marie redete, sah sie den Lieferwagen immer kleiner werden, bis er nur noch ein Fleck war, der sich durch das Tor des Anwesens der Apostel bewegte.

»Okay, Eve, wie gehen dort entlang.« Sie deutete auf die westliche Seite des Felshangs, wo keine Leichen lagen. »Mein Haus ist nicht weit von hier. Wir holen Rex und reiten in die Stadt.«
Ein Erdbeben erschütterte die Felsen unter ihnen. Marie drückte Eve an sich und war froh, dass sie noch nicht mit dem Abstieg begonnen hatten. Sie zählte bis zehn, bevor es aufhörte, dann zählte sie weitere sechzig Sekunden, in denen es still blieb. »Gut, Evie, gehen wir.«

116

JAMES ROBERT SINCLAIR

James Robert Sinclair saß mit gekreuzten Beinen und gefalteten Händen auf dem Bett. Er hatte den Tag mit Gebeten und Meditation verbracht und sich auf das bevorstehende Gericht vorbereitet.

In diesen Stunden hatte er die Dinge allmählich auf eine Weise verstanden, die ihm bisher nicht zugänglich gewesen war. Die Enthüllung hatte ihn anfangs erschreckt und geängstigt. Er empfand zwar noch immer Ehrfurcht, aber die Meditation brachte ihm innere Ruhe und ein Gefühl der Trauer, das sich mit Freude mischte.

Er spürte, dass die Erde leicht unter ihm bebte, und wusste, es war ein Zeichen Gottes: ein Zeichen dafür, dass etwas Größeres im Gange war.

117
ALEXANDRA MANDERLEY

Madland war geöffnet. Während Alexa auf Tess zum *Zauberlehrling* ritt, schlenderten ein paar wenige Touristen über die einsamen, verschlammten Straßen. Hoffentlich funktionierten die Telefone inzwischen wieder. Wenn nicht und wenn Carlo den Bronco noch nicht zu Tom hinuntergefahren hatte, würde sie ihn bitten, in die Stadt zu fahren und die Polizei über Doles Unfall zu unterrichten. Dann konnte sie mit dem Pferd zurück zur Ranch reiten.

Als sie vor Carlos Haus stand, war sie nicht überrascht, dass der Bronco verschwunden war. Wäre Carlo da gewesen, hätte er ihn auf den Parkplatz auf der anderen Seite gefahren. Alexa stieg ab, führte das Pferd am Zügel zwischen das Haus und das Nachbargebäude, band es ans Treppengeländer, ging dann zur Zufahrtsstraße und warf einen Blick auf den Parkplatz. Dort standen zwar mehrere Fahrzeuge, aber kein roter Bronco.

Sie ging zu Tess zurück, dann hörte sie ein Quietschen. Der Riegel der Hintertür war nicht vorgeschoben. Sie quietschte erneut, bewegt von der feuchten Brise. Alexa stieg neugierig die Treppe hoch und schob die Tür ein paar Zentimeter auf.

»Carlo?«, rief sie. »Hier ist Alexa. Bist du da?«

Keine Antwort. Sie hatte ein mulmiges Gefühl in der Magengrube. Carlo, das wusste sie bereits, war in seinen Gewohnheiten sehr verlässlich. Er hätte nie vergessen, eine Tür abzuschließen. *Es sei denn, es ist etwas passiert.*

»Carlo?« Sie betrat den kleinen Raum, in dem die Waschmaschine und der Trockner standen, und schaltete das Licht ein. Alles wirkte

normal. Allerdings war die ins Lesezimmer führende Tür nur angelehnt. Als Alexa auf sie zuging, bemerkte sie einen schwachen, doch vertrauten Geruch unter den Düften von Räucherwerk und parfümiertem Öl. Sie schnupperte, und ihre Arm- und Nackenhaare sträubten sich.
Nervös drückte sie die Tür ein Stück auf, schob eine Hand um die Ecke und tastete nach dem Lichtschalter. Der Deckenventilator fing an zu rotieren. In dem kleinen Raum klang das Brummen des Motors sehr laut. Alexa betätigte den zweiten Schalter. Das Licht ging an. Mit einem Kloß im Hals trat sie ein.
Flüssigkeitstropfen trafen ihr Gesicht. Sie blickte auf.
Im ersten Moment begriff sie nicht, was sie sah. Sie starrte auf die dicken goldenen Schnüre, die an die Ventilatorblätter gebunden waren, dann auf den daran hängenden roten Klumpen. *Fleisch?*
»Was, zum …?« *Es kann nicht sein.* Dann traf ein Tropfen ihre Hand, und sie starrte ihn entsetzt an. *Blut!* Was da oben träge am Ventilator rotierte, war ein Skalp, an dem langes blondes Haar hing.
Benommen stolperte Alexa durch die grünen Vorhänge und setzte sich auf den Fuß der Treppe, die zur Wohnung führte. »Carlo«, flüsterte sie. »Mein Gott, Carlo.«
Widersprüchliche Gefühle kamen in ihr hoch: Angst um Carlo, Angst *vor* Carlo. Ein Durcheinander von Gefühlen, das ihr keine Antwort gab. Schließlich stand sie auf, unterdrückte ihr Zittern und blickte sich im Laden um, ohne etwas Ungewöhnliches zu entdecken. Sie zögerte und fragte sich, ob sie nach oben gehen sollte oder nicht. *Angenommen, Justin ist da oben? Angenommen, Carlo ist da oben? Angenommen, er ist verletzt? Angenommen, er ist es nicht?*
Sie verdrängte den Gedanken, stieg die dunkle Treppe hinauf und stellte oben angekommen fest, dass die Wohnungstür weit offen stand. »Carlo?«, rief sie. *Er ist nicht hier, Alexa. Der Bronco ist weg, schon vergessen?* Aber vielleicht hatte jemand ihn überfallen

und den Wagen gestohlen. War das nicht möglich? *Alles ist möglich.*
Sie schauderte und trat ein.
Ohne den Duft von Öl und Räucherstäbchen war der metallische Blutgeruch hier viel stärker. Im Wohnzimmer war alles wie üblich – glaubte sie zumindest, bis sie zu Boden blickte und die blutigen Fußabdrücke auf dem hellen Teppich sah. Alexa unterdrückte ein Keuchen und zwang sich, die Abdrücke zu untersuchen. Sie stammten wahrscheinlich von einem Mann, aber mehr konnte sie nicht sagen. *Wenn du klug bist, machst du dich jetzt aus dem Staub.*
Aber sie konnte jetzt keinen Rückzieher machen – sie würde sich diese Feigheit nie verzeihen. Sie riss sich zusammen und betrat das Schlafzimmer. Das Bettzeug war zurückgeschlagen – sie und Carlo hatten heute Morgen gemeinsam das Bett gemacht. Außerdem stand das Schlafzimmerfenster weit offen und ließ kühlen, feuchten Wind ins Zimmer wehen. Sie trat ans Fenster, schaute hinunter und bemerkte die Leiter. Sie empfand eine ungeheure Erleichterung, als ihr klar wurde, dass jemand eingebrochen sein musste. *Justin! Es kann niemand anders gewesen sein!*
Sie ging auf Zehenspitzen ins Badezimmer, fand einen Rand aus rötlichen Seifenschaumresten im Becken und Blutflecken auf den himmelblauen Handtüchern.
Jetzt war nur noch die Küche übrig. Zögernd ging Alexa durch den Wohnraum ins Esszimmer und warf einen Blick durch die breite Küchentür.
Die weißen Fliesen der Arbeitsfläche, heute früh noch unbefleckt, waren mit rohem Fleisch bedeckt. Alexa starrte entsetzt von der Schwelle des Speisezimmers auf das Gebilde und begriff allmählich, was sie sah: eine blutbesudelte Leiche. Was sie von der Haut sehen konnte, hatte jemand ins Spülbecken gestopft.
Aus ihrer Magengrube stieg Übelkeit empor, so schnell, dass sie es kaum bis ins Badezimmer schaffte. Nachdem sie die Toiletten-

schüssel umarmt hatte und wieder Atem zu schöpfen versuchte, hatte sie nur zwei Gedanken: Entweder war Justin Martin ein kaltblütiger Psychopath – oder Carlo Pelegrine. Sie hatte Carlo geglaubt, als er von Justin und dem Hautstück erzählt hatte. Aber irrte sie sich vielleicht? Justin ließ sie erschaudern, Carlo erregte sie. Hatte sie sich vielleicht von seinem Charme blenden lassen und glaubte ihm nur, weil sie den einen Mann nicht leiden konnte und sich gerade in den anderen verliebte?

Er war so verständnisvoll gewesen, so sanft und liebevoll und offenbar voller Reue, was die Ereignisse in seiner Vergangenheit anging. *Aber Soziopathen sind perfekte Schauspieler. Sie sind Nachbarn, Ehemänner und Freunde, und wer einen liebt, kommt ihnen als Letzter auf die Schliche.*

Tränen traten ihr in die Augen, aber sie unterdrückte sie energisch. Alexa Manderley gab Schwächen nicht nach. *Niemals.* Sie stand auf, betätigte die Spülung, wandte sich dem Waschbecken zu, spülte sich den Mund aus und ließ das Wasser über ihr Gesicht und ihre Hände laufen, um die Blutspritzer zu entfernen. Dann drehte sie den Wasserhahn zu. Sie wusste, dass sie möglicherweise Spuren verwischte, aber es war ihr egal.

Sie musste Carlo unbedingt finden und mit ihm reden. Sie musste die Wahrheit herausfinden, und falls er sie von seiner Unschuld überzeugen konnte, würde sie ihm helfen, sich Justin vorzunehmen, wie sie es versprochen hatte. Wenn Justin für das Grauen in der Küche verantwortlich war, würde sie tun, was in ihrer Macht stand, um ihn aufzuhalten. *Und wenn es Carlo war?*

Den Blick starr geradeaus gerichtet, verließ Alexa die Wohnung, ging die Treppe hinunter und zur Hintertür hinaus.

Das Pferd wieherte, als sie näher kam. *Vielleicht riecht sie das Blut.* »Schon gut, Tess«, sagte sie, tätschelte ihre Schnauze und band sie los. »Alles in Ordnung, altes Mädchen.«

Das Pferd stampfte mit den Hufen und warf den Kopf zurück. Alexa packte fest die Zügel und murmelte Tess' Namen. Hinter sich hörte sie das Geräusch eines Fußes, der über feuchten Zement schlurfte, doch bevor sie sich umdrehen konnte, drückte ihr jemand ein chloroformgetränktes weißes Tuch auf Mund und Nase. Alles verschwamm vor ihren Augen. Fremde Hände fingen sie auf, und sie hörte, dass Tess davongaloppierte.

118
TOM ABERNATHY

Tom Abernathy verließ Dr. Hartmans kleine Klinik und empfand mehr als nur ein wenig Erleichterung. Eric Watson hatte Fieber und einen komplizierten Beinbruch, aber Hartman hatte ihm versichert, dass der junge Mann sich wieder erholen würde.

Moss Baskerville fuhr heran, und Tom ging zu seinem Streifenwagen hinüber. »Eric geht's gut«, berichtete er dem Chief. »Schon was von Marie gehört?«

Moss schüttelte den Kopf. »Nein, noch nicht. Henry hat die Leiche des Jungen gebracht.« Er machte eine Pause. »Cassie und Eve sind verschwunden, Tom.«

»Sie sind nicht auf der Ranch?«

»In ihr Haus ist eingebrochen worden.« Baskervilles Blick war düster. »Diese verdammten religiösen Fanatiker.« Er hielt inne, dann fragte er grimmig: »Hat Eric irgendwas gesagt?«

»Nein. Ein paar Minuten, nachdem ich ihn gefunden hatte, ist er ohnmächtig geworden. Der Doktor meint allerdings, dass er bald wieder zu sich kommen dürfte. Hast du den Durchsuchungsbefehl?«

»Nein. Shirley ist überhaupt nicht aufgetaucht. Ich bin bei ihr vorbeigefahren. Sie und Larry hatten alle Hände voll zu tun, Sandsäcke zu stapeln. Sie wohnen oben bei Rhyolite Wash, und ihre ganze Straße ist bedroht.«

»Willst du noch mal versuchen, auf das Anwesen zu kommen?«, fragte Tom.

»Und ob.« Vor kaum unterdrückter Wut rötete sich Moss' Gesicht. »Diese verdammten Apostel und ihre verdammte Apokalypse. Erst die Graffiti, jetzt die Menschen.« Er holte tief Luft. »Wir brauchen unbedingt diesen Durchsuchungsbefehl. Ich hoffe, dass wir ihn heute noch kriegen. Wenn nicht … Nun ja, dann müssen wir über andere Maßnahmen nachdenken. Fährst du nach Barstow?«

Damit hatte er wenigstens etwas zu tun, was ihn vom Nachgrübeln über Marie abhielt. »Aber gern.«

119
HANNIBAL CAINE

Sehr gut, Justin.« Hannibal Caine betrachtete die bewusstlose Alexandra Manderley auf einer der hinteren Kirchenbänke. Der Junge hatte sich besser geschlagen als erwartet und schien unheimlich stolz auf sich zu sein.

»Ich hol sie morgen ab. Das war die Abmachung.«

»Richtig.«

»Dann gehört sie mir allein«, erklärte er.

»Ja. Wenn du Bedenken hast, warum verbringst du die Nacht dann nicht hier? Du könntest an unserer Morgenmesse teilnehmen.«

»Ja, na gut, meinetwegen. Aber ich muss erst noch mal nach Hause.« Justin starrte Caine aus seinen verwirrend blauen Augen an. »Ich muss meinen Eltern Bescheid sagen, okay?«

Caine nickte und lächelte engelhaft. »Natürlich, natürlich. Ich werde den Wachen Bescheid geben, dass du kommen und gehen kannst, wie du willst.« Es gefiel ihm eigentlich nicht, dass der junge Mörder gehen wollte, aber er wollte ihn nicht gegen seinen Willen festhalten, und außerdem wusste er genau, dass er zurückkommen würde, vor allem, wenn er ihm die Freiheit gab, die er verlangte.

»Was machen Sie jetzt mit ihr?«

»Wir sperren sie ein. Keine Sorge, sie wird nicht weggebracht.«

Der Junge grinste, drehte sich auf dem Absatz um und trottete aus der Kirche.

Caine schaute einen Moment besorgt hinter ihm her, dann wandte er sich den beiden bulligen Aposteln zu, die er zu seinen Leibwächtern ernannt hatte. »Steckt sie in das Zimmer mit der tätowierten Hure. Sagt den Wachen, sie sollen jede Stunde nach ihnen sehen. Und zwar immer zu zweit«, fügte er hinzu, als er sich erinnerte, wie leicht die Schäferin entkommen war. »Vergewissert euch, dass die Tür gesichert ist.«

Er schaute zu, als die Männer die Frau von der Holzbank hoben und zwischen sich nahmen, ihre Arme über den Schultern. »Nehmt die Hintertreppe und verhaltet euch unauffällig.«

Er ging zur Seitentür der Kirche und blickte zum Haus der Bruderschaft hinüber, wo das heutige Abendessen stattfinden würde. Etwa die Hälfte der Apostel war noch unterwegs und mit der täglichen Missionsarbeit beschäftigt. Das Anwesen wirkte im Moment nahezu verwaist. Hannibal traf besondere Vorkehrungen, denn nur wenige dieser Leute wussten von den Aktivitäten des Komitees für Sonderaufgaben. Morgen würden die Frauen ihnen einen Ehrfurcht gebietenden, mystischen Anblick bieten, aber je mehr Apostel heute Zeuge der Vorbereitungen wurden, desto mehr würden dem Tode geweiht sein. Er wollte seine Gemeinde nicht mehr als nötig dezimieren.

Caine wollte gerade hinausgehen und in sein Büro zurückkehren, als er Blandings hörte, der nach ihm rief.

»Ja, Eldo?«

Mehrere blut- und schlammbefleckte Apostel standen neben dem alten Mann, der einen bestürzten Eindruck machte. Zwei von ihnen zerrten eine zerschunden aussehende Frau mit sich.

»Wir hatten Verluste, Hannibal. Wir müssen mit Verstärkung zurück und die Verletzten bergen.«

»Wo denn?«

»Dead Man's Hill.« Blandings hielt einen Moment inne. »Ich habe beunruhigende Neuigkeiten, Hannibal. Über die Schäferin. Irgendwie hat sie unsere Gruppe infiltriert. Sie ist oben am Dead Man's Hill schwer bewaffnet entkommen. Wir glauben, dass sie das Kind bei sich hat. Sie hat mindestens ein Dutzend von uns getötet.«

»Das war äußerst inkompetent, Ältester Blandings«, sagte Caine, wobei seine Stimme sanft und beherrscht klang. »Macht sofort kehrt und fangt die beiden wieder ein. Habt ihr mich verstanden?«

»Das hatte ich ohnehin vor.«

»Wer ist das?« Hannibal schaute die Frau an, als er weiterging.

»Sie ist der verlangte Ersatz, Hannibal.«

»Sie ist ja in noch schlechterer Verfassung als die tätowierte Hure. Ich habe doch gesagt, ihr sollt etwas Sorgfalt walten lassen.« Caine schüttelte den Kopf. »Ich wäre überrascht, wenn die die Nacht übersteht. Miese Arbeit, Eldo. Das könnte man besser machen.«

Blandings Gesicht rötete sich bei dieser Demütigung, und seine Augen blitzten zornig. »Wir besorgen eine andere.«

»Nein. Beschränken wir uns darauf, den Schaden wieder gutzumachen. Justin hat uns ein brauchbares Exemplar geliefert. Ich bin sehr beeindruckt von seiner Arbeit«, fügte er hinzu und genoss es, Eldo das Messer in den Rücken zu stoßen.

»Steckt sie zu den anderen«, befahl er den Wachen, die Justins Trophäe weggebracht hatten und gerade zurückkehrten. Er wandte sich noch einmal an Eldo. »Enttäusche mich nicht noch mal. Aber was noch wichtiger ist: Enttäusche den Propheten nicht.«

VIERTER TEIL

APOKALYPSE

120

TOM ABERNATHY

Wieder auf der Ranch, war Tom nicht mal ins Haus gegangen. Er hatte Davy Belles Zügel in die Hände gedrückt, war dann in seinen blauen Ford-Pick-up gestiegen und zur Interstate 15 hinuntergefahren, fest entschlossen, nach Barstow durchzukommen und so bald wie möglich mit dem Durchsuchungsbefehl zurückzukehren.

Obwohl Tom bezweifelte, dass sie damit aufs Gelände kamen, war es den Versuch wert. Er hatte außerdem die feste Absicht, die Polizei von Barstow zu fragen, ob sie ein paar Leute entbehren konnte. Moss hätte sicher nichts dagegen, aber da Polizisten sich gern wie Platzhirsche aufführten, hatte er es zuvor nicht erwähnt.

Im Süden waren unregelmäßige blaue Flecken aufgetaucht, und als die sinkende Sonne hinter einer Wolke zum Vorschein kam, zog Tom die Sonnenblende herunter, um seine Augen abzuschirmen. Er überholte einen Laster, dessen offene Ladefläche mit Orangen beladen war, und als er vor ihm einscherte, war er froh, wenig Verkehr vor sich zu haben.

Als er das Schild passierte, auf dem stand, dass es bis Barstow noch fünfzehn Kilometer weit sei, war es 17.00 Uhr. Die halbe Strecke lag hinter ihm.

Irgendwas liegt in der Luft. Bei diesem Gedanken bekam er eine Gänsehaut, und während er weiterfuhr, hatte er das Gefühl, als sei sein innerer Kompass durcheinander geraten. Eine Sekunde verging. Zwei.

Ein Donner grollte, der alles übertraf, was er je in seinem Leben gehört hatte. Er klang wie tausend Gewehrschüsse gleichzeitig,

begleitet vom wilden Wirbel einer Pauke. Einen Moment lang blendete ihn ein greller Lichtblitz, und der Pick-up geriet auf der regennassen Straße ins Schlingern.
Tom bekam den Wagen wieder unter Kontrolle und fluchte über seine langsamen Reflexe und seine unerklärliche Furcht. Seine Urinstinkte flehten ihn an, sofort umzukehren und nach Hause zu rasen, aber er brachte sie zum Schweigen und umklammerte das Lenkrad so fest, dass seine Knöchel weiß hervortraten.
Dies alles geschah im Zeitraum eines einzigen Herzschlags. Dann passierte etwas mit dem Pick-up. Ein Plattfuß, vermutete Tom, oder er hatte eine Motorschraube verloren. Er hing über dem Lenkrad, bremste ab und versuchte das Fahrzeug unter Kontrolle zu bringen, bis er es an den Straßenrand steuern konnte.
Im Rückspiegel sah er flüchtig den Kleinlaster und bekam mit, dass Orangen von der Ladefläche kullerten und wie Billardkugeln über die Straße rollten.
Die Erde bebte, nicht sein Wagen. Als er das begriff, wurde er ruhiger. Lange Sekunden verstrichen. Er fing stumm zu zählen an und wusste, dass man bei jeder Erschütterung das Gefühl hatte, dass sie ewig dauerte, und darauf wartete, ob es diesmal das ganz große Beben war.
Neunundfünfzig. Sechzig. Er hatte noch nie mehr als zwanzig Sekunden gezählt. Bald stellte sich seine Beunruhigung wieder ein und wuchs parallel zur unablässigen Kraft des Bebens.
Plötzlich machte der Pick-up einen Satz, landete und sprang wie ein störrischer Esel wieder hoch. Vor ihm schlitterte ein schwarzer Camry über die Straße, kippte auf die Seite und krachte gegen einen Maschendrahtzaun. Hinter ihm schwang der Anhänger des Kleinlasters im rechten Winkel aus und kippte um.
Vielleicht ist das jetzt das ganz große Ding. Tom hörte auf zu zählen, beschloss aber weiterzufahren, obwohl die meisten anderen es aufgegeben hatten. Als langjähriger Bewohner Kaliforni-

ens hatte er längst nicht mehr daran geglaubt, dass das sagenhafte Große Beben etwas anderes war als eine gute Geschichte. Natürlich gab es Beben und Schäden hier und dort, manchmal auch heftigere Erdstöße wie das Landers-Beben oder den Northridge-Stoß von 1994, aber das Große Beben, das so lange dauerte, bis alles zusammenbrach oder die Mojave-Wüste sich in ein Strandgrundstück verwandelte, nun, daran glaubte er nicht. *Vielleicht war ich etwas zu voreilig.*

Tom sah, dass der Asphalt sich wie eine sanfte Brandung wellte, über die er furchtlos hinwegsurfte. Er klammerte sich ans Lenkrad und war entschlossen, sich nicht von seiner Aufgabe abhalten zu lassen.

Er machte sich keine allzu großen Sorgen um seine Ranch. Die Stallungen waren so konstruiert wie das Haus, mit Federn und Verstärkungen im Fundament und in den Wänden und mit Glas, das sich bog, bevor es brach. Er wusste außerdem, dass Davy die Tiere beruhigen würde. Er betete, dass Marie, Cassie und Eve in Sicherheit waren.

»He!«, schrie er, als der Pick-up seitlich ausbrach. Er neigte sich auf die Reifen der Beifahrerseite. Tom fürchtete, er würde umkippen, doch wie durch ein Wunder fiel der Pick-up wieder auf alle vier Räder zurück. Er fuhr weiter und knirschte und quietschte bei jedem Aufbäumen der Erde.

Tom näherte sich zügig der Cuhilla-Wash-Brücke und trat mit Gewalt auf die Bremse, als die Fahrbahn sich vor ihm zu einem Hügel auftürmte. Die niedrigen Pfeiler, die die Straße über dem Wasserlauf trugen, brachen wie morsche Zähne seitlich weg. Tom ließ die Bremse los und betete, dass niemand hinter ihm war, als er das Lenkrad hart nach links herumriss. Die Bremsen blockierten, der Pick-up geriet ins Rutschen. Tom lenkte gegen, und der Ford kam auf der dritten Spur schräg zum Stehen.

Delirium tremens. Die Erde zitterte unter ihm. Er blieb im Laster sitzen und wartete ab. Schließlich ließen die Erschütterungen nach. Der Boden wankte und ruckte nur noch ein wenig. *Die letzten Zuckungen.*

Mit dem Rücken zur Brücke musterte Tom das Durcheinander von Pkws, Trucks und Orangen. Einige Fahrzeuge rollten noch, andere setzten sich gerade wieder in Bewegung. Tom öffnete die Tür und stieg aus. Er ging zu der zerstörten Brücke, die nun wie eine hochgezogene Zugbrücke aussah, die man nicht mehr überqueren konnte – sie war auf beiden Seiten der Autobahn beschädigt. Die Sonne stand tief am Himmel und warf schöne Farben auf die silbrigen Wolken ringsum. Es war ein außergewöhnlich prachtvoller Sonnenuntergang.

Dann hörte Tom ein Zischen und ein elektrisches Summen und Knistern. Direkt gegenüber dem Pick-up knickte ein hoch aufragender Strommast wie ein Streichholz ein, und die Leitungen schwangen wild hin und her. »Gütiger Himmel!« Tom sprang in den Wagen und drehte den Zündschlüssel. Der Motor sprang nicht an. Der Mast krachte und neigte sich immer weiter, während Tom den Wagen zu starten versuchte. Kein Glück. »Herr im Himmel, wenn's dich gibt, dann könnte ich jetzt ein wenig Hilfe gebrauchen.«

Der Motor sprang an. Tom trat das Gaspedal durch und räumte gerade noch rechtzeitig den Weg, als der Mast dort zu Boden krachte, wo er eben noch gestanden hatte.

Langsam fuhr er in die falsche Richtung den verformten Mittelstreifen entlang, bis er eine Lücke in den Oleanderbüschen fand, die die beiden Seiten der Interstate trennten. Er fuhr hinüber und machte sich auf den fünfzehn Kilometer langen Rückweg nach Madelyn.

121
JAMES ROBERT SINCLAIR

Stühle waren umgekippt und kleine Gegenstände auf den Schlafzimmerboden geflogen, aber Sinclair hatte es kaum bemerkt. Das Erdbeben war weit wichtiger als zerbrochenes Glas und umgestürzte Möbel. Es war das unmissverständliche Vorzeichen von Armageddon, des Donnerns der Pferdehufe, wenn die apokalyptischen Reiter zur Erde kamen. Es erfüllte ihn mit Trauer und Freude, während er sich um seine Gemeinde kümmerte.

Er fand nur geringfügige Schäden auf dem Anwesen: geborstene Fensterscheiben, von Wänden gefallene Gemälde, umgestürzte Möbel, zerbrochene Teller in der Cafeteria. Es gab viel aufzuräumen, aber er hatte die Gebäude so konstruiert, dass sie Erdbeben standhalten konnten. Sie hatten seine Gemeinde gut geschützt. Die Stromversorgung war kaum eine Minute unterbrochen gewesen, dann waren die Notgeneratoren angesprungen, und überall war das Licht wieder angegangen. Das Kreuz würde heute Abend in einem ansonsten lichtlosen Land strahlen – ein Fanal für die Gläubigen, ein Zeichen der Hoffnung für die gesamte Menschheit.

Seine Leute starrten ihn an, und er lächelte und beruhigte sie, denn er wusste, dass sie ihn so wie jetzt noch nie gesehen hatten: barfuß, in einer Kutte, das Haar offen.

Als er zum Krankenhaus ging, war er froh, dass sein Anblick ihnen etwas Trost zu schenken schien. Die Zwanzig-Betten-Klinik war zu zwei Dritteln gefüllt. Die meisten Patienten hatten Schnittwunden, die genäht werden mussten. Einige hatten sich Knochen gebrochen. Sinclair sah Seniorapostel Steve Clayman. Er war an

ein Infusionsgerät angeschlossen, und sein linker Arm war verbunden.
»Was ist passiert?«, fragte Sinclair, als er sich auf den Stuhl an Claymans Bett setzte.
Clayman schaute ihn an und öffnete die aufgesprungenen Lippen. »Ich bin bei der Mission von einem Blitz getroffen worden.«
»Mission?«, fragte Sinclair. »Während ihr in Madelyn wart, um die Botschaft des Herrn zu verkünden?«
»Nein. Als wir die UFO-Spinner erledigt haben.« Clayman versuchte zu lächeln. »Einen habe ich für dich getötet …«
»Prophet Sinclair! Ich hatte nicht erwartet, dich hier zu sehen!«, meldete Caine sich lautstark zu Wort. »Du sollst doch nicht sprechen, Steve! Hat der Doktor gesagt.«
Sinclair stand auf und bedeutete Caine, ihm nach draußen zu folgen. »Wen hat er mit ›UFO-Spinnern‹ gemeint? Wer ist getötet worden?«
»Ich kenne zwar keine Einzelheiten, James«, sagte Caine in verschwörerischem Ton, »aber ich glaube, Eldo könnte deine Anweisungen wörtlicher genommen haben, als sie gemeint waren.« Er legte eine Hand auf Sinclairs Handgelenk. »Ich habe gerade herauszukriegen versucht, was passiert ist.«
»Ich weiß, dass Eldo Probleme hat, aber ich glaube, dass er in der Lage ist, meine Befehle zu befolgen.« Sinclair schaute Caine an und sah zum ersten Mal etwas, das ihm nicht gefiel. Es war immer da gewesen: ein berechnender Blick aus lächelnden blauen Augen. Aber er war ihm noch nie aufgefallen. Vielleicht weil er ihn nie hatte sehen wollen.
»Willst du mit Eldo sprechen?« In Caines Stimme klang eine Spur Sorge mit. »Oder soll ich das für dich erledigen?«
»Nein, das wird nicht nötig sein.« Die Worte erfüllten Sinclair mit tiefer Trauer. »So ist nun mal der Lauf der Dinge. Die Zeichen erscheinen in der Reihenfolge, die Gott mir genannt hat. Und was auch heute geschieht, es ist Teil des Zyklus. Morgen endet die Welt.

Dass Clayman von einem Blitz getroffen wurde, ist nur ein weiteres Vorzeichen der Dinge, die kommen werden. Auch andere wird es treffen!« Er hielt inne, und Caines fröhliche Maske erbleichte.
»Funktioniert der Sender wieder?«, fragte Sinclair nach einer langen Pause.
»Im Moment nicht, aber eine Mannschaft ist zum Turm unterwegs. Momentan sind alle Sender ausgefallen, James.«
»Gut. Vielleicht sorgt das Erdbeben dafür, dass wir heute Abend ein großes Publikum haben.«
»Einschließlich vieler unserer ansässigen Apostel«, sagte Caine. »Etwa die Hälfte war missionarisch unterwegs, als das Erdbeben zugeschlagen hat. Ich glaube, dass viele von ihnen nicht zurückkehren können.«
»Das ist bedauerlich. Ich hoffe, es geht allen gut.« Sinclair zögerte. »Halte Ausschau nach ihnen. Ich erwarte dich um 18.30 Uhr im privaten Speisezimmer.« Er drehte sich um und wollte gehen.
»Prophet?«
Sinclair blickte zurück. »Ja, Hannibal?«
»Was die öffentliche Messe morgen angeht …«
Sinclair wartete.
»Das Erdbeben hat einige Schäden angerichtet. Davis im Geschäftsbüro sagt, wir können für die Öffentlichkeit erst öffnen, wenn die Inspektion abgeschlossen ist. Wir müssen uns vielleicht mit einem geschlossenen Gottesdienst begnügen. Wir können natürlich senden.«
»Das wäre schade, Hannibal. Vielleicht können wir auch eine Messe unter freiem Himmel abhalten. Mach dich an die Arbeit, ja?«
Caine wirkte gequält. »Ja, Prophet. Gehst du jetzt in deine Gemächer zurück?«
»Gleich. Warum?«
»Nur so.« Caine lächelte, winkte und ging in die entgegengesetzte Richtung davon.

122

MARIE LOPEZ

Eve? Wo bist du?«

Maries transportables Zuhause hatte sich aus der Verankerung gelöst und lag arg mitgenommen auf der Seite. Sie hatte die Kleine darin zurückgelassen und Rex für den Ritt in die Stadt gesattelt. Glücklicherweise hatte sie die Stalltür weit offen gelassen; als das Beben anfing, hatte sie das Pferd ohne Schwierigkeiten hinausführen können. Einen Moment später war das halbe Gebäude verschwunden. Dank Dorsey, der sie unermüdlich hinaustrieb, liefen noch immer Schafe aus den Trümmern.

Marie musterte das Wrack, das ihr Zuhause gewesen war. »Eve?« rief sie. »Eve? Antworte!« Sie drehte den Propantank ab. »Eve! Wo bist du?«

»Marie!«

Die Stimme war leise, aber deutlich zu hören. Marie trat in das Trümmerfeld hinein. »Wo bist du, Eve?«

»Unter dem Tisch.«

»Sprich weiter, damit ich dich finden kann.«

Marie stieg durch den Schutt und folgte Eves Stimme, bis sie schließlich die Kante des Esstischs entdeckte, der seitlich gegen die Wand gedrückt worden war. »Eve?«

Das Gesicht des Kindes erschien, dann kroch es hinter dem Tisch hervor. Marie hob es aus den Trümmern und trug es nach draußen.

»Warte hier. Ich bin gleich wieder da.« Sie ging ins Wrack zurück und holte das Remington-Gewehr. Trotz all der anderen Waffen, die sie in der Scheune gestapelt hatte, um sie auf das Pferd zu packen, war ihr die Remington am liebsten. Sie war der einzige materielle Besitz, der Marie wirklich am Herzen lag. Sie trug das Gewehr hinaus, dann ging sie hinter den Anhänger und schaute sich im Licht der Nachmittagssonne um. Unten an der Straße konnte sie das Apostel-Gelände erkennen, die Wachen an den Toren. Wenn sie diese Leute sah, würden sie auch sie sehen.

»Eve«, sagte sie zu dem kleinen Mädchen, »ich gehe wieder rein und suche uns etwas zu essen. Wir müssen noch ein bisschen warten, bevor wir gefahrlos aufbrechen können.«

123

MOSS BASKERVILLE

»Wisch dir das Gesicht ab«, sagte Ray Vine und reichte Moss ein Küchentuch. »Es macht bestimmt keinen guten Eindruck, wenn der Polizeichef die Leute vollblutet.«

»Danke.« Der Schnitt auf seiner Stirn war nicht schlimm, aber es hörte einfach nicht auf zu bluten. Moss wischte das Blut ab, drückte das Handtuch fest auf die Wunde und musterte Rays Café. Er, Ray und Rosie standen mit einer Gruppe anderer, zutiefst erschreckter Menschen vor dem Lokal. Auf dem Parkplatz waren Anhänger wie Spielzeug durcheinander geworfen worden und Pkws ineinander gekracht. Im Café herrschte Chaos. Ray hatte zwei Feuer in der Küche gelöscht und das Gas abgestellt. Das unmittelbarste Problem waren nun die zersprungenen Scheiben und die heruntergefallenen Wandregale und Deckenventilatoren.

»Ich werde wohl 'ne Woche schließen müssen«, sagte Ray, der Moss' Gedanken erriet.

Moss nickte. »Ich frage mich, wo das Epizentrum des Bebens war.«

»Gute Frage.«

Außer den Telefonleitungen war jetzt auch die Stromversorgung ausgefallen. Kein Rundfunksender war zu hören, nicht mal der 50 000-Watt-Sender in Los Angeles. Der Gedanke, dass LA völlig ausgeschaltet sein könnte, machte Moss schwer zu schaffen. Nach der Dämmerung, wenn die starken Sender in Colorado und Nevada den Betrieb wieder aufnahmen, wusste er vielleicht mehr, aber im Moment herrschte große Unsicherheit. Selbst über den Polizeifunk kam nur ein Rauschen. »Sieht so aus, als wären wir auf uns allein gestellt, Ray.«

»Scheint so.« Ray schüttelte seinen großen Kopf und begutachtete den Schaden.
»Ich werde Hilfe brauchen«, erklärte Moss. Es war nicht nur eine Notwendigkeit, etwas zu tun, es war auch das beste Mittel gegen seine Sorgen.
»Ich kann mein Grundstück nicht verlassen, Moss. Tut mir Leid, aber ich muss auf Plünderer aufpassen.«
»Hab ich mir schon gedacht. Aber du bist ab jetzt trotzdem Hilfssheriff.« Er lächelte grimmig. »Das wird's dir einfacher machen, dein Eigentum zu verteidigen. Hast du eine Waffe?«
»Eine 38er, Halbautomatik.«
»Trag sie bei dir. Und jetzt hör zu. Es wird bald dunkel. Die Leute werden, wie immer, aus der Stadt herkommen. Kannst du ein Stück von deinem Parkplatz als Campingplatz zur Verfügung stellen?«
»Kann ich machen. Sieh mal.« Ray deutete auf einen blauen Pickup, der sich über den Mittelstreifen der I-15 näherte. Er fuhr quer über die nach Westen führenden Spuren des Highways.
»Das ist Tom.« Moss sah, dass er auf die Abfahrt nach Westen abbog, kurz verschwand, dann wieder hinter der Biegung auftauchte und auf den Parkplatz fuhr. Der Cowboy brachte den Wagen zum Stehen und stieg aus.
»Ich bin nicht durchgekommen.« Tom wischte sich mit einem Taschentuch Schweiß von der Stirn. »Ein paarmal hätte es mich fast erwischt. Sieht schlimm aus da draußen. Wir sind abgeschnitten. Fünfzehn Kilometer von hier ist die Interstate blockiert.«
»Hier sieht's auch schlecht aus.« Moss schüttelte den Kopf. »Ich wollte Ray gerade erklären, dass wir Mannschaften zusammenstellen müssen, um in der Stadt in jedem Haus nach Verletzten zu suchen und uns zu vergewissern, dass das Gas abgedreht ist. Wir machen Rays Haus zur Einsatzzentrale.«
»Ich werde einen Trupp organisieren, der nach Madland geht«, erklärte Tom.

»Gut. Ray, ich schicke Ken Landry mit den Karten rüber. Du kannst dir überlegen, wen du wohin in die Stadt schicken willst.«
»In Ordnung.«
Tom warf einen Blick auf seine Armbanduhr. Er hatte es scheinbar eilig, auf seine Ranch zurückzukehren. »Moss, warst du inzwischen noch mal bei dem Anwesen?«
»Ich bin kurz vor dem Erdbeben von dort weggefahren. Sie haben an allen Seiten Wachen aufgestellt und einige schwere Waffen ausgepackt … Ein Durchsuchungsbefehl hätte uns nicht viel genützt«, fügte er grimmig hinzu.
»Dann müssen wir eben morgen früh rein.« Tom schüttelte den Kopf. »Verdammt.«
»Ich fürchte, das geht nicht«, erwiderte Moss. »Sie haben außerdem ein Schild draußen aufgestellt, auf dem steht, dass das Anwesen wegen Erdbebenschäden geschlossen ist.«
»Erdbebenschäden?«, wiederholte Tom. »Das wussten sie schon *vor* dem Beben? Offenbar ist der alte Jim wirklich ein Prophet.«
»Ich nehme an, es bezog sich auf die früheren Beben«, sagte Moss trocken. »Hab keinen Moment lang dran geglaubt.«
»Könnte jetzt aber stimmen«, murmelte Ray und schaute die Trümmer seines Cafés an.
»Ja, allerdings«, stimmte Moss zu. »Wie auch immer, wir können in absehbarer Zeit nicht mit Verstärkung rechnen.«
Tom nahm seinen Hut ab und fuhr sich mit den Fingern durch die Haare. »Auf jeden Fall müssen wir da irgendwie rein.«
»Warum haben diese Psychopathen überhaupt Wachen aufgestellt?«, fragte Ray.
»Ich vermute, sie befürchten, dass wir eindringen und Marie, Cassie und Eve zurückholen«, sagte Moss.
»Es hat etwas mit ihrer großen Apokalypse zu tun«, erklärte Tom. »Und ich nehme an, wir haben nur bis morgen früh Zeit, um sie unbeschadet dort rauszuholen.«
Moss schaute ihn nachdenklich an. »Ich hoffe es. Bis dahin werde

ich das Kriegsrecht ausrufen. Es geht sowieso nicht ohne, und außerdem verschafft es uns mehr Bewegungsfreiheit beim Umgang mit den Aposteln – oder wer uns auch sonst Ärger macht.« Er tätschelte seine Waffe.

»Meinst du Dole?«, fragte Tom.

Moss nickte. »Wenn du den Dreckskerl siehst, bring ihn auf die Wache. Vielleicht können wir was aus ihm rauskriegen.« Er warf Ray einen Blick zu. »Ich werde regelmäßig vorbeikommen, hoffe ich.« Er wandte sich wieder an Tom. »Nachdem du Madland überprüft hast, müssen wir uns treffen. Sei so schnell wie möglich wieder hier, dann machen wir uns Gedanken, wie wir auf das Anwesen kommen.«

Tom stieg wieder in seinen Pick-up. »Ich werde mich beeilen.«

124

JUSTIN MARTIN

Justin saß in seinem Mustang und spielte mit Carlos Messer herum. Nachdem er das Anwesen verlassen hatte, war er nach Hause gefahren, um sich zu waschen, aber dann hatte das Erdbeben seine Mutter in einen hysterischen Anfall getrieben. Sie hatte sich an ihn geklammert und geheult, dass dies oder jenes zu Bruch gegangen sei. Sie hatte sich so widerlich melodramatisch aufgeführt, dass er versucht gewesen war, ihr den Schädel einzuschlagen, nur damit sie die Klappe hielt. Er hätte es auch tatsächlich getan, wenn nicht der brave alte Dad aufgetaucht wäre, um ihm seine Mutter vom Hals zu schaffen. Justin hatte sich für das Treffen mit Carlo heute Abend schwarz angezogen und war hinausgegangen, um ein paar Stunden totzuschlagen.

Er hatte auf dem Parkplatz von Madland geparkt, ganz hinten, wo ihn niemand bemerken würde, er aber die Straße überblicken konnte. Er wollte wissen, wann Carlo zurückkam. Wenn er da war, wollte Justin ihm sagen, wo er Alexa, die süße Alexa, finden konnte. Er wollte ihn einladen, ihn aufs Anwesen zu begleiten, denn da gab es einen entscheidenden Unterschied: Dort hätte Justin die Zügel in der Hand, nicht Carlo.

Nach der Ankunft hatte Justin sich erst mal vergewissert, ob der Hellseher sich in seinem Laden aufhielt. Obwohl er nicht nach oben gehen konnte, weil ein Großteil der Einrichtung nun unten war, hatte das kleine Lesezimmer das Erdbeben praktisch unbeschadet überstanden. Christies Skalp hing noch vom Deckenventilator herunter, was wahrscheinlich bedeutete, dass Carlo noch nicht aufgetaucht war.

Danach hatte er in dem unterirdischen Gang der Mine nachgeschaut und sich diebisch gefreut, weil er unpassierbar war. Er hielt es für unwahrscheinlich, dass die tieferen Gänge, in denen die Leichen vergraben waren, je wieder zugänglich sein würden. Mit einem selbstgefälligen Grinsen blickte er zum Himmel empor. Alles lief wie versprochen. Er war unbesiegbar.

Nach dem Abstecher in die Mine hatte er sich noch etwas mehr umgeschaut und den Stuntleuten und anderen, die ihm über den Weg gelaufen waren, erklärt, dass er nach Verletzten suche. Man hatte ihm gedankt und ihn in Ruhe gelassen, zu beschäftigt damit, die Tiere zu verlegen und sich einen Eindruck über die eigenen Schäden zu verschaffen, um mit dummen Fragen Zeit zu verschwenden.

Schließlich war Justin zu seinem Mustang zurückgegangen. Nun saß er seit zwanzig Minuten im Wagen, lauschte den Doors und dachte an morgen – an das, was er mit Alexa anstellen würde, während der Häuter ihm zuschaute und Anweisungen erteilte.

Es war einfach gewesen, Christie umzubringen, schwere Arbeit hingegen, sie zu häuten. Es war eine Schande, dass man sie in den Trümmern nur schwer finden würde, denn er glaubte, dass er gute Arbeit geleistet hatte, seine beste bisher. Er wollte, dass Carlo seine Arbeit bewunderte – es würde ihn vielleicht von Justins angeborenen Fähigkeiten überzeugen.

Als Justin Motorenlärm hörte, blickte er auf und sah zwei Scheinwerfer, die sich über den Highway näherten. Er schaltete den Kassettenrekorder aus und wartete. Es war ein großer blauer Pick-up. Justin verbarg sich hinter dem Lenkrad, als der Wagen auf den Parkplatz einbog.

Als der Fahrer ausstieg, erkannte Justin den reichen Rancher Tom Abernathy. Auch sein Beifahrer stieg aus. Carlo Pelegrine.

»Bingo«, sagte er leise.

Justin wartete, bis die beiden durch den Haupteingang des Freizeitparks verschwanden, dann stieg er aus und nahm den rückwärtigen Weg. Er schlich eilig über die Zulieferstraße, kletterte über Trümmer hinweg und rutschte über Glas und Metall, bis er die *Zauberlehrling*-Hintertür erreichte. Da er vermutete, dass Carlo früher oder später auftauchen würde, ging er in das kleine Lesezimmer. Er setzte sich, streichelte sein Messer und bewunderte Christies herrliche blonde Mähne.

125

CARLO PELEGRINE

Was für ein Chaos«, sagte Tom Abernathy, als er und Carlo das Madland-Tor durchschritten.

Carlo nickte und ließ den Lichtkreis der Taschenlampe über die beschädigten Gebäude wandern. Alexa hatte die Ranch nie erreicht, und er wurde immer unruhiger. »Ich möchte zuerst mit den Stuntmen reden.«

»Kein Problem.« Sie gingen in Richtung der Stallungen hinter der Arena, doch als sie dort ankamen, sahen sie weit und breit niemanden. Tom formte die Hände zu einem Trichter und rief: »Ist jemand hier?«

»Feige Ratten«, sagte Shorty Sykes, der mit einer hellen Laterne in der Hand aus dem Dunkel hinter dem Stallbereich auftauchte.

»Wann hast du Alexa zum letzten Mal gesehen?«, fragte Carlo unvermittelt.

Sykes hob die Augenbrauen. »Wieso? Ist sie nicht zurückgekommen?«

»Nein«, sagte Tom. »Ihr habt euch getrennt?«

»Es regnete nicht mehr, und sie ist eine gute Reiterin. Da haben wir uns nichts dabei gedacht, als sie sagte, sie wolle noch etwas rumreiten und nachdenken. Danach wollte sie eigentlich zur Ranch reiten.« Sykes schaute Carlo an. »Sie hat gesagt, sie wolle sich dort mit dir treffen.«

»Wo habt ihr euch getrennt?«

»Ein Stück südlich der Thunder Road. Henry hatte die Leiche von dem Jungen übers Pferd gelegt, und ich hatte den Eindruck, dass es ihr zu schaffen macht. Tut mir Leid, dass ich –«

»Ist nicht eure Schuld«, sagte Carlo. »Ist euch auf der Straße noch jemand entgegengekommen, nachdem ihr sie zurückgelassen hattet?«
»Keine Menschenseele.« Sykes warf einen Blick auf die Stallungen, wo gerade einige Balken absackten. Dann blitzte im Dunkel dahinter eine weitere Taschenlampe auf.
»Ich hab gehört, ihr habt Eric Watson gefunden«, rief Mad Dog, als er näher kam.
»Stimmt«, erwiderte Tom.
»Freut mich zu hören«, sagte Mad Dog. »Hör mal, wir haben die Tiere zusammengetrieben. Hast du was dagegen, wenn wir sie alle auf deine Ranch bringen?«
»Ist mir recht. Sind welche verletzt?«
»Wir haben ein paar Hühner verloren, und einige Tiere haben Schrammen und Schnitte, aber ansonsten geht's ihnen gut. Was ist mit euch?«
»Wir sind ganz gut davongekommen. Der Schaden ist minimal. Einer von euch muss runter zu Ray und euch alle melden – wir wollen eine Zählung durchführen, um festzustellen, ob jemand vermisst wird.« Tom hielt einen Moment inne. »Danach können die Leute auf Rays Parkplatz kampieren. Ihr anderen könnt auf meinem Grundstück bleiben.«
»Besten Dank«, rief Mad Dog, als er sich umdrehte und zu den Stallungen zurückging.
Tom zog eine Lampe aus der Gesäßtasche. »Wir müssen nach Gaslecks und Verletzten suchen, bevor es noch dunkler wird.«
Shorty nickte. »Darum kümmern sich schon ein paar Leute. Die haben in der Mitte angefangen und arbeiten sich von da nach außen. Ich mach mich jetzt besser auch wieder an die Arbeit.«
Carlo schaute Shorty hinterher. »Tom, wie wär's, wenn du die Tumbleweed Road nimmst und ich die Main Street? Wir können uns durcharbeiten, bis wir auf die anderen stoßen.«
Tom wirkte überrascht. »Ja, meinetwegen, klingt vernünftig. Dreh

überall das Gas ab. Markier die Gebäude, bei denen du Verletzte oder Tote siehst, aber geh nicht rein. Es ist schon zu dunkel, um eine gründliche Suche durchzuführen.«

Carlo nickte. Als Tom zur Tumbleweed Road losmarschierte, wo Cassies Theater lag, wandte er sich wieder der Main Street zu. Auf dem Weg zum *Zauberlehrling* ließ er das Licht seiner Taschenlampe über die Gebäude wandern und zuckte zusammen, als er eingesackte Wände, kaputte Fensterscheiben und zertrümmerte Stuckteile erblickte, die den Gehsteig und die Straße bedeckten. Schließlich betrat er den hölzernen Gehsteig vor seinem Laden. Das grüne Tischtuch, einige Kerzen, Kristallkugeln und Tarotkarten lagen auf dem Boden. Der Anblick versetzte ihm einen Stich. Grimmig ging er zur Tür und steckte den Schlüssel ins Schloss. Es ließ sich zwar problemlos aufschließen, aber Carlo musste sich mit der Schulter gegen die Tür lehnen und mehrmals heftig dagegen stoßen, um sie zu öffnen.

Sie gab so plötzlich nach, dass er ins Zimmer stolperte und fast auf den Glasscherben ausrutschte. Als er mit der Taschenlampe durchs Zimmer leuchtete, sah er, dass die Glasvitrinen zertrümmert waren. Die antike Registrierkasse lag mitten im Zimmer auf dem Boden, halb verborgen unter einem Haufen Bücher.

Er hörte ein Geräusch hinter den grünen Vorhängen und fuhr erschrocken herum: »Alexa?«

Keine Antwort, nur das unheimliche Geräusch von Holzbalken, die irgendwo über ihm knackten. Er blickte auf und sah, dass der halb aus der Verankerung gerissene Deckenventilator hin und her schwankte. Carlo trat sofort beiseite. Tom hatte Recht: Er sollte sich hier nicht aufhalten, aber er wollte sich vergewissern, dass Alexa nicht hier eingeschlossen war.

Wieder ein Geräusch hinter den Vorhängen, diesmal wie von einem Stuhl, der verschoben wurde. Carlo trat an den Vorhang. Er wollte ihn beiseite schieben, doch er hielt inne, um in die Knie zu gehen und seine liebsten Tarotkarten aufzuheben, die unter

den anderen verstreut auf dem Boden lagen. Er schob sie in seine Tasche.
Die Kristallkugel rollte langsam auf ihn zu und blieb vor seinen Schuhspitzen liegen. Ohne nachzudenken, nahm er sie in die Hand.
»Charlie, alter Freund!«
Carlo blickte in Justin Martins lächelndes Gesicht. Der Junge saß mitten in dem Chaos auf einem Holzstuhl. »Ganz schönes Durcheinander hier, was? Das kann einen wirklich nerven.«
»Was machst du hier?«, fragte Carlo.
»Ich habe nach Opfern gesucht. Eines habe ich gefunden.«
»Tatsächlich?«
»Ja.« Justin blickte auf. »Ihr ist etwas sehr Unangenehmes zugestoßen.«
Mit einer düsteren Vorahnung folgte Carlo Justins Blick und keuchte, als er den Skalp sah, der an langen blonden Haaren vom beschädigten Deckenventilator herunterhing.
Justin stand auf und zog langsam eine glänzende Klinge aus seiner Jacke hervor.
»Das ist mein Messer«, sagte Carlo.
»*Das* Messer. Damit haben Sie Ihre Opfer gehäutet.«
»Damit habe ich Orangen geschält, Justin.« In seinem Kopf wirbelte alles durcheinander. »Wo ist Alexa?«, fragte er. »Was hast du mit ihr gemacht?«
Der Junge fuchtelte bedrohlich mit dem Messer herum. »Nichts. Sie ist in Sicherheit.« Ein schmieriges Lächeln überzog sein Gesicht. »Sie ist bei Freunden.«
Carlo trat näher. »Sag mir, wo sie ist.«
Noch ein abstoßendes Lächeln. »In den Händen Gottes.«
»Du verdammter Scheißkerl«, explodierte Carlo und warf die Kristallkugel. Justin wich ihr aus, und sie zerbarst hinter ihm an der Wand. Carlo stürzte sich auf Justin, riss ihn zu Boden und spürte kaum den plötzlichen Schmerz in seiner Seite. Er rang Jus-

tin nieder, hielt ihn am Boden fest und öffnete gewaltsam seine Hand. Er entriss ihm das Messer, hob es hoch und senkte es bis knapp unter Justins Kinn. »Hast du sie umgebracht?«, presste er zwischen zusammengebissenen Zähnen hervor. »Ja oder nein?«
»Nein«, flüsterte Justin mit glänzenden Augen und geweiteten Pupillen. »Werden Sie mich umbringen?«
Carlo war versucht, ihm das Messer bis zum Heft in die Kehle zu stoßen, es dann herauszuziehen und zuzuschauen, wie er langsam verblutete. Er wollte spüren, wie das heiße Blut über seine Hände schoss, wollte das irre Lächeln aus seinem Gesicht tilgen.
Du bist nicht anders als er! Der Gedanke traf ihn wie ein Schlag. Das Messer zuckte, ließ einen einzigen Blutstropfen hervortreten.
»Tun Sie's«, flüsterte Justin. »Was Geileres gibt's nicht.«
»Wo ist sie?«, knurrte Carlo.
»Ich habe sie zu den Aposteln gebracht. Wenn die mit ihr fertig sind, krieg ich sie zurück.« Justin grinste, trotz des Messers. »So brauch ich sie nicht mit Ihnen teilen. Aber Sie können mir helfen, wenn Sie wollen.«
Carlos Hand zitterte. Er war bereit zuzustoßen. Wenn er es tat, das wusste er, verstieß er gegen seinen Eid, andere niemals zu verletzen. Dann hatte sein Leben keine Bedeutung mehr. Aber es kümmerte ihn nicht länger. Er spürte, wie das Blut aus der Wunde in seiner linken Seite über seinen Brustkorb strömte. Es war das Einzige, was ihm real vorkam. *Alexa ist real!* Sie war der Grund dafür, dass er keinen Mord begehen würde. Wenn er Justin kaltblütig tötete, wäre er am Ende gezwungen, sein eigenes Leben zu vernichten. Er würde auf ein Leben mit Alexa verzichten müssen. Auf einmal wurde ihm klar, dass er sich nichts mehr wünschte als das.
Mit zitternder Hand zog er das Messer langsam von Justins Hals zurück.
»Angst vor der eigenen Courage?«, höhnte der Junge.
»Du bist es nicht wert«, schnaubte Carlo. Er warf das Messer

durchs Zimmer, und als er spürte, dass Justin die Muskeln anspannte und erneut kämpfen wollte, ballte er eine Hand zur Faust und schlug ihn mit einem Hieb gegen die Schläfe bewusstlos.
Es befriedigte ihn ganz und gar nicht. Carlo erhob sich und stand über dem reglosen Körper. Er musste ihn der Justiz übergeben, aber er durfte nicht Alexas oder sein Leben aufs Spiel setzen, indem er ihn einfach ablieferte. Seine Gedanken überschlugen sich, und schließlich verdrängte er alles bis auf die Sorge um Alexa. Er musste irgendwie auf das Anwesen kommen und sie retten. Bestimmt wurden dort auch die anderen gefangen gehalten.
Carlo wusste, was er zu tun hatte, was seine Aufgabe war. Er packte das Messer und klemmte es sich unter den Gürtel, dann verließ er das Haus. An seiner Seite spürte er einen dumpfen Schmerz. Zähflüssiges Blut quoll hervor und verklebte sein Hemd mit der Wunde.
Draußen überprüfte er eilig die anderen Gebäude an der Main Street. Er konnte es kaum erwarten, sich auf den Weg zu machen. *Ein Wunder, dass in Madland kein Feuer ausgebrochen ist,* dachte er, als er von einem Haus zum anderen ging und das Gas abdrehte. Obwohl die Häuser von außen nicht allzu schlimm aussahen, zeigte sich bei einem Blick durchs Fenster, dass sie ähnliche Schäden erlitten hatten wie das seine. Stellenweise waren die hölzernen Gehwege wegen heruntergefallener Markisen, Glasscherben und umgestürzter Pfosten unpassierbar. Einige Konstruktionen, die auf den ersten Blick einen soliden Eindruck machten, hatten sich von ihren Fundamenten gelöst.
Mehrere Ladenbesitzer liefen Carlo über den Weg, und er sagte allen, sie sollten zu Ray gehen. Erstaunlicherweise traf er auf keine Verletzten; es war ein Glück, dass der Tag zu stürmisch gewesen war, um allzu viele Touristen in den Park zu locken.
Als er am Ende der Straße einige Stuntleute traf, bat er sie, Tom mitzuteilen, er wolle ihn später auf der Ranch treffen. Dann ging er zu seinem Lagerschuppen und zog vorsichtig das Motorrad aus

den Trümmern. Er öffnete den Seesack hinterm Sitz, entnahm ihm einen Wollschal, zog seine Lederjacke aus, schob das Hemd hoch und zuckte zusammen, als sich der Stoff vom geronnenen Blut löste.

Die Wunde war fünf Zentimeter lang, schmerzhaft und blutig, aber nicht tief – die Klinge war an einer Rippe abgerutscht –, hatte sich etwas gedehnt und musste genäht werden. Vorsichtig drückte er die Ränder zusammen, dann wickelte er den Schal straff um seinen Bauch und hoffte, dass er die Blutung stillte. Er zog die schwarze Lederjacke wieder an und machte den Reißverschluss zu. Mit schmerzverzerrtem Gesicht stieg er auf die Harley, drehte den Zündschlüssel um und lauschte dem beruhigenden, kraftvollen Röhren des Motors.

Es hatte keinen Sinn, zum Vordereingang der Apostel zu fahren. Er kannte die Geschichten über die Tunnels unter dem Anwesen – ein Buch, das er in seinem Laden führte, nahm sich des Themas sehr detailreich an; er hatte allerdings den Verdacht, dass vieles erfunden war. Aber dennoch, die naheliegendste Lösung seines Problems bestand darin, einen dieser Gänge zu finden – sofern das Beben sie nicht alle zum Einsturz gebracht hatte. *Aber wo?*

Er erinnerte sich an Alexas Geschichte über das UFO, das sie und Eric über der Olive Mesa gesehen hatten, an die Kleidung, die sie dort gefunden hatte. *Sinclair hält sie für Engel.* Das hatte er jedenfalls gesagt. Es war eine vernünftige Annahme, dass ein unterirdischer Gang das Anwesen mit dem Berg unmittelbar im Norden verband, wenn Sinclair Zeit dort verbrachte und seine Kleidung dort zurückließ.

Carlo gab Gas und fuhr in Richtung Olive Mesa.

Als er bremste, um auf die Thunder Road abzubiegen, sah er an der Kirche das strahlende Kreuz, das einzige Licht in der endlosen Nacht.

126

TOM ABERNATHY

Als Tom das Langtry-Theater erreichte, stellte er fest, dass das Gebäude weitgehend intakt war – mit Ausnahme einer schräg in den Angeln hängenden Doppeltür an der Vorderseite. Er stieg die Treppe hinauf, um die Tür zumindest so weit zuzuschieben, dass sie abgeschlossen wirkte – und genau in diesem Moment kam ihm eine verrückte Idee, wie er und einige Mitstreiter auf das Anwesen der Apostel gelangen könnten.

Er leuchtete mit der Taschenlampe durch die Tür und gewann den Eindruck, dass die Decke und die Wände noch stabil waren. Also trat er ein und suchte sich zwischen umgestürzten Kerzenleuchtern und Kulissen einen Weg hinter die Bühne. Im Fundus füllte er zwei Kartons mit Kleidung und Dekorationen aus der Halloween-Show, die er dann durch Madland zu seinem Pick-up trug. Er verstaute seine Beute, ging in den Freizeitpark zurück und stieß beinahe mit Justin Martin zusammen, dessen Gesicht bis auf eine rötliche Schwellung an der Kopfseite blass war.

»Alles in Ordnung, Junge?«

Das notorische Grinsen des Jungen war einem finsteren Blick gewichen, der Tom einen Schauer über den Rücken jagte.

»Alles in Ordnung?«, wiederholte er.

Der junge Martin verzog die Lippen zu einem schiefen Grinsen und schob sich ohne zu antworten an Tom vorbei. Wenig später knallte eine Wagentür, ein Motor heulte auf, und der schwarze Mustang des Teenagers schoss über den Parkplatz. Tom stieß einen Pfiff aus. *Hier geht irgendetwas Merkwürdiges vor.*

»Tom!«

Er drehte sich um, als er Henry Running Deers Stimme hörte.
»Hallo, Henry.«
»Wer war das?«
»Nur ein dämlicher Junge. Wie kommen wir voran?«
»Die Tiere müssten jeden Moment auf deiner Ranch eintreffen, und alle Gebäude sind überprüft worden.« Henry schüttelte den Kopf. »Mann, wir hatten wirklich Glück. Keine Schwerverletzten im Park. Keine Toten; zumindest sieht es bisher so aus.«
»Das sind gute Nachrichten«, sagte Tom, als er und Henry über die Verbindungsstraße hinter der Main Street gingen. »Ist noch jemand drin?«
»Vermutlich nicht, aber wir werden die ganze Nacht über Doppelposten aufstellen. Shorty und ich sind als Erste dran. Das heißt, wenn er von deiner Ranch zurückkommt.«
»Gute Planung«, sagte Tom, doch seine Gedanken drehten sich hauptsächlich um Marie. Er wollte auf die Ranch zurück und noch etwas über seinen unausgegorenen Plan nachdenken. »Habt ihr Carlo irgendwo gesehen? Er ist mit mir zusammen gekommen.«
»Ach ja, er hat mich gebeten, dir auszurichten, dass er dich später auf der Ranch trifft. Er ist mit seinem Motorrad weggefahren. Ich glaube, du hast ihn nur knapp verpasst.«
»Wo wollte er hin?«
Henry schüttelte den Kopf. »Hat er nicht gesagt.«
Sie standen hinter dem *Zauberlehrling*, und Tom warf einen Blick auf die Hintertür. »Tja, ich nehme an, es hat keinen Sinn, da drin nach ihm zu suchen.«
»Hast du das gehört?« Henry neigte den Kopf zur Seite. Es waren Gewehrschüsse.
»Komm«, flüsterte Tom. In den Schatten gekauert, gingen sie zur Seitenmauer von Carlos Haus. Als sie sich dem Gehsteig näherten, heulte ein Motor auf, und die hellen Scheinwerfer eines Fahrzeugs warfen Licht auf die beschädigten Gebäude. Noch einige

Schüsse, diesmal näher. Hastig verbargen Tom und Henry sich in der Finsternis.

Ein paar Sekunden vergingen. Das Fahrzeug kam in Sicht. Es war ein weißer Lieferwagen. Er blieb zwei Türen weiter mitten auf der Straße stehen. Mit weißen Kutten bekleidete Gestalten stiegen aus. Zwei trugen Automatikwaffen, sechs weitere hielten lange Stöcke in den Händen, die Tom im ersten Moment für Baseballschläger hielt.

Er hörte ein Plätschern, nahm den scharfen Geruch von Benzin wahr und sah dann den ersten Stock in Flammen aufgehen. Die anderen folgten kurz darauf. Die Apostel schwärmten auf die Straße und sangen eine Hymne, die vage wie »Vorwärts, Gottes Krieger!« klang.

»Tom!«

Tom hätte vor Schreck beinahe aufgeschrien, als er Henrys leise Stimme hörte. »Was ist?«

»Ich ruf die Feuerwehr an. Bleibst du hier oder was?«

Tom starrte hinter den Gestalten her. Er hörte ihren Gesang und spürte einen Stich, als der Süßigkeitenladen auf der anderen Straßenseite Feuer fing. »Wenn ich das der Versicherung melde, bist du mein Zeuge, Henry. Dieses Feuer ist keine höhere Gewalt.«

Henry nickte. »Gehen wir!«

Tom folgte Henry auf den Parkplatz. Der Stuntman sprang in seinen Four-Runner und raste vom Parkplatz, bevor Tom auch nur den Zündschlüssel umgedreht hatte. Vielleicht würde Madland nicht in Flammen aufgehen, weil die Gebäude regennass waren. *Vielleicht, aber ich bezweifle es.*

Als er den Parkplatz verließ, sah er im Rückspiegel tanzende Flammen.

127

MARIE LOPEZ

Marie und Eve waren schon vor einer Stunde fertig gewesen, aber als sie Eve gerade auf Rex' Rücken setzen wollte, kam ein Lieferwagen voller Apostel die Straße hinab und bog auf den Old Madelyn ein. Es dauerte nicht lange, bis Marie Gewehrschüsse hörte, dann roch sie Rauch. Sie und Eve lauschten wie betäubt den fernen Sirenen und schauten zu, als der Freizeitpark in Flammen aufging. Der Lieferwagen kam bald zurück, doch sie konnten noch immer nicht verschwinden, da die Apostel sich den Brand ebenfalls anschauten. Angesichts der Bewaffnung der Apostel wagte Marie keinen Ausbruch; man würde sie, Eve und Rex bestimmt sofort niedermähen.

Dann wurde Madland dunkel. Die Apostel waren nicht mehr zu sehen. Marie setzte Dorsey auf die Schafe an, hob Eve auf Rex und saß selbst auf. »Los geht's«, sagte sie leise und trieb das Pferd querfeldein in Richtung von Toms Ranch.

128

ALEXANDRA MANDERLEY

Sie erwachte im Dunkeln. Ihr Kopf schmerzte, und ihr Körper war steif vom Liegen auf dem harten, kalten Fußboden. Sie hörte nur ein Geräusch. Da atmete jemand. Sie und ein anderer.

»Hallo?«, flüsterte Alexa und richtete sich auf. Es kam keine Antwort. Der leise, stockende Atem verstummte nur für einen Moment. Sie massierte die Taubheit aus ihrem Arm, dann presste sie die Finger auf ihre pochende Stirn. Sie hatte noch immer eine Spur chemischer Gerüche in der Nase.

»Wer ist da?« Sie wartete. »Hallo, wer ist denn da? Ich will Ihnen nichts tun.«

»Alexa?«, fragte eine unsichere Stimme.

»Cassie? Sind Sie's?«

»Ja.«

»Wo sind wir hier?«

»Auf dem Anwesen der Sektierer«, erwiderte Cassie. Ihre Stimme klang schmerzerfüllt. »Sie wollen uns kreuzigen.«

»Was?«

»Morgen.«

Alexa tastete auf der Suche nach einem Lichtschalter an der Wand entlang. »Wissen Sie das genau?«

»Ja. Alexa, haben Sie Eve gesehen?«

»Nein, aber machen Sie sich keine Sorgen. Moss kümmert sich um sie.« Alexas Finger fanden den Schalter. Sie schaltete das Licht ein. An der Decke strahlten Glühbirnen auf und ließen sie blinzeln.

Cassie hatte sich in einer Ecke zusammengekauert. Sie war zerschrammt und voller Blutergüsse, und ihr Blick war nicht auf Alexa, sondern in die gegenüberliegende Ecke gerichtet. »Lieber Gott«, flüsterte sie. »Das ist Janet Wister aus dem Restaurant.«

Alexa sah eine nicht mehr ganz junge, mollige Frau, die auf dem Rücken lag. Ihre Kleidung war zerrissen und von Schlamm verdreckt. Ihr Gesicht war voller blauer und rötlicher Flecken. »Die UFO-Kellnerin?« Alexa ging zu ihr hinüber und kniete sich hin. Zwei dunkle Einschusslöcher, eins in der Schulter, ein weiteres im Unterleib, hatten aufgehört zu bluten. Das Blut an Janets Wunden war geronnen.

»Ja, genau.« Cassie sah die Frau mit weit aufgerissenen Augen an. »Ist sie …?«

Alexa tastete nach Janets Puls und nickte.

»Das dachte ich mir. Eine Zeit lang habe ich sie atmen gehört, dann war's plötzlich vorbei. Einfach so.«

Alexa schaute Cassie an. Ihre schwache Stimme und der ihr anzumerkende Schock bereiteten ihr Sorgen. Erst als sie neben Cassie hockte, bekam sie einen Eindruck vom Ausmaß ihrer Verletzungen.

»Alexa …« Cassie starrte die Leiche an. »Sie sind hier, weil Janet tot ist.«

»Was?«

»Sie sind ihr Ersatz. Es hängen zwei Kreuze in der Kirche. Ich war eine Weile an einem festgebunden, aber morgen nehmen sie Nägel.« Tränen rannen über Cassies zerkratzte Wangen. »Da bin ich mir ganz sicher … Marie war hier«, fügte sie hinzu, ohne Atem zu schöpfen. »Ich hab sie zweimal gesehen. Einmal als Gefangene, einmal in einer Kutte. Ist sie entkommen?«

»Ich hoffe es.« Cassie war einem hysterischen Anfall nahe, und Alexa tat ihr Bestes, um sie zu beruhigen. »Moss wird bald hier sein. Er sucht Sie. Er weiß, dass Sie hier sind.«

»Es wird ihm nichts nützen. Diese Leute sind bewaffnet.«

Die Tränen strömten weiter, während Alexa ihre Jacke auszog und sie Cassie über die nackten Schultern legte.
»Wir kommen hier raus, keine Sorge. Können Sie gehen?«
Cassie schüttelte den Kopf. »Mein Fußgelenk ist verrenkt. Vielleicht sogar gebrochen.«
Alexa schaute sich das dunkle, geschwollene Bein an und erkannte sofort, dass Cassie unmöglich auf eigenen Beinen hier herausgehen konnte. Sie zwang sich zu einem Lächeln, stand auf, ging zur Tür und versuchte sie erfolglos zu öffnen.
»Die Wachen können Sie hören«, hauchte Cassie. »Rütteln Sie nicht am Türknauf.«
Alexa nickte und schaute sich den vorgeschobenen Riegel über dem Türknauf an. Mit einer Haarklammer machte sie sich an die Arbeit.
»Kennen Sie sich mit so was aus?«, fragte Cassie.
»Nicht die Bohne, aber eine andere Chance haben wir nicht.«

129

JAMES ROBERT SINCLAIR

Er hatte mit seinen vertrauenswürdigsten Aposteln das Brot gebrochen und den Wein getrunken. Sinclair hatte ihre Gesellschaft genossen, sogar die seines Judas, und als er sich auf den Weg zur Kirche machte, um die letzte präapokalyptische Predigt zu halten, wusste er, dass alles in Ordnung war, sogar die Dinge, die er fürchtete. Die Zukunft war festgelegt.

»James?«

Er blieb stehen und schaute Hannibal Caine an. »Ja?«

»Ich wollte fragen, ob ich dich nach der Predigt unter vier Augen sprechen kann.«

Und so fängt es an. Sinclair lächelte sanft. »Ja, natürlich. Wo?«

»Vielleicht im Kirchturm? Es ist ein wunderschöner Abend. Ich würde mir gern noch ein letztes Mal die Sterne ansehen.«

»Ich habe nichts dagegen«, sagte Sinclair und empfand eine Spur von Sorge. »Bis später.«

130

TOM ABERNATHY

Auf der zur Ranch führenden Straße sah Tom ein Pferd und einen Reiter, der ein zweites Pferd an den Zügeln führte. Als er sich näherte, drehte der Reiter sich um, schaute in die Scheinwerfer und trabte zwanzig Meter nach Süden.

»Wer ist das, verdammt?«, murmelte Tom und fuhr neben dem Reiter her. Er bremste und drehte das Seitenfenster herunter. »Sie sind auf einem Privatgrundstück! Wer sind Sie?« Er blinzelte in die Dunkelheit, konnte aber nur vage Schatten erkennen.

»Bist du's, Cowboy?«

Marie trabte auf ihn zu. Er riss die Tür auf und stolperte beim Aussteigen fast über seine Stiefel. Als sie noch drei Meter weit entfernt war, erkannte er, dass ein Kind vor ihr saß. *Das kann nicht sein!* Aber er irrte sich nicht. »Eve! Was für eine Wohltat, euch beide zu sehen!«

Marie stieg vom Pferd und Tom half dann dem Kind herunter.

»Ist meine Mommy hier?«, fragte Eve, als Tom sie hochhob.

»Noch nicht, Liebling.« Er hielt sie in einem Arm, schlang den anderen um Maries Hüfte und vergrub sein Gesicht in ihrem Haar. »Ich hatte Angst, ich würde dich nie wiedersehen. Ich war außer mir vor Sorge.«

Marie blickte mit glänzenden Augen zu ihm auf. »Danke, Tom. Das hört man gern.«

Tom ließ sie widerwillig los und schaute das reiterlose Pferd an. »Tess?«

»Sie hat auf deinem Nordfeld gegrast. Ich habe sie auf dem Weg hier runter gefunden. Hat sie einen Reiter abgeworfen?«

»Ich weiß nicht. Alexa Manderley hat sie heute Morgen geritten und ist nicht zurückgekommen.«

»Gütiger Himmel.«

»Es waren die Apostel, oder?«

Marie nickte, legte einen Finger an die Lippen und warf einen bedeutungsvollen Blick zu Eve.

Über Toms Zufahrtsstraße näherten sich zwei weitere Scheinwerfer. Tom setzte Eve in seinen Pick-up und ging dem Fahrzeug entgegen. Hinter sich hörte er, dass Marie ein Gewehr durchlud. Seine Hand lag auf dem Pistolenholster.

»Ich glaub, auf dem Wagendach leuchtet was«, sagte Marie.

»Stimmt.« Tom seufzte erleichtert. »Es ist Moss.«

Der Chief hielt am Straßenrand, und Tom trat ans Seitenfenster.

»Eben sind Marie und Eve aufgetaucht.«

»Gott sei Dank. Was ist mit ihnen passiert?«

»Weiß ich noch nicht. Gehen wir ins Haus.«

»Und so sind wir entkommen«, erzählte Marie, als sie fünfzehn Minuten später mit Tom, Moss und Davy Styles im flackernden Laternenlicht in Toms Arbeitszimmer saß.

Moss strich seiner schlafenden Tochter sanft übers Haar, und sie kuschelte sich unwillkürlich noch enger an seine Brust. »Du meinst also, bis zur Sonnenfinsternis wird Cass nichts passieren?«

Marie nickte. »Wahrscheinlich nicht. Ich glaube, dass Alexa auch dort ist. Sie haben sie wahrscheinlich als Ersatz für mich entführt.« Sie machte eine Pause. »Wo ist Carlo?«

»Gut, dass du mich dran erinnerst«, erwiderte Tom. »Er wollte später nachkommen. Mehr weiß ich nicht.«

»Der verdammte Narr will Alexa wahrscheinlich auf eigene Faust retten«, sagte Moss. »Vielleicht sollte ich noch mal versuchen, aufs Anwesen zu kommen.«

»Das ist doch idiotisch«, entgegnete Marie. »Die Apostel legen dich um, bevor du ›Buh‹ sagen kannst. Das haben sie auch mit Janet Wister und ihren Freunden gemacht.«

Moss nickte. »Dole ist auch tot. Sah wie ein Unfall aus, aber da bin ich mir nicht so sicher.«

»Colonel Dole?«, fragte Tom überrascht.

»Der Wagen ist in der Wüste oberhalb von Madland verunglückt.«

»Daddy?«, unterbrach Eve schläfrig. »Ist er Polizist? Er hat so was gesagt.«

»Du hast mit ihm gesprochen?«

»Nachdem die bösen Männer Mommy weggebracht hatten, habe ich mich verirrt, und er hat mich gefunden. Er wollte mich zu dir bringen, aber dann haben die Bösen ihn auch erwischt.« Sie machte eine Pause. »Daddy, ich soll dir sagen, dass er keiner von den Bösen ist.«

»Evie«, sagte Moss sanft. »Hast du gesehen, wer Mommy mitgenommen hat?«

»Der eklige alte Mann mit der großen Nase, den wir in Madland gesehen haben. Er hatte Soldatensachen an.« Eve schloss die Augen und schmiegte sich an Moss' Brust, den Daumen im Mund.

Marie warf den anderen einen Blick zu. »Wann ist die Morgenmesse? Falls wir's vorher nicht schaffen, können wir dann aufs Anwesen gelangen.«

Moss schüttelte den Kopf. »Leider nicht.« Er berichtete von den Schildern am Eingangstor.

»Verdammt.« Marie schob sich eine Locke aus dem Gesicht. »Dann müssen wir sie eben vor dem Gottesdienst rausholen. Je früher, desto besser.«

»Hast du vielleicht einen der sagenhaften unterirdischen Gänge gefunden, Marie?«, fragte Tom und rieb sich das Kinn.

»Nein, aber ich bin sicher, dass es sie gibt. Das Anwesen ist ein regelrechtes Labyrinth. Überall sind Geheimtüren. Ich hab einen ganzen Raum voller Waffen gefunden – Waffen illegaler Art«, fügte sie hinzu und schaute Moss an. »Und sie haben sie auch schon benutzt.«

»Hast du Sinclair zu Gesicht bekommen?«, fragte Moss.

Marie schüttelte den Kopf. »Nein. Mir scheint, der weiß gar nicht, was Caine und Blandings vorhaben. Das ist allerdings nur eine Vermutung.«

»Kann ich Eve nach unten in ein anderes Zimmer bringen?«, fragte der Chief Tom. »Sie muss unbedingt schlafen, und ich will nicht, dass sie noch mehr Albträume kriegt, als sie ohnehin schon hat.«

»Ich bring sie runter«, sagte Davy. Er nahm die Laterne und trug das Kind aus dem Zimmer.

Baskerville beugte sich vor. »Ihr solltet wissen, dass wir unter Kriegsrecht arbeiten. Wir haben bis 9.00 Uhr früh eine Ausgangssperre verhängt, und einige Bürger patrouillieren auf den Straßen. Ab morgen früh werden wir vordringlich nach Verletzten und Toten suchen. In der Stadt sieht es ziemlich katastrophal aus. Ich schätze, dass nur fünfzig Prozent der Häuser noch bewohnbar sind.« Er zögerte, dann richtete er seinen Blick auf Tom. »Es tut mir Leid wegen Madland. Hast du gesehen, wer das Feuer gelegt hat?«

Die Leere in Toms Eingeweiden war wieder da. Er hatte keine Möglichkeit gesehen, den Brand zu verhindern. »Ein weißer Lieferwagen voller Apostel. Ich hab keine Gesichter erkannt.«

Davy kam zurück. Moss schüttelte den Kopf. »Ich würde mir diese elenden Dreckskerle liebend gern vornehmen. Das Problem ist nur: Wir sind von der Außenwelt abgeschnitten. Der einzige Sender, der noch arbeitet, ist der große in Los Angeles, und der sagt, dass wir ein Erdbeben der Stärke 7,2 mit dem Epizentrum in der Nähe des Cajon-Passes hatten. Das ist ein ganzes Stück südlich von hier, deshalb vermute ich, dass die gesamte Gegend von Riverside County bis rauf nach Kern Country betroffen ist. In Palmdale und Lancaster herrscht totales Chaos. Nach dem, was der Nachrichtensprecher sagt, ist von Victorville nichts mehr übrig. Mit San Bernardino und Barstow sieht's fast genauso schlimm aus.«

»Also sind wir noch einigermaßen gut davongekommen?«, fragte Marie.
»Scheint so. Unser größtes Problem ist dieses: Was wir auch tun, wir sind auf uns allein gestellt, und zwar ganz sicher noch für einige Zeit. Es wird nicht möglich sein, aus anderen Städten Verstärkung anzufordern, nicht mal dann, wenn die Telefone wieder funktionieren. Deshalb will ich eines von euch wissen: Wenn die Apostel das Anwesen morgen nicht für die Messe öffnen, wie kommen wir dann rein, um die Frauen zu retten?«
»Nun, mir ist da 'ne Idee gekommen«, sagte Tom. »Sie ist ein bisschen verrückt, könnte aber funktionieren. Davy, auf der Ladefläche meines Lasters stehen zwei Kisten. Könntest du die bitte holen?«
»Kein Problem.« Der Ranchverwalter verließ das Zimmer.
»Was ist in den Kisten drin, Cowboy?« Marie saß direkt neben Tom. Ihre Wärme an seiner Schulter und Hüfte gefiel ihm. Lässig legte er den Arm hinter ihr auf die Sofalehne. Er fühlte sich wie ein Dreizehnjähriger, aber das war schon in Ordnung: Sobald er ihnen erklärt hatte, was er plante, würde er sich wie ein Zehnjähriger fühlen.
»Raus damit, Abernathy«, sagte Moss.
»Nun ja, es ist eine Methode, um die Tore zu überwinden.«
»Spuck's aus, Tom«, sagte Marie.
»Mindestens vier von uns würden dabei in ziemliche Gefahr geraten, und ich weiß nicht, ob es funktioniert.«
»Schaut mal, wen ich gefunden habe«, sagte Davy, als er eintrat und einen großen Karton mit der Aufschrift »Langtry-Theater« vor Tom abstellte. Hinter ihm, auch mit einem Karton in den Händen, stand Pater Mike Corey. Er stellte seine Last neben den ersten Karton.
»Tom, ich hoffe, du kannst etwas Kerosin für den Campingplatz erübrigen«, sagte der junge Priester.
»Klar. Setz dich doch einen Moment, Mike. Ich würd gern wissen, was du von meinem Plan hältst.«

Zunächst brachte er Corey über die Entführungen durch die Apostel auf den neuesten Stand, dann beugte er sich über einen der Kartons und fummelte an einem schwarzen Stoffstück herum. »Ich habe mich im Theater umgesehen, weil heute einige Leute am Bühnenbild arbeiten wollten. Es war nicht schwer, da reinzukommen – das Theater hat das Beben weitgehend unbeschadet überstanden. Ich habe das Gebäude durchsucht, aber niemanden gefunden. Hinter der Bühne waren alle Kostümregale umgefallen, und ein Teil hat meine Aufmerksamkeit besonders auf sich gezogen.«

»Was redest du da, verdammt?«, fragte Moss ungeduldig. »Du sollst hier keine spannende Geschichte erzählen. Mir genügen die Fakten.«

»Reg dich ab«, entgegnete Tom. »Vor morgen können wir ohnehin nichts machen. Zumindest, wenn du mit dieser Idee etwas anfangen kannst. Ich habe das hier gesehen …« Er hob den schwarzen Stoff und zog eine fantasievolle Totenkopfmaske aus Gummi hervor.

»Versteh ich nicht«, sagte Marie.

»Warte mal, kommst du jetzt drauf?« Er zog einen matten Kupferhelm hervor.

»Hast du Requisiten aus *Camelot* geklaut?«, fragte Moss trocken.

»Hast du zufällig auch 'ne Krone da drin?«, fragte Pater Mike und fing an zu lächeln. »Oder vielleicht Pfeil und Bogen?«

Tom grinste. »Alles bis auf eine Hängewaage. Einer von uns muss in der Apotheke danach suchen.«

»Hast du auch 'ne Sense?«

»Halloween-Requisiten. Die meisten Klamotten stammen von da. Ich hab auch Schminke dabei, und ein paar tragbare Mikrofone. Wir haben sogar ein paar Rauchbomben.«

»Ich auch«, sagte Marie. »Aber was soll das Ganze?«

»Eine Art sich selbst erfüllende Prophezeiung, schätz ich. Mike, erklär's unseren Freunden. Du weißt mit Sicherheit, was das ganze Zeug soll.«

Der Priester lächelte. »Wen erwarten die Apostel morgen?«

»Für wen werden sie das Tor öffnen?«, fügte Tom hinzu.

»Die vier apokalyptischen Reiter«, erwiderte Marie mit erstaunter Stimme. »Das ist genial, Tom.«

»Glaubst du wirklich, die kaufen dir das ab?«, fragte Moss und begutachtete die Maske. »Wer nimmt so was denn schon ernst?«

»Die Apostel«, sagte Davy. »Selbst wenn ihre Anführer es *nicht* glauben. *Sie* haben es ihnen abgekauft, und sie werden das Tor öffnen, wenn sie die apokalyptischen Reiter sehen. Ich verwette mein Leben drauf.«

»Wir verwetten 'ne Menge Leben drauf«, sagte Tom ernst. »Davy, prüf doch mal, ob Sinclairs Sender arbeitet. Es würde mich wundern, wenn nicht. Er wird sich die Chance auf ein aufmerksames Publikum nicht entgehen lassen, und der Sendeturm ist in unmittelbarer Reichweite. Er hat das Ding wahrscheinlich binnen einer Stunde nach dem Erdbeben reparieren lassen.«

Davy schaltete das Radio ein. Es war tatsächlich etwas zu hören. Der Chor sang einen Teil des *Halleluja*-Refrains.

»Der Teufel soll mich holen«, sagte Moss.

Die Musik endete, und Sinclairs Stimme erfüllte den Raum. Er klang leidenschaftlicher als sonst. »Meine Freunde, morgen kommen die apokalyptischen Reiter. Dies und vieles mehr habe ich von Gott erfahren. Der Lebendige Heiland weilt unter euch und ist bereit, euch im Namen des Herrn zu vergeben. Das Lamm Gottes ist hier. Es hat keinen eigenen Willen, nur den Willen Gottes. Und Gottes Wille wird geschehen, meine Freunde. Niemand wird es verhindern können, weder ihr noch ich. Morgen, wenn die Sonne verschwindet und der Tag zur Nacht wird, kommen die apokalyptischen Reiter vom Himmel herab und reiten über die Thunder Road zu Gottes auserwählten Aposteln. Seid um 9.00 Uhr früh hier, meine Freunde und Nachbarn, damit auch euch die Erlösung zuteil wird. Unser letztes Abendmahl beginnt um halb zwölf.«

»Klingt so, als wüsste Sinclair gar nichts von den Schildern, die die Öffentlichkeit ausschließen«, sagte Tom mit einem Blick in Moss' Richtung.

»Interessant«, sagte Moss. »Glaubst du wirklich, dein Plan wird funktionieren, Tom?«

»Keine Ahnung, aber was Besseres haben wir nicht. Wir machen's so, wie Sinclair es sagt. Nur kommen wir nicht aus dem Himmel, sondern aus dem Spirit Canyon. Wir reiten, sie öffnen das Tor, wir reiten direkt in ihre Kirche und holen unsere Leute raus. Bis sie kapiert haben, was los ist, sind wir längst wieder weg.« Er hielt einen Moment inne und fügte dann hinzu: »Wenn wir Glück haben.«

»Ich frage mich, ob Sinclair es während der Versammlung tun will«, sagte Mike. »Das ist historisch in einer solchen Situation häufig vorgekommen.«

»Jim Jones«, sagte Marie. »David Koresh.«

»Könnte sein«, murmelte Moss. »Man kann's nicht wissen.«

»Wir werden möglicherweise umkommen, wenn wir das hier versuchen«, sagte Tom. »Deshalb sollte es eine freiwillige Sache sein. Ich werd die Pferde zur Verfügung stellen und mich als Tod verkleiden. Belle ist ein helles Pferd, genau wie's in der Bibel steht.«

»Wer reitet das schwarze Pferd?«, fragte Marie.

»Mike?«, fragte Tom. »Abgesehen von dem Hellen weiß ich nicht, wer welche Rolle spielt.«

Marie lächelte. »Toms Bibelkenntnisse stammen aus einem Film von Clint Eastwood.«

»Und ich bin stolz darauf.«

»Außer dem bleichen Reiter sind dabei: der Hunger, der ein schwarzes Pferd reitet; der Krieg auf einem Fuchs und die Pestilenz auf einem Schimmel.«

»Dann sind Rex und ich der Hunger«, sagte Marie.

»Marie«, entgegnete Tom. »Ich kann nicht erlauben, dass du dein Leben riskierst …«

»Du riskierst deins, Cowboy, und ohne mich wirst du's nicht schaffen. Außerdem kenn ich mich dort aus.«

»Ich hab seit zwanzig Jahren nicht mehr auf 'nem Pferd gesessen«, sagte Moss, »aber ich nehm auch eins.«

»Nimm's mir nicht übel«, erwiderte Tom, »aber ich würd's für besser halten, wenn du mit Al in den Kulissen wartest und dir die Oberspinner schnappst, falls das möglich ist. Ihr könnt, wenn nötig, für etwas Ablenkung sorgen, wenn wir uns aus dem Staub machen.«

»Dann mach ich mit«, erklärte Davy.

»Bestimmt?«

»Na klar.«

»Danke, einverstanden.«

»Ich komme auch mit«, bot Pater Mike an.

»Kannst du reiten?«

»Nicht besonders gut.«

»Ein bisschen Reitkunst könnte erforderlich sein«, erklärte Tom. »Es wäre vielleicht besser, wenn du dich um deine Gemeinde kümmerst. Aber ich weiß dein Angebot zu schätzen.«

Mike wirkte erleichtert.

»Über den letzten Reiter machen wir uns später Gedanken«, sagte Tom. »Mad Dog oder Henry werden's sicher gern übernehmen. Ich werd Pferde mit der richtigen Farbe zur Verfügung stellen. Tess ist 'n Fuchs, sie kann den Krieg spielen. Und ich hab eine junge Schimmelstute namens Diamond Lil, die könnte die Pestilenz mimen.«

»Also, arbeiten wir einen Schlachtplan aus«, sagte Marie.

»Ich muss gleich noch einen Rundgang durch die Stadt machen«, erklärte Moss.

Pater Mike stand auf. »Und ich muss zu Ray zurück.«

»Okay«, sagte Davy. »Wir holen das Kerosin.«

Tom schaute Marie an. »Dann sind nur noch wir beide hier, Partner.«

Marie lächelte sanft, sagte aber nichts.
Als Tom mit Moss zu seinem Wagen ging, schaute er ihn entschlossen an. »Wir holen Cass zurück, Moss. Das ist ein Versprechen.«
Der Chief wirkte alt und müde, aber er versuchte dennoch zu lächeln. »Du warst immer ein großer Geschichtenerzähler, Tom. Jetzt versuch mal, ein Schauspiel aufzuführen. Ich hoffe, das kannst du genauso gut.«
»Glaub mir, das hoffe ich auch.« Tom blickte zum Anwesen der Sektierer hinüber. Das Kreuz glühte schwach. »Generatoren«, sagte er.
»Ja«, erwiderte Moss. »He, sieh mal, der Mond.«
Tom drehte sich um, und seine Nackenhaare sträubten sich, als er die Farbe des Mondes bemerkte. Außer einer haarfeinen Sichel von blendendem Weiß war er von einem dunklen Rot. Tom wusste, dass es am Wetterumschwung und am Staub in der Atmosphäre lag, den das Erdbeben aufgewirbelt hatte, aber unheimlich war es dennoch.
»Blut auf dem Mond«, murmelte Moss.
»Eines der Zeichen der Apokalypse, wenn ich die Sonntagsschule richtig im Gedächtnis habe«, sagte Tom mit einem eisigen Gefühl im Magen. *Was ist, wenn es stimmt?* Es war unfassbar, dass er einen solchen Gedanken überhaupt in Erwägung zog.
»Bist du religiös, Tom?«
»Nicht im kirchlichen Sinne. Ich sitz gern allein auf 'ner Wiese und tausch mich mit … nun, mit Gott, mit der Natur, mit dem aus, was hinter allem steht.«
»Ich glaub, ich bin ein alter Presbyterianer, aber … Tom, das Ganze geht mir allmählich unter die Haut. Ich weiß, dass Sinclair ein Spinner ist, aber du hättest ihn mal treffen sollen. Du hättest dir einen Eindruck von ihm machen sollen.«
»Können wir noch immer. Du glaubst doch nicht, dass er ein echter Prophet ist, oder?«

»Nein, aber hier geht etwas vor, das ich nicht verstehe. Wenn du's weitererzählst, zieh ich dir das Fell über die Ohren.«
»Keine Sorge«, sagte Tom. »Ich spür's auch, aber ich glaube, es hat eher mit etwas Natürlichem als mit etwas Übernatürlichem zu tun.« Er machte eine Pause. »Zum Beispiel mit dem heutigen Erdbeben. In dem Moment, bevor es losging, ist mir kalter Schweiß ausgebrochen. Ich kann's nicht erklären, aber ich weiß, dass es wahrscheinlich etwas mit Magnetfeldern oder dem Luftdruck zu tun hat, etwas, das jemand wie Alexa erklären könnte.«
»Ich weiß, was du meinst. Bei all den Mineralien und magnetischen Erzen hier in der Gegend ist es ein Wunder, dass wir nicht längst alle verrückt sind.«
»Trotzdem«, sagte Tom. »Es wäre schon 'ne Ironie, wenn wir über die Thunder Road reiten und plötzlich die echten apokalyptischen Reiter hinter uns auftauchen.«
»Wäre das nicht wie ein Tritt in den Hintern?« Moss' Lachen klang aufrichtig. »Wenn euch das Vorhaben gelingt, bin ich mir sicher, dass du die Geschichte hinterher genauso erzählen wirst.« Er klopfte Tom auf die Schulter. »Danke. Es zwingt dich niemand, das zu tun.«
»Doch, ich muss es tun. Ich hab viele Jahre ein bequemes Leben geführt … Ich hab mich nie gestritten, nie um eine Frau geworben, alles nur vom Rand aus beobachtet. Ich würd sagen, es wird Zeit für eine Veränderung.«
Moss nickte und schüttelte ihm ernst die Hand. »Ich komm wieder her. Pass auf dich und Marie auf, ja?«
»Natürlich.«

131

CARLO PELEGRINE

Carlo fuhr die Harley so weit wie möglich die Olive Mesa hinauf, bevor er aufgab und sie zwischen den Findlingen versteckte. Wegen der Schmerzen in seiner Seite und des immer schwächer werdenden Taschenlampenlichts brauchte er fast eine Stunde, um das Bergplateau zu erklimmen.

Selbst wenn der Mond nur ein bisschen schien, brauchte man hier normalerweise keine Taschenlampe, aber heute Nacht waren die Dinge eindeutig unnormal. Ein kalter Wind hatte den bewölkten Himmel teilweise aufgeklart. Feine Wölkchen umrahmten den Mond. Durch das Erdbeben in die Atmosphäre aufgestiegener Staub verlieh ihm eine schmutzig-rote Farbe, die wie altes Blut wirkte. Die Farbe des Todes.

Als Carlo das Plateau erreichte, suchte er es zunächst nach Öffnungen ab: Er ging so lange in konzentrischen Kreisen umher, bis die Taschenlampe ungefähr in der Mitte der Mesa ihren Geist aufgab. Gefunden hatte er nichts.

Erschöpft, entmutigt und mit dem Gefühl der ständig pochenden und schmerzenden Wunde nahm er im Schneidersitz Platz, um sich auszuruhen. Der Anblick der sterbenden Glut in Madland und der vom Wind verbreitete Rauchgeruch trugen in keiner Weise dazu bei, ihn zu beruhigen.

Carlo schüttelte sich und hüllte sich enger in seine Jacke. Das, was ihm wie ein genialer Plan erschienen war – einen Zugang zu dem Anwesen zu finden –, erwies sich nun als große Dummheit. Er schob die Hand in die Tasche und stieß auf die Tarotkarten. Er zog sie heraus und ließ sie auf seine Handfläche fallen. Ohne darüber nachzudenken, fächerte er sie auf und ließ die Finger über ihre nicht sichtbaren Oberseiten gleiten, bis er glaubte, die Richtige gefunden zu haben. Er zog sie heraus und legte sie auf den Boden. Diesen Vorgang wiederholte er noch zwei weitere Male.

Drei Karten, in der Dunkelheit nur als schwache Umrisse zu erkennen, lagen nun vor ihm. Die beiden unteren stellten Vergangenheit und Zukunft dar, die oberste den Signifikator, seinen Anteil an diesem Puzzle. Carlo kniff die Augen in der Hoffnung zusammen, die Karten so zu erkennen. Urplötzlich begriff er die verzweifelte Lage vieler seiner Klienten: Sie hatten es aufgegeben, sich ohne Anleitung in der Wirklichkeit zurechtzufinden.

Sinclairs Jünger waren nicht anders. Dies galt, wenn auch in unterschiedlichem Maße, für die Anhänger aller Religionen. Offenbar brauchten diese Menschen eine Art Rückversicherung, eine Vaterfigur, die auf sie aufpasste, die ihnen sagte, wie sie sich verhalten sollten. Jemanden, dem sie ihre Geheimnisse anvertrauen konnten; der ihnen Zuversicht einflößte; ihnen ein Schicksal garantierte; ihnen die Kraft gab, es zu ertragen.

Carlo wandte den Kopf und schaute ins Madelyn Valley hinab. Unten auf der Interstate war ein Lichtschimmer von Rays Café zu sehen. Die einzigen anderen Lichter dieses Abends glänzten auf dem eineinhalb Kilometer entfernten Anwesen der Apostel, das ihm jedoch in der klaren Wüstenluft viel näher zu sein schien. Auf dem Anwesen zeichneten sich schwache gelbe Lichtpunkte ab. Das Kreuz auf dem Kirchturm strahlte in hellem Weiß. Im gleichen Moment, in dem er es anschaute, ging das Licht plötzlich aus, so dass das Gesehene noch einige Sekunden in seinen Augen nachbrannte. *Gott hat das Gebäude verlassen,* dachte er mit einem bitteren Lächeln.

Ihn hatte Gott schon vor langer Zeit verlassen. Nach jedem Mord hatte er zu ihm gebetet und um Führung und Hilfe gefleht. Aber er hatte nie eine Antwort erhalten. So hatte er allmählich gelernt, dass Hilfe nur aus dem kleinen Teil Gottes kommen konnte, den er in sich selbst trug. Als John Lennon die amerikanischen Betbrüder mit dem Satz »Wir sind alle Gott« entsetzt hatte, war Carlo ein Licht aufgegangen. Der Satz hatte das Schicksal erklärt. Wenn genügend Menschen glaubten, dass irgendetwas passieren würde, würde es vermutlich in irgendeiner Form eintreffen. Gott – jener Gott, der in allen Lebewesen war – war nur eine großartige Energie, die durch die Gedanken und Handlungen der Menschen Gutes oder Böses bewirkte. Wenn nur genügend Menschen an Prophezeiungen glaubten, erfüllten sie sich auch.

Das Licht im Kirchturm erlosch. Morgen, glaubten die Apostel, stand das Ende der Welt bevor. Überschwemmungen, Feuer, Erdbeben – auch der rote Mond – waren Erkennungszeichen der biblischen Prophezeiung. Obwohl Carlo all diese Dinge rational betrachtet nur für Zufälle hielt, kam er im tiefsten Innern seines Ichs nicht umhin, sich zu fragen, ob die Energie menschlicher Gedanken nicht doch dazu beigetragen hatte. Oder vielleicht beeinflussten, wie Alexa behauptete, die UFOs irgendwie die Taten der Menschen, ihre Geschichte, ihre Mythen. Laut Alexa hatte man sie als Engel, Teufel … als Gott interpretiert.

Vielleicht gab es das Schicksal doch, aber dann konnte man es irgendwie verändern. Waren Karten nur Symbole, die dem Verstand Möglichkeiten aufzeigten? Oder waren sie, wie seine Klienten glaubten, die Vorboten von etwas Größerem? Möglicherweise war das Kartenlegen gar nicht so idiotisch. Frustriert wandte er sich den drei unsichtbaren Karten zu.

Und sah sie. Ganz deutlich.

Sein Signifikator war der Tod. Es könnte wörtlich gemeint sein. Es könnte aber auch eine Metamorphose bedeuten, wie die des aus der Asche steigenden Phönix. Oder gar beides.

Unter dem Tod, links, war der Turm, der die Vergangenheit darstellte. Der Turm bedeutete Zerstörung. *Von Madland? Der Stadt? Der Welt?* Es könnte aber auch etwas Persönlicheres bedeuten: die

Vernichtung seiner existierenden Überzeugungen. *Erleuchtung kommt mit dem Lichtblitz, der den Turm trifft.*
Der Mond stand für die Zukunft. Eine geheimnisvolle und bedrohliche Karte. Sie zeigte den Mond, der einen Weg beleuchtete, der aus schmutzigem, trübem Wasser herausführte. Eine unheimliche Straße, von Hunden bewacht und von Türmen umgeben, die schließlich aufs offene Land führte. Diese Karte sprach von übernatürlicher Führung und dem Vertrauen, dem aus der Dunkelheit führenden Licht zu folgen.
Dem Licht.
Langsam blickte er auf.
»Was bist du?«, sagte er leise zu der bläulich glühenden Lichtkugel, die etwa fünfzehn Meter über ihm schwebte. Doch wie Gott gab auch sie keine Antwort. Carlo stand auf. Er schaute die Kugel ehrfürchtig an, und sie bewegte sich langsam nach Norden. Er folgte ihr an den Rand des Plateaus, wo sie bis auf etwa sieben Meter herabsank und ihn mit ihrem kalten Licht einhüllte. Die von Elektrizität erfüllte Luft zerrte an seinem Haar. Carlos Blick fiel auf den Felshaufen zu seiner Rechten. Eingehüllt in das unheimliche blaue Licht wirkten die Steine unnatürlich. Ein drei Meter breites Stück Land voller Felsen, ein absichtlich angelegter Steingarten. *Um etwas zu verbergen?*
So besagt es deine Fantasie. Als ihm dieser Gedanke kam, stellte er einen Fuß auf einen der unteren Steine und fing an zu klettern. Um sich herum spürte er die surrende Elektrizität der sich nähernden Kugel. Er stieg auf den höchsten Stein – er war etwa eineinhalb Meter hoch – und erkannte unter sich, in der Mitte der Erhebung, eine ungefähr einen Meter breite Stelle nackter Erde. Plötzlich hörte er ein knirschendes Geräusch. Die Erde glitt beiseite und offenbarte absolute Dunkelheit.
Carlo blickte zu der Kugel hinauf, die nun langsam wieder aufstieg. Er dachte an das Kartenspiel, dachte über die Natur des Schicksals nach und stieg dann zu der Öffnung hinab. Da dort

kaum Platz zum Stehen war, ging er in die Hocke und ließ die Beine in die schwarze Grube baumeln. Eins seiner Beine berührte etwas Festes. *Eine Stufe!* Carlo setzte vorsichtig den anderen Fuß darauf und ging behutsam weiter. Eine Stufe, zwei. *Ist dies als Führung durch ein übernatürliches Wesen zu verstehen?* Er schaute noch einmal hoch, aber die Kugel war verschwunden.

Er kannte die Antwort nicht. Als er fünfzig Wendeltreppenstufen in absoluter Dunkelheit hinabstieg, war ihm das auch egal, denn dies hier bedeutete, dass er ins Innere des Anwesens unterwegs war und Alexa finden konnte. *Und Sinclair.* Warum dies wichtig sein sollte, wusste Carlo nicht. Er wusste nur, *dass* es wichtig war.

Als er das Gefühl hatte, einen größeren Raum erreicht zu haben, ging er mit ausgestreckten Armen umher, um seine Abmessungen zu erkunden. Dann berührte seine Hand etwas Großes und Metallisches – etwas wie einen Geländewagen.

Er ging weiter und kam bald an eine Öffnung, die kleiner war als eineinhalb Meter. Kühle, frische Luft wehte aus ihrer Tiefe herauf und machte Carlo klar, dass dies das war, was er gesucht hatte.

132
HANNIBAL CAINE

»Hallo, Hannibal.«
Caine wirbelte herum, als Jim-Bob die Aussichtsplattform des Kirchturms betrat. Sinclair war so leise über den Steg gekommen, der den offenen Schacht umgab, dass er keinen Laut gehört hatte.

»Hallo, James.« Langsam gewann er die Fassung zurück. *Es ist so weit!* Die Wartezeit, die er damit verbracht hatte, den purpurroten Mond anzustarren, war vorbei. Die beiden Gläser Rotwein, eins mit Schlaftabletten versetzt, eins für sich selbst, würden nun zum Einsatz kommen. Caine drehte sich zu einem schmalen silbernen Tablett um, gab Sinclair ein Glas und nahm das andere an sich. »Ein Toast.«

Sinclair musterte Caine mit so gutmütig-traurigen Augen, dass er eine Gänsehaut bekam. Er hatte ihn bis vor zwei Tagen noch nie so gesehen. Seine Ausstrahlung hatte sich verändert: Sie war stärker geworden, ruhiger. Einen Moment lang verspürte Caine den Drang, gegen Sinclairs Glas zu stoßen und den Wein zu verschütten. *Nein, nicht nach all der Arbeit. Sei kein Feigling!*

Obwohl Sinclair so gesund wie immer wirkte, war von der übersprudelnden Vitalität, der nervösen Energie, die ihn wie Funken umgeben hatte, nun nichts mehr zu spüren. Seine momentane Ruhe war fast schon überwältigend. *Er hält sich wirklich für den Heiland,* schoss es Caine durch den Kopf. *Er ist völlig verrückt.* Es gab keine andere Erklärung für Sinclairs sonderbares Verhalten.

»Worauf wollen wir anstoßen?«, fragte Sinclair.

»Auf das Ende der Welt?«
»Nein, Hannibal. Auf den Beginn eines neuen Lebens.«
Sie stießen an. Ohne dass sein fester Blick auch nur einmal wankte, leerte Sinclair langsam sein Glas. »Über was möchtest du reden?«
Die Pillen würden ihn bald umhauen. Caine brauchte die nächsten paar Minuten nur mit irgendeinem Unsinn zu überbrücken.
»Es geht um morgen Früh. Welche Musik soll der Chor vortragen?«
Ein feines Lächeln legte sich auf Sinclairs Gesicht. Seine Züge hatten in den letzten Tagen einen leicht finsteren Ausdruck angenommen, doch nun sah er mit dem welligen goldbraunen Haar, dem Bart und der weißen Kutte mehr denn je aus wie Jesus Christus. Nur die Dornenkrone fehlte noch. Doch bald würde er eine haben. »Du hast mich doch nicht hierher gebeten, um dich mit mir über Musik zu unterhalten, Hannibal. Sei bitte ehrlich. Nenn mir den Grund.« Sein Blick wurde für einen kurzen Moment unruhig.
»Ich verstehe nicht, James.«
»Sei mutig. Sag mir, warum du etwas in meinen Wein getan hast.«
Caine starrte ihn entsetzt an. »Was soll das heißen?«
»Schon bevor ich getrunken habe, wusste ich, dass du etwas in den Wein getan hast. Gott hat gesagt, dass es passieren wird. Er hat mir auch andere Dinge erzählt.« Sinclair lehnte sich an die Wand, glitt dann anmutig an ihr herab und nahm eine sitzende Position ein. Er blickte zu Caine auf. »Dir ist vergeben, Hannibal«, flüsterte er. »Diesmal wurdest du zum Judas auserkoren.« Er lächelte erneut und schloss die Augen. Mit qualvoller Langsamkeit brach der Körper des Propheten zusammen.
Caine schaute ihn schockiert an. Verrückte hatten offenbar häufig eine übermenschliche Beobachtungsgabe, und Sinclair war Meister. Eben ein Magier. *Mach dir jetzt keine Sorgen mehr.*
Caine öffnete eine kleine Steuerleiste in der Wand und knipste

die Lichter des Kreuzes auf dem Kirchturm aus. Nachdem er den Wein ausgetrunken hatte, drückte er einen weiteren Knopf. Ein Mechanismus öffnete sich über ihm und ließ das Kreuz langsam herunterfahren. Das Kabel in der Kirchturmmitte verschwand unter ihm.

Als das Kreuz sich gänzlich im Raum befand, schaltete Caine den Aufzugmechanismus aus, damit es nicht tiefer sank. Er schluckte schwer, dann öffnete er ein kleines, in die Wand eingebautes Fach und entnahm ihm Nägel, einen Hammer und eine Spule mit Seil. Er stand da und schaute den rücklings daliegenden Sinclair an, dann den Hammer und die Nägel, dann wieder Sinclair. *Bring's hinter dich, Hannibal, dann bist du wirklich frei.* Aber er konnte kein Blut sehen. Er hatte es noch nie sehen können.

Caine nahm seine Arbeit in Angriff, ohne darüber nachzudenken, was noch kommen würde. Zuerst zog er Sinclair aus, dann nahm er den Stoff des weißen Gewandes und wickelte ihn – wie in der Bibel – um Sinclairs Taille. Als Nächstes musste er ihn am Kreuz befestigen.

Es dauerte eine Stunde, bis Caine – inzwischen völlig durchgeschwitzt – sein Werk beendete. Er schaute sich den Körper an. Seine Position war so perfekt, dass man glauben könnte, er sei eine Statue. Vielleicht waren die Nägel gar nicht nötig. Dies war echt genug.

»Tut mir Leid«, sagte er leise, während Tränen über seine Wangen strömten. *Dir ist vergeben, Hannibal. Diesmal wurdest du zum Judas auserkoren.* Caine schüttelte den Kopf. *Wirres Gerede eines Verrückten.* Er sank vor dem Mann am Kreuz auf den Boden nieder. Neben ihm lagen der Hammer und die Nägel, auf der anderen Seite die Dornenkrone. Er wusste nicht genau, ob er es fertig bringen würde, Sinclair die Dornenkrone aufzusetzen. Den Kopf in die Hände gestützt, verlor er sich in seinen Gedanken.

»Ältester Caine!«

Caine blickte erschreckt auf und sah Justin Martin, der von den

Spitzen seiner Reeboks bis zum Kragen seines Sweatshirts komplett schwarz angezogen war. Der Junge grinste auf ihn herab. Dann schaute er Sinclair an. »Was machen Sie hier?«

»Wie hast du mich gefunden?«, fragte Caine und rappelte sich auf. Panik stieg in ihm hoch. »Wie bist du hier reingekommen?«

Justin zuckte mit den Achseln. Seine blauen Augen funkelten. »Die Stimme aus dem Himmel.«

»Was redest du da?«

»Der Prophet sagt, es sei die Stimme Gottes.«

»Sagt sie dir, was du tun sollst?« Caine starrte den Jungen fassungslos an.

Justins Miene zeigte blanken Hohn. »Sie sagt mir *nicht*, was ich tun soll. Niemand schreibt mir vor, was ich tun soll.« Er hielt inne und musterte Caine. »Sie erzählt mir nur bestimmte Dinge. Zum Beispiel, wo ich Sie finden kann. Wie geht's Alexa?«

»Es geht ihr gut. Das Geschäft gilt noch.« Caine schaute den Jungen bestürzt an. War es möglich, dass Justin und Sinclair unter dem gleichen Einfluss standen? Es erschien ihm unmöglich. Der eine war unerträglich friedlich und friedliebend, der andere hingegen ein …

»Satansjünger«, sagte Sinclair unglaublicherweise.

Erschreckt blickte Caine auf. Jim-Bob hing bewusstlos am Kreuz. Caine schaute kurz auf Justin, denn er glaubte einen flüchtigen Ausdruck von Überraschung auf dessen arroganter Miene erhascht zu haben. *Du bildest dir nur ein, dass er spricht. Wenn du nicht aufpasst, bekommst du diese Krankheit auch noch …*

»Alles in Ordnung, Ältester Caine?«

»Ja.«

»Brauchen Sie Hilfe?« Justin begutachtete den Hammer und die Nägel an.

»Was?«

»Hilfe. Soll ich Ihnen dabei helfen?«

»Ist das dein Ernst?«

»Ich kann mit Hammer und Nägeln gut umgehen.«
Es war ein so einfacher Weg, um aus der heiklen Situation herauszukommen, dass Caine seinen Ohren kaum traute. »Was glaubst du, sollst du mit den Nägeln tun, Justin?«
Der Junge kicherte. »Sie einschlagen«, sagte er. Er beugte sich vor, nahm den Hammer und einen Nagel, näherte sich dem niedrigen Geländer, das den Schacht umgab, und musterte Sinclair. »Wir sollten mit den Händen anfangen. Können Sie ihn ein wenig runterholen?«
Caine drückte wie benommen den entsprechenden Knopf und ließ das Kreuz langsam herunter, bis Sinclairs linke Hand auf Justins Höhe war. Er sah die befremdlichen roten Narben auf den Handflächen, die sich am Tag zuvor manifestiert hatten, und schüttelte sich. Dann redete er sich ein, dass sie nichts Übersinnliches waren: Jim-Bob Sinclair war Bühnenzauberer gewesen; er wusste, wie man Dinge so aussehen ließ, wie sie nicht waren.
Justin hielt einen Nagel an Sinclairs Handfläche. »Hier hau ich ihn rein.« Er brachte den Eisennagel in Position und holte aus. Als er zuschlug, schaute Caine weg.
»Geben Sie mir bitte noch einen Nagel?« Justin begab sich an die andere Hand.
Caine reichte ihm noch einen, und Justin schlug ihn mit der Präzision eines Zimmermanns durch Sinclairs Hand in das glatte Holz hinein.
»Ziehen Sie ihn rauf, damit ich seine Füße festnageln kann.«
Caine tat wie geheißen. Sein Blick war auf Justin gerichtet. In den Augen des Jungen funkelte ein verrücktes Licht, das noch beunruhigender war als der Ausdruck, den man manchmal in Eldo Blandings´ Augen sah. Justin Martin war ein Sadist, der selbst den alten Eldo in den Schatten stellte.
Als der dritte Nagel durch Sinclairs Fuß fuhr, hörte Caine das Knirschen der Knochen, Justins schweres Atmen und sein leises, vergnügtes Lachen. Hätte er all dies noch mal tun müssen, wäre

er dann auf die gleiche Weise vorgegangen? *Diesmal wurdest du zum Judas auserkoren.* Ja, dachte er, vermutlich.
»Fertig«, sagte Justin. »Ach, wir haben die Krone vergessen. Holen Sie ihn bitte noch mal ein Stück runter, Ältester Caine.«
Caine tat, was der Junge verlangte.
Justin nahm die spitze Dornenkrone, begutachtete sie und hielt sie Caine dann hin. »Das sollten Sie tun.«
Caine starrte die Krone an. Er wollte sie nicht anfassen. *Du musst es tun, sonst hält er dich für einen Feigling.* Er zwang sich, die Krone entgegenzunehmen, und näherte sich Sinclair. Bislang hatte er vermieden, ihn anzuschauen, doch nun, als er es tat, sah er das von seinen Händen tropfende Blut und die glatten, bewusstlosen Züge des Propheten. *Des Lebendigen Christus.* Nein, das war albern. Caine nahm all seinen Mut zusammen, beugte sich über das Geländer und setzte Sinclair die Krone auf.
Sinclair stöhnte trotz der Schlaftabletten, und Tränen rannen über sein Gesicht. Er öffnete jäh die Augen, was bei der Tablettenmenge, die ihm verabreicht worden war, kaum möglich schien. »Dir ist vergeben, Hannibal«, hauchte er, bevor er die Augen wieder schloss.
»Lass uns gehen«, sagte Caine schnell. Justin stieg folgsam die Wendeltreppe hinab. Unten angekommen, verschloss Caine die Tür und überprüfte sie zweimal. Dann wandte er sich zu Justin um. »Es ist unser Geheimnis.«
Justins Augen glänzten. »Klar. Ältester Caine?«
»Ja?«
»Soll ich das auch mit Cassie Halloway und Alexa machen? Ich hätte nichts dagegen.«
»Ich weiß. Sollten wir beschließen, mit ihnen ebenso zu verfahren, wenden wir uns an dich.«
»Okay.«
»Gut. Vielleicht findet der Älteste Blandings etwas für dich zu tun, was dir Spaß macht. Danke für deine Hilfe.«

Justin grinste und verschwand durch die Kirchentür. *Satansjünger. Lächerlich.* Caine ließ sich schwer auf die erste Sitzreihe sinken. Seiner Ansicht nach hatte er Sinclair genug Schlaftabletten verabreicht, um ihn in ein tiefes Koma fallen zu lassen, das ihn schließlich umbrachte. *Es ist sehr wenig Zeit vergangen,* dachte er und beruhigte sich mit der Vorstellung, dass etwas mehr Zeit für alles Nötige war. Dann kreisten seine Gedanken um andere Dinge.

Morgen würde er den Gottesdienst damit beginnen, dass er das Kreuz in die Kirche hinabließ. Bis dahin wäre Sinclair im Koma. Nur eines würde übrig bleiben: der wunderbare Anblick von Jesus am Kreuz. Die beiden Frauen waren nur schmückendes Beiwerk und eine gute Methode, seine eigentlichen Pläne zu verbergen.

Wie bedauerlich, dass so viele Apostel außer Haus mit Missionarsarbeit beschäftigt gewesen und nach dem Erdbeben nicht zurückgekehrt waren: Sie würden die Sensation verpassen. Aber selbst mit der halben Gemeinde konnte er ein beeindruckendes Abendmahl abhalten und verkünden, dass Christus zurückgekehrt war, um der Welt eine zweite Chance zu geben – dass die Reiter der Apokalypse nicht kommen würden.

Dann würde Hannibal Caine das geistliche Amt und sämtliche monetären und sonstigen Vorteile erben, und alles käme wieder ins Lot: Man würde Eldo Blandings die Morde, Entführungen und zerstörerischen Akte anhängen. Caine entschied, dass er von nun an einen Mitstreiter haben würde: den jungen Justin Martin.

Sie mussten den Sündenfall für den vergifteten Wein – beziehungsweise Amaretto, um den Blausäuregeschmack zu überdecken – auf sich nehmen, der eine gewisse Anzahl von Aposteln beseitigen würde: jene nämlich, die Sinclair treu ergeben waren und einige seiner Geheimnisse kannten.

Caine lächelte. Blandings und Sinclair waren durchgedreht und hatten ihm das Spielfeld überlassen. *Diesmal wurdest du zum Judas auserkoren.* Als er in der Kirchentür stand und die kühle

Nachtluft einatmete, hallten die Worte schwach in seinem Kopf wider. Nicht schlecht, sagte er sich, wenn man bedenkt, dass der Plan gerade mal zwei Tage alt ist.

Er musste noch das Abendmahl vorbereiten: eine besondere Karaffe für den vergifteten Amaretto aussuchen und dafür sorgen, dass Eldos Fingerabdrücke auf ihr und dem Blausäurebehälter zu finden waren.

Die Giftbeschaffung war so einfach gewesen wie sein Besuch in der Waffenkammer und das Öffnen des schweren Metallschranks, der alle möglichen illegalen Substanzen enthielt. Caine hätte gern Arsen genommen, damit es rasch ging und nicht so schmerzhaft war, doch Arsen mangelte es an der Schnelligkeit und Zuverlässigkeit von Blausäure – von der Dramatik ganz zu schweigen. *Wenigstens ist es leichter erträglich als der Anblick eines Menschen, der ans Kreuz geschlagen wird. Wenigstens fließt dabei kein Blut.*

Caine schaute auf seine Uhr und beschloss, bevor er sich an die Arbeit machte, den Zustand der Gefangenen zu überprüfen.

133

CASSIE HALLOWAY

Cassies gebrochene Finger waren geschwollen wie kleine rote Würstchen. Ihr Knöchel sah nicht besser aus, aber da ihr alles wehtat, spielte es eine untergeordnete Rolle. Als sie aufblickte und Janet Wisters Leiche in der Ecke sah, schaute sie schnell wieder auf ihre Hände. Doch dies brachte ihr nur wieder zu Bewusstsein, dass man offenbar plante, Nägel durch sie hindurchzuschlagen.

Sie blickte zu Alexa Manderley. Cassie wusste nicht, wie lange die Wissenschaftlerin das Türschloss schon mit der Haarnadel bearbeitete, aber es war offensichtlich, dass das Knacken von Schlössern nicht zu ihren Talenten zählte. Anfangs hatte Cassie geglaubt, die Wachen müssten sie hören oder zumindest das unter der Tür hindurchscheinende Licht bemerken, aber niemand kam.

»Verdammt«, sagte Alexa. Sie wandte sich zu Cassie um und zeigte ihr die verbogene Nadel. »Es geht nicht.«

Als sie die sich nähernden Schritte vernahm, verstummte sie, legte einen Finger an die Lippen und begab sich zur Scharnierseite der Tür.

»Wache?«, rief jemand. Cassie erkannte die Stimme. Sie gehörte Caine, dem dicken Glatzkopf. Er klopfte an die Tür. »Wache? Bist du da drin?«

Cassie hörte einen gemurmelten Fluch, dann wurde ein Schlüssel ins Schloss geschoben. Alexa presste sich an die Wand und hielt die Haarnadel fest in den Fingern.

Das Schloss klickte, der Türknauf drehte sich. Cassie musterte ihn voller Angst, dann Alexa und fragte sich, ob sie in fünf Minuten noch am Leben sein würde.

Die Tür öffnete sich einen Spaltbreit. Der Lauf eines Gewehrs wurde sichtbar; darüber die blauen Augen eines Mannes. »Wache?«, fragte er. Da er keine Antwort erhielt, drückte er die Tür etwas weiter auf, schob den Kopf hinein und schaute sich vorsichtig um. »Zum Teufel mit dir, Eldo«, murmelt er, als er Janet Wisters Leiche sah. Sein Blick fiel auf Cassie, sein Gesicht eine ausdruckslose Maske. Dann weiteten sich seine Augen, suchten hastig den Raum ab. »Wo ist –«

Alexa sprang vor und knallte die Tür gegen seinen Schädel. Caine heulte auf, wankte, hielt sich mit einer Hand am Türrahmen fest. »Wache!«, kreischte er.

Alexa drückte gnadenlos gegen die Tür. Caines Gesicht wurde immer röter. Sie schaute zu Cassie, und ihr Gesicht stellte eine verzweifelte Frage.

»Lauf, hol Hilfe!«, schrie Cassie und sagte Alexa damit alles, was sie wissen musste.

Alexa nickte. Plötzlich war Caines Hand auf der ihren und versuchte ihre Finger vom Knauf zu lösen. Mit wutentbrannter Miene hörte er auf zu ziehen und drückte nun gegen die Tür. Statt sich zu wehren, riss Alexa die Tür nach innen auf. Caine stolperte in den Raum hinein, fing sich aber sofort und sprang ihr an die Kehle. Alexa trat einen Schritt zurück und lief dann mit erhobenen Armen vorwärts, um seine Hände abzuwehren. Sie packte seine Schultern, riss ein Knie hoch und traf seine empfindlichste Stelle.

Der Apostel schrie auf und fiel fluchend zu Boden. Alexa umrundete ihn, warf einen Blick zur Tür hinaus und schaute dann zu Cassie. »Ich komme zurück«, sagte sie schwer atmend.

Dann war sie weg, ohne Caines kläglichen Versuch, ihren Unterschenkel zu packen, auch nur zu bemerken.

Caine, der sein Gemächt mit einer Hand umfasst hielt, erhob sich auf die Knie und stand dann wacklig auf. Schmerzenstränen liefen ihm über die Wangen. Seine Augen funkelten vor Wut, als er auf

Cassie zuwankte. Sie presste sich dicht an die Wand, denn sie nahm an, dass er sie treten oder schlagen würde. Doch er blieb plötzlich stehen, wandte sich Janets Leiche zu und blickte sie lange an. »Zum Teufel mit dir, Eldo«, sagte er leise. Ohne sich umzuschauen, ging er aus dem Raum und schloss die Tür hinter sich ab. In der Ferne hörte sie ihn nach der Wache brüllen.

134

ALEXANDRA MANDERLEY

Nachdem Alexa aus dem Raum gelaufen war, kam sie in einen langen, völlig leeren Korridor. Sie wusste nur, dass sie hier herausmusste, um Hilfe für Cassie zu holen.

Erst als sie um eine Ecke gebogen war, versuchte sie Türen zu öffnen, doch die beiden, die sie ausprobierte, waren verschlossen. Sie schaute hinter sich, dachte daran, dass Caine jeden Moment auftauchen könnte, lief weiter und wurde nach zehn Schritten mit einer schmalen Treppe belohnt, die ins Dunkel führte. Davor war ein Schild an einer Kette befestigt, auf dem »Privat« stand.

Alexa ging in die Hocke und schlüpfte unter der Barriere hindurch. Mit der Hand auf dem Geländer stieg sie zwei Stockwerke hinab und kam schließlich in einen weiteren Korridor. Er war schwach beleuchtet und führte in zwei Richtungen. Alexa zögerte kurz und wählte dann den Weg nach rechts.

Auf den nächsten sechs Metern gab es keine Eingänge, aber schließlich kam sie zu einen weiteren, fast lichtlosen Korridor. Sie strich mit den Fingern an der Wand entlang und achtete, ständig wachsam, auf jedes Geräusch. Alexa fragte sich, ob sie je einen Weg ins Freie finden würde – entweder durch das Finden eines Gewandes, um sich zu tarnen, wie es Marie laut Cassies Aussage gelungen war, oder durch die Lokalisierung eines der Tunnels, von denen sie neulich abends bei Tom gehört hatte. Ein Abend, der, so schien es ihr, sehr lange zurücklag.

Alexa legte eine Pause ein und lauschte dem Echo von Stimmen und Schritten. *Die Wachen suchen mich!* Sie lief panisch los und

fasste jede Tür an, die sie passierte. Alle waren abgeschlossen. Die Schritte kamen näher. Sie konnte nicht erkennen, ob sie zehn oder tausend Meter entfernt waren. Sie lief weiter und bemerkte nur einen dunklen, mit einer Kette abgetrennten Gang. Sie drehte sich um und zögerte, denn nun hörte sie wieder Schritte. Nahe, sehr nahe. *Wenn ich sie hören kann, können sie mich auch hören.* Sie duckte sich und huschte unter der Kette hindurch.
»Hast du das gehört?«
»Los, komm!«
Männerstimmen, sehr nahe. Alexa lief in die Dunkelheit hinein, stolperte plötzlich und fiel eine kurze Treppe hinunter. Sie rappelte sich auf und merkte, dass sie in einer Sackgasse war. *Hier muss es doch irgendwo weitergehen*! Krampfhaft tastete sie nach Türknäufen und fand einen. Die Stimmen hinter ihr kamen näher. *Bitte, lieber Gott, lass sie nicht verschlossen sein!*
Unter ihrer Hand drehte sich der Knauf fast von allein. Alexa ließ ihn los, und die Tür ging auf. Sie enthüllte warmes gelbes Licht und eine weiß gekleidete Gestalt.
»Da unten!«, rief eine männliche Stimme.
Alexa holte blindlings aus, um den vor ihr stehenden Apostel zu schlagen. Als ihr Arm vorschnellte, packte die Gestalt ihre Faust und zog sie in den Raum hinein. Die Tür ging hinter ihr zu. Alexa versuchte sich aus dem Griff der Gestalt zu befreien.
»Alexa!«
Sie hob den Kopf und blickte geradewegs in die Augen eines Mannes. »Carlo!«, flüsterte sie und fiel ihm in die Arme.
Seine Hände fuhren über ihr Haar, und er drückte sie an sich. Der Klang seiner Stimme, die ihren Namen flüsterte, war das Schönste, was sie je gehört hatte. Dann wurde dreimal scharf gegen die Tür geklopft.
»Prophet Sinclair?«, rief einer der Männer
Carlo blickte zuerst Alexa und dann die Tür an. »Ja?«, erwiderte er mit fester, tiefer Stimme.

»Entschuldigen Sie die Störung, Sir.« Der Mann hielt inne, und Alexa hörte vor der Tür ein leises Murmeln.

»Ja?«, rief Carlo ungeduldig.

»Ähm ... Der Älteste Caine schickt uns, um zu fragen, ob Sie etwas benötigen.«

»Nein. Gute Nacht.«

»Gute Nacht, Sir.«

Alexa drückte ihr Ohr an die Tür, bis die Stimmen nicht mehr zu hören waren. Dann wandte sie sich Carlo zu. »Was machst *du* denn hier?«

»Ich habe dich gesucht.« Carlo nahm ihre Hand und führte sie in ein einfaches, aber schön eingerichtetes Schlafzimmer.

»Wie bist du hier reingekommen?«

Carlo deutete auf eine eichenholzvertäfelte Wand, in der eine türgroße schwarze Öffnung zu sehen war. »Eines deiner UFOs war so freundlich, mir einen Geheimgang zu zeigen.«

Alexa spürte, dass ihr Unterkiefer herabsank. »Du machst Witze.«

»Keineswegs.« Carlo hielt inne. »Frag mich bloß nicht nach dem Grund.«

Alexa musterte ihn. Sie fürchtete sich vor der nächsten Frage. »Eric?«, sagte sie schließlich.

»Tom hat ihn gefunden. Es geht ihm gut.«

»Gott sei Dank«, hauchte sie erleichtert. »Was ist mit Marie?«

»Ich weiß es nicht. Hast du Cassie und Eve gesehen?«

»Cassie. Sie ist verletzt. Wir müssen Hilfe holen.«

»Wo ist sie?«

»Dieser Ort ist ein Irrgarten«, sagte Alexa. »Liegt hier irgendwas zum Schreiben rum? Ich könnte versuchen, den Weg zu rekonstruieren, bevor ich ihn ganz vergessen habe.«

In einem schmalen Schreibtisch fanden sie einen Block und einen Stift. Alexa versuchte eine Skizze des Wegs anzufertigen, den sie gekommen war. »Ich glaube nicht, dass ich das hier richtig gezeichnet habe. Wir sollten lieber abhauen und Hilfe holen – und ein paar Waffen.«

»Komm hier rüber.« Carlo führte sie an die Öffnung in der Wandvertäfelung. Er griff hinein und drückte einen Schalter. Ein schwaches Licht ging an und enthüllte einen Tunnel, der sich in die Dunkelheit erstreckte. »Schau«, sagte er und deutete auf einen Elektrokarren, der im Innern des Tunnels stand. »Er bringt dich zur Olive Mesa. Am Tunnelende führt eine Treppe nach oben. Du kommst auf der Nordseite des Plateaus heraus. Nimm den Pfad auf der Südseite, den du schon mal benutzt hast. Glaubst du, du findest ihn?«

»Ja, natürlich. Aber, Carlo –«

»Am Fundament der Mesa findest du mein Motorrad. Es ist hinter ein paar Felsen versteckt. Du läufst praktisch genau darauf zu. Kannst du damit fahren?«

Alexa nickte. »Du bleibst doch nicht allein hier, oder?«

Carlo schaute ihr tief in die Augen. »Ich muss. Solange die Apostel Kutten tragen, kann ich mich unter sie mischen.« Er schwieg kurz. »Ich kann's nicht erklären, aber ich muss es tun. Ich weiß noch nicht, wieso, aber ich muss hier bleiben.«

Alexa starrte ihn an. Sie sah die Entschlossenheit in seinem Blick und nickte.

»Geh zu Tom. Wenn ich nach Anbruch der Dämmerung nicht zurück bin, schick die Kavallerie.« Er hielt erneut einen Moment inne. »Mach dir keine Sorgen. Ich komme schon zurück. Aber wenn nicht … weißt du, was zu tun ist.«

»Wie kannst du dir nur so sicher sein?«

»Die Sache nimmt bereits ihren Lauf. Du wirst es merken.«

»Du redest wie ein Hellseher«, sagte sie tadelnd und versuchte ihre aufkommende Angst nicht zu zeigen.

»Tut mir Leid.« Carlo lächelte angespannt. »Jetzt ist keine Zeit, um etwas zu erklären; nicht mal dann, wenn ich glauben würde, ich könnte es.« Er setzte sich in den Karren, startete ihn und fuhr ihn auf den Weg. Nachdem er die Scheinwerfer eingeschaltet hatte, stieg er aus und bedeutete ihr, seinen Platz einzunehmen.

Alexa tat es. »Carlo?«

»Ja?«

»Sei vorsichtig. Ich möchte dich nicht verlieren.«

Er beugte sich vor und küsste sie: Seine warmen, weichen Lippen berührten die ihren. »Ich liebe dich«, sagte er leise.

»Ich liebe dich auch«, raunte sie und meinte jedes Wort ernst. Sie küssten sich noch einmal. »Sei vorsichtig.«

»Du auch«, sagte er.

Sie fuhr in die Dunkelheit hinein, der Freiheit entgegen.

135

HANNIBAL CAINE

Hannibal Caine stand in seiner Unterkunft, schob sich vier Excedrin in den Mund und spülte sie mit Brandy hinunter. Dann drehte er sich um, um Blandings ins Gesicht zu sehen. »Wo ist die Schäferin, Eldo?«

Eldo, der eine Kutte über seine Arbeitskleidung gezogen hatte, wich Caines Blick nicht aus. »Wir konnten sie und das Kind nicht ausfindig machen, Hannibal.«

Caine wollte eigentlich vor Empörung den Kopf schütteln, doch der pochende Schmerz ließ ihn sofort innehalten. »Es gibt keine Entschuldigung für die Unfähigkeit, die ihr gezeigt habt. Warum war keine Wache vor dem Raum der Gefangenen postiert?«

Eldos Augen brannten. »Erstens war ich nicht hier, um die Aufsicht zu führen. Zweitens wurde mir gesagt, du hättest ihnen nur befohlen, einmal pro Stunde nach den Gefangenen zu sehen.«

Caine räusperte sich wütend. Er konnte seinen Zorn kaum zügeln. »Glaubst du nicht auch, sie hätten wenigstens wissen sollen, dass man Gefangene fesselt?«

»Sie tun, was man ihnen befiehlt«, sagte Blandings grimmig. »Aber ich werde mit ihnen sprechen.«

»Sprich mit ihnen auch über die Anwendung sinnloser Gewalt. Die Gefangene … Wister, heißt sie, glaube ich … Sie ist nämlich tot.«

»Und die tätowierte Hure?«

»Stabil. Da kannst du von Glück reden, Eldo. Du hattest verdammt viel Glück.«

»Wenn das alles ist …«

»Es ist *nicht* alles. Die andere Gefangene, Manderley, ist geflohen. Sie ist irgendwo auf dem Anwesen. Trommle alle zusammen, die von deinem Komitee noch übrig sind und organisiere eine ordentliche Suche. Sieh zu, dass sie ruhig vonstatten geht. Wenn ihr sie findet, fesselt sie, aber tut ihr *keine* Gewalt an. Ist das klar?«

Blandings schaute ihn mürrisch an und nickte.

»Noch etwas. Das Tor muss geschlossen bleiben. Instruiere die Wachen, dass niemand ohne ausdrückliche Erlaubnis des Propheten Sinclair rein oder raus darf. Ich vertrete ihn, solange er meditiert.«

»Einige unserer Brüder und Schwestern, die das Beben aufgehalten hat, treffen vielleicht heute Abend hier ein. Gilt das auch für sie?«, fragte Blandings mit spöttischer Stimme.

»Lass ihre Identität genau überprüfen.« Caine hielt inne. »Wenn jemand kommt, der am Frühgottesdienst teilnehmen will, sollen die Wachen ihm den Zutritt höflich, aber bestimmt verweigern und als Begründung die Erdbebenschäden nennen. Stell außerdem sicher, dass die Wachen bewaffnet sind, und sag ihnen, dass von ihnen kein Angriff ausgehen darf. Es darf nicht geschossen werden, es sei denn, jemand durchbricht gewaltsam das Tor und ist bewaffnet. Ansonsten sind weniger drastische Mittel zu ergreifen.«

»Ich nehme an, du erwartest, dass sie Rücksprache mit dir halten, bevor sie die vier Reiter einlassen?«, fragte Eldo abfällig.

Caine musterte ihn eingehend und zog dann den Schluss, dass er es ernst meinte. Wie die meisten Apostel nahm auch Eldo den Begriff »Reiter« wörtlich. Caine konnte es nicht fassen. »Falls … *wenn* die Reiter kommen, heißt sie mit allen Ehren willkommen.«

Blandings nickte starr, drehte sich auf dem Absatz um und verließ das Quartier, ohne die Tür hinter sich zu schließen. Caine schloss die Tür, schenkte sich einen Brandy ein und kehrte in die Küche zurück, wo er sich an die Arbeit machte, zwanzig Portionen Blausäure und Amaretto in eine silberne Karaffe zu schütten.

Diesmal wurdest du zum Judas auserkoren. Sinclairs Worte verfolgten ihn noch, als die Uhr Mitternacht schlug.

SONNTAG

136

CARLO PELEGRINE

Carlo schlenderte unbewaffnet über das Anwesen.
Er hatte damit gerechnet, einen Ort voller sich auf den Weltuntergang vorbereitender Apostel vorzufinden, doch zu seiner Überraschung war es hier ruhig. Natürlich, es war fast 3.00 Uhr, doch selbst um Mitternacht waren nur wenige der Gläubigen auf den Beinen gewesen. Er war an mehreren bewaffneten Aposteln vorbeigekommen, die augenscheinlich etwas suchten … Alexa, vermutete er.
Auf der Mesa waren ihm die Dinge so klar erschienen. Doch nun, als er im Schatten der Kirche stand, wurde er unruhig. Nachdem Alexa gegangen war, hatte er entschieden, es sei das Beste, zunächst Cassie zu finden, sie irgendwie in Sinclairs Quartier zu beamen, den Elektrokarren zu holen, um sie hier rauszubringen, Moss zu alarmieren und dann zurückzukehren, um zu tun, was auch immer man von ihm erwartete.
Doch nun waren Stunden vergangen, ohne dass er einen Hinweis auf sie gefunden hatte. Es blieb nur noch wenig Zeit. *Wofür?*
Um Sinclair zu finden. Obwohl er ihm nichts zu sagen hatte, wusste Carlo, dass er ihm begegnen musste. *Warum?* Er dachte an die Zukunftskarte – den Mond – und ihre düstere, geheimnisvolle Bedeutung, an die Lichtkugel, die ihn hierher geführt hatte. Er begriff, dass er vom Schicksal dazu bestimmt war, ein Rädchen im Getriebe zu sein. *Du glaubst doch gar nicht an das Schicksal, hast du das schon vergessen? Such Cassie und hau ab!*
Doch der Befehl wurde nur stärker, wenn er sich gegen ihn zu wenden versuchte.

»Komm mal kurz her, Apostel.«

Carlo schluckte seine Panik herunter, drehte sich um und sah einen dicken Kahlkopf mit Hemd und Krawatte, der auf Alexas Beschreibung von Hannibal Caine passte. Hinter ihm stand eine Seitentür der Kirche weit offen. Carlo war so in Gedanken versunken gewesen, dass er nicht mal das Öffnen der Tür gehört hatte. Und das war nicht gut.

Caine zog die Kirchentür zu und trat näher. »Wie ist dein Name, Apostel?«

»John Smith«, erwiderte Carlo schnell.

»Du bist neu hier, oder?« Der Mann beäugte ihn eingehend. Carlo sah seine Tränensäcke und dunkle Schwellungen an seinen Wangen. Nun war er sicher, dass es sich um Caine handelte.

»Ja, bin ich, Apostel Caine.«

Caine lächelte. »Ältester Caine. Du arbeitest in der Cafeteria, oder?«

»Ja, stimmt«, antwortete Carlo, ohne zu zögern.

Es war die richtige Antwort. Caine lächelte. »Dachte ich mir. Ich hab dich doch schon mal gesehen. Was machst du hier draußen?«

»Ich konnte nicht schlafen.«

»Aufgeregt wegen morgen?«

Carlo nickte.

»Ich bin sehr erschöpft, Apostel Smith. Vielleicht kannst du mir helfen.«

»Aber gern.«

»Folge mir.«

Caine führte ihn zum nächsten Gebäude. Im Innern gingen sie an einer großen Anzahl nummerierter Türen vorbei, von denen Carlo annahm, dass sie zu Schlafräumen führten. Im weiteren Verlauf waren sie dann weiter voneinander entfernt. Caine ging geradewegs auf die letzte Tür zu und steckte den Schlüssel ins Schloss.

Carlo folgte ihm in ein großzügiges, modernes Quartier, durch ein

Wohnzimmer in einen Essbereich. Caine trat an einen Tisch aus Glas und Eisen, auf dem eine Silberkaraffe und ein großer Pappkarton standen. Er zog einen schmalen Bronzeschlüssel aus der Jackentasche und reichte ihn Carlo. »Bring den Karton bitte in die Kirche. Dort wirst du vor dem Podium einen langen Tisch sehen. Auf ihm stehen einige Krüge.« Caine nahm den Karton vom Tisch und übergab ihn Carlo. In ihm befanden sich Plastikbecher, Servietten und eine Plastiktüte mit kleinen runden Keksen, die Hostien ähnelten. »Nimm diese Sachen heraus und stell sie auf den Tisch. Den Karton kannst du unter den Tisch schieben. Bevor du gehst, leg den Schlüssel für mich auf die Kanzel und achte beim Hinausgehen darauf, dass die Tür geschlossen ist. Hast du alles verstanden?«

»Ja«, sagte Carlo und lächelte in Caines blutunterlaufene Augen.

»Trödle nicht herum, Apostel.« Caine brachte Carlo zur Tür und öffnete sie. »Wenn du den Botengang korrekt ausführst, werde ich es dir nicht vergessen.«

»Danke, Ältester Caine.« Carlo ging rasch zur Tür hinaus.

Während er zur Kirche zurückging, fragte er sich, wieso Caine ihm vertraute. Vielleicht aus dem gleichen Grund, aus dem die Menschen ihm als Wahrsager trauten: Er wirkte einfach vertrauenswürdig. Er hatte eine besondere Ausstrahlung. Oder es war ein Teil dessen, was ihn hierher geführt hatte. *Du interpretierst da zu viel hinein.*

Er betrat die Kirche. Sie war kaum beleuchtet und sehr schön, mit zwei großen Kreuzen an der Wand, die zu beiden Seiten des bescheidenen Podiums hingen. Die Bänke bestanden aus goldbrauner Eiche, der Mittel- und die Seitengänge waren mit blassblauen Teppichen ausgelegt. In den weißen Wänden waren große gewölbte Fenster aus verziertem Glas, das die sternförmigen Apostelkreuze zeigte. Es sah wie in einer normalen Kirche aus, nicht wie in der Höhle von Sektierern, die Menschen entführten und ermordeten. Carlo stellte kopfschüttelnd die Utensilien für das Abendmahl ab und bückte sich, um den Karton unter den Tisch zu schieben. Dort entdeckte er mehrere Literflaschen mit billigem Rotwein. Als er sie kniend untersuchte, stellte er fest, dass die Schraubverschlüsse noch nicht geöffnet worden waren. Das überraschte ihn. Falls Sinclair einen Massenselbstmord plante, hatte er den Wein noch nicht vergiftet.

Carlo trat auf das Podium. Er wollte gerade den Schlüssel auf das Pult legen, als ihm eine Idee kam. Er steckte ihn wieder in die Tasche, ging nach hinten und schaute sich die Kreuze an, die zweifellos für Cassie und Alexa bestimmt waren. Sie waren aus Holz, aus heller Eiche, die horizontalen und vertikalen Balken zehn mal zehn Zentimeter dick, der X-förmige Teil dahinter nur halb so umfangreich. Der Abstand zwischen ihnen betrug etwa dreieinhalb Meter, und als er näher herantrat, sah er das fast unsichtbare weiße Tau in der Mitte. Carlo blickte hoch.

Fünf Meter über ihm befand sich eine mit ausgeschalteten Scheinwerfern bestückte kreisförmige Öffnung, und dahinter war nur Dunkelheit. Erregung durchzuckte ihn. Er musste in den Turm gelangen.

Ohne weiter darüber nachzudenken, ging er die Podiumstreppe hinab und über den dahinter liegenden geschwungenen Steg zu einer teppichbedeckten Treppe. Er stieg jeweils zwei Stufen auf einmal hinauf und fand sich, oben angekommen, links vom Podium auf der Chorempore wieder. Am Ende der Empore kam er zu einem weiteren Treppenaufgang, stieg hinauf und stand dann vor einer geschlossenen Tür. Es musste der Eingang sein.

Die Tür war verschlossen. Es gab keinen Riegel, sondern nur einen Knauf mit einem Schloss, der dem der Außentür ähnlich war.

Carlo rüttelte erfolglos an dem Knauf. Dann fiel ihm Caines Schlüssel ein, und er zog ihn aus der Tasche. *Vielleicht passt er ja.* Schließlich befand er sich hier in einer Kirche, nicht in einer Bank. Er schob den Schlüssel ins Schloss. Er passte gerade so hinein, ließ sich aber nicht drehen. Dann versuchte Carlo den Knauf anzuheben und den Schlüssel gleichzeitig hin und her zu bewegen. Bis er plötzlich im Schloss abbrach. »Verdammt«, zischte er, die Hand noch auf dem Knauf. Er drehte ihn frustriert, und plötzlich ging die Tür auf. Carlo stand ungläubig mehrere Sekunden davor, dann ging er hinein und schloss die Tür hinter sich. An der Wand war ein Lichtschalter, mit dem er das Licht anknipste. Dann sah er die schmale Wendeltreppe zwischen der äußeren und der inneren Wand.

Aufgeregt ging er die Stufen hinauf. Schließlich sah er über sich die Decke und die Öffnung für die Treppe. Carlo schluckte und stieg die letzten Stufen hinauf.

Er fühlte sich an einen Leuchtturm erinnert. Die Fenster des düsteren hohen Raums ließen genug Licht herein, um ihn das niedrige Geländer erkennen zu lassen, das den Umriss des vom Kirchturm verschwundenen dreieinhalb Meter hohen Kreuzes umgab. Carlo streckte fröstelnd die Hand aus und tastete nach einem Lichtschalter.

»Mach das Licht nicht an, Charles. Man würde es sehen.«

Carlo erstarrte. Er brachte kein Wort heraus.

»Komm her, Charles.«

Die sanfte, schmerzerfüllte Stimme riss Carlo aus seiner Erstarrung. Mit langsamen Schritten ging er über den Steg, bis er vor dem Kreuz stand. Er blickte auf und erkannte die Gestalt eines Gekreuzigten. Als sich seine Augen an die Dunkelheit gewöhnt hatten, sah er einen fast nackten Mann mit langem Haar und einem Bart. Und dann sah er die riesigen Nägel, die seine Hände und Füße durchbohrten. »Gütiger Gott«, keuchte er. Er konnte den Schmerz des Mannes förmlich spüren. Sein Blick fiel auf eine kleine Steuerleiste. »Ich hol Sie runter.«

»Nein, so soll es nicht sein. Setz dich hin, Charles.«

»Warum nennen Sie mich so?«

»So heißt du doch.«

»Woher wissen Sie das?« Carlo kauerte sich im Schneidersitz auf den Boden und betrachtete fasziniert das schemenhafte Gesicht des Mannes.

»Gott weiß alles.«

»Wollen Sie damit sagen, dass Sie Gott sind?«

»Ich bin Gottes Sohn.«

»Sie sind Sinclair.«

»Ich bin Sinclair, aber ich bin auch Gottes Sohn.« Sogar in der Dunkelheit bohrte sich sein Blick in Carlos Augen. »Auch du bist Gottes Sohn. Wir alle sind seine Kinder.«

»Gott hat Ihnen gesagt, wie ich heiße?«

»Er hat zu mir gesprochen, ja.«

Der Mann war vermutlich verrückt, aber Carlo konnte sein wirres Gerede nicht einfach als Wahnvorstellung abtun, die auf einer Psychose oder auf Schmerzen basierte. Moss hatte erwähnt, dass etwas an ihm war, das jeder Erklärung trotzte und weit über das übliche Maß an Ausstrahlung hinausging. Wie konnte dieser Mann bei all dem Frieden und all der Liebe, die er sogar noch halb nackt und ans Kreuz geschlagen verströmte, ein geldgieriger Evangelist sein?

»Er hat auch mit dir gesprochen. Er hat dich hierher geleitet.«

»Irgendetwas hat mir den Weg gewiesen.«

Trotz des geringen Lichts konnte Carlo Sinclairs gutmütiges Lächeln sehen. »Du hast deinen Glauben verloren.«

»Früher habe ich gebetet. Ich habe Hilfe gebraucht.« Carlo schwieg kurz. »Ich habe um Selbstbeherrschung gebetet.«

»Und nun hast du sie, nicht wahr? Es ist ohne Bedeutung, wie du ihn nennst. Gott existiert. Manche halten ihn für eine äußerliche Kraft, aber er ist innerlich. Er ist dein Gewissen. Er ist Liebe.«

Carlo stand zitternd auf. »Das macht die Vergangenheit nicht ungeschehen.«

»Du bereust die Morde wirklich.«

Carlo wich erschrocken an die Wand zurück. »Was?«

Wieder das gutmütige Lächeln. »Es ist mir gegeben, von diesen

Dingen zu wissen. Du bist dir deiner Vergangenheit vollkommen bewusst. Als Sühne hast du dein Leben damit verbracht, anderen zu helfen. Dir ist vergeben.«

Tränen strömten über Carlos Wangen. »Ich selbst kann mir nicht vergeben.«

»Ich weiß«, sagte Sinclair mit sanfter Stimme. »Aber vergiss nicht die Freude, die du anderen geschenkt hast. Frage dich, warum du heute Nacht hierher geführt wurdest.«

Carlo wischte sich die Tränen weg. »Ich bin hier, um meine Freunde zu retten.«

»Und?«

»Und um Ihnen zu begegnen. Ich weiß nur nicht, warum.«

»Es wird dir noch klar werden. Es gibt viel Böses auf der Welt, Charles. Es gibt Menschen, die sich ihren göttlichen Funken selbst ausgetrieben haben. Menschen, die keine Liebe und kein Mitleid mehr empfinden. Sie sind kaum noch menschlich. Einer dieser Menschen ist derzeit unter uns. Er hat bereits großes Leid verursacht und wird es wieder tun, wenn ihn niemand davon abhält.«

»Hannibal Caine?«

»Nein. Seine Pläne müssen zwar durchkreuzt werden, aber der, von dem ich spreche, ist durch und durch böse, nicht bloß gierig und fehlgeleitet.«

»Justin.«

»Ja.« Sinclairs Stimme klang nun schwächer. Carlo musste sich anstrengen, um ihn zu verstehen.

»Ich werde ihn der Polizei übergeben.«

»Nein. Er fällt nicht unter die irdische Gerichtsbarkeit. Er ist vollkommen leer; es mangelt ihm an den Dingen, die uns menschlich machen. Wärst du ein frommer Katholik, würde ich sagen, er ist ein Dämon, ein Sohn Luzifers. Er hat seine Seele, seinen Lebensfunken getötet. Du bist darauf vorbereitet, dein Leben zu opfern, deswegen musst du dich ihm entgegenstellen. Tust du es nicht, wird er morgen noch sehr viel mehr Menschen töten.« Sinclairs

Stimme verlor sich in einem schmerzerfüllten Seufzen. Er schloss die Augen.
»Ich hol Sie jetzt da runter.«
Sinclairs Augen flatterten auf. »Nein. Es ist meine Bestimmung, neue Hoffnung zu bringen, wie es die deine ist, das hier anwesende Böse zu vernichten.«
»Soll das heißen, ich soll Justin Martin töten? Obwohl ich geschworen habe, nie wieder jemanden umzubringen?«
»Du wirst wissen, was du tun musst, wenn die Zeit gekommen ist.« Sinclairs Augen schlossen sich, und Carlo beobachtete ihn genau. Er war erleichtert zu sehen, dass er noch atmete. Er wandte sich ab, warf einen Blick durch das Fenster auf die Olive Mesa und fragte sich, was morgen wohl geschehen würde. Würde er Alexa je wiedersehen? Würde er je wieder einen Sonnenuntergang erleben?

Den Rest der Nacht verbrachte Carlo in dem einzigen Versteck, das er fand: unter dem langen Abendmahlstisch, dessen weißes Tischtuch bis zum Boden reichte. Sollte dennoch jemand unter den Tisch blicken, hoffte er, dass die weiße Kutte ihn unsichtbar machte.
Kurz vor der Morgendämmerung ging die Seitentür der Kirche auf. Carlo spähte vorsichtig zwischen zwei Tischtuchenden hervor und sah Hannibal Caine, der mit der großen silbernen Karaffe in die Kirche stolzierte, die ihm schon letzte Nacht aufgefallen war. Ihm folgten zwei Wächter, die die nur mit einer kleinen weißen Toga bekleidete Cassie Halloway zwischen sich stützten, die offenbar nicht bei Bewusstsein war. Er konnte nichts anderes tun, als in seinem Versteck zu bleiben, als die auf Trittleitern stehenden Wächter Cassie an das Kreuz auf der linken Seite fesselten. Carlo wusste nicht, was er getan hätte, wenn sie Nägel durch ihre Hände getrieben hätten. Doch Gott sei Dank verzichteten sie darauf.

Während die Wächter mit Cassie beschäftigt waren, stellte Caine die Silberkaraffe auf den Tisch, holte die Weinflaschen hervor und leerte sie in die Krüge.

Als die Wächter mit Cassie fertig waren, hatte Caine, den Geräuschen nach zu urteilen, den Tisch so perfekt gedeckt, dass sogar ein besonders pingeliger Oberkellner stolz auf ihn gewesen wäre. Der Älteste schickte die Wachen hinaus und ging dann für einige Minuten nach oben, zweifellos, um nach Sinclair zu sehen.

Als er zum Podium zurückkehrte, wurde die Seitentür erneut geöffnet. »Ältester Caine?«, sagte Justin Martin mit zuckersüßer Stimme. »Sie wollten mich sprechen?«

»Ja, Justin«, sagte Caine, als der Junge ins Blickfeld kam. Justin trug, wie Caine, keine Kutte. »Ich habe beunruhigende Neuigkeiten, glaube aber, dass du genau der Richtige bist, um die Situation in den Griff zu bekommen.«

»Um was geht es denn?«, fragte Justin argwöhnisch.

»Ich fürchte, Alexa Manderley ist entwischt.«

Stille. Dann explodierte Justin. »Entwischt? Wie konnten Sie sie entkommen lassen? Nach all dem Ärger, den ich hatte! Sie haben mir versprochen, dass ich sie kriege! Sie haben es mir versprochen!« Er klang wie ein ungezogenes Gör.

Du Bastard! Carlo ballte die Finger in seinem Versteck so fest zur Faust, dass die Nägel sich tief in seine Handflächen gruben. *Du verdammter Bastard! Ich werde dich noch krepieren sehen!*

»Hör zu!«, blaffte Caine, als Justin dazu ansetzte, weiter herumzuschnauzen. »Sei still und hör zu!«

»Was haben Sie jetzt vor?«, knurrte Justin nach kurzem Schweigen.

»Sie ist auf dem Anwesen, Justin. Sie kann nicht entkommen, und sie kann sich nicht ewig verstecken. Du kriegst sie schon, mach dir also keine Sorgen.« Caine hielt kurz inne. »Möchtest du bis dahin gern denjenigen bestrafen, der für ihre Flucht verantwortlich ist?«

»Und ob! Ich werd ihm bei lebendigem Leib die Haut abziehen.«
Carlo fragte sich, ob Caine glaubte, dass Justin dies wörtlich meinte.

»Mir schwebt etwas anderes vor. Falls wir Miss Manderley nicht bis zur Messe finden, brauchen wir einen Ersatz. Ich möchte daher, dass du ins Quartier des Ältesten Blandings gehst und ihm mitteilst, dass ich ihn umgehend zu sprechen wünsche. Wenn du ihn hierher gelotst hast, mach die Tür zu und setz ihn außer Gefecht.«

»Und wie?«

»Ich habe Chloroform und einen Lappen mitgebracht. Was du auch tust, füge ihm keine sichtbaren Verletzungen zu und töte ihn nicht. Vergiss nicht, Justin: Er soll für seine Sünden leiden.« Caine schaute auf die Uhr. »Es ist jetzt 6.00 Uhr. Um 6.30 Uhr bin ich wieder hier und erwarte ihn bewusstlos vorzufinden. Wir werden ihn dann gemeinsam präparieren und am Kreuz befestigen.«

»Nageln«, sagte Justin entschlossen.

»Es würde nur von der Hauptattraktion ablenken, meinst du nicht auch?«

Justin dachte kurz darüber nach, dann sagte er in tückischem Tonfall: »Ich habe Sie letzte Nacht beobachtet, Ältester Caine. Sie können kein Blut sehen, nicht wahr? Es ekelt Sie. Darum wollen Sie ihn nicht ans Kreuz nageln.« Sein Kopf deutet kurz in Richtung Cassie. »Und sie auch nicht.«

»Du bist nicht in der Position, Fragen zu stellen, Justin. Wirst du es tun?«

»Unter einer Bedingung.«

»Und die wäre?«

»Ob Sie Alexa nun finden oder nicht – die da will ich auch.« Er deutete auf Cassies schlaffen Körper.

»Um was zu tun?«

»Wozu ich gerade Lust habe. Wollten Sie sie nicht sowieso nach der Messe töten?«

»Nein, natürlich nicht.«
»Sie lügen. Überlassen Sie sie mir, dann kümmere ich mich um Blandings.«
»Ich glaube, das ist akzeptabel.«
Justin ging hinaus, und Caine folgte ihm kurz darauf. Sobald die Tür ins Schloss gefallen war, kroch Carlo unter dem Tisch hervor und näherte sich Cassie.
»Cassie?« Seine Stimme hallte durch den riesigen Raum. »Cassie, ich bin's, Carlo!«
Ihre Brust hob und senkte sich sacht, doch sie antwortete nicht. Carlo versuchte es weiter, aber schließlich kehrte er in sein Versteck zurück. Er hoffte, dass Sinclairs Worte sich bewahrheiteten: dass er, wenn die Zeit kam, wusste, was zu tun war. Bis jetzt hatte er noch keinen blassen Schimmer.

137

MOSS BASKERVILLE

Der neue Morgen rötete im Osten den blauen Himmel. Über den Bergen fern im Süden hingen niedrige schwarze Wolken. Beim ersten Tageslicht war Moss Baskerville durch New Madelyn gefahren, schaudernd beim Anblick der Häuser: Hier und da sah er eingestürzte Dächer, andere Gebäude waren vollständig zerstört. Im Verlauf der Nacht hatte die Feuerwehr drei kleinere Brände gelöscht, so dass sich wenigstens diese Schäden in Grenzen hielten.

Der Freizeitpark hatte weniger Glück gehabt: Die Main Street war bis auf die Grundmauern niedergebrannt. Viele der verbliebenen Gebäude würden dem Bulldozer zum Opfer fallen, obwohl sie nicht mal mit den Flammen in Berührung gekommen waren. Die Fahrgeschäfte waren ein einziges Trümmerfeld. Die Sitze des Riesenrades lagen überall verstreut, das Rad selbst war umgestürzt. Die Arme des Oktopus lagen wie abgerissene Zweige auf dem Boden, und die Karussellpferde hingen seitlich vom Podest herunter. Die Verwunschene Mine war völlig eingestürzt. Diese Attraktion gehörte zu denen, die man wahrscheinlich nicht reparieren konnte.

Bis jetzt hatte man sechs Todesopfer im alten und neuen Teil von Madelyn geborgen. Sechsunddreißig wurden noch vermisst.

Nachdem Alexa Manderley irgendwann nach Mitternacht bei Tom aufgetaucht war, war Moss zum Anwesen der Sektierer gefahren, das nach wie vor stark bewacht wurde. Es erleichterte ihn sehr zu wissen, dass Cassie lebte, aber schon der Gedanke, dass sie auf dem Anwesen war, bereitete ihm großes Unbehagen. Sie hatten überlegt, ob sie durch den Tunnel auf das Anwesen gelangen konnten, doch Alexa hatte davon abgeraten: Der Gebäude-Irrgarten, die bewaffneten Apostel und die Schwierigkeit, wieder heil herauszukommen, sprachen dagegen. Hoffentlich tauchte Carlo bald mit guten Nachrichten auf. Leider musste Moss Alexa zustimmen: Den Tunnel würden sie nur als Eingang nutzen, wenn Toms Plan nicht funktionierte.

Alexa glaubte offenbar, dass er funktionieren könnte. Als Tom ihn dargelegt hatte, hatte sie ihn genial genannt und nur noch über die Macht des Glaubens und das Überraschungsmoment gesprochen. Sie hatte sich freiwillig gemeldet, an dem Ritt teilzunehmen – eigentlich hatte sie darauf bestanden –, und Tom hatte schließlich zugestimmt.

Moss war den Rest der Nacht die verwüsteten Straßen abgefahren und hatte nach Plünderern Ausschau gehalten. Seine Gedanken kreisten ständig um Cassie. An Ausruhen war nicht zu denken.

Nun war es 10.00 Uhr, und Moss folgte Toms Pick-up über die Ghost Town Road zur anderen Seite des Spirit Canyon. Tom zog einen Vier-Boxen-Pferdeanhänger. Seit sie sich getroffen hatten, lag auf seinem Gesicht ein wild entschlossener Ausdruck, den Moss an dem sonst so bedächtigen Mann noch nie gesehen hatte. Vielleicht hatte er es letzte Nacht ernst gemeint, dass es Zeit für eine Veränderung war. Moss nahm an, dass es viel mit dem Beinahe-Verlust Maries zu tun hatte.

Am Ende der Asphaltpiste steuerte Tom den Wagen in ein Gebiet, das von einem Joshuabaumwäldchen umgeben war. Moss parkte parallel zur Pick-up-Spur, über die Mad Dog, Alexa and Davy mit den verdammten Kostümen ritten. Er schaltete den Motor ab und stieg aus.

»Ihr wisst, auf was ihr euch einlasst?«, fragte er, als Tom und Marie aus dem Laster stiegen.

»Und ob, Chief«, sagte Marie. »Falls wir nicht reinkommen, gehen wir sofort auf die Mesa und durch den Tunnel.«

»Schade, dass wir das FBI nicht zu Hilfe holen können.« Moss hatte den Satz kaum zu Ende gesprochen, als er ihn auch schon bedauerte. »Vergesst, dass ich das gesagt habe«, murmelte er.

Mad Dog wollte Alexa überreden, ihn an ihrer Stelle gehen zu lassen, aber davon hielt sie nichts. Außerdem, so meinte sie, hätte sie nötigenfalls bessere Chancen, den Tunnel wiederzufinden, der aus Sinclairs Quartier herausführte.

Mad Dog gab auf und lud die Pferde aus, während die anderen ihre Kostüme anzogen. Moss, der sich überflüssig fühlte, stand abseits und beobachtete sie. »Ihr seid der lächerlichste Haufen, den ich je gesehen hab«, sagte er freundlich. In Wahrheit waren die Kostüme unglaublich gut. »Verzeiht mir, Leute, aber so verfährt die Polizei normalerweise nicht«, fügte er hinzu, als Marie einen Schminkbehälter aus dem Auto zog und Alexa reichte. Alexa und Davy brachten ihn zur anderen Seite des Pick-ups und machten sich an die Arbeit.

»Ich glaub, ich kann mich glücklich schätzen, dass ich mir das Zeug nicht ins Gesicht schmieren muss«, sagte Tom und begutachtete seine Maske. Er trug eine schwarze Kutte mit Kapuze und weiten Ärmeln und darunter schwarze Stiefel, schwarze Jeans und ein schwarzes Hemd. Sie hatten die Totenkopfmaske mit einem Mikrofon versehen und die langstielige Sense poliert, die er mitnehmen sollte. Zusätzlich hatte er einen Revolver und das allgegenwärtige Lasso dabei. Wie die anderen Reiter hatte er außerdem Rauchbomben, Handgranaten und einige Feuerwerkskörper eingesteckt, die Moss in der Asservatenkammer des Polizeireviers besorgt hatte. Nicht zu vergessen die Beutelchen mit dem Trockeneis, die an ihren Schuhen angebracht waren. Das Plastik würden sie von den Beuteln abreißen, bevor sie das Gelände erreichten, und das Eis würde hoffentlich die gewünschte Wirkung zeigen – nämlich zu weißem Rauch zu verdampfen. Diese Dinge und die automatischen Waffen, die Marie vom Anwesen hatte mitgehen lassen, hingen an den Sätteln und wurden von ihren langen, wehenden Gewändern verdeckt.

Marie trug eine schwarze Kapuzenrobe mit einem grauen Trikot darunter und dünne graue Handschuhe. Statt einer Maske oder Schminke hatte sie sich für einen grauen Nylonstrumpf entschieden. Nun schob sie ihr Haar zurück und zog ihn übers Gesicht. Sie sah gruselig und gesichtslos aus, verschwand mit Alexa und Davy hinter dem Laster und kehrte kurz darauf mit aufgemalten dunkelgrauen Schatten auf Mund, Wangen und Augen zurück, die den von ihr verkörperten Hunger wie ein Geschöpf des absoluten Grauens erscheinen ließen.

»Na, was hältst du davon?« Alexa trat selbstbewusst mit Davy im Schlepptau hinter dem Laster hervor. Alexa, die den Krieg darstellte, trug ein schwarzes, rot abgesetztes Gewand. Ihre Handschuhe waren schwarz, und eine goldene Paspelierung verlief im Zickzack über ihrer Brust. Sie hatte ihr Haar unter den kupferfarbenen Ritterhelm gestopft, ihr Gesicht bronzerot grundiert und ihre hohen Wangenknochen und die Augen mit einer helleren Farbe hervorgehoben: der Farbe getrockneten Blutes. Sie war die mit Abstand Furcht erregendste Gestalt. Das an ihrer Hüfte hängende Schwert war nicht das von Tom mitgebrachte Bühnenrequisit, sondern das, das sich Moss von Ray Vine, der solche Dinge sammelte, geliehen hatte. Das doppelschneidige Kunstwerk war zwar Rays ganzer Stolz, doch er hatte darauf bestanden, dass sie es einsetzten. Seiner Behauptung nach hatte es all jenen Glück gebracht, die es geschwungen hatten. Moss hoffte, dass es auch Alexa Glück bringen würde.

»Lass dich mal anschauen, Davy.« Tom zog schwarze Handschuhe an und verschränkte die Arme vor der Brust. »Wir warten.«

Alexa nahm Davys Arm und zog ihn nach vorn. »Er sieht großartig aus. Los, zeig dich schon.«

Davy trat vor, und Moss war sprachlos. Davy stellte die Pestilenz dar, aber mit der weißen, goldverzierten Robe und der silbernen Krone sah er aus wie ein König. Auch er hatte seine Bühnenbewaffnung – Pfeil und Bogen – gegen eine echte Waffe ausge-

tauscht. Für ihn hatte man in der vergangenen Nacht in der hintersten Ecke von Toms Wandschrank eine Armbrust gefunden. Er war nur leicht geschminkt, so dass seine Haut in feinen Lichtreflexen strahlte. Um das Bild abzurunden, hatte Alexa seine Haare und seine Brauen silberweiß gefärbt. Davys dunkle Augen funkelten unter der Schminke. »Ich komm mir lächerlich vor.«
»Von mir kriegst du kein Mitleid.« Marie lachte und klopfte ihm auf die Schulter. »Ich hab gar nicht gewusst, dass du das Gesicht eines Königs hast«, fügte sie hinzu und drehte sich dann zu Tom um, der die schwere Maske des Todes angelegt hatte und nun die Kapuze überzog. »Dagegen bist du nur ein altes Knochengestell.«
Tom verbeugte sich leicht. »Für einen Hunger leidenden Strumpfkopf bist du gar nicht übel.«
»Okay, okay, Leute ... ihr müsst alles etwas ernster nehmen.« Moss musterte die Gruppe mit verschränkten Armen. Natürlich wusste er, dass ihre Scherze nur auf ihre Nervosität zurückzuführen waren. Er kannte Polizisten, die genauso reagierten. Die beste Medizin gegen einsetzende Hysterie war Schroffheit. »Heute ist nicht Halloween; hört also mit dem Rumalbern auf. Ihr habt mehr Waffen, als meine Leute sich je erträumt haben.«
»Nun krieg dich mal wieder ein«, sagte Tom. »Wir wissen schon, was wir tun.« Der vergnügte Ton war aus seiner Stimme verschwunden. »Es bringt uns eben zum Lachen, wenn wir uns so sehen.«
»Das beunruhigt mich ja so«, erwiderte Moss. »Angenommen, die Apostel lachen euch aus und legen euch dann um?«
»Nein«, sagte Alexa völlig ernst. »Das wird nicht passieren. Die Apostel rechnen mit so etwas. Man hat es ihnen eingebläut. Außerdem ist da noch die Sonnenfinsternis. Sie garantiert den Erfolg.«
»Und wieso?«
»Es ist einfach nur ein Instinkt. Wenn die Sonne sich am Tag verfinstert, empfinden wir noch immer die gleichen Gefühle wie un-

sere Höhlen bewohnenden Vorfahren. Für die meisten Menschen ist eine Sonnenfinsternis etwas Spannendes, bei dem einem nichts passiert. Es ist wie eine Achterbahnfahrt. Für die Apostel, die bewusst einer Gehirnwäsche unterzogen wurden, wird es weitaus beängstigender sein.«

»Ich hoffe, Sie haben Recht«, sagte Moss.

»Ich auch.« Alexas Lächeln wirkte unter der Schminke grimmig. »Okay, Al und ich warten bei Maries Ranch, wenn ihr aufs Anwesen reitet«, sagte Moss. »Sobald ihr drin seid, werden wir versuchen durchs Tor zu gelangen.«

Tom nickte. »Bis dann, Chief.«

»Viel Glück!«

Das Quartett bestieg die Pferde. Als sie durch die Canyonstraße ritten, musste Moss zugeben, dass sie ein schauriger Anblick waren. »Ich kann nur hoffen, dass es klappt«, rief er Mad Dog zu. Dann drehte er um und fuhr die Straße hinab. Mad Dog wendete hinter ihm den Pick-up und den Anhänger und folgte ihm langsam. »Falls du mich hörst, Gott«, sagte Baskerville laut, »gib uns bitte eine Chance.«

138
HANNIBAL CAINE

Die Kirche war von Kerzen erleuchtet. Hannibal Caine stand auf dem Podium und genoss es, dass alle Blicke auf ihn gerichtet waren. Hinter ihm hingen die tätowierte Hure und Eldo Blandings mit Lendenschurzen bekleidet an den Kreuzen zu beiden Seiten der Kirche.

»Meine lieben Brüder und Schwestern im Glauben«, begann er. »Letzte Nacht ist hier ein Wunder geschehen. Deshalb stehe ich heute hier und spreche für unseren geliebten Propheten.«

Er gab dem Chor das Zeichen, mit dem Gesang zu beginnen, und musterte, als er einsetzte, die versammelte Gemeinde. Obwohl nur die Hälfte der Gläubigen anwesend war, war es schon ein erhebender Anblick, sie in ihren weißen Kutten dort sitzen und ihn und die beiden gekreuzigten Sünder mit großen staunenden Augen anblicken zu sehen.

Heute Morgen waren sie an einem Siedepunkt, weit entfernt davon, irgendetwas von dem, was hier geschah, zu hinterfragen. Ihrer Ansicht nach war dies das Ende der Welt und alles, was nun passierte, übernatürlichen Ursprungs. Jim-Bob Sinclair hatte gute Arbeit geleistet. Die Seniorapostel und Angehörigen des Komitees sowie die, die ihm unwissentlich geholfen hatten, seine Pflicht zu erfüllen, saßen in den ersten beiden Reihen und waren ebenfalls voller Bewunderung. Caine entdeckte dort unten keine fragenden Blicke. Nur Justin Martin grinste ihn von seinem Platz am Mittelgang an. Wenigstens trug er jetzt, ebenso wie Caine, eine Kutte.

Um Justin machte Caine sich keine Sorgen: Der Junge war nur

daran interessiert, nach der Messe etwas – irgendetwas – mit der Hure anzustellen. Caine wollte es gar nicht wissen.

Der Chor beendete das Lied. Die Stille war vollkommen. Caine regulierte das Kanzelmikrofon. »Der Erlöser ist gekommen«, donnerte er. »Er ist gekommen, und zwar vor den Reitern. Und wisst ihr, warum? Weil er uns eine zweite Chance geben will. Letzte Nacht ist Gott unserem Propheten erschienen und hat zu ihm gesagt: Wenn ein Mensch willens ist, den Geist in sich aufzunehmen und sein Leben zu geben, wie mein Sohn es gegeben hat, kann der Welt eine Gnadenfrist eingeräumt werden.«

Ein kurzes Raunen ging durch die Kirche. Die Türen im hinteren Teil standen weit offen. Das Tageslicht hatte sich leicht verdunkelt. Die Sonnenfinsternis begann.

»Und wisst ihr, was unser demütiger Prophet getan hat? Er hat Gott seinen eigenen Leib angeboten, um uns zu retten! Ihr alle habt den Propheten Sinclair gestern Abend gesehen, als er von dieser Kanzel aus zu euch sprach. Aber ist euch auch bewusst, dass ihr ihn in seiner Umwandlung, seiner glorreichen Pracht gesehen habt? Könnt ihr bezweifeln, in der Gegenwart der Heiligkeit gewesen zu sein?«

Wieder Gemurmel, nun leiser, voller Ehrfurcht. Sie nahmen es ihm ab. Sie waren nur Kinder in weißen Kutten. Sie waren alle gleich, mit Ausnahme einiger weniger, deren Ärmel leicht mit Gold verziert waren, um ihren Rang anzuzeigen.

»Gestern Abend ist unser Prophet, von Christus' Geist erfüllt, in die Wüste entschwunden. Doch jetzt ist er auf wundersame Weise zurückgekehrt.«

Caine streckte die Arme aus und das Hauptkreuz sank aus dem Turm zu ihnen herab.

Als Christus war Sinclair wirklich ein inspirierendes Bild: ein Bein über dem anderen, der Kopf hing ein wenig herab; die Dornenkrone war genauso platziert wie auf einem der bekanntesten

Kreuzigungsgemälde. Die Stille war vollkommen; die ganze Gemeinde hielt den Atem an.
Plötzlich schrie Eldo Blandings vom rechten Kreuz herab: »Du hast ihn getötet! Du hast den Propheten getötet!«
Caine schaute erschreckt zu ihm hinauf und sah den auf ihn gerichteten trüben Blick. Kurz vor dem Beginn der Messe hatte er Blandings eine erneute Chloroformbehandlung angedeihen lassen. Dies hier hätte eigentlich nicht passieren dürfen, aber Eldo war schon immer für eine Überraschung gut gewesen. Caine überlegte blitzschnell und entschied sich dafür, Blandings des Mordes zu beschuldigen. Doch bevor er sich der Gemeinde wieder zuwenden konnte, geschah ein wirkliches Wunder. Sinclair, der in ein tiefes Koma hätte versunken sein müssen, hob den Kopf und sprach.
»Ich bin das Lamm Gottes«, sagte er mit leiser, doch durch die ganze Kirche hallender Stimme. »So wie es geschrieben steht, soll es sein.« Er schaute die Gemeinde an. »Gott segne euch und vergebe euch allen.« Sein Kopf sackte herab, und er verfiel in Schweigen.
»Ihr seid Zeugen eines Wunders, Freunde!«, donnerte Caine. »Eines wahren Wunders! Diesen Tag werdet ihr nie vergessen! Der Prophet hat mich gebeten, über seine Herde zu wachen, wenn die Welt neu ersteht. Wir dürfen das kostbare Geschenk, das uns der Prophet und Gott gemacht haben, auf keinen Fall vergeuden.« Er wandte sich Sinclair zu. »Gottes Sohn ist in den Körper dieses Menschen gefahren, um uns seine bedingungslose Liebe zu zeigen. Er hat sein Leben gegeben, damit wir weiterleben dürfen.«
Der Himmel verdunkelte sich, und die Messe wurde mit Lobgesängen und Gebeten fortgesetzt. Als der Himmel fast schwarz war, begann Caine mit dem Abendmahl. Er verließ das Podium, baute sich hinter dem Tisch auf und überwachte die Messdiener, die Schalen mit Oblaten durch die Reihen gehen ließen. Danach kehrten sie an den Tisch zurück und füllten Wein aus Krügen in

Plastikbecher, die auf Tabletts gestellt wurden, um dann, wie Caine sie angewiesen hatte, ab der dritten Reihe verteilt zu werden. Bevor der letzte Messdiener sein Tablett ergriff, nahm Caine einen dieser Becher für sich und füllte für die ersten beiden Sitzreihen Becher mit dem Getränk aus der Silberkaraffe. Er wusste, dass sich niemand fragen würde, wieso die ranghöheren Angehörigen der Kirche eine Sonderbehandlung erfuhren. *Und was für eine.* Innerlich lächelnd stellte er die Becher auf ein silbernes Tablett, trug es zur ersten Reihe und gab es mit einer eleganten Bewegung weiter.

Anschließend nahm er seine Oblate, kehrte zum Podium zurück und hob seinen Becher. Draußen waren Dunkelheit und Sterne zu sehen.

Und plötzlich ertönten die Schreie der Wachen, und man vernahm das Geräusch des sich öffnenden Tores.

»Die Reiter kommen! Die Reiter!«

»Schnell!«, schrie Caine. »Beendet das Abendmahl, sonst werdet ihr nicht gerettet!« Er schob die Oblate auf seine Zunge und spülte sie mit Wein hinunter. Doch nur wenige Gläubige folgten seinem Beispiel. In den vorderen Reihen sah Caine gerade mal ein halbes Dutzend trinken. Der Rest hatte sich umgedreht und schaute zu den Türflügeln im hinteren Teil der Kirche. Die Gemeinde erhob sich wie ein Mann, als sie den Hufschlag wie Donner in der Dunkelheit vernahm.

Caine blieb an der Kanzel stehen. Hinter ihm stöhnte die Hure; dann hörte er Sinclairs Stimme, die das Klappern des Hufschlags übertönte.

»Ich vergebe dir, Judas«, sagte er leise. Dann rief er, damit alle es hörten: »Die Reiter kommen, wie ich es gesagt habe!«

139

TOM ABERNATHY

Sie ritten durch die Dunkelheit. Seit die Sonne untergegangen war, empfand Tom eine eigenartige Furcht. Vor ihnen zeichnete sich das Anwesen ab. Er hörte Schreie, als er die anderen Reiter über die Thunder Road führte. Das Tor wurde geöffnet. Einige weiß gekleidete Gestalten liefen in Richtung Kirche und riefen, die Reiter seien gekommen. Andere blieben am Tor, das sich, wie Tom hörte, hinter ihnen wieder schloss. Damit konnten sie jede Verstärkung vergessen. Oder?

Er ritt geradewegs in die Kirche hinein. Sie wimmelte von weiß gewandeten Aposteln, die einfach nur dastanden und sie mit weit aufgerissenen Augen anstarrten. Viele sanken auf die Knie, als Belle durch den Mittelgang stolzierte und das an Toms Stiefeln befindliche Trockeneis Nebeldunst verbreitete. Alexa blieb hinter ihm im Eingang. Marie und Rex bewegten sich im gleichen Tempo wie er auf den linken Gang zu, und Davy ritt auf Lil zum rechten. Alle waren in Trockeneisnebel gehüllt.

Die Kirche war kaum beleuchtet. Nur das Podium war deutlich zu erkennen, da es von hinten und oben von goldenem Licht erhellt wurde. Hannibal Caine stand starr mit einem Plastikbecher in der Hand auf der Kanzel. Hinter ihm ragten nicht zwei, sondern drei Kreuze auf, und an allen hingen Menschen. Das mittlere Kreuz zeigte einen Mann, der an Jesus erinnerte. Cassie befand sich auf Maries Seite und ein alter Mann – Tom erkannte Eldo Blandings – auf der von Davy. Tom schaute sich um. Er hoffte, Carlo zu entdecken, aber dieser war scheinbar nicht da.

Völlige Stille herrschte, als sie ans Podium kamen. Tom ritt zur

ersten Reihe und brachte Belle zum Stehen. Dann schaltete er das Mikrofon ein und sprach im feinsten Hochenglisch seiner Jugend: »Wir sind hier, um unsere Opfergaben zu empfangen.«
Er nickte Davy und Marie zu, und diese ritten geradewegs auf das Podium, jeder zu seinem entsprechenden äußeren Kreuz, und schnitten die Gefangenen los.
Als der links von Tom stehende Apostel sich bewegte, scheute Belle plötzlich. Tom drehte den Kopf und blickte in den Lauf einer AK-47, die noch halb unter den wogenden Ärmeln der Kutte verborgen war. Sein Blick wanderte höher, und er sah in die kalten blauen Augen von Justin Martin. Der Junge lächelte, schob sich an Belle vorbei und baute sich vor dem Abendmahlstisch auf. Sein Blick zuckte hin und her. Er öffnete den Mund, um etwas zu sagen, als plötzlich zwei Hände unter dem Tischtuch hervorkamen. Tom unterdrückte ein Keuchen, als er an einem langen schmalen Finger den Onyx-Ring erkannte. *Carlo!*
Die Hände legten sich um Justins Fußknöchel und rissen ihn von den Beinen. Als der Junge zu Boden ging, signalisierte Tom Belle, sich auf die Hinterläufe zu stellen und zu wiehern, um davon abzulenken, dass Justin unter dem Tisch verschwand. Als Belle wieder auf allen vieren stand, hörte Tom den unverkennbaren Klang einer ihr Ziel findenden Faust. Dann ein kaum wahrnehmbares Ächzen … und Stille.
Tom betete darum, dass es so blieb. Er schaute von links nach rechts und sah erleichtert, dass der Zwischenfall scheinbar unbeobachtet geblieben war. Auf beiden Seiten lagen mehrere Apostel entweder reglos am Boden oder umklammerten würgend ihre Kehle. Einer krümmte sich vor Schmerzen. Alle Blicke waren entweder auf ihn oder auf die vergifteten Apostel gerichtet.
Tom lenkte Belle um den Tisch herum und die Stufen des Podiums hinauf. Sein Blick fiel auf Caine. »Du bist nicht der Prophet«, intonierte er und fand, dass er eher wie Darth Vader klang als wie ein apokalyptischer Reiter. Der Trockeneisrauch umwirbelte ihn

und kitzelte seine Nase. Er gab Belle das Zeichen, sich auf die Hinterläufe zu stellen und erneut zu wiehern.
»Diese Opfergaben sind nicht für euch«, sagte Hannibal Caine, während Marie und Davy die Seile durchschnitten. »Sie sind für Gott.«
»Wir sind seine Boten, du Narr!« Tom war überrascht über die Wut, die in seiner Stimme mitschwang. Er hob die Sense. »Wer bist du, dass du es wagst, einen Reiter anzusprechen?«
Plötzlich hob die gekreuzigte Christusgestalt den Kopf und sagte mit einer Stimme, die durch die ganze Kirche trug: »Er heißt Hannibal Caine. Er ist Judas Ischariot.«
Tom ritt sofort zu der Christusgestalt. Rechts und links von ihm befanden sich Davy und Marie, die Cassie und Blandings behutsam über ihre Sättel legten.
»Sind Sie Sinclair?«, fragte Tom. Es entsetzte ihn zu sehen, dass man Nägel durch die Hände und Füße des Mannes geschlagen hatte.
»Ja. Und der Sohn, wie Hannibal gesagt hat.«
Tom schaltete das Mikrofon aus. »Hat Caine Ihnen das angetan?«
»Er ist mein Judas.«
»Erzählen Sie Ihrer Gemeinde davon, Sinclair. Man wird Sie retten.«
Sinclair lächelte selig. »Hannibal wurde auserwählt, wie ich. Ich bin eins mit dem Lamm; Hannibal ist eins mit Judas.«
»Ich bringe Sie hier raus«, sagte Tom leise. »Es dauert nicht mehr lange.«
Wieder das sanfte Lächeln. Der Mann schien aus sich selbst heraus zu strahlen. Tom verstand nun, warum er Moss Baskerville so verblüfft hatte. »Ich bin schon gerettet. Ich erfülle die Prophezeiung ebenso wie Hannibal. Und wie Sie.«
Einen Moment lang glaubte Tom, dass der Mann in seinem Delirium genau wusste, wen er vor sich hatte. Doch das war unmöglich. Sie waren sich noch nie begegnet. Außerdem hätte ihn in

diesem Kostüm nicht mal seine Mutter erkannt. Dann merkte er, dass Marie und Davy sich nicht mehr auf dem Podium aufhielten. Er hörte den Hufschlag ihrer Pferde. Sie machten sich durch die Gänge auf den Rückweg, folgten genau dem Plan – im Gegensatz zu ihm, der seit Justins Verschwinden unter dem Tisch nur noch improvisierte.

»Apostel!« Sinclairs Stimme dröhnte in Toms Ohren. »Hört mich an und vergesst meine Worte nicht! Die Reiter haben sich genommen, was wir ihnen schuldig sind, und ich habe eure Sünden auf mich genommen! Heute wird die Welt nicht untergehen. Geht, Reiter, und sagt meinem Vater, dass ich auf dem Weg zu ihm bin.«

Unerwartet und plötzlich begann das Kreuz, an das Sinclair genagelt war, in die Höhe zu steigen.

»Was soll das, zum Teufel!«, schrie Caine, ohne an das Mikrofon zu denken. »Holt das Ding sofort wieder runter!«

»Es geht nicht, es bewegt sich von allein!«, rief ein bebrillter junger Apostel, der am Kontrollpult unterhalb des Chorraums stand. »Ich habe nichts angerührt! Es hat sich von allein bewegt!«

Das Kreuz verschwand in einer von Licht erfüllten Öffnung in der Decke. Sinclair hatte ihm die Chance gegeben, von hier zu verschwinden. Tom wendete Belle in Richtung Gemeinde und sah, dass die anderen Reiter an der Hintertür auf ihn warteten. Er löste eine Rauchbombe von seinem Sattel und warf sie in Richtung Podium. Sie explodierte in einem Miasma aus Farben, und der Rauch breitete sich schnell aus. Tom gab Belle die Sporen, und sie galoppierte rasend schnell durch den Mittelgang.

Tom gesellte sich zu den anderen, und gemeinsam ritten sie zum Tor. Tom zückte seinen Revolver und richtete ihn auf einen völlig überraschten Wächter. »Aufmachen!«

Hinter ihm röhrte ein Motor, und ein alter schwarzer Mustang schoss aus einer Parklücke hervor. Fast gleichzeitig heulte ein zweiter Motor auf: Es war ein weißer Cadillac, und das Fenster fuhr summend herunter. Carlo Pelegrine spähte ins Freie.

»Alexa?«, fragte er.
»Reitet auf Tess.«
Carlo drehte sich zu ihr um und schaute dann wieder Tom an. »Falls ich nicht zurückkomme, sag ihr bitte, dass ich sie liebe.« Die Scheibe fuhr wieder hoch.
»Warte«, zischte Tom. »Was hast du vor, verdammt?«
»Ich werde mich duellieren«, sagte Carlo. »Justin hat die Waffen gewählt.« Er tätschelte das Lenkrad, dann schloss sich das Fenster. Carlo fuhr aus der Parklücke und etwa hundert Meter die Straße hinunter, wo er mit laufendem Motor wartete, bis die Rücklichter des Mustang in Richtung Spirit Canyon verschwanden.

140
CARLO PELEGRINE

Unter dem Abendmahlstisch hatte Carlo Justins Kinn mit der Faust bearbeitet und seine Waffe weggetreten. Als er auf dem Jungen lag, drehte er ihm den Arm auf den Rücken und hielt mit der anderen Hand ein Messer an die Kehle.

Während Tom den Reiter der Apokalypse mimte, traf Carlo mit Justin – in leisem, aber eindringlichem Ton – eine Absprache: einen Kampf bis zum Tod. Nur sie beide. Laut Carlo sollte es der Kampf sein, der zeigte, wer der Bessere von ihnen war. Und wie erwartet konnte Justin dieser Herausforderung nicht widerstehen.

»Du forderst mich heraus«, hatte er geraunt. »Ich bestimme die Waffen.«

Es hatte Carlo überrascht, dass Justin Autos lieber waren als Messer. »Das Angsthasenspiel?«, fragte er.

»Es ist kein Spiel«, erwiderte Justin. »Du startest auf der Thunder Road, ich am Spirit Canyon. Ich lass die Lichter zweimal aufblitzen, dann fahren wir los.« Am Klang seiner Stimme konnte man erkennen, dass er es todernst meinte. Das Gleiche galt allerdings auch für Carlo.

Als die Rauchbombe hochging und das Chaos ausbrach, hatte Carlo den Jungen unter dem Tisch hervorgeschoben. Dann waren beide durch die Seitentür der Kirche zum Parkplatz gerannt. Justin sprang in seinen Mustang. Er fegte schon durch das aufgehende Tor, als Carlo gerade erst das Glück hatte, im Inneren des weißen Cadillacs den Zündschlüssel zu finden.

Jetzt saß er in der Dunkelheit und wartete mit pochendem Herzen auf seinen Tod, als zwei Streifenwagen hinter den Ruinen von Maries einstiger Ranch hervorkamen und sich ihm langsam näherten. Der erste hielt neben ihm an. Carlo ließ die Scheibe herunter. »Hallo, Moss.«

»Ist Cassie okay?«

Carlo nickte. »Du solltest lieber aufs Anwesen fahren. Die Lage dort ist alles andere als sicher.«

Moss nickte. »Keine Sorge. Ich frag schon nicht, was du vorhast.«

»Danke.«

Als der zweite Streifenwagen an Carlo vorbei war, leuchteten Justins Scheinwerfer auf: einmal, zweimal. Carlo ließ die Scheibe unten, schluckte, packte das Lenkrad und trat das Gaspedal durch. Der Motor des Cadillacs heulte kraftvoll auf. Dann löste Carlo die Bremse. Die Reifen gruben sich so tief in die Erde, dass Kies durch die Gegend spritzte.

Carlo fuhr geradewegs auf die sich nähernden Scheinwerfer von Justins Wagen zu. Er wusste: Was auch passierte, er würde nicht ausweichen. Sinclair hatte gesagt, es sei ein Kampf zwischen Gut und Böse, und Carlo glaubte ihm. Er wusste noch etwas: Falls das Gute sterben musste, würde es das Böse mitnehmen.

Er fegte an Maries Ranch vorbei. Die sich nähernden Scheinwerfer wurden immer größer.

Urplötzlich waren die Lichter weg. Carlo nahm den Fuß kurz vom Gaspedal und trat dann grimmig wieder zu, um sein Tempo zu erhöhen. Als er kurz darauf die Umrisse des sich nähernden Autos in seinen Scheinwerfern erkannte, fing Justin an, sein Fernlicht im Sekundentempo ein- und auszuschalten. Carlo blinzelte und trat unbeirrt weiter aufs Gas. Er hielt seine Räder gerade und den Wagen auf sein Ziel gerichtet.

Fünf, zählte er, während der Mustang sich ihm näherte. *Vier*. Justins Scheinwerfer blitzten erneut kurz auf. Danach blieben sie an und signalisierten Carlo, dass er gleich tot sein würde. *Drei*. Carlo konnte das Grinsen des Jungen durch die Windschutzscheibe sehen. *Zwei.* In Zeitlupe lief vor ihm ab, wie Justin das Grinsen verging, wie seine Augen größer wurden und er versuchte, das Lenkrad zu drehen.

Eins! Die Welt um ihn herum explodierte in knirschendem Metall und berstendem Glas. Irgendetwas flog auf ihn zu und traf ihn. Er bekam keine Luft mehr. Der Cadillac wirbelte außer Kontrolle herum, kam von der Straße ab und überschlug sich mehrmals, bis er schließlich in einem Abflusskanal zum Stehen kam.

Die Luft wich aus dem Airbag. Carlo saß eine Zeit lang völlig benommen da. Dann bewegte er vorsichtig Arme und Beine und stellte fest, dass er eigentlich nur einen Schmerz verspürte – und der kam noch immer aus der Wunde an seiner Seite.

Die Tür seines Wagens ging nicht auf, und auch der Versuch, die Beifahrertür zu öffnen, würde nutzlos sein, denn die gesamte rechte Seite war zerquetscht. Zitternd zwängte er sich durch das offene Fenster hinaus auf den Boden. Einen Moment später stand er auf und kletterte aus dem Abflusskanal. Seine Beine waren ohne Gefühl – wie aus Gummi – und gehorchten ihm kaum.

Justins Wagen war ein qualmender Haufen zermalmten Metalls – er lag etwa sechs Meter weiter in der Wüste auf dem Dach. Carlo lief mit unsicheren Schritten darauf zu und roch Benzin. Er ging neben dem Fenster in die Hocke und war genau vor Justin Martins Gesicht. Der Junge lebte und schaute ihn an. Aufgrund der vielen Schnittwunden strömte das Blut in kleinen Rinnsalen über sein Gesicht. Ein großes Stück Glas steckte in seiner Wange. Carlo streckte die Hand aus und zog es heraus.

Justin gelang es irgendwie, eine Hand zu heben und Carlos Gelenk zu packen. Ein schiefes, gequältes Grinsen erschien auf seinem scharlachroten Gesicht. »Gut gefahren«, sagte er. »Hol mich hier raus.«

Wärst du ein frommer Katholik, würde ich sagen, er ist ein Dämon – ein Sohn Luzifers. Carlo blickte in grausame, seelenlose Augen und erkannte das Böse, das Sinclair erwähnt hatte.

»Hol mich hier raus!«, schrie der Junge wütend.
Carlo befreite sich aus Justins Griff, trat ein Stück zurück und richtete den Blick auf die kaputte Treibstoffleitung und das auslaufende Benzin. *Du wirst wissen, was du tun musst, wenn die Zeit gekommen ist.* Sinclair hatte Recht: Er wusste es wirklich.
Carlo zog grimmig die Kutte aus. Dann durchsuchte er seine Jackentasche, bis er eine Streichholzschachtel in der Hand hielt.
Justins Augen weiteten sich. »Was soll das werden, du verdammtes Arschloch?«, schrie er.
Er hat bereits großes Leid verursacht und wird es wieder tun, wenn ihn niemand davon abhält. Carlo nahm die heißen Tränen kaum wahr, die über seine Wangen liefen, und warf die weiße Kutte neben der undichten Benzinleitung auf den Boden. Als sie sich mit Benzin voll gesaugt hatte, breitete er sie so weit wie möglich aus. Und während er dies tat, fluchte Justin pausenlos und verlangte seine Hilfe.
Carlo trat zurück, öffnete die Schachtel und holte ein Streichholz heraus.
»Verdammt, hol mich hier raus, du Wichser! Sofort!«
Carlo zündete das Streichholz an. »Leb wohl, Justin«, sagte er leise und legte es auf den Stoff.
Er drehte sich um, rannte los und rettete sich mit einem Sprung in den Straßengraben vor der Explosion. Er wartete, dann blickte er auf und sah das Feuer und den wabernden Rauch. Einen Moment lang sah er Justins brennenden Arm aus dem Fenster ragen, dann verschlangen ihn die Flammen.
Carlo drehte sich um, kletterte aus dem Straßengraben auf die Thunder Road zurück und wusste, dass er richtig gehandelt hatte. Dann blickte er zu dem weit entfernten Anwesen hoch und fing an zu laufen.

141

TOM ABERNATHY

Als die Streifenwagen langsam an Carlo vorbeifuhren, hörte Tom ein lautes *Plopp* und eine Kugel schlug in seinen Arm. Sein Schreck war so groß, dass er beinahe von Belles Rücken gestürzt wäre, aber er gewann das Gleichgewicht schnell zurück. Als er sich umdrehte, sah er Hannibal Caine mit einer Pistole in der Hand auf sich zurennen. Tom zielte blitzschnell und schoss ihm die Waffe aus der Hand.

Caine schrie auf, schüttelte seine Hand und klemmte sie, als wolle er sie schützen, unter den anderen Arm. Hinter ihm strömten Apostel aus der Kirche. Caine drehte sich zu ihnen um. »Er ist nicht tot!«, schrie er aus vollem Hals. »Bluten Tote etwa?«

Neben ihm hatte Davy inzwischen Eldo Blandings aus dem Sattel geworfen und seine Waffe gezogen. Alexa, die ihn ebenfalls flankierte, tat es ihm gleich. Ein rascher Blick nach hinten zeigte ihm, dass Marie ihre Waffe auf die Wache am Tor richtete, das nun noch einmal geöffnet wurde, um Moss und Al einzulassen.

Tom wandte sich wieder Caine zu und machte sein Lasso bereit. Dann hielt er inne und schaute zum Kirchturm hinauf. Das Kreuz, an dem James Sinclair hing, stieg langsam in die Höhe, bis es seine übliche Position an der Kirchturmspitze erreichte. Die grellen weißen Lämpchen blitzten auf. Wie vom Donner gerührt fuhren sämtliche Apostel herum und reckten den Hals.

Tom nahm die Maske ab, warf sie zu Boden und schob die Kapuze nach hinten. »So wie ich das sehe, sind Sie ein kaltblütiger Mörder, Mister«, sagte er zu Caine. Um sie herum versammelten sich nun Kuttenträger mit verwirrter Miene, deren Aufmerksamkeit entweder Tom oder der Gestalt am Kreuz galt. Hinter sich hörte er das Geräusch des sich öffnenden Tores und Moss' Stimme, die »Cassie, o Gott, Cassie« sagte. Cassie erwiderte leise: »Moss.« Die Verletzten wurden in den Streifenwagen geladen, doch das kümmerte Tom nicht: Im Moment interessierte ihn nur dieser Mann. Marie hatte die Strumpfmaske abgenommen. Sie saß neben ihm auf Rex, und ihr Haar flatterte im Wind. Auch sie musterte Hannibal Caine. Irgendwo explodierte etwas, aber Tom beachtete es nicht.

»Es hat mich wirklich wütend gemacht, dass Sie den Hund und die Schafe dieser Lady getötet haben, Caine. Noch schlimmer wurde es, als Sie einen meiner Mustangs umbrachten. Sie haben Mike Coreys Kirche und die Häuser meiner Freunde verwüstet. Dann haben Sie Menschen entführt und andere kaltblütig erschossen.«

»Ich habe nichts davon getan«, sagte Caine. »Meine Hände sind sauber. Hinter diesen Gewaltakten steckt Eldo Blandings. Ich habe versucht, ihn aufzuhalten.«

»Ich könnte kotzen.« Tom schaute Marie an. »Mir wird übel, wenn ich Leute sehe, die zu feige sind, um die Verantwortung für ihre Taten zu übernehmen. Wie siehst du das?«

»Der Typ ist wirklich krank, Tom. Er hat dir ein Loch in den Arm geschossen. Schon dafür würde ich ihn am liebsten an die Coyoten verfüttern.«

»Ich dachte eher an eine kleine öffentliche Demütigung.«

»Einverstanden.« Marie schaute den kahlköpfigen Apostel an.

Tom drehte sich zu Caine um und hob sein Lasso. »Als echter Sportsmann gebe ich Ihnen einen Vorsprung«, sagte er.

Da Caine sich nicht rührte, stupste Tom Belle an, die Caine daraufhin einen Stoß versetzte. Caine drehte sich um und lief. Tom wartete einen Moment, dann ritt er los und dirigierte Belle so, dass sie Caine von der Apostelherde absonderte. Dann heftete er sich an seine Fersen und brachte ihn zu Fall. Tom saß ab, doch als er Caine wie ein Rind verschnüren wollte, spielte sein verdammter linker Arm nicht mit. Marie kam zu ihm geritten und saß ebenfalls ab. »Brauchst du Hilfe?«

»Kann man wohl sagen.«

Marie beendete die Fesselung, schlang das Seil mehrmals um ihren Sattelknauf und ließ Rex den sich windenden Caine zu Al Gonzales schleifen, der ihn sofort auf den Rücksitz seines Streifenwagens schob.

Marie streifte ihr Gewand ab und warf es auf Caine, dann ging sie zu Tom zurück und winkte ihn mit dem Finger zu sich, allem Anschein nach, um ihm etwas Persönliches zu sagen. Er beugte sich zu ihr hinunter, und das war der Moment, in dem sie ihn auf den Mund küsste.

»Alexa!«

»Carlo!«

Tom und Marie wandten sich um. Sie sahen, dass Alexa abstieg und auf den Wahrsager zurannte, der gerade durch das Tor kam. Die beiden fielen sich um den Hals, was Tom dazu inspirierte, das Gleiche mit Marie zu tun.

Dann passierte etwas. Ihm standen die Arm- und Nackenhaare zu Berge, sogar einige auf dem Kopf. »Was um alles in der Welt …?«

»Ich hab das schon mal gespürt«, sagte Marie. »Komm!« Sie packte seine Hand, und sie führten ihre Pferde zu Carlo und Alexa zurück. »Wissen Sie, was das ist?«, fragte Marie Alexa.

Alexa nickte. »Es kommt.«

»Noch ein Beben?« Das, was er nun spürte, fühlte sich ganz anders an als das Gefühl gestern im Pick-up.

»Nein.« Alexa deutete zum Himmel hinauf. »Schaut. Da ist es.«

Stille legte sich über das Anwesen, als das riesige UFO mit seinen beiden tanzenden Satelliten über der Olive Mesa erschien. Die Kugeln aus blaugrünem Licht rasten in unglaublicher Geschwindigkeit über das Gelände und umkreisten dann den gekreuzigten Sinclair am Kirchturm. Das monströse Objekt, dunkel bis auf einige grüne und blaue Lichter, bewegte sich majestätisch auf ihn zu. Tom spürte einen Ruck an seinem Arm und blickte nach unten. Marie war dabei, seine Wunde mit einem Kleidungsstück zu verbinden.

»Du blutest ja alles voll, Cowboy«, sagte sie barsch.

Normalerweise hätte er mit einem ähnlichen Spruch geantwortet, aber jetzt war ihm nicht danach zumute. »Danke«, murmelte er und legte einen Arm um sie.

Hinter Sinclair erschien ein Sonnenstreifen und versah seinen Körper mit einem Lichtrand, der einem Heiligenschein ähnelte. Das UFO kam lautlos näher, und Tom sah, dass Sinclair es beobachtete.

Schließlich war es direkt über ihnen, verdeckte Sonne und Sterne und löschte Sinclairs Silhouette aus. Das Ding war mindestens so groß wie ein Footballfeld.

Ein aus der Mitte des Raumschiffs kommender Lichtblitz hätte Tom fast geblendet. Er hob die Hand kurz vor die Augen, dann schaute er wieder hin. Das Raumschiff war aufgestiegen, und die Sonne war wieder zu sehen.

James Sinclair war verschwunden. Das Kreuz war leer.

»Einfach unglaublich«, murmelte Tom.

»Sie haben es getan«, sagte Alexa. »Die Engel, die Außerirdischen, wie man sie auch nennen will. Sie haben ein neues Kapitel der Bibel geschrieben. Vielleicht ergänzt es unsere alten Geschichten aber auch nur.«

»Sinclair hat behauptet, er hätte mit Gott gesprochen«, murmelte Carlo.

»Seht sie euch an«, sagte Alexa, als das Schiff höher stieg. »Sie gestalten unser Leben, und wir wissen es nicht mal. Sie gestalten unsere Mythen.«

»Vielleicht sind sie Gott«, sagte Carlo.

»Vielleicht sind sie das tatsächlich«, stimmte sie zu.

Während Tom dastand, den Arm um Marie gelegt, spürte er erneut, dass seine Nackenhaare sich sträubten. Ein kühler Wind strich über sie hinweg. Er glaubte Hufschlag im Wind zu hören und bildete sich ein, schattenhafte Pferde und Reiter über die Thunder Road galoppieren zu sehen. Aber es war noch zu dunkel, um sich dessen ganz sicher zu sein.

EPILOG

OKTOBER

Tom und Marie saßen auf dem höchsten Bergrücken oberhalb des Rattlesnake Canyon auf ihren Pferden und schauten in den Freizeitpark hinunter. Das Fort war das einzige noch stehende Originalgebäude. Cassies Theater, eine Ladenstraße, die Arena und die Stallungen waren bereits neu entstanden und rahmten eine weitere Geschäftsstraße ein.

Auch die Touristen waren zurückgekehrt und wimmelten auf dem Zeltplatz und der Tribüne für die Stuntshow herum. Tom dankte seinem Glücksstern, dass er für seinen gesamten Grund und Boden eine Erdbebenversicherung abgeschlossen hatte. Sie und sein Geschick beim Umgang mit Geld hatten es ermöglicht, den Wiederaufbau des gesamten Geländes zu finanzieren. Nächstes Jahr um diese Zeit würde hier ein größerer und besserer Old Madelyn Park stehen. Die Anlage würde nicht lange eine Geisterstadt sein.

Bei der Planierung der Verwunschenen Mine hatte man einige der Vermissten und auf Carlos altem Grundstück Christies Leichnam gefunden. Der Mörder Justin Martin war bei einem Unfall ums Leben gekommen, den aufzuklären Moss sich nicht sonderlich bemüht hatte.

Eines Tages würde Justin ein Teil der Madland-Mythologie werden – wie Olive Carmichael, die Geistertramperin. Aber jetzt noch nicht. Zuerst mussten die Wunden verheilen.

Das Anwesen der Apostel war nun verlassen, und Caine, Blandings und etliche andere waren inhaftiert. Es lockte noch immer Pilger an, die verwundert durch das Tor starrten und gern gewusst hätten, ob der Heiland wirklich noch einmal gestorben war. Die Einwohner Madelyns dachten nicht groß darüber nach, aber manchmal, wenn Tom einen Mitternachtsritt unternahm, blickte er zum schwarzen Samthimmel auf und fragte sich, wer die Besucher wohl gewesen waren. Er machte sich auch Gedanken über Sinclair – vielleicht deswegen, weil sich einige von Alexandra Manderleys Geschichten hartnäckig in seinem Kopf festgesetzt hatten. Inzwischen schlichen sie sich schon in seine Lagerfeuergeschichten ein.

Nach der Sonnenfinsternis waren Carlo und Alexa für einige Tage auf der Ranch geblieben. Eines Nachts hatte Carlo Tom beiseite genommen und ihm mit ruhiger Stimme erklärt, dass er mit Alexa fortziehen wolle. Vor einer Woche hatte er eine Postkarte aus Peru geschickt, wo Alexa arbeitete und er studierte: Er hatte ein leidenschaftliches Interesse für UFOs entwickelt, doch mehr aus metaphysischer als aus analytischer Sicht. Unter PS stand, Eric habe seinen Doktor gemacht und arbeite nun für die AEFP. Tom freute sich für Carlo, war aber auch überrascht: Er hätte nie geglaubt, dass der Wahrsager sich ernsthaft mit jemandem einlassen würde. Andererseits hatte er auch viele andere Dinge nicht für möglich gehalten.

Sechs Wochen nach der Vernichtung Madlands hatten Moss und Cassie im Amtsgericht geheiratet, da Pater Mikes Kirche gerade neu aufgebaut wurde. Eve war das Blumenmädchen gewesen, Tom und Marie hatten als Trauzeugen fungiert. Davon inspiriert hatte Tom Marie einen Monat später vorgeschlagen, zum Lake Tahoe durchzubrennen. Nur Davy wusste davon.

»Woran denkst du, Cowboy?«

Tom schaute Marie an und erwiderte: »Oh, an die Zeit, als du beinahe Franklin Hanks bestes Stück abgerissen hättest.«

Marie knuffte ihm leicht in die Rippen. »Sag die Wahrheit.«

»Ich denke daran, wie schön der Park werden wird. Wie schön es ist, dass Carlo endlich eine Frau gefunden hat. Wie schön es ist, dass ich eine habe. Steig doch mal ab.«

Er saß ab und wartete, bis sie das Gleiche getan hatte, dann nahm er ihre Hand und führte sie zu einer schattigen Stelle. Sie setzten sich auf den Boden und lehnten sich an einen Steinhaufen. Marie beugte sich zu Tom, nahm seine Hand und spielte mit dem Ring an seinem Finger.

»Hättest du ihn gern zurück?« Er schaute sie unter der Hutkrempe hinweg an.

»Ich wollte nur sicher sein, dass er fest sitzt.« Marie ließ sich in seine Arme sinken, das Gesicht im Schatten des Stetson. Tom nahm ihre Hand und rieb über den goldenen Ring, dann beugte er sich vor, um sie zu küssen.

Bevor er sie erreichte, fiel sein Hut herunter. Er erwischte ihn und setzte ihn wieder auf. »Schätze, das muss ich noch mal versuchen«, sagte er und küsste sie leidenschaftlich.

»Das mag ich an dir, Cowboy: Du gibst nie auf.« Marie umarmte ihn. Ihre Finger glitten durch sein Haar, und ihre Lippen fanden sich. Sein Hut fiel erneut herunter, aber diesmal bemerkte er es nicht einmal.

ANMERKUNG DER AUTORIN

O*bwohl dieser Thriller* eine erfundene Geschichte erzählt, kann man Anregungen für Madelyn an einigen tatsächlich existierenden Orten finden. Im ganzen Westen der USA findet man historische Geisterstädte, restaurierte Ortschaften aus der Zeit des Goldrausches und Besuchern zugängliche Western-Freizeitparks. Drei dieser Orte haben besonderen Eindruck auf mich gemacht: Die Old Tucson Studios in Arizona sind eine Filmstadt, die man zum Freizeitpark umgebaut hat. Ein weiterer Ort ist die berüchtigte Geisterstadt Bodie bei Mammoth in Kalifornien, die fast völlig erhalten ist. Der dritte und wichtigste Ort ist die Geisterstadt Calico, die zur Zeit des Silberbooms entstand und teilweise als Freizeitpark genutzt wird. Calico liegt in der Mojave-Wüste am Highway zwischen Los Angeles und Las Vegas. Nur einige Meilen vom fiktiven Madelyn entfernt, bietet sie Besuchern historische Lektionen, Rundgänge, Stuntshows und abendliche Geister-Erlebnisse in bester Manier: keine Spezialeffekte, sondern nur Geschichten und – manchmal – den flüchtigen Eindruck unerklärlicher Dinge. Die Gegend um Calico ist auch bekannt dafür, dass man bei Dunkelheit gelegentlich seltsame Lichter am Himmel sehen kann. Weitere Informationen finden Sie unter *www.calicoghostwalk.com.*

Madelyn handelt weniger von Außerirdischen und anderen Ausnahmeerscheinungen als von unterschiedlichen menschlichen Betrachtungsweisen derartiger Dinge. Viele meiner Anregungen verdanke ich der Arbeit von Dr. Jacques Vallee, der zahlreiche Bücher über Ufologie, Volkskunde und Wahrnehmung geschrieben hat.

Dr. Vallee sieht einen starken Zusammenhang zwischen modernen UFO-Phänomenen und älteren volkskundlichen Geschichten und weist darauf hin, dass unsere Mythen sich mit der Zeit verändern. Im Zeitalter der Technik werden Naturgewalten oft zu außerirdischen Phänomenen erklärt. Die in *Thunder Road* erwähnten Bücher *Dimensions, Confrontations* und *Revelations* kann man zusammen mit vielen anderen seiner Arbeiten in Bibliotheken oder Online-Antiquariaten finden.

DANKSAGUNG

Dank an John und Kay, die mich über die kurvenreiche Straße geführt haben, an Quinn und Q, die meinten, ich solle anhalten und an den Joshuabäumen riechen, an meinen Reisegefährten Damien, an Jacques Vallee, für fortwährende Inspiration, an Dr. Paul Najarian und Dana Isaacson für gute Ratschläge, an meine Gespenster liebenden Kumpane, die die Straße mit Phantom-Anhaltern gespickt haben. Besonderer Dank gebührt meinem Webmaster Heather und meinem Lektor Wiley, die dafür gesorgt haben, dass ich am Ende der Reise noch vorzeigbar war.